ein Ullstein Buch

Max Dauthendey

Max Dauthendey

Sieben Meere nahmen mich auf

Lebensbild

Mit Dokumenten aus dem Nachlaß
und 19 Abbildungen

Herausgegeben von
Hermann Gerstner

ein Ullstein Buch

ein Ullstein Buch
Nr. 22238
im Verlag Ullstein GmbH,
Frankfurt/M – Berlin

Ungekürzte Ausgabe

Umschlagentwurf:
Theodor Bayer-Eynck
unter Verwendung des Aquarells
Potsdamer Hafen von Max Dauthendey,
Städt. Galerie Würzburg

Taschenbuchausgabe mit Genehmigung
der Albert Langen – Georg Müller
Verlag GmbH, München · Wien

Printed in Germany 1990
Druck und Verarbeitung:
Presse-Druck Augsburg
ISBN 3 548 22238 2

März 1990

Vom selben Autor
in der Reihe
der Ullstein Bücher:

Die acht Gesichter am
Biwasee (20764)

CIP-Titelaufnahme der
Deutschen Bibliothek

Dauthendey, Max:
Sieben Meere nahmen mich auf : Lebensbild ; mit Dokumenten aus dem Nachlaß / Max Dauthendey. Hrsg. von Hermann Gerstner. – Ungekürzte Ausg. – Frankfurt/M ; Berlin : Ullstein, 1990
(Ullstein-Buch ; Nr. 22238)
ISBN 3-548-22238-2
NE: GT

INHALT

Verlag und Herausgeber danken der Malerin Gertrud Rostosky, dem Lyriker Adalbert Jakob, dem Maler Joachim Schlotterbeck, der Dauthendey-Gesellschaft sowie der Stadt Würzburg, daß sie unveröffentlichte Dokumente, Tagebuchblätter und Briefe für das vorliegende Lebensbild des Dichters Max Dauthendey zur Verfügung stellten.

DAS GEFÄHRLICHE LEBEN DES DICHTERS DAUTHENDEY

Max Dauthendey war weder Soldat noch Politiker, er war kein Kämpfer und verstrickte sich auch nicht in politische Zeitwirren. Seine Erscheinung war weder dem Rebellengeist Schillers verwandt, der seiner »Räuber« wegen landesflüchtig wurde, noch dem verkannten Genius Kleists, der in bitterster Enttäuschung endete. Auch mit dem einsamen Schicksal eines Hölderlin hatte er nichts gemein und nichts mit dem Lebensweg leidenschaftlicher Weltverbesserer vom Stil Dostojewskis. Und trotzdem lebte er wie diese und zahlreiche andere Geister im Reiche der Dichtung ein gefährliches Dasein. Er schritt gleichsam auf einem schmalen Grat dahin, von Stürmen umbraust, von Abgründen bedroht – ein Gleichnis des reinen Dichters, der in seiner inneren poetischen Verzauberung die Jahre abschreitet und notgedrungen am rauhen Widerstand der grausamen Wirklichkeit zerbricht.

Sein Leben (25. Juli 1867 – 29. August 1918) erfüllte sich im kaiserlichen Deutschland. Als Bismarck das Kaiserreich begründete, war Dauthendey kaum vier Jahre alt. Wenige Monate vor dem Ende dieses Kaisertums starb der Dichter. Er hinterließ Tausende von Seiten mit Dramen, Gedichten, Epen, Novellen, Romanen und autobiographischen Schriften.

Von seinen Dramen hatten die »Spielereien einer Kaiserin« den größten Bühnenerfolg: die Liebe der Zarin Katharina zum Fürsten Menschikoff gab dem Theater eine Bombenrolle. Mit anderen Schauspielen (z. B. »Frau Raufenbart«, »Ein Schatten fiel über den Tisch«, »Die Heidin Geilane«) rang Dauthendey vergeblich um die Palme des Dramatikers.

Großen Anklang fanden jedoch seine »Tausend Liebeslieder« und das lyrische Epos »Die geflügelte Erde«. Zeitgenossen stellten den Lyriker Dauthendey neben Dehmel, George, Rilke, Hofmannsthal und Mombert. Dehmel selbst schrieb dem Dichter: »Du bist der Rhapsode des seligen Überflusses. Deine Stimme jubelt nach Jahrhunderten noch.« Man zählte Dauthendeys Liebeslieder zu den schönsten, die der deutschen Dichtkunst erblüht sind. Des Dichters weiche versonnene Art, die mit beobachtenden Maleraugen die Welt umfing, fand viele Freunde. In immer neuen Bildern und Vergleichen rühmte er die Herrlichkeiten unseres Planeten. Wie ein »letzter großer Minnesänger« besang er mit orientalischer Bilderpracht die Weltfestlichkeit des Alls. Vom Liebesfrühling, vom traurigen Flor des Vergehens, vom Zauber der Meere und fernen Gebirge tönten seine Verse. Mit leidenschaftlicher Glut riß es ihn immer wieder zu neuen Liebesgedichten hin.

Neben seine lyrischen Sammlungen stellten sich zahlreiche Prosawerke: der Roman »Raubmenschen« mit fremdartig mexikanischem Hintergrund sowie die Novellen und Erzählungen aus östlichen Ländern, die duftigen, von zarten Naturstimmungen durchwehten »Acht Gesichter am Biwasee« und die asiatische Sammlung »Lingam« mit den glutvollen Farben Indiens. Dieser empfindsame, von der fernöstlichen Welt berauschte Dauthendey konnte die leisesten Stimmungen malen, dem Feinnervigen entschleierte sich der wundersame Reiz einer Landschaft, in der die Kirschblüten den schönsten Frühling verkünden, während der dunkle Gong von Pagoden in das leise Trippeln der Geishas tönt. Man glaubt, japanische Holzschnitte zu sehen, wenn man diese Erzählungen liest, man meint, Lotosblüten zu schauen und den Duft von starken Gewürzkräutern zu atmen.

So überzeugend wie diese ferne Welt beschwor Dauthendey in seinen autobiographischen Werken »Der Geist meines Vaters« und »Gedankengut aus meinen Wanderjahren« die vertraute Atmosphäre der fränkischen Heimatlandschaft. Beglückend, wie der Dichter die Geburtsstadt Würzburg mit den alten Gassen, der barocken Residenz und den Weinhügeln lebendig macht und wie er die Stationen und Landschaften seiner Wanderungen einzublenden weiß. Dabei erscheint diesem Dichter der Allbeseeltheit die gesamte Natur von Liebe erfüllt, von Daseinsfreude bewegt: »Das ganze Leben ist im Grunde ein feinsinniges mächtiges Fest, das wir alle zusammen seit ewigen Tagen begehen.« Aus solchem Gefühl heraus bringt Dauthendey in seinen autobiographischen Büchern neben vielen kulturgeschichtlich interessanten Tatsachen seine sehr persönlich gefärbten Erlebnisse aus den Jahren der Jugend und Wanderschaft. Zu diesen Prosawerken, in denen die freud- und leidvolle Existenz des Dichters unmittelbar zu spüren ist, gehören auch die posthum erschienenen Briefbände »Ein Herz im Lärm der Welt« und »Mich ruft dein Bild«, in denen die schönsten Freundes- und Liebesbriefe zu voll tönenden Lebensakkorden vereinigt sind. Zugleich schweifender Weltbürger und heimatliebender Deutscher, dokumentiert Dauthendey in den Briefen sein unvergängliches Herz.

Ein reiches Werk – ein erfülltes Leben! Wie kann man da von einem gefährlichen Leben sprechen? Sollte man nicht lieber von der Gnade seines Daseins reden? Nun, die Gnade der Schöpfung war ihm gegeben – aber zugleich war sein Leben ein gefährliches Vabanque-

Spiel, in dem er alles einsetzte, um nur eins zu gewinnen: die Ewigkeit des Dichters. So wurde sein Dasein sorgenvoll, sehnsüchtig, reich und doch armselig – eine bittersüße Melodie von Geldverachtung, Armut, Not, Heimatliebe, Fernweh, von Glut und Leidenschaft, von Leichtsinn, Verschwendung und Güte und im letzten immer wieder von bedingungsloser Hingabe an die dichterische Berufung. Der Dienst am Werk war ihm das höchste Gebot, ihm hatte sich alles andere unterzuordnen.

Aus diesem Glauben an seine künstlerische Aufgabe gestaltete Max Dauthendey auch sein Leben. Und darum wurde sein buntes und von den Genien der Poesie beschwingtes Dasein auch sein schönstes und ergreifendstes Werk. Es war vergänglich und zerbrechlich, aber die Erinnerung an seine menschliche Pilgerfahrt wird am längsten leben.

Der wohlhabende Vater wurde vom Schicksal in die alte Frankenstadt Würzburg verweht und begründete dort – selbst ein namhafter Erfinder auf fotografischem Gebiet – ein Lichtbildatelier. Hier hätte der Sohn zeitlebens eine sichere Existenz gehabt, wenn er dem Willen des Vaters gefolgt wäre und den väterlichen Beruf erwählt hätte. Aber Dauthendey – schon als Junge ein schwieriger Schüler und dann eine unzureichende Kraft im väterlichen Betrieb – trotzte dem beharrlichen Wunsch des Vaters. Er verließ wild aufbegehrend das Elternhaus, hungerte in Berlin und Paris und unternahm ohne Geld Reisen nach dem skandinavischen Norden. Dann heiratete er ohne Mittel eine blonde Schwedin, die vielbesungene Annie, verliebte sich in die Würzburger Jugendfreundin, die Malerin Gertrud Rostosky, lebte aber bald wieder glutvoll entflammt mit seiner schwedischen Frau zusammen. Als armer Poet versuchte er mit zarten Stickereien in Paris Geld zu verdienen, doch dachte er kaum ernsthaft daran, sich und seine Frau mit einer »reellen Arbeit« zu ernähren – er wollte schreiben, nichts als schreiben. Dabei hätte er nach dem Tode seines Vaters und dem Antritt des Erbes die Möglichkeit gehabt, sich eine sichere Existenz aufzubauen. Aber die Heimat lockte ihn damals nicht, obwohl er sie liebte. Sie war dem Weltenbürger zu klein, zu eng. So nahm er das ererbte Geld und fuhr nach Mexiko, um sich dort anzusiedeln. Ein paar Stunden erst im fremden Land, erkannte er, daß er unter dem mexikanischen Himmel seine Verse nicht schreiben könne. Und um seiner Gedichte willen verzichtete er auf alle mexikanischen Pläne und kehrte schnell entschlossen über den Ozean zurück! Das Erbe war vertan.

Kurze Zeit später lockte Griechenland den Dichter. Aber auch dort fand er nicht die stille Arbeitsklause, die seine Phantasie ihm vorgespiegelt hatte. Schließlich suchte er doch in Würzburg, wo ihm der Gutshof der befreundeten Familie Rostosky mit dem sinnbildhaften Namen »Neue Welt« wie eine Heimat winkte, eine Bleibestätte für seine Arbeit. Die Not blieb auch hier sein ständiger Begleiter. Trotzdem war er kühn genug, mit fremden Mitteln 1905/06 rund um die Erde zu fahren, um neue Eindrücke für seine Dichtungen zu gewinnen. Er scheute sich nicht, sich von der reicheren Umwelt unterhalten zu lassen. Was galt das Geld der Bürger seinem dichterischen Genius! Es hatte ihm zu dienen! Wie oft waren Frau und Freunde unterwegs, um von Verwandten, Gönnern, Verlegern und Theaterleuten das Geld zusammenzubetteln, das der finanzfremde Dichter brauchte! Dabei war er überzeugt, daß er alles in Kürze zurückzahlen könnte: denn der klingende Erfolg für seine Dichtungen würde sich ja bald einstellen. Aber alles Geld war wieder schnell vertan. Darum war sein Entschluß, sich auf der Würzburger Waldhöhe ein Dichterhaus zu bauen, und zwar ausschließlich mit fremdem Geld, gefährlich genug. Eine Hypothek, die er auf das Haus erhalten sollte, wandelte er bedenkenlos in eine sonnenfrohe Italienreise um! Als er nicht mehr aus noch ein wußte, machte sich der Dichter auf seine dritte Weltreise! Erstaunlich, wie der arme Poet, der nach neuen dichterischen Erlebnissen hungerte, dies erreichte! Diesmal mußte der Norddeutsche Lloyd einspringen. Und der von Gläubigern gehetzte Dichter fuhr gen Insulinde.

Aber es war das Jahr 1914! Der Weltkrieg hielt den Heimwehkranken auf Java fest – in der Gluthölle der Tropen. In seinen Träumen sah er nicht nur die vulkanischen Teufelsgeister der unruhigen und flammenden fremden Erde, auch die Erinnerungen an die »heimatlichen« Gläubiger erschienen ihm wie drohende Gespenster. Romain Rolland und Bernhard Shaw bemühten sich mit Liebenden und Freunden vergeblich um seine Heimreise, die harten Gesetze des Krieges hielten den Malaria-Fiebernden in der Verbannung. Dort erlosch im Sommer 1918, als der Krieg in Europa zu Ende ging, das Leben des Dichters.

Max Dauthendey erlitt gleichsam den ihm vom Schicksal vorgezeichneten, den ihm gemäßen Tod. Arm und fremd ging er durch seine Epoche, eine Zeit der wirtschaftlichen Blüte, die Reichtümer aufhäufte und dann doch Entscheidendes in den Jahren des Krieges preisgab. In solchen Zeitläuften nahm Dauthendey um seiner Verse willen Hunger und Not auf sich. Ja, er war ein Hungernder, und selbst wenn er einmal Geld hatte, verließ ihn der Mammon sofort wieder, weil er wie ein Kind, wie ein reiner Tor den Wert des Geldes nicht spürte. »Sag Deiner Mutter, daß es ein Kreuz ist, wenn einem gar keine Welt gehört«, schrieb er seiner Jugendfreundin. »Lieber Gott, mache aus Sehnsucht Geld«, meinte er ein andermal, »dann könnte es auf der Welt vergnügt sein.« Wie pochte er auf seinen artgemäßen Unterschied zu den Geldmenschen: »Wir Künstlerleute haben mehr Recht zu leben, weil wir die Stärkeren sind und die Götter mehr Freude an uns haben als an den Geldkaufleuten.« Wie klagte er in Würzburger Mundart: »Es geht doch auf der Welt nix ohne Geld, und ich kann doch nix dazu, daß ich keins erben kann und verdienen auch nicht.« Das ist es, was ihn so ausschließlich als Menschen der Phantasie kennzeichnet: »Ich möchte am liebsten nur dichten dürfen und an keine andere Arbeit denken. Wie grausam das ist, wenn man zwei Berufe haben soll. Es macht mich sehr nervös, und ich halte es auch kaum lange aus.« Nun – Dauthendey hatte zeitlebens nur e i n e n Beruf, und da Honorare und Freundesgaben oft nicht ausreichten, hören wir nicht selten die Klage aus dem Mund des Notleidenden: »Ich habe wieder nichts zu essen gehabt.« Wie erstaunt schreibt der Alltags-Fremde: »Ich dachte gar nicht, daß es im 20. Jahrhundert noch Mode sei, daß Dichter hungern müssen.« Noch im Exil gesteht er 1915: »Mein Leben – immer die Geldangst, immer, auch wenn es Frieden wird. Auch wenn wir uns wiedersehen – bis der Tod kommt, bleibt die Geldangst immer bei mir.« Die Geldangst – da werden die Gläubiger zu drohenden Dämonen mit fratzenartigen Köpfen.

Gefährlich, wenn ein solcher Mann, bei dem die Alltagssorgen ständig zu Gast sind, von seiner dichterischen Berufung immer wieder zu kostspieligen Weltreisen veranlaßt, ja gezwungen wird. Ein anderer Dichter in der äußeren Bedrängnis Dauthendeys hätte vielleicht in armer heimischer Poetenstube gehaust, ein anderer mittelloser Weltenfahrer wäre in einem fremden Hafen verlumpt untergegangen. Dauthendey aber, der wie ein Traumwandler auf schmalem Dachfirst im Mondenschein dahinging, der wie ein Seiltänzer akrobatisch über das Zirkusseil eines waghalsigen Lebens schritt, blieb immer ein Herr. Nach einem Wort von Julius Maria Becker wirkte er schon äußerlich wie ein »indischer Prinz, ein Maharadscha«. Er reiste wie ein Gentleman, wie ein Autor, der im kommenden Jahr ohnedies den Nobelpreis bekommen würde und dann aller Sorgen enthoben wäre. So träumte er. Und er wurde erst aufgeweckt, als die Kanonen des ersten Weltkrieges auch in seine Traumwelt dröhnten.

Seine Welt war Verliebtheit, Preis der Natur in ihren vertrauten

und den bizarren überseeischen Formen, war romantische Beseelung des Alls. Seine Welt war die innere Spannung zwischen der fränkischen Heimat, diesem alten Kulturboden in Deutschlands Herzmitte, und der exotischen Weite in fernen Erdteilen. Eine Spannung, die auch metaphysisch zu begreifen ist als eine menschliche Wanderfahrt zwischen dem Diesseits unserer Erdenheimat und der Traumferne der Ewigkeit. Ein so sehnsüchtiger Mensch wie Dauthendey, der dem Himmelsflug der Wolken nachsann, war in vielen Jahren seines Lebens unterwegs. Wohl liebte er mit einer Innigkeit ohnegleichen jenen Gutshof oberhalb Würzburgs, in dem seine Mutter dereinst gestorben war, die »Neue Welt« mit dem einzigartigen Blick auf die Festung Marienberg und die Altstadt im Tale mit Brücken und Türmen. In hundert Gedichten und auf vielen Prosaseiten erklingt seine Zuneigung zu der Stadt eines Riemenschneider, eines Balthasar Neumann, zu der Stadt des Rokoko-Falkenhauses. Die freundlichen Hügel am Main, die Rebengärten, die traulichen Wälder, die blühenden Liebeswiesen – das war so sehr seine angestammte, eingeborene Heimat, daß er später ausrief: »Um einen Büschel deutsches Gras zu sehen, möcht ich mir beide Füße wundrot gehen.«
Und er lief sich seine Füße bei seinen Weltreisen wundrot, so daß er in einem letzten Gruß in die Heimat, als ihm alle Wege dorthin verschlossen waren, leise klagend gestand: »Nur mein Herz, nur meine Sehnsucht kamen in Deutschland an.« Man könnte allzu billig sagen: warum bebaute er dann nicht seinen heimatlichen Acker? Nun – er wußte, daß er mit seinen Reisen das Geld vertat, er wußte, daß er jedesmal nach der Heimkehr mit leeren Händen dastand. Aber als Künstler fühlte er sich nach solchen Reisen »gerettet«. »Ich kann wieder schaffen. Ich kann aus dem Vollen schöpfen«, rief er aus. Er erfaßte: nur derjenige, der alle Fernen durchwandert hat, erfährt im tiefsten den Segen der Heimat. Niemand liebte mehr das heimatliche Ithaka als Odysseus, der seine bergende Insel so lange entbehren mußte. Einem farbenseligen Dichter wie Dauthendey war es wie ein Lebenselixier, neben dem wolkenhohen Himmel seiner Heimat auch die Pracht der weiten Erde jenseits der sieben Meere kennenzulernen. Gleich einem gefährlichen Spieler wagte er dabei einen hohen Einsatz, er setzte alles auf eine Karte, er warf das Geld weg, wenn ihm dies seiner Dichtung wegen notwendig erschien. Er war kein Globetrotter aus Europamüdigkeit, aus Überdruß oder Neugierde, er war ein Weltenfahrer um seiner Kunst willen. Ihn – den Künstler, der das Fremdartige, das Neue, das Unerschlossene mit seiner farbenreichen Palette festhalten wollte, lockte ewig die Fremde,

er war, wie seine Dichterschwester Elisabeth Dauthendey sagte, ein »Pilger der Sehnsucht zu aller Ferne«.
Solche Sehnsuchtspilger sind von tausend Gefährdungen umgeben – nicht nur vom Stich der Moskitos, auch von den Ängsten, den Verlorenheiten, den Erschütterungen, die unter einem fremden Himmel aus der eigenen Seele vulkanisch ausbrechen. Das Abenteuer in den Urwäldern mit Papageien und giftigen Pfeilen lockte, der Farbenrausch des Ostens verzauberte. Er war ein Mensch wie Gauguin, der die neue Südseewelt für die Kunst entdecken wollte und der es auf sich nahm, daß sein empfindsames Herz im Zaubergarten der Tropen erbebte und schmerzhaft zitterte. Das Fernweh war für ihn wie ein Zaubertrank, der ihn fortzwang, wie ein schwer berauschender, ja zuletzt tödlich wirkender Wein. Hatte er erst den Becher mit diesem Zaubertrank an die Lippen gesetzt, dann konnten ihn weder Geldsorgen noch andere »vernünftige« Reden veranlassen, zu bleiben. Sein »Daimon« trieb ihn in die Schiffskabine, in die fremden Hotelzimmer. Nicht eine gewöhnliche Wanderlust jagte ihn fort, es war seine Sendung, sein Schicksal.
Dabei spürte er, wie Oskar Loerke von der letzten Ausreise des Dichters erzählt, die Gefahren, »die seinem schicksalhaft notwendigen Drange, über den Planeten zu ziehen, entgegen sein konnten«. Aber auch dieses instinktive Bangen konnte ihn nicht zurückhalten: er mußte dann das Kreuz des Südens aus dem Nachthimmel der Tropen leuchten sehen, als könnte er dort – gleichsam über die dampfenden Urwälder erhoben – die Sphärenklänge seiner Weltfestlichkeit in den machtvollsten Harmonien hören. Als könnte er für diese Klänge nur dort die richtigen, genau so machtvoll klingenden Worte finden. Wahrhaftig kein Bürger, ein Mensch, der die drohenden Stimmen seiner Gläubiger überhörte, um im Wüstenwind Tibets den ewigen Sturmstimmen zu lauschen und diese in seine Verse eingehen zu lassen. Wenn er dann den Mond über dem japanischen See wie einen Lampion aufgehen sah, dann bebte sein Herz beim Entstehen und Gelingen eines Gedichtes. Ein Leben für ein gutes Gedicht – ein paar Töne der singenden Welt im leisen Hauch eines Gedichtes zu bewahren! Harfe zu sein, Klang zu sein, Melodie zu werden wie der Wind selber. Eine solche Existenz war nicht fest auf diese Erde gegründet, sie war so leicht zu zerbrechen wie japanisches Porzellan, das Dauthendey liebte.
»Von aller Qual des Daseins hat er sein voll gerüttelt Maß getragen«, bekennt die Schwester Elisabeth. Er kümmerte sich weder um die Geschäftigen noch um die Geschäfte dieser Erde. Er wollte

nur seine Lieder singen: und so ist sein Lebenslied selber zur Ballade eines weltschweifenden Dichters geworden. Er wußte, nach einem Wort seines Verlegerfreundes Korfiz Holm, daß der Dichter den gefährlichsten aller Berufe habe. Gewagt war sein Leben durch die völlige Verkennung des Lebensnotwendigen, durch seine ihm alle möglichen Gefahren androhende Phantasie, durch die anstürmenden Ängste, die ihm die Ruhe nahmen und ihn schließlich wieder forthetzten, als er schon bereit war, im selbst erbauten Haus vor Anker zu gehen. So wurde er, wie seine Frau Annie es nannte, »der Heimwehdeutsche«. Oder, mit den nüchternen Augen eines Angestellten vom Cook-Reisebüro gesehen: »Sie also sind der Mann, der ohne Geld rund um die Erde fährt.« Freilich, die liebenden Augen der Malerin Rostosky sehen ihn so: »Dauthendey leben zu sehen, das war, wie wenn man einem Kinde zusieht, das am Grabenrande spielt, jeden Augenblick in Gefahr abzustürzen.«
Ja, er hat geborgt, er hat lange wie ein Bohemien gelebt, er hat Schulden gemacht, hat seine Gläubiger nicht bezahlt, er war oft skrupel- und bedenkenlos im Geldbeschaffen und Geldausgeben – aber er hielt es eben für eine selbstverständliche Pflicht der Vermögenden, ihn, den Dichter, auszuhalten – er lebte nicht in dem Umkreis der Brotverdiener, der Banken, der Konzerne, er lebte in der Leidenschaft seiner Liebe, im Vertrauen auf die Unsterblichkeit aller Dinge und Erscheinungen und im Wortrausch seiner Dichtungen. Aus dieser Lebensauffassung heraus bekennt er: »Ich muß den Seemann oft im stillen mit dem Künstler vergleichen. Das, was dem Bürger, dem unkünstlerischen, in den Städten als das wirkliche, zu erstrebende Dasein erscheint, das behandeln wir Künstler mit leisem Hohn. Besitz, Eigentum, äußerer Stand, gesammelter Reichtum, Orden, Adel, ängstlich behütete Formen dünken uns Künstler lächerlich. Das ganze wirkliche Leben in den Bürgerkreisen erscheint uns, mit geistig frischen und herzlich freiheitlichen Augen betrachtet, ein Regenbogen, eine Seifenblase, und wir können uns zum Staunen der ehrenwerten Bürgerherren nie entschließen, wegen Besitz, Orden und Adel unsere Idealwelt preiszugeben, unseren Herzenszug, den Zug zur Schöpfung eines Kunstwerkes, auch wenn es keine sichere nützliche Kapitalvermehrung verspricht. Wir leben auf dem Meer der Phantasie, in dem endlosen Reich der idealen Träume. Ähnlich wie der Seemann finden wir unseren Lebensernst und unsere Lebensehre fern von der Küste der Bürger, auf einem ewigen Wandern begriffen, in ewigen Meeren der Träume ... Es zieht uns in unsere Einsamkeit hinaus, auf das Riesentraummeer, wo wir Herren, unumschränkte

stolze Meister sind, wo wir uns nie so allein fühlen im Unendlichen als sonst im Endlichen. Die Sehnsucht nach der unendlichen Freiheit der Meere, die Sehnsucht nach dem ewigen Wandern mit Licht und Welle zwischen Himmel und Erde verbindet mich als Künstler dem Seemann so innig.«

Ein Seemann mit allen Gefahren, denen in früheren Jahrhunderten ein Seefahrer ausgesetzt war, ist Max Dauthendey. Als er bei seiner letzten Reise auf das »Riesentraummeer« hinaussegelt, ahnt er sein Schicksal und spricht von einer »Totenfeier mit Randersackerer Wein«. Und bei einer Kennzeichnung der Tropen meint er: »Wie malerisch man dort in allen Regenbogenfarben sterben kann!« Und so drängten und häuften sich alle gefährlichen Spannungen der Lebensjahrzehnte in den letzten Jahren seines Südsee-Exils bedrohend und vernichtend zusammen. Ein Verzweifelter in einem tropischen Paradies! Sein von Frauenliebe, Sehnsucht und Heimweh erschüttertes Herz fand unter dem Gluthimmel des Äquators die äußersten Klage-Worte: Das tropische »Licht ward zur Dornenkrone. Täglich drückt sie mich mehr.« In der wachsenden Stille des Vergehens sah der Fiebernde die blühende wuchernde Welt unter dem heißen sphärischen Blau. Noch künden seine Briefe von Liebe und Weltfrömmigkeit, noch versucht sich der Landschaftsdichter wie ein farbentrunkener Impressionist an der Scheinwelt der lodernden Lichter, noch strömen seine schönen festlichen Worte. Noch lebte er aus dem Herzen, das unter den Fieberbränden qualvoll zuckte. In mancher sternenhellen Nacht lauschte er all den Tier-, Pflanzen- und Windstimmen des Lebensfestes, während seine Sehnsucht den heimatlichen Amselschlag herbeiwünschte. Was für ein Schicksal: der Sänger, der die tropische Überfülle dieser Südseewelt so leidenschaftlich verherrlicht hatte, erkannte nun den tödlichen Anhauch dieser Fülle und verging, verschmachtete im Verlangen nach dem kühlenden Atem der grauen, nebelverhangenen Nordwelt.

Die Götter fügten es, daß dieser Dichter des Fernwehs, dieser »zeitlos reine Dichter«, wie ihn Hans Carossa nannte, in der Ferne sterben mußte. Aber die Götter schenkten dem im Heimweh Erloschenen Jahre später auch die Gnade der Heimkehr. In das Würzburger Lusamgärtlein, das der Legende nach Dauthendeys dichterischem Vorfahr Walter von der Vogelweide einst als Grabstätte diente, wurde Dauthendey von seinen Freunden heimgeführt – ein Opfer des Krieges jener bürgerlichen Welt, der er so fremd war. »Und feierlich löst sich dein Bett aus dem fernen Schoß der Erde – und du kehrst heim«, sang die Schwester Elisabeth in einer Nänie. Doch noch einmal wurde die Ruhe des Heimgekehrten unterbrochen, als am 16. März 1945 die Bomben Würzburg zerstörten. Nach dem zweiten Weltkrieg bettete man den Dichter in den Würzburger Friedhof um, dort, nahe bei den vielen anderen Toten der von ihm so vielbesungenen Stadt, ruht er von seiner Erden- und Weltenfahrt aus.

Seine geliebte Frau Annie, die alle Gefährdungen mit dem Dichter teilte, ehe er zu seiner letzten Reise aufbrach, kam im Dresdener Feuersturm ums Leben. Seine Freundin Gertrud Rostosky, die das schwankende Lebensschiff Dauthendeys so oft in der Würzburger »Neuen Welt« anlegen sah, hütete über die Jahre das Andenken der Jugend.

Die Freunde des Dichters, der vor seinem Tod von dem Gedanken getröstet wurde, »daß wir alle im Ewigen weiterleben«, ahnen selber die gefährdete Existenz der »reinen Dichter«. Sie geben nun der Stimme Max Dauthendeys das Wort, auf daß er noch einmal seine eigenartigste Melodie zu singen anhebe, das Lied seiner Ausfahrt, seiner Reisen und Wanderungen, seiner Leidenschaft und Verliebtheit, das Lied seines Lebens.

DR. HERMANN GERSTNER

WÜRZBURGER KINDHEIT

Herkunft der Mutter

St. Petersburg 1837 am 11. Mai! An einem Maitag an der Newa, als die Sonne auf der goldenen Kuppel der Isaakskathedrale glänzte und das Newawasser die letzten Eisschollen aus dem Ladogasee zur Ostsee hintrieb, wurde meine Mutter geboren. Sie war ein Kind deutscher Kolonisten, die zur Zeit Peters des Großen aus Süddeutschland, aus Hanau, kamen und sich in Petersburg niederließen. Die Eingewanderten waren ihrem Beruf nach Wollenweber und Orgelbauer. Ich selbst hörte noch im Jahre 1889, als ich zum ersten Male in Petersburg war, eines Sonntags in der holländischen Kirche dort die Orgel, welche mein Urgroßvater mit seinen Händen gebaut hatte.
Eine kleine Welt von fleißigen Arbeitern, Handwerksleuten und Meistern in ihrem Beruf tritt beim Ablesen der Geburtsjahreszahl meiner Mutter und ihrer Sterbejahreszahl 1873 aus dem Grabe vor mich hin ins Leben.

Vom Vater und der Heimatstadt

Weltgrößer, europäischer möchte ich es nennen, wird aber mein Geist, wenn ich die Geburts- und Sterbejahreszahl meines Vaters: 1819–1896 betrachte. Der stolze Aufschwung, den das neunzehnte Jahrhundert in technischer Beziehung und auch in geistiger Aufklärung genommen hat, spiegelt sich kräftig wider im siebenundsiebzigjährigen Leben meines Vaters. Dieser hatte Mechanik und Optik erlernt und führte die Daguerreotypie in Petersburg ein. Durch eine Empfehlung der Herzogin von Dessau an die Kaiserin von Rußland kam er mit dreiundzwanzig Jahren nach Rußland.
Seines zwanzigjährigen Aufenthaltes unter der slawischen Rasse endlich überdrüssig, außerdem von plötzlichen Unglücksfällen verfolgt, trieb meinen Vater die Sehnsucht nach Deutschland aus Petersburg fort. Er kam mit seiner zweiten Frau, meiner Mutter, in die Heimat zurück und ließ sich, durch einen Zufall geführt, 1864 in Süddeutschland, in Würzburg nieder, wo er wieder ein Atelier baute, aber in den letzten Jahren seines

Lebens hauptsächlich fotografischen Erfindungen, chemischen Experimenten und chemischen Studien seine alten Tage widmete.
Hier in Würzburg wurde ich am 25. Juli 1867 geboren, als mein Vater achtundvierzig Jahre alt war. Und heute, da ich dieses niederschreibe, stehe ich selbst im fünfundvierzigsten Lebensjahre.
Nach vielen Fahrten, die ich durch Europa und über Europas Grenzen hinaus machte, und nach meiner letzten Reise rund um die Erde habe ich mich hier niedergelassen. Die Fenster meiner Wohnung sehen auf den alten Fluß hinaus, auf den sanften Main, der am Fuße des Marienberges unter steinernen Brücken leicht rauschend hingleitet. Auch mein Vater hatte hier einst bei einer der Brücken, vor mehr als fünfzig Jahren, als er aus Petersburg kam, an der »alten Mainbrücke« seine Wohnung genommen, und dort sehe ich noch heute, wenn ich am Kai spazierengehe, das Atelier, den kleinen Glaskasten, den er an der Rückseite eines großen Wohnhauses anbauen ließ.
Wohl sind in der Stadt einige Straßen seitdem erweitert worden. Die Ringparkanlagen, die sich rund um die Stadt ziehen, die ich als neunjähriger Knabe anpflanzen sah und die jahrelang wenig Schatten gaben, sind jetzt dunkelschattig geworden, und hohe gewölbte Alleen führen dort an reichen Gebüschen und Blumenpflanzungen vorbei. Aber dem Innern der Stadt merke ich es kaum an, daß ich fünfundvierzig Jahre mit seinen Häusern älter geworden bin.
Nur die hohen Bäume der Glacisanlagen, die mit den Jahren zum Himmel wuchsen – und ihre Zweige und Wipfel gewaltig ausstrecken lernten, wie der älter werdende Mensch seine Gedanken –, hauptsächlich an diesen Bäumen kann ich es sehen, daß ich bald ein Menschenalter die fränkische Luft, den fränkischen Boden und die fränkischen Laute meine Heimat nenne.
Immer wieder bin ich vom Auslande zu dieser Stadt zurückgekehrt. Ich besaß keine Erde und kein Gut hier, das mich hätte anlocken können, stets wieder von neuem das Mainufer aufzusuchen. Das einzige Gut, das einzige Stückchen Erde, das ich mein nannte, als ich wiederkam, war das kleine Viereck Erde des Familiengrabes da draußen im Friedhofgrund.
Die Blumen, die im Sommer hier auf dem Grabe stehen, haben mich mit ihrem Duft rund um die Erde verfolgt, und die Toten,

die hier unter dem Efeu zu Erde werden, sind noch heute meine treuesten Begleiter, meine unterhaltendsten Erzähler in den wenig veränderten Straßen der alten fränkischen Stadt.

In den letzten Jahren seines Lebens – ehe mich die Wanderlust von zu Hause forttrieb – sehe ich meinen siebzigjährigen Vater Abende und Vormittage am Schreibtisch in seinem Zimmer sitzen und sehe den immer ernsten Mann eifrig und tief gedankenvoll Notizen zu seiner Lebensgeschichte aufzeichnen. Viele Papierbogen hat er beschrieben. Aber sei es, daß über dem zähen Ausfeilen der deutschen Sätze und bei seiner haarscharfen Gewissenhaftigkeit ihm der Faden der Erzählung entglitt oder daß den feurigen Mann das Niederschreiben nicht so befriedigte wie das mündliche Erzählen, in welchem er ein Meister war – kurz: von den vielen Stunden, die er seinen Aufzeichnungen widmete, fand ich als Endergebnis in seiner Ledermappe nach seinem Tode nur einige wenige, mit großem Fleiß und großer Klarheit niedergeschriebene Seiten und außerdem einen Papierbogen, auf welchem Hunderte von Kapitelüberschriften aufgezeichnet stehen. Aber zur Ausarbeitung dieser Kapitel ist es nie gekommen.
Bei meinem letzten Besuch vor seinem Tode legte mein Vater seine große starke Hand auf meine Schulter und sagte:
»Mein Junge, siehst du, mit dem Niederschreiben meiner vielen Geschichten und meiner vielen wechselvollen Lebensschicksale komme ich doch nicht zurecht. Es fehlt mir etwas: die Begabung, die Worte in der Niederschrift so stark zu gestalten, daß sie den Eindruck des selbstverständlich Erzählten machen. Aber du, glaube ich, du wirst einmal mein Buch schreiben können. Ich staune, wie leicht dir das Wort in die Feder fällt. Versprich mir also, wenn du einmal Muße und Lust haben wirst, daß du dann meinen Lebensroman schreiben willst.«

Die Zigaretten des Vaters

So senkrecht wie die Bäume im Schnee standen, so senkrecht stand immer der Federhalter meines Vaters in seiner Hand auf dem Papier still, wenn er nicht weiterschreiben konnte. Neben ihm lag dann am Schreibtischrand seine gewohnte Zigarette, die dort für sich allein weiterrauchte. Und wenn ich zufällig durchs

Zimmer ging und die einsam rauchende Zigarette neben dem weißen Papierbogen ansah, so wünschte ich dem alten Mann, daß er die Zigarette wieder in den Mund nehmen möchte oder zwischen die Finger, wo sie hingehörte, und daß der so lange Zeit stillstehende Federhalter sich an Stelle der Zigarette auf den Schreibtisch legen sollte. Es stand dem alten lebhaften Mann nicht gut an, daß er mit dem Federhalter in der Hand nachdachte. Denn er erzählte uns immer seine schönsten Geschichten mit der glühenden Zigarette in der Hand, und er konnte wundervoll erzählen, aber nur mit der Zigarette in der Hand.

Mit den Zigaretten meines Vaters hatte es eine eigene Bewandtnis. Diese Zigaretten, die er vom frühen Morgen bis spät nach Mitternacht ununterbrochen rauchte, waren weder der Form noch dem Inhalt nach alltägliche Zigaretten und nicht solche, wie man sie in den Zigarrenläden kauft. Sie wurden eigens in unserem Hause, jede Zigarette einzeln, mit Sorgfalt von meinen Schwestern, von mir oder von einer weiblichen Verwandten für meinen Vater täglich frisch angefertigt. Sie waren dick und lang wie ein Zeigefinger, und ihre Papierhülsen wurden in einer besonderen Fabrik für meinen Vater hergestellt, und auch der türkische Tabak wurde uns aus Konstantinopel in kleinen Kistchen geschickt. Die Papierhülsen wurden, nachdem sie mit Tabak gefüllt waren, an beiden Enden zugedreht.
Es gehörte zum Bild unseres Familientisches, daß Sommer und Winter fast jeden Abend oder Nachmittag einer von uns vor einem ausgebreiteten Papierbogen saß, auf dem ein angenehm duftender, honiggelber Tabakhaufen lag, aus dem er stundenlang für meinen Vater Zigaretten verfertigte. Mit einiger Übung konnte man an einem langen Abend hundert Zigaretten herstellen. Dieser Vorrat reichte aber kaum drei Tage, denn mein Vater war ein starker Raucher, und seine verschiedenen großen Zigarettentaschen, deren er viele aus Schildkrot und Leder besaß, mußten ihm, immer gefüllt, in seinen Paletot oder in die Taschen seiner Haus- und Ausgehröcke gesteckt werden. Er war unglücklich, wenn er seine Zigaretten einmal vergaß oder wenn man vergessen hatte, ihm die Zigarettentasche zu füllen, und er nichts zu rauchen bei sich trug. Beim Schachspielen, beim Briefschreiben, beim Spazierengehen, auf der Jagd im Spessart, beim Essen, beim Einschlafen und beim Aufstehen war die brennende

Zigarette seine Begleiterin. Nicht bloß wir, niemand in der ganzen Stadt konnte sich meinen Vater ohne Zigarette vorstellen. Und diese große seltsame Zigarette, die nur für ihn angefertigt wurde, die er in Petersburg zu rauchen sich angewöhnt hatte und die er immer russisch »Papyros« nannte, habe ich seit dem Tode meines Vaters bei keinem Menschen wieder gesehen. Diese Zigarette ist mit meinem Vater wie in die Erde verschwunden. Ich selbst rauche fast nie, aber noch lange, nachdem mein Vater gestorben war, mußte ich öfters eine türkische Zigarette in meinem Zimmer anzünden, um mir dieselbe Luft zu verschaffen, die meinen Vater immer umgab und die blau voll Zigarettenrauch war.

Die Stadt meiner Toten

Die ganze Stadt Würzburg und ihre Umgebung hat für mich noch eine unsichtbare Stadt in der Stadt: die Stadt meiner Toten, der Toten, die unter den Lebenden, von alter Zeit erzählend, umhergehen.

Ganz kleine Anlässe können mir plötzlich einen meiner Gestorbenen aufwecken. Wie ich vorher schon sagte: beim Zigarettenrauch, bei türkischem Tabak sehe ich unfehlbar meinen Vater vor mir. Meine Mutter aber sehe ich, obwohl ich ihr Bild kaum noch in der Erinnerung trage – da ich sechs Jahre alt war, als sie starb –, wenn beim Westwind über den Main herüber, an dem ich wohne, die Trompetensignale der sich übenden Trompeter und auch die Trommeln von der Rückseite der Festung herübertönen.

Meine Mutter lag mehrere Sommer lang krank auf einem Gute, (»Neue Welt« genannt), das am Nikolausberg liegt. Da sie in Petersburg, im frischen Norden, geboren war und erst, als sie bald dreißig Jahre alt war, nach Süddeutschland in die Kalkstaubluft Würzburgs kam, begann ihr Kehlkopf bald zu kränkeln, und sie hüstelte fortwährend. Man schickte sie nach Meran, und dazwischen lebte sie mehrere Monate auf jenem Gute draußen vor der Stadt Würzburg, wo am Berg die Luft frischer und gesünder ist als im heißen Maintal unten. Dort verbrachte ich als kleiner Knabe manche Tage bei ihr, und alle Spiele, die ich mit ihr spielte, und alle Stunden, die ich in ihrer Nähe dort zubringen durfte, waren durchhallt von den Übungen der Trompeter, die, über den Kühbachsgrund herüber, vom Morgen bis

zum Abend mit Trommelwirbel und Marschsignalen auf dem Festungsberg »Marienberg« die Luft erfüllten.
Heute noch, nach vierzig Jahren, üben die Trompeter dort weiter, und ganz plötzlich, wenn der Wind sich wendet, kommen auch die Trompetenstöße über den Main in meine Zimmer. Dann verjüngt sich alles. Dann rollt das Zeitrad in einer Sekunde vierzig Jahre zurück, und ich sehe meine Mutter wie in alter Zeit in einem sonnigen Zimmer herumgehen, und immer steht in diesem Zimmer seit vierzig Jahren ein unverwelkter, feuerroter Mohnblumenstrauß.
Meinen Vater aber, mit dem ich noch dreiundzwanzig Jahre nach dem Tode meiner Mutter das Leben teilte, sehe ich noch bei unendlich vielen kleinen Anlässen, und er geht beinahe wie ein Lebender bei mir aus und ein.

Die Augen der Mutter

Am ersten November, am Allerheiligentag, an welchem hier in Würzburg, im katholischen Lande Bayern, die Gräber mit Blumen und Kränzen geschmückt und am Abend alle Grabampeln angezündet werden und um die Grabhügel kleine Talgnäpfe gestellt sind, die, zur Dunkelheit angezündet, Lichterketten bilden, so daß es aussieht, als sei der weite Friedhofboden ein einziges beleuchtetes Transparent geworden, an diesem Tage, der so festlich der Toten gedenkt, trug ich vormittags in Begleitung meines Vaters immer einen Kranz an das Grab meiner Mutter. Manchmal war dann schon der erste Schnee gefallen. Die Wege waren von einer dünnen wässerigen Schneeschicht bedeckt, in der man die Fußabdrücke der kleinen und der großen Stiefelsohlen sah, die in der frühen Vormittagsstunde alle nach dem Eingang des Kirchhofes hinmündeten.

Grau wolkenerfüllt die Himmelsräume,
Geschwärzt von Nässe die kahlen Bäume.
Der Morgen ist wie der Abend verlassen,
Und nur der Regen lebt auf den Straßen.

Die Leute, die hinaus sich wagen,
Die seh' ich Totenkränze tragen.
Und alle hin zu den Friedhöfen gehen,
Wo für Stunden die Toten heut auferstehen.

Und höre ich nachts den Regen gießen,
So sehe ich Gräber, die sich nicht schließen:
Herzwünsche, die wir lebend begraben,
Die zu verschütten wir nicht genug Erde haben.

Auf dem Heimweg vom Friedhof erzählte mir mein Vater manches Mal, wie er meine Mutter kennengelernt hatte. Er begann diese Erzählung, nachdem er mit Tränen in den Augen sich vom Grabe abgewendet hatte und eine Weile schweigend neben mir hergegangen war. Vorher wischte er sich mit einem Taschentuch, das immer so weiß wie der Neuschnee war, die Augen, und während ich jetzt heute daran denke und wieder in Gedanken neben ihm in der kühlen Schneeluft gehe, rieche ich auch den frischen Kölner Wohlgeruch, den immer sein schneeweißes Taschentuch ausströmte. Mein Vater haßte alle Riechwasser, nur »Kölnisches Wasser« mochte er leiden.
Nachdem er das Taschentuch wieder in die äußere Brusttasche gesteckt hatte, so daß ein weißer Zipfel keck aus dem Taschenschlitz hervorsah, zog er, ehe er seinen Pelzmantel über dem Rocke schloß, seine Zigarettentasche heraus, blieb einen Augenblick stehen und zündete sich eine seiner großen Papyros an.
»Junge«, sagte er, »deine Mutter war die sanfteste Frau der Welt. Ich bin oft heftig zu ihr gewesen, aber nie gab sie mir ein heftiges Wort zurück. Sie schwieg dann. Ich war cholerisch und mußte mich oft in Heftigkeit austoben, wenn mich Leute in meinem Beruf geärgert hatten oder wenn irgendeine Sache nicht so ging, wie ich es mir vorgestellt hatte. Deine Mutter aber legte mir sanft beruhigend die Hand auf die Schulter, und ihre Augen – ach, ihre großen stillen Rehaugen, sie waren besänftigender als irgendein Wort.
Wenn du einmal heiratest, mein Junge, dann sieh nicht aufs Geld. Sieh auf die Augen und auf die Art der Frau, die du wählst. Wenn ihr Charakter sich dir fügt und anschmiegt, so hast du fürs Leben davon mehr Glück, als wenn du eine reiche widerspenstige und verwöhnte, unbescheidene Frau heiratest.
‚Wie du willst, Karl', das war der stete Ausspruch deiner Mutter. Nachgiebig, ergeben und gottesfürchtig war sie. Solch eine Frau wünsche ich dir einmal, mein Junge.«
Und er fuhr fort:
»Ich sehe noch deiner Mutter Augen, wie sie mir zum erstenmal begegneten, als ich bei einer Abendgesellschaft in Petersburg

im Hause des Bruders deiner Mutter war. Da ich nicht Karten spielte, saß ich im Spielzimmer mit eben diesem meinem zukünftigen Schwager an einem kleinen Tisch und spielte Schach. Ich war Witwer und schon ein hoher Dreißiger und tanzte nicht wie die Jüngeren der Gesellschaft, die draußen in einem großen Saal bei Klaviermusik walzten. Meine Teetasse, die neben meinem Schachbrett stand, war, so oft ich sie auch leerte, von irgendeiner aufmerksamen Hand immer wieder durch eine gefüllte Tasse ersetzt worden.
Ich hatte über dem Schachspiel jedesmal versäumt, aufzusehen, um mich für die Liebenswürdigkeit zu bedanken. Als ich dann aufschaute, trat ein junges achtzehnjähriges Mädchen mit einem silbernen Tablett zu mir und fragte, ob ich Zitrone zum Tee nähme. Vor Staunen über die großen dunkelbraunen, sanften jungen Mädchenaugen konnte ich mich nicht gleich zu einer Antwort sammeln, und die junge Dame wiederholte leise und ein wenig lächelnd die Frage. Mit diesem einen Blick hatte ich deine Mutter gefunden.
So unbedeutend diese kleine Begegnung war, so nachhaltig bestimmend war sie für mein ganzes späteres Leben. Ich hatte oft im Hause deiner Großmutter verkehrt, ohne jemals diese jüngste Tochter beachtet zu haben, und als ich in der Nacht nach diesem Gesellschaftsabend immer an die wunderbar sanften braunen Mädchenaugen denken mußte, schlug ich mich erstaunt vor die Stirn und fragte mich: wo hatte ich bis heute meine Augen, daß ich dieses anziehende Mädchen nicht bemerkt habe!
Bald darauf waren wir verlobt; ein Jahr darauf verheiratet; aber niemals in allen Jahren der Ehe habe ich mich in der Sanftheit und Ergebenheit deiner Mutter getäuscht oder betrogen gefühlt.«
Nachdem mein Vater dieses erzählt hatte, gingen wir schweigend nebeneinander nach Hause, und als wir in die Haustüre getreten waren, umarmte er mich und sagte:
»Du hast die Augen deiner Mutter, was mir manches Mal Sorge macht. Denn ein Mann sollte harte Augen haben. Versuche aber dein Herz zu stählen. Dann wird es dir wohl nie schlecht gehen.«

Zweimal hat sich mein Vater in Petersburg verheiratet. Zwei Frauen, die dort geboren, aber von deutscher Abkunft waren, machte er sich nacheinander zu Lebensgefährtinnen. Sieben Kinder wurden ihm von beiden Frauen in Rußland geboren. Ich, sein achtes Kind, bin der einzige, welcher nach dem zwanzigjährigen russischen Aufenthalt meines Vaters und nach seiner Rückkehr nach Deutschland, im dritten Jahre nach seiner Ankunft, hier in Würzburg auf deutschem Boden geboren wurde.
Ich erinnere mich aus meiner ersten Jugendzeit, daß es mir nie richtig klar wurde, ob ich eigentlich nach Rußland oder nach Deutschland gehörte, denn unser ganzer Haushalt war von russischen Einflüssen und russischen Sitten immer stark durchsetzt. Alle großen Festtage wurden nicht gerade doppelt gefeiert, aber doch war immer das Fest russischen Datums, welches zwölf Tage später fällt, eine Art Erinnerungstag bei uns. Wir ließen zu Weihnachten oder beim Osterfest das später fallende Fest im Gedenken an die vielen Petersburger Verwandten und zu Ehren meiner Petersburger Großmutter nicht unbeachtet vorübergehen.
Auch spielten das Teetrinken und der Samowar in unserem Haus eine große Rolle. Ebenso wurden zur Fastenzeit die russischen Speisen gegessen, Blinis mit russischem Kaviar, der aus Petersburg kam, Pirogen – das sind verschiedenartig gefüllte russische Pasteten – und die Tschisuppe, eine Weißkohlsuppe, wie sie zur Winterzeit im russischen Volke gebräuchlich ist. Außer den Papyros, den russischen Zigaretten, die mein Vater sich in Petersburg zu rauchen angewöhnt hatte und ohne die er uns undenkbar war, war es vor allem das tägliche Teetrinken, das, weil es damals in Deutschland noch nicht so gebräuchlich war wie jetzt, mich jedesmal nach Rußland versetzte.
Auch die russische Sprache, die mein Vater und meine Mutter vor den Dienstboten sprachen, wenn diese den Inhalt des Gespräches nicht verstehen sollten, wirkte zu meinem Fremdgefühl mit. Ebenso das Russischsprechen meiner Stiefschwestern untereinander, welche sich in dieser Sprache in meiner Gegenwart laut ihre Mädchengeheimnisse mitteilen konnten, ohne daß ich den Inhalt begriff – dies alles umgab mich nicht Russisch sprechenden Deutschen in der Familie mit einer fremden Luft, so daß ich in den ersten Kinderjahren mich nicht so in Deutschland zu Hause fühlte wie meine deutschen Spielkameraden.

Obwohl kein Tropfen russisches Blut in meinen Adern ist, hat es mancher Jahre bedurft, bis ich mir völlig klar wurde, daß nicht Rußland, sondern Deutschland meine Heimat war. Denn man hatte mich, als ich im vierten oder fünften Lebensjahr hier in Würzburg in eine Kinderspielschule geschickt wurde, auch in russische Kleider gesteckt. Ich trug immer Stulpstiefel, weite russische Pluderhosen, darüber einen schräg geknöpften Kittel, der um die Hüften von einem Gurt zusammengezogen wurde. Im Winter war ich in einen langen russischen schwarzen Samtmantel gekleidet; der war mit winzigen Goldknöpfchen schräg auf der Schulter geknöpft, mit Pelz verbrämt, mit dunkelroter Seide gefüttert, und außerdem war der Mantel von einem schmalen gestickten, echten russischen Seidengürtel zusammengehalten. Dazu trug ich eine schwarze Samtmütze mit Pelzbesatz und rotem Seidenfutter.

Mein Vater und meine Mutter freuten sich, an mir Jüngstem russische Erinnerungen zu pflegen. Für meine Mutter, die in Petersburg geboren und auferzogen war, war meine russische Tracht ein so altlieber und gewohnter Anblick, daß sie daran kaum etwas Fremdes finden konnte.

Aber ich hatte in der Schule unter den Würzburger Kindern viel Pein und Befremdungen zu ertragen. Ich war wie ein weißer Sperling, den alle andern mißtrauisch umhüpfen durften, von einigen bestaunt, von den andern verhöhnt.

Ich selbst aber ahnte gar nicht, daß meine Kleidung mir diese peinliche Sonderstellung errang. In meinem vierten und fünften Lebensjahr waren Kleider für mich nur notwendige Umhüllungen, und ich hatte keine Ahnung, da doch alle Kinder verschieden gekleidet waren, daß meine Kleidung so grundverschieden von den andern war. –

Auch in unseren Zimmern gab es viele Dinge, an die sich russische Erinnerungen knüpften.

Die Totenmaske des Kaisers Nikolaus des Ersten hing weißleuchtend in meines Vaters Schreibzimmer über einem Bücherständer und darunter an einem Nagel ein sogenannter Totschläger, eine fußlange Waffe. Dieser Totschläger war aus Rohren zu einem daumdicken Stab geflochten, und an beiden Enden waren in ein feineres Geflecht eigroße Bleikugeln fest eingearbeitet. Diese Waffe hatte mein Vater nachts auf der Straße in Petersburg bei sich getragen, um gegen Überfälle gesichert zu sein; denn kleine Taschenrevolver kannte man damals noch nicht.

Außerdem waren da Jagdgeräte über den Türen angebracht: eine russische Jagdtasche aus hellfarbenem Leder, ein Pulverhorn und alte Jagdflinten, die mit Ladestöcken geladen wurden, welche Dinge alle, wenn ich sie ansah, mich sofort nach Rußland versetzten, an den russischen Hof, auf die Petersburger nächtlichen Straßen, in russische Troikas und in russische Urwälder, wohin mein Vater, der in seinen Mußestunden auch ein leidenschaftlicher Jäger gewesen, mich oft mit seinen Erzählungen geführt hatte.

Wege zur Mutter

Zwischen meines Bruders Geburt und der meinigen hatte meine Mutter noch die Geburt eines toten Knaben gehabt. Schon diese hatte sie sehr schwach gemacht, und meine Kindheitseindrücke, die ich bis zum sechsten Lebensjahr von meiner Mutter habe, sind nur die ihres stillen Leidens und ihres langwierigen Krankseins. Ich erinnere mich aber nicht, daß die Krankheit sie ungeduldig gemacht hätte, daß sie zu mir hart oder heftig gewesen wäre oder daß sie mich geschlagen hätte. Sie war immer milde und führte mich sanft ins Leben ein, so wie ein blauer stiller Frühlingshimmel die Knospen herauslockt. Und sie war trotz ihres Krankseins immer fleißig und schneiderte sogar selbst meine kleinen Kleider. Ich erinnere mich, daß sie mir noch kurz vor ihrem Tode aus München einen neuen Anzug schickte, den sie nach russischer Art zugeschnitten hatte und dessen Taschen mit süßen Makronen angefüllt waren; so echt mütterlich bedachte sie mich stets in ihren Krankheitsjahren.
Mein Vater hatte draußen vor der Stadt im Jahre 1867, um die Zeit, da ich geboren wurde, auf dem Nikolausberge, oben am Leutfresserweg, der eine alte Römerstraße ist, einen im Bau begriffenen Gutshof entdeckt. Da draußen am Berg befanden sich alte Kalköfen und neue Steinbrüche, und ein Steinbruchbesitzer dort baute sich in jenem Jahr an den Bergabhang ein Haus. Dort war damals noch keine Ansiedelung außer dem Kloster bei der Nikolauskapelle. Von jenem Gutshof hat man noch heute eine prachtvolle Aussicht über die Marienburg, über das Maintal und über die Türme der unten am Mainufer liegenden Stadt. Fernhin im Westen sind waldbedeckte Bergrücken, und bei den Spaziergängen über die Steinbrüche fort sieht man von der Höhe den Main eine große Krümmung nach Norden

machen, hin zu den uralten Wäldern des Spessarts und zu den fernen, erloschenen Vulkangebirgen der Rhön.
Der Leutfresserweg, der zur Höhe hinaufführt, ist ein Hohlweg, der am Anfang durch Felsenschichten durchgebrochen ist. Der Weg war zur damaligen Zeit romantisch düster. Es wuchsen da in Scharen aus Gesteinwänden neben der gelben Wolfsmilchpflanze schöne weiße Anemonen an langen, feinbehaarten, weißen Stengeln. Aus den Ritzen der immer feuchten Felsenschicht liefen Eidechsen schlank an der senkrechten Wand des Hohlweges empor. Sie erschienen mir immer wie verkleinerte Drachengestalten, wie winzige Abkömmlinge jenes Riesendrachens, der einmal hier gehaust haben soll, dem wahrscheinlich Menschenopfer gebracht wurden, wovon der Name Leutfresserweg heute noch zeugt.
In dem kleinen Tal zwischen diesen beiden Bergen floß damals der Kühbach, über Kiesel springend, von Gebüsch überschattet, und nur ein Fußpfad führte an ihm entlang zum Dorf Höchberg. Heute ist die Bachmündung überwölbt.
Der Steinbruchbesitzer und seine Frau, die sich das Haus da draußen in der Einsamkeit am grünen Bergabhang in der Nähe ihrer Steinbrüche und Kalköfen bauten, waren tüchtige, herzliche Menschen; und als mein Vater dort für meine Mutter, die frischer Luft bedürftig war, ein Zimmer mieten wollte, stimmte man freundlich zu und empfing meine Mutter alljährlich zur Sommerzeit da oben; man pflegte sie, und die Frau des Hauses sorgte aufs rührendste für sie. Dort auf dem Berg ist meine Mutter an einem heißen Junitag im Jahre 1873 gestorben.
In jener Zeit, als meine Mutter dort wohnte, ging ich an meines Vaters Hand öfters des Sonntags zu ihr. Manches Mal durfte ich auch einige Tage dort um sie sein, und es waren meine glücklichsten Kinderstunden, wenn meine Mutter auf der Gartenterrasse mit mir spielte. Ihre leise Art, ihre sanften Handbewegungen, ihre schwache Stimme machten sie sehr feierlich für mich. Auch wenn sie mit mir herumsprang, erschien sie mir festlicher als die anderen Menschen, und nur in der Nähe meines Vaters habe ich als Kind wieder eine ähnliche Feierlichkeit empfunden. Nur war mein Vater mir ferner und unfaßlicher, und die Notwendigkeit, die alles bestimmte, was er tat, entrückte ihn aus meinen Kinderaugen ins Überweltliche.
Ich erinnere mich eines Ostermorgens, ein Jahr nach dem Tode meiner Mutter. Mein Vater führte mich durch das Burkarder

Stadttor hinaus an dem großen Gefängnisbau vorüber, der dort wie ein assyrischer Bau steil in den Himmel ragt. Ehe wir aber an das Stadttor kommen, sind wir von unserem Hause aus am Main über die alte steinerne Mainbrücke gegangen, auf deren Pfeilern zu beiden Seiten des Brückenweges die alten Steinbilder in Rüstungen und wallenden Mänteln, mit Kronreifen, Reichsäpfeln, Schwertern und Schilden geschmückt, mir immer einen großen Eindruck machten. Drüben dann im Mainviertel, dem urältesten Teil der Frankenstadt Würzburg, in der langen alten Straße zum Burkarder Stadttor war damals eine dunkle Schmiede der Hauptanziehungspunkt für mich. Jahraus, jahrein dröhnten dort Hammer und Amboß, und immer hockte ein rotes Feuer auf dem Schmiedeherd drinnen und spritzte Funken in die Finsternis, die nach Eisen und Rauch roch. Die Straße führte uns dann weiter, überragt von den großen dunklen Mauerausschnitten des Festungsberges, zur ältesten Kirche, zur Burkarduskirche, die aus dem achten Jahrhundert stammt. Aber vorher lag rechter Hand noch ein schauerliches Gebäude, in dessen Hof damals die Hinrichtungen stattfanden und auf dessen Dachstuhl eine alte kleine Glocke hing, das Armesünderglöckchen, das nur geläutet wurde, kurz ehe der Scharfrichter seines grauenhaften Amtes walten mußte.

Die Burkarduskirche steht am Ende der Straße quer über dem Fahrdamm, und durch ein Bogengewölbe führt hier der Weg unter dem Hauptaltar der Kirche weiter. Von hier gelangte man endlich aus der Stadt hinaus und überschritt noch auf einer kurzen Zugbrücke einen Wassergraben; nur an wenigen Häusern vorbei, bog man draußen am Fuß des Festungsberges von der mit großen Apfelbäumen überwölbten Landstraße nach Westen ab und kam an einen alten efeubewachsenen Nonnengarten, der sich am Abhang des Nikolausberges hinaufzieht.

An jenem Ostermorgen schritten mein Vater und ich auch diesen Weg entlang, der damals noch keine Häuser, sondern nur alte Gartenmauern zeigte. Über den kleinen Gartentüren stand manchmal ein Madonnenbild, umgeben von Blumentöpfen. Denn hier war die Wallfahrtsstraße, die unter alten Akazien in Stufen heute noch auf den Käppelesberg führt. Das Käppele ist eine prächtige Rokokokapelle, die oben auf dem Nikolausberg mit vielen bauchigen Kuppeln die Beter empfängt.

Unser Weg führte aber nicht zur Kapelle hinauf. Wir gingen unten am Berg weiter, wo bald der felsige Hohlpfad des Leutfresserweges beginnt. Aus dem Felseneinschnitt stieg damals der Weg, von Hecken gesäumt, zwischen Äckern, an großen Nußbäumen vorbei, sanft bergan. Im Gestrüpp zu beiden Seiten des Hohlweges sollte ich mit meinem Vater hier die Ostereier suchen, und ich fand bald viele schöne marmorierte Eier, eins zwischen alten Erdbeerblättern, ein anderes unter Moos und Brombeerranken, und ich hatte natürlich keine Ahnung, daß mein Vater, der wenige Schritte vor mir herging und der mir scheinbar suchen half, die bunten Eier selber versteckte.

Auf den Äckern lief manchmal ein Hase vorüber, und manches Häslein sprang auch quer über den Hohlweg. Da nun die ganze Stadt immer in dieser Woche zu den Kindern von eierlegenden Hasen sprach und bei Bäcker und Konditor die Schokoladen- und Kuchenhasen in allen möglichen Stellungen eierlegend dargestellt waren, so hatte ich kleiner sechsjähriger Junge keinen Zweifel und keinen Argwohn, daß das Eierlegen der Hasen nicht wahr sein könnte.

In glücklichster Stimmung, meine Manteltaschen vollgefüllt mit einem Dutzend Eier, kamen wir oben auf dem Gutshof an, wo ein Jahr vorher meine Mutter gestorben war. Das Gut besitzt eine schöngemauerte Steinterrasse. Das Haus steht auf dieser Terrasse. Darunter sind die Stallungen. Auf der Terrasse sind Blumenbeete angelegt und Kastanienbäume gepflanzt, und an der Terrassenbrüstung entlang reihen sich Fliederbäume, die im Frühling reich weiß und lila blühen. Damals waren noch keine Blumen und kein Rasen auf der Terrasse gepflanzt. Es war nur eine heiße Sandfläche da, und die jetzt großen, schattigen Bäume waren nur dünne Ruten und an Pfähle gebunden.

Auf dieser Steinterrasse hatte meine Mutter am Tag vor ihrem Tode auf einem Feldbett gelegen, als mein Bruder, damals ein dreizehnjähriger Junge, mit mir von ihr Abschied nahm, um in die Stadtwohnung abends heimzugehen. Wir ahnten nicht, daß dieser Abendkuß der letzte Kuß war, den sie uns im Leben gab. Am nächsten Tag, mittags um zwölf Uhr, starb sie. Auch mein Vater hat sie an diesem Abend zum letztenmal lebend gesehen. Nur meine jüngste Stiefschwester war bei ihr im Augenblick des Todes. An jenem Abend, ehe mein Vater von ihr ging und sie auf der Terrasse in ihrem Feldbett lag, deutete sie in einem leichten Fieberzustand, der sie in den letzten Tagen nie mehr verließ, auf das Ende ihres Bettes und sagte:

»Es steht eine Gestalt dort, die breitet einen dunklen Flor über

mich aus. Das ist der Todesengel, glaube ich. Zweimal habe ich ihn jetzt schon dort stehen sehen, Karl.«
Sie sagte das friedlich und furchtlos, verklärt vom Anblick der Erscheinung und der untergehenden Sonne. –
Als ich nun am Ostertag mit meinem Vater zu dem Gut kam und auf der Terrasse stand, wo ich so oft mit meiner Mutter gespielt hatte, konnte ich mich nicht des Gedankens erwehren, meine Mutter sei irgendwo im Hause versteckt und werde mich plötzlich überraschen und durch irgendeine Türe herauskommen. So wie die Ostereier im Gras versteckt waren, glaubte ich auch sie vielleicht in einem Versteck zu finden, und ich sah vorsichtig hinter den Zimmertüren nach. Man beobachtete es und glaubte, ich suche noch mehr Ostereier, und die Leute im Hause, die Hausfrau und die Tochter, kamen und brachten mir noch einige schöne und buntgefärbte Eier. Aber ich getraute mir nicht, zu sagen, daß ich keine Ostereier mehr, sondern meine Mutter gesucht hatte. Die Eier wollte ich nicht annehmen. Es war mir peinlich, mir Eier geben zu lassen, da ich doch meine Mutter haben wollte.
Mit der Mutter spielte ich mit allem, sogar mit dem Tod, bei ihr war alles einfach. Wenn wir zusammen Sterben spielten, dann mußte sie ganz still sein und durfte sich nicht rühren; das Kindermädchen hatte mir oft vom Sterben erzählt, aber sie mochte es nicht spielen. Dieses Spiel spielten wir, meine Mutter und ich, auf dem Sofa im Jahre vor ihrem Tode besonders häufig. Dann lehnte sie den Kopf auf ein Kissen, auf welches aus bunter Wolle große Rosen gestickt waren. Wenn es dann ganz still im Zimmer war, so daß man nur die Fliegen an den Fensterscheiben summen hörte, und sich nichts rührte als nur die Pfingstrosen, die in einer Glasschale auf dem runden Tisch vor mir standen, die sich entblätterten und einzelne rosa Blütenblätter auf die burgunderfarbene Tischdecke fallen ließen, da wurde mir wunderlich angst und bang vor den plötzlich sich bewegenden Blumen, vor den summenden Stubenfliegen und vor dem unbeweglichen, wachsbleichen Gesicht meiner Mutter, das so weiß auf den grellen wollenen Rosen des Kissens leuchtete, und ich weckte sie rasch von den Toten auf. –
Das Gesicht meiner Mutter war, wie es die Haartracht der damaligen Zeit forderte, auf jeder Seite von zwei langen, sich ringelnden Locken eingefaßt. Jeden Morgen sah ich zu, wie diese Locken entstanden. Meine Mutter hatte dichtes blauschwarzes

Haar. Jedes einzelne Haar war sehr stark, und die Frisur einer Japanerin war nicht schöner gearbeitet als die ihre. Ich stand immer neben ihr am Ankleidespiegel und plauderte, wenn sie ihr Haar machte. Den Handgriffen dabei sah ich gern zu, dem rotlackierten, runden Lockenholz, um welches die starken Haarsträhnen vorsichtig gewickelt und gebürstet wurden, und ich wartete gespannt auf den Augenblick, wenn meine Mutter das Lockenholz aus dem Haar zog und sich dann die schwarze Locke, lang und schön gedreht, auf die schmale Schulter und an den schlanken Hals der zierlichen Frau legte.
Alle diese meine kleinen persönlichen Genüsse, die ich bei dem Spiel mit meiner Mutter und beim Beobachten ihrer verschiedenen Tätigkeiten hatte, gingen mir jetzt nach ihrem Tode verloren.

Gertrud Rostosky erzählt

Obwohl Carl Dauthendey auch nach dem Tode seiner Frau sehr häufig auf die »Neue Welt« kam und den kleinen Max mitbrachte, habe ich nur eine einzige Kindheitserinnerung an ihn, den neun Jahre Älteren. Es war an einem regnerischen Sonntagnachmittag. Meine Mutter brachte ihn ins Kinderzimmer, wo wir Kleinen mit unseren Puppen in einer Ecke hockten, und überließ ihn uns mit der Mahnung: wir sollten jetzt recht lieb sein, denn »Onkel Max« wolle uns die Freude machen und mit uns spielen.
»Onkel Max« besann sich kaum einen Augenblick, sondern bereitete sogleich ein Spiel vor, das wir mit ihm spielen sollten.
Teils eingeschüchtert durch das Ungewohnte, daß ein großer Junge mit uns spielen wollte, teils beunruhigt durch seine eiligen Vorbereitungen, war uns gar nicht wohl zumute. Er hatte den runden Tisch in der Mitte des Zimmers abgedeckt und umgekehrt, die Tischdecke warf er dann über die vier in der Luft stehenden Beine und erklärte uns: das wäre das »Weltschiff«, in das wir einsteigen müßten, und er wäre der »Kapitän«. So leise und sanft er sprach, so zwingend war es doch für uns, zu gehorchen. Wir begriffen, daß wir die Auswanderer sein sollten, und rafften noch eilig unser Puppenzeug zusammen.
Der Kapitän tutete ein paarmal durch die Hand und rief: »Das Schiff geht ab!«
Dann war es plötzlich mäuschenstill. Wir merkten aber, daß er

mit leisen Schritten um das Schiff herumging, und dieses leise Umkreisen ängstigte uns sehr.
Plötzlich gab es einen Krach, einen Tritt an die Tür: »Das Gewitter bricht los!« verkündete der Kapitän.
Nun ahmte er das Zischen der Blitze durch eine Art Pfeifen, das Rollen des Donners durch Trommeln auf der Kommode und das Toben des Sturmes durch Heulen und Johlen nach, daß wir Kleinen, vor Entsetzen zitternd, uns ängstlich aneinanderschmiegten.
In Tränen gebadet, krochen wir aus dem Kasten, als es endlich hieß: »Ankunft in New York!«
Kein wirkliches Gewitter hätte uns so erschüttern können. Der Dichter konnte mit der Wirkung seines Spiels zufrieden sein.

Strenge väterliche Erziehung

Das Leben an der Seite meines Vaters schritt wie mit Meilenstiefeln über meine kleinen persönlichen Angelegenheiten hinweg, und auch in der Nähe meiner vier Stiefschwestern, die mich wie vier verschiedene junge Mütter jede auf ihre Weise aufs liebevollste zu erziehen suchten, war mir das Leben nicht so restlos natürlich einfach und selbstverständlich, wie es mir im Spiel mit meiner Mutter erschienen war. Ich erinnere mich noch, ich zog mich, davon befremdet und um für mich allein zu sein, eine Zeitlang, auf einer Fußbank kauernd, unter die Tische zurück, wo ich mir ungestört wie in einem eigenen Hause vorkam. Durch die durchsichtige burgunderfarbene Tischdecke sah ich dann die Welt draußen wie in Rosenröte schwimmen. Aber mein Vater litt es nicht, daß ich mich so früh schon mit meinen sechs Jahren vom Leben zurückzog und daß ich für mich träumen wollte. Er nahm sich plötzlich auf das lebhafteste meiner an.
Eines Tages wurde eine riesige Karte von Europa gebracht, sie bedeckte die eine Wand unseres Schlafzimmers, wo sie aufgehängt wurde, und täglich nach dem Essen, ehe sich mein Vater ausruhte, mußte ich, auf seinen Schultern sitzend, Europa bereisen. Ich mußte die Stadt finden, wo die Großmutter wohnte: Petersburg. Ich wußte bald, wo Napoleon regiert hatte und wo der Rhein hinfloß; wo die Pyramiden waren und die Inseln, von welchen die Kanarienvögel kamen; wo der feuerspeiende Vesuv lag und der Nordpol, an welchem das Jahr nur einen Tag und

eine Nacht hatte und wo man immer Schneeballen werfen konnte. Niemals aber konnte ich das Land der Kamele und das des Streusandes behalten, welche Marokko und Algier hießen und die auf der Karte lila gemalt waren, welche Farbe ich nicht leiden mochte. Und bei Marokko, dem lila Land, fand ich die Geographie immer langweilig.
Unter der Schlafzimmertür hatte mein Vater für mich eine Schaukel anbringen lassen, da sollte ich jetzt täglich turnen, eifrig wie der Turnvater Jahn. Alles dieses war immer noch zeitweilig unterhaltend, wenn es auch nie so unterhaltend war wie meine Diogenesstunden unter der burgunderroten Tischdecke. Aber das, was meinen Vater in meinen Kinderaugen auf einmal zu einem Hausschrecken machte, das war der Duschapparat, eine Zimmerdusche, die eines Tages im Schlafzimmer wie eine Zuchthauszelle aufgestellt wurde und unter die ich jeden Morgen zwischen drei Wasserbrausen gestellt wurde, um abgehärtet zu werden. Diese Dusche blieb bis zu meinen Jünglingsjahren im Schlafzimmer als Folterwerkzeug meines Leibes, der sich erst allmählich an dieses Zuchtmittel gewöhnte. Denn dieses »Sichabhärtensollen« konnte ich lange gar nicht mit dem weichen Hang zum Träumen vereinigen.
Mit blaugefrorenen Fingern und am ganzen Leibe zitternd, kam ich nach der gewalttätigen Duschabhärtung um acht Uhr morgens in die Schule, wo es lange dauerte, bis ich warm wurde. Aber die Abhärtung schadete mir nicht, und diese Kaltwasserbehandlung, der mich mein Vater von Jugend an im Winter und Sommer unterworfen hat, machte mich gesundheitlich später so widerstandsfähig, daß ich bei meinen weiten Auslandsreisen und bei meiner Reise rund um die Erde weder durch fremdes Klima oder Wettereinflüsse noch durch fremde Nahrung zu leiden hatte. Nur glaube ich, daß meine Unaufmerksamkeit in der Schule und eine unbezwingliche Schlafsucht, die mich damals morgens in der ersten Unterrichtsstunde überfiel, von jenen eisigen Duschen herrührten. Immerhin war der Wille meines Vaters, einen gegen das Leben gestählten Menschen aus mir zu machen, von so starkem Einfluß auf mein späteres Leben, daß ich jetzt ohne Bewegung in frischer Luft und ohne morgendliche eiskalte Wasserabreibungen nicht leben könnte.
Meinem Vater widerstrebte immer mein Hang zum Träumen, den er wie ein Laster ansah und den er mit allen Mitteln aus mir ausrotten wollte. Seine Natur, die vor allem Technik, Stahl-

maschinen, Jagd, Reiten und spartanische Abhärtung liebte, verachtete meine Lust zu stiller Beschaulichkeit. Wenn ich morgens plötzlich das Ankleiden unterbrach und mit meiner Krawatte oder meinen Stiefeln in der Hand unbewußt am Fenster stehenblieb und zehn Minuten lang auf den blühenden Birnbaum starrte, in welchem große schwarze Amseln mit schönen gelben Schnäbeln ab- und zuflogen, oder wenn ich einen aufgesprungenen Riß auf der polierten Kommode lange betrachtete, weil mir dieser auf der Politur wie ein Gesicht, eine Gestalt oder wie eine Handzeichnung vorkam, oder wenn ich im Faltenwurf der weißen Fenstergardinen, während ich mein Gesicht mit dem Handtuch trocknete, plötzlich den Kopf von Moses oder Barbarossa zu entdecken glaubte und die Hand mit dem Handtuch sinken ließ und die Gardine anträumte, als hätte ich sie vorher nie gesehen – dann schreckte mich plötzlich die Stimme meines Vaters auf, der für alles im Leben Verständnis hatte, nur nicht fürs Träumen. –

Dämmerstunde mit den Schwestern

In der ersten Zeit nach meiner Mutter Tod waren meine schönsten Stunden, die mir noch bis ins Alter angenehm in Erinnerung geblieben sind, die Dämmerstunden im Kreise meiner vier Stiefschwestern. Sie standen damals im Alter von neunzehn bis sechsundzwanzig Jahren. Wenn ich mich auch tagsüber durch ihre verschiedenen Eigenarten manchmal in meiner Knabenfreiheit beengt fühlte, da sie mir, jede auf ihre Weise, ihre Vorschriften machen mußten, so vereinte uns dann herzlich die Stunde zwischen Licht und Dunkelheit, wenn wir uns, in Abwesenheit meines Vaters, im Wohnzimmer zusammenfanden und das Anzünden der Lampe so lange wie möglich hinausschoben.

Meine älteste Schwester mit dem Schlüsselbund am Gürtel saß in der einen Sofaecke und meine zweitälteste Schwester in der anderen. Die zwei jüngeren Schwestern, die sich meistens zusammenhielten, saßen an einem Fenster. Die zweitälteste, welche mir sowohl im Aussehen wie in der Gemütsart am ähnlichsten war, hielt mich auf dem Schoß und erzählte mir Märchen, Grimmsche oder Andersensche Märchen, jeden Abend eine Fortsetzung. Sie war damals verlobt und hatte tagsüber an ihrer

Aussteuer genäht. Sie war es auch, die abends an meinem Bett alte schöne Lieder sang: »Schlaf in süßer Ruh'!« und andere deutsche Lieder.
Entweder waren wir zur Dämmerstunde in dem Wohnzimmer oder im Atelier, das nach dem Main und dem Festungsberg hinaussah. Der goldene Abendhimmel glänzte im Flußwasser, und die figurenreiche Brücke und der turmreiche schwarze Ausschnitt der Marienburg auf dem Festungsberg, wie mit undurchdringlichen Geheimnissen beladen, schauten uralt über den Fluß herüber. Im klaren Abendhimmel stand manchmal die feine Mondsichel, von der ich glaubte, daß sie und die Sterne, die jetzt einzeln aufblitzten, genau wüßten, wo meine Mutter sei. Denn mein Vater hatte gesagt, die Mutter sei jetzt oben bei den Sternen.

Meines Vaters Geist

Meines Vaters Geist waltete über allem, was ich tat. Mein Vater hat mir von Jugend an durch seine Liebe zu meiner Mutter Hochachtung vor allen Frauen eingeflößt, Hochachtung vor dem Liebesgefühl, und zugleich lernte ich von ihm Hochachtung vor den Eltern und Hochachtung vor dem göttlich schöpferischen Menschengeist als Höchstes auf Erden ansehen. Er prägte mir aber auch bei jeder Gelegenheit seinen starken Ehrgeiz ein. Wenn er mich am Fenster auf dem Arm hielt und mir die Soldaten zeigte, die über die Mainbrücke zogen, deutete er auf den General, dessen Federbusch auf dem Helm hell leuchtete, und sagte: »In allem, was du unternimmst, mußt du der Erste werden. Nur nicht loslassen, nur nicht nachgeben, nur nicht feig sein!«
Ich erinnere mich, daß selbst mein starker, harter Vater beim Anhören von Musik immer Tränen ins Auge bekam. Und wenn er und ich im Zimmer allein waren und im Nebenzimmer meine Schwester Klavier spielte, so kam es vor, daß er mich an sich zog und mich streichelte und mich küßte, und der sonst so trutzige Mann sagte mit schluchzender Stimme: »Musik macht mich schwach. Ich muß dabei immer an deine gute Mutter denken. Sie hat oft für mich gespielt, wenn ich Sorgen hatte und sie mich zerstreuen wollte. Es ist mir, als säße sie jetzt wieder im Nebenzimmer drüben und spielte. Deine Mutter, sie hat mir nur Gutes getan. Ich kann sie nie vergessen.« –

Als mein Vater ungefähr einundsechzig Jahre alt war, hat er es aber doch versucht, meine Mutter zu vergessen. Er verlobte sich, aber nach wenigen Wochen schon löste er die Verlobung auf.

Ich erinnere mich noch der festlichen Tafel, die er zum Verlobungstag herrichten ließ. Die Dame, die mein Vater als seine dritte Frau ins Haus führen wollte, war die Schwester seines besten Schachfreundes, mit welchem er in Würzburg zweiunddreißig Jahre lang Schach gespielt hat. Ich war dreizehn Jahre alt, als sich mein Vater wieder verheiraten wollte.

Wir hatten öfters Waldausflüge mit jenem Schachfreund und seinen beiden Schwestern, die mit dem Bruder zusammenwohnten, gemacht. Beide Damen standen im Alter zwischen dreißig und vierzig Jahren. Die Braut meines Vaters sah blühend, frisch, sanft und rosig aus, hatte schönes aschblondes Haar, welches sie nach der damaligen Sitte in einer dicken Flechte wie eine Krone rund um den Kopf gelegt trug. Groß aber war meine Verwunderung, als zu jenem Verlobungsessen – es war an einem hellen Frühlingsabend, und bei allen Gedecken lagen Veilchensträußchen auf der langen weißen Tafel – sie neben meinem Vater ins Zimmer trat und eine vollständig veränderte Haartracht zeigte. Auf Wunsch meines Vaters hatte sie das Haar sich so richten sollen, wie es meine Mutter getragen, in der Mitte gescheitelt, die Ohren halb verdeckt und einen einfachen Knoten im Nacken gebunden, so wie man es auf Madonnenbildern sieht. Meine Mutter trug aber außerdem lange Locken zu beiden Seiten des Halses. Diese fehlten ihr, und das sonst junge rosige Gesicht war durch diese neue Haartracht wie von einem altmachenden Rahmen umgeben.

Mir wurde ganz traurig von dem Anblick künstlich gemachten Alters bei noch jugendlicher Frische, und ich weiß, daß ich aufrichtig meine Abneigung gegen diese Haartracht aussprach, was die Dame natürlich in Verlegenheit brachte. Man hatte mir vorher gesagt, daß ich von jetzt ab zu ihr »Mama« sagen müsse. Ich besuchte sie jeden Morgen, wenn ich zur Schule ging, in ihrer Wohnung bei ihrem Bruder und bekam immer hübsche kleine Bilder geschenkt. Eines Morgens wurde mir gesagt, daß ich sie nicht mehr besuchen dürfe. Das tat mir sehr leid, denn es war so friedlich und traulich bei ihr gewesen, und ich hatte sie gern Mama genannt, mit dem Gefühl, jemanden zu haben, der den jahrelangen leeren Mutterplatz im Hause ausfüllen und Weichheit neben meines Vaters Schroffheit setzen würde, so daß seine manchmal jähzornigen Ausbrüche gemildert werden würden. Nun sagte man mir, ich störe morgens bei ihr und ich käme zu spät zur Schule. Noch ein paar Tage später sagten meine Schwestern, von denen nur noch die zwei jüngsten zu Hause waren, während die andern verheiratet in Amerika und Norddeutschland lebten, die Dame werde nicht als meine Mutter ins Haus kommen. Ich solle sie auch nicht mehr Mama nennen, wenn ich ihr auf der Straße begegnete. Ich sollte nur höflich grüßen und ihr die Hand geben, aber nicht neugierig fragen, weshalb sie nicht mehr komme.

Ich begriff nicht, was vorgefallen war, und wunderte mich nur, daß man solche gründlichen Dinge wie »Mama-Sagen« plötzlich anschaffen und abschaffen dürfe. Es war mir, als hätte mir jemand aufs Herz getreten. Ein wenig bestürzt und beschämt ging ich in meine Schule, in der ich, durch all die häuslichen Ereignisse nachdenklich gemacht, in jener Zeit immer unaufmerksam war.

Mein Vater selbst wurde von da ab, nachdem die Verlobung gelöst war, oft unvermittelt heftig, und wenn er dann Musik hörte und meine vorjüngste Schwester Klavier spielte, entstanden jene Szenen, wobei er mir erklärte und es immer wiederholte, daß er meine Mutter nicht vergessen könne und daß, wenn ein Mann einmal eine so vollkommene Frau gehabt habe, wie es meine Mutter gewesen, es ihm unmöglich sei, eine andere Frau an ihre Stelle zu setzen. Und er fügte hinzu, ich könne das noch nicht verstehen, aber er sage mir das nur, damit ich, wenn ich älter würde, darüber nachdenke und ihn verstehen lerne.

Der Vater baut ein Haus

Kurz nach meiner Mutter Tod, um das Jahr 1874–75, war auch in Würzburg, wie in ganz Deutschland damals, geboren aus dem Siegesbewußtsein des gewonnenen französischen Krieges, eine fieberhafte Gründerzeit angebrochen. Unsere Stadt, die bis 1866 auf engen Raum gebaut war und, in Festungswällen eingezwängt, nur spärlich wachsen konnte, begann jetzt, da die Festung geschleift war, ihre Wälle abzutragen und die meisten Stadttore zu entfernen. An Stelle der Befestigungen entstanden die gärtnerisch schönen Ringparkanlagen rund um die Stadt,

und mit dem Durchbruch großer Straßen, mit dem Bau der Ringstraßen und mit der Anlegung neuer Brücken über den Main, mit dem Bau großer Kasernen wurde begonnen. Licht, Luft, Freiheit zogen ein, und als wenn man eine Pflanze aus dem Keller holte und in die Sonne stellte, so sichtbar dehnte und verschob sich in jenen Jahren der Umfang der ganzen Stadt Würzburg.
Um sich abzulenken von dem großen Schmerz und dem Verlust, den der Tod meiner Mutter ihm gebracht hatte, und weil er sein Geschäft vergrößern und für die heranwachsende Familie Gewinn haben wollte, vielleicht auch, weil die alte Wohnung in der Büttnersgasse ihn immer wieder quälend an die verlorenen glücklichen Stunden mit meiner Mutter erinnerte und ihn schwach machte, beschloß mein Vater, sich ein eigenes Haus in der damals eben entstehenden Kaiserstraße zu bauen. Ich sah ihn dann wochenlang abends über Bauplänen brüten. Baumeister und Architekten kamen und gingen. Die späten Nachmittagsstunden verbrachte mein Vater auf seinem Bauplatz, wo die Grundmauern täglich wuchsen, wo auf der einen Seite der Straße gegraben, gewühlt, gemauert, gezimmert wurde, während die andere Seite der Kaiserstraße noch aus idyllischen Obstgärten bestand, die hinter alten Bretterzäunen lustig grünten und wo Wäsche an langen Seilen getrocknet wurde.
Bei diesem Bau seines Hauses lebte mein Vater auf. Er fühlte sich Herr und Herrscher über so viele Köpfe und Willen, und da er sich aus seiner Petersburger Atelierbauzeit auf Steinarten, Holzarten, auf Raumverhältnisse, auf Eisenarbeiten, Schlosserarbeiten vorzüglich verstand, so baute er das Haus um ein Drittel billiger als die anderen, die neben ihm bauten.
Und da er bei allen Arbeiten selbst prüfend dabei war: die Kraft der Mauern untersuchte, die Güte des Kalkes, die Güte der Holzbalken, und die Maurer, Zimmerleute, Tüncher, Tapezierer, Schreiner, Schlosser, Glaser, Dachdecker täglich beaufsichtigte und keine Arbeit vollendet werden durfte und kein Stück an ihn abgeliefert, das er nicht begutachtet hätte, verworfen oder zurückgeschickt, so lebte er in jener Zeit in einer täglichen Ablenkung und Kraftanwendung, so daß er den Tod meiner Mutter allmählich vergessen konnte. Samstags, wenn die Arbeiter ausbezahlt wurden, oder sonntags morgens nahm er mich manchmal in den Neubau mit, wo wir auf langen Brettern, Leitern und Gerüsten, da das Treppenhaus noch nicht fertig

war, vorsichtig herumstiegen. Die Fluchten leerer tapetenloser Zimmer, darinnen der rote Backstein noch nicht verputzt war, verwandelten sich von Woche zu Woche. Der fenster- und türlose Bau, wo der Himmel durch das saubere, weiße Balkenwerk hereinsah, schloß sich allmählich mit Dach, Fenstern und Türen, und die Trockenöfen, die einen Winter lang aufgestellt waren, verschwanden. Tapeten und Gipsschmuck und Dielen ließen die Räume endlich bewohnbar erscheinen.

An einen Sonntag jener Bauzeit erinnere ich mich aber besonders. Da saß ein Mann im ersten Stock in den leeren Zimmern. Er hatte vor sich, an den Wänden aufgereiht, aus Eichenholz geschnitzte große Buchstaben, die meinem Vater bis ans Knie reichten. Jeder Buchstabe war erhaben gearbeitet, ungefähr einen Fuß dick, an den schrägen Kanten vergoldet und auf der Fläche schwarz lackiert. Die Buchstaben bildeten zusammengestellt den Namen »C. Dauthendey, Photographie«, und sie sollten sich bald über der Parterrewohnung, wo sie später angebracht wurden, in der ganzen Länge des neunfenstrigen Hauses hinziehen. Ans Ende und an den Anfang des Namens wurden in Gold, ebenso dick wie die Schrift, zwei geschnitzte Medaillen gesetzt. Von je einer Medaille die Vorder- und Rückseite. Die eine Auszeichnung hatte mein Vater auf der Weltausstellung in Philadelphia, die andere auf der Weltausstellung in Wien Anfang der siebziger Jahre erhalten. Sie wurden ihm teils für die Güte seines Kollodiummattlackes verliehen, teils für seine ausgestellten Bilder.

Ich erstaunte, als ich die mühlradgroßen Goldscheiben neben den großen schwarz und goldenen Buchstaben durch die Zimmer der Wohnung auf dem Fußboden zum Trocknen verteilt fand. Der Vergolder, der dabeistand, schmunzelte über sein Werk. Aber mein Vater wurde etwas verlegen, als die Buchstaben gar so sehr leuchteten, und es schien mir, als ob er wünschte, daß das Gold bald an der Straßenseite des Hauses verstauben möchte. Denn er war im Grunde bescheiden, und wenn er auch stolz auf seine Arbeit war, so wünschte er doch nicht, damit zu prahlen. –

Im Mai 1876 zogen wir in das neue Haus ein. Meine arme Mutter hatte es leider nicht mehr erlebt, die schönen Räume bewohnen zu dürfen, die mit neuen Möbeln ausgestattet wurden. Mich neunjährigen Jungen regte der Umzug und die plötzliche Neuheit und die Veränderung alles Altgewohnten derart auf, daß ich nicht mehr Lust hatte, in die sich immer gleich bleibende

Schule zu gehen. Eine Woche lang versteckte ich jeden Morgen meine Büchermappe unter einer Kommode und machte, daß ich ungesehen fortkam, und eilte durch die Kaiserstraße zur Stadt hinaus. Draußen tummelte ich mich, da es Mai war, in den alten Stadtanlagen umher, wo Flieder und Faulbaum in voller Blüte standen und die Wiesen voll Löwenzahn und voll Veilchen mich unwiderstehlich anzogen. Ich war wegen eines leichten Unwohlseins in der Schule abgesagt worden, sollte aber längst wieder zur Schule gehen und dehnte selbständig meine Abwesenheit von der Klasse aus. Bis man sich eines Tages von der Schulleitung aus erkundigte und ich zu meinem Schrecken von meinem Vater befragt wurde, warum ich nicht zur Schule ginge. Schlimmer aber als die Strafe, die ich zu Hause erhielt, war mir der Hohn, mit dem mich Kameraden und Lehrer empfingen. Mein Vater selbst höhnte nie, aber er strafte eisern und unerbittlich. – Einmal hatte ich bereits Prügel mit der Hundepeitsche von meinem Vater erhalten, und der dabei ausgehaltene Schmerz und Schrekken saß mir jahrelang in den Gliedern.

SCHULJAHRE UND BERUFSFRAGEN

Max brennt als 13jähriger durch

Als nun, ein paar Jahre später, ich war dreizehn Jahre alt, mich der Schrecken einer neuen Bestrafung erwartete, zog ich es vor, zu entfliehen, um meinem Leben ein Ende zu machen. Ich konnte es nicht übers Herz bringen, meinem Vater zu berichten, daß ich im Französischen nicht vorwärtskam und daß mir zum Sonntag eine Strafe, ein Arrest, zugewiesen worden sei. Das Nachsitzen in der Schule hätte ich gern ertragen. Aber meinem Vater Mitteilung davon zu machen und sein Strafgericht auszuhalten, davor schrak ich zurück.

Frühmorgens an einem Sonnabend zog ich heimlich meinen Sonntagsanzug an und einen Mantel darüber, denn es war Oktober und regnerisches Wetter draußen. In meine Tasche steckte ich eines von jenen Indianerbüchern, welche damals bei allen Schulkindern Mode waren und von Hand zu Hand gingen. Da diese dünnen Büchlein fünfundzwanzig Pfennige kosteten, konnte sich jeder Knabe für sein kleines Taschengeld öfters ein neues kaufen. »Der Junge soll mit Geld umgehen lernen«, hatte mein Vater gesagt und mir wöchentlich ein kleines Taschengeld festgesetzt. Davon konnte ich mir manchmal ein Buch kaufen, Schreibsachen für die Schule oder auch, wenn zuweilen ein Zirkus in die Stadt kam, denselben besuchen. Kleine Geldgeschenke aber, die ich zu Weihnachten und an Geburtstagen nebenbei erhielt, wurden in einer Sparbüchse aufbewahrt.

Aus dieser Sparbüchse nahm ich jetzt Geld mit, nicht viel, so viel wie ich aus dem Spalt herausfischen konnte. Aber ehe ich das Haus verließ, ging ich noch in das Laboratorium meines Vaters. Es war morgens halb acht Uhr und noch niemand dort tätig, und ich nahm aus einer Glasbüchse ein Stückchen von einem dünnen weißen Griffel, das ich für Zyankali hielt und von welchem ich wußte, daß es das stärkste Gift war, das wir im Hause hatten. Es war aber, wie sich später herausstellte, Höllenstein. Ich steckte das Stück Gift in meine Westentasche, wartete den Augenblick ab, wo niemand im Hausflur war, nahm meinen Hut und eilte fort auf den Bahnhof, der am Ende der Kaiserstraße auf dem Kaiserplatz liegt.

Wohin ich wollte, wußte ich nicht recht. Ich wäre am liebsten nach Frankfurt am Main gefahren, aber so weit reichte mein Geld nicht. Das erfuhr ich, als ich am Schalter mich nach dem Fahrpreise erkundigte. So blieb mir nichts anderes übrig, als nur bis Aschaffenburg zu fahren. Der Schnellzug hatte nur erste und zweite Klasse, und ich saß ganz zufrieden auf den schaukelnden Kissen und sah in den wolkengrauen Morgen hinaus. Die Indianergeschichte, die ich lesen wollte, zog ich nicht aus der Tasche heraus, da mich die Landschaft fesselte. Wo werde ich morgen sein? dachte ich. Tot, sagte ich zu mir. Aber ich glaubte es nicht recht. Gottlob, der höllischen Schule, die mir täglich wie eine eiserne Stachelmaske den ganzen Körper folterte und in die ich mich nie einfügen konnte, wenn ich nicht vorher mein ganzes Ich ausrotten sollte, dieser Pein war ich nun entronnen. Mein Vater tat mir leid und meine Angehörigen, daß die Schule mich zwang, sie gegen meinen Willen zu kränken. Zurück konnte ich jetzt nicht mehr und wollte auch nicht. Der Zug jagte unterm trüben Herbstregen mit mir durch die Landschaft, durch den Spessart, an schlichten Walddörfern vorüber, an roten Sandsteinbrüchen vorbei, durch lange dunkle Tunnel, bis der Schaffner plötzlich »Aschaffenburg« ausrief. Das hatte ich nicht geglaubt, daß die Reise so schnell zu Ende sein sollte. Ich wäre gern noch tagelang weitergefahren, um nur recht weit von der Schule fortzukommen.

Jetzt war es neun Uhr, und die französische Stunde fing eben in der Klasse in Würzburg an. Nun fragte man dort: »Wer fehlt?« Und ich hörte deutlich in Gedanken, wie man meinen Namen aufrief. Um zwölf Uhr, nach Schulschluß, wurde sicher einer meiner Kameraden mit einem Zettel des Professors in unsere Wohnung geschickt, um nach mir zu fragen. Aber daran, was dann mein Vater sagen würde, wollte und konnte ich nicht denken. Ich hatte noch nichts gegessen und verspürte nach der langen und ungewohnten Morgenreise großen Hunger. Nur ein paar Nickelmünzen waren mir übriggeblieben. Ich konnte mit den paar Pfennigen weder zurückreisen noch weiterreisen und kaufte mir vorläufig eine Semmel. Nachdem ich, unterm Regen wandernd, meine Semmel nachdenklich auf der Straße und möglichst unauffällig verzehrt hatte und ein wenig satt geworden war, fiel mir ein, daß hier in Aschaffenburg eine Freundin meiner jüngsten Schwester wohnte, deren Vater Rentamtmann war und deren Familie früher in Würzburg gewohnt hatte. Ich kannte die junge Dame wohl. Sie hatte oft bei uns im Hause verkehrt, aber ihre Familie kannte ich nicht. Ich hatte einmal gehört, daß sie hier in Aschaffenburg in einem Schloßpark wohnten, wo es sehr schön sein solle.

Es regnete mehr und mehr. Ich fragte an einem Brunnen ein Dienstmädchen, ob es bei der Stadt einen Schloßpark gäbe. Die sagte: »Ja, der Schönbusch.« Ich ließ mir die Wegrichtung zeigen und wanderte dann, vom Regen begleitet, vor die Stadt hinaus und kam auf die steinerne Brücke, die über den Main führt. Da es im Regenmorgen wenige Fußgänger gab, blieb ich gemächlich auf der alten Steinbrücke stehen und sah ins Wasser und wollte mich mit der Flut vertraut machen, um dann vielleicht hinunterzuspringen. Aber der vom Regen punktierte, dunkle, unheimliche Wasserstrom, die fernen, grauen, waldigen Ufer, die so unwirtlich und düster im kalten Herbstnebelregen zerflossen, alles das schreckte mich vom Brückengeländer zurück. Ich fühlte mich im Grunde meines Wesens warm und lebensfrisch, und der Tod, der da unten in dem schmutziggrünen Wasser drohte, wollte mir nicht recht gefallen. Mit dem Gedanken, daß ich als letzten Ausweg noch das Gift in der Westentasche hatte, ging ich unter den großen nassen Alleebäumen der Landstraße, drüben über der Brücke, in der Regenlandschaft weiter.

In der Ferne sah ich über den braunen und leeren Oktoberäckern, auf welchen hier und da noch einige hohe Maiskolben welkten, einen nebeligen Waldstreifen. Das mußte der Schönbusch sein. Dort, stellte ich mir vor, mußte das Schloß liegen, und ich dachte es mir umgeben von Gartenanlagen und Gewächshäusern. Aber was ich bei der Familie des Rentamtmanns eigentlich wollte, wußte ich nicht recht.

Ich ging möglichst langsam weiter, um mir noch Freiheit zu gönnen, ehe ich wieder unter Menschen kam. Stundenlang regnete es. Halbe Stunden stand ich unter manchem Alleebaum und ließ es regnen. Trauer kannte ich keine. Rückkehrgedanken hatte ich auch keine. Und bis ans Ende der Allee in den Schönbusch zu gehen und dort wieder zu Menschen zu kommen, dazu hatte ich auf einmal, je länger ich zwischen Äckern, bei Bäumen und unter freiem Himmel weilte, gar keine Lust mehr. Zu meiner Freude hellte sich das Wetter gegen Nachmittag ein wenig auf. Da erreichte ich einen großen Bildstock, der zwischen zwei Alleebäumen stand. Auf einem viereckigen Steingemäuer ragte ein riesiges Holzkreuz auf, an welchem ein geschnitzter und weißbemalter Christus hing. Da sich hier eine kleine Bank zwischen den Bäumen befand, setzte ich mich vor das Kreuz, mit dem Rücken gegen die Landstraße, zog mein Indianerbuch heraus und las eifrig. Als ich das Buch zu Ende gelesen hatte, war es wohl vier Uhr nachmittags. Hinter mir hatte ich manchmal plaudernde Spaziergänger vorübergehen hören und Kindermädchen mit Kindern und Kinderwagen. Aber diese Leute lebten für mich alle wie in einer anderen Welt, in einer Welt, die ich heute morgen gewaltsam verlassen hatte. Ich war in diesem Augenblick halb bei den Indianern in Amerika, und dann wieder kam ich mir bereits wie ein Totgesagter vor, der nichts mehr im Leben zu schaffen hatte. Denn ich wollte jetzt, wenn es dunkel wurde, das Gift in den Mund nehmen und von der Mainbrücke in die Flut springen.

Daß ich die unregelmäßigen französischen Verben nicht bemeistern konnte, das schien mir kein großes Verbrechen zu sein. Aber da ich im allgemeinen fühlte, daß ich mit all den Dingen, mit denen mich die Schule von Jahr zu Jahr mehr überbürden würde, nicht fertig werden würde und daß mich immer neue

Strafen erwarten würden, und ich nicht wußte, wie das Ende von allem sein sollte, denn der Schulberg stand unüberwindlich in meiner Zukunft vor mir, so wollte ich selbst ein Ende machen.

Ich rollte das geheftete Indianerbuch, nachdem ich es ausgelesen hatte, zusammen und schob es zwischen das brüchige Mauerwerk des Bildstockes. Dann betete ich ein paar inbrünstige Stoßseufzer zum Geist meiner verstorbenen Mutter und wünschte, daß sie da sei und ich mich mit ihr bereden und mich ihr erklären könne; sie hätte es verstanden, dachte ich, daß ich nicht mit Absicht das Französisch und die anderen Schuldinge nicht lernen wolle. Ich hatte mir in der Klasse oft alle Mühe gegeben, aber ich behielt nichts von den fremden Sachen in meinem Kopf.

Gegen Abend begann es wieder zu regnen, und um die Zeit bis zur völligen Dunkelheit auszudehnen, ging ich ganz langsam in die Stadt zurück. Es war fast Nacht, als ich wieder auf die Mainbrücke kam. Der Regen rauschte wie vorher, und das Mainwasser gurgelte, und in meinen durchnäßten Kleidern schauderte es mich jetzt noch mehr vor dem kalten Wasser da unten. Ich war durch den Hunger und durch das lange Herumsitzen geschwächt und demütig gemacht, und es war mir alles gleich. Es war jetzt vollständig Nacht geworden. Ich ging wieder zu jenem Stadtbrunnen zurück, wo ich am Vormittag vorbeigekommen war, und fragte nochmals eine Frau dort, ob im Schönbusch die Familie des Rentamtmanns wohne, dessen Namen ich nannte. Die Gefragte wußte es nicht, aber eine andere unter einer Laterne, die halb zugehört hatte, sagte, der Rentamtmann wohne in der Stadt im Schloß und nicht draußen im Schönbusch. Da ich in meinen nassen Kleidern der Frau leid tun mochte, rief sie mich unter ihren Schirm und führte mich zum Schloß und zur Rentamtmannswohnung, wo sie an einem großen Tor klingelte und, als geöffnet wurde, mich hineingehen hieß. Drinnen ging ich eine breite Steintreppe hinauf. Auf der halben Treppe kam mir eine ältere Dame entgegen, die mich bei der schwachen Treppenbeleuchtung scharf ins Auge faßte und fragte, wer ich sei und was ich wünsche.

Ich sagte meinen Namen und stotterte sehr verlegen, daß ich heute morgen aus Würzburg gekommen sei. Sie begriff sofort und platzte heraus: »Durchgebrannt!« Das Wort erlöste mich. Es traf meine Angelegenheit auf den Kopf. Meine Todessehnsucht, meine Schulfurcht – alles schrumpfte plötzlich zusammen, und alles steckte in dem kleinen Wort »Durchgebrannt!«.

Die Familie des Rentamtmanns pflegte mich gut und behandelte mich halb belustigt. Man telegraphierte noch am Abend nach Würzburg. Am nächsten Tag wurde ich aus den schönen pompejanischen Zimmern des Schlosses, in die ich mich schon sehr gut eingewöhnt hatte, von meiner jüngsten Schwester abgeholt. Zu meinem Erstaunen empfing mich mein Vater dann zu Hause sehr milde. Er sagte nur: »Du hast mir sehr weh getan. Doch will ich dich nicht strafen, da du wahrscheinlich schon genug Angst ausgestanden hast.« Man bestrafte mich nur dadurch, daß man tagelang nicht mit mir sprach. Das war für mich, der ich lebhaft, fröhlich und mitteilsam war, eine sehr harte Strafe.

Ich hatte gewünscht, man sollte mich aus der Schule nehmen. Aber davon war keine Rede. Ich mußte den unleidlichen Schuldrill bis zu meinem siebzehnten Lebensjahr über mich ergehen lassen. Auch das half nichts, daß ich später eines Tages, als ich vierzehn Jahre alt war, meinen Vater beim Wort nahm und ihn daran erinnerte, daß er immer gesagt und es betont hatte, sowohl vor aller Welt wie vor uns Kindern: »Meine Söhne dürfen werden, was sie wollen. Ich werde sie nie in einen Beruf hineinzwingen, zu dem sie keine Lust haben. Das Unglücklichste, was einem jungen Mann angetan werden kann, ist, wenn seine Eltern ihn gegen seinen Willen in einen Beruf hineindrängen, für den er nicht geboren ist.«

Diese Worte hatte ich mir gut gemerkt. Und vor dem Weihnachtsfest, weil mein Vater zu dieser Festzeit gewöhnlich weich gestimmt und zugänglicher als sonst war, sagte ich ihm, als er mich fragte, was ich mir zu Weihnachten wünschte, frei heraus: »Ich möchte, daß du mich aus der Schule nimmst! Lesen, Schreiben, Rechnen, Geographie, Geschichte und Religion habe ich gelernt. Aber das andere – fremde Sprachen, Mathematik, Physik, Chemie – will ich nicht lernen. Ich sehe für mich keinen Nutzen darin. Ich verstehe es nicht, und es ist mir zuwider.«

Mein Vater nickte verständnisvoll, streichelte meinen Kopf und sagte: »Mein Junge, du hast ganz recht. Ich habe schon oft darüber nachgedacht, warum du all diesen Quark lernen sollst. Was du von Chemie, Physik, Mathematik später wissen willst, kannst du dir durch eigene Studien aneignen, wenn es notwendig ist. Sprachen kannst du in fremden Ländern lernen, sobald du sie brauchen wirst. Ich würde dir darum gern den Gefallen tun und dich jetzt aus der Schule nehmen, denn zur Gelehrsamkeit kann man keinen zwingen, wenn nicht die Lust dazu vorhanden ist. Und es wäre besser, du würdest jetzt schon das, was du werden willst: ein Künstler, ein Maler. Aber bedenke, was dir bevorsteht, wenn ich dich aus der Schule nehme. Du müßtest drei Jahre Militärdienst leisten, wenn du dein Examen, das dich zum Einjährigfreiwilligendienst berechtigt, nicht machen willst. Ich rate dir: bleibe lieber drei Jahre in der Schule, als drei Jahre Kasernendienst eines gemeinen Soldaten ertragen zu müssen. Darum rate ich dir väterlich, damit du später nicht noch unglücklicher wirst: nimm dich männlich zusammen. Schlucke den Schulärger hinunter. Bleibe die paar Jahre noch auf der Schulbank sitzen. Mache dein Examen, das zum Einjährigfreiwilligendienst berechtigt. Die wenigen Schuljahre gehen auch schnell vorbei, und du wirst es mir später einmal danken, daß ich dir diesen Rat gab und dir nicht den Willen tat, dich aus der Schule zu nehmen.«

Es blieb dabei. Ich nickte, ergeben in das unabänderliche Schulschicksal, und sah ein, daß mein Vater vollkommen recht hatte, mich vor dem dreijährigen Militärdienst, der allgemein als eine Schande angesehen war, zu behüten. Still und gequält ließ ich täglich die unnützen Schulfächer, für die ich keinen Sinn hatte, über mich ergehen und versuchte jene Dinge mechanisch auswendig zu lernen, für welche mein Herz keine Neigung zeigte und mein Geist keine Begeisterung hatte.

Streit mit dem Bruder

Mein Bruder, welcher sich nie aussprach und den kaum meine Mutter zum Reden hatte bringen können, war blind der Lust zur Fotografie ergeben, nützte jede schulfreie Zeit mit fotografischen Versuchen aus und schloß sich dabei schweigsam von uns allen ab.

Ich habe ihn niemals Bücher lesen sehen. Auf Spaziergängen sammelte er eifrig Raupen und Schmetterlingspuppen, und im Hause verschwand er in seinem Laboratorium im Kamin. Er war jedoch in seiner Schweigsamkeit nie unfreundlich. Er pfiff lustig vor sich hin und scherzte, wie ein Arbeitsfröhlicher scherzt, wenn ihm sein Werk gelingt und Freude macht. Mit Liebkosungen und kleinen Geschenken veranlaßte er mich, an den Sonntagvormittagen, während mein Vater nicht zu Hause war, mich heimlich auf meinem Schaukelpferd von ihm fotografieren zu lassen. Er war dann während seiner Arbeit von einer überquellenden Zärtlichkeit, faßte mich behutsam an, als wäre ich ein Mädchen, und bettelte, wenn ich ungeduldig wurde, mit Kuß und Liebkosung, daß ich doch nur noch eine kleine Viertelstunde stillsitzen solle, damit er noch eine Aufnahme machen könne, weil ihm die andere nicht gelungen war. –

Endlich sah mein Vater ein, da mein Bruder nur im Atelier arbeiten und nichts in der Klasse lernen wollte, daß er ihn aus der Schule nehmen müsse, obwohl er nicht die Berechtigung zum Einjährigendienst erreicht hatte. Da mein Bruder wohl kräftig gewachsen, aber nicht sehr schulterbreit war, hoffte er immer, daß er von der dreijährigen Militärdienstzeit, die ihn später erwartete, frei werden würde. Diese dreijährige Militärzeit war ihm während seiner ganzen Jugend ein Schreckensgespenst gewesen, und man konnte ihn nicht mehr ärgern, als wenn man ihm bei einem Zwist vorwarf, er habe es nicht zum Einjährigenzeugnis gebracht und sei deshalb ungebildet. Dann wurde sein blasses Gesicht weiß. Seine dunklen Augenbrauen zeichneten sich noch dunkler von seiner Stirn ab. Seine Augen, die von Grau ins Braun spielten, loderten. Und er, der sonst der zärtlichste und der gütigste Mensch sein konnte, wurde derart von Haß erfüllt, daß er nicht mehr wußte, was er tat.

Einmal, wir waren bereits im neuen Hause in der Kaiserstraße eingezogen, arbeitete er an einem hellen Sommerabend noch spät in dem großen Arbeitszimmer, das unter dem Atelier zu ebener Erde im Hof lag. An diesen Hof schloß sich der große Garten der städtischen Entbindungsanstalt an. Dieser Garten lag ungefähr drei Meter tiefer als unser Hof. Ich hatte meinen Bruder, dessen langes Arbeiten mich langweilte, geneckt. Er neckte mich wieder. Aus dem Necken wurde Ernst. Er schwieg. Ich, in meiner elfjährigen Bubenhaftigkeit, ärgerte mich, daß der bald Zwanzigjährige so überlegen tat, und der verhängnisvolle Satz, daß er bald gemeiner Soldat werden müsse, fiel dabei aus meinem Mund. Mit einer unheimlichen Ruhe, aber totenblaß, wie entgeistert, ergriff mein Bruder, ein paar Wutrufe ausstoßend, eine lange stählerne Papierschere. Ich schoß aus dem Zimmer in den Hof. Die Schere flog mir nach, und ich glaubte, nun sei es genug. Aber da erschien mein Bruder wie welk und wie vergiftet mit entstelltem Gesicht auf der Türschwelle, wankte und suchte nach

1 *Die Eltern von Max Dauthendey als Brautleute 1856 in Rußland.*

2 *Würzburg, die Geburtsstadt von Max Dauthendey: Alte Mainbrücke und Festung Marienberg nach einer Ansichtskarte von 1914.*

einem andern Gegenstand, den er mir nachschleudern wollte. Er entdeckte neben der Tür im Hof einen großen Ballon Salzsäure. Mit Schrecken sehe ich, wie seine beiden Arme die mächtige Glasflasche aufheben. Ich bleibe aber doch noch lächelnd stehen und glaube nicht, daß es möglich sei, daß er mir wirklich etwas antun will. Ich glaubte, er werde den Ballon in den Arbeitsraum tragen. Da sehe ich, wie er die Riesenflasche hoch über seinen Kopf hebt, um sie nach mir zu schleudern. Zwei Seiten des Hofes waren vom Haus abgeschlossen. An den anderen beiden Seiten zogen sich Blumenbeete an einem meterhohen Eisengitter hin, und drunten, wie in einem Abgrund, lag der große Anstaltsgarten.

Ich stoße einen Schrei aus, hoffend, ich würde im Hause gehört. Aber niemand war zu Hause. Mein Vater war mit meinen Schwestern spazierengegangen. Auch die Dienstboten waren fort. Ich glaubte eine Sekunde lang, daß, wenn der Salzsäureballon auf meinem Kopf zerschellen würde, ich, von der Säure zerfressen, unter den schrecklichsten Schmerzen sterben müßte. Denn oft hatten wir Kinder beim Spielen im Hof ein Holzstückchen in die Säure getaucht, dieselbe verspritzt und uns damit vergnügt, zuzusehen, wie diese Flüssigkeit mit großen Blasen aufzischend auf dem Erdboden kochte und um sich fraß. Spritzte uns dabei ein Tropfen auf die Kleidung, so entstand sofort ein roter Fleck, und der Stoff zerfiel an der Stelle, als wäre er versengt.

Mit diesem Ballon, der viele Liter Salzsäure faßte, stürzte nun mein Bruder wütend auf mich los. Zweimal wich ich nach verschiedenen Seiten aus, nicht wissend, wohin ich flüchten sollte, bis ich einen Sprung über das Blumenbeet machte, mich über das Gitter schwang und mich von der Mauer in den tiefgelegenen Garten hinunterwarf. Ich achtete darauf, daß ich nicht hinstürzte, sprang mit einigen Sätzen drunten fort, hinter einen großen Birnbaum, und hörte dabei, wie oben am Gitter der Glasballon zerschellte und zugleich die zischende Flut der Salzsäure an der Mauer in den Garten hinunterschoß.

Kaum war das geschehen, und ich lehnte vor Schrecken atemlos an dem Birnbaum, erschien das Gesicht meines Bruders oben über dem Geländer unseres Hofes. Sein Gesichtsausdruck hatte sich verändert. Er schrie meinen Namen wie einer, der retten will. Als er mich bleich und zitternd an dem Baum lehnen sah und ich nur noch den Mut hatte, mit der Hand auf die Säure zu zeigen, die zwischen dem Gras blasenschäumend hinfloß, da schwang er sich über das Gitter. Ich flüchtete nicht mehr. Ich fühlte, er hatte etwas so Schreckliches getan, daß ich nun in meinem vollsten Rechte war, ihn zu verachten. Er war indessen in den Garten zu mir hinuntergesprungen und sah, daß nur einige Tropfen der Säure auf meinen Anzug gespritzt waren. Er fiel mir stürmisch um den Hals, küßte mich übers ganze Gesicht und bat mich mit Tränen in den Augen um Verzeihung. Als ich ihn so verwandelt sah, hatte ich auch seine Schreckenstat gleich vergessen. Er half mir aus dem Garten wieder auf die Mauer hinauf in den Hof, und oben angekommen, wo die verschüttete Salzsäure immer noch im Blumenbeet brodelte, besprachen wir lebhaft den ganzen Vorgang, und er packte meine Hände, drückte sie und sagte mit gesenktem Kopf: »Diese drei Jahre Militärzeit, in der ich Gemeiner sein und unter gemeine Menschen gesteckt werden soll, die halte ich nicht aus. Lieber hacke ich mir ein paar Finger ab oder flüchte nach Amerika.«

Puppentheater

Dieses war das einzige Mal, daß mein Bruder und ich gegeneinander in Heftigkeiten gerieten. Von da ab wurde er sehr zärtlich zu mir. Im Schlafzimmer, das wir mit meinem Vater teilten, weckte er mich oft, wenn er abends um elf Uhr nach Hause kam und mein Vater noch nicht da war. Dann schüttete er auf meine Bettdecke Orangen und kleine Schachteln voll Süßigkeiten hin, die er abends, wenn er mit Freunden ausgegangen war, in den Gasthäusern von herumziehenden Südfruchthändlern gekauft hatte. Er schälte dann die Orangen selbst, zerlegte sie in kleine Teile und fütterte mich, der ich schlaftrunken war, wie eine Mutter ihr Kind. Zu Weihnachten baute und hämmerte er für mich aus Holzleisten ein großes Kasperltheater, das, mit rotgeblümtem Stoff bekleidet, dann zur Sommerszeit immer im Hof stand und bei dem ich so laut und lebhaft den Hans Kasperl, seine Frau, den Tod, den Teufel und den Polizeidiener auftreten ließ, daß sich alle Küchenfenster an der Rückseite des Hauses am Abend öffneten und auch an den Fenstern der Entbindungsanstalt im Garten drüben die schwangeren Frauen und die Hebammen herausschauten und meinem Spiel zuhörten. Oft erschien auch mein Vater im Gangfenster mit der Zigarette im Munde, den ich aber, da ich im Theater versteckt war und nur meine Hände mit den Puppen herausstreckte, immer erst zu spät bemerkte. Vor ihm schämte ich mich. Die Puppen, die für mich lebende Menschen waren, wurden hölzern und zu nichtssagenden Puppen, sobald mein Vater zusah, dessen starkes Auge mich in die Wirklichkeit zurückrief. Wenn er auch vom Fenster aus sagte: »Spiel doch weiter! Du hast ja vorhin so schön gespielt, schrei nur nicht zu laut dabei«, so konnte ich doch unter seinen Augen die Puppen nicht mehr unbewußt leben lassen. Das Spiel verkrümelte sich. Ich machte einen plötzlichen Schluß, ließ den roten Vorhang herunterfallen, und bei dem Beifallsgeklatsch, das die Dienstboten von den drei Stockwerken des Hauses umständlich spendeten, biß ich die Lippen aufeinander. Denn es schien mir, ich hätte den Beifall nicht so reichlich verdient, da mein Vater im schönsten Augenblick der Steigerung von mir am Fenster entdeckt worden war und mir dann der schöne Schluß, bei dem ein großes Krokodil erscheinen sollte, das den Kasperl samt seinem Prügel verschlingen mußte, unter den stählernen Augen meines Vaters nicht mehr geglückt war. Dieses Theater nun hatte mir mein Bruder aus Sühne für den Schrecken aufgebaut. Auch früher hatten wir schon in der Büttnersgasse Theater aus Papier gebaut, in welchen »Freischütz« und »Dornröschen« gespielt wurden; Theaterspiel war immer mein Lieblingsspiel gewesen. –

Der arme Bruder

Eines Tages reiste mein Bruder plötzlich ab. Er sagte, er fühle sich nicht am rechten Platze, da er neben meinem Vater nicht arbeiten könne, wie er wolle. Und da er das Atelier von Grund aus neu umgestalten möchte und mein Vater dagegen sei, freue ihn die Arbeit zu Hause nicht. Mein Vater ließ ihn ziehen. Mein Bruder sagte uns, er gehe wieder nach Holland. Einige Wochen später hörten wir, er sei in Amerika. Meine dort verheiratete Schwester und mein Schwager hatten ihn zu sich hinüberkommen lassen, damit er dem dreijährigen Militärdienst entgehe.
Mein Vater tobte. Bald war er aufs höchste aufgebracht gegen meinen Schwager, der meinen Bruder zu diesem Schritt verleitet hatte, bald gegen meinen Bruder, den er einen Feigling nannte, weil er sich dem vaterländischen Militärdienst entzogen hatte. Er wollte sich von ihm lossagen. Er wollte ihn nicht mehr

als seinen Sohn anerkennen. Er wollte ihn und meinen Schwager enterben. Die Wände zitterten von wilden Reden, die mein Vater im Aufundabgehen stundenlang hielt. Dazwischen weinte er und klagte, er habe seinen Sohn verloren, denn derselbe dürfe nicht wieder zurückkommen, wenn seine Fahnenflucht bekannt würde.

Der arme Vater und der arme Bruder! Keiner von uns konnte einem von ihnen helfen. Wir durften bald nicht mehr den Namen meines Bruders vor meinem Vater nennen und nicht den Namen meines Schwagers in Amerika. Mein Vater zürnte auch diesem, denn er hatte erwartet, daß er meinem Bruder abgeraten hätte, nach Amerika zu gehen.

Ein, zwei Jahre hörten wir fast nichts mehr von meinem Bruder. Dann aber traf eines Tages aus Amerika ein Telegramm ein, er sei schwer erkrankt, man fürchte jeden Augenblick das Schlimmste. Zwei Stunden später ein neues Telegramm: mein Bruder sei gestorben. Nach vierzehn Tagen traf ein Brief von einem deutschen Konsulat aus einer pennsylvanischen Stadt ein, in welchem der Konsul mitteilte, mein Bruder habe sich in einem Anfall von Verfolgungswahnsinn in sein Zimmer eingesperrt, die Türen mit Möbeln verstellt, sich auf den Zimmerteppich gelegt und sich erschossen.

Als die Todesnachricht kam, saß ich im Wohnzimmer und arbeitete Schulaufgaben. Plötzlich hörte ich ganz unerwartet und ohne jedes vorhergegangene Gespräch ein lautes, heftiges Schluchzen. Eine ältere Kusine von mir, die den Haushalt führte und die eben in meiner Nähe stand, sah erschrocken auf. Wir sahen uns an und begriffen nicht, wer da plötzlich so weinen konnte. Das Weinen ging in ein Wimmern über und brach wieder in Schluchzen aus. »Dein Vater!« sagte meine Kusine rasch und eilte nach dem Schreibzimmer. Dort blieb sie. Ich saß horchend über meinem Schulheft und hörte nun plötzlich auch sie im Zimmer meines Vaters laut weinen. Es quälte mich, Zuhörer dieses mir unerklärlichen Weinens sein zu müssen. Ich ging leise zur Tür, öffnete und sah meinen Vater, der den Kopf über seinen Schreibtisch gelegt hatte, das Gesicht tief in seine Hände vergraben. Er weinte stoßweise wie ein kleines Kind, und neben ihm stand meine Kusine, das Gesicht in ein Taschentuch versteckt, und weinte ebenso wie er.

Das erste Telegramm war eingetroffen. Ich begriff nichts. Sie sprachen beide stoßweise und schluchzend zu mir, aber ich

konnte aus ihren Sätzen nur das Wort Kaspar verstehen, den Namen meines Bruders.
Diese Schmerzensszene wiederholte sich noch viel erschütternder, als der Brief eintraf, der die Einzelheiten berichtete, wie mein Bruder sich erschossen hatte. Er war zuletzt von Furchtgefühlen so geplagt gewesen, daß er fortwährend die Wohnung gewechselt hatte. Überall hatte er Stimmen sprechen hören und sich von Verfolgern umgeben geglaubt. Ein kleiner Negerbursche, den er als Diener angenommen, hatte ihm überallhin seine Koffer nachtragen müssen, da er alle paar Tage umzog. Alles dieses zu lesen, erschütterte meinen Vater aufs tiefste.
Seine erste Frau hatte sich das Leben genommen und nun auch sein ältester Sohn. Er sagte, es sei ihm, als stünde bei dem Tode meines Bruders nochmals das furchtbare Petersburger Ereignis wieder auf. Er machte sich Selbstanklagen, daß er zu schroff gegen meinen Bruder gewesen sei, und verteidigte sich dann wieder damit, er habe nur das Beste gewollt.

Max soll Fotograf werden

Ich sah voraus, daß man mich jetzt nach dem Tode meines Bruders nicht mehr Kunstmaler werden lassen würde, wie ich es immer gewünscht hatte, sondern daß man jetzt voraussetzte, ich würde, sobald ich mein Examen gemacht hätte, meinem alten Vater in dem mir verhaßten fotografischen Atelier bei seiner Arbeit eine Hilfe sein, und daß man mir also wahrscheinlich zumuten würde, Fotograf zu werden. Ein Gedanke, der mir immer qualvoll gewesen war.

»Du willst nicht reiten, du willst nicht auf die Jagd gehen, du willst nicht Schach spielen, du liebst nicht Physik, nicht Chemie, nicht Technik, nicht Mechanik, nicht Erfindungen – du bist nicht mein Sohn!« so hat mein Vater später, als er mich gegen meinen Willen überredet hatte, die Arbeit im Atelier zu übernehmen, öfters zu mir gesagt. Ich konnte ihm darauf nichts antworten. Ich konnte ihm nicht erklären, daß ich Dichter werden wollte. Das wußte ich damals selbst noch nicht, ob und wie und daß man das werden könnte. Dichter waren da. Wie es kam, daß sie plötzlich da waren, hatte ich nie ergründen können. Sie wurden genannt und waren und blieben, als wenn sie immer gewesen wären, wie Himmel, Erde, Sonne und Sterne.

Als ich schon zwanzig Jahre alt war, sagte meine jüngste Schwester einmal an einem Geburtstag meines Vaters zu mir: »Du solltest Vater ein Gedicht machen und an Stelle einer Tischrede das Gedicht hersagen.« Ich sah sie ganz verblüfft an. »Ich soll dichten?« fragte ich sie. Wenn sie gesagt hätte, ich sollte zum Geburtstag meinem Vater die Freude machen und bis zum Mittagessen heiraten oder beim Nachtisch sterben – das wäre mir nicht so ungeheuerlich vorgekommen. Dichter werden wollen war ja viel mehr, als wenn man hätte Papst werden wollen. Dichten war überhaupt für mich die heiligste Handlung. Man konnte einem Menschen befehlen, zu beten, aber nicht, zu dichten. Dichter! Ich hatte eine große Scheu vor diesem Wort und ging in großem Bogen um dieses Wort herum. Schon die Zusammenstellung meiner jungen unerfahrenen Person mit dem unerklärlichen Wort »dichten« schien mir unerhört oberflächlich, beinahe gotteslästerlich und lächerlich. Eher, dachte ich, würden meine Finger wie der Birnbaum im Hof Blüten und Blätter treiben, als daß sie ein Gedicht niederschreiben dürften. Goethe hat gedichtet, Schiller hat gedichtet, Mörike und vor allem Walter von der Vogelweide. Mir war, als müßte jeder dieser Männer die Stille, den Arbeitsfrieden und die Beschaulichkeit der Summe aller zweiundfünfzig Sonntage des Jahres ausströmen, wenn man ihm unter die Augen getreten wäre. Und *ich* sollte dichten! Ich, der ich nur die Unruhe des Lebens bis jetzt kennen gelernt hatte! Unter dem einen Fuß war mir die Mutter weggenommen. Dieser Fuß stand überhaupt nie mehr ruhig. Und der andere Fuß, der in die Spuren meines Vaters treten sollte, wich diesen Spuren aus. Mein Herz verstand noch nichts von dem, was meinem Vater heilig war, nichts von Maschinen und Erfindungen, nichts von Politik und Weltleben. Ich fühlte mich vor allem unruhig, weil ich selbst nicht gewiß wußte, was aus mir werden sollte. Ich erinnere aber, daß ich trotzdem von der Zumutung meiner Schwester, daß ich ein Gedicht ausdenken solle, gereizt und geschmeichelt war, ich konnte es den ganzen Tag nicht vergessen und erzählte es meiner Kusine. Sie lachte hellauf, weil meine Schwester mir vom Dichten redete. Dieses aber machte mich stutzig. Der eine Mensch hielt es für möglich, daß ich dichten sollte, der andere für ganz unmöglich. Ich konnte damals weder dem einen noch dem anderen recht geben, dieses fühlte ich. Dann dachte ich nicht mehr darüber nach. –

Ein neuer Lebensplan: Java

Durch Zufall kam ich auf einen neuen Lebensplan. In unseren Arbeitsräumen war unter anderen Angestellten eine Dame tätig, welche jetzt die Atelieraufnahmen machte, da mein altgewordener Vater sich vom Atelier ganz zurückgezogen hatte und nur noch einige Stunden des Tages mit chemischen Versuchen und mit der Zubereitung farbenempfindlicher Platten verbrachte, die in seinem Beruf seine letzte Begeisterung waren. Mit dieser Dame unterhielt ich mich öfters, denn durch die große Vertrauensstellung, die sie sich durch Treue, Fleiß und Geschicklichkeit in meines Vaters Atelier errungen hatte, wurde sie von uns allen im Hause nicht wie eine Fremde, sondern mehr wie ein Familienmitglied angesehen. Von ihr hörte ich, daß ein Freund ihres Bruders sich in Holland zur javanischen Truppenabteilung hatte anmelden lassen und nun nach Java gekommen sei. – Deutschland besaß damals noch keine Kolonien. – Er beschrieb in seinen Briefen, daß es ihm in Java sehr gut gefiel, und erzählte viel von dem wunderbaren Tropenlande.
Über Nacht war mein Plan gefaßt. Ich wollte fort nach Java. Kolonialsoldat sein schien mir nicht schlimmer, als mit meinen sechzehn oder siebzehn Jahren noch auf der Schulbank sitzen zu müssen. Es war wenige Wochen vor Weihnachten, und ich wünschte, mich an meine Kusine wendend, zu Weihnachten nichts anderes als ein Buch über Java. Auf alles andere wollte ich verzichten. Der einfache Wunsch klang ihr so seltsam, da ich sonst immer eine lange Reihe Wünsche gehabt hatte, daß meine Kusine lachte und mir den Wunsch nicht glauben wollte. Ich hatte nun Angst, daß man mir vielleicht ein Buch über Kanada, Afrika oder eine Nordpolexpedition schenken würde, und buchstabierte ihr ganz genau das Wort »Java«, damit keine Verwechslung stattfinden konnte. Ich erhielt dann auch am Weihnachtsabend das Buch und nichts als dieses Buch, so wie ich es gewünscht hatte. Ich fühlte mich reich beschenkt. Nur mein Vater ging mit etwas verächtlichem Gesicht beim Weihnachtstisch an mir vorbei, forschte mich aber nicht näher aus. Er deutete nur auf das Buch unter dem Weihnachtsbaum und sagte: »Du hast ausdrücklich nichts anderes gewollt als dieses Buch. Eigentlich hatte ich nicht vor, deinem Wunsch nachzugeben, denn du kommst sicher durch das Lesen dieses Buches ins Träumen. Aber da du nichts anderes wünschtest, wie mir deine

Kusine sagte, so wollte ich nicht so grausam sein, die Erfüllung eines Wunsches, der dir sehr am Herzen zu liegen scheint, zu versagen. Aber bedanke dich bei deiner Kusine, welche lebhaft für dich gebeten hat. Ohne ihre Bitten hättest du das Buch kaum bekommen.« Dann wandte mir mein Vater den Rücken, ohne mir wie sonst den Weihnachtskuß zu geben.

Zum sechsten Januar, am deutschen Heiligen Dreikönigstag, auf welches Datum das russische Weihnachtsfest fällt, saßen wir abends gewöhnlich zusammen und zündeten noch einmal die Kerzen des Weihnachtsbaumes an. Mein Vater gedachte dann der Petersburger Verwandten und vieler toter Petersburger Freunde und war in einer zugänglichen Stimmung, so daß ich mir ein Herz fassen konnte, ihm von meinem Java-Plan Mitteilung zu machen. Ich hatte in den Weihnachtstagen, da Schulferien waren, das Buch über Java durchgelesen und kannte mich in der Hauptstadt Batavia schon so gut aus wie in Würzburg. Daß ich nicht lange dort beim Militär bleiben wollte, wenn ich hinkäme, sondern auf eine holländische Farm als Verwalter oder als irgendein Händler im javanischen Lande umherziehen würde, das war mir unter dem Lesen klar geworden.

Mein Vater hörte mich ruhig an. Schmerzlich zuckten seine Lippen. Er legte die Hand vor die Augen und brach plötzlich in Tränen aus. Ich begriff diese jähe Umwandlung nicht. Ich hatte ihm einfach und fest klargelegt, daß ich auf keine Weise das im Schulzimmer eingepferchte Leben länger ertragen könne, daß ich ihm nur Kummer durch schlechte Schulzeugnisse machen würde, daß ich mit allen Mitteln mich gegen die Unaufmerksamkeit gewehrt hätte, aber nichts dagegen tun könne, daß meine Gedanken, wenn von unregelmäßigen französischen Zeitwörtern, von chemischen Formeln, algebraischen Gleichungen und physikalischen Gesetzen die Rede war, abschweiften. Auch die wissenschaftlichen Einteilungen der Pflanzen und der Tiere seien mir völlig gleichgültig. Ich könne keine Aufmerksamkeit dafür erzwingen. Ja, wenn man die Natur beobachten dürfte! Stundenlang könnte ich an einem Ameisenhaufen sitzen und den Ameisen zusehen. Auch die Pflanzen draußen im Wald zu betrachten, Tiere und Bäume im Freien, das zu tun, würde mich freuen. Aber die Staubfäden abzuzählen, an Tierskeletten die Namen der Knochen zu lernen, die Einteilung der Tiergattungen in Schaltiere, Weichtiere usw., dieses auswendig herzusagen, das reize mich gar nicht. Ebenso könne ich mir in Chemie nichts unter

Molekülen und Atomen vorstellen, nichts unter den Gleichungen in der Algebra. Und Barometer, Thermometer, die Physik derselben habe er mir längst erklärt. Was da noch umständlich in den Büchern stehe, könne ich nicht sofort begreifen. Und begriffe ich es in der einen Stunde, so behielte ich wohl den Sinn; aber ganz genau den Wortlaut der Bücher auswendig zu lernen, dagegen sträube sich mein Lebensgefühl. Es graue mir vor der Peinlichkeit, mit der jedes vergessene Komma, jeder verfehlte große oder kleine Anfangsbuchstabe von den Professoren gerügt werde, als hätte man damit eine Schmach gegen Vaterland und Familie begangen. Die hochgeschraubten Aufsatzthemen, die uns unerfahrenen Menschen gegeben wurden, könnten kaum von Philosophen und weisen ausgereiften Männern richtig behandelt werden. Schwierig und verzwickt und qualvoll und in allem unmenschlich, nicht geistfördernd, sondern geistlähmend und den Geist abtötend, so sei der ungeheuerliche Schulplan.
So weit war ich gekommen, als mein Vater sein Gesicht mit der Hand bedeckte und ihm die Tränen durch die Finger liefen. Meine Kusine war von der Zigarettenarbeit rasch aufgestanden und ließ die Zigarettenhülsen und den Tabak liegen, die vor ihr auf dem Tisch ausgebreitet waren. Da mein Vater heftig stoßweise schluchzte, eilte sie zum Kredenztisch und mischte ihm Zucker in ein Glas Wasser, das er in einem Zuge leerte. Während er sich mit seinem Taschentuch die Tränen wischte, stand ich verlegen hinter einer Stuhllehne und sah voraus, daß das Ganze zu meinen Ungunsten enden würde. Endlich sah mein Vater auf und sagte mit zuckendem Mund: »Hältst du so dein Versprechen, das du mir neulich gegeben hast? Nun geh, wohin du willst. Ich bin ein einsamer Mann. Ich habe keine Söhne mehr!« Und wieder begann er zu schluchzen.
Ich biß die Lippen aufeinander und ging langsam und möglichst leise aus dem Zimmer. Ich setzte mich in mein dunkles Schlafzimmer und sagte zu mir: ich will abwarten, bis mein Vater beruhigt ist und sich an den Gedanken meiner Auswanderung nach Java gewöhnt hat. Vorläufig hatte er gesagt: »Geh, wohin du willst!« Wenn es auch vorwurfsvoll klang und nicht gemeint war, daß ich diese Verweisung wörtlich nehmen sollte, so wollte ich doch jetzt diesen Satz behalten und annehmen, daß er mir Freiheit gegeben hatte, zu tun, was ich tun mußte. Mein Vater tat mir leid, aber es war ja gleich: blieb ich, machte ich ihm Kummer, und ging ich, machte ich ihm auch Kummer. Und da

ich das Fortsein aus dem Hause und aus seinen Augen noch nicht geprüft hatte, so schien mir jener Kummer, den ich ihm mit meinem Plan, auszuwandern, bereitete, weniger schlimm als der, in der Schule dem Schulplan nicht gewachsen zu sein und den dreijährigen Militärdienst erwarten zu müssen, den ich ebenso wie mein Bruder für eine große Schande hielt.

Reise durch Norddeutschland

Den Plan mit Java hielt ich noch ein ganzes Jahr aufrecht. Er war mein Halt, wenn mir der Geist meines Vaters und der Drill der Schule zu streng erschienen.

Als ich mit achtzehn Jahren, aber erst nach einem Mißerfolg, bei einer zweiten Prüfung die Berechtigung zum einjährigen freiwilligen Dienst erhalten hatte, war mein Vater sehr glücklich. Als Ausdruck seiner Freude ließ er mich im Frühjahr 1886 eine mehrmonatige Reise durch Norddeutschland machen. Ich sah zum ersten Male Dresden, wo ich einige Wochen in einer schönen Villa bei alten Petersburger Freunden in Blasewitz weilte, kam dann in die Sächsische Schweiz und nach Berlin, besuchte eine verheiratete Schwester in Mecklenburg und reiste dann nach Magdeburg, Dessau, Naumburg und Weimar, wo mich überall meines Vaters Verwandte herzlich empfingen. Nach Hause zurückgekehrt, hoffte ich nun nach München zu kommen und Maler werden zu dürfen. Aber mein Vater bat mich, mir Zwang aufzuerlegen und in sein Atelier einzutreten, die Fotografie zu lernen und ihm bei den chemischen Versuchen zu helfen. Er begründete diesen Vorschlag damit: »Ein altbewährtes Atelier wie das unsrige ist eine Goldmühle. Deine Künstlerpläne dagegen kannst du immer noch ausführen.«

Max als Fotograf im väterlichen Atelier

So ließ ich mich von meinem Vater in eine lithographische Anstalt bringen, wo ich monatelang mit Lineal, Feder und Nadel auf mit Rußmasse geschwärzten Steinen arbeitete.

Aber keine Genugtuung hatte ich davon, und stumpf erschöpft schien ich mir am Abend, ärmer als jeder Pferdeknecht, der seine Gäule liebt, pfeifend seine Tiere striegelt, seinen Lohn ein-

streicht und mit Zufriedenheit dann den Schlaf des Gerechten schlafen darf.
Die Goldmühle, das Atelier, wurde mir wieder von meinem Vater in den lebhaftesten Farben geschildert. Unter Tränen und Bitten überredete er mich, ihm wenigstens ein Jahr lang den Beweis zu geben, daß ich mich seinem Willen unterordnen könne. Ich sollte für ein Jahr Fotograf werden und die Malerei nur nebenbei betreiben. Ihm zuliebe sollte ich den Versuch machen, ihm, dem alten Mann zuliebe, so bat er mich. Ihm hatte sein Beruf so viel Freude gemacht, daß er es nicht begreifen konnte, warum ich nicht auch Freude daran finden könne. Da er ein Menschenalter lang in der Ausübung der Fotografie in Leipzig, Petersburg und Würzburg gelebt hatte, sollte ich es wenigstens ein Jahr lang mit diesem Beruf versuchen. Ich ließ meinen Vater walten und machte mich widerstandslos, ließ alles über mich ergehen, ähnlich den Leuten, die sich auf Reisen befinden und wissen, daß das Leben im Eisenbahnwagen oder auf einem Schiff einmal, sobald man ans Ziel gekommen ist, aufhören muß. Ich wurde dann von meinem Vater und von jener Dame, die unser Atelier leitete, in alle Geheimnisse und alle Handgriffe der Fotografie eingeweiht.
Mein Tag begann ungefähr so: dreißig Personen kamen an, eine Hochzeitsgesellschaft, ein Gruppenbild. Jede dieser Personen ist eine Welt aus Licht und Schatten, jede eine verkörperte Eitelkeit, die in der Sekunde der Aufnahme das vorteilhafteste Gesicht ihres ganzen Lebens aufsetzen soll. Alle diese dreißig Personen, die sich sonst nie im Leben zusammengefunden haben, sollen jetzt plötzlich in drei Minuten von mir vorteilhaft zusammengesetzt werden.
Die Dreißig verschwinden dann nach geglückter Aufnahme. Ein schreiendes kleines Kind wird gebracht. Alle Stühle im Atelier, alle Tische und Geländer sind aber nicht mit den Dreißig verschwunden, sollen jedoch sofort zu Luft werden, da das Kind keine Zeit hat, da es von auswärts zugereist ist und die Sonne im Mittag steht und auch keine Zeit hat.
Inzwischen wird eine Leiche angemeldet. Ein Graf hat sich erschossen. Die Beerdigung ist morgen. Der Apparat muß in des Toten Wohnung geschickt werden. Sobald ich mit den nächsten Aufnahmen fertig bin, muß ich hineilen. Erst sind aber einige Studenten zu erledigen. Beim Studenten, nicht zu vergessen, du Träumer, immer *die* Gesichtshälfte fotografieren, die die

meisten Schmisse aufweist. Sonst gefällt das Bild der menschlichen Eitelkeit nicht, wenn es auch noch so ähnlich ist. Welche rührende Geschmacklosigkeiten muß ich mit heldenhafter Selbstverleugnung auf dringenden Wunsch ausführen!

Eine Großmutter will das Bild ihres Enkelkindes in der Hand halten, damit es auch auf der Fotografie mit zu sehen ist. Unter diesem bekränzten Bilde steht mit großen Buchstaben: Ich gratuliere. – Damen, die nie offenes Haar tragen, wollen plötzlich das spärliche Haar bis auf den Gürtel fallen lassen. Und Blumen sollen auch noch in das dürftige Haar hineingestreut werden. – Ein Ring an einer Hand hat sich verschoben. Der Stein ist nicht zu sehen, weil er unter den Finger gerutscht ist. Beim Empfang des Bildes ruft die Dame aus: »Sie haben mir ja einen Ehering hinfotografiert! Meine Mutter ist außer sich. Sie sagt, das Bild könne man niemandem zeigen.« – Einjährige mit und ohne Helm. Streng zu beachten, daß der Uniformknopf über dem Leibgurt sitzt! – Blaue Augen dürfen nicht ins Licht sehen, sonst sind sie gequollen wie Fischaugen und weiß wie Porzellanknöpfe. – Einen zittrigen alten Herrn trifft während der Aufnahme vor mir der Schlag. Das Bild sollte für die Enkel sein, für die Nachwelt. Dieser Aufregung des Sichfotografierenlassens war er nicht mehr gewachsen.

So ungefähr verliefen jetzt meine Vormittage, die erst gegen vier Uhr endeten, wonach mich dann das kalt gewordene späte Mittagessen, das stundenlang gewartet hatte, so gleichgültig ließ wie der Rest des Tages. Die Spätnachmittagstunden verbrachte ich im Versuchslaboratorium, wo mein Vater mich bei Jod- und Bromdämpfen und roter Laterne oft bis elf Uhr nachts hinstellte mit dem Auftrag, seine Emulsionsversuche zu bewachen, Bromsilberemulsionen zu mischen und zu kochen und Bromsilberplatten anzufertigen. Meine spärlichen Erholungsstunden sollte ich mit dem Lesen fotografischer Fachzeitschriften verbringen, sollte ein chemisches Tagebuch über die verschiedenen Emulsionsversuche führen.

Zu meinem Schrecken mehrten sich die Aufnahmen im Atelier, seit ich dort eingetreten war, von Tag zu Tag. Es hatte sich in der Stadt herumgesprochen, daß der jüngste Sohn dort tätig sei. Man wollte sich das ansehen.

Ich rechnete im stillen jeden Tag vom Jahre ab. Und als das Jahr dann um war und ich vor meinen Vater trat und ihm sagte: »Nun habe ich dir bewiesen, daß ich mir Zwang auferlegen konnte. Nun laß mich gehen. Laß mich nach München und Maler werden«, da antwortete er ein wenig erstaunt: »Ich habe mich nicht über dich zu beklagen«, sagte er. »Ich kann es dir ja gern gestehen, ohne dir zu schmeicheln – du benimmst dich ausgezeichnet im Atelier und bist mir eine große Stütze meiner alten Tage. Ich bin sehr zufrieden mit dir. Siehst du, man weiß nie, was alles in einem verborgen ist, bis man sich geprüft hat. Niemals hätte ich geglaubt, daß so viel Talent zur Fotografie in dir steckt. Mache nun keine Dummheiten und gib den schönen Beruf nicht auf.« Ebenso sprachen meine Schwester und meine Kusine auf mich ein.

Ich wollte ein Dichter werden

Ich war nun von meinen Angehörigen gegen meinen Willen in die Fotografie eingesponnen. Ich machte verschiedene Anläufe, um mich sanft von dem Bann, den der Geist meines Vaters auf mich ausübte, zu befreien, denn mein eigener Geist wurde nicht schwächer, sondern immer stärker und forderte seine Rechte. Er zweigte sich wie ein Ast vom Stamme ab und wollte in seine ihm eigene, von seinem Schicksal ihm vorgeschriebene Richtung wachsen.

Von 1886 bis 1889 quälte ich mich ab, mir noch Gewalt anzutun und mich möglichst dem Wunsch meines Vaters zu unterjochen. Im Frühjahr 1889 aber ließ mich mein Vater auf meinen dringenden Wunsch nach Genf gehen, wo ich als Volontär in ein großes fotografisches Atelier eintrat und mich nebenbei in der französischen Sprache vervollkommnete. Von der Malerei war längst nicht mehr die Rede. Dieser Hang, der nie mein innerster gewesen, war langsam eingeschläfert worden, so daß ich selbst kaum mehr an ihn dachte. Wohl zeichnete und malte ich in meinen wenigen Mußestunden manchmal, aber den Gedanken, Maler zu werden, hatte ich aufgegeben, denn ich *schrieb* jetzt heimlich in den Nächten.

In Genf war ich ein Vierteljahr. Von dort floh ich ganz plötzlich im Sommer ohne Wissen meines Vaters nach Petersburg. Ich wußte nicht recht, was ich dort wollte. Ich fühlte nur, daß ich bei den Verwandten meiner Mutter in Rußland für mich Hilfe suchen müßte, um von dem geistigen Druck, den mein Vater auf mich ausübte, loszukommen. In meiner Verzweiflung hatte ich

mich sogar auf der Reise dorthin in Berlin mit einer entfernten Kusine meiner Stiefschwestern, die ich nur ihrem Bilde nach kannte, Hals über Kopf verloben wollen. Ihr Bild hatte mir gefallen. Es stand seit Jahren in unserem Wohnzimmer, und ich hatte es oft betrachtet. Diese junge Dame war in Petersburg geboren, aber später mit ihrer Familie nach London und dann nach Deutschland gezogen. Ihr Vater war Bankdirektor. Ich kam mit Herzklopfen in ihr Haus bei Berlin, wo sie jetzt wohnten. Ich hatte »Unter den Linden« einen großen Rosenstrauß gekauft und einen Verlobungsring. Mein überstürzter Antrag erregte aber die höchste Verwunderung, denn man kannte mich gleichfalls nur von Familienbildern, und so reiste ich gleich weiter nach Petersburg. Ich hatte durch diese schnelle Verlobung eine Handlung begehen wollen, die mich selbständig machen sollte.
Zu welchen Gewalttaten der Geist eines Mannes einen andern Mann drängen kann, wenn der eine der Vater und der andere der Sohn ist, dies sehe ich heute erst vollständig und bewußt. Damals handelte ich unbewußt, indem ich auf die Art meines Vaters mit meiner Art antwortete. Ich fand keinen Boden für meine Träume zu Hause. Nur heimlich hatte ich in den letzten Jahren, in den Nachtstunden vor Weihnachten, zu schreiben begonnen. Ich hatte ein langes Epos gedichtet, eine Art Ritterromanze, die ich meinem Vater zu Weihnachten geschenkt hatte. Er war nicht sehr erbaut davon gewesen. Er sagte in den Weihnachtsfeiertagen nach dem Durchlesen: »Das ist alles gut und schön. Aber vergiß nicht die Pflichten deines Berufes.«
Meines Berufes?! Seit ich in den stillen Nachtstunden über dem Schreiben so innig glücklich gewesen, während ich mit den Gestalten meiner Dichtung Frühling und Liebe feierte, obgleich es noch Winter war und obgleich ich auch die Liebe bis jetzt nur vom Hörensagen kannte, seitdem ahnte ich jetzt, wo mein Beruf lag. *Ich wollte ein Dichter werden!* –
Mein Vater war aufs äußerste aufgebracht, als er erfuhr, daß ich, statt von Genf nach Hause zu kommen, nach Petersburg zu meinen russischen Verwandten gefahren sei. Er schrieb mir, er verstehe mich nicht mehr. Früher hätte ich mich vertrauensvoll mit ihm besprochen und nie gegen seinen Willen gehandelt und jetzt hinterginge ich ihn und würde der Nagel zu seinem Sarge werden. Er begreife nicht, was ich in Rußland wolle. –
Ich begriff es auch nicht. Warum hatte man mich nicht einfach von zu Hause aus nach München gehen und Maler werden las-

sen? Warum hatte man sich eingeredet, daß ich im fotografischen Beruf glücklich und zufrieden sei, weil ich nicht täglich laut klagte? – Mein Vater war siebzig Jahre alt, ich zweiundzwanzig, als ich nach halbjährigem Aufenthalt aus Petersburg zu ihm nach Würzburg zurückkehren mußte. Noch einmal sollte ich es versuchen und das Atelier leiten. Er versprach mir die größten Freiheiten. Ich sollte nur bis nachmittags zwei Uhr arbeiten und von da ab meinen jetzt eifrig betriebenen schriftstellerischen Arbeiten nachgehen dürfen.

DAS JAHR DER FREUNDSCHAFT UND BERUFUNG

Gertrud Rostosky erzählt

Der Winter 1891 brachte den Kampf zwischen Vater und Sohn zu katastrophalen Zusammenstößen.
Es war an einem stürmischen Apriltag des Jahres 1891, da erreichte ein Hilferuf aus dem Dauthendeyschen Bereich die »Neue Welt«.
Freund Villinger war es, der die schwere Aufgabe übernommen hatte, zwischen dem Haus Dauthendey und der Neuen Welt zu vermitteln. Er kam, um für den erkrankten Dichter Zuflucht zu erbitten.
Ich war mit ins Zimmer eingetreten und hatte mich unauffällig hinter den Sessel meiner Großmutter gestellt, als Villinger, dazu aufgefordert, ihr gegenüber saß.
Wie mir schien, war meine Großmutter innerlich vorbereitet auf Villingers Anliegen. Sie hatte sich aber auf völlige Ablehnung eingestellt; während sie hörte, daß Max Dauthendey, der Sohn ihres alten Freundes, einen Nervenzusammenbruch erlitten habe und auf der Neuen Welt Zuflucht suche, sah sie unverwandt auf ihre Handarbeit und schwieg zunächst. Vielleicht stand ihr vor Augen, wie schwer die Zeit war, in der die sterbende Caroline Dauthendey ihr, der damals noch jungen Frau, ins Haus gekommen war. Vielleicht auch machte sie der Konflikt zwischen Vater und Sohn, von dem sie gehört hatte, bedenklich.
Ich weiß noch, wie ich im stillen dem Freunde assistierte und ganz und gar auf seiten des Dichters war.

Villinger suchte, meine Großmutter förmlich hypnotisierend, sein Ziel zu erreichen.
Aus der Nervenklinik, in die Vater Dauthendey seinen Sohn hatte bringen lassen, weil er ihn tatsächlich für unnormal hielt, wollten ihn die Freunde so in die Umgebung retten, nach der er immer wieder verlangte, die Neue Welt!
Schließlich erreichte Villinger sein Ziel. Das freundliche Dachzimmer sollte dem Dichter von neuem zur Verfügung gestellt werden. Ein armseliger Fiaker brachte den Schwerkranken in Begleitung seiner Freunde ins Haus. Die Freunde trugen ihn ins Haus, er konnte nicht mehr gehen.
Ich erkannte Max kaum wieder, als ich ihn, etwa zwei Wochen nach seiner Ankunft auf der Neuen Welt, geführt von Löwenthal und Villinger, über den Hof kommen sah; er war zu einem Skelett abgemagert, zitterte am ganzen Körper und sah mit seinem todblassen Gesicht, mit der dunklen Schutzbrille über den Augen, wie ein Gespenst aus. Es war besonders Siegfried Löwenthal, der spätere Nervenarzt, den Max Dauthendey immer in seiner Nähe haben wollte. Er selbst bekannte sich später zu diesem Freund in einem Brief: »Nein, wenn ich mir noch vorstelle, wie beruhigend Deine Gegenwart auf mich wirkte, wenn Du meine Hand faßtest oder wenn ich an Deinem Arm durch die Straßen ging, fühlte ich mich so kräftig, so geborgen, so mutig.«
Arnold Villinger, der Wachlebendige, der immer gleichzeitig mit seinem Medizinstudium und seinen physikalischen Experimenten beschäftigt war, half in der selbstlosesten Weise. Er brachte aus der Stadt herauf, was immer zur Stärkung und Aufmunterung des Patienten angeschafft werden konnte. Einen Blick in die Dachstube, in der die Freunde hausten, lassen uns einige Zeichnungen von Max Dauthendey tun.
Als der Frühling einzog, Wärme und frisches Grün und Vogelgezwitscher die Menschen ins Freie lockten, war der Kranke so weit, daß er sich im Liegestuhl auf der Terrasse aufhalten und mit den Freunden kleine Spaziergänge machen konnte. Alle im Hause bemühten sich, ihn zu erfreuen und ihm ihre Befriedigung über seine Genesung auszudrücken. Ich selbst suchte ihm durch kleine Feldblumensträuße Freude zu bringen.

3 Geburtshaus von Max Dauthendey in Würzburg, von der Mainseite aus gesehen. Rechts das angebaute Fotoatelier des Vaters (1945 zerstört).

4 *Der junge Max Dauthendey, der zeitweilig im Würzburger Fotoatelier des Vaters Karl Albert Dauthendey arbeitete, wurde dort mehrfach fotografiert.*

Schwärmerische Freundschaft mit Siegfried Löwenthal und Arnold (Noldy) Villinger

An Siegfried Löwenthal

Würzburg, ›Neue Welt‹,
den 11. Mai 1891

Laß uns einen Augenblick zusammen Seele an Seele atmen, ganz eng zusammenkauern, in die tiefste Herzenseinsamkeit uns senken und glücklich sein. – Draußen rauscht die Welt, sie wird sich bald wieder kühl zwischen uns drängen, aber es sind nur die schwerfälligen Sinne, die sich dann getrennt glauben, unser Fühlen und Denken fließt eng in einer Welle, darum auch keine leere Ferne, keine Kluft, über die nicht unsere Seelen des lieben andern Geisteswärme fühlen – Küsse mich nochmal, so wie ich Dich jetzt an mich presse, und halte mein Herz so fest, wie ich Deines halte.

Würzburg, ›Neue Welt‹, den
12. Mai 1891

Bis halb acht Uhr habe ich geschlafen, dann kam meine Schwester, darauf aß ich mit Noldy im Garten allein, und meine Schwester sah zu. Sie sind alle so lieb und gut zu mir, aber ich kann ihnen das nicht wiedergeben, was ich sollte, die Sehnsucht nach Dir ist zu groß. Nachdem ich seit gestern abend um 8 Uhr bis heute abend geschlafen, fühle ich mich ruhiger, und ich konnte auch wieder sehr gut in mein Zimmer zurückgehen. Noch kurze Zeit Ruhe, und ich hoffe, es wird alles wieder gut sein.
Nun bist Du in Berlin am Ziel. Ich darf es kaum denken. Oh, Du glaubst nicht, wie mein Herz zittert, wenn ich Dich mir vorstelle. Hier im Zimmer ist noch alles voll Deiner warmen Nähe. Jedes Ding spricht von Dir. Ich gewinne deshalb auch die Umgebung so sehr lieb. In den ersten Stunden fürchtete ich mich vor ihrer Sprache, aber jetzt ist sie mir ein Mittel, Dich recht nah zu mir zu bringen.
Ich bin im Geist immer bei Dir. Es tritt solch weiche Ruhe in mich, wenn ich mir Deine letzten Worte vorsage. – Heute abend kam auch Dein lieber erster Gruß aus dem Coupé. Wie schön, daß Du so ruhig bist, ich sah es Deiner Schrift an.

Denke recht oft der letzten Stunden, wo ich Dich so innig lieb hatte, so warm küßte, so küsse ich Dich auch jetzt noch und drücke Dich warm an mein Herz. Wenn Du an mich denkst, denke mit lachenden Augen. Ich werde schon gegen meine Sehnsucht ankämpfen, ich stärke mich an Deiner Kraft, an Deiner Ruhe. Du weißt, ich liebte Deine Augen so sehr und küßte sie so gerne, sie sollen auch in der Ferne nicht trüber werden, sie sollen immer froh und klar nach mir schauen.

Ich habe es Dir oft gesagt, wie ich Dich liebe, ich wiederhole es immer und immer wieder; der warme Hauch dieser Worte soll die Ferne wärmen, daß sie nicht mit der Zeit kühlend zwischen uns trete.

Nun wirst Du bald an die Arbeit gehen, ich begleite Dich, ich sehne mich nach Arbeit. Wenn ich erst wieder arbeiten kann, oh, wenn ich erst wieder arbeiten kann, will ich kräftig zugreifen, und im schwersten Getriebe werde ich an Dich denken, und das wird mir Kraft geben. – Ich habe ja so viel einzuholen. Meine Feder hat so lange müßig gelegen, nun aber, wenn ich gesund bin, soll sie mit neuer Frische schaffen. Du sollst Dich freuen, denn was ich tue, tue ich jetzt nur mit dem Gedanken, daß Du es mitempfindest, daß ich es Dir zur Freude tue.

Aber erst will ich gesund werden, ganz gesund. Daß Du nimmer den kranken Max sondern den gesunden frischen Max umarmen kannst. O wie ich mich auf meine Kräfte freue. Sie sind mir so lange untreu gewesen, nun sollen sie mir wieder Sklaven sein.

Wenn Dich jetzt die wilde Großstadt umtaumelt, sollst Du Dich in der Menge nicht einsam fühlen. Schreibe uns, mit welchen Zügen Du zum Kolleg fährst, wann nach Hause, wie Du überhaupt Deine Zeit einteilst, ich werde Dir treu zur Seite sein.

Es ist so still hier im Zimmer. Halb zehn Uhr. Draußen schwarze Nacht. Eine Glocke schlägt in der Stadt, hie und da pfeift ein Zug und zischt drüben an den Bergen vorüber. Die Lampe brennt wie immer, so gelb und still vergnügt. Bier steht auf dem Tisch. Noldy liest. Ich sitze im Bett und schreibe auf dem Tische. Alles wie sonst und doch so sehr sehr anders.

Eben klopft der Kobold im Ofen und erinnert mich. Die weiße Frau starrt mich an und erinnert mich. Die Stille ringsum öffnet den Mund und erinnert mich. Und alle sprechen dasselbe. Wir kennen es beide. Es ist so schön, so wunderschön. Aber in seiner Schönheit liegt jetzt eine milde Wehmut, ein Zug, der das alles noch anziehender macht. So bleich und sehnsüchtig. Die Gedanken wiegen sich so gerne in diesem Gefühl, das liebkost und verwundet, das küßt und foltert. –

Würzburg, ›Neue Welt‹, den 14. Mai 1891

Das war doch ganz anders, wie ich mir den Abschied oder besser die Trennung dachte. Ich glaubte immer, ein grausamer Riß, ein Schrei, ein Schmerz, dann Mattigkeit und lindes weiches Heilen. Aber jetzt ist es so eigen gekommen. Ich bin im Geist fortwährend bei Dir, ich kann nicht loskommen. Ich habe Dich am ersten Tage nicht mit solch furchtbarer Gewißheit vermißt wie heute. Da war die Erinnerung noch so greifbar, aber jetzt zergeht sie und wird so kraftlos, und wenn ich ihr auch mit Gewalt Leben gebe, sie wankt so blaß und traumhaft vor meinen Gedanken und ich fürchte so, daß sie den Körper verliere. – Die Leere wird immer weiter und trostloser. Und sonst hörte ich Deine liebe Stimme immer noch im Ohr, aber jetzt beginnt es so furchtbar still zu werden. –

Würzburg, ›Neue Welt‹, 16. Mai 1891

Sie lassen sich nicht fortbannen, die bleichen Erinnerungen, und jetzt zum Pfingstfest kommen sie erst recht. Aber sie sind milder heute, sie kommen vom Walde, immergrünen Efeu ums Haupt und Sonnenschein in den Augen. Doch ihr Sonnenschein schmerzt, und im Efeugrün weht Moderduft. Ich will Deine Hand fassen und mit Deinen starken Augen in die Zukunft schauen, vielleicht gehen dann die wehen Gestalten schlafen. – Der Frühling hat alle Tore geöffnet, die Wärme strömt ein, die Hitze wird stärker, das Blühen ermüdet schon, nicht lange dann – Sommer. Wie ich mich diesmal nach der Julisonne sehne. Du lachst, schon jetzt, denkst Du. Nun ja, das Herz fliegt der Zeit voraus. Und Du weißt ja, was mein Herz im Juli erwartet. –

Würzburg, 22. Mai 1891

Du bist überrascht, nicht wahr? Sei herzlich zum ersten Male von mir aus der Stadt gegrüßt. Also ich ging heute morgen herunter direkt zu Papa, erklärte ihm in aller Ruhe, daß ich nicht mehr oben bleiben könne etc. etc. Er nahm es ruhig auf, freute sich über mich, daß ich so wohl aussehe und so ruhig sei. Und ich war glücklich, daß er mich endlich verstand. –

Würzburg, den 23. Mai 1891

So, nun sitze ich wieder im erinnerungswarmen Heim, an meinem Schreibtisch. Vor mir das Eckbrett mit meinen Lieben, und mein Blick sieht so oft hin zu Dir. – Also gestern abend holte uns Lisa um ½6 Uhr zurück. Ich hätte der ganzen Stadt um den Hals fallen mögen, so glücklich war ich. Mir war, als sei ich aus einem Grabe auferstanden; das liebe Würzburg damals noch im ersten Erwachen, jetzt so munter und lebhaft, die Straßen voll jener lebensfrohen Erregung, Farbenblenden, ein so kräftig freies Wogen und Rauschen, wie es nur der Frühling auf der Schwelle zur Sommerreife atmet. Und dann zu Hause. Die lieben bekannten Gesichter; mein Zimmer, mein liebes, liebes Zimmer, wo die Erinnerung in den freudigsten Rosen blüht, in dessen Stille ein weicher Herzschlag pocht, nur für Eingeweihte verständlich. –

Musterung

Würzburg, 13. Juni 1891

Nun bin ich so klug wie vorher auch. Eben komme ich nämlich von der »Fleischbeschau«; aber was sie mit mir tun wollen, weiß ich nicht. Stell Dir vor: ein großer Saal, voll von Kleiderständern. Von der Wand bis zur Tür eine lange, lange Bank, drauf immer zwanzig, dreißig Menschenkinder. Die Tür klappt fortwährend auf, zu, auf, zu. Einer schlüpft hinein, ein anderer heraus. Drinnen ein Tisch voll Offiziere, man steht plötzlich vor einem Arzt. Name, Stand wird verlesen, und dann gleich kurz und bündig: »Tauglich« oder »Nicht tauglich«. Glücklich, wer es hört! Ich konnte es nicht verstehen. Ich zitterte vor Kälte und Aufregung, alles Blut sauste mir in den Ohren. Ich sah fast nichts, hörte nur wie aus der Ferne Stimmen. Dann winkte man wieder, ich könne gehen. Ich war ganz starr und verdutzt, denn ich glaubte ja, man würde untersucht. »Nein, Sie können schon gehen!« Draußen war ich. Der Feldwebel sagte mir dann, heute nachmittag könne ich es erfahren, er wunderte sich, daß ich es nicht gehört hätte. Also muß ich noch bis vier Uhr warten. Warum *mir* nur gerade so was passiert? Alle sind mit der Gewißheit fortgegangen, ob Landsturm, ob tauglich. Ich habe keine Ahnung. Auch der schöne J. war da. Denke Dir, dieses Prachtexemplar von einem Menschen ist frei geworden! Überhaupt, so-

viel ich merkte, sind fast alle frei geworden! Es waren nur Einjährige da, die sich alle schon einmal gestellt hatten, meist Studenten.
Du kannst Dir wohl denken, daß ich immer noch ein bißchen unruhig bin, denn es ist doch eine gewaltige Entscheidung, die ich mit großer Spannung erwarte. Es ist mir deshalb auch momentan nicht möglich, so ausführlich zu schreiben, wie ich gerne wünschte; die Gedanken zerflattern fortwährend. Verzeih, wenn dieses Mal mein Sonntagsgruß so kurz wird.

Würzburg, 14. Juni 1891

Du wirst dich wohl mit mir gefreut haben, daß ich dem militärischen Schicksal entronnen bin. Es waren ja nicht die Strapazen allein, die ich fürchtete, sondern hauptsächlich dieses rohe Kasernentreiben, diese rücksichtslose Derbheit mit all ihrem tierischen Blödsinn.

Briefe an Siegfried Löwenthal

Würzburg, 5. Juli 1891

Sonntag ist immer der Tag, wo ich nur im Fluge zu Dir kommen kann. Erst war Noldy da, ich hatte Klavierstunde, und nun war ich bis jetzt im Geschäft und kann jede Minute wieder gerufen werden. Gestern kam Dein lieber Brief, für welchen wir Dir herzlich danken. Nun ist ja sicher, daß Noldy zu Dir kommt. Wie ich mich für ihn freue, daß er nun auch mal Berlin »bereisen« kann. Vierzehn Tage wird er bleiben. Aber Du sollst Dich dadurch nicht von Deinen Plänen abhalten lassen, er hat ja im Notfall Pfister und Gelrink zur Seite.
Gestern kam ich mir sechs Jahre jünger vor. Weißt Du, warum? Ich möchte nämlich Papa etwas zu seinem Jubiläum, das er nächsten Freitag feiert, arbeiten. Und ich finde nichts anderes, Passenderes als eine Zeichnung. Solche Jubelhymnen und Gelegenheitsgedichte mit dem hochtrabenden Pathos, von dem die Hälfte erlogen, wollen mir durchaus nicht aus der Feder. Also ein Bild. Ich dachte mir gestern eines aus. Bei diesem Grübeln erinnerte ich mich so sehr der köstlichen Zeit, wo ich über die Illustrationen kleiner Lieder oder Stimmungen oft als Junge von sechzehn, siebzehn, achtzehn Jahren ganze Nächte nach-

dachte. Vom neunzehnten Jahre an fing ich ja erst mit dem Schriftstellern an. Weißt Du, was ich mir diesmal ausdachte? – Eine Abendstimmung, ein rüstiger Greis arbeitet an einem Felsblock, der Engel des Friedens fällt ihm in den hammerschwingenden Arm, deutet mit einem Palmzweig und Lorbeerreis auf die Feierabendglocken. –
Ich muß mich morgen gleich daran machen, sonst wird es kaum fertig.
Gestern nachmittag machten Noldy und ich einen Spaziergang nach Dürrbach, aber ohne ins Dorf zu gehen. Ich half ihm einstweilen, seine Berliner Zeit einzuteilen. Am Abend las ich ihm etwas von meiner Novelle vor, der Titel ist: »Josa Gerth«. –

Würzburg, 11. Juli 1891

Ich für meinen Teil weiß, wenn ich jetzt schreibe, daß ich kaum einige finden werde, die mich nicht langweilig nennen. Ich mache mir durchaus auch gar keine Hoffnungen und Erwartungen. Ich arbeite vor allem mit dem Gedanken, *von Euch* verstanden und anerkannt zu werden, was die Mitwelt betrifft, so bin ich vollständig sicher, daß ich von dort keine Freude zu erwarten habe. –
Nicht wahr, nun hast Du mich verstanden, und nun teilst Du meinen Enthusiasmus. –

Würzburg, den 20. Juli 1891

Noldy hat Dir so viel heute vom Fest meines Vaters berichtet, daß ich nur kurz noch etwas beifügen will. Bis sechs Uhr saßen wir bei Tisch, dann wurde en gros ein Spaziergang gemacht, am Abend beschlossen wir die Feier im Fränkischen Hof, der wegen seines »Münchner« besonders in Achtung bei meinem Schwager steht. Wir hatten es so hübsch eingerichtet, daß wir immer zusammen waren. Bei Tisch saß Noldy neben mir, trotzdem es der Tischordnung, wo immer Herr und Dame abwechselnd folgen sollten, zuwiderlief. Beim Spazierengehen auch, und am Abend flüchteten wir ein Stündchen auf Noldys Zimmer, um Einsamkeit zu atmen. Im ganzen verlief alles zur größten Befriedigung, Telegramme und Glückwünsche waren von allen Himmelsrichtungen ins Haus geflogen, und Papa freute sich, daß man von allen Seiten seiner gedachte.
Heute sind die Meinen alle zur »Neuen Welt«, Mutterles Na-

menstag! Noldy und ich werden heute nachmittag hinaufgehen, Noldy will auch gleich »Adieu« sagen – »adieu«, wie grausam das klingt.

Würzburg, 24. Juli 1891

Nun laß ich aber wirklich nichts mehr auf die Hypnose kommen. Gestern muß ich irgendwo im Zug gestanden haben, kurz und gut, ich bekam am Nachmittag das schönste Kopfreißen. Noldy gab mir um 5 Uhr einen Guß, aber das änderte den Dickkopf nicht im geringsten. Wir saßen dann bis sechs Uhr im »Glacis«, versuchten es dann mit der »Harmonie«, aber das Reißen wurde so heftig, daß ich nicht mehr lesen konnte. Nach dem Abendessen ging ich zu Noldy, und er hypnotisierte mich und ließ mich schlafen bis halb zehn Uhr. Als ich aufwachte, war der Kopfschmerz wie fortgeblasen, und ich habe bis eben, wo ich darüber nachdachte, was ich Dir von gestern zu erzählen habe, nicht mehr daran gedacht. Ich hatte es ja gestern nachmittag schon versucht, von selbst zu schlafen, aber die Schmerzen ließen mich nicht ruhig liegen. Fünfunddreißig Minuten sollte ich gestern abend schlafen, ich hatte keine Ahnung, wieviel Uhr es war, und bin doch genau nach der fünfunddreißigsten Minute aufgewacht. – Das ist doch ein billiges Mittel, seine Schmerzen loszuwerden, nicht wahr? – Sonst habe ich nie mehr Kopfschmerzen. Nicht den geringsten Druck und fühle mich völlig frisch und frei. Aber so schön rund, wie ich von der »Neuen Welt« kam, bin ich nun nicht mehr, die vielen Aufnahmen knabbern täglich ein Stück von meinem Fett ab. Aber das schadet auch nicht, wenn ich nur kräftig bin, und das fühle ich mich gottlob.

Würzburg, 9. August 1891

Ich möchte auch auf der Brieger Reise bei Dir sein, deshalb komme ich heute in papierner Person. Du mußt Dich gar nicht bedanken, es ist der reine Egoismus. Ich stelle es mir nämlich so behaglich warm in Deiner Brusttasche, so nah Deinem lieben Herzen vor, da läßt Du mich hineinkriechen und nimmst mich mit. Und dann plaudern wir ganz heimlich zusammen. Wie das hübsch wird! Nicht wahr?! – Und Noldy bekommt mich auch nach Freiburg mit! Was bleibt denn dann eigentlich in Würzburg? – Nichts – ein paar lumpige Knochen, ein paar Kleider und ein ewig glimmender Funke, die Sehnsucht! –

Würzburg, den 17. September 1891

Es war heute wenig zu tun, so hatte ich fast den ganzen Tag für mich und konnte tüchtig arbeiten. Ich vertiefte mich so, daß ich erst heute abend um halb sieben Uhr aus dem Gedankenlabyrinth heimfand. Dann ging ich bis zum Abendessen noch spazieren. Fast bis zum Kloster »Himmelpforten«. Es begann schon zu dämmern und war so wohltuend einsam auf den Feldern, beim Heimweg stand der Vollmond so groß und träge und goldtrunken über der Stadt, so nah, als wollte er über die Dächer rollen. Der Himmel aschgrau, und die Einförmigkeit und das Schweigen suchten das Mondfeuer allmählich zu ersticken. Sie häuften Flore über ihn, bis er blind wurde. Als ich zur Stadt kam, war es halb acht Uhr. Alles so wie im Winter. Die Läden erleuchtet, die Straßen voll eilender Menschen. Hie und da rasselten Rolladen nieder, und hungrige Kommis und Ladenmädchen rannten nach Hause. Ich mußte so lebhaft an die Zeit denken, wo wir uns abends immer bis zur »goldenen Mitte« begleiteten oder im Korridor bei Noldy Abschied nahmen. Wie ich sie liebe, diese frohen, erquickenden Abendstunden!

Würzburg, 18. September 1891

Sag mal, hast Du meine Übersetzung von Maeterlinck schon gelesen? Und wie hat Dir diese eigenartige Dramatisierung einer Stimmung gefallen? – Auch hätte ich gerne etwas Näheres über das Bruchteil von »Josa« und die »Vision« gehört. Magst Du noch ein paar Gedanken daran verschwenden?

Würzburg, den 19. September 1891

Ebenso glaube ich, daß der Mensch, solange die Erde bestehen wird, Mensch bleibt, wenn nicht der Zufall mal einen von ihnen zum Engel macht. (Zwei solche Zufälle kenne ich.) Also ich glaube, den schönen Traum von einer körperlichen und geistigen Höherentwicklung müssen wir ebenso fallen lassen, wie wir die Hoffnung auf ein Jenseits endgültig abgetötet haben.

Würzburg, den 20. September 1891

Wie interessant hast Du uns die Orchideen beschrieben, ich mußte mich an diese ungeheuerlichen Gebilde erinnern, die ich täglich in Petersburg auf dem Newskij bewunderte, von Persien, vom Kaukasus und der Krim waren sie da beisammen, in den

abenteuerlichsten Farben und Formen, als ob eine wahnsinnige Laune allem ehrbar Gewohnten Hohn lacht.
Von Conrad bekam ich gestern Nachricht, daß meine Novelle (»Barmherzige Schwestern« und einige Gedichte: Pietà, Geburt des Genies etc. etc.) im Dezemberheft erscheinen werden. »Frankfurter Journal« sandte meinen Artikel zurück, vereint sich wahrscheinlich nicht mit ihren Ansichten, ich sende ihn heute an »Magazin der Literatur«. An »Moderne Rundschau« sende ich die Kinderskizze und »Herr ich danke Dir . . .«. An die »Literarischen Blätter« das »Märchen der Zukunft« und einige Gedichte. Dann habe ich noch eine Novelle für »Die Gesellschaft« in Arbeit. »Vom Kriegsschauplatz« betitelt, es sind einige ernste Bilder aus unserem sozialen Leben. Endlich »Böcklin und Poesie«, ein paar Gedanken ebenfalls für die »Gesellschaft«. »Josa« vervollkommnet sich nebenbei auch. Ich hoffe, es noch in diesem Jahre zu vollenden. Neue Ideen schwärmen mir schon wieder im Kopf, ich muß alle Kraft zusammenfassen, erst die alten zu erledigen.

Würzburg, den 27. September 1891

Eine recht hübsche Freude hatte ich heute morgen. Aus Wien hatte man mir von der »Rundschau« die Hefte gesandt, in denen meine Novellen aufgenommen waren. Man sandte mir von jeder Nummer drei Stück. Das paßt gerade gut, als ob sie es erraten hätten, daß wir ein Kleeblatt sind. Nun kann ich Dir von jedem ein Heft senden. Noldy bekommt eines, und ich behalte eines. Es freut mich auch, daß ich Dir nun doch auch mal etwas »Gedrucktes« von mir senden kann, das liest sich doch ein bißchen besser als diese holpernde Schrift. – Meine Schwester, Papa waren auch recht erfreut. Papa schmunzelte, wünschte mir Glück. Meiner Schwester las ich heute zum ersten Male »Josa« vor, einen Teil, es hat ihr bis jetzt sehr gefallen, und sie findet, daß sich alles, Stil und Beobachtung vervollkommnet hätten. Sie gestand auch, daß sie nun so weit sei, Gefühlsleben, psychische Ausführungen den spannenden Handlungen vorzuziehen. Du siehst, wie reich an Befriedigung mich dieser Tag machte. Nun werde ich mit erfrischterem Eifer weiterarbeiten, um endlich einmal etwas Vollkommenes, einen reicheren, tieferen Gedanken auszuführen. Ich glaube, daß ich dies in der Ausführung des bewegten Frauenlebens meiner »Josa« zustande bringe. Besonders ist es mir deshalb darum zu tun, so bald wie möglich das Buch in die Welt zu geben, damit Papa sich über mich beruhigt. Er schwankt noch immer, da er ja kein Urteil fällen kann, Du weißt ja, daß er leider unserer Literatur nie nähergetreten ist, nur ein Erfolg kann ihn endgültig davon überzeugen, daß er mir nicht mehr vom Schriftstellerberuf abreden darf. Er hat sich ja sehr gegen früher geändert. Ich darf den ganzen Tag, solange keine Aufnahmen sind, für mich arbeiten. Das ist ja eine große Nachsicht, die mich eifrig anspornt, recht tüchtig zu schaffen, um bald die Erwartungen befriedigen zu können.

Würzburg, 1. Oktober 1891

Auch ich kann leider wieder nur im Fluge kommen. Eine Dame ist im Geschäft entlassen worden. Ich retuschiere nun vormittags. Nachmittags, wenn keine Aufnahmen sind, kann ich dann für mich arbeiten. Da ich nun in meinem Schreiben nur auf halbe Ration gestellt worden bin, muß ich nachmittags tüchtig für mich arbeiten, um die verlorenen Morgenstunden einzuholen. Ich hoffe, heute abend mit der Abschrift der letzten Arbeit fertig zu sein, und werde sie Dir dann senden. Frühlingslied, Johanni, Herbstbacchanal sende ich heute nach Berlin, für die Gedichtsammlung, die das Magazin der Literatur herausgeben will.

Würzburg, den 13. Oktober 1891

Ich werde Dir in den nächsten Tagen noch eine Krume von »Josa« senden. Den Gipfelpunkt des Ganzen, wie sie auf dem Zenit des »vermeintlichen« Glückes anlangt. – Aber sterben, nein, das hast Du ganz mit uns gefühlt, das soll sie nicht. Aber auch nicht unbefriedigt weiterleben – nein, nein, alles zerbricht vor ihren Augen, alles was sie anbetete, alles was sie sich aufbaute und errungen hatte, aber *eines* bleibt – das kann ihr nicht die gierigste Enttäuschung erwürgen, ihre Augen, ihre Phantasie, ihre Flammenwelt in Farben und in Düften und in Tönen lodernd, an sie klammert sie sich, und als sie das erkannte, daß sie noch so unermeßlich reich sei im Vergleich zu den stumpfen, blödäugigen Erdmenschen, da kommt ein hohes, ernstes, andächtiges Glück über sie und sie kniet nieder und betet *sich* an.

Undatiert

Du hast wohl selbst schon darüber nachgedacht, wie geschmacklos und öde unser ganzes Zeitalter ist. Keine Architektur, keine Malerei, keine Dichtung. Denn diese paar bunten Faungeschich-

ten und diese paar Verse von heute sind doch nichts gegen die wuchtige, genußschwere Zeit von Leonardo da Vinci, Tizian und van Dyck.
Ich traure, daß ich heute geboren bin. Und deshalb treibe ich Noldy täglich an, daß er sein Buch beenden soll, in dem er Aufklärung und die Wurzel zu neuen Idealen gibt und den Ansatz zu einer neuen Religion. Ob er selbst Kraft oder Anlage genug hat, die Konklusionen aus seinen riesigen Gedanken für eine neue begeisternde Religion zu ziehen, weiß ich noch nicht. Aber das weiß ich, daß sein Buch einen Riesenumsturz und eine Aufklärung von immensen Folgen für die ganze Welt bedeutet. Du selbst stehst uns längst zu fern und wirst diese Worte überschwenglich finden, aber ich hoffe, daß Du Dich einmal selbst überzeugen wirst, wenn sein Buch beendet ist, welche gewaltige Bedeutung dieses Buch für unsere ganze zivilisierte Welt haben wird.
Ich wünschte, daß er es, so schnell es geht, niederschriebe, damit endlich diese traurige ideallose Zeit ihren Abschluß nehmen sollte und wir in eine neue erhabene Epoche eintreten könnten. Deshalb machte ich ihm Vorstellungen darüber in Berlin, er sah es ein und begann hier mit der Niederschrift. Erst wenn dies geschehen, wird man durch diese Aufklärung die Schlüsse für einen neuen Weltglauben ziehen können, und die Welt wird wieder in erhabenem Genießen leben wie zu den Zeiten der Götter und zur Zeit der Christenheit.
In Berlin, in London, in München und hier im Norden, und was ich von Paris hörte, überall wo ich war, überall ist dieselbe Sehnsucht aller Künstler und aller Dichter, wir wissen nicht mehr, für was wir uns begeistern sollen, wir haben nichts Erhabenes, zu dem wir aufschauen und vor dem wir uns fürchten. Aus Furcht und Liebe zu dem Übermächtigen sind die mächtigsten Kunstwerke geschaffen worden. Wir haben keine Furcht mehr vor dem Tod und keine Liebe zum Leben, so rufen sie alle.
Und nun muß ein großer Weltweiser auferstehen und uns zeigen, daß wir Liebe zum Leben und Furcht vor dem Tod haben sollen, aber er muß es uns so scharf beweisen, daß wir alle zittern und wieder beten lernen. –

Würzburg, 17. Oktober 1891

Wir haben hier gestern ein schlimmes Gewitter gehabt. Die drohenden Wolken sind noch nicht ganz abgezogen, es waren

recht schwere Stunden. Kurz nachdem ich Deinen Brief zu überwinden begonnen hatte, donnerte eine grimmige Aufregung auf mich ein. Es war Mittag. Papa kam, und das Unwetter brach los. Es haben ihm einige Bilder nicht gefallen. Er schleuderte mir recht häßliche Vorwürfe entgegen, und das Ende war: »Wenn das nicht besser wird, geht das nicht länger so fort, dann machst Du, daß Du aus dem Hause kommst.« Bei Tisch setzte sich das Toben fort. Ich war ganz still, versuchte mich zur strengsten Ruhe zu zwingen. Als er mir aber immer heftigere Ungerechtigkeiten sagte, begann ich mich zu verteidigen. »Ich habe nie am Geschäft Interesse gehabt, Papa, da kannst Du auch nichts Vollkommenes von mir verlangen. Ich bin zu diesem Beruf gezwungen worden. Hättest Du mich Künstler werden lassen, würde ich heute auf eigenen Füßen stehen. Ich hätte mir schon mein Brot durch Skizzenzeichnen und Illustrationen für Journale erwerben können. Aber nun bin ich nur was Halbes. Deshalb schreibe ich, um dort wenigstens Befriedigung zu finden.«
Kurz und gut, ich sagte alles, so wie die Dinge stehen, und wie ich doch am meisten bis jetzt unter diesem Mißverhältnis gelitten habe. Als ich nach dem Essen im Nebenzimmer bin, höre ich Papa weiterzanken. »Was will er denn schreiben, hat ja noch nichts gelitten! Soll erst mal in die Welt hinausgehen und sich durchringen! Wenn er Charakter hätte, würde er gesagt haben: ›Vater, ich will mich allein durchschlagen!‹ Aber dazu ist er viel zu feige, er zittert ja schon bei dem Gedanken, daß er aus dem Hause soll.« Da ging ich hinüber, sagte, daß ich alles gehört hätte, daß ich nicht vor dem Fortgehen zittere, daß ich gehen werde.
Später ging ich zu N. Er tröstete mich, ich weinte mich aus.
Heute sagte ich zu Papa, daß ich mir eine Stelle suchen wolle. Nach langer Gegenrede meinte er, ich könne es doch noch mal versuchen, nach seinem Wunsch zu arbeiten, man müsse doch so etwas nicht über das Knie brechen. Ich solle nochmal versuchen, ob er damit zufrieden sein könne.
Damit ist die Sache vorläufig abgeschlossen. Was noch werden wird, weiß der Himmel. Ich bin auf alles gefaßt. Ich habe bis jetzt auf so vieles verzichten müssen, dies werde ich wohl auch noch schlucken können.

Bis zum Jahre 1891 bin ich im Atelier meines Vaters geblieben. In der Zeit kurz vorher schrieb ich meinen ersten Roman und legte meinen Mantel nachts an die Türschwelle, damit mein Vater nicht durch die Türritze, wenn er spät vom Schachklub heimkam, das Licht entdecken und mich zum Schlafengehen mahnen sollte.
Mein Vater und ich gingen zu jener Zeit im Hause aneinander vorbei, einander fast fremd geworden. Ein Vierteljahr hindurch, ehe ich das Atelier für immer verließ, sprachen wir fast nicht mehr zusammen. Ich konnte auf alle seine Fragen nur mit Ja oder Nein antworten. Denn ich war todmüde vom Druck seines Geistes geworden.
Es war zwei Tage vor Weihnachten. Die Weihnachtsarbeit im Atelier war zum größten Teil erledigt. Da trat ich vor meinen Vater hin und sagte ihm, daß ich jetzt das Haus verlassen würde. Ich fühle, daß mich innerste Notwendigkeit zum Schreiben und nur zum Schreiben hintreibe.
Diesmal weinte mein Vater nicht. Er wurde blaß, als ginge mit mir sein Blut von ihm fort. Es wurde mir weh, aber ich machte mich hart gegen jede Rührung. Und als er mich fragte, warum ich vor Weihnachten gehen wolle, konnte ich ihm nur sagen, daß ich jede Stunde, die ich länger bliebe, für verlorenes Leben halte. Es scheine mir, als hätte ich seit Jahren ein verlorenes Leben gelebt. Es widere mich an, Familienfeste zu feiern, da ich innerlich ein Fremder in der Familie geworden, weil ich nicht mehr nachgiebig und unterwürfig sein könne wie früher. –
Ich reiste am nächsten Tage von Zuhause fort. Mein Vater trat ins Zimmer, ehe ich zum Bahnhof ging, und überreichte mir zum Abschied eine Reisedecke und ein Rasiermesser. »Dies gebe ich dir mit, nicht weil ich deine Abreise gutheiße«, sagte er, »sondern damit du meine Fürsorge daraus erkennen sollst. Laß dich auf der Reise nicht von fremden Friseuren rasieren, damit du dich keiner Ansteckung aussetzt. Die Decke soll dich auf deinen Reisen vor Erkältung schützen.« – Ich erwähne dieses, weil jene Abschiedsgeschenke so recht den Geist meines Vaters kennzeichnen. Niemals schenkte er zwecklose Dinge.

DICHTERISCHER BEGINN IN BERLIN

Übersiedlung nach Berlin

Berlin, 29. Dezember 1891

Lieber Vater, ich hoffe, Du hast das Weihnachtsfest in warmer Freude mit den Lieben verlebt. Die herzliche Aufnahme, die ich hier gefunden, hat mich den Abschied leichter überwinden lassen. Die Aussprache mit der Umgebung hat mir auch jetzt Ruhe gegeben, so daß ich nun über mich, meine Ansichten und mein Streben klarer geworden bin. Mein Selbstvertrauen und die Aussichten, durch meinen Beruf mir künftig eine feste und geachtete Stellung zu erringen, haben durch die hiesigen Urteile über meine Schreibweise erfreuliche Stütze gefunden. Ebenso hat sich Gelegenheit geboten, sowohl in Breslau als in Berlin literarische Beziehungen mit Kritikern und Tagesblättern anzuknüpfen, so daß ich nach dieser Richtung hin das zunächst Notwendige erreicht habe. Freilich hat dadurch die augenblicklich wichtige Frage, nämlich die materielle Lage, noch keine Erledigung gefunden. Doch freue ich mich, daß ich jetzt gerade darüber ruhiger und unbefangener urteilen kann. Jedenfalls weiß ich, daß mein Verbleiben in diesem Beruf unbeeinflußt von den Schwierigkeiten sein wird. Zunächst sehe ich ein, daß durchaus nicht die Notwendigkeit vorliegt, eine größere Summe in Händen zu haben. Es genügt vollkommen, wenn ich nur für die nächste Zeit, also nur für ein Jahr, die Mittel finde, mich zu erhalten. Ehe ich mich aber entschließe, die Hilfe von Fremden anzunehmen, die Dir wie mir gleich unsympathisch ist, möchte ich mich nochmals an Dich wenden, der Du mir doch am nächsten stehst, um die Vermittlung Fernstehender zu vermeiden. Könntest Du mich für ein Jahr unterstützen? Ich werde mich in Berlin auf das genaueste einschränken. Fünfundsiebzig Mark monatlich werden mir für ein Jahr genügen. Ich weiß, daß es Dir ein Opfer sein wird. Ich glaube aber, Du weißt als erfahrener Mann am besten, daß ich auf diese Weise schneller zum Ziel komme. Fremde Hilfe würde ich nur für den äußersten Notfall in Anspruch nehmen, wenn alle Mittel, mir Geld zu verdienen, fehlschlagen sollten. Du wirst einsehen, daß es mich in meiner Ausbildung und in der Ausführung größerer Arbeiten hindern würde, wenn

ich gerade in der ersten Zeit für Geld schreiben müßte. Ich spreche nur von *einem* Jahr Unterstützung, weil ich sicher bin, bis dahin in Berlin in Schriftstellerkreisen und Zeitschriften Ruf und Stellung erlangt zu haben, die meinen Lebensunterhalt sichern. In einigen Wochen wird mein Buch druckreif sein, und ich hoffe, daß mich das schon einigermaßen bekannt machen wird. Hier hat es großen, von mir kaum erhofften Anklang gefunden.
In Berlin werde ich die Bibliotheken besuchen und mich vorerst mit dem Studium des Hauptstadtlebens beschäftigen, wie ich denn überhaupt glaube, daß mir die Großstadt eine Fülle von Stoff und Anregung bieten wird. So blicke ich vertrauensvoll in die Zukunft.
Wenn Du mir die helfende Hand reichen willst, mein Lebensglück zu erringen, wird Dir herzlich dankbar sein

Dein Sohn Max

Nach einiger Zeit setzte mir mein Vater eine kleine Monatsrente aus, die zu wenig war zum Leben und zu viel zum Verhungern. Er wollte mich dadurch zwingen, den Hang zum Schreiben aufzugeben und nach Hause zurückzukehren. Aber mit Hilfe von guten Freunden, die meine Verzweiflung besser verstanden als meine Angehörigen, lebte ich fern von Zuhause einige Zeit aufs dürftigste, bis mein Vater den Monatszuschuß ein wenig erhöhte.

Zwischen Süd und Nord

Mein Freund, ein junger Philosoph – der in München in jener Zeit neben seinem Studium bereits mit der ersten Niederschrift über die Atomkraftlehre eifrig beschäftigt war – schlug mir im Frühjahr 1892 vor, die Pfingstreise, die er zu seiner Erholung hätte unternehmen sollen und wozu ihm seine Mutter Reisegeld geschickt hatte, an seiner Stelle zu machen. Was ich mit Dank gerne annahm und um die Pfingstzeit nach Venedig reiste.
Von dieser Reise sind mir zwei kleine Begebenheiten in Erinnerung.
Ich war am Abend von München abgereist, und als ich morgens im Bahnzug über den Brenner kam, begann ich, bereits von der Station Franzensfeste ab, unausgesetzt den Himmel zu prüfen,

gespannt aufschauend, ob derselbe bald italienische Bläue zeigen würde. So saß ich in grauem Morgendämmern, bis wir zur Grenze nach Ala kamen, stundenlang das Gesicht nach oben gerichtet. Obgleich mein Nacken mich schmerzte und ich den Kopf kaum noch zurückbiegen konnte, so war doch die Begierde, den italienischen Himmel zu sehen, stärker als die Unbequemlichkeit.

Aber leider stellte sich die Bläue des Himmels nicht so mächtig ein, wie ich sie von allen italienischen Bildern in Erinnerung trug. Doch weit entfernt, enttäuscht zu sein, freute ich mich, daß ich mich nicht blind vom Reisefieber fortreißen ließ und mich nicht selbst belog. Und ich war stolz darauf, daß ich trotz aller Reisebegeisterung feststellen konnte, daß der italienische Himmel, wenigstens auf der Fahrt bis Venedig, nicht blauer war als zwischen Würzburg und München.

Diese Erkenntnis, die zwar für einen jungen Italienreisenden etwas Schmerzliches hatte, befriedigte mich aber, weil ich mir sagte: ein neuzeitlicher Schriftsteller muß die Dinge sehen, wie sie sind, und er darf nicht bloß die gehörte Fabel der Dinge sehen, die die andern gefabelt haben.

Ich erzähle dies nur als kleinen kennzeichnenden Zug der Schulung zur Wirklichkeitsbeobachtung, von der ich und meine Zeit damals fanatisch durchdrungen und besessen waren.

Das glitzernde Venedig, das bunt wie eine indische Stadt an den Spiegeln der Kanäle und an dem Spiegel eines sonnigen Frühlingshimmels lag, stimmte mich sehr glücklich.

Diese wirkliche und unwirkliche Stadt, deren Paläste wasserentstiegen, wie aus Meerschaum und Perlmutter gebaut, irisfarben beim Widerschein der leichten Wellen beleuchtet sind, beseligte mich. Ich fühlte mich, vom Norden wie aus einer grauen Wüste gekommen, als hätte ich eine sonst unerreichbare Fatamorgana erreicht.

Ein körpergewordenes Meeresspiegelbild erschien mir Venedig mit seinem blendenden, marmorgepflasterten weißen Markusplatz und mit den silbrigen indischen Kuppeln der Markuskirche und mit den Schaufensterreihen voll mit Juwelen und glitzernden Glaswaren unter den Bogengängen des Platzes.

Am Abend vor dem Himmelfahrtstage, als alle Glocken läuteten, trat ich in einer Seitenstraße in eine Kirche ein. Darinnen jubelte eine klingende Musik, wie ich sie vorher nur in Operetten gehört hatte. Scharen von jungen Mädchen und Frauen des Vol-

kes, mit Spitzentüchern über den schön frisierten Köpfen, saßen dort bis dicht an die Altarstufen auf Stühlen. Und der Priester und die Chorknaben bei Blumen, Lichtern und dem weihrauchreichen Altar bewegten sich lebhaft und fröhlich, als wäre die Messe, die sie lasen, eine Volksvorstellung.
Ich sah in der ersten Sitzreihe Frauen bequem und gemütlich ihre kleinen Füße – die in seidenen Stöckelschuhen steckten, als wären sie zu einem Ball gekommen – auf die obersten Altarstufen aufstellen. Und ich bemerkte eine, die mit ihren übereinandergelegten Fußspitzen den messelesenden jungen Priester, der den Rükken gegen die Menge wendete, mit der Fußspitze leicht an seinen Fersen streichelte. Sie zeigte keck, daß sie den jungen Mann liebte und ihm ihre zärtlichen Gefühle mitteilen wollte. Sie hielt den Fächer halb vor das Gesicht, und ihre schwarzen Augen blinzelten schelmisch über den Fächerrand zum Kopf des Priesters hin.
Wahrscheinlich wartete sie auf den Augenblick, da der junge Geistliche, um die Menge zu segnen, sich umwenden mußte.
Auf den Kirchenemporen jubelten Sängerchöre, helle und dunkle Stimmen durcheinander. Und es herrschte ein freies und ungebundenes Leben in dieser Abendkirche, deren Türen weit offenstanden und die Stimmen der Frucht- und Eisverkäufer und das Glockengewoge von der Straße hereinließen.
Das junge Mädchen, das zum Priester die Fußspitzen hinstreckte, die klingelnde Operettenmusik und alle auf ihren Stühlen schaukelnden und singenden Besucher der Kirche – diese Frühlingsabendstimmung in einer Kirche habe ich zwanzig Jahre nicht vergessen können. Ich hatte nie vorher ähnliches erlebt und habe es nie nachher wieder erlebt.
Hier hatte zum erstenmal die Andacht etwas natürlich Frühlingsfestliches. Dabei muß ich gestehen, daß die Festlichkeit auch ein wenig überreizt an Gedankenlosigkeit und Leichtsinn streifte. –
Ich war aber der südlichen Süßlichkeit der Farben und Formen Venedigs nach acht Tagen schon satt. Es wurde meinem deutschen Herzen zuletzt vor den ewigen lila und rosigen Perlmutterfarben beinahe übel, als hätte man mich gezwungen, acht Tage nur von Zuckerwerk zu leben. Und ich sehnte mich von der großen schwülen Perlenmuschel im Meeresbilde fort nach dem Festland und nach erquickender grüner Landschaft. Ich sehnte mich fort von dem ewigen venezianischen Sonntagsgefühl, fort von

dem auf lautlosen Wasserstraßen gleitenden Verkehr, von den Straßen, in denen keine Wagen dröhnen, keine Hunde bellen, in denen immer stilles und glattes Wasser steht, als wären das polierte Sonntagsstraßen ohne Verkehr.
Ich war jung und sehnte mich nach Getriebe und nach der Abnützung meiner Kräfte, die hier nur gewiegt wurden in Gondeln und auf sonnenwarmem Wasserspiegel. –
Nach München zurückgekommen und die farbigen venezianischen Eindrücke noch im Gedächtnis, freute ich mich, nach der Eröffnung des Glaspalastes täglich nun die Ausstellung besuchen zu können und die ersten Bilder der Sezession zu sehen.
Da ich sehr wenig Menschenverkehr suchte und mich immer mit Plänen und Gedanken trug, die ich abends auf den Spaziergängen mit meinen zwei Freunden besprach, so prägten sich bald die auf der Ausstellung gesehenen neuen Bilder der neuen Freilichtschule so stark in mein Gedächtnis, daß ich sie stündlich wie neue Kameraden empfand. Und ich setzte mich an meinen Schreibtisch und versuchte, um mich im Beschreiben zu üben, einige der Bilder der Sezession in knappen dichterischen Worten wiederzugeben ...
Diese Bilderbeschreibungen waren die ersten Anfänge zu der kleinen Prosagedichtsammlung »Ultraviolett«, deren weiteren Inhalt ich hauptsächlich in einem Pfarrhaus in Schweden fertig schrieb, das in einsamen Granitwüsten wie am Ende der Welt versteckt lag und wo ich im folgenden Frühjahr weilte.
Den Winter 1892/1893 verbrachte ich in Berlin, und hier trat ich zum erstenmal mit Dichtern und Denkern der Neuzeit in engere Fühlung.
Mein Roman »Josa Gerth«, mein erstes Buch, war zu Winteranfang bei Pierson in Dresden erschienen, und mit dem Bewußtsein, mein erstes Buch der Öffentlichkeit gegeben zu haben, fühlte ich mich mutiger und getraute mich, den Kreis gleichgesinnter Zeitgenossen aufzusuchen.
Auf der ersten Seite dieses meines ersten Buches stehen die Worte: Dieses Buch gewidmet einem Toten. Dem toten Dichter und meinem Dichtermeister, dem Dänen J. P. Jacobsen – dessen Schreibart ich mir zuerst zum Vorbild genommen hatte, um mich vom deutschen Aufsatzstil frei zu machen – hatte ich meinen Erstling gewidmet, zufrieden, daß nur ich allein es wußte, welcher Tote mit der Widmung gemeint war ...
Die Handschrift dieses Buches hatte ich noch in Würzburg im

Herbst 1891 beendet, kurz ehe ich zu Weihnachten beinahe gewaltsam von meinem Vaterhaus geschieden war. –

Nach dem Erscheinen meines ersten Romanes hatte mein Vater mein Monatsgehalt etwas erhöht, so daß ich in weniger großer Bedrängnis, aber immer noch knapp gehalten, in Berlin leben konnte. Aber es wurde mir zugleich angedroht, daß ich nur bis zu den nächsten Ostern väterliche Hilfe erhalten würde und dann auf eigenen Füßen stehen müßte.

Einstweilen aber lag Ostern noch für mich hinter tausend Jahren, und ich versuchte, so wenig wie möglich an das Ende der Gnadenfrist meiner Freiheit zu denken.

In Berlin besuchte ich zuerst den schwedischen Schriftsteller Ola Hansson. Ich hatte im Herbst in München das Buch »Sensitiva Amorosa« von Ola Hansson gelesen. Feingezeichnete Menschenschatten bewegten sich darin auf dem Hintergrund starker, gütig beobachteter Landschaften, Abrisse von Lebensschicksalen stumm vorüberwandelnder Gestalten. Und als ich hörte, daß Hansson, mit der Schriftstellerin Laura Marholm verheiratet, in jenem Jahr 1892 in Friedrichshagen bei Berlin wohne, freute ich mich, ihn aufzusuchen.

Denn alles Nordische übte eine starke Anziehung auf mich aus. Jene fast menschenleeren Länder, die ich mir dort oben vorstellte, schienen eine reinere und keuschere Luft zu haben, einen stärkeren, rücksichtsloseren Geist, verbunden mit schärferer Selbsterkenntnis. Und die kleinen Völker dort oben, außerhalb unserer Kulturgrenzen stehend, lockten mich damals mehr als das von verweichlichten üppigen Kulturen schlaffe, sinnensüße Südeuropa.

Im Norden dagegen lebten unverbrauchte Völker mit unverbrauchten Geisteskräften. Und jedes neue Buch, das vom Norden über die deutsche Grenze kam, hatte damals den Atem einer belebenden Meerbrise und schien von Länderstrecken zu kommen, wo die Menschen, die von Jugend an einer rauhen Wirklichkeit gegenüberstanden, stark geworden waren auf noch jungfräulicher Erde, der sie reinste Ehrlichkeit zeigen mußten.

Ich sah im Geiste dort in skandinavischen Meernebeln Fischerdörfer und Einzelgehöfte an weltentrückten Küsten, und wenn ich ans Reisen dachte, sehnte ich mich, jene weltabgeschiedenen Stätten aufzusuchen.

Und mein Schicksal kam auch auffallenderweise diesem meinem innersten Wunsche entgegen. Ich tat nur einen Schritt in dieser

Wunschrichtung, und das war der, daß ich, in Berlin angekommen, den Schriftsteller Ola Hansson besuchte. Alles Weitere fädelte dann mein Schicksal von selbst ein, und ich kam plötzlich nach dem Norden, wo ich die nächsten Jahre meines Lebens mit kleinen Unterbrechungen verbrachte und wo ich dann auch später ein Mädchen fand, das meine Frau wurde. –

Not und Schaffenslust in Berlin

An Jugendfreunde

Berlin, 26. November 1892

Herzlieber N. und S., also mein erster Briefgruß kommt heute.
Gestern lief ich immer noch treppauf treppab, ohne unter dreißig Mark ein Zimmer zu finden, na, hoffentlich heute. Jedenfalls kann ich bis zum Ersten noch hier wohnen bleiben.
Gestern abend wollte ich die Duse im Lessingtheater hören. Wartete von halb sechs bis sieben Uhr an der Kasse. Dann gab es unter fünfzehn Mark kein Billett mehr. Die Preise sind enorm hinaufgeschraubt. Galerie kostet zwei Mark und ist fast nie mehr zu haben. Heute will ich es nochmals versuchen.
Gestern nachmittag besuchte ich auch die Klinik von Professor Bergmann, er schnitt eben einem Mann die Bauchwand auf, ließ sich aber durch mich nicht stören.
Ich freue mich, daß ich nun die Münchner, Breslauer, Freiburger und Berliner Klinik kenne; sollte es einem mal passieren, dort hineingebracht zu werden, so ist man wenigstens mit derartiger Umgebung und Behandlung vertraut.
Berlin sieht im Schneemantel recht frivol aus. Auf den Dächern blaue kokette Schneefetzen und unten ein brauner schlüpfriger Sumpf.
Ich sitze eben hier ohne Rock und Weste im Mantel zu Hause und muß mich bis Mittag gedulden, da dies alles beim Schneider in der Kur ist. Denn dieser mein einziger Anzug ist jetzt schon etwas leidend geworden, und wegen seiner Unpäßlichkeit mußte ich auch die Besuche verschieben, die ich so gern gleich gemacht hätte.
Ihr werdet Euch, da Ihr Ärzte sein wollt, hoffentlich nicht bei diesem Brief genieren, der ohne Rock und Weste geschrieben ist.

Von zu Hause habe ich noch keine Nachricht.
Für das Berliner Tageblatt lasse ich für Sonntag, Mittwoch und Sonnabend folgende Annonce einrücken:

Ein junger Mann (Schriftsteller) sucht bei einem distinguierten Herrn oder Dame für einige Stunden des Tages Stellung als Gesellschafter oder Vorleser.

Vielleicht erlange ich dadurch irgendwelche glückliche Beziehungen.

Berlin, 5. Dezember 1892

Herzlieber N. und S., heute kommt der erste Bettelbrief. Ich habe nur noch sechs Mark in der Tasche. Miete, Annoncieren, Lesehalle und all diese Schmarotzer von blöden Nebenausgaben haben mich ganz plötzlich trocken gesetzt.
Ihr habt Papas letzten Brief gelesen, darnach darf ich in diesem Monat nichts mehr von ihm erwarten. Er hält es für selbstverständlich, daß ich mit dem Gelde, das er am Zwanzigsten vorigen Monats schickte, auskomme.
Mehr, als ich mich jetzt einschränkte, konnte ich aber nicht gut: in der »Pomona« gegessen, abends mich auch ziemlich knapp gehalten, von Theatern und Konzerten habe ich noch nichts gesehen, immer wegen des Hintergedankens, daß ich nicht durchkomme.
Neben meiner Geldfrage läuft noch eine andere stille Sorge her, das ist Wäsche und Toilette. Von all meiner Würzburger Herrlichkeit blieb nur noch der Gehrock.
Es ist immer zu lähmend, daß an alles, was man anfangen will, sich die Geldfrage anklebt ...
Sonst habe ich nicht viel Neues erlebt. Ich arbeite jetzt neben meiner »Sehnsucht« auch an Stimmungsbildern, die ich in den Berliner Straßen auffange. Das Drama »Sehnsucht« wird wohl knapper werden, als ich erst glaubte. Die verschiedenen Gesänge kurz und nicht zu breit gehalten.
Wenn ich abends bei der Lampe sitze, denke ich immer, daß wir nun alle drei so behaglich arbeiten. Ich hoffe, Euch bald mal etwas zu senden.

Berlin, 11. Dezember 1892

Herzliebe Freunde, schade, daß ich Euch jetzt nicht da habe, ich würde Euch zerdrücken vor Vergnügen, vor überschwenglicher Seligkeit. Ich muß Euch noch in der Nacht schreiben. Ihr müßt

meinen ersten großen Triumph, wie er eben noch warm in mir schäumt, ebenso warm mitgenießen. Ich zittere noch und bin heiß vor Glückseligkeit. So warm und intensiv rauschte es nicht mehr in mir, seit wir uns zuerst kennenlernten – erst heute wieder.
Also heute nachmittag nach Friedrichshagen. Um vier Uhr dort. Frau Marholm, allein zu Hause, im schmalen Speisesaal am Fenster, sie trennt in der Dämmerung einen alten Rock auf. Klein Oling, drei Jahre alt, hat an der Erde alles mit Papierschnitzeln gepflastert, sitzt mit seinem phlegmatischen Lächeln auf seinem Schemel und läßt sich begrüßen.
Ich hole mir einen Stuhl, setze mich zu ihr. Wir plaudern von Strindberg, der aus Friedrichshagen floh, weil er sich in seinem Frauenhaß von der Marholm verfolgt glaubte, jetzt in Weimar war und nun wieder in Berlin bei seiner Friedrichshagener Hauswirtin, die ihm verliebt nachreiste, ein Zimmer gemietet hat. –
Dann kam Hansson. Er hatte in der Dämmerung seinen Stimmungsspaziergang im Schnee gemacht. Er begann gleich von der »Josa« [»Josa Gerth«]. Die Stimmung, die Natur fand er großartig und noch nie bei einem Deutschen so fein ausgeprägt; und er habe stark Jacobsens Einfluß herausgefühlt. Die Psychologie fand er noch zu unsicher. Das behagte mir nicht sehr. Aber recht hatte er doch, denn das fühlte ich nur zu deutlich, daß die Psychologie nicht fein durchgeführt ist, als ich es neulich nochmals durchblätterte.
Und nun sagte ich, ich hätte mein Drama »Das Kind« von Schlenther zurückgeholt, da mir gesagt wurde, diesen Winter würde die Freie Bühne keine Aufführungen haben, da Brahm als Vorstand ausgetreten und noch kein anderer da sei. Auch »Die Weber« kommen nicht zur Aufführung. Ich wollte mein Drama der Freien Bühne, Bölsche, zum Druck bringen und hätte es dabei, würde aber gern erst ihr Urteil hören. Sie baten mich, es gleich vorzulesen. Man brachte Tee. Die Marholm holte ihre Näherei, zündete sich und uns Zigaretten an, und nun ging's los.
Gleich zu Anfang die Szenerie behagte ihnen recht.
Und nun las ich und las. Ich merkte, wie die Marholm ihre Näherei liegen ließ, wie Hansson aufstand, in die Ecke ging und sich in seinen Lieblingsplatz verkroch. –
Dann nach dem ersten Akt machte ich eine Pause.

Alles still. – Die Marholm, ganz steif, guckt mich immer an, schüttelt den Kopf. Er kommt ganz vergrübelt aus seiner Ecke, reibt sich die Hände. Sie plötzlich, wie aus einem Starrkrampf erwacht: »Ja aber, das – das ist ja – ganz ausgezeichnet finde ich das!«
Er kommt, gibt mir die Hand: »Isch bien gans erstaunt.« Sie läßt ihn nicht weiterreden: »Ja, das ist es ja endlich, das *seelische* Drama; da haben wir's ja, das, was noch keiner bis jetzt schreiben konnte, das ist es ja, so vollkommen dieses ganz intime Feine, nur Geahnte zu bringen.«
Und er: »Ja und – *diese* Charakterisierung! Jede Person steht ja da, jede für sich, jede anders und doch ohne dieses viele Reden, so ganz erlebt – wirklich ausgezeichnet.« Sie sprechen noch viel. Er schenkt Wein ein und stößt auf dieses erste wirkliche Drama an. Und sie, die Marholm, sitzt noch immer ganz steinern da, als ob sie eine Vision gesehen hätte.
Irving, das schwedische Mädchen, kommt, ruft zum Abendessen.
Wir gehen ins Eßzimmer.
Ich bin plötzlich für sie ein ganz anderes Wesen. Sie überhäufen mich mit Aufmerksamkeiten. Und er nach einer Weile: »Wiesen Sie, jeetzt gloaube isch, Sie haben nichts von Jacobsen geelernt, Sie haben alles selbst geehabt.«
Dann nach dem Essen der zweite Akt.
Am Ende wieder dieselbe Starre. Nun kommt er auf mich zu, schüttelt kräftig meine Hand: »Isch muß Ihnen gratulieren – das ischt sso ausgeßeichnet – das ischt endlich das, waas wier alle lange sehnten.«
Und die Marholm ebenso, nur immer noch ziemlich verblüfft; es sei ihr zu plötzlich gekommen; dies Zukunftsdrama, das sie immer von einem Nordischen erwartet habe, bringe plötzlich ein Deutscher. Und nun beginnen sie eifrig zu disputieren; gespielt müsse es werden, auf alle Fälle. Sie wollen selbst mit Blumenthal sprechen, ich solle es ihm nur bringen, und Hansson rät einen Augenblick, es doch der Duse zu bringen, aber dann: »Sie kann ja nicht so gut Deutsch, um es zu lesen.« Bölsche würde es jedenfalls gar nicht verstehen. Dort sei es verloren. Aber versuchen möchte ich es doch, um es bald zum Druck zu bringen.
Der Schluß des ersten Aktes hat ihnen besonders in seiner vertönenden Lebhaftigkeit gefallen, dadurch würde der zweite Akt gehoben. Dann finden sie, was wir unter uns nie beurteilen konn-

ten, daß man sofort gleich im Stück drinnen sei und intensiv gefesselt von Anfang bis zu Ende.
Jedenfalls war und bin ich noch sehr berauscht von dem Lobe dieser Feinfühligsten, Intelligentesten unter den jetzigen Schriftstellern. Und deshalb eben hätte ich Euch so gern da gehabt, um meine Freude an Euch auszulassen. Nun geschieht es nur auf dem Papier, aber es ist vielleicht besser so, ich hätte Euch vielleicht das Herz zerdrückt und wäre wegen fahrlässiger Körperverletzung belangt worden.
Noch etwas Komisches kommt dann. Hansson fühlte sich abgespannt und blieb bei Klein Oling, um über seinem Schlaf zu wachen. Ich suchte mit der Marholm vier Gasthäuser ab, um die Friedrichshagener Größen zu treffen, die sich Sonntag abend immer versammeln. Es war neun Uhr. Wir fanden sie endlich. Die Marholm hatte ihr schwedisches Mädchen dabei. Sie sei nur noch mal wegen Irving mitgegangen, sagte sie. Irving fühlt sich so einsam in Deutschland. Versteht nur Schwedisch und findet deshalb nie Unterhaltung. Irving wurde also zu den Schriftstellern mitgeschleppt. Man hoffte, es seien ein paar der Berliner Anarchisten da. Die kommen sonntags auch in diesen Kreis. Da findet Irving vielleicht einen Verehrer. Irving ist nämlich sehr hübsch, geht wie eine Dame, ist eine echte nordische Jungfrau, stolz, aristokratisch, und ist mehr Schwester als Dienstmädchen bei der Marholm.
Wir fanden endlich die Klicke. Bölsche mit, Bruno Wille mit, und noch viele andere mit und ohne Frauen. Auch Friedländer war da, der Begründer des »Freiland« in Südamerika.
Bruno Wille sieht Conrad ähnlich. Aber gutmütiger, weniger brutal. Er trägt langes Haar bis in den Nacken.
Im Nebensaal wurde getanzt. Fabrikmädchen und Burschen aus Berlin.
Die Marholm schlug vor, zuzusehen. Natürlich ihrer Irving wegen.
Wir gingen hinein, und – nun, bitte, bekommt keinen Schlaganfall – nach fünf Minuten tanzte Max Dauthendey auch.
Denkt Euch – erst mit der Marholm, mit Frau Bruno Wille – und dann auch mit »stolz Irving«.
Nebenbei knickte ich aus Versehen auch ein Herz: die junge blasse Frau des Schriftstellers – na – mit -kampf war es ein Name, ich weiß nicht mehr. Sie suchte ziemlich deutlich den ganzen Abend meine Nähe und brachte es endlich auch dazu, daß

ich mit ihr tanzte. Sie ist übrigens recht interessant. Es kann sein, daß ich mich doch noch in sie verliebe.
So – nun ist es halb zwei Uhr geworden. Ich bin ehrlich müde. Morgen schreibe ich Euch einen ruhigen, vernünftigen Antwortbrief auf Eure lieben Briefe; dieser heute ist nur eine jauchzende Umarmung. Laßt Euch nochmals das Herz zerdrücken von

Eurem Max

Silvester im Berliner »Wintergarten« Galgenstimmung

An Jugendfreunde

Berlin, 2. Januar 1893

Herzlieber N. und S., natürlich kann man sich an das 93 noch nicht gewöhnen, trotzdem man hier mit großem Spektakel aus 92 nach 93 befördert wurde. – Im »Wintergarten« feierte ich Silvester. W. und L. und noch ein L., nämlich sein Bruder, und F. waren dort zusammen. Ich kam erst gegen elf. Immer noch Zeit genug, sich Cancan vortanzen zu lassen von der »Arman d'Ary« und sich von ihren Pariser Gamin-Liedern aufregen zu lassen, wie von üppigen Zoten.
Es lohnt sich aber doch, diese *Fin-de-siècle*-Chansonette zu sehen und, was sonst bei einer Chansonette sich nicht lohnt, sie zu *hören*.
Der Wintergarten ist wieder verwirrend mit seinen tropischen Faschingsdekorationen. Und in den Ecken und Seiten die aufgebauten Szenen aus Rheingold und Parsifal und Siegfried und dem Nibelungenring. Ein wildes, grelles Blenden von Silber, Rosen, Giftgelb und Eidechsengrün und Purpur. Und nun auf der koketten Bühne diese Grisettenfigur in blauseidenem Rock mit lila Chrysanthemum, schwarzen Strümpfen und schwarzen Handschuhen, dekolletiert bis auf den Leib, bei jeder Bewegung fallen die Brüste aus dem blauen Spitzenbesatz des Korsetts – diese kleine knisternde Frauengestalt mit den Pantomimen eines Gassenjungen und der Stimme eines naseweisen frechen Kindes. Wie Vanille und Pfeffer – diese Kontraste von Zartheit und Brutalität. Einen Augenblick äfft sie die großen, plumpen Schritte eines Lastträgers nach und die große plumpe Stimme eines Kutschers, und dann gleich wieder das kitzelnde geduckte

Lachen eines Fauns, und eine Haltung wie ein Kind, das zynisch war und über Witze lacht, von denen es selbst den Sinn nur halb versteht. Und dieser Duft an ihr ist es, halb unschuldig naiv wie der Geruch weicher Milch und dann gierig zerfressen und durchsetzt wie von brünstigen Tränken. Alles johlt und brüllt ihr zu und erhitzt sich, und die vornehmen Kokotten in ihren grellgrünen und apfelblütenrosa Toiletten auf den Tribünen klatschen am wildesten. – – Um zwölf Uhr wurde Champagner verlost, und um ein Uhr ließ man sich unter den Linden in einem zähen Menschenstrom weiterschieben. Es war ein Brüllen, Pfeifen, Johlen und ein Tumult, wie ich es vorher nur beim letzten Straßenradau gesehen habe. Die Friedrichstraße und der Übergang an der Kranzlerecke waren von einem Polizeispalier gesperrt. Alle Cafés geschlossen, und nur die Menschenmenge schob brüllend aneinander vorbei. – Dann saßen wir endlich Ecke Karlstraße in dem einzigen noch offenen Café »Reichskrone« und tranken unsern Punsch. Um drei Uhr gingen wir, immer noch im Menschengewühl, nach Hause. – Am Neujahrstag bummelte ich ganz allein von mittags zwei Uhr bis abends elf Uhr von einem Café unter den Linden in das andere und machte »Studienreisen«. Ganz »nette« Studien machte ich; aber davon könnt ihr in der nächsten Skizze hören. Aber wann ich die schreiben werde, das steht noch im Blauen. Momentan lebe ich in einer recht aufgeregten Galgenstimmung. Eine Hoffnung nach der andern ging pleite, und ihr Verwesungsgestank versetzt mich in eine ganz vermaledeite Katerstimmung. So ein niedliches Frösteln sitzt mir im Blut, ein Angst-Bazillus, der sich täglich vermehrt und von dem es dann so 'ne Art Herzlähmung gibt. Bis jetzt hatte ich immer noch ein ganz gutes Gegenmittel: wenn wieder so ein großes leeres Loch in meine Hoffnungen riß, suggerierte ich mir, es sei mit anderen neuen Hoffnungen zugestopft. Das hielt denn auch eine ganze Weile vor, und so lebte ich denn mit großem offenem Munde weiter, träumte, er sei voll, und kaute Luft. Es war ganz schmackhaft. Schließlich kommt es ja nur auf die Vorstellung an. Wenn ich dadurch das Gefühl der Befriedigung aufrechthalte, ist es ja wurst, ob die Vorstellung wirklich oder eingebildet war. Aber allmählich wird auch das Schaf witzig. Es will nicht mehr recht befriedigen, dies Hinhalten mit Hoffnungen, die nicht existieren, und das Schaf wird immer schlauer und schmeckt, daß es Luft schmeckt.

Woche für Woche gehen die Hoffnungen wie die Nachtlichter

aus, und es wird bald so peinlich dunkel sein, daß man nicht mehr weiß, nach welcher Richtung hin man noch mit einigem Anstand weiterwandeln soll.
I.s haben Trauer bekommen und sich ganz zurückgezogen. Mit ihnen ist nicht mehr zu rechnen. Und die anderen Beziehungen liegen alle wie totgeborene Kinder auf dem Mist. Zum Annoncieren habe ich kein Geld – zum Besuch von Bällen und Gesellschaften erst recht keines.
Die literarische Anerkennung füllt leider die Taschen auch nicht, und den Sinnen gibt sie auch nur eine Aufwallung; aber satt wie die Liebe versteht sie noch nicht zu machen. Das kommt vielleicht später, wenn mein Blut dreißig Jahre kühler geworden ist und meine literarische Tätigkeit dreißig Jahre wärmer.
Ich habe jetzt in diesen Wochen in dieser Stimmung das Rauchen liebgewonnen, wie ein Baby seinen Gummistöpsel. Sobald das seelische Leibzwicken kommt, nehme ich eine meiner gelben Egypterinnen aus dem Harem, feuere sie an, bis ihre Schleier wirbeln; und dies blaue Schweben und dies Scharfbittere, das beschwichtigt; im Gegensatz zur Tabakbeize ist das Leben dann immer noch etwas süßer.

Ohne Geld – ohne Erfolg

An Jugendfreunde

Berlin, 10. Januar 1893

Herzlieber N. und S., ich danke Dir, lieber S., daß Du an Deinen Schwager schreiben wolltest. Gerade darauf, daß *Du* Papa sagtest, ich brauche nur bis Ostern Unterstützung, darauf stützt sich jetzt Papa ganz fest; er hat mir das schon vor Wochen mitgeteilt: »L. selbst hält es nicht länger als bis Ostern für nötig, daß ich Dich unterstütze; bis dahin sieh zu, daß Du auf eigenen Füßen stehst, von mir hast Du nichts mehr zu erwarten.« Und das letzte wiederholt er in jedem Brief. – Das ist eine allerliebste Aussicht für mich, in zwei Monaten wie ein ätherisches Wesen nur von Luft und Frühlingssonnenschein zu leben. Hoffentlich sind mir bis dahin auch Schmetterlingsflügel gewachsen.
Außer Fräulein J. ist noch eine ganze Serie guter Hoffnungen abgekratzt:
No. 1: »Josa Gerth«! – Pierson tut nichts dafür. Wird auch

nichts tun. Hanssons versicherten es mir. – Mein Buch kostet kaum achtzig Mark Druckkosten. Von zweihundertfünfzig Mark hat er hundertfünfzig Reingewinn. Er wird sich nun hüten, Betriebsunkosten zu machen. Was liegt ihm am Verlag! Er hat seinen Verdienst bereits ganz fett in der Tasche. – Bahr und Tovote haben deswegen Prozesse mit ihm. Hansson mußte ihm einen Rechtsanwalt auf den Leib senden, um sein Buch zum Vertrieb zu bringen. Sie raten, ich soll einen Prozeß gegen ihn wegen Übervorteilung anstrengen.
Vor Weihnachten, als das Buch erschien, schrieb ich täglich Karten, Briefe, er soll es versenden, damit es noch vor dem Fest ausgestellt würde –: »Ja, ja, wir machen alles nach Ihrem Wunsch!«
Bis heute ist es nur in Würzburg ausgestellt – hier nicht und nirgends sonst. Er weiß, daß ich Würzburger bin, und hat deshalb liebenswürdig diese Stadt bedacht.
No. 2: »Ultraviolett«! – Der Verleger, den Unger mit meinem Manuskript beehrt hat, läßt nichts von sich hören. Schon über einen Monat liest er nun die Poesien. Vielleicht lernt er sie auswendig.
No. 3: Gesellschaften! – Ich ginge schon sehr gern. Aber es ladet mich ja niemand ein. Die Kreise, die ich bis jetzt kenne, leben viel zu »gesellig«, nur in Familie.
Und nun stellt Euch mal vor, ich sollte in Häusern verkehren, wo Millionäre – und Berliner Millionäre! – in Wichs protzen! Ob das nicht Geld kostet! Handschuhe und Krawatten und Frackleihgeld und all der dazugehörige Köder, um »unwiderstehlich« zu sein! – Fünfunddreißig Mark gebe ich mit Heizung und Licht für Monatsrechnung aus, nun noch Wäsche, kaum sechzig Mark bleiben noch, kaum zwei Mark pro Tag – davon soll ich essen, Bücher kaufen, Abonnements bezahlen und all das Drum und Dran.
Ich glaube schon: wenn Papa die bestimmte Garantie hätte, jetzt bald würde sich irgend etwas entscheiden, was mich unabhängig macht, würde er bis dahin wohl noch einige Monate zugeben.
Aber es kommt nichts. Ich weiß es längst, daß in meinem Beruf und mit meiner Schreibart für die oberen Zehn (das Tausend abgerechnet) noch lange nichts herauskommt. –
Bruno Wille wird die Freie und die Volksbühne verschmelzen; ich habe schon mit Hansson gesprochen, ich möchte eine Regis-

seurstelle für die Arrangements der Stimmungsdramen annehmen – es ist noch das einzige, was ich neben dem Schreiben mit Interesse ausfüllen könnte. Aber das wären natürlich Aussichten, die sich erst in einem Jahre verwirklichen könnten. Wenn ich bis dahin noch nicht verheiratet oder verbummelt bin, kann noch ein ganz großes Theatergenie aus mir werden.

Verständnis für Edvard Munch

In Berlin war in den ersten Jahren der neunziger Jahre eine große nordische Bewegung im Gange. Ibsen belebte die Theater. Björnson wurde uns näher bekannt. Strindberg war nach Deutschland gekommen. Außerdem machten die Bilder des jungen norwegischen Malers Munch einen verblüffenden Eindruck auf die Berliner Akademie.
Ein Akademieprofessor hatte auf einer norwegischen Reise von den Arbeiten Munchs in Christiania gehört und den jungen Künstler aufgefordert, in der Berliner Akademie eine Ausstellung zu veranstalten.
Als aber Munch seine Bilder im darauffolgenden Herbst sandte und die Sendung in der Akademie ausgepackt werden sollte, wurden die anderen Akademieprofessoren, die bei der Öffnung der Kisten anwesend waren, dermaßen erschrocken über die neue Malart des Norwegers, daß sie nicht einmal die Bilder auspacken lassen wollten, den Saal zur Ausstellung verweigerten und so dem Gaste, den sie eingeladen, schmählich die angebotene Gastfreundschaft kündigten.
Der Norweger aber wußte sich zu helfen und wußte sich zu rächen. Er mietete Ecke der Leipziger und Friedrichstraße, also an der damals verkehrsreichsten Stelle der Hauptstadt, einen in dem ersten Stockwerk eines Prachtgebäudes leerstehenden großen Ladenraum, ließ seine Bilderkisten dorthin bringen und stellte die ganze Sendung auf eigene Faust dort aus. Natürlich wollte Berlin den Maler sehen, den die Berliner Akademie ein- und ausgeladen hatte.
Die Berliner Zeitungen brachten lange Spalten für und gegen Munchs neue nordische Malerei, die alle Überlieferungen übersprungen hatte, die nicht mehr gewollte Schönheit sah und nicht nach der Farbenskala vorgeschriebener Farbentöne malte, sondern die die Welt in Linien und Farben wiedergab, wahr und

unverdreht und doch dem inneren phantastischen Eindrucksgebilde getreu, von dem das Herz des Künstlers erschüttert worden war.
Aber trotz dieser Ausstellung blieb Edvard Munch noch lange in Europa unverstanden, und ich habe später oft in Paris bei den Jahresausstellungen der »Indépendants« beobachtet, daß das Bürgerpublikum dort, so wie in Deutschland, mit einem Ausruf des Schreckens vor den Munchschen Bildern stehenblieb und dann mit einem Lachen sich abwendete.
So mochte man vor hundert Jahren die ersten Bilder der Chinesen und Japaner bei uns aufgenommen haben, die man erst später genießen lernte.
Als ich in Berlin in Munchs erste Ausstellung trat, mußte ich mich auch vor den neuen Bildern in der neuen Malart erst zurechtfinden. Ich sagte mir aber, wenn ich nicht sogleich das ganze Bild sehen kann und es erst, ich möchte sagen, entziffern muß, so war daran nicht Munch, nicht der Maler schuld, sondern mein den neuen Eindrücken nicht gewachsenes Auge, das in alten Überlieferungen eingeschult war und noch nicht mit der Ehrlichkeit des begeisterten neuen Malerauges mitgehen konnte.
Aber ich fühlte den innerlichen Ernst des Malers, seine Kraft und die Ehrlichkeit der Naturwiedergabe aus jedem Bilde.
Munchs Bilder wirkten zuerst ähnlich, wie die ersten Augenblicksbilder der Fotografie gewirkt hatten, als man zum erstenmal springende Pferde nicht in der Auffassung gewohnter Reiterstatuen im Bild sah, sondern in den mächtigen Verkürzungen und den fortstürzenden Verkrümmungen, die das Auge im hundertsten Teil einer Sekunde wohl miterlebt hatte, aber deren Eindruck nicht zum festen Bewußtsein gekommen war.
So auch brachte Munch neue Farben und Formen und Empfindungseindrücke zum Bewußtsein und bereicherte den Beschauer seiner Bilder, wenn dieser vertrauensvoll sein Auge der neuen Malart hingab.

An Jugendfreunde

Berlin, 19. Januar 1893

Und nun noch Munch!
Ich habe ihn besucht. Er war leider nicht zu Hause, Hansson ist befreundet mit ihm. Aber in der Ausstellung sah ich ihn flüchtig. Ein mittelgroßer, magerer junger Mann. Blond, echt nordisch, schmale Stirn, schmaler Kopf, aber ein Hinterkopf wie

eine Kokosnuß. Die Ausstellung ist oben im Equitable-Palais, Ecke Friedrichstraße–Leipzigerstraße.
Der erste Eindruck. Bunte Striche – Kommas von einem Zoll Länge die Pinselstriche, wie bunte Bazillenkolonien.
Na, dachte ich, du bist ja sehr viel Extravaganzen gewohnt, deine Sehnsucht nach Neuem ist auch immer groß – aber den Puff, den hältst du doch nicht aus. Sollte der Berliner Künstlerverein recht haben, daß er ihn hinausgeschmissen hat?
Zweimal ging ich um die Bilder – an den Wänden hinauf, hinunter, es war mir, wie wenn man Glühwein trinken möchte, aber er ist zu heiß: man nippt, nippt, man verbrennt sich immer wieder. Etwas gelähmt, nahm ich das Pincenez ab. – Nun war's geschehen. – Plötzlich sah ich, empfand ich und begriff ich alles. Die Striche schwammen zu Nüancen ineinander, es entstanden sechs-, siebenfache Tonschwingungen, wo sonst die Maler mit breitem Pinselstrich nur einen Ton bekommen; die Schatten schillerten in Stufungen, wie in der Natur, die Lichter flimmerten, und alles lebte. Es ging mir ein Schauer durchs Blut, wie einem, der lange einsam gewesen ist und nun mitten unter vergnügte junge Menschen kommt – so jung fühlte ich mich mit diesen lebhaften Farben.

Erste Begegnung mit Richard Dehmel

An Jugendfreunde

Berlin, Sonntag abend, den – ich weiß nicht wievielten – ich glaube, im Februar (1893)

Meine herzinnigen Freunde, in einem Rausch wie Böcklinsches Blau und Rot und Metall, glühend alles, und heiße Musik, Wagner, groß in pochenden Akkorden, in großen roten Herzwellen, komme ich zu Euch. So satt und stark und blühend fühle ich mich, so voll von schwarzem, ganz dickem Blut, und – es – ist – zu dumm ist es, daß man immer wieder reinfällt und die Stimmung festhalten will, als ob man Flammen und Wellen halten wollte. Es geht nicht. – Also ganz schulmeisterlich trocken und exakt sollt Ihr hören: Vor acht Tagen ungefähr kam eines Morgens eine Karte: Dr. Richard Dehmel. – Meine »Auferstehung« im Musenalmanach habe ihn entzückt. Er würde sich erlauben, mich nächstens zu besuchen. Ich sandte ihm dann meine »Josa Gerth«. – Eines Mittags, zwei Tage später,

kommt er. Mein Zimmer war nicht aufgeräumt, die Frau führt ihn ins Zimmer nebenan. Ich trete ein. Ein Herr im dunkeln Kaisermantel sitzt am Tisch. Ich sehe nur den dunkeln Mantel, wirres dunkelblondes Haar, Pincenez und blonden Spitzbart, und in dem allen, wie ein Hintergrund, ein weiches Blaß.
Kaum, daß er etwas aufsteht, und wir begrüßen uns, und er sitzt und kauert vorgebückt, kaum, daß er spricht, nur hie und da ein Aufsehen, ein Wort. – So sitzen wir eine Weile. Ich stochere etwas nervös in meinen Gedanken. Sein lächelndes Kauern und Vorbeugen und Auf-den-Teppich-Starren, ich weiß nichts von ihm: nur daß er Dichter ist, habe aber noch nichts gelesen. – Und er kennt mich und spricht nur so leise, so grau, die Stimme ganz weit, wie man murmelt in halbem Wachen und wie man murmelt, wenn es draußen dämmerig wird und man das Dunkel behutsam nimmt und die Stimme senkt und leise auftritt. Und er spricht, als ob er mit sich spreche – und als ob er mich nur empfinde, aber ich gar nicht sichtbar wäre für ihn, nur meine Einwirkung, nur das, was er von mir in sich behorcht, gar keine Wirklichkeit.
Er sagt, mein Buch, besonders die eine Gewitterstimmung, habe ihn gefesselt. Und dann sitzt er wieder still. Und wir behorchen uns in Gedanken gegenseitig.
Dann geht er und ladet mich ein, ihn bald zu besuchen. –
Am Dienstag ging ich zu ihm. Ich ging mit der Empfindung: es wird ein grauer, stiller Einsamer sein. Einer, der wie eine Spinne die Welt aus der Ecke anschielt. Aber es war in mir etwas so Weiches dabei.
Es war nachmittags drei Uhr.
Er wohnt Lothringer Straße 15/IV.
Ich fahre mit der Pferdebahn, unterwegs unbehaglich verstimmt durch das laue, triefende Tauwetter, in dem ich mich immer so schrecklich einsam und aufgelöst und lebensschwächlich fühle und so voll weher, wäßriger Stimmung stecke, mit einer Sehnsucht nach hartem, zusammenschnürendem Frost, nach etwas Kräftigem, das mich zusammenhalten möge.
Ich denke nur einen Konvenienzbesuch zu machen. Vierte Etage, das wird wohl grau und dürftig sein und er selbst wohl zu Hause noch grauer und karger, und ich werde noch schwächlicher und sehnsüchtiger werden. –
»Ist der Herr Doktor zu Hause?«
»Bitte.« Das Mädchen öffnet eine hohe gelbe Flügeltür.

Er saß am Schreibtisch am Fenster. Er steht leicht und schnell auf. Und gibt mir beide Hände und hält meine Hand –: »Ah – Ah! Sie sind es.« Und nun ist er flink und trägt meinen Mantel hinaus und kommt und beginnt wieder zu schweigen – kaum zwei drei graue Worte, und er zeigt mir seine Zeichnung – eine Kopie nach Thoma – für die Decke seines neuen Buches.
Wir trinken Kaffee und sprechen natürlich nur »Fachgenössisches«. Und ich höre, daß Strindberg, Arno Holz, Przybyszewsky und Julius Hart seine Freunde sind, daß er Jacobsen liebt und Böcklin verehrt usw. Und die kleine Frau schwatzt immer lustig dazwischen.
Er las mir ein Gedicht vor. Ich hörte nur seine Stimme, ich hörte nur dieses weiche Grau, diese Dämmerung, die wohlige Dämmerung in dieser Stimme, es pochte und pochte in mir, ich merkte gar nicht, daß er aufgehört hatte zu lesen, ich hatte nur dieses starke, wohlige Weiche in mir, das von dieser Stimme kam, und ich wußte plötzlich, daß ich ihn sehr, sehr liebte und ihm für diese Stimme dankbar war. Er las noch ein Gedicht, und ich hörte, und es schauerte mir dabei, die ganze Stimmung des Gedichtes war in dem matten Aschengrau seiner Stimme, in der weichen, wohligen Ruhe, mir wurde so schmerzlich weh; und so dumm war es dann, als ich fühlte, daß mir die Tränen kamen, und ich biß mir auf die Zunge. Er hatte fertig gelesen und zitterte und sah auf, und wir sahen uns an und waren so überwältigt und so zitternd vor Seligkeit beide. –
Seine Frau kam dann. Und wir sagten Du zueinander. Und sie staunte. Und wir sagten gegenseitig das Du und den Vornamen, als wenn es nie anders gewesen wäre. Erst nachts um ein Uhr ging ich nach Hause.
Ich konnte vor Aufregung nicht ins Bett. Ich arbeitete bis morgens fünf Uhr und schrieb die Gesänge des »Herzblutes« für mein Drama »Sehnsucht«.
Am nächsten Morgen erhielt ich einen innigen Brief von ihm. –

Tagebuchblatt

Berlin 1893

Du sahst einmal in den Wochen vor Weihnachten ein großes Schaufenster bei Gerson – nur Wäsche, Teegedecke – Tafelservietten mit feinen zarten Blumenstickereien – aber all die weiß-

blaue blendende Leinwand im ganzen Schaufenster hoch und rechts und links ausgebreitet bis hinauf, und eine elektrische Lampenkugel hing in der Mitte – und das weiße Licht lag in dem Weiß der Wäsche wie in einem himmeljauchzenden Gesang in freier Sonne und weiten klaren Seen – Firnen und großer reiner Luft. –
Du standest und ließest das Licht in dich einströmen – und – hinter dir auf dem Fahrdamm plötzlich eine Stimme – – ah – wie schön! –
Ein kleines schmutziges Mädchen mit einem Jackett am Arm – ging unter den Leuten, und das Leuchten hatte sie getroffen – und alle – die Leute, die hinter deinem Rücken vorbeizogen – ah, wundervoll, herrlich – – aber wenige sahen noch die Wäsche – es war die direkte Wirkung des Weiß und des freien Lichtes. – So ein anderes Mal – wo der Wohllaut direkt vom Farben- also Lichteindruck abgezwungen wird, bei einem Feuerwerk, das: ah – ah – ah – wird direkt durch den Farbenreiz geweckt.
Und dann im Theater – der Vorhang des letzten Aktes war noch nicht ganz oben – kaum daß man den Dorfkirchhof mit Bäumen unterscheiden konnte – nur das Rot, das das Morgenleuchten in der Ferne überm Wasser darstellte – dies transparente Rot leuchtete – und zwei Damen – alte einfache Frauen riefen sofort: ah, nein ist das schön – wundervoll.
Darauf auch stützt sich mein Plan. Auf den direkten, ideenlosen Farbenreiz – der möglichst – alle Erinnerungen meidet – um nicht zu zerstören, und nur durch reine direkte Einwirkung reizt und Genuß bringt.
Es muß Gesang – Musik – Farbe zu einer neuen und letzten Kunstgattung vereinigt werden.

Arbeit und Geselligkeit in Berlin

An Jugendfreunde

Berlin, 20. Februar 1893

Meine herzlieben Freunde, ich bin tief in massiger Arbeit. Kaum, daß ich eben etwas Zeit zum Ausruhen in einem Briefe an Euch habe. Ich arbeite an der »Venezianischen Reise«, an der »Sehnsucht«, an der Umarbeitung einiger Novellen und jetzt noch an etwas *ganz, ganz Neuem,* das ich aber noch nicht verrate, an

etwas noch nie Dagewesenem, etwas für kleine Kinder und große Künstler, eine uralte Poesie aus uralter Zeit, Ihr kennt sie alle, aber so, wie ich sie jetzt dichte, kannte sie noch niemand.
Papa sieht allmählich ein, daß sich meine Beziehungen hier immer erweitern und, da ich Anerkennung finde, daß man mit der Hoffnung auf pekuniären Erfolg noch Geduld haben muß.
Er läßt mir durch Lisa sagen, fünfzig Mark monatlich würde er mir vielleicht noch weiter senden können, ich soll bei der Tante in Petersburg anfragen, ob sie mich nicht weiterunterstützen will.
Mein Onkel in Petersburg ist vor acht Tagen gestorben, Tante hat keine Kinder; vielleicht kann sie es möglich machen.
Mein Drama und die Broschüre trug ich zu Fontane, aber nach acht Tagen erhielt ich sie wieder; er getraut sich nicht, sie in Verlag zu nehmen. Ich werde es nun Spohr in Leipzig senden.

Berlin, 22., 23., 24., 25., irgendeiner,
jedenfalls Sonntag abend, d. h. Montag früh 2 Uhr

Eben komme ich nach Hause, liebe Kinder; und da ich doch nicht schlafen kann, will ich Euch lieber vorplaudern, wie fröhlich es heute war.
Erst gedichtet, natürlich, und *wie* gedichtet! Aber das bekommt Ihr ein andermal, dann um vier Uhr Linden gebummelt, *tout seul.* – Nein, nicht *tout seul*: mit allen Menschen.
Ein dichter Strom preßte sich hinunter und hinauf bis zum Brandenburger Tor, und die Equipagen flirrten silbern vorbei, und die feinen Pferdefüße trippelten und klappten auf dem Asphalt, wie feine seidene Stöckelschuhe im Menuett, und auf Gummi und auf den Federn und in den grauen Samtpolstern wiegten sich Frauen (hie und da sogar schöne Frauen), zitronengelbe und fliederfarbene und heliotropfarbene dünne, freche Seidenschleifen auf den Hüten, alles stark strömende Farben, starkes Leuchten in Blau und Grün und Gelb, und diese zuckenden Farben beherrschten alles.
Wie ich diese freudige Mode jetzt liebe – es ist mir, als ob ich von vielen roten und weißen und herben und heißen Weinen koste, wenn ich diese forschen zuckenden Farben auf der Straße sehe, auf den Hüten, von den Schleiern, von dem Samt der Schleppen.
Es war der erste wogende Frühlingstag heute, wenn auch die Linden noch schwarz und kahl stehen, aber in der Luft blühte ein sanfter Schmelz, und Rhythmen wiegten sich wie Duft aus

ganz schmalen Veilchenknospen, so milde, so unsicher, und die Sonne noch so leise und scheu, und das Blau noch so schwächlich, und Licht und Luft wie große, verwunderte Kinderaugen.
Und die Menschen drängten, alle lachten, und am Trottoirrand standen sie gestaut und warteten auf den Kaiser und standen bis vor das Brandenburger Tor in der breiten Tiergartenallee, Kopf an Kopf und warteten und machten Witze und lachten in die Sonne.
Und dann wieder im Gedränge zurück, und bei »Ronacher«, vor dem Café, staut sich's am engsten, und drinnen hinter den riesigen Spiegelglasflächen der Rotgoldprunk und orangeroter Damast und die blassen Crèmesäulen, schwerer triefender Prunk, etwas von der strotzenden Heiligkeit goldener Altäre, und im wilden zersprühenden Licht und den jagenden Reflexen heftige nervöse Frivolität, und um die kleinen Marmortische Herren im weißen Chemisette mit Zylinder und die Damen in den hochgewirbelten Toiletten und den ungezwungen zurückgeworfenen Stellungen.
Draußen, über dem Gedränge fort, starrte das Geäst der Linden, blauschwarz wie Marmorgeäder; unten bei Kranzler gelb, rund, großleuchtend wie ein praller Mond eine hell erleuchtete Uhr von einer Uraniasäule, eine scharlachrote Fahne hängt an der Passage nieder, weiß, ein kleiner Elefant darauf: »Lilli«! Und von den Plakatsäulen, mächtig groß, braun auf gelb, »Das boxende Känguruh«. Und dann die Sonne fort.
Nasser Dunst strömt aus den Häusern und vom Fahrdamm, und aschige blaue Schatten sinken in die breiten Straßentiefen.
Zum Abend war großes Abendessen bei Richard Dehmel – lauter Schriftsteller und Künstler –, auch Arno Holz und auch Hedwig Lachmann, die Übersetzerin Swinburnes; und Euch Lieben hätte ich gern das Vergnügen gegönnt, diese Tafel zu sehen, wie sie angebrochen war, und in der schwellenden Üppigkeit die strotzende silberne Bowle wie eine schwere Silberdolde in der Mitte, und die Rubingläser und die grünen venezianischen Drachengläser und dazwischen die satten, roten Orangen auf dem Kristall und dem Damast, und mitten zwischen dem Metall und Glas hohe bleiche Orchideen, blaßlila und in feuchtem Schmelz und stolz aufgestiegen und schwer gebeugt. – Und dann las Richard sein letztes Gedicht vor.
Und das hätte ich Euch gleichfalls gegönnt, zu schauen, wie sie mich alle ganz sonderbar bestaunen. Sie können mich in keine

Richtung zwängen und gehen so ehrfürchtig um mich herum, und ich amüsiere mich, weil sie mich wie einen Menschen behandeln, der aus dem Mond gefallen ist.
Ich bin von Schlaf eingeladen und von ein paar Malern und freue mich auf die Atelierbesuche. Schlaf ist wieder gesund. Ihr wißt, daß er geisteskrank war.
Am Donnerstag abend war ich auch zu einem großen Abendessen bei Ola Hansson, ebenso interessant – davon im Rundreisebriefe mehr. Heute ist das nur ein Extragruß, weil das Wetter schön war und die Bowle so süß, und weil Fräulein Lachmann noch so jung und rosig ist und so schön ist, wenn sie schweigt.

Bekanntschaft mit Stefan George

An einen Jugendfreund

Berlin, 3. März 1893

Gestern abend bestellte mich Klein, der Herausgeber der »Blätter für die Kunst«, nach dem Café Bauer und stellte mir dort den Dichter Stefan George vor. – Stefan George lebt meist in Paris und ist auf der Durchreise von Wien hier. Er sagte mir unter anderem, meine Sachen wären das einzige, was jetzt in der ganzen Literatur als vollständig neu dastehe. Es wäre eine eigenartige Kunst, die reicher genießen lasse als Musik und Malerei, da sie beides zusammen sei.
Ich freute mich, daß ich immer mehr und mehr verstanden werde.

SCHWEDISCHES ERLEBNIS

Erste Reise nach Schweden

An Jugendfreunde

Berlin, 13. März 1893

U. hat mich eingeladen, mit nach Schweden zu kommen. Er reist am 1. April ab. Ich soll den Sommer über bei ihm im Hause seines Vaters bleiben. Dann will er mir Norwegen zeigen und bei seinem Onkel mit mir an der See wohnen.

Die paar tausend Mark, die er für sein letztes Buch bekommen hat, hat er jetzt verreist. Er will nach Hause und wieder arbeiten und in der Einsamkeit am Meer leben.
Sein Vater ist Pfarrer. Bei Gothenburg an der Westküste.
U. bewundert meine Arbeiten so, daß er sie übersetzen will. Zuerst will er das Drama ins Schwedische übersetzen.
Wenn ich die Reise mitmachen könnte, wäre ich ja für lange Zeit geborgen. Ich könnte von Schweden aus Reisebriefe an die deutschen Zeitungen schreiben und damit einen Nebenverdienst haben. Der Aufenthalt sonst würde mir nichts kosten. U.s Vater hat auch ein großes Gut und Hof und Park an der See, da ließe es sich schon gut leben.
U. kommt eben von einer Rundreise durch Nordamerika. Er war in Mexiko, Kalifornien, Kanada und lebte seit November in Berlin. Aber jetzt zum Frühling zieht es ihn nach Hause.
Aber ich weiß nicht, ob ich es annehmen kann, mir fehlt das dumme Reisegeld. Ich bekomme ja noch von Papa hundert Mark für den nächsten Monat, aber damit komme ich nicht durch. Ich müßte mir noch einiges Notwendige anschaffen und habe noch für diesen Monat zu bezahlen. Wenn ich nur noch fünfzig Mark dazu hätte, dann ginge es wohl.
U. will einige Tage in Kopenhagen bleiben und Brandes besuchen. Es wäre eine gute Gelegenheit, meine »Josa Gerth« Brandes zu überreichen.
Vielleicht kann ich von irgendwo die fünfzig Mark auftreiben. Diese fünfzig Mark, die gerade für meine ganze Zukunft bestimmend sein können.
Kannst Du irgendwo die fünfzig Mark auftreiben, so wäre das selbstverständlich nur leihweise. Ich bin später doch in der Lage, sie zurückzuerstatten.

Kopenhagen, Hotel National
21. März 1893

Ich mußte mich rasch entschließen. Herr U. reiste schneller. Sonntag morgen fuhren wir in Berlin ab, über Warnemünde. Wir hatten sonnige Überfahrt. Keine Seekrankheit. Sonntag abend um sieben kamen wir hier an. Gestern ließ ich die Stadt auf mich wirken, Stimmungen in Silber und Graublau. Heute besuchen wir Nansen (ein Schriftsteller). Morgen fahren wir nach Schweden, bleiben einen Tag in Gothenburg.
Das Meer war und ist wie eine Symphonie aus großen Orgel-

akkorden; und reine Farbe, Unendlichkeit saugt einem alle Gedanken aus dem Gehirn, man kann kaum atmen und schwebt körperlos darüber.

Bald werde ich es in allen Klängen genießen können. Wir wohnen in Quille dicht am Meere. Meine Adresse ist dann: *Quille* via Gothenburg, Bohuslän.

*

Im März 1893 reiste ich zum erstenmal nach Schweden. Auf dem Wege nach Warnemünde waren schon die Felder leicht grün. Der Schnee war fortgeschmolzen, aber die dunkle Erde und die helle Sonne standen noch unvermittelt nebeneinander. Dann, nördlich von Gothenburg, an der schwedischen Küste, war das Meer noch eine Eisebene und das Land ein Schneeland.

Ein Küstendampfer, der mich nach Fjellbacka, einem Fischerdorf an der Küste der Provinz Bohuslän, als Fahrgast aufgenommen hatte, machte seine erste Frühlingsfahrt. Einige tausend Meter voraus dampfte der Regierungseisbrecher, um dem Passagierschiff den Weg zu bahnen.

Die Fahrt ging sehr langsam, weil unser Dampfer, um nicht an die Ränder des scharfen Eises anzustoßen, sich nur ganz vorsichtig in der Mitte der engen Eisschollengasse vorwärts bewegen konnte. Deshalb brauchten wir bei dieser Winterfahrt die doppelte Fahrzeit, die im Sommer dasselbe Schiff nötig hatte, um nach Fjellbacka zu kommen.

Ich wußte von Schweden aus meiner Geographiestunde kaum noch die Hauptstadt zu nennen. Wir in Bayern verwechselten damals, wie ich das öfters später noch erlebte, fortwährend Christiania und Stockholm miteinander. Und zwischen Schweden und Norwegen gab es für uns keinen großen Unterschied. Es waren eben Nordländer, Nebelländer, von denen wir seit der Edda und später seit Gustav Adolf nichts mehr gehört haben.

Erst seit neuester Zeit, und das waren kaum fünf, sechs Jahre her, hörte man vom geistigen Leben, das dort oben erwacht sei. Man hatte uns Ibsen, Björnson und Strindberg in Übersetzungen vermittelt. Von den Ländern selbst aber, wie man sonst dort lebte, wußte man zu Anfang der neunziger Jahre in Süddeutschland recht wenig. Man hörte nur, daß die Engländer seit einigen Jahren im Sommer die Fjorde und die Gletscher dort oben aufsuchten und daß sie das Reisen im Norden dem Reisen in der altmodisch gewordenen Schweiz vorzogen.

Besonders Schweden, von dem man nur den Wasserfall des Trollhättan als rauschende Sehenswürdigkeit nannte, lag hinter neunundneunzig Nebeln den Blicken des Deutschen und besonders denen des Süddeutschen entrückt. Ich erinnere mich auch, als ich Schweden schon mehrere Jahre kannte, später bei einem Vortrag über nordische Kunst von einem Pariser Schriftsteller die Worte gehört zu haben *»les pays imaginaires«*, wobei der Vortragende mit großer Geste in die Luft deutete und mit den Worten »Fabelländer« Dänemark, Schweden und Norwegen bezeichnete. Den Parisern auch lag damals Japan näher als der nebelferne Norden.

Ich selbst hatte von Schweden in den letzten Jahren nur den Namen Strindbergs nennen hören, und aus früheren Jahren war mir von schwedischer Dichtung nur Tegner und seine »Fritjofs Saga« bekannt.

In Kopenhagen aber, in Dänemark, war ich geistig stärker zu Hause. Andersens Märchen und mein Prosameister J. P. Jacobsen hatten mich mit Stadt und Land vertraut gemacht. Norwegisches Volk kannte ich aus Ibsens »Peer Gynt«, aus Björnsons »Arne«, aus Kiellands »Novellen«, Griegs Musik und Munchs Bildern.

Norwegen und Dänemark waren mir deshalb viel bekannter als Schweden, das ich nur in Strindbergs »Leute von Hemsö« und Ola Hanssons »Sensitivia Amorosa« ein wenig aus der Dämmerung unklarer Vorstellungen hatte auftauchen sehen. Denn das Buch »Gösta Berling« von Selma Lagerlöf, das Schwedens Land und Menschen mir hätte nahebringen können, war in Deutschland noch nicht bekannt, und ich las es erst ein Jahr später in Stockholm.

Daß sich an der schwedischen Westküste die Stadt Gothenburg befand, das war aus meinem Geographiegedächtnis bereits verschwunden gewesen. Ich sah im Geist an der schwedischen Westküste nur hinter Nebeln verschanzte Fischerdörfer und vereinzelte Gutshöfe liegen.

Aber es schien auch anderen Leuten so wie mir zu gehen. Denn als ich ein paar Wochen später eine Büchersendung nach Hause zu schicken hatte und zum Einpackpapier einige Gothenburger Zeitungen verwenden mußte, erhielt ich die erstaunte Rückfrage aus Deutschland, ob es denn in Schweden oben auch Zeitungen und Schnellpressen gäbe. Man konnte sich eben von dem seit Gustav Adolfs Zeiten verschollenen Land in den neunziger Jahren des vorigen Jahrhunderts wenig Vorstellung machen. –

Ich war über Kopenhagen – Helsingör gereist, hatte in der Nacht den dunklen Giebel des Hamletschlosses Helsingör über dem Nachtmeer ragen sehen, war über den Sund nach Helsingborg gekommen und von dort in einem Bahnzug – dessen Wagen stark nach Heringen rochen – durch eine öde Schneelandschaft am Meer entlang nach einer Tagesreise nach Gothenburg gekommen.

Ich war in Gothenburg noch nachts auf den Dampfer gegangen, und ich fühlte mich unter der Obhut des jungen Schweden – der nur ein paar Jahre älter war als ich – in dem neuen Lande sehr gut eingeführt. Ich sehnte mich vorläufig nicht nach dem glänzenden Berlin zurück, das noch vor meinen Augen flimmerte, wenn ich sie schloß.

Ich hatte Deutschlands Grenzen früher nur dreimal verlassen. Einmal war ich ein Vierteljahr in der französischen Schweiz in Genf gewesen, um mich im Französischen zu vervollkommnen. Das war im Frühling 1889. Im gleichen Jahr, im Herbst, war ich ein Vierteljahr bei Verwandten in Rußland, in St. Petersburg, zu Besuch gewesen. Und die dritte Auslandsreise war der kleine Pfingstausflug im Jahre 1892 von München nach Venedig.

Ich erwähne dieses, damit der Leser nicht vermuten soll, ich hätte in meinem Erstaunen, das mich nun auf meiner Weiterreise in Schweden packte, keine vergleichenden Anhaltspunkte mit anderen Ländern gehabt und wäre vielleicht deshalb so übermäßig durch Schwedens Küste in Verwunderung gesetzt worden.

Ich befand mich nun auf dem kleinen Küstendampfer, der langsam in der schmalen Wassergasse durch das gefrorene Meer dem Regierungseisbrecher nachfolgte. Am Abend des ersten Tages, als die Sonne unterging, waren wir in der Nähe der Insel Smögen, wo der Dampfer für die Nacht anlegen mußte.

Die gelblichen Felsen, die dort senkrecht aus dem Meer standen, waren von breiten roten Streifen bestrichen. Es war dies der rote Rost großer Eisenadern, die sich über die Granitmauer verzweigten. Im Abendlicht sahen die Felsen wie blutige riesige Fleischstücke aus, die da auf dem weißen Riesenteller des gefrorenen Meeres lagen.

Als es dunkel war und kein Mond am Himmel, erkletterten der

Schwede und ich im Finstern einen Steinweg zwischen den Holzhütten Smögens und kamen bis zu einer Felsenplatte, auf welcher der große eiserne Leuchtturm wie ein ungeheures Eisenrohr festgeschraubt stand. Dort über der kleinen freien Klippenanhöhe leuchteten die Sterne, jeder einzelne so groß über dem Meer, als wären sie nah wie winzige Monde. Es war, als stünden dort am dunklen Weltraum tausend zuckende Leuchttürme, deren weiße Feuer auf und nieder blinkten.
Ich spürte kaum die Eiskälte der Nacht. Ich erinnere mich, daß ich erstaunt war, als ich mich mit der Hand an den eisernen Turm stützte und derselbe kalt war. Das mächtige erhabene Gefühl, das vor den großen Himmelslichtern über dem lautlosen gefrorenen Meer in mir anschwoll, war wie eine unergründliche Wärmewelle. Die schien aus einer Sonne zu kommen, die ich nicht sah, und war in mich gedrungen, und ich fühlte mich körperlich verschmolzen mit Stein und Sternen und mit ihnen unzertrennbar zusammengehörig.
Gedanken meiner neuen Weltanschauung, die ich vorher nur in meinem Gehirn wie aufklärendes Sonnenlicht empfunden hatte, waren jetzt zum erstenmal hier in der ungeheuren Einfachheit und Größe der Winternacht am Meer mit der Ahnung der ewigen Wärme, die sie geben konnten, auch in mein Blut eingedrungen. Ich fühle noch heute, wenn ich daran denke, die wohltuende warme Zufriedenheit, die jene Nachtlandschaft im Eis und beim Glanz der tausend großen Weltkörper meinem Herzen gab.
Sonst, in Würzburg oder Berlin, war der Sternhimmel über den Häusern immer eine ferne fremde Nachtwelt gewesen. Die war scheinbar edler und reiner als die Tagwelt und hatte mich nur wehmütig sehnsüchtig stimmen können. Dort aber, in Schweden auf Smögen, fühlte ich jeden Stern so nah, als wäre er auf meinem Kopf gewachsen, und die Nacht hatte nichts Fernes und Fremdes mehr. Sie war mir zugehörig, wie mein Mantel am Leib es war, wie das kleine Küstenschiff, in dem ich nachher schlafen sollte. Sie war viel größer, als ich sie jemals gesehen hatte, die Sternennacht, und war dabei doch heimlich und gemütlich, wie sie nur denen wird, die nichts mehr hineingeheimnissen können oder wollen. Sie wurde zu einer vertraulichen Stube, in der ich seit ewigen Zeiten zu Hause war.
Es war mir aber auch zugleich, als könnte ich am Fuße jenes Leuchtturms, von der Klippenanhöhe über den fernen todstillen

Meerrand fort, hinter die Meerlinie sehen, und da lagen in der Nacht in Deutschland helle große Städte. Und dort in abendbeleuchteten Straßen kreiselten die Lichter der Wagen und Fenster und Gedanken. Und jede Stadt war ein Lichterhaufen auf der dunklen Landkarte Deutschlands, und der größte Lichterhaufen war Berlin. Und wie kleine Phosphorpunkte sah ich dort denkende Menschen durcheinanderrennen. Da waren Dichter und Maler und Musiker. Das Echo ihrer Worte war noch fern über dem Meere wach. Aber alles, was die Menschen dort in den Lichterhaufen ausgrübelten und was sie mit Licht im Hirn zusammentrugen, schien mir nicht so gütig, nicht so freundlich und einfach festlich zu sein wie die reine kluge Luft in diesem reinen guten Frieden auf der kleinen schwedischen Fischerklippe.
Ich dachte mir: wenn der Morgen kommt, wirst du auch in Schweden am Land in einem alltäglichen Pfarrhaus, im Spinnwebenalltag, von neuem die Erhabenheit dieser Nacht einbüßen und den Eindruck vielleicht nicht einmal mehr erinnern.
Am nächsten Morgen, als ich schon ziemlich zeitig auf Deck kam, erstaunte es mich, daß das hohle Tuten der Sirenenpfeife des Schiffes, die nur im Nebel Stimme bekam, scheinbar von vielen Schiffen rundum beantwortet wurde. Das Meer war mit dickem Nebel bepackt, und das gellende Geheul der Dampfpfeife schien mir ähnlich dem Gebrüll mächtiger sagenhafter Nebelkühe. Und als ob ein Leitstier im Dunkeln brüllte und rundum die Kuhherde antwortete, so wurde die Dampferstimme vielfach im Nebel wiederholt.
Nachdem ich lange diesem Gebrüll gelauscht hatte, wichen die Nebelberge, und dunkle Felsenumrisse standen da. Unzählige, aus dem Meer gewachsene Inseln schienen wie eine große Stadt zu sein, wie viele Häuserblocks. Und das Meer ging zwischen den steingewölbten Inselklippen in sich kreuzenden Wasserstraßen hin. Und der kleine fortschleichende Dampfer schien stillzustehen. Aber die Inseln und die dämmerigen Gassen zwischen den Felsenwänden der Inseln schienen zu wandern. Und die schmalen Seewege wurden immer ähnlicher den Gassen einer großen Stadt, immer dunkler. Zuletzt waren wir tief in die Stadt aus Inselklippen eingedrungen und hatten nur über uns, wie in richtigen Straßen, einen schmalen Streifen Himmel, und unsere Stimmen hallten wie aus großen Gewölben von den kahlen Inselwänden zurück.
Und nun wußte ich auch, daß nicht Schiffe, sondern die Echos

dieser Inseln und Inselgassen das Sirenengeheul unseres Schiffes vorhin hinter dem Nebel beantwortet hatten. Jede Felsenwand hatte den Dampferruf der andern Felsenwand weitergegeben. Die alten Bewohner der Mauergassen, Tausende von Möwenfamilien, saßen in langen Reihen und in Nischen und auf den Felsenstufen an den steilen Wänden und sahen uns still an.

Wußten die stummen Vogelreihen, daß es bald Frühling wurde, da der ihnen altbekannte kleine Küstendampfer nach langer Winterpause zum erstenmal wiederkehrte? Sie waren nicht scheu, die großen silberblauen Vögel. Aus ihren dunklen Mauerwohnungen äugten sie uns, die Köpfe schief legend, nach.

Und diese silbernen Vogelscharen, die ich nie vorher in solchen Massen gesehen hatte, und die Inselgassen, in denen unsere Menschenstimmen weiterredeten, wenn die Reisenden oder der Kapitän an Bord laut sprachen, und auch die Steine rundum, alle waren mir vertraute Güter, als wäre ich von Kindheit an ihr Besitzer hier. Die fremde Inselwelt war mir so lieb vertraut, als hätte ich die Vögel hier immer gefüttert, als müßten sie bei meinem Ruf mir aus der Hand fressen.

Die Felsenstimme, die aus den harten Klippen aufgeweckt wurde, kam wie aus meiner eigenen Brust. Mir war, als könnte ich erzählen, was diese Steinklippen den Winter über gedacht hatten, während hier kein Dampfer gegangen war. Es war die reine kluge Luft, der reine kluge Frieden, die hier nichts Trennendes zwischen mich und die Umgebung legte und mich allwissend stimmte.

Dann kamen wir an einen großen weiten Meerplatz zwischen Küste und Inseln. Der Wasserplatz war weiß zugefroren, als wäre er mit einer einzigen kilometergroßen Marmorplatte gepflastert. Rote Holzhäuschen, in den Schnee geduckt, standen rot bemalt am Rand des Meerplatzes auf Pfählen und erschienen mir wie Nürnberger Spielzeug. Diese Meerbucht wurde von der offenen See durch die Inseln getrennt. Die roten Häuser am Rand der buckeligen Schneeküste bildeten den Fischerort Fjellbacka, wo der Küstendampfer anlegen sollte und wo wir den Dampfer verlassen sollten.

Von jeder verschneiten Insel rundum löste sich dann ein kleiner schwarzer Punkt, vor welchem noch ein kleinerer Punkt herzueilen schien. Jeder Punkt war ein Mann, der von einer Insel übers Meereis herbeisprang zum Dorf Fjellbacka hin und der mit dem Fuß vor sich her ein Fäßchen stieß, das über die Eis-

fläche rollte. Das Fäßchen, erklärte man mir, enthielt Fische, die später auf den Küstendampfer verladen werden sollten.
Auch der große Meerplatz hier, der zugefrorene, wirkte wie eine lautlose Riesenstube, auf deren weißer Diele die Männer herbeiliefen, weil Gäste ins Haus gekommen waren. Wunderbar behaglich wirkte diese winterstille Landung.
Dann am Land führte ein Schlitten, der vom Pfarrhof geschickt war, den jungen Schweden und mich mehrere Meilen in das verschneite Land hinein, hie und da an einem Einzelgehöft vorbei. Ich sah nur wenige Bäume auf dieser Fahrt und eine einzige Windmühle. Sonst waren überall schneebedeckte Steinbuckel, nirgends ein Wald. Es schien mir, als fuhr der Schlitten nur auf leeren Eishügeln bergauf, bergab.
Schon begann ich zu bereuen, daß ich das lebensfrische Berlin mit dieser toten Eiswüste vertauscht hatte. Ich wäre am liebsten mit dem Dampfer zwischen den Inseln ewig weitergefahren. Denn was konnte mich in dem Pfarrhause anderes erwarten als Religionsgespräche und Tagesklatsch und Weltnachrichten, während ich doch so gern tiefer in die Urwelt eingedrungen wäre. Blicke, wie ich sie am Abend vorher von Smögen beim Leuchtturm und heute morgen in Klippengassen hatte – wo nur Möwenfamilien wohnten und die Steinbrust meiner Menschenstimme antwortete und ich die stille Landung in der gefrorenen Meerbucht erlebte, von diesen Blicken ersehnte ich mehr zu bekommen. Und sollte ich zu alltäglichen Menschen zurückgeführt werden, so wollte ich aber auch dann gleich lieber wieder nach Berlin zu den geistig regsamen Menschen kommen.
Ich war noch jung und voreilig und schwankenden Eindrücken leichter preisgegeben, da ich auf kein Kapital von Erfahrungen zurückschauen konnte.
Ein wenig entmutigt saß ich neben dem Schweden, der nur ein gebrochenes Deutsch sprach, der sich freute, mir seine Heimat zu zeigen, und der während der Fahrt lebhaft seinen Kutscher befragte nach allem, was er von seinem Vaterhaus wissen wollte.

Im schwedischen Pfarrhaus

Im Pfarrhaus, das in der einsamsten Einsamkeit, die man sich kaum ausdenken kann, wie am Weltende lag, in jenem Pfarrhaus murrte es erst in meinem Innern einige Tage, wie es im

Magen eines Fleischessers murren mag, dem plötzlich reinste Gemüsekost verordnet wird. Man stelle sich vor, daß ich mitten aus dem Wintertrubel der Millionenstadt Berlin in eine Schnee- und Granitwüste verschlagen war, in ein großes weißes Holzhaus, in dem man den ganzen Tag als einzigen Laut eine Zimmeruhr ticken hörte. Sie war wie das alte Herz des alten Hauses. Sie redete den ganzen Tag vor sich hin in einem mächtigen Wohnzimmer, dessen viele Fenster ins Lautlose sahen. In den Vormittagsstunden kam zu einem Südfenster die Sonne hinter großen Blumenstöcken herein, und ich möchte sagen, daß es mich nicht verwundert hätte, wenn ich in der Stille dieses einsamen weltfernen Zimmers auch plötzlich das Vorwärtsrücken der Schatten der Blumenstöcke, die die Sonne über die Diele zeichnete, laut und deutlich gehört hätte, ebenso laut wie die laut marschierende Uhr.

Im Hause befanden sich unten große Erdgeschoßwohnräume und darüber unter dem Dach einige Giebelzimmer. In diesem einsamen Hause ging der Pfarrer, der Vater des jungen Schweden, wie der alttestamentarische Liebegott, alt und weißbärtig, stattlich und ehrfurchtgebietend, die Treppe zu seinem Studierzimmer hinauf und hinunter.

Ich hatte nie vorher in einem Holzhause gewohnt, und die unwahrscheinlich dünnen Wände, die doch keinen Laut hereinließen, weil es draußen noch stiller als drinnen war, diese dünnen Wände machten mir das Haus noch unwirklicher, als wäre es eine Erscheinung, gleichsam als wohnte ich in Eierschalen und könnte das Haus leicht zerbrechen und könnte in der Stille draußen körperlos aus diesem unkörperlichen Haus fortschweben.

Die älteste Tochter des Pfarrers, ein Mädchen von vierundzwanzig Jahren, und eine Gesellschaftsdame führten mit Hilfe mehrerer Mägde den Haushalt. Das Brot wurde im Hause gebacken. Die Milch kam aus den Ställen. Fische brachten die Fischer von Fjellbacka. Zu den Festtagen des Jahres wurde ein Kalb oder ein Schwein geschlachtet und eingesalzen. Die Hauptnahrung waren Fische, Milch, Grütze und Brot. Die Mutter des Schweden, die Frau des Hauses, lebte im Winter mit den jüngeren Töchtern und einem jüngeren Sohn in der Stadt Gothenburg, wo die Kinder in die Schule gingen. Sie kam mit diesen nur im Sommer und zu den Festtagen in das Pfarrhaus.

Der Begriff, daß Menschen mit Fleisch und Blut dieses einsame Haus bevölkerten, der kam mir dort, wenn ich allein in einem von diesen todstillen Zimmern stand, leicht abhanden. Denn draußen sah ich jetzt, in den Tagen im April, wo der Schnee, zu großen Stücken zerrissen, von der Sonne weggeleckt war, keine Ackererde, keinen Grasboden, sondern überall nur Granit, überall steinerne Granitbuckel. Als trüge das Land eine eiserne Rüstung, so unbeweglich starrte der graublaue Granit mich von allen Himmelsgegenden her an. Alle Hügel rundum, von denen der Schnee verschwand, waren gewölbte Granitkuppeln, ebenso wie es die Inseln im Meere draußen waren, die ich auf der Herfahrt gesehen und zwischen denen meine Stimme wie in Kellergewölben gehallt hatte.

In diesem steinernen Schweigen war es mir zuerst, als sei ich in einen ungeheuren Kerker geraten. Die Leute, bei denen ich zu Gast war, schienen meine Kerkermeister zu sein. Da ich noch nicht Schwedisch konnte, konnte ich nicht an den Gesprächen und an der harmlosen Unterhaltung teilnehmen. Im Haus bemühte man sich zwar, das Schuldeutsch, das jeder in Erinnerung hatte, aufzufrischen und mit mir deutsche Sätze zu radebrechen. Aber man kam oft eine Stunde lang nicht über zwei Sätze fort, und die Unterhaltung stockte meistens im Gelächter über die deutsche Aussprache. Zum Beispiel verkündete mir die Tochter des Hauses eines Tages auf einem Spaziergang, daß sie sieben Greise im Stalle hätten und zu Ostern einen Greis schlachten würden. Sie verwechselte das schwedische Wort »gris«, das Schwein bedeutet, mit dem deutschen Wort »Greis«.

So hörte ich denn wie ein lebendig Begrabener auf das Leben rundum, ohne ihm näherkommen zu können. Aber um so schärfer wuchs die Aufnahmefähigkeit meiner Augen und Ohren, je länger ich zu unfreiwilligem Schweigen verdammt war. Und es ist mir heute, als seien meine Sinne in jenem Hause dort für alle Zeiten geschärft worden. Und vor allem lernte ich Landleben kennen. Ich, der vorher nur von Stadt zu Stadt gezogen war und das Land nur in der engsten Heimat kennengelernt hatte, freute mich, hier Land- und Meeresleben und Dichtungsleben zusammen genießen zu können.

Denn oft lange Vormittage saßen der junge Schwede und ich in dem großen Wohnzimmer bei der tickenden Uhr und versuchten Gorters holländische Verse zu übersetzen und ebenso Walt Whitmans englische Verse. Und der Eifer ging mir dabei ebensowenig aus wie dem Schweden der Rauch seiner kostbaren Zigarre.

Dauthendey schickt seine Arbeiten an verschiedene Verlage – aber es will »gar nichts zum Druck kommen«

An Jugendfreunde

Quille, 5. April 1893

»Das Kind« ist bei Reclam, »Die Kunst des Intimen« in der »Zukunft«. U. hat sie bereits ins Schwedische übersetzt. »Ultraviolett« hat Scheerbart.

Quille, Montag, 17. April 1893

Von meinen Arbeiten will aber leider gar nichts zum Druck kommen. Sie schreiben mir alle, es sei äußerst feinfühlig, aber es lasse sich kein Geschäft damit machen, es finde sich zu wenig Publikum; und dieser Reclam schreibt gar, es sei nur für die Feinschmecker.

Jemand sagt zwar irgendwo: Wer für die Besten seiner Zeit gearbeitet hat, der hat für alle Zeiten gearbeitet; an diesem Bewußtsein darf ich zehren und – verhungern.

Es war einmal eine Nachtigall. Die sang die allerinnersten Töne ihrer Lust und ihres Wehs. Und sang so innig leise und schmelzend, nur die ganz Feinhörigen konnten sie hören. In den dunkeln Laubgängen standen nur einige und lauschten zitternd und weinten. Aber die Spaziergänger im Sonnenschein lachten: »Seht doch, wie häßlich der Vogel den Schnabel auf- und zumacht und keinen Laut hervorbringt. Pfui, das langweilige Ding!« Und sie klatschten in die Hände und zischten. Die Nachtigall floh scheu in die dunkeln Laubgänge.

Abreise aus dem Norden

Eine mehrtägige Meerfahrt bedeutete für mich auch zugleich den Abschluß meines Aufenthaltes im Pfarrhause. Denn der Sommer, der jetzt kam und Gäste und Besucher und Leben in die Einsamkeit brachte, trieb mich, der ich Ruhe zu Gedanken und Arbeiten liebte, zum Fortwandern an.

Ich war selbst erstaunt, daß die mächtige Einsamkeit, die mich zuerst bei der Ankunft, im Gegensatz zum lebhaften Berlin, an jenem Pfarrhause erschreckt hatte, mir jetzt zur unentbehrlichen Lebensbedingung geworden war.

Auch der junge Schwede wunderte sich nicht wenig, als ich ihm eines Tages sagte, ich fände das Haus, in dem Sommergäste kamen und gingen, zu lebhaft geworden und daß ich mich nach der Zurückgezogenheit und todstillen Einsamkeit, wie ich sie hier in den ersten Wochen nach der Ankunft aus Deutschland genossen hatte, sehnte.

Er erwiderte mir, daß er das ganz unbegreiflich fände, da ich doch zuerst über die unendliche Winterstille im Pfarrhause erstaunt gewesen wäre und behauptet hätte, es wohnten keine Menschen, sondern nur eine tickende Uhr im Hause.

Ich mußte ihm recht geben; aber nicht darin, daß ich mich an den Sommerlärm in seinem Vaterhause so gut würde gewöhnen können wie an die Winterstille.

Ich sagte ihm, so wie mir sein Vaterhaus lieb geworden sei, so möchte ich es immer in meiner Erinnerung tragen. Es stünde dann einzig in seiner Art unter meinen Erlebnissen und ich möchte deshalb nicht das Haus im Sommer beobachten, wie es immer ähnlicher allen anderen Familienhäusern würde, die ich kannte. Ich wollte es nicht in mir allgemein und gewöhnlich werden lassen, sondern den Aufenthalt dort als ein außergewöhnliches Erlebnis, so erhaben und mächtig, wie es gewesen, für alle Zeiten im Gedächtnis behalten.

Bis zum Johannisfest, wo in der hellen Sommernacht im Freien getanzt wurde und das Klavier hinaus hinter grüne Hecken in die Steinfelder gebracht wurde und die Töchter des Hauses und ihre Freundinnen mit viel Gelächter den Auszug des Klaviers unter den freien Himmel begleitet hatten, bis zu diesem Fest bin ich noch geblieben und war nahe daran, mich von dem Mädchentrubel verlocken zu lassen, auch den Sommer im Pfarrhause zu verbringen. –

Es war mir aber nach meiner Abreise dann ganz seltsam zumut. Nirgends mehr fand ich die unergründliche Ruhe, die majestätische Einsamkeit, wohin ich mich auch wendete – nicht auf dem Lande, nicht in den Städten, auch nicht bei den Buchenwäldern Dänemarks am Isefjord, die, auf flachem Sandboden gewachsen, mir wie große Parkanlagen vorkamen im Vergleich zur Urweltnatur Bohusläns. Das Meer schien mir bei Dänemark ein Tümpel zu sein und der Isefjord ein Parkteich.

Die dänischen Kornfelder, über denen die Windmühlen einförmig sich auf und nieder drehten, kamen mir einfältig, nützlich und langweilig vor nach der prächtigen Granitdüsterkeit der nordischen Steinprovinz, in der die Hügel wie versteinerte Walroßherden gelagert waren, wie versteinerte Mammutleiber. Vorsintflutlich und ungeheuer abenteuerlich war vor den Fenstern des Bohuslänschen Pfarrhauses die Umgebung gewesen. Aber dort in Dänemark, wo die Sommerausflügler und die wandernden Kinderschulen und die herumliegenden Zeitungspapiere einen fortwährend an enges Menschenleben erinnerten, an sinnlose Bildungssucht, wie sie über allen Völkern Europas jetzt liegt, da wurde ich keinen Tag froh. Der Unterschied war so groß, als wäre ich wirklich wieder vom Mond auf die Erde zurückgekehrt.

Und noch viel schlimmer erging es mir, als ich Landleben mit Stadtleben zu vertauschen suchte. Selbst das liebenswürdige und ungemein trauliche Kopenhagen, eine der feinfühlendsten Städte unter den Städten und die Stadt meines Lieblingsdichters J. P. Jacobsen, konnte mich nach der erquickenden Zeit in Bohuslän nicht zum Bleiben verlocken. Wohl wanderte ich in der dänischen Hauptstadt gern in Jacobsens Fußtapfen und war gern bei Andersens alter tröstlicher Märchenwelt, die jeder Kopenhagener Pflasterstein einem deutlich wiedererzählt. »Die Galoschen des Glückes«, »Die kleine Seejungfrau«, »Die Schneekönigin« begleiteten mich bei jedem Schritt und ließen mich der Vergangenheit nachhängen. Aber starkes Gegenwartsleben, neue vertiefte Wirklichkeitseindrücke, wie ich sie in Bohuslän stündlich erlebt hatte, erhielt ich hier nicht.

Wäre ich älter gewesen, würde mir das trauliche Kopenhagen sehr behagt haben. Man muß aber zuerst das Ziel möglichst erreicht haben, das man sich setzte, und muß schon zur Vergangenheit hinneigen, um wunschlos in der Wirklichkeit ohne starkes Gegenwartsleben auskommen zu können.

Oder man muß, alt geworden, mit einem Chaos von mächtigen Erlebnissen angefüllt sein, dann sucht man gern stille träumerische Landschaft oder idyllische Orte auf, um dort die Flut der Eindrücke wie eine Sammlung zu sichten und zu ordnen.

Der neue lyrische Stil

An einen Jugendfreund

Gjepperup (Dänemark), 17. Juli 1893

Die Gedichte, die ich Euch vor Wochen sandte, sind die Anfänge meiner neuen Lyrik. Ich sende Dir heute noch einige mehr, und in dieser Bildersprache der Düfte, Farben und Töne der Natur sollen die Gesänge des Dramas gearbeitet sein.

Wenn man ein Musikstück hört, fragt niemand: Was will das sagen, welche Idee drückt diese Symphonie aus? Das ist das Nebensächliche, ebenso wie man nicht fragt, wenn man den Sonnenaufgang genießt oder eine Aussicht vom Gebirge: Welche Idee drückt diese Handlung, dieses Morgenrot aus? Man soll einfach nur die *Bilder* genießen, die *Wohl-* und *Wehlaute,* die immer unbewußt im Gehirn anschlagen, wenn man den Duft und die Farbe von *Rosen* oder *Jasmin* genießt, oder den *Kukkuckruf* hört, oder den *Regenduft* atmet. Diese Wohl- und Wehlaute, die die ganze Stimmung ausmachen, die von Rosen und Jasmin auf uns strömen, will der Dichter durch die traurigen und freudigen Bilder, die er zeichnet, im Lesenden erwecken, um dadurch denselben Wohl- und Wehreiz hervorzurufen, den Rosen und Jasmin ausüben. Dies ist die neue Dichtungsart, auf die ich in der schwedischen Einsamkeit gekommen bin; dort, wo ich Monate immer mit allen direkten Naturreizen lebte, sah ich, wie schwach man in Dichtungen bisher versucht hat, diese ewigen freudigen und traurigen Erregungen der ewig lebenden Weltallmasse wiederzugeben. Und indem ich versuchte, diese starken Reize so intensiv wie möglich wiederzugeben, kam ich auf diese neue Dichtungsart. Nachdem ich jetzt die neue Technik und das neue Ideal gefunden habe, fühle ich mich reif, große, erhabene Dichtungen zu arbeiten. Was ich in Berlin am Drama »Sehnsucht« schrieb, war zu schwach, ich arbeite es nun ganz neu. Als »Brotarbeit« und Arbeit für meine »pekuniäre Sicherstellung« schreibe ich mit U. zugleich an einer »Weltallreligion«. U. denkt, in Berlin darüber Vorträge zu halten, und ich glaube, die Religion, die wir Gebildeten jetzt haben, für die Allgemeinheit niedergeschrieben und dem Volke gegeben, ist eine Notwendigkeit, ein Nutzen für den, der sie gibt, und der größere Nutzen für die, die nicht mehr an das Alte glauben können und keine neuen Ideale haben.

Ich glaube, meine Zukunft ist einigermaßen gesichert, wenn ich mit meinen neuen Arbeiten, die ich hier im Sommer beenden will, nach Berlin komme. Trotzdem ich jetzt in steter Geldsorge lebe, fühle ich mich sorgloser als früher, als im vorigen Jahre. Ich sehe, daß ich immer mehr Anerkennung finde und doch allmählich aus dieser unfruchtbaren Zeit herauskommen werde. Es dauert vielleicht noch ein Jahr, aber dann werden die schlimmsten Sorgen überstanden sein.

Verfrühte Heimkehr

Als ich zu Weihnachten (1893) zu einem Besuch in mein Vaterhaus nach Würzburg kam, schien mir die Rückkehr dorthin verfrüht. Zwar genoß ich den erfrischenden Geist meines Vaters und liebte den Kulturreichtum meiner altfränkischen Heimatstadt, aber doch schien mir beides im Wege zu sein für meine weitere Entwicklung. Denn die Zeit zur Selbstbetrachtung und die Zeit, mich in den Heimatboden einzuwurzeln, war noch nicht gekommen.

»Ultra Violett« und »Sehnsucht«

An einen Jugendfreund

Stockholm, 29. Dezember 1893

Du weißt von Deiner Schwester wahrscheinlich schon, daß ich mit Haase den Druck von »Ultra Violett« vereinbart habe. Er will es für fünfhundertfünfzig Mark drucken in hundert Exemplaren. Du weißt, daß ich durch meine Schwester dreitausend Mark für zwei Jahre geliehen bekommen habe. Davon reichen zweitausendvierhundert für tägliche Ausgaben, mit den übrigen sechshundert Mark hoffte ich einige Bücher herauszugeben. Aber ich dachte nicht, daß »Ultra Violett« so viel kosten würde. Es soll gebunden erscheinen. Und ich will für das Stück fünfundzwanzig Mark verlangen. Nicht die Ausstattung, sondern der Inhalt soll bezahlt werden. Da das Buch doch meist nur von Künstlern gekauft werden wird, die sich besonders dafür interessieren, also von höchstens fünfzig Menschen in Europa, so habe ich dann doch keinen Verlust, wenn das Exemplar fünfundzwanzig Mark kostet.
Zum 20. Januar ungefähr will Haase es fertig haben.

*

Im Januar 1894 reiste ich, von unbezwinglicher Sehnsucht getrieben, zum bohuslänschen Pfarrhaus zurück. Aber die starken Eindrücke des ersten Aufenthaltes, die in meinen Erinnerungen schlackenlos dastanden, hatten sich so vergeistigt, daß die Wirklichkeit jetzt nicht mehr die Höhe der vergangenen Eindrücke erreichen konnte.

Ich blieb deshalb nur bis zum Frühjahr dort und reiste dann, ehe der Schnee noch vollständig weggetaut war, im April nach England, wo ich mit einem amerikanischen Künstlerehepaar – Freunden des jungen Schweden, mit denen er seit seiner Amerikareise im Briefverkehr stand – zusammentraf.

An diese neue Bekanntschaft knüpfen sich dann Reihen neuer, mein äußeres Leben und meine Gedanken bestimmender Erlebnisse und eine spätere Aufenthaltszeit in Paris und in Mexiko.

Bei jenem zweiten Aufenthalt im Pfarrhause, bis zum Frühjahr 1894, schrieb ich endlich jenes Drama ohne Menschen: »Sehnsucht«, zu dem ich in München, am Achensee und im Hoftheater während der Byronschen Manfred-Aufführung angeregt worden war. Aber ich hatte den Stoff zu lange mit mir herumgetragen und hatte mich schon über den Ursprungsgedanken hinaus entwickelt, und fand, daß ich die Gesänge der Sehnsucht der Wüste, des Meeres und der Gletscher nicht so inhaltsschwer schreiben konnte, wie ich es gewünscht hätte.

Oder stand ich vielleicht nicht genug über der Sehnsucht und war ich selbst zu sehnsüchtig an Geist und Leib geworden? Denn der Wunsch, eine Frau zu finden, ein Mädchen, das liebend, häuslich und geistig kameradschaftlich um mich in einem kleinen stillen Haus walten sollte, dieser Wunsch wurde, je länger ich von der Heimat fort in der Fremde leben mußte, in mir immer dringender.

Aber die Erfüllung dieses Herzenswunsches lag ganz im Blinden. Denn ich konnte mich selbst nicht erhalten und wurde von meinem Vater nur notgedrungen unterstützt. Mit einem Hirn nur voll Pläne und mit Aussicht auf zukünftige Werke konnte ich kein Geld erwerben.

Und mein Vater, der von Monat zu Monat drohte, mir den Unterhalt zu entziehen, weil er mich dadurch auf seine Weise anspornen wollte, fleißig zu sein, er gab mir keine sichere Hilfe, so daß ich daraufhin hätte eine Frau an mich binden können. –

Schon bei meinem ersten Aufenthalt im Pfarrhause hatte ich im lautlosen Verkehr mit den Naturdingen eine Reihe Gedichte

geschrieben, von denen jedes die Stimmung eines bestimmten Naturerlebnisses geben sollte.
Ein Gedicht hieß »Amselsang«, ein anderes »Faulbaumduft«, eines »Vollmond«, eines »Morgenduft«, eines »Wolkenschatten«, eines »Meerwassergeruch«, eines »Regenduft«. In diesen kleinen Gedichtversuchen hatte ich gewagt, Empfindungsbilder, die während des Mondaufganges oder beim Faulbaumduft, beim Regen, bei Wolkenschatten oder beim Amselsang in mir auftauchten, beinahe wahllos und getreu niederzuschreiben. Es waren gesteigerte, phantastische Bilder, die dem alltäglichen Leser sinnlos erscheinen mußten, die sich mir aber beim einsamen Erleben des Regens, des Mondaufganges und des Duftes von Pflanzen und vom Meer in der bohuslänschen Granitwüste aufgedrängt hatten. Und so verwirrt diese Gedichtversuche beim ersten Eindruck erscheinen mochten, es lag doch ein wahrheitsgetreuer Zusammenhang zwischen Bild und Empfindung darin.
Aus jugendlicher Begeisterung und von der Aufgabe durchdrungen, möglichst wirklichkeits- und empfindungsgemäß das Leben in der durchlebten Bilderkette wiederzugeben, entstanden scheinbar form- und sinnlose, abenteuerliche Gedichtversuche, die nichts anderes waren als erste Schiefertafelübungen meiner späteren Lyrik.
Diese Gedichte, die in dem Band »Ultraviolett, einsame Poesien« erschienen sind, können nur als Entwicklungsversuche gelten und haben keinen Sinn für die breite Öffentlichkeit. Aber ohne diese Versuche wäre ich nicht zu meiner späteren Dichtungsweise gelangt, und wenn man mich noch einmal in dieselbe Welt setzen würde und in denselben Zeitgeist, in dem ich aufwuchs, ich würde nicht anders handeln können, als ich es getan habe.
Auf den Titel »Ultraviolett« war ich durch einen Zufall gekommen. Bei einer Durchreise durch Berlin hörte ich, daß Paul Scheerbart einen Verlag gründen wollte, genannt: Verlag der Phantasten. Und ich war aufgefordert, Beiträge zu schicken. Aber der Titel »Phantasten« gefiel mir gar nicht. Er nahm der Phantasie die Würde und kam mir für die Dichter entwürdigend vor.
Ich machte eines Morgens Scheerbart einen Besuch und fragte ihn, warum er denn das Wort Phantasten nötig habe. Wohl sei ich sehr dafür, daß die in den letzten Jahren durch den Naturalismus zu kurz gekommene Phantasie wieder zu Ehren kommen

sollte, da die Phantasie der natürlichste Kern des dichterischen Geistes wäre. Aber das Wort Phantasten decke sich nicht mit dem ernsten Wert derer, die ihre Dichtungen phantasievoll und fern vom nüchternen Wirklichkeitsabschreiben gestalten wollen.

»Sagen Sie mir einen anderen Titel, wenn Ihnen einer einfällt«, meinte Scheerbart lebendig.

Nach kurzem Besinnen entfuhr mir das Wort »Ultraviolett«. Scheerbart sagte: »Das versteht nicht jeder.« Und ich mußte ihm zustimmen, daß für einen Verlag der Name zu unverständlich sein konnte.

Aber als ich Scheerbart verlassen hatte, hing ich auf der Straße dem Gedanken noch weiter nach. Denn Scheerbart hatte mich gefragt: »Wie kommen Sie eigentlich auf das Wort ‚Ultraviolett'?«

Dann hatte ich ihm erklärt, daß mein Vater, der sich auf Optik verstanden, durch seine Auseinandersetzungen über die ultravioletten Lichtstrahlen – die bewiesenermaßen im Weltraum leben, aber vom Menschenauge nicht erfaßt werden können – mir für dieses unsichtbare Licht eine große innere Ehrfurcht erweckt habe. Eine heilige Scheu habe sich immer bei der Vorstellung dieses Lichtes »Ultraviolett« in mir geregt.

Außerhalb meines Augenkreises, sagte ich mir, war ein Licht entdeckt worden, das nur berechnet, aber nicht genossen werden konnte. Und es hatte mich bei der Vorstellung, daß jene ultravioletten Strahlen einsam im Weltraum leben müssen, ohne die Bewunderung des Menschenauges genießen zu dürfen, immer ein geheimnisvolles Wehgefühl durchschauert. Das ultraviolette Licht erschien mir als das einsamste unter den einsamen Lebewesen.

Und da ich nun die Einsamkeit im Norden bewundern und schätzen gelernt und gefunden hatte, daß sie befruchtend auf meine Dichtung wirkte, sah ich die Phantasie des Dichters, die fern vom Weltgetriebe reifen und sich entwickeln muß, als den innigsten Gefährten jenes ultravioletten Lichtes an.

Ich weiß, daß dies eine Jünglingsschwärmerei war und daß ich im Grunde nicht das Alleinsein an sich meinte. Denn am liebsten hätte ich die Einsamkeit mit einem Weibe geteilt. Und in der Liebeseinsamkeit wäre ich nie auf den Gedanken verfallen, mich als Leidgenosse des einsamen Lichtes Ultraviolett zu fühlen. Aber ich war damals stolz – wie jeder Asket stolz auf sein härenes Gewand, auf seine Geißel und auf seiner Geißel Wunde

ist –, stolz, der sehnsüchtige Gefährte des lebensfernen Ultravioletts zu sein.
Und so beschloß ich, da der Titel nicht für einen Verlag paßte, wie Scheerbart gemeint hatte, denselben Titel »Ultraviolett« meiner Sammlung Dichtungen zu geben, die ich teils in München nach Gemälden in der Sezession und teils nach Natureindrücken in Bohuslän niedergeschrieben hatte.
In meiner Weltabgeschiedenheit hatte ich auch gefunden, daß Gedichte sich besser einprägten, wenn jedes Gedicht auf ein einzelnes Buchblatt gedruckt war. So wie bei einem Gemälde auf der Rückseite der Leinwand nicht noch ein Gemälde Platz findet, so fand ich es übel, wenn nicht jedes Gedicht auf ein Blatt gedruckt war, ähnlich wie bei Handschriften, wobei man nur die eine Seite zu beschreiben pflegt. Und in diesem Sinne ließ ich mein Buch »Ultraviolett« drucken.
Die Annahme, daß das Buch nur einigen Künstlern Anregung geben würde, bestimmte mich, dasselbe nur in hundert Exemplaren drucken zu lassen. Damit ich aber mit den fünfzig Exemplaren, die ich verkaufen ließ, da ich die übrigen fünfzig verschenkte, auf die Druckkosten kommen konnte, ließ ich den Preis für jedes Buch auf fünfundzwanzig Mark ansetzen. – Heute wird das Buch von den Antiquariaten für achtzig Mark verkauft, wie ich aus verschiedenen Katalogen in den letzten Jahren ersah.
Daß sich in der Welt der Kritik kein kleines Geschrei erhob, als dieses absonderliche Buch das Schaufensterlicht der Buchhandlungen erblickte, wird sich jeder denken können, der ein wenig das literarische Tagesleben kennt. Ich aber war damals ahnungslos wie Johannes der Täufer in der Wüste. Ich wußte nicht, daß ich eine vierfache Sünde in den Augen der Kritik begangen hatte.
Erstens: in einer Wirklichkeitszeit, in der »Wiedergabe des Alltagslebens« das Losungswort der schreibenden Welt war, hatte ich phantastische Poesie erzeugt. Man sagte, ich wolle mit diesem Buch die Kritik an der Nase führen und säße heimlich daneben und verlachte alle und alles.
Zweite Sünde war: die Ausstattung des Buches, die nie dagewesene Ausstattung des nur halb bedruckten Buches. Und auch diese Sünde war, wie die erste, doch nur eine Einfaltssünde von mir.
Die dritte Sünde war der ungeheuerliche Titel »Ultraviolett«,

wobei alle Kritiker den Nachdruck auf »Ultra« legten. Während ich aber doch nie den lateinischen Ursprung des Wortes bedacht hatte, sondern nur immer von der Wehmut des Gedankens und des Gefühls beherrscht war, daß jenes wirkliche und unwirkliche Licht dort an der äußersten Grenze der Weltallvorstellung aufs einsamste lebte.
Meine vierte und auch nicht kleine Sünde war, daß ich bei allen drei Überspanntheiten auch noch als vierte einen überspannt hohen Preis angesetzt hatte, der mir aber gar nicht zu hoch gegriffen schien im Verhältnis zu meinen Druckunkosten. Warum sollte ich nicht für das Buch fünfundzwanzig Mark verlangen dürfen – alle fünfzig Exemplare wurden verkauft –, da ich doch gar keinen Gewinn für mich beanspruchte, sondern nur auf die Höhe der Druckkostensumme kommen wollte.
Ich merkte lange nicht, in welchem Grad ich mir durch dieses Buch meine Zukunft verbittert hatte. Zwar die Künstler, die Maler, liebten das Buch. Die Dichter blätterten darin verblüfft herum, fühlten den jugendlichen Drang des Dichtenden und waren gerührt von der Askese und der ehrlichen Weltfremdheit, die aus den Zeilen sprachen. Aber die Kritiker sahen mich für einen frechen Eindringling an, für einen wahnwitzigen Narren.
Zwanzig Jahre hindurch konnte ich in fast jeder Kritik, die über meine Art zu dichten geschrieben wurde, das Wort »Ultraviolett« wiederfinden. Wie die Brandmarke, die man einem Galeerensträfling ins Fleisch brennt, rief man mir fortgesetzt das Abc-Buch meiner Lyrik in Erinnerung. Auch als ich schon längst über die Anfänge des ersten Könnens hinaus war, wollte man nur immer von meinen ersten Gehversuchen sprechen.

»Die schwarze Sonne«

Bei meinem Sommeraufenthalt in Dänemark am Isefjord 1893 hatte ich den Entwurf zu einer neuen Dichtung gemacht.
Dieser gab ich den Titel »Die schwarze Sonne«. In dieser Dichtung wollte ich, im Gegensatz zur freudigen Sonne, die Sonne des Leides darstellen. So wie die Nacht dem Tag folgt, sagte ich mir, so wandert auch durch den Tag der Freuden der schwarze Strahl einer schwarzen Sonne, und die von ihm Gezeichneten ließ ich zu einer Leidensschar sich zusammenschließen.

Es sollte dieser Zug von Leidenden ein Gegenstück zum Bacchuszug sein, den ich auf dem großen Gemälde von Rubens in der Alten Pinakothek in München gesehen hatte.
Der Zug durchwandert die Heide. Nackte Männer, nackte Frauen, nackte Jungfrauen und Knaben, verwundet vom Leid, zusammengeschart im Leid und doch sich ihr Leid nicht eingestehen wollend, aber jeder gezeichnet vom Todeskeim, wandern und lagern abends im Wald. Die Stärksten unter ihnen, die reifen Männer und Frauen, pflücken schwarze Giftbeeren, und Männer und Frauen sterben in einer letzten Umarmung.
Die Mädchen, Knaben und Greise aber steigen morgens vom Wald an den Felsenabhängen hinunter zum Meer und binden angeschwemmte Stämme zu einem Floß zusammen. Sie besteigen das Floß. Sie haben sich mit Waldkränzen geschmückt. Das Meersalz hängt sich an ihre Lippen, während sie singen. Und als die weiße Sonne des Tages im Mittag steht, schickt die schwarze Sonne des Leides aus der Tiefe des Meeres eine große finstere Welle herauf, die das Floß mit den bekränzten Singenden verschlingt. –
Der Einfall zu dieser Dichtung kam mir am Isefjord. Ich ging dort einmal bei einem Feldspaziergang in trauriger Stimmung, gequält von Einsamkeit und bedrängt von der Sorge um das tägliche Leben, an einem Moor vorüber. Vom Anblick der nachtschwarzen Moorerde und des unheimlichen Moorwassers angezogen, und angelockt von Todeslustgedanken, setzte ich mich am Rande des Moores nieder und fühlte, wie die Düsterkeit, die mich bei fröhlicher Stimmung vielleicht erschreckt hätte, mir jetzt in meiner Traurigkeit wohltat.
Ich hatte bisher noch nie erlebt, daß mich Düsteres angelockt hätte und daß ich mich bei Düsterem wohlgefühlt hatte, denn ich war immer lebenswarm und lebensfröhlich gewesen. Nun aber sagte ich mir, als ich am Moor saß und eine Wohltat von der Düsterheit der Landschaft empfing: es muß zwei Sonnen geben. Eine Freudengesinnte, die dem Freudiggestimmten gefällt, und eine Leidgesinnte, die dem Leidtragenden wohltut. Und es war mir, als sah mich aus der Tiefe des Moores die schwarze Sonne des Leides an und begrüßte in mir die Düsterheit meines Kummers.
Die Dichtung »Die schwarze Sonne«, die ich dann zu schreiben begann, dichtete ich zum erstenmal in Binnenreimen, wobei ich, um das Echo des Wanderns auszudrücken, die Reimworte mitten

in die Zeilen stellte, um so die im Takt schreitenden Schritte der Wandernden ertönen zu lassen.

In Kopenhagen schrieb ich den ersten Gesang dieser Dichtung, in London den zweiten Gesang und später in Stockholm den Schluß. Das ganze Gedicht entstand im Laufe von ungefähr zwei Jahren. Ich hatte immer große Arbeitspausen zwischen den verschiedenen Gesängen eintreten lassen müssen, da ich nur dann an dieser Dichtung weiterschreiben konnte, wenn mich ein tiefes Leid grämte.

Auch dieses Epos, obwohl ich es später – noch vor zwei Jahren – in einer neuen Auflage erscheinen ließ, zähle ich unter die Entwicklungsschriften meiner Dichterlehrjahre, von welchen ich hier in diesem Buche nebenbei berichten will.

Diese Jugendbücher waren ekstatische Ausbrüche einer jungen Phantasie. Ich hatte noch nicht die Geliebte gefunden, die der geistigen Freudigkeit als Gegengewicht irdische Freudigkeit des Lebens gibt. Erst später, im Liebeserleben, wurde mein Dichten warmblütig, während meine Dichtungen vorher, Nordlichtstrahlen ähnlich, aus meinem Kopfe schossen und mehr Spukwerk als Kunstwerk waren.

UNSTET ZWISCHEN DEUTSCHLAND, SCHWEDEN UND ENGLAND

Tagebuchblätter

Quille, 10. Januar 1894

Die Meerfahrt hierher.

Das Wintermeer ist grüngrau düsterblank. Der Himmel eine bleiche weiße Wolkenwüste. Am Horizont schwül in ersticktem trüben Gewitterblau glühen Himmel und Meerrand ineinander.

Lautlos irren in grauer Höhe die schneebleichen Möwen. Schwarzgrau und weißbestäubt Inseln, dunkel wie Lavaschlacken diese verkohlten nackten Granitkörper, schwarz in der wassergrauen Meerebene.

In wilden weißen Blüten die Brandung, flammt weiß auf, zuckt weiß um den aschgrauen Granit.

Und das endlose Heulen der Wellen, ein rasendes unsichtbares Feuer, und brennt wütend vom Wasser zum Himmel.

*

Ringsum graugrün, eine schwergewälzte flüssige Erzmasse das weite pochende Meer.
Der Himmel matt weißlich bewölkt. Drückt dumpfblau in sengender schwüler Wolkenbläue den Horizont.
Die Luft blank und scharf wie Schnee. Ein weicher süßlicher Dunst manchmal dazwischen vom Kohlendunst, warm und warm von zähem Maschinenöl, von stechend spitz geteerten Schiffwänden und Tauen.
Kochend drängt das Schiff vorwärts, spaltet die Wellen.
Nach ihm eine weiße Schaumfurt. Der weiße Schaum marmoriert in breitem Weg weiß das gründunkle Wasser hinter dem Schiff.
Weit im Osten in grauen Gebirgbrüchen, blauen und lila Zügen die nackte leere Felsenküste.
Granitblanke aschengraue Inselkörper. Dunkel derb plump im eisenblanken graugrünen Meer. Mit Schnee weiß besprüht.
Alle kahl, nackt, Lavaschlacken, hinter ihnen kahl, nackt die Felsenwellen der Küste, kahl nackt bis zum amethystvioletten Horizontbogen die Meerfläche.
Eine wilde Brutalität in dieser schroffen eisigen Vegetationsleere.
Kein Baum, kein Waldzug, nicht *eine* weiche mildernde Gesträuchlinie. Scharfkantig eiserner Granit. Scharfzackig düstergraue Wellenbogen, das eiserne Meer.
Zwischen Himmel und Wasser die ewigstürzende meerbrausende Luft.
Manchmal auf der graugrünen Wasserfläche ein rotbraunes Segel, hohe spitzkantige Flügel, ein riesengroßer dunkler Nachtfalter, und steht steif und lautlos dunkel auf der matten Fläche.
Schlanke weiße Möwen gaukeln hoch darüber. Grauer Flug Eiderenten flattert dicht über den Wellen. Fällt in die schaukelnden Wogen, wird auf- und niedergehoben.
Dann hält das Dampfschiff mit schwarzhohlem Ruf hie und da an den Inseln. Aus roten Holzhütten kommt Fischervolk. Rollen Heringsfässer zum Landungsquai, holen mit Booten die Post vom Schiff.
Weiter. Immer zwischen Inseln. Weiß die Brandung, brennt um die Klippen. Blüht jäh weiß auf, ein Schwarm wilder Schwäne, schlägt störrisch gegen die schwarzgrauen Steine, gleitet ab, ins Meergrau zurück.

Um 2 Uhr in Fjellbacka.
Noch eine Stunde Wagenfahrt im dunkelnden Winternachmittag. Zwischen hell beschneiten Felszügen Wege auf, Wege ab.
Lautlos das weißbehauchte Land. Lilablaß der späte Wolkenhimmel. Die Schneeflocken auf den kohlendunklen baumlosen Felsenwellen, weiße Scharen stummer weißer Vögel.
Hartblank gefroren der Boden. Die Pferde schlagen und keuchen. Der Wagen stößt und fliegt, grell entgegen schießt die Luft in schrillen Froströmen aus den Bergen.
Endlich in weißer Lautlosigkeit das weiße Pfarrhaus. Ein gelbes Licht im Giebelfenster. Blau düstert der Abend. Wir fahren in den Hof ein. Grüne Tannen am Eingang aufgestellt.
Lichte Freude und ein Rest vom Weihnachtsduft im Hause.

*

Wozu über Menschen grämen, die Welt ist farbig und die Ewigkeit so weit.– wenn dich die Menschen drücken, blicke zum Himmel, dehne dich durch die Ewigkeiten.

*

Lindersvik bei Stockholm, 21. August 1894

Abend. Goldgeschwollen der halbvolle Mond; quillt rotbrünstig über dem fernen grauen Waldzug auf.
Ein Glitzern von tausend wetzenden Grillenlauten. Schwarz, wildes Schwarz krampft in den Eichen. Die schwarzen Laubkuppeln stoßen schroff gegen den silbermatt singenden Himmel.
Das Gerstenfeld und die Kleematten rauchen volle sonnensatte Düfte, Erdwärme und Tauschärfe.
Der eisblasse Fjord scharfgespannt vor den Inseln, und die Inseln dunkel waldschwarz drücken das weiße Wasser flach.
Goldfeuer trieft vom Mond, eine breite goldne Lache brennt über das Fjordwasser.
Die Birken schütteln reglos ihr schwarzes Grün, die Eichen schwellen schwarz, aber der Himmel blüht lichtsilbern, und junge Sterne gaukeln in zückenden Lichtern.
Aber die warme Nachtluft windet sich, scharf unaufhörlich ritzen und stacheln die blendenden Grillenlaute die stumme Luft.

*

Lindersvik, 10. Sept. 1894

Eigentlich sieht und erlebt doch der Mensch recht recht wenig. Wenn man denkt, da droben leben Milliarden von Welten, Milliarden von neuen Formen und Gestalten, und der Mensch kann nur das bißchen sehn, was auf der kleinen Erde lebt. Das ist so gar sehr wenig, viel zu wenig. Und das Traurigste ist, der Mensch muß sterben mit dem Bewußtsein, das alles nie mehr, nie zu sehen, und daß das alles weiter lebt, ohne daß je ein Mensch es sehen wird.

Amerikanische Freunde

Nach meinem zweiten Aufenthalt im Winter 1893 bis 1894 im bohuslänschen Pfarrhause reiste ich zu Anfang April 1894 von Schweden nach London. Ich fuhr auf einem Küstendampfer vom schwedischen Hafen Uddevalla, südlich von Fjellbacka, ab und erreichte, die Nordsee überquerend, in drei Tagen die Themsemündung.

Ich kann heute noch nicht den Eindruck vergessen, den mir die englischen Fischerflotten machten, die da still lagen im Meer am Themseeingang auf der großen Silberbank des Wassers, über dem die Vorfrühlingssonne bei silberberänderten Wolken blitzte. Die still arbeitenden Boote sahen aus wie unzählige dunkle Fische auf einer weißen Metallplatte.

Dieser Anblick der Vereinigung von Meer und stillen Meerarbeitern ließ mich noch einmal vor der Ankunft in London weit und frei aufatmen. Es sammelt sich in jedem jungen Herzen ein beklemmendes Gruseln an, wenn man zu einer fremden Weltstadt kommen soll. Es gruselte mich, von London verschluckt werden zu können, von den dort angestauten verschiedenen Lebensbegriffen und sich widerstreitenden Lebensgefühlen. Und so genoß ich noch einmal, wie im Abschiednehmen von der Meereseinsamkeit, die mir in Schweden ein weiser Kamerad geworden war, den letzten Meerblick, der mir so unendlich hell und friedlich mit seinen Meerarbeitern einen unzerstörbaren Glückszustand zuspiegelte.

Es wurde Abend, als wir in London in den schmutzigen Dockwassern, an rußigen düsteren Ausladehallen, im Finstern lautlos landeten. Und mehr, als die See am Mittag gebraust, toste jetzt rundum das millionenträchtige London in der Nacht.

In einer Pension am Upper Wooburn Place, die in der Nähe des Britischen Museums lag und wo die Freunde des jungen Schweden, das amerikanische junge Künstlerehepaar, lebten, nahm ich Wohnung.

Der Amerikaner hieß James mit Vornamen, und seine Frau hieß Theodosia. Er war New Yorker und sie aus San Franzisko, und beide hatten sich in Frankreich auf dem Pariser Montparnasse, dem Künstlerstadtteil der Pariser Amerikaner, kennengelernt. Sie hatten sich eben in England trauen lassen und lebten hier auf einem Zimmer der Pension, sorglos bei Künstlersorgen.

In ihnen lernte ich nicht bloß die Menschen eines neuen Zeitgeistes kennen, sondern es sprach auch die Einfalt und Unverbrauchtheit des jungen Erdteils, aus dem sie kamen, aus ihren Handlungen und ihren Gedanken.

Bei unsern ersten Gesprächen erschien es mir, als unterhielte ich mich mit Schulkindern. Die beiden amerikanischen Künstler hatten in allem einen etwas belehrenden Ton, so wie Schulkinder untereinander reden, die sich und ihre Gefährten ganz richtig für unerwachsene Menschen halten. Da sie kein Deutsch sprachen, wurde unsere Unterhaltung auf englisch oder in schlechtem Französisch geführt, was den belehrenden Ton bei den beiden erhöhte.

Ich hatte noch nicht viel von Okkultismus gehört und nicht viel von Astrologie, nichts vom englischen mystischen Maler Blake und seinen Geisterdichtungen, ebensowenig kannte ich Swedenborgs übersinnliche Philosophie. Ich wußte nichts von Geheimbünden. Ich wußte nur, daß diese Art Gelehrsamkeit in Deutschland mittelalterliches Treiben genannt wurde und daß sie mir auch immer aus der Ferne als solches erschienen war. Ich glaubte nie an Wahrsagungen, nie an Aufstellung von Horoskopen noch an ägyptische, arabische oder indische Sterndeuterei. Das amerikanische Ehepaar aber nannte sich Adepten eines mystischen Geheimbundes, über den sie nicht reden durften.

James wollte Bildhauer werden, Theodosia Malerin, und deshalb waren sie von Amerika nach Europa gekommen. Und als ich sie fragte, wozu sie denn die mystische Lehre für ihre Kunst nötig hätten, so sagten sie mir ganz richtig, jede Kunst brauche einen seelischen Inhalt, eine geistige Bildungslinie. Und als ich sie fragte, ob ihr Geheimbund die Freimaurerei sei, da lachten sie und meinten, daß die Freimaurer weit entfernt seien von dem Kreis, dem sie angehörten.

Bei allen Gesprächen über Mystik, die ich mit den beiden Amerikanern pflegte, und nach dem Tagesstudium im Lesesaal der britischen Sammlungen fühlte ich mich doch oft recht einsam. Und das Glockenspiel einer Kirche, die in der Upper-Wooburn-Straße in jeder Stunde dieselbe Melodie anschlug und abspielte, kam oft süßlich und fad in mein stilles Zimmer und war wie in meinem Mund der langweilige Geschmack des Oatmealbreis, den ich morgens zu meinem Tee aß.
Ich sehnte mich sehr nach deutschem Wort und deutscher Laune, als mir eines Tages das Dienstmädchen bei meiner Heimkunft vom Lesesaal eine Visitenkarte reichte und sagte, der Herr, der die Karte abgegeben, wünschte, daß ich ihn besuche. Dieser Besucher war der deutsche Dichter Frank Wedekind.
Von Frank Wedekind waren damals erst nur wenige Werke erschienen. Ich hatte in München zwei Jahre vorher sein Drama »Frühlings Erwachen« gelesen. Die Schilderung einer grausigen Tragik, die heranreifende Kinder in Schule und Haus von törichten Lehrern und kaltblütigen Eltern erdulden müssen, hatte mich sehr erschüttert. Wedekind selbst kannte ich noch nicht. Als ich ihm dann meinen Gegenbesuch machte, sagte er mir, er habe meine Londoner Adresse durch Otto Julius Bierbaum aus Berlin erhalten, die dieser wieder von Richard Dehmel erfahren hatte.
Wedekind und ich trafen uns danach öfters im Piccadilly-Haus, das damals das einzige Kaffeehaus in London war, da es sonst nur Stehschenken, Tee- und Likörstuben gab.
Wedekind war eben nach einem längeren Pariser Aufenthalt nach London gekommen. Seine Launen, so schien es mir, schwankten zwischen Weltbegeisterung und Weltverachtung.
Wenn ich aus den britischen Sammlungen kam oder von den neuidealistischen Gesprächen der beiden Amerikaner und Wedekind traf, war das ein seltsamer Gegensatz. Nachts in der Unionschenke, wo er zu finden war, bekam man nur Einlaß, wenn man in einer bestimmten Weise auf die Tür klopfte. Von außen war diese Schenke ein lichtloses Haus, und innen fand man in einem langen Gastraum eine sehr gemischte Kundschaft, Zirkus- und Varietékünstler, und Wedekind bei einem Toddy. Wenn er mir dann von seinen Pariser Erlebnissen erzählte, indessen manches Mal neben uns eine Zirkustänzerin übermütig

5 *Für sein Buch »Die Ammenballade« (1907) gestaltete Max Dauthendey selbst den Einband.*

6 *Max Dauthendey, um 1900.*

auf den Tisch sprang und unter dem Hallo der Gäste Cancan tanzte, dann war mir, als sei ich vor ein lebendes Höllenbreughelsches Bild geraten.
Die Hölle hier war eigentlich harmlos. Aber der Gegensatz zwischen der nächtlichen Umgebung und meinen amerikanischen Freunden am Upper-Wooburn-Platz war kraß genug. Und ich, der ich bald ein Jahr lang in Skandinavien nur stummes Meer und stumme Steinwelt gewöhnt gewesen, war etwas verwundert über den überraschenden Szenenwechsel.

Liebessehnsucht und Zweifel

Ich kehrte in unser graues Viertel zurück, um bald darauf meinen Koffer zu packen und dem grauen London und den amerikanischen Freunden Lebewohl zu sagen.
Dann reiste ich über Harwich und Hook of Holland nach Deutschland und vorerst nach Berlin.
Es war der erste Juni, als ich durch Holland fuhr, wo die Kornfelder schon hoch standen. Hie und da sah man kleine Segel über den Halmspitzen auftauchen. Das sah seltsam aus, Segelboote im Korn! Die Kanäle lagen von den Ähren verdeckt, und die Schiffe kamen lautlos mit den weißen Segeln über den noch grünen Halmen daher.
Am liebsten wäre ich aus dem Eisenbahnzug ausgestiegen und hätte mich hier an den Rand eines Kornfeldes gesetzt und in die rundgeballten silbersonnigen Wolken gestarrt, die über dem flachen Holland lebhafter wirken als irgendwo. Und ich hätte gern den Sommer hier verträumt und den Segelbooten nachgesehen. Denn ich war sehr stadtmüde. Die vielen Gespräche der letzten Monate und das künstliche Gedankenleben im britischen Lesesaal und am Kamin der Amerikaner hatten mich naturhungrig gemacht.
Und seit ich das junge amerikanische Künstlerehepaar bescheiden und doch glücklich auf ihrem Pensionszimmer hatte hausen sehen, war der Drang und die Sehnsucht, ein Mädchen zu finden, mit dem zusammen ich den Frühling hätte jetzt genießen können, den Sommer, den Herbst, den Winter – so stark in mir geworden, daß mich das leere Ansehen der Landschaft ungeduldig machte und mir jeder Tag qualvoll vorkam, der mich so ziellos der Weltbetrachtung preisgab, statt der Weltum-

armung. Und ich sehnte mich nach Weltwärme und sehnte mich nach der Nähe einer geliebten Frau.

Ich hatte den Wunsch, mich verheiraten zu wollen, in London einmal zu den Amerikanern ausgesprochen, und sie hatten mir geantwortet: »Wer stark wünscht, zieht durch Wünsche die Wirklichkeit herbei. Aber«, fügten sie hinzu, »Sie müssen sich ununterbrochen Ihren Wunsch klarmachen und ihn immer wieder wünschen. Dann gestalten Sie sich damit die Zukunft, und Sie werden den Weg zu der Frau ganz von selbst finden, zu der Frau, die Sie lieben. Denn diese ist ja bereits geboren und geht irgendwo auf der Erde herum, unbewußt sehnsüchtig nach Ihnen, so wie Sie sich unbewußt nach ihr sehnen. Richten Sie Ihr ganzes Denken auf Ihren Wunsch, und Sie müssen jener Frau bald begegnen.«

Und die beiden guten Menschen bedauerten lebhaft, daß mir gar nicht anders zu helfen wäre als durch Geduld und starkes Wünschen. Und sie wollten mit mir wünschen, daß ich recht bald glücklich werden sollte.

Aber es ging auch in meinen Ohren immer die Rede mancher anderen Menschen um: »Ein Dichter soll frei bleiben. Ein Dichter soll sich an keine Frau binden. Der Dichter gehört der Welt, und er zerstört sich als Dichter, wenn er einen Hausstand gründet.«

Diese Aussprüche erregten in mir manchen Zweifel gegen mein Wünschen. Und die Zweifel, ob ein Dichter glücklich werden würde, wenn er eine Frau fürs Leben an sich gebunden hat, bedrängten mich in jenem Frühjahr, nachdem ich von London in Berlin angekommen war, so stark, daß die Zweifel kräftiger wurden und mit dem Herzenswunsch täglich zu ringen begannen. Und aus diesem Ringen zwischen Liebessehnsucht und Zweifel entstand in jenen Monaten ein kleines Versdrama »Sun«, das ich in Berlin schrieb.

Der junge Schwede, der sich in Stockholm befand, schrieb mir, daß er auf Dalarö bei Stockholm einen schönen Sommeraufenthalt wisse. Dorthin reiste ich dann und wohnte auf einem Hof, der tief im Walde lag, und dort schrieb ich einige der Landschaftsgedichte, die sich in meinem kleinen Band »Reliquien«, meinem ersten Gedichtbuch, finden. Das Buch ließ ich bei meinem späteren Aufenthalt in Mexiko drucken, und noch später, im Jahre 1900, kam es dann durch einen deutschen Verlag in Neudruck an die breitere Öffentlichkeit.

Ich sollte unbeirrt wünschen, hatten die Amerikaner gesagt, und würde dadurch in die Nähe des Mädchens kommen, das, für mich geboren, an irgendeinem Fleck der Welt lebte. Ich wünschte heftig. Und es hat dieser Wunsch, der unbewußt hinter allen meinen Wünschen stand, mich in jenem Sommer nach Schweden geführt, wo ich im selben Herbst die Bekanntschaft jenes Mädchens machte, die dann meine Lebensgefährtin wurde und es heute noch ist. Und viel später, als ich die Amerikaner in Paris wiedersah und ihnen dann meine Frau vorstellte, erinnerten sie mich oft an die Stunden in London, da ich ihnen geklagt hatte – wenn ich sie beide glücklich sah –, daß ich doch bald die Frau finden möchte, die für mich bereits an irgendeinem Ende der Erde lebte und wartete.

Und nie hätte ich damals in London glauben können, daß einige Monate später der Wunsch schon die Erfüllung finden sollte.

Mein Leben an der schwedischen Ostküste in diesem Sommer 1894, auf einem Hof in den Wäldern auf der Insel Dalarö, war durchaus nicht eigenartig und reizvoll, nicht mächtig und nicht erschütternd, nicht so, wie ich es im Granitland Bohuslän gefunden hatte. Wenn man diese beiden schwedischen Küsten miteinander vergleicht, drücken sich ihre Landschaftsunterschiede am besten mit den Worten aus: Die Westküste zeigt eine männliche Haltung, schroff, unerbittlich, trotzig. Die Ostküste Schwedens dagegen wirkt weiblich, mit sanften Stranden, mit ebenen großen Waldungen, mit Wiesen und vielen sanften bewaldeten Inseln.

Meist grünen dort Tannen und Birken, dazwischen hier und da starke Eichen. Auch viele Steinblöcke sind in den Wäldern verstreut, aber nicht vergleichbar mit dem Granitpanzer Bohusläns. Das Meer ist an der schwedischen Ostküste schmeichelnder. Es hat den schwachen Wellenschlag eines Sackgassenmeeres. Es wirkt gezähmt und hat nichts von dem titanenhaften Fluten, von den frischen, schaffenden und vernichtenden Kräften, die das Meer im Skagerrak beleben. Die Ostküste ist ein Land der Gutsbesitzer, und statt der Fische im Meer sind es dort die Kühe auf den Wiesen, die den Menschen versorgen müssen.

Diesen Unterschied fand ich zuerst reizlos. Aber die schwedische Güte und Treuherzigkeit, die überall im Lande zu Hause ist, gefiel mir auch in Dalarö, und so blieb ich bis spät in den Herbst dort und saß noch, als es regnete, draußen im Wald und machte Waldspaziergänge mit dem Lehrer einer Schnitzereischule. Das

Schulhaus lag mitten im Dickicht und hatte viele Schüler, welche da eifrig wie Waldwichtelmänner in einem Holzhaus an Hobelbänken und Schnitztischen in Scharen arbeiteten. –
Als die Tage dann kurz und dunkel wurden, zog ich Anfang Oktober nach Stockholm. Ellen Key, die schwedische Philosophin, hatte damals einen literarischen Salon in Stockholm, wo sich sonntags die bekanntesten schwedischen Schriftsteller trafen. Ich verkehrte gern bei der liebenswürdigen Ellen Key, und an einem Sonntagabend lernte ich bei ihr den jungen norwegischen lyrischen Dichter Sigbjörn Obstfelder kennen.
Das Wesen dieses Dichters war das gerade Gegenteil von meinem Wesen. Während ich allen Lebensregungen die festliche Seite abgewinnen wollte und den festlichen Kern des Lebens immer betont haben wollte, war Sigbjörn Obstfelder von einem wollüstigen Nachhängen der Traurigkeiten des Lebens beherrscht.

Brief an Richard Dehmel

Gålön, Lindersvik, bei Stockholm
22. August 1894

Mein lieber Richard, nur einen Gruß will ich Dir sagen, denn von meiner Stille hier ist wenig zu berichten.
Ich lebe drei Stunden von Stockholm entfernt auf einer Ostseeinsel. Schwere Eichenwälder liegen um den Gutshof, von meinem Balkon sehe ich über Laubkuppeln auf einen langen blassen Fjord, und drüben, über dem weißen Wasser, kauern lange schwarze Waldinseln.
Jetzt haben wir goldne Mondnächte. Der halbvolle Mond schwillt rotbrünstig über den dunkeln Inselstrichen auf, und über das Fjordwasser brennt eine breite goldne Lache. Aber schärfer als vom Mondlicht glitzert die Nachtluft von den tausend scharfen Grillenlauten. Und wenn sie gegen Mitternacht müde werden, dann steht ein anderer, noch eisigerer, zischender Laut über den Feldern: das Rollen des Meeres, das draußen im Mondschein kocht.
Meine Tage vergehen lautlos, aber nicht einförmig. Jede Stunde, jede Wetterstimmung spiegelt eine neue Seelenstimmung. Körperlich lebe ich wie eine Kuh hier, ich esse und verdaue, geistig versuch ich manchmal eine Biene zu sein; die Sommermonate

sind kurz. Man muß sammeln und einheimsen, damit man für das Stadtleben im Winter Sonnenschein im Vorrat hat.
U. ist gleichfalls hier und grüßt Dich bestens. Meinen Freund V. erwarten wir aus Berlin am 1. September hier. Die Pension hier auf dem Gute ist vorzüglich und spottbillig, nur fünfzig Kronen monatlich.
Den »Krieg« sandte ich Bierbaum. Ich arbeite manchmal an einem neuen Drama.
Grüße Deine liebe Frau! Wenn Du eine einsame Stunde hast, komme zu mir! Ich umarme Dich herzlich.

Dramatische Arbeiten

An einen Würzburger Jugendfreund

Stockholm, 12. November 1894

Lieber S., ich begrüße Dich nachträglich noch herzlich zu Deinem Geburtstag.
Ich habe Dir lange nicht geschrieben, aber meine nächsten Arbeiten, die Du bald erhalten sollst, werden Dir mehr von mir sagen als Briefe. Zwei Bücher sind bei Haase im Druck. In dem einen erscheint »Kind« und »Glück«, im andern »Sun« und »Sehnsucht«, alles Dramen. Du kennst das erste davon und den Gedankengang des letzten; »Sun« habe ich im Sommer in Berlin geschrieben, »Glück« im Herbst hier auf dem Lande. Wir wohnten zwei Monate sehr schön draußen in den Schären, U., N. und ich. Hatten die obere Etage eines schmucken Landhauses für uns, rings einsame Eichen- und Tannenwälder und sanfte türkisblaue Fjorde. Aber mein Drama steht natürlich gar nicht in Beziehung zu diesem letzten Aufenthalt. Ich beschreibe in vier Szenen vier Stadien des Liebesglückes zwischen zwei Menschen.
Das Drama »Sun« wird im Winter von Bruno Wille in Berlin aufgeführt. Es beschreibt einen Skalden in der Pfahlbauzeit, der die Blumen und Düfte und alle Dinge in der Natur singen hört und den seine Sippe als vom Teufel besessen vertreibt. Selbst sein Weib schrecken sie durch seine Verdammung von ihm ab.
Du weißt, ich war vierzehn Tage in München. Ich wartete auf G., bis er mir schrieb, daß er kaum Zeit haben würde zu einer längeren italienischen Reise, sondern nur einige Wochen nach der

Schweiz wollte. Das ärgerte mich, daß er mich monatelang mit dem Gedanken an Italien hingezogen hatte und dann sich anders entschied; ich reiste wieder nach dem Norden und verschob Italien auf den Frühling.
In Berlin hat man eine sehr vornehme Zeitschrift begründet: »Pan«. Die alten Großen Böcklin und Thoma und die großen Jungen Dehmel und Dauthendey wirken mit. Das Blatt soll nur Kunstblätter und Dichtung bringen; aller Alltagsquark ist ausgeschlossen.
Aber trotzdem, was ist das alles! Böcklin und alle Großen und Kleinen der Jetztzeit werden kaum hundert Jahre bestehen, dann wird man nicht mehr an diese Sandkörner denken, wir mögen uns abmühen und quälen, so viel wir wollen.
Wir haben kein Ideal mehr, das uns so begeistern kann, wie es die inbrünstige Religion des Mittelalters konnte und wie bei den Griechen die Götterverehrung Kunstbegeisterung schuf. Ich möchte täglich weinen, wenn ich morgens aufstehe und nicht weiß, zu wem ich beten soll, und wenn ich die Menschen sehe, wie sie nur als Geschäftstiere herumlaufen, ohne den edeln, erhabenen Lebensgenuß zu kennen, wie ihn die Griechen und die Renaissance kannten.

DER DICHTER HEIRATET

Eine junge Schwedin

Über meinen Lebenslauf in meinen Wanderjahren berichtete ich zuletzt von Stockholm, vom Winter 1894, von den Sonntagsbesuchen bei Ellen Key, wo ich den norwegischen Lyriker Sigbjörn Obstfelder, den Dichter der Traurigkeit, kennengelernt hatte.
Eines Tages erzählte mir Obstfelder, er habe bei seiner letzten Sommerwanderung, als er mit seinem Geigenkasten durch die Berge Norwegens zu Fuß gereist war, eine junge schwedische Dame mit ihrer Mutter kennengelernt. Der Vater der jungen Dame sei ein Großkaufmann. Obstfelder war jetzt öfters im Winter in dem Landhaus jener Familie draußen vor Stockholm zu Gast.

Im Laufe des Winters ergab es sich denn, daß ich jene junge Dame durch Obstfelder kennenlernte. Ich traf sie einige Male in einem Stockholmer Lesesaal, wo man für zwanzig Öre stundenlang in einem lautlosen Zimmer Zeitungen aus aller Welt lesen konnte und wo auch Bücher zu leihen waren. Später war ich dann in ihrem Hause eingeladen und hatte die Familie kennengelernt.

Gleich nach der ersten Begegnung hatte ich, was mir sonst so schnell noch nie vorgekommen war, ein Gedicht über das schöne Goldhaar jenes Mädchens geschrieben. Ich merkte aber auch dabei, daß ich zum erstenmal in meinem Leben mehr als nur flüchtig verliebt war. Ich fühlte erstaunt, daß die ernsteste Seite meines Gefühls angeschlagen war.

Ungläubig und verwundert kämpfte ich zuerst gegen den befremdeten Liebesernst an, der beinahe schmerzlich in mir wach geworden war. Ich mußte mir immer wiederholen: nur mit diesem Mädchen, bei welchem scheuer, starker Geist und gesunder, keuscher Körper zusammenlebten und mir nicht bloß vom süßen Verlieben sprachen, sondern vom tiefen Zusammengehören, würde ich gern täglich meine Zukunft teilen.

Und bei ihr, sagte ich zu mir, kann ich mir den Begriff Ehe vorstellen. Vielen lieblichen, reizvollen, unterhaltenden und brennend berückenden Frauengeschöpfen war ich vorher begegnet. Manche hatte meine Sinne gefesselt, manche meine Gedanken unterhalten, manche hatte mir schöne Träume gegeben. Und verschiedenste Liebesgefühle konnte ich mir bei all den verschiedensten Mädchen vorstellen, jede war wie eine Farbe oder eine Farbenabstufung gewesen. So wie man einmal ein schönes Blau liebt, einmal ein feuriges Rot, einmal ein erfrischendes Grün, einmal ein stolzes Goldgelb, so wie einzelne Farben belebend und entzückend wirken können, so waren mir verschiedene Mädchen vorher nahegekommen. Aber wie man nicht nur *eine* Farbe sein Leben lang ansehen möchte, so war ich immer bei jeder Frau früher oder später dem Gedanken ausgewichen, eine von ihnen meinem Leben für immer verbinden zu wollen.

Aber dieses schwedische Mädchen jetzt war die erste, die keiner einzelnen Farbe ähnlich war. Sie war, wie jeder Lebenstag, eine Vereinigung aller sieben Farben. Ich konnte erschütterndes Rot in ihr finden und besänftigendes Blau, das erquickende Grün und das machtvolle Goldgelb. Ihr Herz war von der Natur warm und verständig gebildet, so daß es nicht wie einfarbiges bengalisches Feuer mein Herz nur festlich blendete, sondern ich fühlte mich in jenes Mädchens Nähe festlich befriedigt und wußte, nachdem wir uns kaum einige Stunden gesehen hatten, daß ihr Leben mir gehörte und daß das meine ihr gehören müßte.

Eigentlich wäre es das einfachste gewesen, wenn ich ihr dies alles gleich gesagt hätte. Aber die neue Liebeserkenntnis war, wenn ich die Lippen öffnen wollte und sie zu ihr aussprechen sollte, mir selbst noch so ungeheuerlich überraschend, daß ich zauderte und immer schweigend hinhorchte, ob ich nicht den Schall und die Aufregung dieses Ereignisses in und um mich laut werden hören könnte.

Ich war bestürzt dumm wie Hans im Glück. Eines nur bestätigte mir den Hall des Ereignisses. Das war die Tatsache, daß ich über diese Frau in den nächsten Tagen wieder ein Gedicht machen mußte und wieder ein Gedicht – und so fort bis auf den heutigen Tag. Und dieses Besingen ihrer Erscheinung war natürlich der Schall des laut gewordenen ernsten Gefühles, das mich erschütterte.

Es war im Frühjahr 1895. Niemand außer dem jungen Schweden hatte ich es gesagt, daß ich mir meine zukünftige Frau in jenem jungen Mädchen vorstellen konnte, das ich öfters, bei verschiedenen Gelegenheiten, bald in Gesellschaft anderer, bald zufällig allein im Lesesaal wiedergesehen hatte. Der jungen Dame selbst hatte ich keine Andeutung gemacht. Denn ich fand es ganz lächerlich, daß ich junger Fremdling, der ich nur von meines Vaters Gnade leben durfte und mich hilflos vor einer ganz unklaren Zukunft befand, wagen sollte, an die Möglichkeit zu denken, vor den Vater dieses Mädchens hinzutreten, um seine Tochter als Frau zu verlangen.

Meine Verhältnisse hatten sich nicht geändert. Und in den Bürgerkreisen rechnete man es einem jungen Mann, der nicht Universitätsstudent war, übel an, wenn er in meinem Alter von siebenundzwanzig Jahren noch keine anderen Einnahmen hatte als die Unterstützung von zu Hause.

Täglich fühlte ich mich gedemütigt von dieser Lebenseinrichtung, die den jungen Dichter oder jungen werdenden Schriftsteller lieblos und gedankenlos behandelt und ihm keine staatliche Lebensvergünstigung, keine staatliche Fürsorge für sein weiteres Fortkommen und für seine Entwicklung bietet. Von Monat zu

Monat mußte ich in ausführlichen und eindringlichen Briefen immer wieder meinen weiteren Unterhalt von meinem Vater erbitten.

Wie hätte ich da wagen sollen, in einem fremden Land in ein reiches Kaufmannshaus einzutreten und um die Hand der Tochter zu freien! Wenn ich auch auf ein späteres Erbteil von zu Hause rechnen konnte, so lag mir das doch ganz fern, solange mein Vater lebte, etwas von seinem Tod erhoffen zu wollen. Dieser Gedanke hätte mir nicht geschmeckt, und ich hätte nicht gewagt, mich auf diesen Gedanken zu stützen und den Vater des Mädchens darauf hinzuweisen.

Im Frühjahr 1895 begegnete ich eines Tages, als ich in Stockholm in einen offenen Trambahnwagen aufsprang, der jungen Dame, die bereits eingestiegen war. Und ich saß neben ihr, sehr vergnügt darüber, sie einmal ganz allein und nicht in dem lautlosen Lesesaal zu sehen, wo man sich neben anderen Lesern immer nur ein geflüstertes »Guten Tag« und »Lebewohl« hatte zunicken können.

Es war elf Uhr vormittags, und die Sonne schien freundlich, als hätte sie uns beide zusammengeführt und als freue sie sich jetzt mit uns. Draußen eilten während der Fahrt die sonnenbeleuchteten Häuser vorüber und Stockholms Brücken, die Bildsäulen der Könige, die Schiffe im lebhaften Mälarenwasser und das vornehme Stockholmer Schloß, das wie eine einzige Terrasse über das stahlblaue Stromwasser herschaut.

Mir schien, ich hatte die schwedische Hauptstadt nie so glänzend und frühlingsbewegt gesehen als jetzt an der Seite des jungen Mädchens, die einen gütigen Hauch von Familienunschuld mit einer frischen, neuzeitlichen Weltart in ihrem sicheren und freundlichen Wesen vereinigte.

Ich war beglückt, daß sie einiges über mich wissen wollte, wenn es auch nur kleine unbedeutende Fragen waren, die sie an mich richtete. Einen Augenblick war es mir, als führen wir beide ganz allein durch die Welt. Und da kam es mir leicht über die Lippen, ihr zu erzählen, daß ich ein paar Gedichte über sie geschrieben hatte.

Sie sah erstaunt und erfreut aus und fragte, ob sie die Gedichte lesen dürfte. Da aber wurde mir klar, daß diese Gedichte die innerlichste Liebeserklärung enthielten, der ich je in meinem Leben Worte gegeben hatte. Und ich wußte nicht recht, ob ich ja oder nein antworten sollte. Indessen hielt der Trambahnwagen, und die junge Dame mußte aussteigen. Und im Aussteigen sagte sie nochmals:

»Bitte, bringen Sie doch die Gedichte in den Lesesaal mit.«

Ich sagte rasch: »Nein, ich werde sie Ihnen mit der Post schicken.«

»Ich bitte, tun Sie es bald«, rief sie mir noch zu und reichte mir die Hand.

Aber kaum war ich im Wagen allein und kehrte wieder zu meinem nüchternen Sorgendasein zurück, da sagte ich mir: Sie hat keine Ahnung, was diese Gedichte sagen. Sie glaubt vielleicht, es sind nur ein paar spöttische oder schelmische Reimereien. Und ich nahm, als ich nach Hause kam, die Gedichte und las sie noch einmal durch. Und während ich las, war es mir, als säße die junge Dame wieder neben mir wie vorher in dem Trambahnwagen.

Und da überströmte mich ein warmes zukunftsgläubiges Gefühl, und ich sagte mir: Mag werden, was will. Mag sie mich verlachen, oder mag sie erschrecken – ich werde ihr die Gedichte schicken. Und ich schrieb dieselben auf schöne saubere weiße Blätter. Aber schon während des Schreibens schämte ich mich wieder, und mein Zimmer und ich selbst wurden mir unheimlich.

Mein Blut wogte dann auf und nieder, als ich die Blätter in einen Briefumschlag getan. Und als ich meinen Mantel anzog, um zum Briefkasten zu gehen, war mir jede meiner Bewegungen fremd und neu. Es wurde mir klar, die nächsten Tage mußten etwas ganz Ungewohntes bringen. Ich konnte mir aber nicht ausdenken, wie sich jenes Mädchen benehmen würde, wenn es die Gedichte empfangen hatte.

Entweder, sagte ich mir, war ich, wenn es die Gedichte gelesen hatte, sein erklärter Bräutigam vor meinem und seinem Herzen, oder wenn es sich ablehnend und erschrocken benahm, müßte ich gleich fort aus dieser Stadt. Denn nach dem Überreichen der Gedichte würde es mir nicht möglich sein, in denselben Straßen zu gehen, wo die Geliebte täglich ging, und in diesen Straßen unter ihren Augen meine ihr offenbarte Sehnsucht kalt zu machen und zu begraben.

Solange sie nichts von meiner Neigung wußte und kein Wort, kein Blick, kein Gedicht mich ihr verraten hatte, konnte ich in ihrer Nähe alle meine Träume und meine Hoffnungen entstehen, kommen und gehen lassen und war immer noch mein eigener

Herr über mein inneres Leben. Aber wenn ich diesen Brief mit den Gedichten dem Briefkasten übergeben hatte, war ich der Knecht einer Aufrichtigkeit geworden, die vielleicht verfrüht war oder vielleicht niemals jener Frau zu Bewußtsein kommen sollte.
Ich ging dann am ersten Briefkasten vorüber und sagte mir: es gibt mehr Briefkästen. Und ich ging an dem zweiten Briefkasten vorüber und sagte mir: du hast ja den ganzen Tag Zeit, den Brief in den Briefkasten zu werfen. Und so kam ich zur Straße, in der die Stadtwohnung der Familie jenes Mädchens war. Und da war wieder ein Briefkasten. Dieser war der verführerischste von allen Briefkästen.
Ich ging dort ein paarmal auf und ab; aber während ich von weitem das Haus ansah, wo jene junge Dame ahnungslos in ihrem Familienkreis, bei ihrem tüchtigen Vater und bei ihrer tüchtigen Mutter, von Sitte und Würde umgeben, wohnte, da befiel mich wieder die Scham vor meiner Armut.
Nein, niemals, sagte ich mir, werde ich mich lächerlich machen, und ich werde in einem fremden Land nicht um ein fremdes reiches Mädchen werben, ehe ich nicht genug besitze und frei und unbefangen das Vertrauen der Eltern fordern kann.
Es war mir danach nicht schwer, den Briefkasten zu meiden. Und ich eilte, so schnell ich konnte, zu meiner Straße zurück. Und wenn es mir auch unterwegs öfters noch einen Ruck gab und ich schnell einen hastigen Griff in die Tasche tun wollte, um den knisternden Briefumschlag mit den ehrlichsten Liebesgedichten in den nächsten Briefkasten zu werfen, so kam ich doch glücklich in mein Zimmer zurück, und dort verbrannte ich sofort in meinem Ofen den Briefumschlag mit den Gedichtabschriften.
»Gottlob, welcher Torheit bist du entgangen!« sagte mein Verstand. »Aber nein«, weinte mein Herz, »nun ist es wieder alltäglich um mich, und alle Festlichkeit, die da hätte entstehen können, ist im Ofen zu Asche verbrannt. Warum quälst du mich so lange? Warum hast du nicht mutig gewagt, was gewagt werden muß?«
»Oh«, lachte mein Verstand roh. Und er schickte mir eine schamheiße Blutwelle ins Gesicht. »Wie lächerlich wärest du morgen vor dir dagestanden, sowohl wenn jene ›nein‹ als wenn sie ›ja‹ gesagt hätte!«
»Nein, nein, nein, Liebe ist nie lächerlich«, schluchzte mein Herz. Und ich lief aus dem Zimmer fort, um Luft zu schnappen. Denn

ich wußte mir nicht mehr zu sagen, hatte ich vernünftig oder unvernünftig gehandelt.
Am nächsten Tag war ich aber doch zufrieden, daß ich mich nicht verraten hatte, denn ich hatte Herz und Verstand Frieden schließen lassen. Sie waren beide mit mir zu folgender Überzeugung gekommen: Ist diese Frau wirklich mein Schicksal, wie ich es so sehr ersehne, dann wird mir dieses Schicksal nicht entgehen. Ich werde dann, wie ich auch in bezug auf sie handle, immer recht handeln. Wenn ich auch meine Gedichte vor ihr nicht enthüllen darf, wird sie doch mit der Zeit ahnen müssen, was ich für sie empfinde.
»Habe Geduld und überlasse alles der Zeit und deinem Schicksal«, sagten Herz und Verstand zu mir, friedlich geworden.
Es war an diesem Tag der erste Mai, und die Sonne schien so friedlich wie am Tage vorher, da ich der heimlich Geliebten begegnet war. Und an die fröhliche Vormittagssonne, die in meinem Zimmer die Leere wärmte, war seit der Begegnung bei der gestrigen Vormittagsfahrt im Trambahnwagen an dieses Vormittagssonnenlicht die Erscheinung des jungen Mädchens gebunden. Es war mir, als säße es jetzt wieder zwischen elf und zwölf Uhr vormittags neben mir. Aber heute saß es an meinem Schreibtisch.
Nach dem Mittagessen sagte die liebenswürdige, aber halb taube, gütige Pensionsdame zu mir, es müsse mir etwas ganz besonders Angenehmes begegnet sein, da ich heute einen so glücklichen Ausdruck hätte. Und eine ältere Freundin, die mit ihr, nachdem die Tischgäste gegangen waren, noch allein im Eßsaal geblieben war, drohte mir, schelmisch lächelnd, mit dem Finger, als wollte sie sagen: Sie haben wohl ein kleines Herzensabenteuer erlebt.
Durch die Balkontüre, die gegen den Tegnerplatz hinsah und breit offenstand, fiel der Maiensonnenschein glänzend in das große Eßzimmer, und der lange Balkon vor den Fenstern lockte hinaus in die sonnige Luft. Da bekam ich einen scherzhaften Einfall; ich drehte meinen Ring am Finger so um, so daß der Stein des Ringes an die Handinnenseite kam und der Ring dann nur als Goldreif wirkte. Ich deutete lachend auf den glatten Goldreif und sagte halb ernst, halb scherzend zu den beiden älteren Damen: »Ich habe mich heute verlobt.«
Dieser Satz lag, seit der letzten Begegnung mit jenem jungen Mädchen so sehr oft vorgesagt, in meinem Herzen und meinem Verstande da, daß die festliche Stimmung, der Sonnenschein und

die auf ein Liebesereignis hindeutenden Fragen der Damen mir spielend den Satz entlockten: »Ich habe mich heute verlobt.«
»Ach«, riefen die beiden Damen fröhlich erstaunt, für Scherz und für Ernst bereit, »heute am ersten Mai haben Sie sich verlobt? Und das erfahren wir jetzt erst?«
»Ja, es bleibt einstweilen noch Geheimnis«, sagte ich lachend weiter.
»Das müssen wir feiern«, meinte die Hausdame. Und sie ließ gleich den Kaffeetisch, an den wir uns eben setzen sollten, auf den Balkon hinaustragen und ließ eine auf Eis gestellte Flasche schwedischen Punsch bringen.
Als wir in der Sonne saßen, wollten aber die Damen wissen, wer jene Dame sei, deren Ring ich an der Hand trüge. Aber der Scherz wurde mir nun beinahe zu ernst, und in die Enge getrieben von der fröhlich festlichen Stimmung der Fragenden, die mit den Punschgläsern auf das Wohl meiner Braut anstoßen wollten, wenn ich ihren Namen genannt hätte, blieb mir nichts übrig, als lachend zu erklären, indem ich mit der Hand auf die Sonne deutete, die mir so warm aufs Herz schien und so frühlingshaft erregt zu uns über das Balkongeländer sah: »Ich habe mich heute mit der Maiensonne verlobt.«
Die Damen, die gern Scherz liebten, waren über den zahmen Einfall nicht böse. Und sie glaubten vielleicht auch heimlich, ich wollte den Namen meiner Herzensdame nicht nennen. Sie stießen dann fröhlich mit den Punschgläsern auf das Wohl meiner Braut, der Maiensonne, an.
Mein Herz aber und mein Geist waren während dieses Vorgangs weit von dem Balkon abwesend. Meine Hand spielte zwar mit dem Ring, mein Gesicht lachte mit den Damen, meine Augen vergnügten sich an der Maiensonne, aber es fehlte mir mein Kern. Es fehlte meinem äußeren Dasein in jenem Augenblick mein innerstes Dasein. Und heute erst beim Rückblick weiß ich, wo in jener halben Stunde damals mein innerstes Leben geweilt hat.
Es war nicht in die Wohnung zu jenem jungen Mädchen gegangen. Mein innerstes Leben war von jenem Balkon fort, allwissend gegen den Strom der Zeit angeschwommen und hatte hellsehend ein Jahr vorausgeschaut und war frei und fröhlich geworden, weil es gerade über ein Jahr am nächsten ersten Mai jenes junge Mädchen und mich zusammen in einer der Straßen von Paris fand, wo wir eben unseren Verlobungstag feierten.

Und mein Herz wollte in mir aufjubeln, aber mein Leben durfte nicht jenen Damen, die da so fröhlich ahnungslos am weißgedeckten Tisch bei mir saßen, zulachen, denn es sah allwissend noch anderes. Es sah, daß die Hausdame, die mich zuerst gefragt hatte, welches Glück mir begegnet wäre, nicht mehr am Tische saß und daß ihre Freundin in Trauer gekleidet umherging.
Denn jene, die da vor mir lachte, sah nicht mehr die Maiensonne des nächsten Jahres. Sie starb im Vorfrühling, und meine inneren Augen sahen bereits ihren Platz am Tisch leer. Und mein innerer Jubel über meine Verlobung durfte nur scheu in mir antönen.
In diesem zweigeteilten Gefühl stand ich vom Kaffeetisch auf und verabschiedete mich von den beiden Damen, auf deren Verlangen ich mich auch zum Abschied vor der Maiensonne verbeugen mußte. –

»Vater, ich will heiraten«

Als der Sommer kam und sich alle Welt aus der Stadt fort, auf Reisen, aufs Land und in alle vier Windrichtungen zerstreute, reiste ich, um mein Vaterhaus zu besuchen, nach Deutschland.
Endlich, nach einigen Jahren, nachdem mein Vater manchmal Besprechungen über meine ersten Schriftstellerarbeiten gelesen hatte, empfing er mich 1894 eines Abends bei einem Besuch zu Hause wie einen heimkehrenden jungen Helden. Die Zimmer waren mit Blumen geschmückt und alle Lampen in allen Zimmern angezündet. Er nahm mich dann morgens zu seinem Frühschoppen mit, und da war es, wo er mir stundenlang von meiner Mutter erzählte, die Geschichte ihrer Petersburger Reise zur Cholerazeit, bei der er sie in Hof vergeblich zurückerwartet hatte und wobei ihr freudiges Wiedersehen dann meine Entstehungsstunde wurde. – Als wir von diesem Morgenausgang heimgekehrt waren, legte er den Arm um mich und sagte innig, wie ich ihn seit langem nicht zu mir reden gehört hatte: »Mein Junge, ich habe dich um Verzeihung zu bitten. Ich habe dich jahrelang zu einem Glück zwingen wollen, das nicht dein Glück geworden wäre, das sehe ich jetzt ein. Verzeih mir. Ich konnte es nicht wissen, daß dein Weg so grundverschieden von meinem Weg abweichen mußte. Ich habe dir Jahre hindurch unrecht getan. Jetzt verstehe ich deine ganze Natur mit einem Male. Das Träumen, das ich dir austreiben wollte, ist deiner Dichternatur

so notwendig wie dem Fisch das Wasser, dem Menschen die Luft und dem Feuer der Sauerstoff. Trage es deinem alten Vater nicht nach, daß er sich irrte. Wie konnte ich wissen, wohin dich dein Träumen führen würde! Jetzt, nachdem ich seit einem Jahr das Atelier verkauft habe und Muße habe, Bücher zu lesen und Philosophien, wozu ich früher nicht Geduld und Zeit hatte – jetzt begreife ich das, was mir vorher unerklärlich an dir schien: daß du in einer Traumwelt für dich lebst, in der du dich nur bei ruhiger Weltbetrachtung und nicht im Geschäftsgetriebe entwikkeln kannst.« – Und er küßte mich und preßte seine Lippen fest auf meinen Mund, als wollte er mit diesem Kuß alles Vergangene und Unverstandene, das zwischen seinem Geist und meinem Geist gelegen, in Freude und Herzlichkeit verwandeln. »Verzeih!« sagte der alte Mann noch einmal, und die Tränen stürzten ihm aus den Augen.

Mein Gesicht glühte, mein Herz pochte, und ich zitterte vor Scham. Hat je ein Sohn seinem Vater etwas zu verzeihen? dachte ich bei mir. Und ich wußte nicht mehr, als er so gesprochen, daß ich jemals etwas durch ihn gelitten hatte. – Ich erzählte ihm dann, daß ich in Schweden ein Mädchen kennengelernt habe, die ich bald heiraten wollte. Er war glücklich über diese Nachricht. Aber noch einmal trat sein Geist, der nicht mein Geist war, vor mich hin und sagte: »Wenn deine Frau so sein wird, wie deine Mutter war, dann wirst du glücklich werden.« Mein eben versöhntes Herz zuckte schmerzlich zusammen, denn die Frau, die ich liebte, war das Gegenteil von meiner Mutter. Derselbe Mann, der mir eben gesagt hatte, er habe verstanden, daß es ein Unrecht von ihm gewesen, daß er mir die Liebe zu seinem Beruf hatte aufdrängen wollen, konnte noch nicht nachfühlen, daß auch die Frau, die meine Natur sich suchte, ein anderer weiblicher Charakter sein müßte als der, den er gesucht hatte. Und wieder fühlte ich mich im Innersten weit getrennt von ihm und schwieg, erstaunt darüber, daß es keine Brücke geben konnte zwischen Vater und Sohn, zwischen Geist und Geist. Auch nicht die Brücke des Blutes führt Männer zueinander, nur die Brücke der Lebenserfahrungen und der Lebensweise, das sagte ich mir dann im stillen. Jeder muß sein eigenes Reich bauen und jeder ein anderes. Nur die Ruhe, die Zeit, die Erfahrung und ein guter Wille können die Geister untereinander zur Verständigung bringen. –

Als mein Vater mich fragte, wovon ich mit meiner Frau leben wollte, wurde es mir wieder klar, daß man als junger Dichteranfänger der Wirklichkeit schutzlos und hilflos gegenübersteht.
Der Dichtergeist sagte zu mir: »Du darfst nicht ans Geldverdienen denken, darfst nie mit der Dichtung Geld verdienen wollen, sonst helfe ich nicht beim Dichten mit. Wenn dir deine Werke von selbst Geld einbringen werden, so ist das gut und schön. Aber um des Geldes willen dir zu dienen, dazu gebe ich mich nicht her. Ich will nicht Knechtdienst tun.«
Da mir mein Vater nicht raten und nicht helfen konnte und mir ebenfalls von Geduld und Zeit sprach und daß ich die Hoffnung nicht sinken lassen sollte, beschloß ich, nicht mehr nach Schweden zurückzukehren, und war müde gemacht von der Aussichtslosigkeit, von der ich kein Ende sah.
Und ich nahm mir vor, um meine Gedanken von meiner innersten Sehnsucht abzulenken, eine Reise zu Fuß nach Italien zu machen.
Ich wollte von München nach Rom wandern. Und da ich immer gern Landschaften zeichnete, kaufte ich mir frische Farben und Papierblocks und wollte unterwegs zeichnen und malen und diese Malereien am Weg verkaufen und so bis nach Rom kommen.
Aber mein Schicksal ließ mich von München nur bis Schliersee kommen. In Schliersee wohnte damals in einem kleinen Bauernhause am Bergabhang über dem See der schwedische Schriftsteller Ola Hansson mit seiner Frau. Und es kam mir die Lust an, diesen zuerst zu besuchen und dann erst die Fußreise nach Italien anzutreten.
Ich stieg in einem Schlierseer Gasthaus ab und suchte Ola Hanssons Haus auf. Die beiden alten Bekannten waren erfreut, mich nach so langer Zeit wiederzusehen. Wir hatten uns seit meinem ersten Aufbruch nach Bohuslän nicht mehr gesehen, da jene von Friedrichshagen nach Oberbayern gezogen waren und nicht mehr in Berlin lebten, als ich später mehrmals dort durchreiste.
In ihrer weißgetünchten Bauernstube saß ich nun Abend für Abend bei den schwedischen Schriftstellersleuten, und mein Herz war glücklich, daß es von Stockholm erzählen durfte, von Obstfelder und Ellen Key, von Heidenstam und Geijerstam und Le-

7 *Annie Dauthendey, die schwedische Frau des Dichters.*

8 *Zeichnung von Max Dauthendey als Entwurf für sein »Waldhaus«.*

9 *In den Jahren 1912/13 erbaute sich das Ehepaar Dauthendey dann das »Waldhaus« mit japanischen Stilformen im Würzburger Guggelesgraben.*

vertin und Josephson. Und während Tür und Fenster der Bauernstube weit in die Sommernacht offenstanden und von den dunklen Matten ein paar Kuhglockenlaute antönten, wenn dort schlafende Kühe sich regten, erstaunte ich mitten im Erzählen immer wieder, daß vor den Fenstern meine deutsche und bayerische Heimat lag, da ich mich doch eben deutlich auf den Stockholmer Straßen hatte gehen gefühlt.

Ich dehnte den Aufenthalt in Schliersee länger aus, als ich mir vorgenommen hatte. Je mehr ich mit Ola Hansson von Stockholm sprach, desto mehr schwand Rom, das ich sehen wollte, und ich sah zuletzt wieder als Reiseziel Stockholm vor mir liegen.

Aber dann sprach doch der Verstand dazwischen und sagte barsch: »Du wirst nicht mehr Vermögen als vorher in den Taschen haben, um in Schweden eine Frau heiraten zu können, wenn du jetzt wieder dorthin umkehrst. Du bist von dort abgereist, weil dir das Vermögen fehlte, mit dem du die zukünftige Frau ernähren sollst. Erinnere dich doch, wie du im Mai in der Stockholmer Straße an dem Briefkasten standest. Da war es dir doch ganz bewußt, daß du ohne Geld nicht freien darfst.« –

Eines Abends ging ich mit Herrn und Frau Hansson von ihrem Berghaus hinunter nach Schliersee in den Garten des Gasthauses »Zur Post«. Sie hatten mir gesagt, daß Hermann Bahr, der sich eben auf der Hochzeitsreise befände, mit seiner jungen Frau dort abgestiegen wäre und daß sie ihn treffen und mich ihm vorstellen wollten.

Ich sah und sprach dann auch Hermann Bahr an jenem Abend. Und am nächsten Vormittag fuhr ich mit ihm und seiner jungen Frau in einem Ruderboot auf den Schliersee hinaus. Als wir danach, er und ich, nachdem seine Frau zum Gasthaus gegangen, um sich umzukleiden, ein wenig auf der Landstraße spazierten, erinnere ich mich, daß ich, auf Bahrs Befragen, ihm eine lebhafte Schilderung meiner Eindrücke von Bohuslän gab und ihm erzählte, wie mich das Leben in dem einsamen schwedischen Pfarrhaus und meine Spaziergänge dort im schwedischen Granitland dazu gebracht hätten, die Dichtungen meines Buches »Ultraviolett« zu schreiben.

Er verstand sehr wohl, daß man den Regenduft und den Mondaufgang, den Amselschlag und alle Naturerlebnisse lebhafter und bilderreicher aufnehmen müsse, wenn man an einer steinernen, weltfernen Küste, in einem Land, dessen Sprache man nicht versteht, mit feingewordenen Ohren und Augen nichts anderes erlebte als das wenige, das sich in dem steinernen Rahmen jener fremden Natur abspielte.

Und während ich so sprach und Hermann Bahr mein Leben in Schweden in Gedanken mitlebte, wurde mir mit einem Male klar, daß mein ganzes Buch »Ultraviolett« kein Herz besaß; daß alle diese Lieder herzleer wirkten im Vergleich zu den wenigen Versen, die ich jetzt über das junge schwedische Mädchen gedichtet hatte.

Wie anders wären jene Lieder geworden, die ich in Bohuslän aus meiner Einsamkeit heraus gedichtet hatte, wenn damals schon jenes Mädchen mit mir über die Steine der schwedischen Westküste gegangen wäre! Die Gedichte wären nicht bloß Farbenbilder und Tonbilder geworden, sondern Lieder voll Liebesgeist. So sagte ich zu mir.

Der Inhalt des Buches »Ultraviolett« erschien mir jetzt wie eine durch Natureinsamkeiten hingleitende Irrlichtflamme, die nur eine blaue Luftflamme war, aber die kein Feuer hatte, das einen Körper verzehrte.

Mein Herz hatte damals noch nicht gebrannt, als ich nur der Dichterlust zuliebe dichten wollte.

Nun war mir völlig klar: ich mußte umkehren, nach Stockholm zurück und nicht nach Italien wandern. Dieses Mädchen, das ich im Norden wußte, war mir so notwendig zum Atmen wie meine Lunge. Mein Herz war an ihr entzündet worden und konnte auch nicht in der Ferne mehr verlöschen. Es verfolgte mich jetzt ebensosehr die Sehnsucht nach der Liebe jenes Weibes als die Sehnsucht nach den Dichtungen, die sie mir eingeben würde.

Als ich dann am nächsten Tag Hermann Bahr mit seiner jungen Frau glücklich lachend abreisen sah und als ich am Abend wieder oben auf dem Berg in dem Bauernhause Ola Hansson und seine Frau besuchte, sprach dort in ihrer Häuslichkeit der Geist der Ehe, der Geist der Lust, einen Hausstand zu gründen, stark auf mich ein, und ich erzählte beiden, daß ich eine Stockholmerin liebte, die ich heiraten wollte. Die beiden waren sehr erstaunt und freuten sich und wünschten mir Glück. –

Kaum aber nach Stockholm zurückgekehrt, wurde mir noch deutlicher als vorher bewußt – da ich durch das viele Reisen mich wieder in Not gebracht hatte –, wie unmöglich es mir sein würde, da ich nur von meines Vaters Gnade lebte, mich mit einer Frau durchzuschlagen. Aber doch fand ich nicht die Kraft, die Sehnsuchtsgedanken an das junge Mädchen aufzugeben. In Stockholm angekommen, erfuhr ich, daß sie verreist sei, aber ich war glücklich, wenigstens in ihrer Vaterstadt umherzugehen. Eines Tages aber hörte ich dann plötzlich von ihrer Verlobung.

Ich wollte sofort aus Schweden abreisen. Doch die Mittel zur raschen Reise fehlten für mich, und eine mir grauenhafte Verkettung der Umstände zwang mich sogar, am Verlobungsessen im Hause der jungen Dame teilzunehmen. Danach hätte ich aber am liebsten meinem Leben ein Ende gemacht.

Wie ich noch voll Gram und Unentschiedenheit mit mir zu Rate ging, meldete mir eines Tages das Dienstmädchen, daß ein unheimlicher Mann vor der Tür stehe, der mich zu sprechen wünsche. Es war der polnische Schriftsteller Stanislaus Przybyszewski, dessen leise Stimme und fremdländisches Äußere dem Dienstmädchen Furcht eingejagt hatte. Przybyszewski war mit seiner Frau, welche Norwegerin war, von Christiania nach Stockholm gekommen, und ich war nun glücklich, durch den geistig lebendigen Polen auf andere Gedanken gebracht zu werden. Er arbeitete in dieser Zeit eben an seinem Roman »Satans Kinder«.

Bei irgendeinem Bekannten saßen wir nun immer, bei starken Alkoholgetränken und im Zigarettenqualm, er, seine Frau, Freundinnen und Freunde, fast Nacht für Nacht bis in die Vormittagstunden, unendliche Reden führend und unendlich schweigen könnend, halb schlafend, halb wachend, beisammen, immer neue Grogs brauend, immer neue Zigarettenschachteln öffnend. Und mein Hirn tanzte bald, überreizt von Nikotin- und Alkoholvergiftung, und ich fühlte mich in jenen Winterwochen weder körperlich noch geistig lebend. Es war mir in jenen Nächten oft, als wären wir alle Spukgestalten geworden, die Frauen wie die Männer jenes Kreises. Wenn sie lachten, wenn sie sprachen, wenn sie schwiegen, waren sie mir wie eine Gespenstergesellschaft, die erst der anbrechende dunkle Wintermorgen scheuchte.

Aber sobald wieder nachmittags die Straßenlaternen angezündet waren und überall künstliches Licht war, fand sich auf der Alkoholwolke und auf den Tabakswolken die Spukgesellschaft wieder zusammen, mit wirren geistblitzenden verzerrten Gelächtern die lange Nacht ausfüllend.

Przybyszewski spielte Chopin, wenn er bei Laune war. Das

sonst so öde Klavier wurde dann zu einer Hölle, die er mit wild tastenden Händen öffnete. Und die Töne fraßen Ordnung und Gesetze und Gedanken blindlings aus den Hirnen aller Zuhörer fort, und Töne, Menschen und Zeiten wurden zum Chaos. Kein Leben behielt mehr seine Form und seinen Sinn. Nur der Einsturz alles Lebens und die Vernichtungsfreude schien in den Tönen zu funkeln, wie der glühende Alkohol in den Gläsern und wie die Feuerpunkte der Zigaretten zwischen den Lippen der Menschen, die da in Sesseln und Sofas auf den Teppichen herumlagen und herumhockten.

Und da war kein stilles Kreisen der Gestirne, kein geordnetes Planetenleben mehr an dem Nachthimmel draußen, der zu den Fenstern auf uns und auf den spielenden Polen sah. Es war, als schössen vor meinen Augen alle Sterne, Kometen geworden, wild und regellos durch den Nachtraum.

Die Töne klirrten unter den weißen gelenkigen Fingern des Spielenden, und die Herzen klirrten in der Brust der Zuhörer. Und wie die Scherben der zerbrochenen Groggläser am Boden sahen die Augen der Frauen und Männer, Glassplittern ähnlich, aus dem Tabakrauch. Der Geist, der sekundenweise aus ihnen aufschoß, hatte keine Geistesgewalt mehr, sondern war nur ein Zucken und Verenden des Geistes. Des Morgens war mein Herz voll Mattigkeit, und abends sehnte es sich doch wieder nach dem Untertauchen in den Hexensabbat.

Endlich raffte ich mich im Januar auf, die Stadt zu verlassen, wo die wirren Nächte mich für die bekümmerten Tage betäuben mußten. Denn ich schlief in diesen Wochen nicht einmal tagsüber, sondern sehnte mich unnütz. Ich lag und dachte an mein Herz und stand erst zur Abendstunde auf, gedankenmüde und verquält.

Aber als ich das Geld zur Abreise bereit hatte, fehlte mir der Mut zur Abreise, und ich gab das Reisen wieder auf. Denn auch in der dunkelsten Zeit, in dem Wirrwarr jener Nachtstunden, stand wie der Geist meiner guten Stunden, wie der gute Genius meiner Gedichte hinter dem Tabaksqualm, hinter den Betäubungen das Gesicht jenes Mädchens, das ich liebte.

Und wenn ich morgens über die menschenleeren Pflastersteine nach Hause ging, sagte ich mir: über diese Steine wird sie am Tage gehen! Und dieser Gedanke gab mir ein wenig Befriedigung. Doch ich getraute mich nicht, von den Steinen aufzusehen. Denn dann konnte ich sie, wenn sie auch nicht auf der Straße war, im Geist deutlich am Arm ihres Verlobten daherkommen sehen.

»Wir wollen alle reisen«, sagte eines Tages Frau Przybyszewski. Und ich sagte, ich wollte meinem Vater um Geld telegrafieren. Wir gingen dann alle zusammen zum Telegrafenamt. Aber wie ich das Telegrammpapier vor mir liegen hatte, sagte ich: »Ich werde niemals Geld erhalten, wenn ich nicht einen triftigen Grund angebe.«

Ich schrieb deshalb auf das Papier: »Bitte telegrafiere mir tausend Mark wegen einer Frau.« Aber dann wußte ich nicht mehr weiter. Ich meinte, mein Vater würde vielleicht annehmen, daß ich einen Ehrenhandel hätte. »Schreiben Sie dazu«, sagte eine der Frauen, »werde sonst verhaftet.« Und ich schrieb dieses und schickte das Telegramm ab und erhielt auch am Abend das Geld von meinem erschrockenen Vater, der natürlich briefliche Aufklärung verlangte. So wildes Wesen trieb die Verzweiflung mit mir, daß ich nicht mehr bedachte, was ich tat.

Wir reisten am nächsten Tag von Stockholm ab. In Kopenhagen trennte ich mich dann von Przybyszewski und seiner Frau und fuhr nach Paris.

Vorher hörte ich schon, daß jene junge Schwedin in Stockholm ihre Verlobung wieder gelöst hatte, und ich atmete auf und durfte nun wieder hoffend und frei an sie denken; doch wagte ich es kaum noch. –

In Paris hatte ich das amerikanische Ehepaar James und Theodosia, die von London zurückgekehrt waren, in ihrem Atelier bald nach meiner Ankunft aufgesucht und hatte ihnen von meiner Herzensnot erzählt und von meiner Hoffnung, daß der Himmel mich vielleicht doch noch einmal mit der jungen schwedischen Dame, die ich liebte, zusammenführen würde.

Die beiden Amerikaner machten mir großen Mut und sagten immer wieder, mein Wünschen würde sicher so stark wirken, daß ich eines Tages noch glücklich würde.

Und Paris war die geeignete Stadt, in der ich am stärksten meinem Liebeswunsch nachhängen konnte, denn das Straßenleben, die Vergangenheit und die Gegenwart dieser Stadt sprechen ununterbrochen von der Liebe, die diese Stadt erlebt, erlebt hat und erleben will.

Als ich im Februar 1896 nach Paris kam, war vier Wochen vorher Frankreichs bester Dichter, der Lyriker Paul Verlaine, gestorben. Und die Zeitungen erzählten täglich Züge aus seinem

Leben. Man erfuhr, daß er sich von Krankenhaus zu Krankenhaus durchgeschlagen hatte. Aber er war nicht so sehr krank gewesen als notleidend. Er hatte keinen anderen Ausweg gesehen, um sich zu helfen, als daß er sich bei den verschiedenen Spitälern in der Armenabteilung krank meldete, nur um Unterkunft und Verköstigung zu erhalten.
Ich wohnte auf der Höhe des »Quartier Latin« in einem Gasthof in der Straße de l'Abbé de l'épée, einer friedlichen kleinen Seitenstraße des Boulevards St. Michel, die, wie man weiß, die Hauptstraße des Pariser Studentenviertels ist.

Im Quartier Latin

Damals, im Jahre 1896, lebten und arbeiteten in Paris immer noch Zola, Huysmans, Mallarmé, von denen für die Literatur tonangebende Neuerungen ausgingen. Wie ich schon sagte, Verlaine war eben gestorben. Auf dem Boulevard St. Michel lief ein älterer, etwas komischer, halb verhungerter Literaturstudent im Gehrock und Zylinder umher, der den Spitznamen Bibi hatte und der unversehens mitten im Menschengewühl zu einem herantrat, aus seiner hinteren Gehrocktasche eine Stiefelbürste zog, den Zylinder höflich lüftete und mit ernster Miene um die Erlaubnis fragte, einem den Staub von den Stiefeln und vom Hosensaum bürsten zu dürfen.
Man ließ es sich gefallen und gab ihm eine Geldmünze dafür. Denn jedermann wußte, daß Bibi bitterarm war. Aber außerdem wußte man auch, dieser dürftige, dürre Mensch, der nur flüsterte und der im Menschengedräng wie ein Schatten kam und schwand, er war der treueste Anhänger Paul Verlaines gewesen. Und man behauptete später, daß er noch zehn Jahre nach Verlaines Tod das letzte Hemd des Dichters an seinem Leib trage und es, aus Verehrung für den toten Meister, niemals ablege. Gestalten von solch rührender, wandelnder Lächerlichkeit lebten viele im Gedränge des Boulevards St. Michel. Zur Mitternachtsstunde tauchten sie auf, und es war dann, als verkörperten sich in ihnen vergangene Zeiten.
Man sah da auch ein altes Mütterchen. Sie verkaufte Oliven in Öl oder gekochte rote Krebse, je nach der Jahreszeit, und man sagte, sie sei eine Freundin des Dichters Musset gewesen. Sie war wohl neunzig Jahre alt, und ihr Kopf wackelte, und manchmal

machte sie einen Luftsprung, wenn ihr auf einer Kaffeehausrampe von einem Studenten Geld zugeworfen wurde. Dieser Hopser der Alten war die letzte Erinnerung aus ihrer Tänzerinnenzeit, die sie einst am Ballett der Großen Oper erlebt hatte.
Diese Spukgestalten der Vergangenheit wurden von den Studenten sowohl wie von ihren Freundinnen, die die nächtlichen Straßen füllten, geachtet und geliebt, man schätzte sie. Sie bildeten die Patina der Straße. Alte Kenner des Lebens sahen ihnen ehrfürchtig und behaglich schmunzelnd zu. Und die jungen Lebensneulinge betrachteten diese Überbleibsel toter Zeiten mit Scheu und mit leisem Anflug von Selbsterkenntnis: das Leben vergeht, darum wollen wir es festlich nehmen. Mehr Erkenntnis aber lebte noch nicht in den jungen Nachtschwärmern des lateinischen Viertels.

Frühling in Versailles

In diesem Stadtteil von Paris verbrachte ich vom Februar 1896 bis Ende April die letzten Wintertage. Im Betrachten der großen fremden Stadt und im Betrachten der nächsten Umgebung meiner Gasse, in der ich wohnte, vergingen die Stunden schnell.
Und eines Sonntags, im Parke von Versailles, erstaunte ich, daß in den hohen Baumgängen und in den künstlichen Wasserläufen dort schon die Frühlingssonne warm spielte.
Als ich über die endlose Baumreihe, die sich von der Schloßrampe beinahe bis an den Erdrand hinzuziehen scheint, hinsah und mich die frische, freie Luft ferner Äcker und Felder anwehte, knickte mein Herz ein. Denn ich wurde plötzlich erinnert, daß es außer dem künstlichen Stadtleben, das ich bis jetzt in diesen Pariser Wintertagen und in den letzten Monaten in Stockholm fern von freier Natur gelebt hatte, auch noch Wiesen, Wälder, Länder, Erdteile und Meere zum Aufatmen gab.
Und die Luft sagte weiter, daß über dem Meer fern im Norden ein Mädchen, das ich ersehnte, lebte und daß die Frische, die hier in den stadtfernen Versailler Schloßgarten über Äcker hergekommen war und nicht über Hausdächer, mich an das ferne Land im Norden erinnern wollte, an Bohuslän, wo ich zuerst ohne Herz gedichtet hatte, und an Stockholm, an meine Wohnung am Tegnerlund, wo ich meine ersten Liebesgedichte herzlich gedichtet hatte.
Hier in Frankreich war ich bisher vor dem Neuen wie ein Schlaf-

wandelnder gegangen, und es war mir oft, als ob ich meine Dichtung und meine Liebesgefühle zu jenem Mädchen in einem fern vergangenen Leben erlebt hätte.

Aber nun kam vom Erdrand junge Luft durch den langen Baumgang, über den langen Wasserlauf, zu den Treppen der Schloßrampe von Versailles, und eine große Sehnsuchtswelle rührte mich an. Die Vögel, die Amseln und Finken, die da in den blätterleeren hohen Bäumen des Parkes aufsangen, wollten auch mich zum Aufsingen überreden. Und das Wasser blitzte unter dem dunklen Geäst, die Frühlingssonne glitzerte in den laubleeren Kronen der Bäume, und die weißen großen Götterbilder, die da am Fuß der breiten Treppe stehen, sprachen von der Göttlichkeit des Menschenleibes und von der Festlichkeit, mit der die Heiden ehemals Himmel und Erde herzlich und selbstverständlich genossen haben.

Der große leere Frühlingsgarten, der bereit stand zu erwachen, der Knospen und Blätterschwärme bringen wollte und zu grünen Sälen werden wollte, darinnen sich die Menschen in Paaren ergehen sollten, dieser Garten sagte: »Geh, hole dir dein Mädchen und komme wieder mit ihr. Meine festlichen Wege sind nicht für Einsame gedacht. Ich bin ausgedacht zur Feier der Liebesgefühle. Auf meinen Wegen will ich der Menschen Liebesgeplauder hören und will Menschen sehen, deren Herzen nicht einknicken vor Weh und Einsamkeit, wenn sie an das Ende meiner langen Baumgänge blicken.

Wenn es die Amsel dort fertigbringt, sich ein Weibchen zu finden und diesem ihr Lied zu singen, warum sollst du, junger Mensch, es nicht fertigbringen, wie eine Amsel dein Weibchen zu finden und ihm deine Lieder zu singen.«

Alles dies hörte ich laut in meinem Blut reden. Bei jedem Schritt, den ich über den feinen Sand in dem ebenen Garten tat, schluchzte mein Herz und klagte meinen Verstand an und sagte:

»Sieh und höre, was der Garten spricht. So wahr als die Sonne, die jetzt hier das leere Wasser in weißes glänzendes Feuer verwandelt, die Gartenbäume und den Rasen täglich anruft, daß sie blühen sollen, und so wahr es ist, daß dieser Garten der Sonne folgen muß und Blätter und Knospen treiben wird, so wahr ist es, daß ich dich anrufe und flehe: höre auf dein Herz. Du kannst es nie betäuben!

Ich rufe dich an wie die Sonne. Und dein Geist und dein Leib müssen mir folgen. Du kannst die Liebe nicht ersticken. Das ferne Gesicht jenes Mädchens, das du liebst, spiegelt sich in mir, in deinem Herzen, wie die Frühlingssonne hier im Wasserlauf und verwandelt mich in weißes Feuer. Geh heim jetzt und liebe und singe.« –

Und am Abend in Paris im hellgrauen Frühlingsabend, in dem kleinen stillen Gasthof, schrieb ich mein erstes Gedicht seit Monaten und wünschte inbrünstig wie nie diejenige herbei, von der heute im leeren Versailler Schloßgarten den langen Nachmittag das ganze Weltall zu mir gesprochen hatte.

Seit drei Tagen aber befand sich die, die ich fern in Schweden glaubte, in derselben Stadt wie ich. Das erfuhr ich am nächsten Tag, als ich ihr, die mir wie vom Himmel gefallen schien, mitten in Paris begegnete. –

Paul Verlaine stirbt

Ich ging meistens nach dem Frühstück, das ich zwischen elf und zwölf Uhr einnahm und das mein Mittagessen bedeutete, aus dem Gasthaus fort, um dann im Luxembourggarten zu lesen, und trat gegen zwei Uhr in ein Kaffeehaus ein, wo ich immer einige mir bekannte Künstler traf. Manchmal saß ich im Café François premier am Boulevard St. Michel. Da war Verlaines Stammplatz gewesen, der jetzt auf dem Ledersofa unter den mit Blumen bemalten Spiegeln für immer leer blieb.

Der Kellner dort, der den Dichter noch vor einigen Monaten bedient hatte, erzählte, wenn er mir die Zeitungen brachte, gern von seinem toten Dichtergast. Von ihm hörte ich auch über den seltsamen kindlichen Goldhunger, der den verarmten Bohemepoeten kurz vor seinem Tode noch befallen hat.

Freunde hatten Verlaine ein kleines Zimmer gemietet, und dort fanden sie ihn eines Tages, als er seine wenigen Tische, Stühle und Geräte und alles, was in dem dürftigen Stübchen sich um ihn befand, liebevoll mit einer ganz gemeinen Goldbronzefarbe bemalte.

Er, der selten Gold in die Hände bekommen hatte, den der Hunger an die Türen der Armenspitäler getrieben hatte und der in seinem Geist sich so viele goldfeurige Leidenschaftshimmel in die Welt geträumt hatte, wollte auch einmal die irdische Armseligkeit – in der ihn seine stolze reiche Nation darben und ver-

kommen ließ –, ehe er sterbend von ihr schied, sichtbar vergoldet sehen.
Er konnte das Zimmer schon nicht mehr verlassen vor Entkräftung und von stetem Elendsfieber gepeinigt, das seinen Körper zerrüttet hatte. Seine Freundin, die ihn zuletzt pflegte, kaufte ihm einige Flaschen Goldbronze, seinen letzten Wunsch erfüllend. Und halb kindlich, halb spöttisch schmunzelnd, vergoldete er in seiner Stube das graue und abgestorbene Holzgerät, die Stuhlbeine und die Tischbeine. Die blanke Goldbronze mußte dem Dichter den fehlenden Sonnenschein in den dunklen Pariser Dezembertagen vortäuschen, die Frühlingssonne hat der Arme nicht mehr wiedersehen dürfen.
Verlaine starb, und die Pariser Bürger bemerkten seinen Tod kaum. Nur das Studentenviertel, nur die Künstler, erlitten bewußt einen tiefen Verlust mit seinem Hinscheiden.
Sollte man es für möglich halten, daß große Geister so unbemerkt von einer gebildetseinwollenden Bürgerschaft und so ungefühlt leben und gehen können? Das war doch nie bei den Griechen und Römern der Fall, daß ein großer Mann in ihrer Mitte lebte, den nicht auch die ganze Nation gekannt hätte. Die Jagd nach dem Gold heute macht die Bürger geistesblind, blind gegen sich selbst, blind gegen ihre eigenen tiefsten heiligsten Forderungen.
Der arme Dichter rief jenes Gold, das die Bürger von ihm fernhielt, in sein Sterbezimmer, und er zwang den Goldschein, ihm in sein leidendes abschiednehmendes Auge zu sehen. Und als ihn das Gold ungerührt ansah, lächelte er ihm im Sterben zu und versöhnte sich auch mit ihm, seinem Lebensfeinde. Das Gold, nach welchem Verlaine nie gestrebt, hatte ihn vielleicht deshalb, weil der Dichter es nicht verehren wollte, gehaßt. Das Gold, das über alle bürgerlichen Menschen Macht hat, hatte nicht über diesen Helden der Dichtung Macht bekommen, und nur in seiner Sterbezeit spielte Verlaine mit dem Glanz des Goldes wie ein Kind. –

Ein wunderbares Wiedersehen

Da ich an jenem Tage, nach dem Versailler Sonntag, keinen von meinen Bekannten im Café François premier getroffen hatte, ging ich in das Kaffeehaus Lilas, das auf der Höhe des Studentenviertels am Boulevard Montparnasse liegt. Dort war immer ein Kreis des jüngsten künstlerischen Frankreichs und des jüngsten künstlerischen Auslandes, nachmittags und abends, anzutreffen.

Ich befand mich auch nicht lange dort, da kam Edvard Munch und setzte sich zu mir. Ich fragte ihn sogleich nach der Adresse einer norwegischen Freundin, jener jungen Stockholmer Dame, die Munch ebenso gut wie ich kannte. Ich ließ mir dann vom Kellner eine Postkarte geben und schrieb an jene Dame nach Norwegen, denn bei ihr hielt sich jetzt, wie ich erfahren hatte, die junge Stockholmerin zu Besuch auf.

Ich hatte noch nicht zwei Zeilen und noch nicht die Frage an die Norwegerin, ob die junge Schwedin schon nach Stockholm zurückgekehrt sei, ausgeschrieben, als sich die Glastüre des Kaffeehauses öffnete und Munch neben mir erstaunt ausrief: »Nein, sehen Sie, da kommt sie ja schon selbst.«

Verblüfft sah ich auf und sah wirklich sie, zu der ich so ungeduldig in diesem Augenblick nach Skandinavien hingedacht hatte, unter der Tür eintreten. Ihr Gesicht, das ich gestern ganz fern am Ende der Versailler Baumgänge im Frühlingswinde in meinem Geist hatte aufwachsen sehen, kam mir nun vervielfacht aus den breiten Spiegelwänden, aus allen Ecken und Enden der Glaswände des Pariser Kaffeehauses beweglich und lebend entgegen.

Ich sah mich mit einem Mal wie umringt von allen den Sehnsuchtsbildern, die ich mir von jenem Mädchen gemacht hatte. Und es stand in der Mitte aller dieser Spiegelgesichter wie der warme Kern aller meiner Sehnsüchte, und erstaunt reichte es mir über den Marmortisch die Hand zur Begrüßung.

Die junge Schwedin war mit ihrer norwegischen Freundin kurz entschlossen nach Paris gekommen. Sie war nach der raschen Verlobung und Entlobung dieses Winters unruhig, müde und fliehend vor sich selbst und ratlos geworden.

Sie kannte schon Europa von früheren Reisen. Ihr Vater hatte sie, als sie achtzehn Jahre alt war, nach der Schweiz gebracht in ein Pensionat, wo sie fremde Sprachen gelernt hatte. Ein Jahr später war sie mit mehreren Freundinnen durch Italien gereist, nach Rom und Neapel, und sie war dort eifrig durch die Bildersammlungen gewandert, teils weil sie dieses unterhalten hatte, teils weil sie ihren Vater beim Heimkommen mit dem Gesehenen unterhalten wollte. Auch Paris hatte sie besucht und dann London. Und später war sie in England auf dem Lande einige

Zeit in einem Pfarrhaus in Pension gewesen. Alles dieses wußte ich, und ihr plötzliches Erscheinen in Paris war mir erklärlich, da ich auch wußte, wie gern und leicht sie reiste. –

Am dritten Tage unseres Wiedersehens schien es mir endlich an der Zeit zu sein, ihr zu erzählen, warum ich ihr die Gedichte, welche meine Liebe erklärt hätten, in Stockholm nicht gegeben hatte. Ich wollte ihr sagen, daß ich nicht gewagt hatte, um sie zu freien. Aber jetzt hätte ich eingesehen, daß mir nichts Schlimmeres begegnen könnte, als von ihr getrennt zu leben.

Wenn ich ihr auch noch nichts zu bieten hätte als meine Liebe und meine Lust, ihr zeitlebens Liebeslieder zu schreiben, so meinte ich doch, es würde der Kampf gegen die Armut das kleinste Übel sein.

Durfte doch der Amselmann das Amselweibchen besingen! Und wurden sie nicht beide satt dabei und konnten ans Nestbauen denken?

Und diesen Mut wollte ich mir jetzt nehmen, und das Mädchen, das ich liebte, wollte ich mir nicht mehr entgehen lassen, wollte nicht mehr getrennt von ihm leben.

Ich stieg deshalb am dritten Tage mittags in einen Wagen und fuhr in das entfernte Stadtviertel, wo die junge Dame in einer Pension wohnte und wo sie für einen Monat ein Zimmer genommen hatte.

Ich holte sie dort ab, und wir gingen miteinander fröhlich plaudernd zum Frühstück, und danach schlenderten wir durch die Louvresammlung und kamen zuletzt auch vor die große Bildsäule der Venus von Milo, die im Erdgeschoßgewölbe des Louvreschlosses einen Raum für sich hat.

Der heilige wunderbare marmorne Frauenleib, der da hochaufgerichtet, stolz und göttlich allen Menschen zum Wohlgefallen geschaffen schien, machte uns beide verstummen. Ich mußte an den Dichter Heinrich Heine denken, der sich als Todkranker vor dieses Bild hatte hintragen lassen und der mit den Fingern sein Augenlid öffnen mußte, das schon gelähmt war, um nur nochmals vor seinem Tod die Venus bewundern zu können, für die er so viele Strophen gesungen hatte. Den kranken Dichter, den halbtoten, erquickte noch einmal die Schönheit, die ein griechischer Künstler vor mehr als zweitausend Jahren geschaffen hatte!

Nach zweitausend Jahren ist jene Kraft heute noch wirksam, mit der die Künstlerhand den Marmor geformt, mit der ein

menschlicher Geist, mit der ein Mensch einen Göttinnenleib und eine Götterkraft geschaffen hatte!
Sind wir Menschen dann nicht Schöpfer, Schöpfer am Weltall, wenn wir nach zweitausend Jahren noch mit unserer Hände Werk und dem Werk unseres Herzens ferngeborene Geister begeistern können und ihnen Lebensmut und Lebensherzlichkeit einflößen können, ihnen sogar noch Götterkraft in der Todesstunde geben können? – Die griechischen Götter vergingen, aber der griechische Künstler lebte fortwirkend über seine Götter!
Ich schickte ein kurzes Stoßgebet zum Liebesgeist, der vor zweitausend Jahren den Marmor geschaffen hatte. »Segne mein Vorhaben!« bat ich. »Großer Geist, wenn du ewig des Lebensfestes höchster Festgeist gewesen bist, steh mir bei. Laß mich nicht mutlos werden. Segne uns beide!«
Oft habe ich später an den seltsamen Zufall denken müssen, daß uns unser Weg ganz absichtslos in den Louvre und vor die Venus geführt hatte. Der Anblick der starken Liebesgöttin und die starke Künstlerkraft, die aus dem Marmor jahrtausendestolz zu uns redete, beschleunigte mein Vorhaben, und ich sagte der lang Begehrten meinen Herzenswunsch.
Einige Stunden später stellte ich bei einem Abendbesuch bei James und Theodosia, den Amerikanern, meine Braut vor. Diese freuten sich und triumphierten, weil sie mir vorausgesagt hatten: das, was man stark und aufrichtig, im Innersten seines Wesens, wünscht, zieht man zu sich heran und schafft so selbst seinem Wunsch die Erfüllung.
Die tatkräftigen Amerikaner schlugen uns vor, daß wir, wie sie es getan hatten, gleich nach England reisen sollten, um uns dort trauen zu lassen. Das taten wir auch und reisten am nächsten Tage; und am fünften Tage nach dem Besuch bei der Venus im Louvre waren wir schon vermählt.
Bei unserer Trauung herrschte aber eine babylonische Sprachverwirrung. Die junge Schwedin verstand wohl Deutsch, konnte es aber noch nicht sprechen. Ich verstand Schwedisch, konnte es aber nicht sprechen. Und von einem englischen Geistlichen, der weder Schwedisch noch Deutsch verstand, wurden wir in der französisch sprechenden Stadt St. Helier, auf der Insel Jersey, in einer wunderbaren alten englischen Kapelle in französischer Sprache getraut.
Im Seebad Gorey auf derselben Insel, in dem schmucken englischen Fischerdorf, das am Fuße einer alten Normannenburg

liegt, wohnten wir während des Monats Mai bis Anfang Juni, von wo wir dann nach Paris zurückkehrten. Denn ich bemerkte mit Schrecken, wie schnell man im Glück das Geld ausgibt.

Honigmond auf der Insel Jersey

An einen Jugendfreund

Jersey, 12. Mai 1896

Lieber N., seit acht Tagen bin ich verheiratet. Richtig verheiratet in der Kirche zu St. Helier auf Jersey. Der goldene Trauring glänzt fröhlich an meinem Finger.

Deine beiden Briefe habe ich erhalten, den einen aus Port Said, den andern aus Singapore. Du bist jetzt wahrscheinlich schon auf der Rückreise. Ich begrüße Dich schon in Gedanken bei uns. Alle die letzten Monate seit meiner Ankunft in Paris bis zum 1. Mai waren mir eine lange Trauerprozession von Sorgen, Sorgen.

Paris war teuer und unser Geld in kurzer Zeit aus. Gustav und ich hatten tagelang nichts zu essen, lebten in eiskalten Zimmern und konnten nirgends Geld erhalten. Ich dachte dabei viel an Dich, wie ruhig und sicher Du auf Deinem Schiff lebst; und als Dein erster Brief aus Ägypten kam, war unsere Not so groß, daß ich im Bett lag, weil ich nichts zu essen hatte, und mich warm hielt durch Schlafen und Vergessen. Als ich endlich ein kleines Monatsgeld von zu Hause bekam, sagte ich zu Gustav, er sollte damit nach Würzburg reisen und meinem Vater eindringlich auseinandersetzen, daß er mir ein Jahresgeld geben müsse. Gustav reiste, richtete aber nichts zu Hause aus, und ich saß nun allein und ganz ohne Geld in Paris. Da lieh mir James Reisegeld, ich fuhr nach Würzburg, sprach zwei Stunden mit meinem Vater, erhielt viertausend Mark und reiste wieder zurück nach Paris am gleichen Tag. Ich sandte davon tausend an Gustav, er war in Berlin und kam wieder nach Paris. Nach vierzehn Tagen kam Annie Johansson nach Paris. Sie hat mir immer gefallen, und ich hatte meine besten Gedichte an sie gedichtet. Wir sahen uns ein paar Tage, verlobten uns, reisten hierher nach Jersey, und da wir uns anderthalb Jahre schon kennen, warteten wir nicht länger und heirateten gleich.

Jetzt wohnen wir auf Jersey in Gorey-village, einer kleinen

Dorfstraße an der Küstenecke der Insel. Wir haben zwei gemütliche Zimmer. Der Salon mit drei Fenstern sieht hinaus auf das Meer, wie blaues Gas schwebt das weite Wasser, und der weiße Frühlingshimmel glänzt zu uns herein. Morgens, wenn wir um neun Uhr frühstücken, ist es Ebbe, und die Sonne wärmt den gelben Strandsand. Eine große englische Burgruine liegt nahe an unserem Haus, und die Mauern und Felsen und Eichen stürzen senkrecht auf den Meeresspiegel. Unser Zimmer ist voll Pfingstrosen und frischem lila Flieder und kühlen Narzissen. Ich lebe ganz allein mit meiner schönen jungen Frau, und wir essen zu Hause und machen Spaziergänge am Meer und leben wie die Blumen nur von Sonne und Liebe. Wir sehen und kennen keine Menschen hier und fühlen als dritte Person nur die Ewigkeit bei uns, Gott.
Ich bleibe noch einen Monat, also bis Anfang Juni, hier. Dann reise ich nach Paris. Ich hoffe, wir sehen uns dort.
Ich danke Dir herzlich für Deine Briefe, ich wundere mich, daß der Orient in den Städten einen solch traurigen Eindruck auf Dich macht. Es sind dort doch uralte Kulturen, man muß also doch dort auch Menschen sehen, die ungemein vertieft und begabt und veredelt sind?
Ich freue mich auf Deine Mitteilungen über Japan. Und daß Du das Ewige auf der Meerreise so stark empfinden würdest, das fühlte ich voraus. Ich glaube, diese lange Reise hat Dich klar gewaschen – und Du wirst die neue Religion für die Massen schreiben können.
Annie läßt Dich grüßen, wir freuen uns, Dich bald bei uns zu sehen, wenn wir wieder in Paris sind.
Glückliche Reise und auf ein frohes Wiedersehen!

Jersey, Gorey-village, 30. Mai 1896

Vor ein paar Tagen erhielt ich Deinen Glückwunschbrief und gestern einen Brief aus Paris nachgesandt mit Deinem Bild und Buch. Meine Frau läßt Dich grüßen und war erfreut, Dich zu sehen.
Wir sind schon mitten im Abreisetrubel, morgen Sonntag reisen wir leider schon. Wir wohnten drei Wochen herrlich am Meer. Die Insel blühte tropisch reich und ist voll uralter Gärten und Ruinen. Feigen- und Kampfer- und Kamelienbäume, dazu die See mit ihrer riesigen Ebbe und Flut.

Meine Frau ist ebenso wie ich immer viel gereist, sie kennt Italien, London, Paris, aber nur wenig von Deutschland. Sie spricht Deutsch am schlechtesten, und deshalb wählte ich eine deutsche Stadt zum Aufenthalt.
Ich sende Dir ein paar Bilder, sie sind wundervoll ähnlich, die Kleider nämlich, die Gesichter sind etwas mißgeboren, aber das schadet nichts in England.
Meine Frau hat rotes Haar und grüne Augen, aber ihre Seele ist tiefblau.

ARM IN PARIS

Mit der jungen Frau in Paris

Von der Englandreise nach Paris zurückgekehrt, mieteten wir jungen Eheleute dann in der Rue Boissonnade, die eine Atelierstraße ist, von einem Amerikaner, der zum Sommer aufs Land gezogen war, ein großes ausgestattetes Maleratelier und ein Schlafzimmer.
Noch einige Zeit konnte ich meiner jungen Frau verbergen, daß die Sorge bald vor unserer Tür stehen würde und daß ich nicht ahnte, wovon wir dann weiterleben sollten.

Das Museum Guimet

Ich besuchte in jener Pariser Zeit 1896/97 auch öfters das eben erst eröffnete Museum Guimet, das beim Trocadero liegt und darin ein reicher Franzose ungeheure Schätze asiatischer Kunst angesammelt hat. Chinesische und japanische Kunstgewerbegegenstände waren da und große Götterbronzen, viele vergoldete Buddhas, auf riesigen vergoldeten Lotosblumen sitzend, und wunderbares asiatisches Lackgerät für Haus und Tempel, ebenso eine reiche asiatische Bilder- und Porzellansammlung.
Hier erwachte die Lust zu meiner späteren Weltreise zum erstenmal, als ich mich sehnte, des Friedens jener Völker teilhaftig zu werden, die da im kleinsten nicht bloß Nützliches tun, sondern nützlich Schönes, die als Buddhisten mit allem Weltalleben festlicher verkehren, weil sie sich nicht höher stellen wollen und

sich nicht hochmütig besser zu sein dünken als die mitlebenden Lebewesen des Alls.

Ich sehnte mich, jene Völker aufzusuchen, die so gesittet und klug denken und sich jahrhundertelang künstlerisch geschult und bereichert haben und künstlerischen Verkehr übten mit allen Weltalldingen durch beschauliches Sichvertiefen in die Natur. Jene Völker waren nicht bloß den Menschen, sondern auch den Pflanzen und den Tieren vor ihren Fenstern und Türen vertrauliche Kameraden geworden, da sie herzliche Bewunderer sind allen Lebens.

Die Volksmassen der Europäer haben es hingegen hauptsächlich nur zu wissenschaftlichem Ergründen und Bewundern des Lebens gebracht. Über die Wissenschaft hinaus, zur Kunst, zur künstlerischen Vertiefung, wohin alle Leute in Japan und China durch ihre buddhistische Weltauffassung gekommen sind, davon sind unsere breiten Volksmassen noch weit entfernt.

Nur eine Schar von künstlerisch Gebildeten und nur die Künstler weisen in Europa von Jahr zu Jahr mehr darauf hin, mit dem Weltalleben künstlerischen festlichen Verkehr zu pflegen, was seit der Heidenzeit bei uns nicht mehr der Fall gewesen ist.

Damals, nach meinen häufigen Besuchen in den Louvresammlungen und in der asiatischen Sammlung Guimet, kam mir die Sehnsucht, Ägypten und Griechenland zu besuchen, Indien, China und Japan. Griechenland bereiste ich dann im zweiten Jahr meiner Verheiratung. Die anderen Länder sah ich erst zehn Jahre später. Aber es war mir in all diesen zehn Jahren, bis ich die Weltreise in meinem achtunddreißigsten Lebensjahre ermöglichen konnte, ein stetes Bedürfnis, von asiatischen Ländern zu hören. Von den Ländern, aus denen wir alle unsere Weisheit und künstlerische Kultur erhalten haben, von jenen Ländern, die von jeher ihren Hunger nach Kunst so selbstverständlich befriedigt haben wie den Hunger ihres Magens. Künstlerische Schönheit gehört bei den Asiaten zum Leben wie das tägliche Salz, ohne das der Mensch nicht leben kann. –

Teils angeregt durch die Kraft der Liebe, teils angeregt durch die Gespräche kabbalistischer und okkultistischer Art schrieb ich in jenem Sommer 1896, wo ich, eben verheiratet, in jenem Atelier in Paris wohnte, das Epos »Phallus«. Auch diese Dichtung zähle ich noch zu meinen Jugendschriften.

Nachdem ich einige Monate verheiratet war, kam das, was ich schon vorausgesehen hatte, daß das Geld, das mein Vater mir im Frühjahr gegeben hatte, rasch zur Neige ging. Denn ich hatte damit Hochzeitsreise und den Sommeraufenthalt in Paris bestreiten müssen.

Und als ich das Gedicht »Phallus« beendet hatte, wußte ich genau, daß jetzt noch niemand dasselbe kaufen würde und daß das, was man mir vielleicht dafür böte, so wenig sein würde, daß man sich davon nicht viel Lebenstage kaufen könnte. Erst fünf Jahre später nahm dieses Gedicht die Zeitschrift »Insel« für einige hundert Mark.

Diese Ohnmacht, nichts verdienen zu können und doch die Zeit bei unausgesetzter Arbeit zugebracht zu haben, zu wissen, daß ich mich zugleich in fortgesetzter geistiger Weiterentwicklung befand und eine neue Weltanschauung verkörpern wollte, die täglich meine Gedanken und mein Empfinden beschäftigte – alles dieses hätte mich verfinstern müssen.

Wohl wurde ich oft verdüstert. Aber die junge Liebe, die ich erlebte, war zu süß und ließ keine Verbitterung in mich dringen. Ich fühlte nur, daß die Welt nicht in Ordnung war. Und wenn ich mich auch schämte, Freunde und Verwandte um Weiterhilfe immer wieder von neuem angehen zu müssen, so sagte doch mein Inneres: es wird sich ganz von selbst eines Tages beweisen, daß die Hilfe, die man mir gab, nicht schlecht angewendet war.

Im letzten Grund gab ich die Schuld, daß ich bitten mußte, der ungenügenden Gesellschaftsordnung, in der ich heutzutage lebte und die jeden jungen, sich entwickelnden Dichter ganz aus dem Auge ließ und ihn zum Bitten und Betteln zwang und ihn dem Mitleid und zufälliger Unterstützung aussetzte. So wie man früher nicht auf das Volks- und Arbeiterwohl bedacht gewesen war, so war man jetzt noch nicht auf das Künstlerwohl bedacht; aber diese Erkenntnis war schmerzlich, je klarer sie mir wurde.

In Petersburg lebten noch Verwandte meiner Mutter und alte Freunde meines Vaters. Und da ich meinem Vater hatte versprechen müssen, als er mir die letzte Geldsumme gegeben, ihn nicht wieder um Unterstützung anzugehen, so dachte ich an meine Verwandten in Rußland.

Ich reiste dann nach Rußland, nachdem das amerikanische Ehepaar meine junge Frau aufgefordert hatte, während meiner Reisetage in ihrem Atelier Aufenthalt zu nehmen, wo ich sie also in gutem Schutz wußte.
In Berlin, am Bahnhof Friedrichstraße, als ich dort kurzen Aufenthalt hatte, umarmten mich von allen Seiten aufs stürmischste deutsche Erinnerungen. Meinem Ohr, das so lange Schwedisch, Französisch und Englisch gehört hatte, war die geliebte deutsche Muttersprache wie Musik. Jedes Wort am Bahnhof der deutschen Hauptstadt schmeckte mir wie Honig und Milch, schmeckte nach Süße und Einfachheit.
Mein Gehirn war nicht bloß von Sorgen, sondern auch von der Fremde übermüdet. Das fühlte ich jetzt erst, wo die Heimatlaute ohne Gehirnanstrengung in mein heißes, von der Fremde gerädertes Herz wie Tau fielen.
Du hast ein Land, sagte mein Blut. Du hattest vergessen, daß du ein Volk besitzt, Heimatgebräuche, Heimattraulichkeit, Heimateinfachheit voll Selbstverständlichkeit, ein Volk, dem du angeboren, angewachsen bist, das du nicht abschütteln kannst, das du bis in den Tod als deinen Besitz fühlen sollst. So wie dein Körper dir gehört, gehört nur das deutschsprechende Volk, nur das deutsche Wesen dir. Nur auf deutschem Boden gehen deine Füße sicher. Nur in deutscher Luft atmet deine Brust frei auf. Nur bei deutscher Landschaft wirst du echt dichten können.
Aber so klar, wie ich dieses heute schreibe, wurden mir damals die auf mich einstürmenden Gefühle nicht bewußt. Ich hegte noch den Wahn, soweit Eisenbahnen, europäische Sitte und europäische Gedanken reichen, müßte auch ich mich als Künstler überall zu Hause fühlen können, überall dichten können. Denn die früheren Jahre der Familienenge lagen noch in meiner Erinnerung wie ein Zellengefängnis, in das ich noch nicht wieder hätte zurückkehren können. Die weite Welt schien für mich noch das Notwendigere zu sein und das Nützlichere für meine Weiterentwicklung.
Doch der schöne Heimatrausch war kurz. Der Zug flog noch in der Nacht von Berlin nach Königsberg. Und am nächsten Mittag, als in Eydtkuhnen an der Grenze struppige russische Packträger, mit roten Hemdblusen, weiten Pluderhosen und schweren Stulpstiefeln angetan, meine Koffer durchs Zollamt trugen und ich den großen kupfernen Samowar in der Bahnhofwirtschaft dampfen sah und ich auch der mir bereits aus einer frü-

heren Reise und aus Familienerinnerungen bekannten russischen Art wieder begegnete, konnte ich nur schwer aus der alten Heimathaut in die russische neue Haut schlüpfen und mich anderen Gebräuchen anpassen.
Doch sagte ich mir dabei, alle die wechselnden Bedrängnisse wollte ich gern ertragen, wenn ich dann danach, mit Zukunftsunterhalt versorgt, von Petersburg nach Paris beruhigt zu meiner Frau zurückkehren könnte. Und ich hielt mich nur an diesen Gedanken.
Mein Schrecken war aber groß, als ich in Petersburg hören mußte, daß die Schwester meiner Mutter, die, ich besuchen wollte, in einem der letzten Monate gestorben war. Auf ihre Hilfe hatte ich gehofft, denn die anderen Verwandten standen mir nicht so nah und hatten für sich selbst zu sorgen.
Man hatte mich vom Tod meiner Tante nicht benachrichtigen können, da man meine Adresse nicht gewußt. Ich erfuhr nun den Tod der mir lieben Verwandten erst bei meiner Ankunft in Petersburg. Damit war aber auch alle Hoffnung auf Hilfe tot.
Ich blieb kaum zwei Tage in Rußland. Dann fuhr ich wieder von einem Ende Europas nach dem anderen Ende, nach Paris zurück.
Sehr niedergeschlagen, reiste ich nochmals durch Deutschland, als wäre es ein fremdes Land. Eilig flog ich durch deutsche Meilen und durfte nirgends aussteigen. Und es war mir seltsam, sowohl in Königsberg als auch in Berlin und Köln, überall auf jedem Bahnsteig wieder denselben Gesichtern der Schaffner, der Zeitungsverkäufer, der Kellner zu begegnen. Dieselben Menschen standen da, überall, wo ich zwei Tage vorher vorübergekommen war, in ganz Europa noch wie am selben Fleck. Aber ich war nicht mehr derselbe. Ich hatte die fremde russische Welt in mir, den Schrecken von der Todesnachricht, die Qualen der Enttäuschung, die Angst vor der Zukunft und fremde Petersburger Bilder. Ich war drei Tage durch drei große Völkerheimaten gereist, zuerst hoffnungsfröhlich, und kam nun verzweifelt denselben Weg zurück. Der Weg war derselbe. Auch ich als Wanderer war äußerlich derselbe. Aber mein Herz hatte auf diesem riesigen europäischen Weg noch mächtigere Wege durch viele innere Welten zurückgelegt und war nicht bei mir.
Als ich in Paris wieder auf dem Bahnhof ankam, waren für die große Stadt auch nur ein paar Tage vergangen. Hier hatte sich nichts am Stadtbild geändert. Dieselben Zollbeamten, dieselben

Gesichter überall, dieselben Gewohnheiten und derselbe Lärm auf den Straßen.
Doch ich kam von neuen Gesichtern umgeben in diese Stadt zurück, mit Gesichtern von ganz Europa, die aus mir heraussahen, die aus mir sprachen und die doch niemand an mir bemerken konnte. Ich schien mir dabei, als ich ein paar Stunden später am Abend mit meiner Frau und den Amerikanern über die Straße ging, gar nicht von dieser äußeren Welt hier fortgewesen zu sein.
Ich war auch nur äußerlich in Paris angekommen. Innerlich war ich noch lange nicht da. Und ich wußte auch, daß ich innerlich nie wieder ganz ankommen würde. Erfahrungen und innere Erlebnisse verwandeln einen Menschen rasch und gründlich. Und man verwandelt sich nie wieder zurück. Bei manchen Erlebnissen kreist das Blut schneller als Sonne und Erde, und das Herz eilt beiden im Altwerden voraus.
Oftmals habe ich später dasselbe wieder erlebt, aber nie so auffallend wie bei dieser Blitzfahrt, bei der ich binnen einer knappen Woche zweimal Europa durchquerte. Trotz aller persönlichen Enttäuschung bewunderte ich aber die Kraft unserer heutigen Zeit, die es einem einfachen Menschen ermöglicht, solche Reisestrecken in Kürze zurückzulegen.
Jetzt kamen bittere Tage. Ich erinnere, daß wir uns einmal nur aus etwas Stärkemehl, mit heißem Wasser aufgebrüht, und mit dem Zusatz von ein paar Krumen Kakao, die wir als Rest in einer Kakaobüchse fanden, zum Mittagessen einen braunen Brei in einem kleinen Töpfchen über einer Spiritusflamme anrührten. Wir versuchten dabei zu lachen und zu singen, trotzdem unser Blut ganz dünn vor Lebensangst war. Und als die Spiritusflamme ausging, weil der Spiritus nicht mehr gereicht hatte, konnte dieser braune Kleister, der nicht fertig gekocht war, nicht einmal unsere Nahrung werden. Es wurde uns übel, als wir davon versuchen wollten, und wir hungerten lächelnd weiter, immer hoffend, daß die Türe aufgehen müsse. Wenn wir auch nicht einen lieben Gott erhoffen konnten, der uns persönlich Hilfe brächte, und wenn auch kein Abgesandter des deutschen Volkes zu erwarten war, so glaubten wir doch, es müsse irgendein lieber Mensch hereinkommen, und hofften dieses gern.
In dieser Not kam aber auch wirklich ein unerwarteter Helfer. Wir bekamen ein Telegramm aus Havre, daß mein Freund,

der junge Philosoph, der eben als Schiffsarzt aus Japan zurückkam, nachdem er vorher in Brasilien gewesen war, in einer Stunde in Paris ankommen würde.
Er kam und half dann, ohne sich zu verwundern. Und als er am nächsten Tag wieder abreiste, weil sein Schiff von Havre weiterfuhr, hatten wir wenigstens für einige Zeit wieder das Hungergespenst verschwinden machen können.
Einige Wochen später, im Herbst 1896, sagte uns eines Tages ein Telegramm, daß mein Vater gestorben sei, und nun reiste ich zum erstenmal mit meiner Frau nach Deutschland.

Tod des Vaters

Mein Vater starb im Jahre 1896, vier Monate, nachdem ich im Auslande geheiratet hatte. Meine Frau sah ihn zum erstenmal, als er im Sarg lag. Und wenn sein Geist in jenem Augenblick über seinem Leichnam war, so hat er mir vielleicht auch wieder den Versöhnungskuß gegeben, wenn auch diese Frau so ganz anders vor ihm stand, als er sie sich für mich ausgemalt hatte.

Würzburg – Sizilien – Paris

Als ich mit meiner Frau zum erstenmal nach Deutschland, nach Würzburg kam, im September 1896, fragte ich mich, ob ich nicht jetzt für immer in der Heimat bleiben sollte. Aber wenn auch mein Erbe zum Lebensunterhalt für eine Person ausgereicht hätte, für zwei reichten die Zinsen nicht.
Und außerdem, so lieb ich meine Vaterstadt auch immer gehabt hatte, konnte ich mir nicht vorstellen, jetzt schon in meinen jungen Jahren mich in der Provinz niederzulassen, in einer Stadt, wo kein neuzeitliches Kunstleben gepflegt wurde.
Mit Ausnahme von der Musik, die es in Würzburg gut hatte, wurden damals Malerei und Dichtung ernstester Art in den gebildeten Kreisen ziemlich nebensächlich behandelt.
Ich konnte also nicht daran denken, mich in meiner Vaterstadt niederzulassen, weil ich noch bei meiner Jugend des künstlerischen Verkehrs und der Anregung bedurfte und eines Gedankenaustausches, den ich dort nicht gefunden hätte. Und da sich weder die Stadt- und Gemeindeverwaltung noch der Staat damals um

junge Dichter und Künstler kümmerten, konnte ich auch nicht in Deutschland und nicht in der Heimat auf Unterstützung rechnen und mußte weiter den Plänen nachhängen, einen Landaufenthalt zu suchen in einem günstigen, möglichst warmen Klima, wo die Gartenarbeit für mich nicht zu hart sein würde und wo ich von meinem Erbe Erde kaufen wollte.

Ich reiste deshalb vierzehn Tage nach dem Tode meines Vaters mit meiner Frau nach Sizilien. Wir wohnten einige Wochen in dem berühmten schönen Felsenstädtchen Taormina, das der ganzen Welt durch das besterhaltenste griechische Theater bekannt ist.

Dort unter freiem Himmel in der Theaterruine saß ich grübelnd und sah auf die Rauchsäulen des nahen Ätna, aber ich fühlte mich nicht zufrieden. Der alte Kulturboden Siziliens, auf welchem einem überall die Spuren griechischer und normannischer Menschengeschlechter begegneten, gab der Gegend rundum etwas Greisenhaftes, trotz aller südlicher Kraft. Alle Wege schienen dort ausgefahren zu sein. Aus den Gesichtszügen des Menschenschlages, dem ich da begegnete, sprachen einen verwischte afrikanische, europäische, arabische Rassen an.

Ich sehnte mich nach Paris zurück.

Auch manche schöne Hauskatze ägyptischer Rasse, die auf den Türschwellen und in den Gäßchen des Felsennestes Taormina im Sonnenschein still und klug saß und mich vorübergehen ließ, ohne sich zu rühren, ohne sich zu ducken, erinnerte mich an das Pariser Leben. Diese Haustiere kauerten wie eingewachsen an den sizilianischen Türschwellen, als wollten sie sagen: Hier hat kein Fremder das Recht, sich niederzulassen. Hier wirst du immer ein Fremder bleiben, und nur als Gast darfst du kommen und gehen.

Es schien mir auch ganz unmöglich, daß ich hier auf dem sizilianischen Kulturboden, der seit Jahrtausenden unter vielen Menschengeschlechtern aufgeteilt war, einen Fleck für mich finden könnte und daß ich als Fremder die Sitte des eingeborenen Bauers nachahmen könnte. Hier war kein künstlerischer Unternehmungsgeist mehr in der Luft. Nur wenn man hätte Fabriken gründen wollen und Großindustrie, wäre es vielleicht möglich gewesen, fortzukommen in diesem Lande. Aber auch das wäre sicher sehr schwer gewesen.

Als zu Ende Oktober an jedem Morgen die Meernebel weiß vor den Gasthausfenstern standen und mich an den grauen

Norden erinnerten, verstärkte sich in mir das starke Heimweh nach dem nördlicheren Europa, und ebenso geschah das durch ein lebendes Bild, das ich immer vor Augen hatte.

Wir wohnten in Taormina in einem sehr hübschen kleinen Gasthof an der Hauptstraße, der viel von Künstlern besucht wurde und dessen Speisesaal bemalt war mit den Einfällen durchreisender junger Maler. Von diesem Saal aus, dessen zwei Fenster auf die Straße sahen, bemerkten meine Frau und ich täglich gegenüber auf dem Altan des ersten Stockwerkes eines einfachen Hauses eine neunzigjährige graue Alte. Die saß dort, solange tags die Sonne schien, und hielt eine Kunkel in der Hand und drehte vom Flachs zwischen ihren gekrümmten Fingern immer fleißig den Faden.

Sie saß da schlicht und sah kaum von ihrer Arbeit auf. Um sie her auf dem Geländer der Altane trockneten Weintrauben. Täglich war die Sonne am Himmel über den Häusern der Gasse, und täglich saß unter der Sonne am Altan uns gegenüber die arbeitende Alte, die nie von der Arbeit aufsah. Wie die Altane fest an der Hauswand klebte, so lebte die alte graue Frau in diesem Hause und an ihre Arbeit angeklebt.

Jene Arbeiterin schickte mich durch ihr ununterbrochenes, schlichtes und bescheidenes ernstes Tun schweigend aus Sizilien fort. Ich sehnte mich bei ihrem Anblick zurück nach dem stillen Atelier in Paris, dahinter der unsichtbare Garten rauschte und wo ich im Sommer fleißig wie die Neunzigjährige gearbeitet hatte, und ich sehnte mich auch nach dem künstlerischen und fleißigen Paris, dessen große Emsigkeit mir immer eine innerliche Freude gewesen.

So fuhren wir bald nach Neapel und nahmen ein Schiff nach Marseille und waren zu Anfang November wieder in Paris.

Mit Strindberg und Munch am Boulevard Montparnasse

In jenem Winter 1896/97, als ich mit meiner Frau am Boulevard Montparnasse wohnte, hatten wir mehrere Zimmer in einem Gasthof gemietet. Dabei war ein größerer Salon mit Klavier. Meine Frau studierte bei einem der besten Pariser Musikprofessoren ein wenig Harmonielehre, da sie gern aus alten Musikwerken Melodien alter Völker, die sie sich abschrieb, sam-

melte und mir vorspielte, nachdem sie dieselben für Klavier umgesetzt hatte.
In unserem Salon sahen wir in jenem Winter des Abends viele Menschen bei uns, meistens ausländische Maler und Schriftsteller, Skandinavier, Polen, Russen und Russinnen, außer den beiden Amerikanern.
Wir hatten aber sonst unsere einfachen Lebensgewohnheiten nicht aufgegeben und aßen in der »Crémerie« der Madame Charlotte in der Rue de la Grande Chaumière, die unserem Hotel gegenüberlag. Dieses war damals die echteste Künstlerwirtschaft des Stadtviertels Montparnasse.
Dort waren auch Strindberg und Munch jeden Tag. Im Strindbergschen Drama »Rausch« spielen ein paar Akte in jener urechten französischen Künstlergarküche, über deren Eingang geschrieben stand: »Rothschild ist der Eintritt verboten. Wer nicht Schulden machen kann, bleibe draußen«, und ähnliches.
Die Wände des kleinen Raumes hatten keine Tapeten nötig. Sie waren dicht behangen mit Hunderten von eingerahmten Ölbildern. Da fand sich aber selten eine Anfängerskizze darunter, denn die eigenartigsten Künstler, die besten von Paris, hatten hier gegessen und Schulden gemacht und in jungen Jahren die Madame Charlotte mit einem guten Ölbild bezahlt. Da waren selbst Bilder von van Gogh und Gauguin zu sehen.
Zur Frühstücksstunde zwischen elf und zwei Uhr war dort bei Madame Charlotte kaum ein Platz zu bekommen. Auf dem steinernen roten Backsteinboden standen an zwei Wänden zwei einfache lange ungedeckte Holztische, an denen ungefähr fünfundzwanzig Menschen Platz hatten. Im Hintergrunde des Raumes war neben dem flaschenreichen Kredenztisch die dunkle Küche. Durch die immer offene Küchentür sah man die vom Herdfeuer beleuchtete starke Lothringerin »Madame Charlotte«, die selbst kochte und die ihren Sohn, einen späteren Kunsthändler, und die Magd mit den Tellern zu den Gästen schickte.
Beim Eintritt in die »Crémerie« war jeder darüber erstaunt, welch buntgewürfelte Gesellschaft man dort antraf. Außer den Malern, die da in Joppen schlicht von der Atelierarbeit kamen und schnell ihr Essen schluckten und vorerst wenig Lust zum Sprechen hatten, waren da auch viele Malerinnen, Damen der besten Gesellschaftskreise.
Ich kannte dort zwei russische Fürstinnen aus Moskau, die ihre Freundinnen mitbrachten. Einige hatten ihre Wohnung in den

Champs-Elysées, und sie kamen öfters mittags aus dem vornehmsten Stadtviertel angefahren, den neuesten Pariser Frühlingshut auf dem Kopf. Manche jener vornehmen Ausländerinnen kam gegen den Willen ihrer Verwandten, wie man mir sagte. Sie aßen einen Teller der wässerigen Suppe und tranken ein Glas des sauersüßen Weines und wagten sich auch an eines der rätselhaften Fleischgerichte, die Madame Charlotte auftischte. Von denen man nie genau wußte, ob sie frisch oder alt, vom Pferdeschlächter, Hundeschlächter oder Katzenschlächter kamen.
Ein paarmal wurden wir krank nach diesem Essen. Aber wir gingen doch immer wieder zu Madame Charlotte, weil die anderen spiegelglänzenden Wirtschaften der Boulevards weder dem Geldbeutel noch dem Geist zusagten.
Der Zigarettenrauch, der gegen zwei Uhr in dem kleinen kellerartigen Raum schwebte, hing über manchem Kopf, der einige Jahre nachher aus diesem unbekannten Winkel hinter den zwei Tischen der Madame Charlotte hervor in die Öffentlichkeit trat und weltbekannt wurde.
Hier bei der kargen Mahlzeit wurden große Träume geträumt, künstlerische Pläne entworfen, und die Augen in manchem sorgengrauen Gesicht kämpften hier schweigend, in den Teller starrend und innerlich schwere Lebensfragen betrachtend.

REISE NACH MEXIKO

Verlockung nach Mexiko

Als im Frühjahr 1897 meine Erbschaftsangelegenheiten so weit geordnet waren, daß ich mein Vermögen erhalten konnte, befiel mich von neuem der Schrecken vor der Zukunft. Von den Zinsen meines Erbteils konnte ich mit meiner Frau nicht leben, und wenn das Kapital aufgezehrt war, hätte ich wieder der Not entgegensehen müssen. Und dieses wollte ich doch verhindern.
Ich hörte wieder aufmerksamer dem immer noch pläneschmiedenden Amerikaner zu. Diesem hatte ich erklärt, daß ich seit jener Reise nach Petersburg und seit der Heimfahrt zur Beerdigung meines Vaters mir klargemacht habe, daß ich niemals ohne

meine Muttersprache, ohne Deutsch sprechen zu hören, mich auf die Dauer irgendwo fest niederlassen könnte. Es sei mir bewußt geworden, daß ich nicht lange mehr im Ausland leben könne und ich nicht daran denken könne, Deutschland für immer zu verlassen und mich in anderssprechenden Ländern anzukaufen.

Da schlug der Amerikaner mir vor, wir sollten alle nach den Südstaaten Nordamerikas ziehen, nach Neukarolina.

Als ich von meiner Unlust gegen Nordamerika zu dem Amerikaner sprach, so hatte er einen neuen Vorschlag bereit. Er meinte, wir sollten nach Mexiko. Dort würden wir genug Stimmung finden. Dort gäbe es alte Baudenkmäler der Azteken, wunderbare Ruinen verlassener Indianerstädte in tiefen Wäldern. Auch sei das Klima, das halbtropische, der Gartenarbeit günstig. Man könnte dort leicht Gärten pachten und diese billig von Indianern bearbeiten lassen, wenn unsere Kräfte nicht ausreichen sollten.

Das alte Gold- und Abenteuerland Mexiko, mit der gewaltigen Vergangenheit des Aztekenreiches, fesselte meine Einbildungskraft und Aufmerksamkeit sofort. Und da ich mein geerbtes Geld in Paris leicht und schnell schwinden sah und in der Heimat mir kein Vaterhaus mehr stand, so sagte ich mir, ich müsse für einige Jahre meine Heimatsehnsucht schweigen lassen. Ich hatte früher in Schweden und in London gelebt und dort gedichtet, ich würde also auch in Amerika dichten können. Es würde mir sicher gut tun, meinte ich, einige Jahre ganz zurückgezogen vom alten Europa – das ich, wie ich glaubte, auswendig kannte –, in einem schönen tropischen Lande zu wohnen, mir durch einen Garten Verdienst zu verschaffen und zugleich neue Dichtungen zu schreiben.

Dann, wenn ich mal Heimweh bekäme, könnte ich mit leicht verdientem Gelde später zurückkehren, oder auch wollte ich, wenn ich die Heimat vergessen könnte, in der Fremde bleiben. Jedenfalls war jetzt, als der Frühling kam, meine Reiselust wieder wach, und es wurde beschlossen, daß wir nach Amerika, das heißt nach Mexiko reisen sollten.

Gedrängt von der unsicheren Zukunft, die mich in Europa erwartete, getrieben von den schlimmen Erfahrungen der Not, die ich erlebt hatte, redete ich mir trotz meiner unstillbaren Sehnsucht nach Deutschland, die mich im geheimen plagte, die Notwendigkeit ein, Europa verlassen zu müssen.

Geld aus der Würzburger Erbschaft

Würzburg, 7. Mai 1897

Mein Herzensweib, mein Anne-Mirle,

eben kam ich von einer Geschäftsverhandlung nach Hause und finde als Erquickung Deinen Brief. Mein Herz wurde heiß und rot und küßt Dich, Du liebe Mi, für Dein tapferes Aushalten in der Einsamkeit. Nimm es nicht zu schwer, Dienstag abend, spätestens Mittwoch früh bin ich bei Dir, und ich hoffe, mit 10000 Mark, und dann reisen wir zusammen Herz am Herzen in das verheißene Land.
Ich muß hier stundenlang mit Leuten über die Hypothek sprechen, und es geht nur langsam vorwärts. Ich lese Homer und schlafe, um für die Rückreise frisch zu sein. Ich bin auch sehr erschüttert über die vielen Verbrannten* und hoffe, daß Dir kein Unglück passiert. Ich will Dich im Arm halten, dann soll passieren, was will. Aber, bitte, schone Dich und iß und schlafe, damit Du frisch für die Seereise bist und wir eine neue, schöne Hochzeitsfahrt machen können. Ich spreche hier keinen Menschen als immer den alten Buchhalter des Notars, der mit mir zu allen Leuten geht, und ich fühle mich wohl, weil er es gut und ehrlich meint. Er ist ein kleiner, grauhaariger, hinkender alter Herr, hat neun Kinder und war früher einmal einige Monate Buchhalter in Paris. Er ist meine tägliche Unterhaltung und rät mir gut.
Ich sende jetzt ein Telegramm an Dich, damit Du weißt, daß bis Montag abend spätestens alles hier abgemacht ist. Zugleich bekommst Du den Baedeker über Nordamerika und Mexiko. Und von den Inkas las ich gestern eine schöne, tiefe Indianerlegende von zwei Frauen, welche ins Lager der spanischen Eroberer geschickt wurden, um zu erfahren, ob die Spanier Götter oder Menschen seien, weil sie so plötzlich wie aus dem Meer aufgestiegen in Südamerika erschienen. Die Geschichte erzähle ich Dir, wenn ich Dich wieder im Arm habe und Deine Haare streichele.

*

Wir machten dann für diese Reise wochenlang Einkäufe in Paris, und die Hundertfrankenscheine flogen aus meinen Händen wie welke Blätter. Es war kein Leichtsinn, der mich zu diesen vielen Einkäufen hinriß. Es war die innerste Sehnsucht,

* Bei dem Bazar-Brand in Paris.

vom angeborenen Europa Andenken und künstlerische Werte mitzunehmen hinaus in die riesenhafte Fremde der Tropenwelt, vor der mir eigentlich im stillen bereits graute.
Mit großen Koffern und Kisten, die all mein Hab und Gut enthielten, reisten wir von Paris zu Anfang Mai 1897 ab. Wir nahmen noch einen Aufenthalt von vier Wochen in der Bretagne, wo wir auf Nachricht von den Amerikanern warteten, welche bereits nach Neuyork vorausgeeilt waren, um ihren Hausverkauf zu ordnen, und welche uns von dort telegrafieren sollten, sobald sie nach Mexiko abreisten.

Ankunft in Mexiko

An V. Back

Stadt Mexiko, 10. Juli 1897

Sie lieber Mensch, Sie, wir fuhren von Pouldu am 11. Juni über St. Malo nach Southampton und von dort mit dem Norddeutschen Lloydschiff »Luitpold von Bayern« nach New York. New York ist entsetzlich. Nachdem wir zehn Tage eine sehr kalte Seefahrt ohne Seekrankheit hatten, wirkte dieses New York noch kälter als der Ozean.
Alle Riesenturmhäuser sehen aus wie babylonische Kassenschränke, und man fühlt keine Menschen, nur rastlose Elektrizität und maschinenartige, menschenähnliche Zahlen und Buchstaben. Es ist unheimlich still in New York. Die elektrischen Wagen und die elektrischen Menschen fliegen lautlos und herzlos aneinander vorüber.
Von New York reisten wir nach zwei Tagen weiter mit dem Dampfer »Concho« nach Vera Cruz. Das dauerte neun Tage. Meistens schönes blaues Wetter und vom heißen Himmel strömende Hitze.
In Habana blieben wir einen Tag. Es sieht, vom Wasser gesehen, wie das weiße Venedig aus. Die Häuser leuchten und glühen weiß, und die Küste ist flach und graugrün, ohne Papageien, ohne Tabak, aber voll von gelbem Fieber und Pocken, und am Abend brennen die Plantagen, die von den Insurgenten angesteckt werden, und Kriegsschiffe und Gefangene liegen im Hafen.
Dann Vera Cruz, ebenso leuchtend, mit spanischen Kathedralen und drei Palmen am Hafeneingang. Aber drückend heiß, mit

lähmend stiller Fieberluft. Wir blieben nur ein paar Stunden und nahmen die Eisenbahn nach der Stadt Mexiko. Und nun war das ein sonderbarer Einzug in das Zukunftsland*. Die braunen Indianer standen da wie aus alten Gräbern gekommen. Schwarze Geier zogen mit uns und verwirrte einfarbig grüne, unendlich grüne Wälder. Und immer wieder Indianer mit unheimlichen Nachtaugen an allen Stationen. Mir ist, als sei ich in ein teuflisches Land gekommen und als könnten hier alle Menschen zaubern und töten.
Der Eisenbahnzug war voll von internationalen Abenteurern. An den Fenstern des Coupés zogen die üppigsten Palmen und Kakteen, Kaffeebäume und Bananen mit wilden Grimassen vorüber. Dabei stürzte ein rasender tropischer Regen herunter, und ungeheure Wolkenleiber hingen auf den Kratern und in den Schluchten. Die Eisenbahn flog über Abgründe, schoß an den Bergen fast senkrecht hinauf und glitt um Ecken und Windungen. Es war wie eine Hexenfahrt.
Wir mußten unterwegs übernachten und wurden von einigen Abenteurern unangenehm belästigt und betrogen und sind heute noch nicht sicher davor, von ihnen hier in der Stadt verfolgt zu werden.
Erst am nächsten Abend kamen wir in Mexiko an. Wir haben noch keine Nacht ruhig geschlafen, da diese zudringlichen Kerle, die bei uns viel Geld vermuten, immer hinter uns her sind. Wir haben schon das Hotel gewechselt, da sie uns nachkamen, und wir wissen nicht, wie das enden wird.
Durands habe ich noch nicht angetroffen. Wir sollten sie hier finden, aber es ist, als ob sie verschwunden seien. Wir haben telegrafiert, und das Telegramm kam zurück. Sie sind nicht zu finden. Wir waren auf den Konsulaten, aber niemand kennt sie. Sie sollten Briefe an uns postlagernd hieher senden, aber nichts ist da. Ich glaube, die Kerle, die meinen Namen wissen, haben die Briefe abgeholt. Wir sind nun fast den ganzen Tag in Unsicherheit in dieser unheimlichen Stadt.
Die Eingeborenen, die Häuser, alles ist ziemlich spanisch und wild und gibt viel Stoff zu Dichtung und Phantasie. Aber die Menschen, die Europäer hier, sehen alle schlecht, dämonisch und liederlich aus. Die Restaurants, die Wagen, die Promenaden sind wie in Europa. Nur wilder, ungepflegter und tropisch reicher.

* Siehe den Roman »Raubmenschen«.

Wir machen jeden Nachmittag eine Spazierfahrt auf der großen Wagenpromenade »La Reforma«, einer breiten Allee mit teuflisch roten Bäumen, die nach dem stundenweiten alten aztekischen Königsschloß »Chapultepec« führt. Unterwegs stehen am Abendhimmel die schneeweißen Vulkane am Horizont und viele bleiblaue Krater und Berge weit im Gürtel um das meilenweite Tal.

Es ist Regenzeit hier, und während ich schreibe, stürzt der Regen, der jeden Augenblick kommt und verschwindet. Sie nennen dies ihre Winterzeit. Es ist lauwarm und angenehme Temperatur, und wir sind in warme Kleider gekleidet. Die Sommerzeit beginnt im November. Dann wird es fünf bis sieben Monate fast regenlos, mit immerblauem Himmel und zarter, warmer Luft. Eingeborene und Vegetation sind befriedigend, aber es ist so viel anderes Unangenehme hier, daß ich dies nicht allein überwinden kann, um die Kolonie zu gründen. Wären wir sechs Männer, dann wäre es besser.

Ich grüße Sie und alle lieben Freunde. Wenn es sich nicht ändern läßt, kehre ich bald zurück.

Enttäuschung im neuen Erdteil

Ich habe diese Mexikoreise in ihren landschaftlichen Reiseeindrücken in meinem Roman »Raubmenschen« eingehend geschildert.

Ich will nur in kurzen Zügen meine Gefühle wiedergeben, die mich nach einigen Monaten zur Rückkehr nach Europa antrieben.

Kaum hatte ich im Golf von Mexiko in Vera Cruz nach einer langen Seereise das tropische Festland unter den Füßen, kaum sah ich die ersten Kokospalmen in einem Baumgang der kleinen Hafenstadt, da wurde mir mit einem Schlage klar: hier werde ich nie ein deutsches Lied schreiben.

Aber du hast doch in England, Dänemark und Schweden gedichtet, meinte der törichte Verstand, der beim Menschen immer das ursprüngliche Gefühl bevormunden will und der dem Gefühl gegenüber doch immer der Beschränktere ist.

»Aber in Mexiko riecht es nach Kaffee, Zucker und nach allerhand Drogen, nach Zimt und Pfeffer; die ganze Landschaft riecht wie ein Kaufmannsladen. Und dann, sieh die Formen der Palmen!

Sieh diese kopfgroßen Kokosnüsse! Kannst du dir diese Nüsse vergoldet am Weihnachtsbaum vorstellen?
Ach – und Weihnachten! Die schönen lautlosen Schneenächte! Die langen dunklen Wintermorgen! Die ernste dunkelgrüne Tanne! Und die Tannenzapfen daran! Ich hasse diese schwindelnden Kokospalmen, die da gespreizt zum Himmel ragen, als wären sie Pfauenfächer, aufgespannt über dem Haupt eines Großmoguls.
Glaubst du denn, daß ich ohne Singvögel, ohne Rotkehlchen, ohne Finken und Stare, ohne Lerchen dichten kann! Du verstandloser Verstand, der mich hierher gelockt hat. Hier soll ich dichten! Hier, wo über den Dächern statt blinkender Schwalbenscharen ungeheure Aasgeier die Gassen umjagen, Aasgeier, die ich nur aus den zoologischen Gärten kenne. Bin ich je in einen zoologischen Garten gegangen, um über Papageien, Jaguare und Alligatoren zu dichten?
Du hast mir immer von warmer Luft und schönen Blumen erzählt, die ich in den Tropen finden würde. Und ich bin dir gedankenlos gefolgt, denn du wolltest nicht darauf hören, wie ich in meinen Herzkammern schluchzend Tag und Nacht in Paris bettelte: Geh nicht aus Europa fort! Es gibt ein Unglück, du verlierst nur dein Geld! Es kostet dich dein Vermögen, und du hast nichts davon.
Aber du natürlich, du warst der Verstand, der mich zurückwies, und nanntest mich gefühlsduselig und sagtest, man muß sich im Leben hart machen. Man muß nützlich sein können und muß nicht immer das Gefühl reden lassen. Nur dann kommt der ganze Mensch vorwärts, wenn der Verstand das Gefühl beaufsichtigt. So sagtest du, Verstand, zu mir.
Oh, hätte ich nur den Mut gehabt und dir diese Reise verboten, wie ich immer dir gebiete, wenn du mir ins Dichten hineinreden willst! Das weißt du, beim Dichten durftest du mir noch nie hineinreden. Beim Leben ließ ich dich manches Mal mitsprechen. Eigentlich aber traute ich dir auch da niemals recht.
Du, Verstand, mußt es noch lernen, mehr schweigender Teilhaber in meinem Menschenleben zu sein. Sonst zerstörst du uns beide.« –
Nach diesem Gespräch meines inneren Lebens öffnete ich meinen Mund und sagte zu meiner Frau:
»In diesem Lande bleibe ich nicht lange. Ich möchte schon am Ende der Woche abreisen. Am liebsten möchte ich gleich aufs

Schiff zurückkehren. Denn dieses hier ist kein Land, um deutsch zu dichten. Das sagt mir mein Gefühl.«
Es war mir, als hätte ich nun schon meine Pflicht getan, indem ich mit Amerika einen Versuch gemacht und gelandet war und Europa den Rücken gekehrt hatte, wie ich es dem Amerikaner versprochen. Und es kam mir schon nach den ersten hundert Schritten am Land vor, als wäre ich nun ledig aller heiligen Verstandespflichten und dürfte nun wieder meinem Gefühl gehorchen und gleich nach Europa umkehren.
Wir fuhren aber doch noch von Vera Cruz nach der Hauptstadt Mexiko. Ich erwartete dort auf der Post Briefe mit der mexikanischen Adresse des amerikanischen Ehepaars zu finden. Aber es war keine Nachricht da, und ich wußte nicht, was ich nun im fremden Erdteil tun sollte.
Ich wendete mich an den deutschen Konsul und erkundigte mich über die Landesverhältnisse. Er meinte, das Innere des Landes sei sehr gefährlich für Fremde. Es lebe da spanisches Gesindel in Indianerdörfern, und wenn die bei einem etwas Geld vermuten, könne man bei jedem Spaziergang leicht aus dem Hinterhalt erschossen werden. In diesem ordnungslosen Lande krähe kein Hahn nach einem Toten. Den Mörder fände man niemals. Es gäbe zuviel Morde hier. Und die Polizei hätte viel zu tun, wenn sie alle Morde verfolgen wollte, die sich draußen in abgelegenen Gegenden ereigneten.
Würden wir aber trotzdem im Lande Gärten bebauen und unbehelligt leben wollen, so müßten wir wenigstens zusammen zehn Männer und zehn Frauen sein, und auch dann wäre es sehr gefährlich, wenn wir die Landessprache nicht sprächen und nicht der katholischen Religion angehörten. Denn die Spanier wären in Religionsfragen sehr streng und fanatisch.
Ich mußte für mich lachen, als ich diese Aufklärung auf dem Konsulat empfing. Der Gedanke war uns vor der Reise nicht gekommen, erst schriftlich anzufragen. Die ganze Reise war nun umsonst. Es war mir aber doch angenehm, daß der Amerikaner noch nicht angekommen war, denn nun würde ich schnell wieder abreisen können, dachte ich.
Ich hatte es auf einmal so eilig, nach Europa zurückzukehren, als erwarteten mich dort die hellsten Freuden. Meine Frau aber meinte, wir sollten doch erst ein wenig in Mexiko Ausflüge machen, das Land betrachten und die Ankunft der Amerikaner abwarten.

In den nächsten Tagen begegneten wir James und Theodosia auf der Straße. Sie waren schon lange da und hatten uns überall gesucht. James hatte sogar einen Empfehlungsbrief an den Präsidenten Porfirio Diaz mit sich. Als meine Frau ihnen sagte, wir dächten wieder an die Abreise, waren sie sehr erstaunt. Nachdem ich ihnen dann erzählt hatte, wie sehr der deutsche Konsul mir vom Bleiben abgeraten, fanden sie die Warnungen übertrieben. Ich aber blieb dabei und sagte:
»Lieber bin ich Steinklopfer, Straßenkehrer und Bettler an den Kirchentüren in Europa, als daß ich in einem Land bleibe, dessen Natur, dessen Palmen und Vulkane, dessen Agavenpflanzungen, Zuckerrohr und Kaffeebäume mir niemals ein deutsches Lied geben werden.«
Da verstanden sie, daß ich nicht bleiben würde, und gingen geärgert von uns. Ich war aber erstaunt, daß sie sich ärgern konnten, wo ich doch als Künstler gefühlsehrlich zu Künstlern zu sprechen glaubte. Sie aber maßen mich mit ihrem Verstand, nannten mich launenhaft und begriffen mich nicht.
Sie hatten mir, ehe sie fortgingen, noch das Versprechen abgenommen, daß ich mich wenigstens erst einige Wochen überzeugen sollte, ob ich dem Lande keine Reize abgewinnen könne. Ich sagte, das sei ganz unnütz. Aber ich versprach ihnen, mich einige Zeit umzusehen, obwohl ich wußte, daß es keinen Sinn hatte. Denn ich hatte beim ersten Blick, bei der Landung in Vera Cruz, begriffen, daß ich meinem Gefühl recht geben mußte, das sich beim Anblick der ersten Kokospalme aufgelehnt hatte und das mir gesagt hatte, daß ich hier niemals ein deutsches Gedicht schreiben würde.
Ich kaufte mir dann ein Pferd und ritt jeden Tag in die Umgebung der Hauptstadt auf Meilen über die Hochebene hin, wo es nur ausgetrocknete Staubflächen, einige Maisfelder und nur vereinzelte Bäume gab.
Ich besuchte bald auch die reichen Gärten und Plantagen der Halbtropen, fand dort viele spanische Klöster umgewandelt in neuzeitliche Zuckerfabriken und durchwanderte die Pflanzungen, die üppigen Bananengärten, die Ananasgärten, die Kaffeegärten, die Zuckerrohrfelder und die Baumwollenfelder.
Aber immer begleitete mich auf allen Wegen, mitten in der Tropenüppigkeit, der Gram, daß es nirgends Wiesen mit heimatlichen Blumen gab, nirgends Wälder, die da rauschten. Denn die Urwälder rührten sich nicht. Wie aus Leder geschnitten hingen

die schweren Blättermassen in der Luft, und die Bäume standen in der Treibhausschwüle aufgebläht. Da war kein liebliches Geflüster von Halmen und Gräsern. Kreischende Vögel mit grellen Lauten nannte man mexikanische Nachtigallen. Ihre Pfiffe waren wie Lokomotivenpfiffe gellend, so daß einem bei diesem Gejohl die Ohren schmerzten.

Die weißschaftigen Königspalmen standen zwar prächtig da, wie Säulen aus Marmor und Alabaster. Sie verblüfften mich erst; dann aber wußte ich nichts mit den fremdartigen Eindrücken und mit der Verblüffung in meinem Herzen anzufangen.

Jeden Morgen, wenn ich, aufgestanden, ans Fenster trat – nachdem ich im Schlaf in Europa gewesen war –, schnürte sich mein Herz zusammen, sobald ich statt Europäer draußen Indianer in ihren weißen Hemden und ihren weißen Hosen lautlos durch die Straßen eilen sah. Und die Dunkelgesichter und die fremden Bäume und die spanisch-mexikanische Architektur, alles erzählte mir immer wieder: du bist viele Wochen weit durch einen ungeheuren Ozean von deinem Heimaterdteil getrennt.

Sobald ich von Juli bis Dezember genügende Eindrücke gesammelt hatte, so daß ich für alle Zeiten wissen konnte, daß ich dort niemals ländlichen Frieden und künstlerische Ruhe finden würde, reiste ich, nachdem ich noch mit meiner Frau eine Rundreise durch den Golf von Mexiko nach New Orleans gemacht hatte, von dort über den Ozean zurück nach Europa, wo wir wieder Anfang Februar in Havre landeten.

Die Rückreise war so stürmisch gewesen, daß unser Schiff überfällig war und in Havre als verloren galt und bereits auf der Verlustliste stand. Von vier Dampfkesseln waren zwei im Sturm unbrauchbar geworden, so daß wir nur mit halber Fahrt vorwärts kommen konnten und statt zwei Wochen sechs Wochen zwischen dem mexikanischen Golf und Frankreich in unendlichen Ozeanstürmen zubrachten.

Paris – Das Lächeln der Frauen

Einige unserer Freunde in Paris, junge deutsche Maler, erwarteten uns bei unserer Rückkunft am Bahnhof Saint Lazare. Und als sie meiner Frau zum Willkommengruß Blumen reichten und wir wieder durch das vornehme, bewegliche Paris fuhren, atmete ich tief auf. Hier war doch wieder Gesittung! Hier war doch

nicht mehr offensichtliche Räuberwillkür! Mochten auch noch so viele Verbrecherleidenschaften im Dunkeln dieser Weltstadt hausen, das äußere Stadtgesicht war jedenfalls menschenwürdig.
In dieser Stadt herrschte vor allem das Lächeln der Frauen, das gnädig oder ungnädig die Willen der Männer lenkte, und die Frauenlust stand hier höher als die Goldlust.
Von der göttlich künstlerischen Herrschaft der Liebe in all ihren Sehnsüchten, vom wildesten und lüsternsten Sinnentrieb an bis zum zärtlichsten Sehnen nach dem Gunstblick der geliebten Frau, sprechen Straßen und Menschen in jedem Augenblick in Paris.
Paris trägt den Namen jenes Hirten, der den Apfel als Schönheitspreis der Venus reichte und der sich dadurch einstmals Juno und Pallas Athene zu Feindinnen gemacht haben soll. Und es ist wohl kein bloßer Zufall, sondern ein dichterischer Einfall des Lebens, daß diese Stadt das schönste Venusbild der griechischen Liebesgöttin zu sich in den Louvre gerettet hat, das Bild der Venus von Milo, zu welchem jährlich Tausende von Europäern gewallfahrtet sind und noch wallfahrten.
Die Reise nach Mexiko hatte mir aber doch nicht bloß Verluste gebracht. Es war eine große innere Erkenntnis über mich gekommen, die, daß der Erdteil Europa, in dem ich geboren war, mich lebenslänglich nicht loslassen wird. Nirgends anders, in keinem anderen Weltteil, durfte ich mir als Künstler Haus und Heim schaffen. Dies war mir ganz klargeworden, und ich hegte nun keine überseeischen Niederlassungsträume mehr.
Aber Überlandträume konnte ich doch nicht aufgeben. Der unkünstlerischen Großstadtgeschäftigkeit und dem neuzeitlichen Maschinenwesen, das über Europa herrschte, glaubte ich nur entgehen zu können, wenn ich mich in einen an edelsten Überlieferungen reichen Winkel Europas zurückzog und dort vielleicht doch ein Hirtendasein führen konnte.
Es müßte aber ein Land sein, sagte ich mir, wo ich Eichen, Buchen und heimatliche Flora finden konnte. Kein Land der Palmen. Und ich glaubte, daß Griechenland, von wo wir Europäer edelste Dichtung und herrliche Kunstwerke und unsere Menschlichkeitslehre im reinsten künstlerischen Sinn empfangen hatten, das rechte Land für mich wäre, um dort, ungestört vom Weltgetriebe, der Dichtung leben zu können.
In Athen und draußen vor Athen oder an irgendeiner griechi-

schen Meerbucht müßte es möglich sein, einen Weinberggarten zu kaufen, dachte ich mir, und dort wollte ich in einem bescheidenen Haus, unter mildem Himmel, bei europäischen Eichen und Wiesen wohnen.

Notlüge

Als eines der vielen tausend Beispiele, die ich bringen könnte, um zu berichten, wie bitter und grausam ein junger Künstler von der Verpflegungssorge gequält werden kann, will ich nur einen der unglücklichsten Fälle aus meinem eigenen Leben erzählen.
Es war eines Tages in Paris. Meine Frau und ich waren schon wieder von Mexiko zurückgekehrt, wo wir gehofft hatten, unter billigen Lebensverhältnissen und fern von dem anspruchsvollen europäischen Leben uns niederzulassen und uns durchzuschlagen. Es war ein Rettungsversuch gewesen, ein Fluchtversuch fort von der Überkultur. Mit dem Rest meines Vermögens hatte ich mir in Mexiko einen Tropengarten kaufen wollen, dessen Ertrag uns ernähren sollte.
Diese und viele andere verzweifelte Versuche, Dichtung und Lebensverdienst zu vereinigen, waren gescheitert, und mittellos befanden wir uns wieder, nach Paris zurückgekehrt, in einem bescheidenen Künstlerhotel im Stadtviertel Montparnasse. Wir wohnten in einem kleinen Zimmer, das wirklich für nicht mehr als fünf Schritte Raum hatte. Aber wir waren verhältnismäßig unbesorgt, und ich dichtete, und wir hofften auf die Hilfe von Verwandten, denen wir geschrieben hatten.
Aber die Antwort blieb aus. Und eines Tages hatte ich kein Kupferstück mehr in der Tasche. In Paris war es uns unmöglich, in eine Wirtschaft zu gehen und auf Stundung zu essen, und es blieb uns auch keine Aussicht, von irgendwelcher Seite Hilfe zu bekommen.
Tonlos und die Verzweiflung einander nicht zeigen wollend, saßen wir, meine Frau und ich, in unserem kleinen Zimmer und hatten nicht gefrühstückt und wußten, daß wir weder Mittag- und Abendessen erhalten würden und daß wir wahrscheinlich auch, wenn wir nicht vorher verhungert sein würden, das Gasthaus bald verlassen müßten, da wir die Miete des winzigen Zimmers nicht zahlen konnten.
Wir hatten natürlich unzählige Briefe geschrieben nach verschiedenen Seiten, aber entweder abschlägige Antworten oder gar

keine Antwort erhalten. Und doch hatte ich viele Bekannte und viele Verwandte in aller Welt und hatte auch mehrere Bücher veröffentlicht, und man wußte, daß ich kein zweifelhafter Anfänger mehr war, denn mein Name war bereits unter die Namen der neuzeitlichen Literatur als bekannt aufgenommen worden. Und doch war dieses Mal, wie so oft vorher und nachher, keine Hand da, die uns Schutz bieten wollte. Denn niemand fühlt einem Künstler gegenüber, auch wenn dieser schon bekannt ist, eine Verpflichtung, bevor derselbe nicht gestorben ist. Dann erst setzt die Verpflichtung, ihn als Nationalgut zu ehren, die Häuser, in denen er gewohnt hat, mit Tafeln zu versehen, seine Notbriefe zu veröffentlichen, mit rührender und leider mit recht nutzloser Sorgfalt ein.

An jenem grauen Sorgentag, an dem die große Stadt Paris mir wie ein menschenleeres Meer vorkam, auf dem meine Frau und ich vergeblich hilfesuchend hintrieben, fand ich, als ich gegen Abend die Gasthaustreppe hinunterstieg, am Schlüsselhalter neben der Hausmeisterstube bei meiner Zimmernummer ein Telegramm für mich angesteckt.

Ich will das gefaltete Papier öffnen, als meine Frau im selben Augenblick durch die Haustüre von der Straße hereinkommt, da sie auf der Post gewesen und meine Briefe fortgeschickt hatte. Sie sieht das noch ungeöffnete Telegramm in meiner Hand, erschrickt und bittet mich dringend, es nicht zu lesen. Ich verstehe, daß sie irgendeinen Verwandten, von dem es mir peinlich wäre, Hilfe anzunehmen, telegrafisch um Hilfe angegangen hat und daß dieses nun die Antwort sein muß, der meine Frau mich aber nicht aussetzen will, im Fall dieselbe abschlägig ist.

So deutete ich mir den Schrecken in ihrem Gesicht. Und um sie nicht zu quälen, gab ich ihr das Telegramm ungeöffnet. Wir verließen dann zusammen das Gasthaus und gingen auf dem stillen Boulevard Raspail hin. Und hier erzählte sie mir unter Tränen, daß ihr, nach all den abschlägigen Antworten, nichts anderes übriggeblieben war, als einen ganz außergewöhnlichen, aber notwendigen Ausweg zu wählen. Sie hatte am Nachmittag ihrem Vater, der nicht mehr helfen wollte, nach Stockholm telegrafiert, daß ich plötzlich an einem Hirnschlag gestorben sei! Und sie hatte ihn um *Beerdigungsgeld* gebeten! – Nun war es uns ganz schauerlich zumute, als wir das Telegramm öffneten, das meines Schwiegervaters Beileid enthielt und zugleich die Meldung, daß tausend Franken für die Beerdigungskosten telegra-

fisch folgen würden. Ich war tief erschüttert. Niemals ist mir eine Hilfe so schauerlich und grauenhaft erschienen wie diese. Und doch mußte ich meiner Frau recht geben, als sie diesen einzigen Ausweg, den es für uns gab, gewählt hatte.
Wir gingen zum Gasthaus zurück und warteten unter unheimlicher Bedrückung und empfingen eine Stunde später von der Post mein Beerdigungsgeld. Und noch unheimlicher wurde dann die kleine Mahlzeit, die wir in einer kleinen Künstlerwirtschaft, schweigend und mit Tränen kämpfend, einnahmen. Wir waren von der Sorge schon so ernst gemacht worden, daß wir dieses Mal nicht mehr die Kraft hatten, uns von dem empfangenen Geld mit jugendlicher Leichtigkeit zu sättigen.
Als wir zu unserem Gasthaus zurückkehrten, fanden wir dort andere Beileidstelegramme von anderen Familienmitgliedern meiner Frau aus Stockholm vor. Wir weinten, als läge wirklich ein Toter im Zimmer, so sehr quälte uns noch der Schrecken und die Schmach der Not. Dann mußten wir, um die Sorge der Angehörigen nicht zu lang auszudehnen, zurücktelegrafieren und melden, daß ich wieder am Leben sei, und zugleich schickten wir erklärende Briefe ab.
Aber mein Begräbnisessen, an dem ich selbst teilgenommen hatte, und jene Notstunden, die meine Frau zu dieser verzweifelten Notlüge gezwungen hatten, stehen mir heute noch schaudervoll im Gedächtnis. Nur die tausend jungen Künstler, die sich in ähnlicher Lage befunden haben, werden mir nachfühlen können.

EIN HAUS IN GRIECHENLAND

Hoffnung auf Griechenland

Am Abend des Karnevalsdienstages waren wir, von Mexiko zurückkehrend, wieder in Paris eingetroffen. Bei der Vorüberfahrt am Opernplatz bliesen vom ersten Stockwerk des Opernhauses über die Menschenmenge die Fanfaren, die die Eröffnung des Maskenballes anzeigten. Es war mir aber, als verkündeten die Trompeten zugleich das Ende des Winters, den Beginn und den Einzug des Vorfrühlings und einen Willkomm für uns in Europa.

Ich verabredete mit meiner Frau, die von der langen ozeanischen Sturmreise sehr erschöpft war, daß sie sich in ihrem Vaterhause in Schweden ausruhen und sich dort aufhalten sollte, bis ich in Griechenland Haus und Garten gefunden hätte. Sollte ich aber dort auch keinen geeigneten Platz entdecken, so wollten wir uns dann beide in Würzburg, in meiner Heimatstadt, treffen und wollten dort einstweilen wohnen.
Wir waren dann noch einige Wochen in Paris.
Am Tage, da ich meine Fahrkarte nach Griechenland bei der »Schiffsgesellschaft des Mittelmeeres« in Paris bestellt hatte und meine Frau eben nach Schweden abgereist war, begegnete mir auf dem Boulevard St. Michel der Schriftsteller Karl Vollmöller, den ich kurz vorher kennengelernt hatte. Als er hörte, daß ich in zwei Tagen nach Griechenland reisen würde, sagte er mir, er würde gern auch nach Griechenland fahren. Er wolle nur an seinen Vater nach Hause telegrafieren, und wenn dieser zustimmende Antwort gäbe, würde er mit mir reisen. Wir fuhren dann einige Tage später von Marseille nach dem Hafen Piräus und machten die griechische Reise zusammen.

Fahrt nach Griechenland

Bei der Fahrt um den Peloponnes entzückte mich besonders die rhythmische Berggestaltung dieses griechischen Landteiles. Die Berge waren dort, als ob eine Hand die Berglinien in der Luft vorgezeichnet hätte, als wären die Wellen der Erde einst bezwingenden rhythmischen Handbewegungen gefolgt und dann als zur Erde gewordener Rhythmus stehengeblieben.
In zarten Morgensonnenfarben, in einem kühlen Grün, das wie bereift aussah, und in einem fleischigen goldigen Rosa erschienen aus ätherblauem Meer diese ersten griechischen Landlinien des Peloponnes vor meinen Augen. Und ich hoffte bei ihrem Anblick bestimmt, daß hier der Boden für glücklichsten Dichterfrieden sein könnte, denn ich war beglückt vom Anschauen der rosigen Küste.
Ich saß, vom tönenden Meer getragen, auf dem sauberen silberweißen Schiffsverdeck, halb hinhorchend auf den Arbeitstakt der Schiffsmaschine, und baute mir in Gedanken ein Haus dort hinüber an eine der stillen weltverlassenen Meeresbuchten.
Vom Schiff aus gesehen, sprach jenes griechische Land keine an-

dere Sprache als meine Heimatlaute, die ich in der Brust trug, und kein anderes Leben lebte an der nahen Küste als das Traumleben und die Traumgeschichten, die ich vom stillen Schiffsdeck hinüberschickte unter die Ölbäume dort.

Von jenen frühesten Morgenstunden an, als wir um den Peloponnes fuhren, bis zum Abend und bis zum nächsten Morgen, solange die Reise bis Piräus währte, füllte sich mir das leere Schiffsdeck, auf welchem wir nur vier Passagiere waren, mit allen Helden der »Ilias«, mit allen großen Geistern Athens.

Das Schiff war dann nicht mehr nur ein gewöhnliches Dampfschiff; es wurde hoheitsvoll ein Argonautenfahrzeug voll herrlich gerüsteter Männer, voll festlicher Götterfrauen. Sie kamen in hellen Zügen wie aufsteigender Meerschaum über das türkisenblaue Meerwasser. Sie kamen aus den fernsten Ölbaumhainen. Und als spät am Tage der Berge lange Abendschatten sich dunkelgrün in das Meer hinaus bis an unseren Schiffsbord hinlegten, da kamen immer mehr griechische Helden und Heldinnen, griechische Götter und Göttinnen, gefolgt vom frohen singenden Volk, auf den Abendschatten, wie auf Brücken, über die Meerflut heran.

– Nur wieder neun Jahre später erlebte ich ähnliches Entzücken, als ich in einem ähnlichen silberblauen Vorfrühlingslicht in der japanischen Inlandsee fuhr, zwischen japanischen Ufern, in der Heimat des naturseligsten Volkes der Erde. –

Als ich die Uferbilder und Meeresbuchtenlinien Griechenlandes zum erstenmal zwischen den Wimpern meiner Augen in mein Herz einziehen fühlte, schienen sie unwirkliche Gefilde zu sein. So verklärt schimmerte das Tageslicht von den melodisch geschweiften Bergen, als wäre die Küste von dem Licht einer geistigen, unirdischen Sonne beschienen.

Jene Erde, die so viele Schritte ernster Helden einst gehört hatte und sich von Homer besungen fühlte, lag da vor mir, als hätte sie sich unter Homers Gesang verklärt – wie eine Frau, die lautlos ein Liebeslied immer wieder singt, das ihr der gestorbene Geliebte einst gedichtet hat.

Und wie das Antlitz eines Menschen, der ein Gedicht wiederholt, das er liebt, und dessen Auge zwischen irdischem und unirdischem Ausdruck geteilt, verklärt in den Tag sieht, so sah Griechenland – das Lied Homers lautlos vor sich hinsingend – mit seinen feierlichen Höhen an jenem Tage, an dem ich vom Morgen bis zum nächsten Morgen im Meer an der Küste vorüber-

fuhr, in meine Augen und war eine heilige Geisterwelt, eine heilige Dichterwelt.
Es schien keine Stunde nüchterner Alltag an jenen Ufern zu sein. Eine köstliche Festlichkeit begleitete mich an dieser Küste entlang bis zur nächsten Morgenstunde, bis zum Augenblick, da das Schiff in Piräus anlegte.
In Piräus, im Hafengetriebe, zwischen Hafenhallen und Haufen von Fischerbooten, bei schmutzigen Fischerkneipen, bei den Kähnen, die, beladen mit gelben Orangen und grünen Zitronen, fremdartig leuchteten, wußte ich nicht mehr, als ich den Fuß ans Land gesetzt, daß ich in Griechenland war. Es lag vor mir ein kleinstädtischer lebendiger Mittelmeerhafen mit dem üblichen Hafenlärm, mit Zollbeamten, Fuhrleuten, Fischern. Nur die griechische Lebhaftigkeit, das fliegende Verständnis für jeden Augenblick des Lebens, eine gewandte Eile und eine bestrickende Gefälligkeit, die den Nordländer argwöhnisch macht,- in ihnen war griechischer Geist zu fühlen.
Wir fuhren dann bald mit einem Wagen auf der alten Heerstraße hin, die in einer geraden Linie, wie mit einem Lineal gezogen, nach Athen führt. Ich hatte geglaubt, daß hier Ende März schon Frühlingsgrün zu finden wäre, und war nun erstaunt, daß die Weingärten an den Wegseiten nur braune Rebenstrünke und noch kein grünes Blatt zeigten.
Während der Fahrt sah ich immer geradeaus und wunderte mich, daß ich nirgends den Felsen der Akropolis entdecken konnte. In der breiten Ebene, die sich zwischen zwei Bergzügen von Athen nach Piräus ans Meer zieht, hätte ich geglaubt den Berg und die Akropolis am Ende des Tales, groß, gegen den Himmel gezeichnet, sofort erkennen zu müssen. Aber erst nah bei der Einfahrt in Athen sah ich, umgeben von höheren Hügeln und verschwindend klein neben dem mächtigen Hymettosbergwall, die Anhöhe der Akropolis mit den Tempelresten. Aus der Ferne ließ diese Tempelruine noch nichts von ihrer Großartigkeit ahnen.
Das neue Athen, in das wir einfuhren, mit seinen bürgerlichen Häusern der Neuzeit, mit seinen Schaufenstern, Straßenbahnen, seinem Kaffeehausleben, mit dem Getriebe unseres Jahrhunderts in der langen Stadionstraße, war mir vom Anfang an im Wege. Ich wäre am liebsten draußen vor der neuen Stadt heimlich aus dem Wagen gestiegen und durch die Felder in weitem Bogen um das neuzeitliche Athen gegangen, hinauf zur Akropolis.
Am Tage vorher auf dem Meer war ich im Geist in einer stillen

Ruinenwelt angekommen, die sich Athen nannte. Ich hatte in Gedanken nebenbei ein paar Gasthäuser oder ähnliche Häuser in ehrfurchtsvoller Entfernung, den Ruinen bescheiden Platz machend, gesehen und hatte geglaubt, daß die Fenster jener neuen Häuser, so wie die Augen der neuen Menschen dort, den ganzen Tag andachtsvoll träumend und vom Bewundern der großen Vergangenheit der Ruinen bewegt, keine Zeit zu eigenem Leben finden könnten.

Nun aber lärmte da eine sich selbständig dünkende junge Stadt, eine mit Trambahnen, elektrischen Maschinen, Telegrafen und Telefonen und mit Motoren arbeitende, zeitgemäße, laute, ehrgeizige Stadt.

Diesen Zeitlärm konnte ich noch nicht mit meinen nur feierliche Ruinen suchenden Wünschen vereinigen. Und ich war enttäuscht und wünschte mich wieder aufs griechische Meer zurück. Die Zeitungsverkäufer und die Lotterieverkäufer, die auf unserem Wagentrittbrett geschäftig schreiend emporkletterten, während wir in die lebendigen, gewerbetreibenden Morgengassen von Athen einfuhren, machten mich endlich lachen. Und Humor stellte sich ein, und ich freute mich, doch allmählich von der Meeröde wieder unter zappelnde Menschenkinder gekommen zu sein.

Das unterhaltende südliche Straßenleben, die Kupferschmiede, die Seiler, die Korbflechter, die Töpfer und das viele andere Kleingewerbe, das da zusammengepackt in den Gassen nistet, war in seiner herzlichen Irdischkeit reizvoll zu betrachten, und der Lärm, der mich zuerst abstieß, lockte bald vertraulich meine Ohren an. Eine arbeitende starke Gegenwart, meine Gegenwartswelt, erfüllte mich wieder, und ich ließ die feierlichen Träume weit zurück und fühlte mich trotzdem wohl.

Mein Reisegefährte hatte von seinem Vater einige Empfehlungen an griechische Geschäftsleute, an den deutschen Konsul und an den deutschen Archäologen Professor Dörpfeld mit sich. Von dem letzteren erhielten wir bei einem Besuch einige gute Ratschläge für unseren Ritt durch den Peloponnes, den wir von Olympia aus nach Sparta unternehmen wollten. Zuerst aber wollten wir vorher noch Delphi, Apollos heilige Stätte, am Korinthischen Meerbusen sehen. Französische Gelehrte hatten dort kürzlich das große Ruinenfeld der Heiligtümer wieder aufgedeckt. –

Morgens von sechs bis neun Uhr herrschte schon das lauteste Leben zwischen den blendend weißgetünchten Häusern von

Athen. Keine Stadt ist mir je wieder so hell vorgekommen wie diese lichtdurchtränkte weiße Neustadt Athen. Und trotzdem herrschte Düsterkeit in den Straßen.
Denn in keiner Stadt sah ich jemals wieder so wenig Frauen wie am Nachmittag dort auf dem Schloßplatz, während die Musik spielte. Nirgends war eine griechische Dame, nirgends ein griechisches Mädchen zu sehen. Nur manchmal fuhr ein weibliches Wesen in einem Wagen vorüber. Aber auf dem Schloßplatz standen wie eine einzige schwarze Masse, Schulter an Schulter, plaudernde Männer von allen Altern.
Nie wieder sah ich ein ähnlich einseitiges Dasein. Man könnte glauben, es würde hier Börse abgehalten unter freiem Himmel. Oder man konnte denken, es sei eine Verschwörung im Gang. Während im heutigen Rom zur Musikzeit in den Gartenanlagen des Monte Pincio die Römerinnen aller Gesellschaftskreise, zu Fuß und zu Wagen, plaudernd mit und zwischen den Herren erscheinen, sind in Athen zu den Musikstunden nur einige Ausländerinnen am Rand des Platzes bei den Kaffeehäusern zu sehen. Es entsteht deshalb hier kein fröhliches Gemisch, keine festliche gesellige Woge. Wie eine zusammengepferchte Stierherde stauen sich die Männer stumpf und stolz um die Musik.
Ich habe ähnliches nur im Hydepark in London gesehen, wenn ein politischer Redner auf einen Stuhl gestiegen war und sich Hunderte von Männern um ihn gesammelt hatten. Dort sah ich ähnlich viel schwarzbekleidete Rücken wie auf dem Schloßplatz von Athen.
Eine gähnende Langeweile ging von dieser Musik aus. Denn die plaudernden und politisierenden eifrigen griechischen Männer ließen die Musik, wie es schien, nur in ihren Ohren verhallen. Die Frauen, die im Gehen und im Lächeln wandelnde Musik sein können, fehlten hier den Augen der Männer, und das machte, daß die Männerohren nur halb hinfühlten und daß nur eine halbe Festlichkeit aufkam.
Es ist nicht gut, daß der Mensch allein sei, sagt die Bibel. Und ich möchte hinzufügen: es ist nicht gut, daß der Mann ohne eine Frau Musik hört, daß der Mann ohne eine Frau ein Gedicht liest, daß der Mann ohne eine Frau ein Bild betrachtet, daß der Mann nur mit Männern spaziert. Ohne die Frau kommt nur die halbe Welt der Kunstwerte und die halbe Welt allen Lebens zum Mann. Ebenso können die Frauen die Welt und die Künste nicht allein ohne den Mann ganz verstehen und ganz genießen.

Als ich am Spätnachmittag des ersten Tages in Athen, am Theseustempel vorbei, dessen ehemals weiße Säulen jetzt wie gelbes Bienenwachs leuchten, auf dem Weg bei den alten Amphitheatern zur Anhöhe der Akropolis hinaufwanderte und dann über die breiten zerbrochenen Freitreppen, auf dem mit Quadern bepflasterten Platz beim kleinen Erechtheiontempel vor den ungeheuren Säulen des Parthenontempels stand, da, schien es mir, waren das keine Ruinen, was ich vor mir sah. Es waren Bauwerke, noch im Aufbau begriffen.

Die Handwerksleute und die Architekten schienen den jungen Bauplatz des herrlichen Zukunftsbaues eben zur Abendstunde verlassen zu haben und waren hinunter in die Stadt gegangen. Da lagen Säulen und Quadern, die scheinbar noch am Mittag den Hammer und den Meißel der Steinmetzen gespürt hatten. Und die steinernen Frauengestalten, die das Sims des Erechtheion auf ihren Köpfen stützen, waren von den jungen Bildhauern vorhin erst mit den lebenden Frauen verglichen worden, die dazu Modell gestanden hatten, vor dem inneren und äußeren Auge der Künstler.

Jung, lebensvoll, wunderbar zeitlos waren die Formen und die künstlerischen Linien der behauenen Steine. Die gerillten Säulen standen jung aufrecht, als wäre in ihren tiefen Rinnen nur erst einmal ein Frühlingsregen herabgerieselt.

Nichts sprach hier von jahrtausendaltem Regen, von jahrtausendalten Winden und Sonnenbränden, die diese Steine erlebt hatten. Nur neuzeitliche und zukünftigste Weltfestlichkeit tönte bei jedem Schritt auf den Fliesen des Parthenons in mein innerstes Ohr. Diesem Bauplatz fehlten nur die Gerüste; man mußte annehmen, die Baugerüste seien zu früh abgenommen worden, ehe die Bauten noch ganz fertig waren. Einen andern Eindruck empfing ich nicht. Das Wort Ruine kam nicht in meinen Gedanken auf.

Welch stümperhafte Bauten waren dagegen die alten römischen Backsteinbauwerke des Forums in Rom! Welche stümperhafte, geistesbeschränkte, unharmonische Linien trugen nicht alle anderen Steinbauten Europas! Hier an der Akropolis waren nicht bloß geschickte Menschenhände und klug berechnende Gehirne an der Arbeit gewesen. Hier hatten weltfestliche Herzen die Pläne gezeichnet, weltfreudige Hände und Augen Meißel und

Hammer walten lassen. Die aus den Gehirnen eines Volkes von Dichtern geborenen menschenherrlichen Götter hatten, ähnlich wie sie beim Kampf um Ilion die Krieger aneiferten, so hier die Künstler bei ihrer Arbeit beseelt. Diese Tempel waren gedichtet, waren jahrtausendalte Steingedichte. Und so wie jedes echte Gedicht kein Alter, keine Zeit, keine Vergänglichkeit kennt, so standen auch diese Bauten alterlos jugendlich in ihrer unvergänglichen Selbstverständlichkeit da.
Auch die Säulen, die gestürzt waren, sie wurden nicht zu Ruinenstücken. Sie blieben Vollkommenheiten. Sie schienen in jedem Augenblick neu aufwachsen zu wollen, da jeder einzelne Stein, jede Meißellinie Unsterblichkeit ausstrahlte und überzeugendste Weltallfestlichkeit.

Ein Haus – eine Klosterruine

An seine Frau

Athen, 26. März 1898

Liebe Annia, heute vormittag kamen wir mit dem Wagen von Piräus hier an. Ich erhielt sogleich beim Konsulat Deinen Brief. Aber es macht mir Sorge, ich kann Dir noch gar nichts antworten, ich bin noch ganz betäubt von dem plötzlichen Stadtlärm nach dem stillen, ernsten Meer. Athen ist modern wie alle Städte, aber sehr staubig und wirkt wie ein eleganter Badeort durch die vielen Fremden, es ist so teuer wie Paris, scheint mir, und ich konnte vorläufig kein Zimmer unter drei Drachmen = zwei Franc siebzig pro Tag bekommen. Ich bin durch Deinen Brief verwirrt, weil Dein Vater keine kleine Einrichtung geben möchte, und ebenso bin ich verwirrt dadurch, daß mir die Stadt und die Leute wenig tiefen Eindruck machen. Aber vielleicht ist es nur der plötzliche Kontrast zwischen Paris und einer Provinzstadt.
Ich bin immer so traurig, wenn ich von großer Naturstille in die geschmacklosen Städte komme, und Du mußt es mir verzeihen, daß mein Herz so schwach ist.
Ich schreibe heute abend weiter.

Athen, 27. März 1898

Hier ist es am Sonntagnachmittag wie in allen Städten der europäischen Kultur. Stille Straßen, stilles Kirchengeläute, Sonntag-Menschen.

Mein Herz, mein liebes Weib,
gestern abend gingen wir bald auf das Zimmer, ich schlief aber gleich ein und ruhte auch heute morgen lange aus. Nun habe ich wieder Ruhe und fühle Gott bei mir.
Morgen früh wollen wir einen Ausflug nach *Tatoi* machen, mit Eisenbahn eine Stunde und dann noch zwei Stunden zu Fuß. Das ist der schönste Platz in der Nähe von Athen auf dem Lande, er ist die Sommerresidenz des Königs.
Gestern nachmittag sahen wir die herrliche Akropolis und die anderen Ruinen, aber darüber kann ich Dir nichts sagen. Die sind wie große, tiefe marmorne Gebete, das ist voll der größten freien Weltandacht, weite, hohe Herzen wohnen hinter diesen feierlichen zerbrochenen Säulen. Das mußt Du schweigend mit mir sehen und schweigend bewundern. –
Annie, liebe, wenn ich nur dieses Häuschen für uns mit Gottes Hand entdecken kann. Oh, ich bitte so innig, daß Du endlich wieder bei mir wärest und ich Dir alle Liebe geben dürfte, die ich jetzt hart und quälend einschließen muß und nicht einmal ganz in Briefen sagen mag, da ich fürchte, zuletzt schwach zu werden und blind zu handeln.
Quälend ist jetzt, daß mir alles teurer hier scheint, als ich erwartete. Hätten wir zweihundert Drachmen monatlich, dann könnte ich an ein Leben hier glauben.
Aber heute kann ich noch nicht entscheiden und warte bis Ende dieser Woche, dann wird eher die Entscheidung da sein. Lieb, lieb Annia, zu Ostern hoffe ich wenigstens, Deine und meine Zukunft entschieden zu haben, und so, daß Du dann auf dem Weg zu mir bist.
Der gute Vollmöller mit seiner naiven und neuheitlustigen jungen Kraft ist ein guter Reisegefährte. Da er noch so stark in den Schulerinnerungen steht, ist es angenehm, mit ihm über griechische Vergangenheit zu sprechen. Aber er ist auch sonst ein weiter und tiefer Charakter und feinfühlig, so daß wir uns noch wenig gezankt haben, nur manchmal über den Wert der deutschen Dichtung und der alten Klassiker. Darin ist er noch ungläubig, daß wir die Alten als höchstes Ideal ansehen sollen. Er liebt die moderne Schule mehr als ich, aber ich glaube, er wird doch noch in zehn Jahren ebenso wie ich als Schüler Homer bewundernd anbeten. Er ist ungemein weit entwickelt für seine zwanzig Jahre. Aber das ist alles ziemlich nebensächlich, er ist ein guter Mensch und wird auch einmal ein guter Dichter.

Heute benütze ich den Tag ganz zum Ausruhen, um morgen frisch für das Suchen in Tatoi zu sein.
Blumen von der Akropolis sende ich Dir.

Athen, 29. März 1898

Meine liebe, liebe Annie, sei nicht aufgeregt, daß ich Dir noch nicht telegrafieren konnte. Je stiller und ruhiger Du mich überlegen läßt, desto besser wird alles. Gestern abend kam ich nicht mehr zum Schreiben, wir hatten am Nachmittag einen langen Weg gemacht und hatten eine Klosterruine besucht, wo ein dänischer Maler früher lange unter Hirten gewohnt hat. Es ist ein elendes Haus in elender, öder, steinerner Bergwandumgebung. Nur ein paar kümmerliche Ölbäume wachsen dort. Der Garten ist kein Garten mehr, keine Bäume, nur dickes Unkraut und *Steine* und kaum *Erde.* Es ist anderthalb Stunden von Athen am Fuß des kahlen Hymettos-Gebirges. Das Haus ist von armen Leuten in einem Flügel bewohnt, der andere Flügel ist halb eingestürzt, die Mauern liegen zerbrochen im Garten, und es ist im ersten Stock ein elendes Zimmerloch mit zwei kleinen glaslosen Fenstern. Dort sollten wir wohnen! Es gibt sonst nichts in der Nähe von Athen als dieses alte verlassene Klosterhäuschen.
Die Gegend rings ist öde wie die Westküste von Schweden und von der Sonne versengt und baumlos. Das Haus hat gar keine Aussicht, es liegt ganz in einer Bergecke, rings von dichten Berghügeln eingeklemmt.
Seine Vorteile sind: Es fließt aus der Mauer hinter dem Haus eine Quelle.
Vom nächsten Hügel hat man die schönste Aussicht über die Ebene bis an das Meer, das eine Stunde von Athen liegt.
Es ist einsam da, und nur hier und da kommen Fremde an die Quelle.
Aber wir können nichts pflanzen als Salat und Rüben. Müssen Makkaroni und Brot in der Stadt kaufen und Öl zum Kochen und müssen einen wachsamen Hund haben.
Alles ist teuer in Athen, wie in Paris, und mit siebzig Franc = hundert Drachmen monatlich können wir vielleicht so viel Nahrung kaufen, daß wir nicht verhungern. Aber liebes, liebes Kind mein, kannst Du das alles vertragen? Kein Fleisch, keine Früchte, keine Gemüse, nur Makkaroni und Brot und Öl.

Der Wein ist teuer, da er nach dem Ausland versandt wird, kaum Sonntags könnten wir etwas Wein trinken.
Ich werde morgen mit dem Konsul sprechen, ob es möglich ist, dort zu wohnen. Dann, wenn ich kein Geld im Crédit Jonien finde, werde ich Dich telegrafisch um Reisegeld nach Sparta bitten müssen. Denn hier bei Athen gibt es nichts weiter, es ist gar nichts mit der Sommerresidenz des Königs, wo wir heute waren. Wir standen um halb sechs Uhr auf, fuhren von halb sieben bis halb acht per Bahn nach Kallini und gingen von dort drei Stunden bis nach Tatoi. Aber es ist ekelhaft dort, eine langweilige Waldgegend mit angepflanzten Bäumen. Auch ist keine Wohngelegenheit dort. Wir sind zurück bergab in zwei Stunden gegangen, also fünf Stunden heute, aber ich fühle mich gar nicht müde, nur im Herzen traurig müde, daß ich nichts finden konnte.
Ich werde jetzt abends immer so melancholisch, wenn ich wieder einen Tag vergebens gesucht und auf Erfüllung einer Hoffnung gewartet habe. Und dann sehne ich mich nach nichts mehr, sondern ich fühle Dein weinendes Gesicht und weiß nicht, was ich tun soll, um Ruhe für unsere Lebensunterkunft zu finden. Ach, Annie, sei nicht traurig, ich werde zuletzt ganz herzmüde. Die Dichtung sagt, ich darf kein Geld mit ihr verdienen, sonst verläßt sie mich, und das Leben sagt, ich muß Geld verdienen, sonst können wir kaum zusammen leben, aber beide haben recht, und *ich brauche beide zum Leben, Dich und die Dichtung*, ich kann nicht eines entbehren, sonst gehe ich doch zugrunde.
Ich hoffe nicht viel von Sparta, aber Vollmöller hofft. Es ist also vielleicht noch eine Möglichkeit, in Griechenland zu bleiben.
Sagt der Konsul, es geht, so bliebe ich am liebsten in der Klosterruine, wenn Du willst.

Mittwoch, morgens ½ 9 Uhr

Ich liege seit einer Stunde wach und denke an die Klosterruine, ich glaube, wir können es für ein bis drei Jahre dort aushalten. Es ist nicht schön dort, nur die Aussicht, die Wohnung häßlich, aber wir müssen es nehmen. Es ist besser, als in Deutschland auf Gnade zu leben oder auf Gnade bei Deinen Eltern zu wohnen. Jetzt gehe ich gleich zum Konsul. Aber ich hätte gern Sparta und den Süden von Griechenland acht Tage lang besucht, um zu wissen, daß ich alles getan habe, ehe wir uns in der Ruine

hier einmieten. Es sieht schrecklich verwahrlost dort aus, und das Gestein und viel zerbrochenes Zeug liegt um die Ruine herum. Aber vielleicht muß es sein, daß wir dort wohnen.
Das Kloster hieß: »Käsariani«. Es ist auch im Baedeker genannt und ist ein Ausflugplatz für Fremde, das Wasser der Quelle wird täglich von Trägern auf Eseln in Krügen nach Athen verkauft. Diese Träger könnten uns Besorgungen machen, wenn wir etwas aus der Stadt wollen. Denn der Weg nach der Stadt hinunter ist beschwerlich, glühend heiß und ganz steinig und leer.
Ich lege Dir eine Skizze bei, daß Du die Aussicht siehst, die man vom nächsten Hügel bei der Ruine hat, man sieht links das Meer und unten die Akropolis mit Athen.
– – Mittags 12 Uhr. Ich komme eben vom Konsul. Er sagt, ich müsse mich an die Polizeidirektion wenden. Sicher sei die Gegend, aber er übernimmt keine Verantwortung.
Jetzt will ich heute nochmals den Platz ansehen und dann mit dem Polizeidirektor sprechen. *Wenn Du Depesche bekommst: »Ich reise Sparta«,* so kann ich mich nicht für die Ruine entscheiden. Dann suche ich acht Tage noch bei Sparta und Korinth. Finde ich dort nichts, so telegrafiere ich: »Rückreise«, und bitte, sende dann Rückreisegeld nach Deutschland oder Schweden oder Frankreich, Jonien.
Ich erhielt am Crédit Jonien die 260 Franc und danke herzlich. Du liebe Gute Du, die so tapfer hilft. Ich werde Dir viele Prozente in Zinsen und Zinseszinsen in echten blutwarmen Küssen zahlen. Wenn ich telegrafiere: »Klosterruine *gemietet, bitte kleines Einrichtungsgeld*«, dann ist das das Signal für Dich zur Abfahrt, und Du kommst schnellstens über Berlin, Wien, Triest, Brindisi, Patras, Korinth, Athen und telegrafierst an Hôtel d'Athènes Dauthendey oder Consulat allemand Deine Ankunftsstunde, damit ich am Bahnhof bin.
Sollte aber alles unmöglich sein, so sage Du, wo Du mich sehen willst, dann ist Pouldu vielleicht am besten. Dann ist jeder Platz auf der Erde gleich, denn auch bei Würzburg wird es schwer sein. Wenn ich hier nichts finde, überlasse ich es Dir, den Platz zu bestimmen, wo wir leben sollen. Ich bin unfähig, hier zu wissen, wo es dann sein soll, und bin müde, und dann will ich endlich bei Dir sein, und es ist gleich, wo ich nach so langer Trennung Dich wieder umarmen darf, wenn es nur in Frieden und in Stille ist.

Athen, 31. März 1898

Annia liebe, siehst Du, mein liebes Mietzchen, ich habe Dir täglich geschrieben, aber erst heute kann ich es absenden, da jetzt die Entscheidung wahrscheinlicher ist, und es lag in den letzten Tagen alles wirr und unklar. Gestern nachmittag war ich nochmals mit Vollmöller in jener Klosterruine, wo ich mieten sollte, aber ich sah ein, daß es unmöglich ist. Erstens müßte ich die Zimmer, die weder Fenster noch Fußboden noch Kalk an den Wänden und Decken haben, weißen und ausbessern lassen, das würde mindestens hundert bis zweihundert Drachmen kosten. Dann sind die Hirten, die in einigen Winkeln dort wohnen, böses Gesindel. Und drittens bestellte ich den Mann heute morgen zu uns, der die Ruine gepachtet hat, und für zwei Zimmerlöcher, die nicht größer sind als zwei Meter breit und zwei Meter lang, will er fünfzig Franc monatlich haben. Es ist unmöglich, bei unsern Verhältnissen daran zu denken.
Nun habe ich mich heute fest und sicher für Würzburg entschlossen. Und ich werde zwei Prosabücher schreiben, das eine über alle meine Kunsteindrücke in Europa und Mexiko, das andere wird ein Roman, vielleicht über unser ganzes Jahrhundert, bei meinen Großeltern angefangen und bis zu uns.
Erstaune nicht! Meine Dichtungen werde ich trotzdem niemals verkaufen, ich meine das »*Dreifest*«, und nur die Prosa werde ich für unseren Lebensunterhalt schreiben.
Mein Herz ist glücklich, seit ich mich so entschlossen habe. Ich freue mich sehnlichst, endlich wieder meine Muttersprache um mich zu hören, und will endlich zu Hause, wo ich mich immer am kräftigsten fühlte, ausruhen. Du wirst sehen, wenn Maxkater will, so wird er große Geldhaufen verdienen. Aber nur nicht mit der Dichtung, sondern mit dem Erzählen, so wie ich auch meine nächsten Freunde mit dem Erzählen von meinen Reisen in Bohuslän, Rußland, Mexiko unterhalten konnte.
Im Winter oder Frühling 99 können wir dann nach Paris oder Pouldu, oder wohin wir wollen.
In Würzburg werde ich einen Gemüsegarten für uns pachten, so daß ich graben und hacken kann, damit ich Bewegung habe. Wir werden drei Zimmer mieten und etwas eigene Betten und Möbel und Kochgeräte hinein kaufen. Kochen werde ich selbst, wie in der rue Boissonade, und Dich will ich pflegen und schonen wie meine goldene Märchenblume. Du sollst mir alle Schön-

heit der fremden Himmel geben, und ich will nie mehr denken, uns mit zu fremden Plänen zu plagen. Ich habe nun das schönste Land der großen Erde gesehen, und es gibt mir ebensowenig Ruhe als die andern. Ich kann nur Ruhe in der alten Heimat finden und bei den Blumen und Bäumen und alten Gebräuchen. Ich werde dort alles verarbeiten, wovon jetzt Kopf und Blut voll ist. Hier draußen werde ich nur lebensmüde und halb wahnsinnig von den viel zu fremden Eindrücken. Ich will ein Jahr wenigstens wieder meinen alten jungen Max aufwärmen an der Heimat. Später werde ich auch immer wieder in die Heimat zurückkehren, und die Zimmer in Würzburg wollen wir uns *für immer* einrichten.
Aber nun will ich noch in dieser Woche auf zehn Tage zum Peloponnes, um möglichst viel Eindrücke von hier mitzunehmen und mein Buch zu Hause darüber zu beginnen*.
Wir fahren übermorgen früh nach Korinth, sind dort einen Tag und übernachten und sehen Akrokorinth, dann Mykene, dann Nauplia, dann Sparta und Kalamata. Bis Nauplia Eisenbahn, von dort Pferd und Führer bis Sparta, Kalamata. Zurück über Olympia, Delphi nach Athen.
Dienstag in acht Tagen, also am 10. bis 15. April, werde ich unterwegs nach Würzburg sein.
Aber sollte ich trotz aller Enttäuschung doch noch etwas in Sparta oder Kalamata, wo es sehr schön ist, finden, so telegrafiere ich Dir. Ich glaube es nicht.

Dein Max

Wieder in Würzburg

Es war im Mai 1898, als ich dann nach langen Irrfahrten in der mir angeborenen Heimat gelandet bin. Zwei Jahre waren wir, meine Frau und ich, von Hotel zu Hotel und von Land zu Land gezogen und hatten es noch nie zusammen erlebt, auf altem Erinnerungsboden zu wohnen, in eigener Küche ein nach persönlichem Geschmack hergerichtetes Mahl auf dem Feuer zu haben, am häuslich gedeckten Tisch zu essen und vor den Türen Wege zu gehen, die nicht ins Unbekannte, ins Unklare führten.
Hier kannte ich die Ziele eines jeden Feldwegs und jeder Landstraße. Ich konnte meiner Frau unterwegs berichten, was uns

* »Gedankengut aus meinen Wanderjahren«.

erwartete, wenn wir vom Haus am Berg aus nach Osten, nach Westen, nach Norden oder Süden gingen.
Ich fühlte bei meinen Wegen durch die Stadt, daß diese Häuser, die mir bei meinem Kinderspiel und bei meinem Schulweg zugesehen hatten, die meine Jünglingsgedanken mitgedacht hatten und die mich nun mit meiner Frau zusammen übers Pflaster wandern sahen, daß diese Häuser mein Besitz waren. Sie waren durchdrungen und in Besitz genommen von den Gedanken meiner früher hier verlebten Jahre.

SORGEN UND SCHULDEN

Annies Vater soll Geld geben

Dauthendey an seine Frau

Paris, März 1899

Liebes Fraule mein,

noch keine Nachricht, ob Du in Stockholm bist, es ist jetzt Mittwoch morgen, ich glaube, Du bist schon ein Jahr fort. Ich bin unruhig und weiß nicht, was werden soll. Hier muß ich heute oder morgen aus dem Haus, ich sprach Back nicht mehr seit Sonntag, wir gehen wie Fremde aneinander vorüber. Es ist neun Uhr morgens. Eben hatte ich von Dir geträumt, als ich aufstand. Ich sah Deine Pensionsdame aus Berlin in einem Fenster, und sie rief mir auf die Straße herunter, daß Du angekommen wärest, aber Du schliefest seit zwei Tagen den ganzen Tag, sagte sie. Ich entschuldigte Dich und sagte: »Aber sie ist auch so viel in diesen zwei Monaten gereist.«
Deine Karte aus Näsjö bekam ich gestern, aber ich hoffe heute noch auf eine Stockholmer Nachricht. Das Geld von Deinem Vater ist noch nicht da, ich würde mich freuen, wenn es käme.
Hettner und Hermann wollten gestern, daß ich für den Sommer mit ihnen nach Fontenay ziehen soll. Ich mag aber nicht, ich habe solche Sehnsucht *nur* nach Dir. Gestern abend war es sehr schlimm. Ich möchte so gern in den nächsten Zug springen und bei Dir sein.
Ich hatte auch Elise gefragt, was sie Pension für mich nehmen

würde, habe aber noch keine Antwort und will auch keine, ich will *nur zu Dir*.
Die Korrekturbogen zu »Jahrbuch« vom »Pan« bekam ich auch. Es sieht ganz großartig aus, auf vier Seiten breit gedruckt. Ich glaube, es war noch nie ein so langes Gedicht im »Pan«. Und es freute mich.
Hettner und Hermann streiten sich edel darum, es mit Randzeichnungen zu versehen.
Ich habe mir Stiefel und Wäsche kaufen müssen und habe nicht mehr viel nach allen Auslagen, da Back mir nichts geben konnte. Seine Brüder haben plötzlich Bankerott gemacht. Sein Vater hat auch viel verloren, und Back soll nach Wien zurück, aber er will nicht und möchte mit zweihundert Franc in Brüssel leben. Erzähle es aber nicht Deinem Vater, sonst bekommt er vielleicht als Kaufmann Angst vor Bankerott.
Also bitte, mein liebes Herz mein, bitte, daß wir schnell glücklich zusammenkommen.
Bitte telegrafiere zur Reise zweihundert Franc, dann löse ich Deine Uhr ein.
Es war eine so schlechte Sternstellung am Himmel wie seit langem nicht, alle Planeten waren nachts zu gleicher Zeit am Himmel, aber am Freitag soll es vorüber sein. Dann soll eine sehr gute Stellung kommen, sagte Hermann gestern zu mir. Hettner und Hermann sind die einzigen, die ich abends manchmal sehe.
Ach, wie ich mich freuen will, wenn wir still im Garten draußen liegen, und wie wir zufrieden sein wollen, wenn ich endlich ruhig dichten darf. Bitte ihn, er ist doch gut, in zwei Tagen bin ich dann bei Dir.
Ich freue mich so sehr, während ich dies schreibe, daß ich mich schon ganz bei Dir fühle. O bitte, bitte, schlage es nicht ab. Bezwinge Deinen Vater *sanft und herzlich*, er tut es, denn die Sonne ist jetzt mit uns. Die Sonne, die seit acht Tagen hier nicht mehr schien, ist jetzt warm und breit auf meinem kleinen hölzernen Schreibtisch und macht das leere Zimmer so voll, als wären lauter gute Menschen um mich, die alle mit uns Deinen Vater bitten.
Ich küsse Dich so warm, wie es hier um mich ist, und sehe Dein liebes, liebes Kindergesicht, das so hilflos in die dumme Zukunft geguckt hat. Aber jetzt wird es sicher besser, ich fühle es, daß es der beste Plan ist, den ich finden konnte.
Dein Vater wird uns nicht unglücklich machen wollen, und das

Geschäft zu führen, kann ich nicht mit so freiem Herzen versprechen, wie ich versprechen kann, viel und groß dichten zu wollen, um das Stipendium zu bekommen. Das Geschäft ist unmöglich, da ich auf die Dauer immer zerstreut bin und keinem andern Beruf gewachsen bin als der Phantasie. Ich kann es nicht annehmen, daß Dein Vater ein Geschäft kauft und daß wir es wieder verlieren sollen, weil ich im voraus fühle, daß ich zu lange schon Dichter bin, um Geschäftssorgen klug zu behandeln. Er soll nicht darüber traurig sein; da ich ein festlicher Dichter bin, werden wir auch später mit der Dichtung Geld verdienen.

Wenn ich nur etwas verdienen könnte!

An seine Frau

Paris, 23. Oktober 1902

Liebe Mietze liebe, *nein*, das darfst Du nicht: alles verkaufen und zu Deiner Mutter. Maja sagte vor acht Tagen, sie sucht eine Stelle an einem großen Spital und will versuchen, ob Du nicht dort auch einen Platz bekommen kannst. Es ist mit vielen Millionen ein Spital für Massage, hauptsächlich schwedische Heilgymnastik, von Franzosen gebaut worden. Und Dr. Eyde hat zu Maja im Sommer gesagt, sie soll sich dort vorstellen, er hat sie empfohlen. Maja war im Sommer dort und hat sich vorgestellt und wollte jetzt wieder hingehen, hat aber Eyde nicht treffen können, trotzdem sie mehrmals bei ihm war. Ich wollte Dir eigentlich nicht früher davon erzählen, um nicht unnütze Hoffnungen zu erwecken. Jetzt werde ich morgen Maja besuchen und fragen, ob sie gute Nachricht hat.
Ich schreibe an einem Artikel für die »Jugend«, verschiedene Träume, die ich in allen Jahren hatte, so was Ähnliches wie Edgar Poë. Vom »Simplicissimus« noch keine Nachricht. Aber ich geniere mich nicht und schicke morgen wieder etwas ein. Wenn ich nur etwas verdienen könnte, um mich wenigstens selbst zu erhalten.
Annieherz mein, immer wenn ich an Dich schreibe, komme ich an Deinem goldnen Haar vorüber, das in der schmalen Schachtel beim Briefpapier im Karton auf meinem Schreibtisch liegt.

An seine Frau

Paris, Dezember 1902

Liebe,
Liebe,
Liebe,
erinnerst Du Dich noch ans Café Saint Cyr? Da sitze ich jetzt an der Place Montparnasse, vis-à-vis dem Café Versailles, und schreibe.
Heute ist der erste Schnee in Paris. Es schneite heute früh, als ob im Himmel eine weiße Mühle wäre. Es ist bitter kalt geworden, und es wird ein teurer Winter werden. Ich bin froh, daß Du Dampfheizung hast, denn so ein Kamin brennt wie Strohfeuer.
Heute früh bekam ich Dein winziges Briefchen, es war wie eine Einladung zu einem zärtlichen Rendezvous. Ich fühle alle Leute, wenn Du von ihnen so charakteristisch erzählst. Aber ich würde nie begreifen, daß einer dieser Männer Dich selig machen könnte. Magst Du mich schimpfen, soviel Du willst, ich weiß es, daß ich Dein Einziger bin und daß Du mir durch keine Frau ersetzt wirst.
Bekommst Du nichts für meine Stickereien?????
Ich schreibe heute wieder an der schwedischen Reise, nachdem ich ein paar Tage ausgesetzt habe.
Nun muß ich heim an meinen Kamin und schreiben.

Paris, 5. Januar 1903

Liebes Schmützle,

Du sprichst von so viel Sorgen, daß ich es Dir immer wieder sagen muß, wir sind Künstler und haben keine Sorgen, wenn wir uns nur keine unnütz machen. Ich weiß, daß wir Schulden haben, aber das hat jeder Mensch, und später werden sie bezahlt. Du mußt nicht Katerstimmungen zu Herzen gehen lassen.
Und wenn wir auf einem einzigen Zimmer wohnen und glücklich sorglos sind, ist es besser als in einer Wohnung mit Sorgen. Lebe doch etwas leichter, liebste Katze mein, und kommt ein grauer Tag, so kommt morgen wieder ein blauer Tag. Wir haben ja seit Ewigkeit gelebt und leben in Ewigkeit weiter, und das Leben ist im Grunde immer sanft. Wir wollen nicht mit Men-

schen verkehren, die verlangen, daß wir repräsentieren, sondern mit guten Menschen, die jeden andern verstehen und nach seinem innern Rang schätzen.
Ich habe eben einen Spaziergang gemacht im Park Monceau und in der Avenue du Bois de Boulogne, aber es ist mir lieber, auf dem Montmartre oder Montparnasse zu wohnen als in dem Stadtviertel der Langweile und der satten Menschen.
Ich glaube, es ist jetzt gar keine Schande, wenn Du Wohnung oder Rechnungen nicht bezahlen könntest, denn so ist es Dichterleuten immer gegangen, Heine und Schiller und vielen andern. Und es ist zu dumm, wenn Du Dir das zu Herzen nimmst. Und verhungern kann ich hier auch nicht. Im Notfall leiht mir immer jeder eine Kleinigkeit zum Sattwerden.

Dauthendey plant eine Stickschule

An seine Frau

Paris, 19. März 1903

Liebe Annie mein,

gestern abend boten mir Schmoll und Ropp zweihundert Franc an, um abreisen zu können. Sie hielten es für ihre Pflicht, mir nach München zu helfen, um mir dort Klarheit zu schaffen, wer mich so frech verleumdet. Beide haben selbst nicht viel, und ich hätte am liebsten mit beiden Händen nach dem Geld gegriffen. So aber sagte ich nur, ich will noch bis heute oder morgen warten, bis ich die erste Nachricht auf meine Antwort von Dir habe. Denn Maja hatte zugleich einen genialen Einfall gehabt. Sie sagte: »Aber warum läßt Annie nicht alles in München versteigern und kommt hierher!« Ich finde, Du sollst das tun. Verkaufe alles, bis auf die Familienbilder und Andenken, die nehmen vielleicht Holms, wenn sie uns noch Freunde sind, in Verwahrung. Ebenso vielleicht die Betten.
Du schreibst, Du hast in München fast nichts mehr zu tun. Hier brauchst Du nichts zu tun, denn ich will die Stickschule hier auf dem Boulevard Montparnasse anfangen. Es wechseln jeden Frühling und Herbst die Amerikanerinnen und Engländerinnen und Russinnen. Und wenn ich in den Restaurants, wo jetzt alle Ausländer täglich zweimal essen, vis-à-vis von Haute-Loire bei Garnier, wenn ich da einige Stickereien ausstelle und ich esse selbst täglich da – im Lokal sind wohl an hundert Menschen,

nur junge Maler und Malerinnen und Schriftsteller und Musikerinnen –, wenn ich da anschreibe und zugleich annonciere, daß ich einen Kursus im Seidensticken einführe und zugleich im eleganten Stadtteil Privatstunden gebe, so wird doch zu verdienen sein. Ich wollte ein kleines Atelier mieten. Aber alles dies nur, wenn Du einverstanden bist. Wenn Du es nicht bist, so geben mir Schmoll und Ropp sofort das Geld zur Abreise, und ich bin bei Dir.

Ich bin satt von München. Ich finde dort zu wenig Gleichgesinnte bei unseren Bekannten, die alle im Grunde Lyrik verachten oder überflüssig finden. Das ist keine angenehme Umgebung für einen jungen Dichter. Ebenso sagt mir die Münchner Landschaft nichts, sie hat keinen Frühling und keinen Geruch.

Ich war ja dumm, daß mir der Stickkurs nicht im Herbst einfiel.

Immerhin sind die Maler noch bis Juli hier und manche den ganzen Sommer. Ich will nur endlich mal sorglos werden und bin so müde von der Geldnot.

Zuerst wohnen wir, Du und ich, noch im Hotel, bis wir ein paar Zimmer mieten.

Ich hoffe, daß ich wenigstens fünfhundert Franc monatlich für uns verdienen kann, da ich selbst hie und da sticken und verkaufen werde.

Hier haben Du und ich einen Verkehr, der neu ist, und durch den Stickkurs wirst Du auch viele neue Personen kennenlernen. Zu so etwas ist Paris gut, weil ich mich hier nicht geniere, wogegen ich in München nicht so leicht öffentlich einen Kurs einrichten mag. Es lebt und arbeitet sich hier leichter.

Paris, Ende März 1903

Mietzel,

keinen Zoll hat es gekostet, im Gegenteil, die Leute auf dem Zoll sind alle zusammengelaufen und haben mir noch obendrein etwas gegeben, nämlich großen Enthusiasmus. *»Vous avez fait ça?«* fragte man mich.

»Oui, c'est moi, qui ai fait ça.«

»Ah, vous travaillez bien, vous. – Ah, c'est un bon travail! Oui, c'est un paon? Oui, il est charmant. Mais il n'est pas encore fini, n'est-ce pas? – Et ça, c'est un poisson japonais, o, oui, il est très bien, oui, très bien fait. Mais vous êtes un grand artiste, vous!«

Und sie waren so vergnügt. Einer hat den andern gerufen, und alle haben sich gewundert und gelobt. Und jeder hat zum andern gesagt: »O, *comme ça est beau! comme ça est beau!*«
Das war der Einzug der Stickereien in Paris.
Man suchte nach kleinen Abschürfungen und Flecken und sagte: »Jawohl, jawohl, das ist gebraucht, *ce sont bien des choses usées, ça coûte rien.*«
Aber als man zuerst, ehe die Kiste geöffnet war, hörte, es sind Seidenstickereien darin, da riefen alle: »Das wird Ihnen teuer kommen, der höchste Zoll ist darauf, das wird teuer.«
Nun hat es mich nur eine Droschke gekostet, und ich bin kreuzfidel. Und nun wird ein Atelier zum 8. April in der rue Campagne première frei, das kostet mich nur 25 Franc, dort werden zwei Stickerinnen sitzen und auf Bestellung arbeiten. Und Schülerinnen nebenbei. Die Sachen selbst werden durchgepaust, und alle vier Sachen werden nur als Modelle zum Bestellen benützt und nicht verkauft, und ich mache selbst jeden Monat ein neues Modell. Zwei kämpfende Hähne will ich zuerst machen. Venus möge uns helfen, daß alles gelingt!
Schmoll arbeitet mit Heideneifer am Liebeskalender. Es war so gut, daß gestern noch das Heft kam. Ich danke Dir sehr und auch dafür, daß Du so schön die Stickereien gepackt hast und daß Seide dabei war. Gelegentlich sendest Du wohl auch das Weinblatt auf der Decke. Wenn ich nur etwas Geld für diesen Monat noch auftreiben könnte! Warum, warum habe ich nicht alles das schon im Herbst angefangen? Schmoll und Ropp waren begeistert von den Arbeiten, morgen kommt Maja und sieht es sich an. Und so wird es hoffentlich bald durch Meier-Graefe bekannt werden, was ich mit den Stickereien will. Montag besuche ich ihn.
Mai-Mietze, halte nur alle zwei Daumen fest, damit es Glück bringt.
Die Frau von Thule wird wahrscheinlich auch als Mappe mit Zeichnungen von Schmoll gemacht.
Nur etwas, etwas Geld brauchte ich jetzt zum Anfang. Wenn Deine Mutter doch etwas Reisegeld schicken wollte, das ich zum Atelier verwenden könnte!
Aber wir wollen lustig hoffen und nichts schwer nehmen.
Das Klima von Paris ist so günstig für den Enthusiasmus.

Küsse und Küsse.

Dein Stickpeter

Paris, 15. April 1903

Mietze, glaubst Du, liebe Mietze mein, nicht, daß Dein Vater, wenn Du ihm das Buch von Möller-Bruck sendest, wo die ganze deutsche Literatur in einem knüppeldicken Band wie die Bibel abgehandelt worden ist, daraus er dann dort über mich eingehend sich vorlesen lassen kann, daß er dann vielleicht endlich einsieht, daß er keinen Lumpen, sondern einen anständigen Schwiegersohn hat?

Ach, der Satz war so lang. Ich und die Feder, wir sind ganz atemlos.

Hier in Paris ist gar nichts verändert. Ich verstehe mich nicht darauf, Geschäfte einzuleiten. Ich kann nur sticken, aber das Verkaufen müssen andere besorgen. Und ich kann nicht nur stikken, ich kann auch dichten, wenn ich nicht sticken muß. Ich habe das gleich gesehen. Sowie die Übersetzung aus meinem Zimmer war, habe ich mich wieder als Dichter gefühlt. Sowie ich die Stickerei jetzt aufgegeben habe, fühle ich mich wieder als ehrlicher einfacher Dichter, alles andere kommt mir wie eine Selbstbeschwindelung vor.

Trotzdem ich glücklich als Dichter bin, fühle ich mich unglücklich, wenn ich denke, daß alle anderen denken, ich müßte anderes tun und anders sein. Ich denke es dann auch und betrüge mich immer selbst.

Ich weiß gar nicht mehr, mit wem ich verkehren soll. Möller-Bruck wundert sich, daß ich nicht Kritiken schreibe. Ewers will, daß ich Prosa schreibe. Schmoll und Ropp, die mir das Geld zur Stickerei geliehen, das ich jetzt verbraucht habe, die sind ganz entsetzt, daß ich keine Arbeit finden kann, und alle wollen etwas anderes aus mir machen. Gerade wie die Affen, die eine schöne Geige bekommen, und der eine bläst hinein, der andere will damit kochen, der dritte Flöhe totschlagen, bis die arme Geige kaputt ist. Niemand will mir meinen Lebenszweck zugestehen und mich einfach als Dichter ernähren und unterstützen.

Mein Höhepunkt ist hier überschritten, man glaubt, mir schon zuviel geholfen zu haben. Ich kann von niemand mehr viel erwarten.

Was soll aus mir werden? Du wirst zu Deiner Familie reisen, sagst Du. Aber ich weiß nichts für mich. Ich weiß gar nicht, warum es Dichter gibt. Alle Leute verachten sie, weil sie mit Gedichten hungern müssen. Aber wenn Dein Vater jetzt über mich liest, dann könnte er doch verstehen, daß er einen Menschen in der Familie hat, dessen er sich nicht zu schämen braucht, da es doch keine Kleinigkeit ist, wenn man unter fünfzig Millionen Deutschen sich bekannt gemacht hat. Es sind im ganzen höchstens fünfzig Menschen, die das jetzt in der modernen Literatur konnten.

Möller-Bruck nennt nur zwanzig Menschen von fünfzig Millionen, die in den letzten zwanzig Jahren Dichter in Deutschland geworden sind.

Du verstehst wohl, daß bei allem, was ich Dir hier sage, keine Eitelkeit, nur persönliche Selbstachtung mitspricht, die jeder Mensch doch haben muß. Und bei mir ist es auch nur aus Hungersnot, wenn ich von meinen Vorzügen spreche.

Hier ist es eiskalt. Regen wie in München, aber kein Schnee. Trotzdem bleibt es immer göttlich und gnädig, dies lebendige Paris, auch wenn es regnet.

Wärst Du doch hier, Mietz mein! Wärst Du doch hier! Nur dann ist Paris vollkommen. Aber das ist so banal unter so alten guten Liebesleuten, sich das noch nach sieben Jahren versichern zu müssen; das ist selbstverständlich.

Küsse

Dein Alter

Verbindung mit Korfiz Holm und dem Langen-Verlag

An Korfiz Holm

Paris, Karfreitag 1904

Lieber Herr Holm,

nehmen Sie und Ihre liebe Frau herzliche Ostergrüße von uns, und wir wünschen, daß Ihnen der dickste Glückshas' über den Weg springen möge und direkt in den Schoß. Dafür senden Sie uns bitte einen tüchtigen Münchner Salvatorrausch.

Ich freue mich, daß der »Balzer« gefallen hat, und hoffe von Langen das Beste. Es war so freundlich von Ihnen, daß Sie mir gleich geantwortet haben, ich danke Ihnen herzlich dafür. Ich glaube, daß das Buch, weil es ein Bänkelsang und kein zu ernstes Gedicht ist, ein Publikum, ein kauflustiges, finden wird.

Hier in Paris ist jetzt im ganzen Winter gar nichts wirklich Neues, weder in Buchform noch auf der Bühne, gewesen. Es ist auch gar kein Zeitstrom in der Luft wie früher. Das einzig Amüsante sind die vielen Mordtaten täglich, so viel Morde* wie in diesem Winter hat es noch nie gegeben. Ich schneide mir mit großem Genuß besonders alle Liebesmorde aus den Zeitungen. Es sind die prachtvollsten Dramenstoffe, die man sich denken kann, und jeden Tag mindestens ein halbes Dutzend. Dann denke ich: es lohnt sich wirklich heutzutage nicht mehr, sich umzubringen, es tun es zu viele, und man wird zu wenig gewürdigt, wenn man es hier tut. Deshalb wünsch' ich mir lieber einen Münchner Salvatorrausch.

BEGEGNUNG MIT DER JUGENDFREUNDIN

An Gertrud Rostosky

Paris, 6. März 1903

Liebe Traudl,

es ist sonderbar, als man mich damals fragte, als Du so schnell von hier abreistest, warum?, so sagte ich zu Schmoll und Ropp, Deine Großmutter sei plötzlich krank und könne vielleicht sterben. Ich bereute damals diese Ausrede, aber ich wußte im Augenblick nichts anderes, und es kam mir so schnell in den Mund. Es ist nun wahr, und ich kann es trotzdem nicht mitempfinden, mir ist, als ob Mutterle unsterblich immer auf der Terrasse oder auf dem Sofa im Wohnzimmer sitzen müßte. Ich werde es dann erst glauben können, wenn ich einmal auf der Neuen Welt bin und sie nicht mehr finde.

Du mußt viel Aufregung in diesen Tagen gehabt haben, und ich möchte kaum von mir schreiben. Ich freue mich doch, daß Du noch zum Geburtstag im März nach Hause kamst und Du nicht beim letzten Geburtstag fehltest. Es tut mir nur weh, daß ich nicht gratulieren durfte. Ich höre Mutterle zum letztenmal, das war im letzten Sommer im Telefon, als ich fragte, wann Du nach Ungarn reistest, und ich mich entschuldigte bei Mutterle, daß ich nicht schreiben konnte: da sagte sie zu mir: O Max, wer kann dir denn bös sein, du darfst tun, was du magst, dir kann ja gar kein Mensch bös sein.

* »Neue Pariser Moritaten«, ein Gedichtbuch von Dauthendey.

An dieses Abschiedswort werde ich mich immer erinnern, es macht mich nicht übermütig, aber so froh und zufrieden, wenn einem eine alte Frau so etwas Herzliches sagt.
Ich glaube aber, daß sie sehr froh ist, bei ihrem Vatterle zu sein; wenn sie gesagt hat, daß er schon im Zimmer war, so ist sie sicher sanft und glücklich gestorben, sie glaubte sich schon erwartet, dort wo man noch ganz unbekannt ist, sie hatte doch ein glückliches Leben.
Ich finde, der Tod eines lieben Menschen ist gar nichts Schreckliches. Er bringt immer so etwas Großes, Feierliches in jedes Haus.
Ich möchte mit Dir auf den Berg, auf die Karlsruhe gehen und Dich trösten, daß Du Dich nicht zu sehr von allen Aufregungen verwirren läßt. Doch hoffe ich, daß Du jetzt gut mit Deiner Mutter zusammen bist, sie wird froh sein, daß Du da bist.
Hier in Paris ist es sonderbarerweise nur strichweise Frühling. Boulevard Montparnasse ist noch ganz kahl. Luxembourg aber grün. Ich bin öfters mit dem Zeichner Kaspari aus München und Evers, einem jungen Dichter aus Berlin, zusammen. Aber es ist Frühling, und ich möchte keine Freunde, sondern eine Freundin zum Spazierengehen und Spazierensitzen und Spazierenliegen.
Ich bitte Dich herzlich, sprich mir in den Briefen nicht ebenso wie Anni von lauter Not und Sorgen wegen mir, das zerstört alle Gefühle. Ich fühle mich so lebensmüde von allem, was ich Euch armen Frauen für Sorgen auflege. Ich will lieber verhungern, das macht nicht so viel Lärm.

Paris, 4. April 1903

Ich sitze zu Hause und habe etwas Seide und Fotografien von Vögeln und versuche zu arbeiten. Aber es geht alles noch nicht recht, weil die Zukunft so unklar ist, und ich bin jede Viertelstunde nervös und einen Augenblick voll Hoffnung und dann wieder traurig.
Ich möchte am liebsten nur dichten dürfen und an keine andere Arbeit denken. Wie grausam das ist, wenn man zwei Berufe haben soll. Es macht mich sehr nervös, und ich halte es auch kaum lange aus, aber ich wage es mir nicht einzugestehen.
Und Du Ärmste fühlst Dich auch nur gequält, ich begreife es vollkommen, aber Du bist doch wenigstens bei Menschen. Heute ist es, als ob in Paris kein Mensch lebt. Es ist ein kalter Früh-

lingstag, und mein Auge und der Himmel schauen sich erfroren an.
Ich sollte nicht schreiben, wenn ich so dumm bin, denn alles geht ja vorüber, alles wird ja immer wieder besser, das Leben ist gottlob ein ewiger Wechsel. Ich verachte mich beinahe, wenn ich so winsele.

1903

Liebe Traudl!

Denke Dir, welche Münchener Gemeinheit ich eben erfahren muß, sie macht mich fast krank vor Wut. Im »Stephanie« erzählt man sich an allen Tischen, daß ich mich in Paris an Männer verkaufe und deshalb immer alle Taschen voll Geld hätte. Ich kann gar nicht begreifen, wer von hier aus so etwas nach Paris schreiben konnte. Annie teilt es mir sehr nervös und zitternd vor Wut über die frechen Münchner Lästermäuler mit. Das ist doch zu gemein, wie die Leute so etwas ausfinden können.
Ich glaube jetzt doch, es gibt einen Teufel im Leben, der die Unschuldigsten verfolgt aus Wut, daß sie unschuldig sind.
Es ist so lächerlich, ich, der »Herzlied« und lauter Lieder hier über Frauen schreibe, ich soll mich an Männer verkaufen.
Ich muß schon sagen, wenn ich es getan hätte, so etwas hätte uns vielleicht nicht gezwungen zu hungern und ich hätte meine Dichterhaut nicht billig verkauft, jedenfalls hätte ich dann wenigstens einige Schlösser für alle schönen Frauen der Welt bekommen wollen.
Gemein ist es nur, daß aus der idealen Freundschaft zu meinen früheren Freunden solche frechen Schlüsse gezogen werden dürfen.
Gott, wie ist das Leben oft elend, wenn der Magen und die Kritiker sich hineinmischen.

Paris, 4. Mai 1903

Liebe braune Traudel mein,

ich schreibe Dir jetzt immer nur auf der Post, aber nur deshalb, weil ich fast nie allein bin in diesen Tagen. Herzlichen Dank für Deinen Brief heute und Villingers Briefe. Er schreibt etwas nüchtern, aber wenn man Frau und zwei Kinder hat, wird man es vielleicht. Trotzdem war es lieb von ihm, so gut zu helfen.

10 *Tänzerin auf Java. Aquarell von Max Dauthendey, der sich mit vielen Bildern auch als Maler-Poet erwies.*

11 *Die Künstlerin Gertraud Rostosky (1876–1959) bei der Arbeit im Alter von etwa 30 Jahren. Die Familie Rostosky wohnte auf dem Gutshof »Neue Welt« bei Würzburg und schenkte zeitlebens dem Dichter Dauthendey eine bewährte Freundschaft.*

12 *Max Dauthendey: Selbstbildnis.*

Ich möchte gerne wieder Dein tiefes Lachen hören, das immer so angenehm sonor war.
Annie und ich leben in einer hysterischen Nervosität. Dazu ist der Frühling kalt und voll Regen und Paris zwar immer schön, aber gar noch nicht das richtige Frühlingsparis. Ich sehne mich nach einem fränkischen Frühschoppen und beneide Dich. Einen acht Seiten langen Brief trage ich seit drei Tagen in meiner Tasche, will ihn aber noch nicht an Dich senden, ich habe Dir da alles von Annie und München erzählt. Es ist entsetzlich. Ich habe in diesen Tagen wie ein Hund gelitten.

Paris, 24. Mai 1903

Liebes Traudele,

eben wird »la patrie!« drunten ausgerufen, und ich sitze bei geschlossenen Jalousien, denn es ist glühend heißer Sonntagnachmittag. Ich wünschte, ich wäre dieser Briefbogen und könnte mit Dir durch das Akazienwäldchen auf die Bank des Papa Dauthendey, genannt Karlsruhe, gehen, der heiße Asphaltboulevard ist gar nicht sehr schön, trotzdem jetzt alle Bäume dick und grün sind.
Ich glaube, das Schwerste haben Annie und ich jetzt überwunden. Ich habe mich gefügt und sie sich auch, d. h. wir sehen unser Leben weitergehen, vorher schien es, als könnte es stündlich aus sein. Ich bin in diesen Wochen oft gestorben, aber jetzt habe ich mich daran gewöhnt, ich dachte nicht, daß man sich ans Sterben gewöhnen könnte.
Ich schwätze so viel, weil ich täglich den verflixten Kierkegaard übersetze. Zweihundert Seiten habe ich schon geschrieben. In drei Tagen bin ich ganz fertig damit. Die Hälfte des Buches ist auch schon gedruckt und ich las heute die Korrekturbogen.
Wir waren mit Schmoll und Ropp mehrmals im Wald draußen. Die Wälder um Paris sind wie sanfte grüne Blumen, und man liegt angenehm auf dem Rücken und liest im Himmel.
Annie reist Ende dieser Woche nach München. Dort muß die Wohnung in der Biedersteiner Straße geräumt werden. Und sie hofft, daß sie eine Massagestelle im Engadintal bekommt oder in Mont Resina in Norditalien, da wir hier einen Arzt bei Garnier kennenlernten, der ist im Sommer Arzt in St. Moritz im Engadin und im Winter als Maler in Paris. Annie hofft, daß ich im Hochsommer bei ihr bin, aber das ist alles noch ungewiß, wie und ob sich das macht.

Wenn Du nur bald kommen würdest, es wäre so schön jetzt zu reisen oder in einem Dorf zu leben.
Wenn Du nit bald kommst, sohl' ich mir meine zerrissenen Stiefel selber und wandere allein aus.
Aber recht hast Du. Ein Geld muß dabei sein, wie die Münchner sagen. Darum greife zu, wo Du findest.

Paris, 30. Mai 1903

Würzburgerle, liebes.

Eigentlich wollte ich schimpfen, weil Du gar nichts Sicheres hören läßt. Deinen Brief gestern hab ich zerrissen und möchte gar nichts mehr schreiben, als bis ich weiß, ob Du kommst. Soll ich Dir wirklich Deine Sachen schicken?
Inzwischen schreibe mir doch, ob Du resignierst. Oder was soll werden? Soll ich nach Deutschland? Was soll ich da tun, wo jedes Zusammenkommen mit tausend Unbequemlichkeiten verbunden ist.
Es ist hier schwül heiß und ganz Sommer. Paris staubig, abgeblüht und stinkend. Immerhin sind die Menschen ewig-lustig und ewig verliebt und liebenswürdig.
Annie reist nach den Feiertagen. Von meiner Zukunft habe ich keine Ahnung. Auf dem Land würde ich vielleicht ein tüchtiges Buch bis zum Herbst schreiben. Hätte ich nur die Ruhe dazu.

Paris 1903

Bitte antworte gleich nach hierher, Montparnasse Boulevard 135.
Modern Palace.

Liebste, gescheite Traudl mein,

sehr komplizierte Geschicht' das. Annie will haben, daß Schmoll und ich sofort nach Stockholm in die Villa kommen, die ganz leer steht und wo nur ihre Mutter und sie regieren. Sie glaubt, ich kann zwei Monate dort arbeiten.
Schmoll selbst hat bereits für die Bretagne gepackt und wollte, ehe Annies Brief kam, mir Geld auslegen, so daß ich mit in die Bretagne gehen sollte. Annie wollte, ich soll sofort Antwort telegrafieren, sonst reist sie mit ihrer Mutter nach Norwegen.
Mir brummte Herz und Kopf von all den schnellen Dingen. Am liebsten wäre ich mit Dir in die Bretagne, wo es nicht zu

weit von Paris ist und 100 frs. monatlich Pension kostet. Aber erstens weiß ich nicht, ob Du Geld bekommst und wie Du Dir dachtest, daß es zum Herbst wird. Immerhin ist 1.200 frs. eine hübsche Sommersumme, und Du bist mein liebes Mordsviech, daß Du so resolut warst.

Aber nun kommt das aber. Glaubst Du nicht, daß es saugescheit von uns ist, wir heben Dein Geld zwei Monate gut auf und treffen uns am ersten September? Dann haben wir es für das Geld kreuzgemütlich auf dem Montmartre. Und mir ist das eine große Beruhigung in Schweden, wenn ich weiß, in zwei Monaten erwartet mich ein so Riesensauvergnügen. Dann kann ich in der Zeit auch arbeiten. Bis 1. September weißt Du auch Bescheid bei Deiner Mutter, und alles ist für die Zukunft klarer.

Trotzdem ist es noch nicht abgemacht, daß ich nach Schweden gehe, da mich der Vater noch nicht eingeladen hat, nur die Mutter. Aber ich habe eben telegrafiert: »Wir kommen, wenn Vater will«.

Barbizon, Frühling 1904

Schneidig wär es schon, wenn die Mutter die Stickereien an den Mann oder an die Männer bringen könnt. Hast keine Ahnung wie geldlos ich bin. Nit mal ordentlich rasieren lassen kann man sich mehr. Und Kleider hab ich schon fast nix nicht mehr. Der ganze Kerl kriegt die Motten.

Ein neues Buch schreib ich grad wie der Teufel herunter. Das heißt: »Das Waldklausbuch«. Wird fei schön sag ich Dir. Da feit sich nix. Lauter verliebte Liebesgeschichten, die den ganzen Wald zusammenhalten. Ich kann Dir in meim Buch beweisen, wieso die Galläpfel entstanden sind, wieso das Farnkraut so und nicht anders ausschaugt, wieso das Reh eine feine Spur hat, wie die Waldspinne lebt, und die wilden Bienen und Waldgras, und die Raben und wilden Tauben usw. Alles hab ich bereits in Reim zammgereimt, und zwar solid sag ich Dir. Deshalb hab ich am Federhalter so festgeklammert gesessen, daß ich mich für einen ordentlichen Brief nit beieinander gefühlt hab. Aber dabei wenn ich Dir immer in Gedanken zwischen meinen Gedanken ellenlange Brief zamschreib, dabei glaub ich immer, Du könntest fernsehn und fernlesen. Damit Du die vielen unsichtbaren ellenlangen Brief wörtlich beantworten tun tätest, Du.

Hier im Wald ist es noch sehr schön, trotzdem er halb abge-

brannt ist. Gestunken hat er, wie ein verjährtes Laster. Aber er hat jetzt ausgebrannt. Tausend Soldaten haben gelöscht. Es dauerte fast acht Tage der Brand. Und wir haben schon für Barbizon gefürchtet.
Die Korrektur für den »Balzer« hab ich vier Wochen lang gelesen und am 15. Sept. erscheint er, mit einer Zeichnung von mir als Titelblatt. Die »Ammenballade« ist noch in Berlin und in Wien und noch keine Nachricht, als daß sie angekommen ist vor vier Wochen.
Aber ein schönes Gedichtbuch ist jetzt bei Diederichs Verlag in Leipzig, es heißt das »Herzlied« und der »Liebeskalender«. Ich habe 45 Gedichte für einen Liebeskalender für alle 12 Monate zusammengesetzt. Das ganze Buch hat jetzt 120 Seiten Gedichte. Ich glaub, das wird mein Triumph dieses Jahres werden, wenn es noch bis Weihnachten erscheint.
Wie gern säß ich auf der Neuen Welt und schrieb die »Gittel« und das Waldklausbuch fertig. Aber nix ist möglich auf der verflixten Welt.

Paris, November 1904

Längst hätt ich geschrieben, aber nix ist noch geschehn, meine Manuskripte sind fort, aber Nachricht hab ich noch keine, ich seh stündlich neuem Elend entgegen. Weißt Du keine reiche Heirat für mich, daß ich uns errett?! Man kommt auf allen Blödsinn, wenn man so dem nackten Portemonnaie gegenübersteht.
Der »Balzer« hat bis jetzt überall Begeisterung heimgebracht. Bley aus München verlangte sofort mein übriges Geschreibsel für den Insel-Verlag. Dehmel schickte mir seine »Zwei Menschen« in Goldschnitt, die Liese hat mich sogar bei sich auf Besuch eingeladen. Nur in Viktualien ist nichts eingekommen, weder eine Wurst noch ein Schwartenmagen, gar nix in Viktualien. Und ich wünscht', mein Ruhm bestünd bei Lebzeiten mehr aus Viktualien, damit mer satt und gedankenlos werden könnt.
Unter Viktualien rechne ich auch Hunderttausendfrankschein, aber nix läßt sich blicken.
Jetzt hab ich dem Bley für den Heymel mei Herzlied und Liebeskalender, Buch eins, und meine Ammenballade und den infamen Venusberg (Moritaten), Buch zwei, eingeschickt. Vielleicht läßt sich dann was blicken. Lang därfs aber nit dauern, sonst erleb ich's nimmer, denn das Begräbnisgeld ist aus, und es bleibt

mir nur noch übrig, meinen Leichnam an eine Klinik für 50 frs. zu verkaufen, wenn die Franzosen überhaupt deutsche Leichname kaufen, so muß ich jetzt in der letzten Zeit meinen Leichnam anbeißen, um leben zu können. Siehste, so geht's, wenn man Würzburger Dichter geborener ist, nit emal sei Leich kriegt mer anständig in Himmel g'schickt.
Ach du lieber Gott, ich muß immer lächeln, wenn ich Deine lieben Schreibebriefli krieg und les, wie Du meinst, ich könnt jeden Augenblick Eisenbahnen kaufen und kann mir nit mal einen anständigen Dichterrausch leisten, die Herzensräusch aber müßten zu mir kommen, ich hab immer gedacht, Dei Mutter lad mich ein, aber nix wars.

An die Mutter von Gertrud Rostosky

Paris, 12. Dezember 1904

Liebe Marie,

Du glaubst gar nicht, wie sehr mich Dein Brief und der Würzburger Bocksbeutelgruß erquickt haben. Ich dank' Dir herzlich für beides; und was außerdem das »Mohrle« von Dir noch in den Brief gelegt hat, das kann ich mit dem besten Willen nicht einstecken, ich nehm's als ein Gelieh'nes, denn ich bin schon dick bei Dir in Schulden. Aber sicher ist, daß das kommende Jahr mir Reichtum bringen muß, denn so wie's bei mir in den letzten Zeiten zugangen ist, darf's kein Schritt pekuniär weitergehen, ich hoff jetzt Geld vom Theater zu kriegen, nachdem man alt genug geworden ist, um die Welt anzusehn und zu schildern, wie unterhaltend sie im Grund ist, so hoff ich viel von ein paar Dramen, die ich schreib'.
Ich dank' schön für Deine liebe Einladung und schrieb' sehr gern auf der Neuen Welt ein richtiges Stück mit Würzburger gediegenem Humor, aber ich möcht Dir keine Sorgen mit meiner Anwesenheit machen und käm nur, wenn Du mich wie früher, als Pensionär in Deinen Haushalt aufnehmen würdest. Das alles besprechen wir, wenn ich komm. Ich wünscht', ich hätt' Dich einmal nach Paris einladen können, aber das wird sich auch noch in der Zukunft einmal machen.
Ich komm, so wie Du es geschrieben hast, unverhofft, und freu' mich der lieben Neuen Welt um den Hals zu fallen, das kannst Du mir glauben. Vier Jahre hab' ich die Würzburger Glöckli

nicht mehr gehört – aber daß die Würzburger Mädli von der ganzen Welt die kreuzbravsten Leut sind, das ist mir in der Welt recht bewußt geworden. Amen.

An Gertrud Rostosky

Paris, 17. Januar 1905

Also alle Koffer und Kisten sind gepackt und geh'n heut abend aus dem Haus. Annie reist morgen mittag, und ich wart nur, daß sie dann telegrafisch mir Geld schickt, daß alles hier in Ordnung kommt. Die Abreise ist dann in ein paar Tag, allerspätestens in acht Tag. Es müßt schon alles sauschief sein, wenn's nit diesmal möglich wäre. Annie reist nach Bremen zu Heymel, der jetzt verheiratet ist. Hoffentlich ist er zu Haus, es geht eben immer bei mir alles ins Blaue und auf's größte Risiko, denn ich sitz hier und muß die Daumen fürs Glück halten, weil ich nur mei Gedicht zammbring, aber in dene Geldabenteuer ganz hilflos dahock. Also in nächster Woch spätestens komm i. Und daß de fei da bist und noch acht Tag wartst mit Deiner Münchener Reis, sonst geh ich nach Moskau und laß mich für die Mandschurei als Marketender und Liebesdichter auf Kriegsfuß anwerben.
Was Du heut im Brief vom Millionär der Frau Russin erzählst, wär ausgezeichnet. Sag nur, er soll Dir ein Päckle Banknoten schicken, es fehlt mir doch immer nur am Papier zum Dramenschreiben, wenn mir des Papier hätten würden mei Bücher viel dicker wärn.
Hier ist ein Sauwetter, drei Tag sitzt man schon im Regen, und gestern früh hat's sogar zum erstenmal g'schneit. Eine Stund war alles weiß, die italienischen Modelle vom Montparnasse, die immer bei meim Hotel Modellmarkt machen, haben sich sehr vergnügt im Schnee gewälzt. Der Schnee ist davon bald schwarz geworden, heut ist Höllendreck.
Ich sitz in dem Dreckwetter so einsam auf dem winzigen Hotelzimmer und red mit keiner Sölle. Ich leiste mir nur den Luxus, daß immer abends zwei Lampen auf meinem schwarzen Marmorkamin brennen und ein großes Kohlenfeuer das Zimmer lebendig macht. Mein Essen krieg ich von einem kleinen Schulkind Antoinette auf mein Zimmer gebracht, vom Garnier herübergeholt. Ich habe eine Bücherkiste zu Weihnachten aus München

gekriegt in der ich immer herumwühl und alles durcheinander les. Täglich kauf ich mir auch einen französischen Roman, den ich nachts les, weil ich dann Paris so still, zum Lesen angenehm find.

Paris, 11. Februar 1905

Das Geld reicht absolut nicht. Ich komm nit mal zur Bahn damit. Ich bin so traurig, Du kannst mir glauben, daß ich mich richtig heut früh gefreut hab, wie der Geldbriefträger kam. Aber leider, leider kostet ja jede Viertelstund in Paris einen Haufen, und in den acht Tagen hab ich wieder zu zahlen, und es kommt immer ein Zeug zusammen, Du weißt schon wie, man glaubt immer, man hat nix ausgegeben, und immer kostet jeder Atemschnapper. In den Tagen muß doch endlich vielleicht etwas von München kommen. Annie ist heut oder morgen früh dort. Sie wollte noch zum Herzog Ernst nach Darmstadt, aber der hat grad geheiratet und hat seinen Honigmonat, und in Weimar ist grad die junge Herzogin vor vierzehn Tag gestorben, überall kommt's grad krumm dazwischen. Dabei liegt auch noch mein Verleger im Sterben. Es ist eine Liste von dummen Umständen. Und ich fürcht mich schrecklich, Deine Mutter, die ihre Prozeß-Sorgen hat, auch noch mit meinen Sorgen anzufallen, und möcht immer nur kommen, wenn ich Pension zahlen kann. Aber wenns gereicht hätt, wär ich doch heut abend Hals über Kopf fort und hätt mich riesig über jede Station, die ich näher zur Mainbrücke gekommen wär, aufgeregt und vergnügt gelacht ... Ich bin immer nur wütend, wenn ich seh, daß ich der Welt so wenig wert bin, daß sich nicht ein goldener Zufall einstellt, der meine Taschen anfüllt. Ich komm mir überhaupt stündlich, wo ich was annehm, wie ein Lump vor und weiß doch gar nit, wie ichs anders machen soll. Muß denn das so sein, daß alle Dichter so geldbeschränkt behandelt werden. Ich fürcht mich vor jeder Stund, die ich länger hier bleib und die immer mehr kostet, aber es geht halt nit anders, ohne Geld komm ich nie fort ... Die Frau Dehmel telegrafiert und schreibt täglich an Annie und versucht alles mögliche, und nix kommt dabei heraus. Ich hoff jetzt nur noch auf die Subskription in München.

Von Sorgen gequält

An seine Frau

Paris, 15. Februar 1905

Ach Mulde, niemand erlöst mich aus dem Paris, das mich stündlich mehr und mehr beengt. Ich kann ja keinen Menschen aufsuchen, weil ich vor Nervosität weinen statt sprechen würde. Ich bin zu lang von Sorgen einsam gequält und müßte mich erst mit ein paar Flüchen und mit etwas Geheul vor den Menschen entladen dürfen, deshalb suche ich, so gern ich es möchte, keine Seele hier auf. Du mußt mir hundert Mark in München verschaffen, vielleicht hundertzwanzig bis hundertfünfzig. Daß ich abreisen kann.
Ich *flehe Dich und alle an*, diese Menschlichkeit für mich zu haben und mich keinen Tag mehr zu plagen. *Es geht nicht mehr*, ich stelle etwas mit mir an. Ich kann nicht länger, ich bitt' die ganze Welt auf den Knien, dem Zustand ein Ende zu machen. Ich bitt' Dich, Mulde. Ich küss' Dich wie immer ins Herz.

Dein Muxen Dein

Ach, hättest Du doch auf der Reise gleich eine Subskriptionsliste in mehreren Abschriften, von Dehmel geschrieben, mit Schreibmaschine vervielfältigt, überall verteilt! Wir hätten jetzt vielleicht tausend Mark.

Aufatmen in Würzburg

An seine Frau

Würzburg, 16. März 1905

Unser Leben wird jetzt vielleicht etwas ruhiger, wenn Deine Mutter etwas für uns sorgen kann. Daß wir ganz still uns wieder irgendwo niederlassen können und ich recht viel lustige Verkaufsbücher schreiben kann in der Ruhe einer regelmäßigen Einnahme ohne Nahrungssorgen. Ich will gern sparsam leben,

wenn wir nur nicht die stündlichen Nahrungssorgen mehr aushalten müssen.
Hier ist es sehr mild, und man glaubt, daß in acht Tagen die Veilchen unten im Garten herauskommen. Ich glaube, daß dieses Haus besser zu Gedichten als zu Dramen paßt, und ich sende Dir bald ein draußen gepflücktes Veilchenlied.

Würzburg, 18. März 1905

Juncker bat um die Bücher zum Verkauf aus München: »Sun«, »Reliquien«, »Phallus«, »Glück« und »Ultraviolett«. Ich schreib ihm, daß er sie bald bekommt.
Ich kann mir denken, wie entsetzlich es sein muß, daß Du so wenig Deutsch hörst. Ich war so froh, als Du heut von der jungen Dame erzähltest, die auch einen Max hat. Grüße sie!
Ich hab' das kleine Lied heut eben gemacht und schick' Dir's gleich. Ich muß den Brief jetzt noch schnell hinunter zum Briefkasten in der Leistenstraße tragen, damit er heute nacht noch fortgeht.
Dank Deiner Mutter und grüße sie und küsse sie und sag ihr Liebes von mir, und streichle ihre schönen Arme.

An Gertrud Rostosky

Würzburg, ›Neue Welt‹, 19. April 1905

Traudele liebes, Schurschle feines, sei nit erstaunt, daß ich alleweil nix geschrieben hab noch. Aber es geht gar ernst um mich zu. Es war immer eine Jagd den ganzen Tag, ich habe Annie beinahe aus dem Haus getrieben in den ersten Tagen durch die Unterhaltungen mit Deiner Mutter, Telefon usw. und alles, was Dich betraf. Annie war ganz wild, erst seit zwei Tagen ist es ruhiger. Und dabei das Drama schreiben. Es ist so hart gewesen, bis ich jetzt endlich fertig in Unreinschrift so ziemlich alle drei Akte hab. Es fehlt immer noch überall was, und ich darf's noch nit sauber schreiben und das quält mich auch.
Heut früh wär ich gern dabeigewesen wo Du am Telefon warst, aber ich war grad mit Annie auf dem Weg nach Höchberg. Ich hab mir das Titelblatt unterwegs ausgedacht für mei »Ewige Hochzeit« und »Brennenden Kalender«, das jetzt bis 15. Juni kontraktlich fertiggedruckt werden kann. Also zeichne mir 's Entwürfle, wenn Du magst.

Ein schweres Feldfuhrwerk von zwei Stier gezogen kommt am Horizont von einem Hügel. Auf dem schweren Kartoffelwagen sitzt das ewige Brautpaar, unter den Rädern geht die Sonne auf, und sie kutschieren die Stier. Der Hügel hat oben Schnee, dann gepflügte Ackerstreifen und endlich Blumenwiese im Vordergrund.
Das soll in schweren Klumpen gezeichnet sein, das Buch erhält die Größe dieses Briefbogens. Du kannst aber Vorder- und Rückdeckel wie bei japanischen Büchern zur Zeichnung verwenden. Magste?
Freu mich riesig, daß Du so schönes Atelier kriegst. Dei Mutter räumt heut den Gartensalon aus, und dann ist das Haus endlich umgedreht. Sie ist mitten im Osterglück des Reinmachens.

Würzburg, ›Neue Welt‹, Karsamstag 1905

Schad, daß De nit dabist, in der Garderob ist e Fäßle Weißer aus em Juliusspital auf Pump angestochen worden, und Du solltest auf'm Rücken drunter liegen und ich daneben, und wir ließen die sechzehn Liter über uns fließen und durch uns durch.
Gestern hab ich nach Höchberg gemacht, alle Kirschbäum haben so stark ausgedünstet; das is der Schweißgeruch in all dene Blütenhimmelbetten hab ich gedacht wo die Stempelfräulein mit den Staubgefäßherrlein drin liegen und selig sind, daß alle Welt es von weitem riecht, denn alle Kirschbäum sind schneeweiß jetzt von Blüten.
Grüß das Münchener Kindsköpfle mit seine zwei Maßkrüg besonders, es soll gut mit Dir umgehen und Dich lieb und anständig behandeln.
Es soll sichs zur Ehr anrechnen, wenn mir Frankemädle und Frankebube komme, sag's em. Küß, herziges Schwarzblättle mein.

Würzburg 1905

Ich hab ein neues Drama im Kopf und fang es bald an. Es wird eine Komödie, und ich möcht es so lustig wie Molière schreiben. Gib mir nur auch hierzu Deinen Segen, wie Du so segnend über der »Frau Raufenbarth« geschwebt bist. Wenn ich die Neue Welt zu unruhig find, kann ich bei Elise die ganze Wohnung von drei Zimmern umsonst haben und dort schreiben, und Ausflüge machen, denn in den letzten Tagen ging es schon zu bunt

hier zu mit all den Klagen, auf der ganzen Welt ist kein Platz jemals so grausam und zugleich so miserabel für mein Dasein als Mensch und Arbeiter gewesen, wie in diesem Monat die Neue Welt. Es hilft nichts zu klagen, ich hab Geduld wenn's sein muß, aber alles ist unmöglich stündlich und minütlich auszuhalten.
Was weißt Du denn Neues von unseren Münchener Kollegen? Was treibt Wedekind, wie geht's der genialen Bande in Schwabing?
Außer auf dem Schwanberg einen Tag, hab ich noch keinen Ausflug gemacht. Wir leben ziemlich still, nur zwischen Höchberg, Frankenwarte und Annaschlucht, aber wenn ich Geld bekomme, vielleicht in ein paar Wochen, dann hoff ich acht Tage durch die Wälder zu laufen irgendwo in der Nähe. Ich will 10 000 Mark von der schwedischen Mama, die trotz allem, was ich alles von ihr gefordert hab, nie anders als gerecht war, ich will, daß sie mir 10 000 Mark auf einmal schickt. Dann kann ich mich vielleicht weiter rühren und mir irgendwo ein paar Zimmer möblieren, daß ich wieder eigenen Tisch und Stuhl und Ruh zum Denken und Arbeiten hab. Wie ich jetzt leb, ist das eine Schinderei.

Würzburg 1905

Liebes Patientle liebes, freu mich tüchtig, daß Du besser und besser wirst. Vierzehn Tag sind zwar noch lang und langweilig im Bett, aber folg nur Deim Doktor und halt aus. Du hast kei Ahnung, wie gut man nach einer überstandenen Krankheit arbeiten kann. Aber gleich därfste nix tun, mußt Dich noch den Sommer über fettfressen und materiellen Genüssen frönen und den idealistischen Zug Deiner Seele einpökeln und in den Kamin hängen bis zum Herbst. All Deine Briefli ham so ein gutes liebes Stimmle wenn sie zu mir ins große Schlafzimmer Deiner Großeltern früh hereinkommen.
Hier ist ein heißes dürres Wetter, auf der Terrasse sind 21° R. im Schatten, die Hitz! Gestern war ich mit Annie im Forsthaus Guttenberg zu Fuß, war eine heiße Tour, aber ich muß Wald besichtigen, weil ich mein »Waldklaus« fertigdichten will. Daß Du mal von Deinem Vater träumst, freut mich auch, ich hab neulich von Schiller und Goethe und Schumann und Beethoven geträumt, alle haben mit mir an einem Tisch zu Mittag gegessen. Goethe gefiel mir, nur roch er wie nach einer Menagerie. Er sagte zu mir, daß er seit langem keinen Leib mehr angehabt

habe, die Erde sei ihm ganz ungewohnt, und dabei klopfte er sich auf den Magen. Aber weil er doch zum Essen eingeladen sei, habe er einen Leib mitgebracht. Schiller sprach sehr viel und strich sein langes Haar zurück, war rot und voller Sommersprossen. Aber als ich Gedichte vorlesen wollte, wollten sie keine hören. Wahrscheinlich weil ich ihnen vorher gesagt hatte, es wäre unrecht, daß man Schiller und Goethe nicht so idyllisch nimmt, wie ihr Zeitalter damals war, man wolle sie heute ganz falsch vergrößern. Sie wollten kein Gedicht hören, und wir sprachen nur von Kleidern, dann gingen alle fort. – Nobler Traum! Gelt! Da guckst!

Würzburg, 3. Juli 1905

Liebes Traudele, liebes,

ich erwarte täglich eine Büchersendung vom Sau-Junker aber ich hab keine. Dein Exemplar hab ich einer Frau Kaz durch meine Schwester Marie senden müssen und erhielt gestern ein paar hundert Mark dafür, damit soll ich jetzt ausharren, bis etwas Geld aus Schweden kommt, denn es wird bei der Teilung von Tag zu Tag weniger, was ich kriegen werd. Ich erwart schon bald gar nix mehr. Deiner Mutter bin ich noch die halbe Pension schuldig, ich Lump, ich ausgeschamigter ich.
Morgen früh wollen wir nach der Fränkischen Schweiz und in der Schüttersmühle probieren, ob es möglich und nicht zu teuer ist. Elise geht auf zwei Tage mit. Es ist alles eingepackt und ich sitz im leeren Zimmer.
Ich bin so verliebt in die Hitz, denn sie hat mich den ganzen Tag in der letzten Woch nicht aus dem kühlen Zimmer gelassen und in vier Täg hab ich da mein drittes Drama zammgemurkst. Es heißt vorläufig:

›Wildes Getier‹
3 Akte Schauspiel

Ich tät Dir so gern gleich was [Geld] senden, ich muß aber jetzt wieder in die Fremd und weiß gar nit, wie's mit mir geht, bis ich was hab.
Ich küß Dich halt wie immer, aber es ist gar nit schön, bis ich nit ein gemachter Mensch bin mit meine Dramen, von denen ich alles Gute hoff, auch für uns.

Geld für die erste Weltreise

An seine Frau

Würzburg, 17. Dezember 1905

Ich bekam heute früh Deinen Expreßbrief, in dem Du erzählst, wie Du armes Weible Kopfweh hattest. Hoffentlich ist es jetzt besser und hat doch ein Mittel vielleicht gewirkt. Daß Du die zwölftausend erreicht hast, ist immerhin sehr beruhigend. Heut, wo es Tag ist und Sonntag, da denke ich, ob ich doch wirklich reisen soll. Es ist noch keine Antwort auf meine Frage da. Ich trage die Telegramme immer nachts auf den Paradeplatz zur Hauptpost und sage, man soll sie früh um sieben abschicken, damit ihr nicht nachts gestört werdet.
Ich fragte gestern, d. h. heute nacht, an, ob wir Wohnung einrichten sollten? Und warte jetzt nur auf Deine Antwort, um abzureisen oder zu bleiben. Bis Jokohama und zurück würden zwölftausend reichen. Aber dann hast Du gar nichts in der Tasche, ich dachte, Du solltest wenigstens tausend Mark für Dich für Kleider usw. haben.

Zu den Cheopspyramiden

An seine Frau

Auf dem Mittelmeer, Silvester 1905

Ach, Muldele, Schätzle, Herzschatz, Dein Muxen ist so unglücklich unter all den Engländern. Gestern habe ich Dir gar nicht schreiben können, so verrückt war ich durch all die englischen Zeremonien. Jeden Abend um sechs Uhr Rasieren, Frisieren und Smoking und frische Wäsche und Blödsinn treiben mit der Ankleiderei, das ist zuviel für mein deutsches Gemüt. Ich seufze nach meiner einfachen Mulde, ich finde, alle Schweden sind Würzburger wegen ihres Gemütes, aber die Engländer köpfen alle Harmlosigkeit. Dies seufze ich Dir deshalb schriftlich vor, weil ich es behalten will, nicht, damit Du mich bedauerst.
Heute ist es viel zu wunderschön auf dem Mittelmeer, wir schwimmen eben in brennender afrikanischer Sonntagnachmit-

taghitze zwischen Sizilien oder Kreta und Port Said. Übermorgen, Dienstag, sind wir in Port Said. Nichts um mich her sagt, daß Silvester ist. Das Meer rauscht und blendet, und der Himmel ist Hochsommer.
Ich hatte nach Tisch meinen Panamastrohhut auf, um lesen zu können auf Deck, meine Reisemütze war zu heiß.
Daß Herr B. und ich heute morgen nicht in die Church gingen, erregte böses Aufsehen. Es war mir aber unmöglich, ich versteh ja doch nichts und mußte die Leute vor die Köpfe stoßen.
Sehr amüsant sind die indischen Matrosen, die das Deck reinigen; liebe, stille, fleißige Leute, und alle lächeln mich an, während sie die Engländer fürchten. Sie sind meist kleiner als ich und sehr zierlich, und braune Prinzengesichter darunter. Mein einziger Trost ist, daß ich nur Länder sehen werde, wo solch liebe Leutchen wohnen, und daß ich nicht nach England muß. Ich schreibe morgen weiter. Ich soll zum Tee kommen, aber ich schlafe, ich bin teemüde.

Port Said, an Bord der »Egypt«
9. Januar 1906

Seit ich diesen Brief angefangen, sind fünf Tage verflossen. Ich bin nur noch ein paar Stunden in Afrika und verlasse es ungern. Es hat mir am besten gefallen von allem, was ich jemals an fremden Ländern gesehen habe. Es ist mächtig, fast allmächtig durch die Nähe der großen Sonne, der großen Wüste, der großen Pyramiden und der großen kindlichen Sinnlichkeit der Mohammedaner. Die hocken auf allen Straßen, als ob die Sonne ein Kamin wäre, an dem man das Leben verplaudert, verarbeitet, verträumt und verschlummert in großen und kleinen Phantasien.
Draußen auf Deck steht der Mond tiefer und höher im Himmel als bei uns, und es ist wie eine Nacht der Kleopatra draußen auf dem mondgeschmückten Meer. Dein Herz ist die Kleopatra, und wenn ich an Dein Herz schreibe, wird alles feierlicher, und ich fühle mich befreit von dem stündlichen Halsband der Sehnsucht, das mir die Stimme im Innern zuschnürt.

Kairo, Grand Continental Hotel
8. Januar 1906

Heute haben wir die letzte Wagenfahrt in Kairo gemacht. Es war die große Revue der Truppen des Khedive, der seinen

Thronbesteigungstag heut feiert. Eben wird draußen auf allen Straßen illuminiert, und das Hotel hängt voll blutroter Fahnen mit weißem Halbmond. Die Hotels hier in Ägypten sind flotter und prächtiger als in Monte Carlo, sagen alle Leute, unser Hotel ist das Prunkvollste, was Du Dir an Luxus vorstellen kannst, und die Milliardäre und Millionäre stolpern übereinander, es wimmelt von Pariser Toiletten und Zigeunermusik. Der *Five o'clock tea* wird eben auf der großen Terrasse draußen eingenommen. Und die Araber und Verkäufer belagern die Terrasse mit Straußenfedern und Perlen und Fächern. Doch wenn Du nur da wärst, dann würden alle falschen Perlen der Verkäufer echt und die Hotelfahnen würden von selber ohne Wind zu wehen anfangen vor Lust. Ach Mulde, ich darf's nicht sagen, wie meine Sehnsucht nach Dir wächst. Ich möchte immer, die Tage sollten schneller vergehen. Ich bin so froh, daß wir morgen von Kairo abreisen. In sieben Tagen sind wir in Indien, in Bombay, aber es ist das Beste, wenn Du diesen Brief erhältst, an verschiedene Orte zugleich in Indien an mich zu schreiben. Ich bin nicht sicher, ob mich die Briefe erreichen, weil wir nur drei Tage an manchem Platz sind. Schreibe bitte immer *Cooks passenger, Member of the Party 6 around the world, please,* und dann auf englisch »nachsenden«, ich weiß nicht, wie nachsenden heißt.
Also am ersten Tag in Kairo sahen wir die Khedivengräber und die Totenstadt, am Tag vorher wurden wir nachmittags durch die Basare geführt. Die Basare sind wie ein Märchen aus Tausendundeiner Nacht, geheimnisvoll, prächtig und so voll Kostbarkeiten, voll Seide, Schmuck, Waffen, daß man sich geniert, wenig Geld zu haben. Ein Basar ist mir lieber als die ganze Rue de la Paix in Paris. Der Schmuck ist hier ungemein sinnlich verarbeitet, grell und graziös und doch natürlich.
Die Totenstadt wirkte wie eine Stadt voll von Wohnhäusern, Höfen und Gärten und Brunnen und Straßen, nur war kein Mensch hinter Türen und Fenstern, und die ganze Stadt liegt hinter einem Berg und ist blendend voll Staub und natürlich totenstill.

Dann waren wir am dritten Tag draußen bei den Pyramiden.

Ich war in der Cheopspyramide und fühle heute noch meine Knie, so mußte ich drinnen in die Tiefe klettern, geschleift, gezogen und geschleppt von drei weißgekleideten Fellachen, die mich in die Königskammer und in die Königinkammer tief hineinschleppten; und drinnen ist es dumpf und heiß und voll

weißer Fledermäuse. Man geht eine Stunde hinein. Die Sphinx ist mächtig und liegt wie eine Wache zwischen den Pyramiden. Der goldgelbe Sand, die Sonne, der blaublaue Himmel und die gelblila Pyramiden, das ist wie ein ewiger Sommertag, und die Pyramiden sind wie die Siegel, auf die Erde gedrückt von einer großen, sonnenheißen Götterhand.
Draußen im Hotel bei den Pyramiden, wo wir lunchten, sprachen alle Leute (Kellner) Deutsch, und hier im Hotel auch. Es sind meistens Süddeutsche.
Dann sahen wir noch die Zitadelle, die Museen, den zoologischen Garten voll exotischer Winterblumen; die feuerroten Blumen, die Du aus Mexiko kennst, hängen an allen Zweigen. Seit drei Tagen ist Hochsommer, solange die Sonne scheint; abends um sechs Uhr wird es frisch. Aber man kann noch im Sommerpaletot auf der Terrasse sitzen.
Nachts war ich drei Nächte lang bis zwei Uhr in dem arabischen Viertel in den arabischen Cafés, wo der Bauchtanz zahmer getanzt wird als in Paris. Aber es war eigenartig, die Türken dabei zu sehen. – Im arabischen Theater war ich einmal ganz allein, der einzige europäische Herr, sonst saßen lauter rote Fez um mich. Das ist zu sonderbar, immer die verschleierten Frauen zu sehen.

Inder, Flöten, Elefanten

An seine Frau

Bombay, 20. Januar 1906

Also, heute nachmittag fuhren wir auf einen Berg mit wunderbaren Blumen, rotblauen und lila Blütengärten; und dort oben waren schneeweiße Türme in dem Garten, wo Blumentöpfe rot und blau und weiß an roten Sandwegen standen; aber auf den weißen Türmen, die wie große weiße Gaskessel einer Gasfabrik wirkten, saßen die gräßlichen Aasgeier, die Du von Vera Cruz kennst. Es waren die Leichenfresser. In die Türme legen die Parsen ihre Leichen, die in einer Viertelstunde gefressen werden, und die Knochen zerplatzen und zerkrümeln drinnen und werden vom tropischen Monsunregen fortgespült in der Erde.
Der Garten wirkte luftig, lustig und bunt wie ein Restaurantgarten mit Musik. Er liegt auf einem Hügel mit prachtvollem Blick aufs Meer, und Bombay, das große, große Bombay, das

13 »*Potsdamer Hafen*« *auf Kaiser-Wilhelms-Land (jetzt Neu-Guinea). Aquarell von Max Dauthendey 1914. (Reproduktion Städt: Galerie Würzburg).*

14 Im Vulkan Papandajan auf Java, Aquarell von Max Dauthendey 1914. (Reproduktion Städt. Galerie Würzburg).

weit, weit am Meer und zwischen Palmen liegt, wie eine große luftige Seebadstadt. Ach, diese Häuser und Villen und Frauen und Kinder, Du würdest alles küssen wollen, so graziös, so zerschmelzend sanft und phantastisch reich ist alles. Denke Dir Varietékulissen, Kulissen aus »Aïda« von Verdi, rote, lila Lianen, braune nackte Körper und grelle, blindmachende seidene Kleider, orangefarben und indigoblau, mit schneeweißen Schleiern unter der bunten Seide, rote Scharlachpunkte zwischen die Augen gemalt, oder gelbe auf die Ohren, oder weiße. Und denke Dir pechdunkle, ewig sanfte, phantastische Augen, die nichts wissen, als von der Nacht, wo sie glücklich waren, noch den ganzen Tag schweigend und heiß zu schwärmen; denke Dir Frauen und Männer wie Äffchen graziös und gewandt – so sind die Leute, die jetzt um mich herumlaufen.
Die Stadt ist beim Hotel modern, elegant, voll von Automobilen, voll von Luxus und europäischen Millionären und Millionärinnen in Tropenhüten auf Reisen. Die sehen nachmittags von dem Riesenhotel auf die indischen Taschenspieler und Zauberer am Kai herunter und lassen sich Indien vorspielen, ohne es vielleicht anders als europäisch zu sehen.
Ich schlafe nachts kaum, unter dem Moskitonetz ist es schwül. Ich liege nackt, nur von einer Leinwand zugedeckt, und alle vier Fenster nach dem Meer sind auf. Ganz wie in Mexiko schläft man ermattet erst am Morgen bei Sonnenaufgang um sechs Uhr ein, und um sieben Uhr muß ich aufstehen und baden und Breakfast nehmen und pünktlich bei der Cookbande sein. Ich lerne, pünktlich sein. Aber ich verlerne es hoffentlich wieder, wenn ich heim zu Dir komme. Es ist zu phantasielos, pünktlich zu sein. Muldenschatz, leb wohl! Ach, wenn ich doch schon bei Dir wäre. Ich garantiere nicht, daß ich die ganze Reise machen kann. Ich bin schon sehr, sehr vollgepfropft. Aber ich tue alles an Selbstbeherrschung, um auszuhalten.

Dein Muxen Dein

22. Januar 1906

Ich habe Dir im letzten Brief weitererzählt (ich hatte diesen angefangenen Brief nicht unten im Schreibzimmer) und setze ihn heute auf demselben Papier fort. Jetzt geht die Tour durchs Innere an, per Eisenbahn, Muldeschatz, herzliebster. Ach, wenn ich doch ein Brieflein gehabt hätte! Es ist so schwer, Du bist so

sparsam mit Telegrammen, ich weiß nicht, ob Du allein oder ob Du mit Deiner Mutter in Würzburg bist. Ach, so ein Dichterlein auf Reisen ist doch zu verlassen, wenn es keine Nachricht hat.
Ich habe heute und gestern drei Bilder, Aquarelle von Bombay gemalt. Ich werde Dir das senden, wenn ich in Kalkutta noch mehr Bilder zusammen habe. Sie sind sehr bunt, wie ganz Indien.

Benares, 9. Februar 1906

Für die Rubinen, die ich Dir hier gekauft habe, habe ich nicht viel bezahlt, sie sind klein, nur einer etwas größer. Das waren nur hundertachtzig Mark für achtzehn Rubinen. Da Du aber welche haben solltest, um sie zeitlebens mit Glück zu tragen, so war das nicht viel. Viel kosten Wäsche und die verfluchten Trinkgelder an Kutscher, Führer, Kellner, Tisch-, Zimmer-, Badekellner und noch ein Dutzend Kellner und Führer dazu. Wenn alle geben, muß ich auch geben. Und ich mache unter allen Herren dennoch den ärmlichsten Eindruck. Denke Dir, sie haben alle Equipagen und Villen und Jagden und leben meistens auf Sportsreisen. Und die Hotels, in denen wir sitzen, sind voll von ausländischen Prinzen und Adligen, und ich Dichterlein sitze wie eine bescheidene Maus unter wilden Katzen. Denn das Geld macht die Menschen wild, sobald sie es in Millionen besitzen.
Dabei höre ich immer in meinen Ohren: Du wirst alles bei Deiner Mutter erreichen, wenn ich mal auf der Reise bin, aber ich weiß, wie hart Du darum zu kämpfen hast, und das macht mich verzweifelt, und ich möchte umkehren, wenn ich auch einsehe, wie gut diese Reise für alle Zukunft, für die »Venusine« und für den Nobelpreis sein könnte.

Küsse die Mutter vom Maxson tüchtig!

Darjeeling, The Grand Hotel, 12. Februar 1906

Muldeschatz, wir haben also die große Reise von zwei Tagen und zwei Nächten hierher gut überstanden. Die ganze Party ist in Winterkleidern und siebentausend Fuß hoch im Gebirge des Himalaja.
Die Fahrt von Benares ging am Ganges entlang durch ein üppiges, fruchtbares Palmenland. Indien ist nämlich mit Ausnahme vom Himalaja fast ganz flach, wie ein prächtiger Park mit ur-

alten Bäumen, die sich wie grüne Tempel wölben, und darunter die braunen nackten Inder und weiße Reiher und dichte lila Blütensträucher, das gibt einen paradiesischen Eindruck. Heute morgen stiegen wir nach zwei Nächten noch immer in der Ebene aus. Bestiegen eine winzige offene Eisenbahn wie die Trambahn im Jardin d'Acclimatation in Paris und fuhren von acht bis ein Uhr siebentausend Fuß hoch in den Himmel. Das ist in den Himalaja!
Hier oben ist eine ganz andere Welt mit anderen Menschen, alles ist wie in Norwegen, selbst die Farbe der Leute, und die Menschen sind nicht mehr Malayen, sondern Mongolen, alle sehen wie Chinesen und Tibetaner aus. Denn wir sind in Darjeeling ganz an der Grenze von Tibet, und ich muß immer an den Dalai-Lama denken. Die Häuser sind wie in Schweden rote Holzhäuser mit Wellblechdächern. Alles ist hier oben aus Wellblech gemacht, und alles ist voll Holzbuden und Veranden wie in Norwegen, und die Leute sind wie Eskimos gekleidet. Denke Dir, heute morgen noch in Indien und am Mittag schon wie am Nordpol.

Bengalisches Meer, 3. März 1906

Liebe Liebste, Herzlmulde,

Ich bin so müde von dieser Dampfschiff- und Eisenbahnraserei. Meine Augen möchten nichts mehr sehen, nur Dich und Deine Augen. Ich halte es nur aus, wenn ich denke, ich bin auf der Heimreise. Ich sage mir jetzt stündlich, daß ich von Colombo heimreise.
Das Schiff ist voll von Eingeborenen und das Deck voll von zwei *»Parties around the world«*. Das ist mir alles so gleichgültig, seit ich diesen Sehnsuchtsbazillus nach Dir in mich bekommen habe. Ich glaube, ich könnte vor Liebe und Sehnsucht das salzige Meer austrinken, es wäre nicht so bitter als die Bitterkeit in mir.

Colombo, Ceylon
11. März 1906

Muldeschatzle, Sonntagschmützle tausend,

ich darf nicht mehr von meiner Sehnsucht reden, sonst desertiere ich wie ein schlechter Soldat und renne vom Krieg um die Erde fort. Und nun muß ich wirklich herum. Alle Leute und

alle Ärzte, die wir täglich besuchen müssen, weil wir aus verseuchten Ländern kommen, alle sagen, die Hitze im Roten Meer im Juni, Juli hat viele Gehirnentzündungen zur Folge, alle raten, über Amerika zu reisen. Also entschloß ich mich, und da hier in Colombo die letzte Cookoffice ist, so sagte ich zu, daß ich mit der Party rundherum gehe.
Ich tue es nur der »Venusine« zulieb, daß ich weitergehe. Sonst säße ich natürlich auch auf dem nächsten Dampfer und käme zu Dir. Aber ich muß *die Ruhe in mir* haben, die ganze Erde gesehen zu haben, damit das große Gedichtbuch, das daraus entstehen soll, ungestört und ohne Reue entstehen kann. Ich würde es noch nach ein paar Wochen zu Haus bereuen, wenn ich nicht alles gesehen hätte, was menschenmöglich oder cookmöglich ist rund um die Erde.
Ich hole es mit dem Nobelpreis wieder ein, was die Mutter für mich jetzt auslegt. Ich bin so sicher, daß mein Buch ein großes Werk und ein schönes Werk wird. Ich sammle jetzt schon alle Eindrücke und Geschichten und fühle unruhig, aber angenehm die Entstehung des Ganzen. Wir bleiben bis Mittwoch noch hier, dann geht's ins Innere von Ceylon.

Queen's Hotel Kandy, 17. März 1906

Heute morgen fuhren wir nach einem Garten, wo alle Pracht der Erde blühte. Der Zimt roch stark, und Muskatnüsse rochen und Nelkenbäume und Vanille, Kampferbäume, Kakao und Strychnin, Kokain und Sagopalmen, die Welt war wie ein Garten, der auf einer Zunge wuchs, der Garten schien alle Bäume zu schmecken und spuckte auch Gift neben dem Wohlgeruch aus.
Man fährt durch die Gärten, Kinder, kleine Inder mit Augen wie Mäuler groß betteln und werfen dabei große fremde Früchte und Blumen, die ihren bunten Staub stäuben, in die Wagen. Man knabbert die Blätter von allen Bäumen und schmeckt vor Zimt, Vanille und Nelken zuletzt eine Hölle auf der Zunge, als ob man unheimlich verliebte, hitzige Lippen geküßt hätte. Dabei sieht man in den Himmel zu den Bergen hinter den schwindelnd fremden hohen Riesenbäumen, von denen manche wie Felsen dastehen, andere wie Schlangen zwischen zwei Bäumen hängen, und man erwartet, daß die Berge, die blauen dahinter, rotes Feuer speien müßten, weil alles so unheimlich schön ist.

Am Nachmittag fuhren wir viele Meilen und sahen vier große Elefanten, einen, der neunzig Jahre alt war, sie lagen im Flußbett und badeten, d. h., sie schienen im flachen Flußbett auf dem Ohr zu schlafen, sie lagen wie ich in meinem Moskitonetz auf dem Ohr. Am Tag hatten sie gearbeitet und Stämme und Reisbündel geschleppt. Abends dürfen sie von vier bis fünf im Wasser schlafend ausruhen. Ein Inder saß mit einer Flöte auf dem ältesten Elefanten und machte Musik, die sie sehr zur Erholung lieben. Ach Mulde, wir müssen nächsten Winter jedes Konzert zusammen hören, ich muß einen Winter lang mal alle Musik Deutschlands hören. Ich bin so musikhungrig wie ein Elefant.

Chinesische Musik

An seine Frau

Hongkong, Hong Kong Hotel, 9. April 1906

Vorgestern abend lud uns der Conductor Roberts zum chinesischen Theater ein auf seine Privatrechnung. Jetzt hab' ich also auch den Ursprung aller Theater gesehen, denn das chinesische war das erste auf der Welt. Es wirkte sehr seltsam, voll und leer zugleich. Ein großer Stall, in dem man lautlos Kopf an Kopf wie bei uns zur Bühne guckt, nur daß die Leute essen und trinken und rauchen. Die Welt scheint mir nirgends so zivilisiert und zugleich so natürlich ursprünglich als in China.
Der Gong ruft mich zum Lunch!
Wir waren also im Theater, und es war wie in einem Vogelkäfig, so lieb piepten die alten und jungen Männer immer in ö-ö-ö-Tönen und I, I, I, und Jö, Jö, und die Musik war auf der Bühne hinter den Schauspielern, fünf Musiker. Einer mit einer dicken Violine, die immer im höchsten Fistelton fistelte, dann Holzschläger, die Tock, Tock, Tock Hölzer auf ein Holz schlugen, und Zinn- und Kupfertrommler. Die chinesische Musik scheint etwas unsinnig Aufregendes ausdrücken zu wollen, oder sie ist so blendend für die Ohren wie ein Spiegel, der Dir die Sonne fortwährend in die Augen reflektiert. Ich werde morgen in Canton mehr Musik und Theater hören und dann einen besseren Eindruck haben. Die Schauspielerinnen waren Männer, man sah es nur an den nichtverkrüppelten Füßen, sonst waren sie emailliert im Gesicht und fistelten wie alte Komtessen. Über-

haupt, von der Überfeinerung hier kann man sich keinen Begriff machen. Es ist natürliche Überfeinerung. Alle Chinesen sind wie Kinder, die im Mondschein aufgewachsen sind und immer mit blauem Mondherzen klug, weise, kühl und zart zu Dir reden. Es ist sonderbar, wie furchtbar sie auf die Europäer wirken. Selbst die stärksten Engländer treten hier gebändigt auf, weil das chinesische Volk ungemein muskulös und mächtig gebaut ist. Von der Fülle von Menschen hier macht man sich keinen Begriff; wie von Ameisen wimmeln die Landstraßen. Ich fuhr gestern, Sonntag nachmittag, in einer Rikscha sieben Meilen in das Land, an der Küste entlang. Die Hongkong-Küste wirkt im Nebel wie Norwegen, nur wärmer. In einem Fischerdorf war ich in einem Tempel, der kreisförmige Türen hatte. Über allen Haustüren flattern rote, mit Goldschaum betupfte Papierstreifen, die die bösen Geister abhalten sollen. Die Fleischerläden sind am komischsten, wenn die Mäuse, Ratten, Hunde und Katzen an den Schwänzen nackt abgezogen ohne Haut sehr appetitlich dahängen, und es ist zu komisch, wenn eine sehr ernste Hausmutter drei Ratten am Spieß zum Abendessen nach Haus trägt.
Ich war heute in einer japanischen Gemäldeausstellung. Moderne Aquarelle, die nach europäischer Art gemalt waren und komisch unfertig wirkten.
Ein Land so voller Menschen macht den Eindruck, daß man sich dort gut aufgehoben fühlt. Besonders, da alle Eltern ihre Kinder und alle Kinder ihre Eltern wie Götter lieben. Und ich werde den Eindruck nie los hier, daß ich im Lande der Riesenpierrots lebe, so voller Vollmondgesichter und weißer, blauer und schwarzer Pierrotanzüge sind die Straßen. Nie siehst Du ein Pferd hier, die Menschen ziehen alles.

Japanische Kirschblüten

An seine Frau

Kioto, 27. April 1906

Eben komm ich aus dem Theater vom Kirschblütentanz zurück. Es war wundervoll. Die ganze Cookparty war entzückt, auch die Damen. (Die Musik war, als ob Dein Götzle sie komponiert hätte, und der Gesang auch.) Zweiunddreißig Tänzerinnen, alle

gleichgekleidet in Blau und Rot, tanzten einen Tanz, der mehr als ein schönes Promenieren war und Hände, Hals und Knie bog und beugte und bewegte, der Körper sonst blieb ruhig und feierlich.
Es war erst Sommer auf der Bühne, dann Herbst, dann Winter, dann Kirschblütenfrühling. Zwanzig Musikantinnen, zehn auf jeder Seite des Theaters, spielten, zehn auf Gitarren und zehn auf Holztrommeln, und alle sangen wunderbar feierlich. Die Dekoration war zart, elegant auf Seide gemalt, und wechselte bei jeder Jahreszeit. Rote Tempel und viele Lampen bauten sich auf der Bühne auf, auch der Mond und bewegte Wolken und Nebel, (nur alles viel harmonischer und ernster gemalt als auf unseren Bühnen). Das Theater wirkte wie eine große Schachtel aus Holz und Seide, in der sich die Jahreszeiten durch Zauberei eingeschlossen hatten und nun nacheinander durch Musik sich zeigten. Wie eine Schachtel, in der hundert kleinere Schachteln sind.

An die Schwester

Nikko (Japan), Kanaya Hotel
12. Mai 1906

Liebe Liesel, als ich gestern im Hotel ankam, kriegte ich Deinen Brief, das machte mich sehr froh. Japan möchte mich am liebsten ganz behalten. Es befriedigt mich äußerlich aufs intensivste, und wenn Annie da wäre, so daß ich auch innerlich zufrieden wäre, wäre dies für uns beide, für sie und mich, ein Idealland zum Leben. Die Bescheidenheit und zarte Gediegenheit aller täglichen Dinge ist göttlich. Die Menschen leben wie die Götter in einer delikaten Leere, in der sie ihre Gedanken in Bronze, Seide oder Lack auftauchen lassen und Phantasie essen.
Von den leeren Bambushäusern mit ihren leeren Holzwänden hebt sich der Mensch in Seide schön ab, und jeder Blumenzweig in der Vase stellt sich wie ein Leckerbissen hin. Ich habe das fleißige Tokio gesehen, eine Millionenstadt aus lauter Jahrmarktbuden und einstöckigen zierlichen Hütten. Ich fühl mich wie ein Riesenbauer in dem Zwergland, wo Wälder in Blumentöpfen auf jedem Ladentisch winzig fein gezüchtet werden, wo die Menschen wie die Bienen so anspruchlos leben, emsig und mathematisch genau mit den Lebensreizen umgehen und immer

das Große im Kleinsten darstellen. Man kommt sich plump und hilflos vor, und wie ein Bär sitzt mein Herz unbeholfen in mir unter diesen Zwergen, die uns tausend Jahre an Lebensweisheit und Lebensfülle voraus sind. Abends war ich in vielen Theatern, zu Kirschblütenfesten und in Teehäusern und sehe Japan jetzt so angenehm innerlich wie nicht am Anfang, wo ich nur Sorge statt Schönheit in allen Straßen sah.
Nikko ist ein Gebirgstempeldorf, hoch über Wasserfällen, zwischen Bergwolken und Bergabhängen gebaut. Es regnet natürlich wieder, es regnet schon seit Wochen, und nur in Tokio war blaues Wetter. Wir kamen gestern an und können vor Nebel vorläufig wenig sehen. Mittwoch fahren wir nach Yokohama, wo wir bis zum 24. Mai den Dampfer nach San Franzisko abwarten.

Honolulu

An seine Frau

Honolulu, Moana Hotel
31. Mai 1906

Guten Abend, Herzschatz! Seit nachmittag vier Uhr bin ich hier, und morgen früh zehn Uhr ochst das Boot wieder weiter. Es ist zu dumm, man hat gar nichts von dem herrlichen Land. Wir fuhren auf einen hohen Berg, »Punschbowle« genannt, da sah man die grünen Dächer und die feuerroten teufelfarbenen Häuser unten in dem breiten, vornehmen Tal am Meer, das hier, wie bei Neapel, eine schöne Bucht aufrollt. Das Land ist wie Colombo, nur blühen die Bäume reicher in rosa Blumengirlanden. Und Frauen, kaffeebraune, verkaufen Blumengirlanden wie dicke Ketten, und man hängt sie um den Hals zum Abschied, wenn man auf ein Schiff geht, und es sieht jeder Mensch wie ein lebendes, behängtes Götzenbild aus, wenn er abreist von hier. Das Land riecht gut nach schwerer, dunstiger Hitze aus der feuchten Tropenerde, die gigantischen Palmen sind wie Säulen heißer Liebestage und noch heißerer Mondnächte für Liebende. Die Mangos reifen eben, und alle Gärten hängen voll niedriger Lauben mit pechschwarzen Trauben.
Ich habe eben am Abend mein Dinner in einem schloßartigen Hotel weit von der Stadt, am Meer, genommen. Der Saal war wie der riesige dining-car eines Luftschiffes, so luftig und ele-

gant, aus purem Sandelholz, mit elektrischen Glühlampen, und alle Tische voll von amerikanischen Milliardären und kleinen Millionösen.
Gestern abend, eh wir nach Honolulu kamen, hatten wir einen riesigen Fastnachtabend an Bord der »Coptic«. Alle hatten ihre chinesischen, japanischen, indischen und borneoschen und javanischen und koreanischen und noch viele anischen Kostüme an, und ich war im weißen Copticmatrosenanzug mit hohen Wasserstiefeln und einem Schild an der Mütze *»Ladies Life Saviour«*. Es waren lustige Witze unter den Masken, und man atmete nach zehn Tagen Seefahrt auf, daß man mal etwas lachen konnte, weil es sonst zu öde war. Das Meer wurde heute feuerblau wie ein italienischer See, und rote Seepflanzen stiegen auf, und siebenfarbig wie ein Prisma stieg mittags um zwölf Uhr Hawai-Eiland aus den Sonnennebeln und kam zur »Coptic«.

Quer durch Amerika

An seine Frau

El Tovar, Grand Cañon, Arizona
15. Juni 1906

Liebster Muldeschatz! Wir sind seit gestern morgen hier und reisen heute mittag wieder zwei Nächte und einen Tag weiter. Hier dicht am Hotel ist das große Weltwunder, die tiefste, und breiteste Schlucht der Welt in bunten, roten, lila und ockergelben und purpurnen Steinterrassen; ein prächtiger Anblick, und ich bin froh, daß ich hierher kam; die lange Reise, zwei Tage von Los Angeles, lohnt sich. Es ist, als ob hier das Jüngste Gericht abgehalten würde. Tausende von Amphitheatern in prächtiger bengalischer Beleuchtung der feuerfarbenen Felsen, die alle wie glühende Schlösser, brennende Wälder und versunkene gigantische Tempel in der meilentiefen Erdschlucht stehen. Das Sonderbare ist, daß die Erdoberfläche, auf der das Hotel steht, und die Horizontlinie glatt wie eine Billardkugel ist und daß der meilentiefe und meilenbreite Einschnitt so plötzlich in die Erde einbricht und den Eindruck gibt, als sei dies der Eingang zur Hölle. So glühendrot wie versteinerte Spiritusflammen stehen die Felsen unten in der Erdbrechung. Das Hotel steht am Rand, und vom Garten an der niederen Brüstung glaubt man am Ende der Welt, am Ende aller Erde angekommen zu sein, da man die andere Seite der Schlucht meilenweit nicht mehr sieht und den Boden der Schlucht auch nicht. Die Erde fällt hier vor Deinen Augen ins bodenlose Nichts, und aus diesem Bodenlosen steigen Felsenzacken wie purpurne Sitze der Götter der Unterwelt auf. Das Hotel ist wie ein norwegisches Blockhausschloß gebaut. Mit weiter, finsterer Holzhalle voll von Büffelköpfen und Elchtieren, und alles Holz ist düster verräuchert, und Balken und rohe Steine überall. Es ist ein herrlicher Platz und raffiniert mit modernster Elektrizität und urältester Indianerursprünglichkeit ausgestattet. Indianer wohnen dem Hotel gegenüber in flachdachigem Mexikobau, und da weben sie und summen alte Lieder, und es ist sonderbar, die alten Urbesitzer von Amerika zufrieden arm zu sehen neben den Millionären, die unruhig reich von allen Teilen Amerikas her hier hastig im Pullmancar landen.

Chikago, 23. Juni 1906

Wir kamen gestern vormittag elf Uhr in Chikago an. Reisen heute drei Uhr wieder eine ganze Nacht bis Buffalo zu den Niagarafällen. Ich bin sehr froh, Amerika zu sehen, es zerstreut alle Vorurteile. Es ist eben ganz anders als bei uns, nicht besser und nicht schlechter, wenn man hier geboren wäre. Nachts wirken die amerikanischen Städte großartig. Von der Illumination macht man sich keine Vorstellung, Licht und Glühlampen überall bis in die Wolken, die Häuser sehen wie illuminierte Gebirge nachts hoch in den Wolken aus. Das ungenierte Wesen, das an Bellamys Jahr 2000 erinnert, gefällt mir immer besser und paßt gut zu den ungeheuerlichen, ungeschlachten Dimensionen. Gestern abend war ich in einem Theater. Von der Schamlosigkeit der Trikots, die in bunten Farbenflecken alle Körperteile malen, macht sich selbst der frechste Pariser keine Vorstellung. Ich sah eine Dame in Blau, die den Bauchtanz im Aubrey-Beardsley-Kostüm tanzte, aber mit einer Mimik, die den Geschlechtsakt mehr als wirklich darstellte. Etwas, was mich aber hier stündlich in Schrecken versetzt, sind die Sintfluten von Spucke, die jeden Augenblick mit größtem Geräusch an mir vorüberfliegen; gespuckt wird, wie in einem Seebade die Delphine spucken, nur nicht so graziös, aber akrobatisch kunstgerecht. Die großen Parke am Seeufer sind wunderbar hier, und von den Sportspielen, die wie in Griechenland den ganzen Tag geübt werden, macht man sich wieder keine Vorstellung. Mir scheint Amerika körperlich allen Europäern überlegen, weil es so rücksichtslos ist.

Wieder daheim

An seine Frau

London, Sonntag, 8. Juli 1906

Herzschatz!

Bin vor einer Stunde hier angekommen in London von Liverpool und um zehn Uhr früh in Liverpool gelandet, wo ich Dir telegrafierte und um zweihundert Mark telegrafisch bat. Ich sitze hier und warte nun auf das Geld und reise dann direkt über Brüssel, Köln, Frankfurt. Und bin froh, dann Dich in Würzburg in der Wohnung, in der neuen, zu haben, Dich und die Wohnung.
Hier ist es Sonntag, aber angenehm still, wenn man so viel gereist ist. Und ich liebe jetzt auch England, nachdem ich die schöne, grüne, häusliche Landschaft von Liverpool bis London im fettesten Sommergrün gesehen habe.

Würzburg, 27. August 1906

No, Muldemietze min, wie wärsch denn, wennste mit em Geldsack voll Geld heimkämst! Viel is nix mehr in meiner Tasch, und in Deiner auch nit. Aber gräm Dich nit, sei seelenvergnügt, wie ich, wenn ich an Dich schreiben »derf«. Denn ich hab' schon gar nit mehr gewußt, ob Du nicht am Ende schon zwischen Berlin und Würzburg schwebst, daß mein Brief Dich nicht mehr trifft. Ich hoff, Du hoffst, und so hoffen wir hoffentlich zusammen das Beste.

WÜRZBURGER JAHRE

Gertrud Rostosky berichtet

Hineingezogen in Dauthendeys Leben – durch Freundschaft unserer Elternhäuser von Kindheit an mit ihm verbunden –, sollte auch ich am Schicksal des Dichters teilnehmen.

In der stärksten Schaffenszeit von 1907 bis 1910, in der als Hauptwerk die Reisedichtung »Die geflügelte Erde«, gleichzeitig die schönen asiatischen Novellen, das erfolgreiche Drama »Die Spielereien einer Kaiserin«, vier Gedichtbände entstanden, war es mein Elternhaus*, in dem er immer Heimatrecht genoß, das ihm die Ruhe und Geborgenheit geboten hat zu solch außerordentlicher Leistung. Es war mir gelungen, dem Dichter einen Jünger zu gewinnen, der ihn durch Begeisterung für seine Kunst ermutigte und der in der Lage war, ihn jahrelang finanziell zu unterstützen.

Die Terrassenecke auf der »Neuen Welt« mit dem großartigen Blick über die Stadt und die Marienburg, schon als Malatelier beliebt, wurde Werkstätte des Dichters.

Der Schreibtisch stand bereit, und der junge L., seiner vornehmen Erscheinung wegen »der Graf von D.« genannt, stand von früh morgens an bereit, Diktate in Empfang zu nehmen. Dauthendey in weißem Tropenanzug, auf und ab gehend, feurig diktierend, wirkte so ermutigend, daß wir alle nur darauf bedacht waren, die Dichtung zu fördern und alle Störung zu verhindern. Dabei handelte es sich hauptsächlich darum, ihn vor Gläubigern (die ihn mit Forderungen von der Reise her verfolgten) zu schützen. Die Stimmung war allgemein so zuversichtlich, daß es uns nicht schwer wurde, den Dichter abzulenken, womöglich, die Situation durch Humor zu retten.

Im Mittelpunkt dieser Schaffensperiode stand die Weltreisedichtung. Den Tag, an dem Dauthendey die große Form und den Rhythmus für das Epos gefunden hatte, machten wir zu einem kleinen Fest. Drei Jahre lang sollte die großartige Schilderung der Weltreiseerlebnisse den Dichter in Atem halten. Angst, die Erinnerung könnte mit der Zeit verblassen, trieb zu atemlosem Tempo. »Die geflügelte Erde«, so nannte er das Epos, entstand von Gesang zu Gesang wie Bild auf Bild, das ein genialer Maler von einer Weltreise zurückbringt.

Als roten Faden, der dem Ganzen Zusammenhalt geben soll, läßt Dauthendey das Gefühl der Sehnsucht nach der Geliebten das Epos durchlaufen.

Frei aus der Phantasie – denn er hatte sich nicht die kleinste Notiz unterwegs gemacht – bewältigte er den ungeheuren Stoff. Er gönnte sich nur jeweils die Entspannung, seine Phantasie auf ein anderes Gebiet zu lenken. Das Theater, um das er von jeher

* Der Gutshof »Neue Welt« in Würzburg.

warb, übte auch in jener Zeit seine Anziehung aus. Besonders, da er von dem »asiatischen Theater« außerordentlich beeindruckt war. Nun hatte ihm Elisabeth, die immer ermutigende Schwester, Geschichtsbücher ins Haus gebracht, damit er durch Stoff aus der Weltgeschichte zum Dramenschreiben angeregt würde.

Das Schicksal der russischen Kaiserin Katharina II. reizte ihn, und es entstand das Bühnenwerk »Die Spielereien einer Kaiserin«.

Vielleicht war der Schauplatz seines Freilicht-Schreibzimmers auf der Terrasse mit der Festung Marienberg gegenüber nicht ohne Bedeutung für den Hintergrund des Dramas. Es beginnt mit der Belagerung der Marienburg 1702. Noch manches erinnert im Haus an das Entstehen der »Spielereien«. So eine messinggehämmerte kleine Truhe, die Dauthendey selbst meiner Mutter zum Namenstag schenkte. »Es ist der Schmuckkasten, der mich zum zweiten Akt meiner Katharina angeregt hat«, sagte Dauthendey später immer mit seinem verschmitzten Lächeln, wenn er den billigen kleinen Kasten stehen sah. Als er uns das vollendete Drama eines Abends vorlas, war er dabei innerlich so bewegt, daß er totenblaß aussah und seine Stimme zitterte. Zum Schluß sagte er: »Jetzt weiß ich wirklich nicht mehr, was ich noch bieten soll, den Menschen genugzutun!«

Natürlich hatte er auch im Drama jede seiner Gestalten gesehen und innerlich erlebt. Vom plumpen, primitiven Zaren bis zum überlegenen Helden, zur Zarin, in der er sich eine kleine bewegliche Person vorgestellt habe, die sich blitzschnell umstellen könne.

Eine notwendige Erholung war dann und wann ein festliches Beisammensein auf der Terrasse. Dazu eigneten sich besonders hohe Feiertage und Geburtstagsfeiern. Der 25. Juli, Dauthendeys Geburtstag, gleichzeitig der Namenstag meiner Mutter, war der Höhepunkt dieser Ausnahmetage. Vom frühen Morgen an lebte dann das Haus in Sommerfeststimmung. Dauthendey konnte sich selbst nicht genug tun, dem Tag festlichen Glanz zu verleihen. Besonders reizend war es, wie er sich half, wenn es ihm an Geld fehlte, um der Hausfrau ein gediegenes Geschenk zu machen. So war er einmal schon früh um fünf Uhr aufgestanden; mit Besen, Rechen, Baumschere und Gießkanne bewaffnet sah man ihn vors Haus eilen, um der Terrasse zu Leibe zu gehen und sie, den Festplatz, in Hochglanz zu versetzen. Bald war kein welkes Blättchen mehr zu sehen. Alles Grün blitzte und funkelte. Tische und Stühle waren in bester Ordnung aufgestellt. Als dann der Dichter meine Mutter am Arm hinausführte und ihr sein Geschenk erklärte, war seine Freude kindlich. Elisabeth in gehobener Stimmung (denn für Feste hatte sie einen ganz besonderen Sinn) kam schon zum Frühstück in Begleitung einer Freundin und blieb den ganzen Tag. Dauthendey, noch nicht ganz befriedigt von seinem Geschenk (er meinte, es sei doch zu vergänglich), machte sich noch im Laufe des Tages mit Stift und Pinsel zu schaffen und zeichnete unseren Hund Flocki, den er meiner Mutter dann feierlich auf den Namenstagstisch stellte. Des Abends gab es Lampionbeleuchtung und Bocksbeutel, und die Unterhaltung steigerte sich zu optimistischen Zukunftsprojekten.

Am nächsten Tag war Dauthendey wieder völlig in seiner poetischen Welt. Die Weltreisedichtung, bei allem Anspruch, die sie an seine Geisteskräfte stellte, befriedigte seine Schaffenslust doch unaufhörlich. Er schreibt selbst darüber: »›Die Geflügelte Erde‹ ist mir ein so großer Genuß, als ob ich London, Paris, Berlin und München auf einem Haufen beieinander hätte, und wenn ich arbeite, lebe ich in Nirwana.«

Oder an einer anderen Stelle: »Ich bin den ganzen Tag in Burma, wo ich zur Zeit noch ungestraft noch unter Palmen wandele. Ich bin auf dem Irriwadastrom gegondelt bis heute nachmittag. Jetzt gehts nach Ceylon . . .«

Briefe für die Freundin

An Gertrud Rostosky

Würzburg, 17. Juni 1907

Liebe Traudel,

ich danke Dir herzlich für die Vermittlung einer Hilfe. Leider stecke in der Sorge bis zum Hals, und diesmal besonders schlimm, da auch gar kein Freund oder Verwandter sich rührt. Die meisten glauben, ich hätte geerbt oder sei immer von Hilfe umgeben, und halten mich für wohlhabend, da ich die Reise um die Erde machte. Aber auch dazu erhielt ich Vorschüsse. Ich habe nur Hoffnung, daß im Herbst irgendein Drama aufgeführt wird. Die Theateragentur Bloch vertreibt meine Dramen, und das

geht schrecklich langsam. Ein Drama »Grauli« hat beim Lesen am Reinhardt'schen Theater in Berlin sehr gefallen und wird vielleicht angenommen und diesen Winter hoffentlich noch gespielt. Ein anderes Drama »Menagerie Krummholz« liest der Stollberg eben, und die »Raufenbarth« liest der Reimann in Kissingen eben. Aber von keinem Theater habe ich noch definitive Antwort und schwebe in Hangen und Bangen.
Ich kann meine Wohnung hier nicht zahlen und nicht die Miete für gemietete Möbel hier, es ist schauderhaft dieses Sorgendasein und ich habe kaum knapp Geld zum Essen, und in ein paar Tagen auch das nicht mehr. Es ist widerlich, wenn man das alles eingestehen muß und immer bitten muß, und deshalb lebe ich ganz zurückgezogen und sehe hier keinen Menschen, weil doch niemand hilft.
Könnte ich die so willkommenen Tausend vor dem 25. Juni erhalten, so wäre das eine große Hilfe, sonst muß ich aus der Wohnung, und man holt die Möbel ab.
Ich habe in München ein neues Drama beendet und bin bei der Abschrift, es heißt »Ein Schatten über dem Tisch«. Auch das soll noch für den nächsten Winter eingereicht werden. Ich habe außerdem meine »Reise um die Erde« in Arbeit, aber das ist eine lange langwierige Arbeit. In der Wohnung hier kann ich sehr gut arbeiten, sie liegt so schön; nur ist das Stadtleben gleich Null für mich hier, da ich keinen Menschen mehr kenne.
Du sprachst im Brief von einer Einladung, meintest Du auf ein Gut oder in eine Stadt oder Familie?
Ich war voriges Jahr im Herbst auf Schloß Mainberg bei Dr. Müller einen ganzen Monat, aber ich passe nicht unter viele Menschen und konnte gar nichts tun. Es war sehr interessant, aber auch sehr anstrengend, immer mit fünfzig Menschen, die das Schloß füllten, zu verkehren.
Wie geht es Deinen Malstudien, und hast Du in diesem Jahr ausgestellt? –
Ich danke Dir nochmals bestens und bitte den freundlichen Helfer aufs wärmste von mir zu grüßen.

Würzburg 1907

Du und Langguth, Ihr habt wirklich das Verdienst, daß ich diesen Winter meine Reise um die Erde dichten kann und etwas von der Geldfolter befreit bin. Ich habe jetzt einen guten Titel dafür: »Die geflügelte Erde«, ein Lebensbild über sieben Meere, nenne ich das Buch, glaub ich, wenn mir nicht noch was Besseres einfällt.

Würzburg, Sanderring 23, 1907

Liebe Traudel,

vielleicht hast Du und Langguth morgen Sonntag nachmittag Lust um 4 Uhr zum Kaffee zu kommen, wenn Du nichts besseres vorhast. Dann lese ich mein Drama vor, das ich eben heute abend in der Reinschrift beendet habe. Und wir machen gegen Abend einen Spaziergang, wenn es Dir recht ist.
Ich danke Herrn Langguth noch vielmals für die schönen Astern gestern abend. Grüße auch Deine Mutter bitte bestens von mir, und Annie und ich danken für ihren ersten Brief.
Gräßlich graues Wetter heute, geeignet zum Kaffeetrinken und Zigarettenrauchen, nicht wahr?

Würzburg, 16. Nov. 1907

Liebe Traudel,

entschuldige sehr, daß ich Deinen Brief nicht sofort beantwortet habe, aber bei mir hat nur Traurigkeit geherrscht, und da kann ich nicht so schreiben wie ich möchte. Annies Mutter ist todkrank, Annie ist seit einer Woche in Stockholm, um ihre Mutter noch zu sehen, und ich lag vier Tage an Erkältung zu Bett. Elise kommt zum Mittag- und Abendessen, sonst sehe ich keine Seele. Ich fühle mich heute besser und schreibe Dir deshalb heute erst.

Würzburg, 26. Nov. 1907

Liebe Traudel,

ich habe gottlob bessere Nachricht aus Schweden, und die Hauptkrisis scheint vorüber, so daß Annie Ende dieser Woche wieder kommen kann. Ganz gesund wird die Mutter wahrscheinlich kaum wieder, aber es ist augenblicklich nicht mehr das Schlimmste zu befürchten. Ich mochte die alte Dame immer sehr gern, sie hat alles immer getan, was in ihren Kräften stand, und ohne sie wäre ich wahrscheinlich nie um die Erde jetzt schon gereist und könnte nicht die Dichtung schreiben. Darum gönne ich ihr von Herzen hundert Jahre. Und Dir und Langguth gönne ich eine solide Künstlerunsterblichkeit, die sich hoffentlich bei Dir schon irdisch früher geltend machen wird als bei ihm, wenn Du jetzt

Deine temperamentvollen Bilder ausstellst, denn Ihr habt mich diesen Sommer auch sozusagen am Weiterdichten erhalten, und die »Geflügelte Erde« ist Dir dringend dankbar dafür, so wie ich es immer bin.

Würzburg, 17. Juni 1908

Liebe Traudel, noch schnell ein paar Zeilen, ehe ich in den Zug nach Weimar-Berlin klettere. Wir besuchten Dich gestern abend. Standen am anderen Ufer und sahen Dir so lange zu, wie Du eifrig lebendig den Pinsel führtest wie in einer Schlacht, als gälte es einem Kreuzfahrer Jerusalem zu erobern, mit solch wilder Heiligkeit warst Du in Deine Arbeit verzaubert, daß ich es nicht mir leisten konnte, mit einem Bierbesuch anzukommen. Wir wandelten nach Zell, wo wir die Trambahn zurücknahmen.
Ich reise heute um zwei Uhr nachmittag und bin abends in Weimar, wo ich Versuche mache wie ein Handlungsreisender mit meinem Gedichtkoffer unterm Arm von Verleger zu Verleger. Wahrscheinlich ist diese Reise eine neue Fatamorgana an meinem Geldhimmel und wird im Wüstensand als eine Riesennull enden. Drauf bin ich mit Galgenhumor vorbereitet.
So wie ich gar nicht neulich nach Frankfurt brauchte und eine Stunde vor der Abreise schon die Absage hatte, weil ich nicht Prosa, sondern Reime verbrochen hatte, wollte Frankfurt nicht anbeißen.
Annie besucht Dich und erzählt Dir alle Einzelheiten.

Würzburg, ›Neue Welt‹, 27. Aug. 1908

Liebes Genialgenie, es hat wirklich wieder das Beste gemalt, was man im Kahn aus zwei Menschen schaffen kann.
Ich gratuliere dem lieben »Es« zum prachtvollen Bild, das ich gar nicht erwarten kann, in der Farb' zu sehen. Wundervoll lebendig sitzt das Ganze da, und das große blendende Licht von Wasser und Luft ist verblüffend gut vor den Personen.
Man sieht sofort, daß das kein Licht eines Gartens oder Zimmerlicht ist, es ist nur intensives Wasserglänzen um die beiden ausgezeichnet gruppierten Menschen.
Wie hübsch beide aus dem Bild heraussehen, das ist einfach »Genialgenie!«
Jedes Deiner Bilder wird origineller, und ich freue mich, die

Herbstausstellung von Dir zusammen zu sehen, das wird großartig, die verschiedenen Typen, und wird ein großer Erfolg.
Ich wollte Dir längst schreiben und fühlte mich wie einer der sieben Männer im Feuerofen jeden Tag so alttestamentarisch schuldig, weil ich keinen Tag von dem Dramamanuskript aufschnaufen konnte. Denke Dir vier Maschinenabschreiber ließen in der Stadt ihre Schreibmaschinen in dieser Woche beinahe Tag und Nacht klappern, um mit den fünf Akten fertig zu werden. In voriger Woche habe ich abwechselnd Annie und dem guten Franzl diktiert. Es war wirklich eine Hetz'. Bis nachts um 12 Uhr kam ich nicht von der Kaiserlichen-Katharina fort und dann nennt man das auch noch »Die Spielereien«, wo's doch gar keine waren. Morgen reist Kathi nach Berlin zur Eisold über Kahane.
Freue mich herzlich, endlich Frau Langguth hier kennenzulernen, von welcher ich die lange Güte bereits kenne, aber auch das Gesicht zur Güte sehen möchte. Denn das weiß ich immer noch nicht, »wie weit Du gern ähnlich malst« und ob sie auf dem Bild so ist wie in Natur.
Es ist jetzt morgens neun Uhr und die Neue Welt schuftet. Ich nahm mir schnell ein paar Augenblicke um dem Feuerofen der Vorwürfe zu entrinnen und endlich zu schreiben und nicht bloß das Schreiben zu verschieben wie jeden Tag.

Würzburg, 29. Nov. 1908

Liebe »Dame des Tages«. Du schreibst Briefe, um die ich Dich beneide, so klassisch sind sie. Und wenn es für uns mal eine Nachwelt geben sollte, bedauere ich nur, daß ich nicht auch bei der Nachwelt bin und diese Briefe mit ihren Augen lesen kann. Es ist zu unterhaltend, wennste die Feder malen läßt, als ob der Briefbogen eine Leinwand, für die Sezession bestimmt, wäre, so preiswürdig.
Ich danke Dir schön, daß Du mich wieder in die Hoffnung gebracht hast, daß ich nicht auf dem Sand liegen blieb, so wie's jetzt aussieht.
Deine Mutter bat mich brieflich um zwanzig Mark, ich schrieb, in ein paar Tagen hoff' ich schicken zu können, es tat mir schauderhaft leid, und ich kam mir noch tausendfach ärmer vor.
Kennst Du ein Fräulein Emma v. Sichert, Rotkreuzstr. hier? Sie schrieb mir gestern einen langen Brief, worin sie mich auf-

fordert an ein Fräulein Lisbeth Schütze in Riga, die Herausgeberin einer Frauenzeitung, ein Weihnachtsgedicht zu senden. Das Gedicht habe ich heute prompt gemacht. Aber Annie findet es zu gut für's Ausland und möchte, daß es im Land bleibt und zu Weihnachten in den »Generalanzeiger« kommt. Das möchte ich auch am liebsten. Ich kämpfe schon lange um die Ehre, in den Generalanzeiger zu kommen; »Pan«, »Blätter für die Kunst«, »Hyperion«, alle haben mich gebracht, aber der liebe »Generalanzeiger« von Würzburg Stadt und Land bringt nicht mal meinen Namen. Trotzdem ich ihm jetzt meine Bücher habe schicken lassen von Juncker. Ach, die Heimat ist doch das kritischste Kriterium wo man hat.

Würzburg, Sanderring 23, 16. Dez. 1908

Liebe Traudel, ich schreibe Dir, damit Du nicht denkst, wir sind verstimmter, als die Sorgen verstimmen. Freilich sind wir außerdem noch tieftraurig. Meine Schwester Marie starb heute vor acht Tagen. Sie wurde am Sonntag in Jena operiert und starb am Mittwoch. Ich darf nicht daran denken, daß ich sie achtzehn Jahre nicht besucht hatte, und bin sehr erschüttert, daß ich sie nie mehr wiedergesehen habe, geht mir jetzt täglich im Kopf um.

Elise wollte Freitag zur Beerdigung reisen, aber wurde unwohl und blieb. Wir hatten kein Geld, sonst hätte ich sie vielleicht doch noch einen Tag vor der Operation besucht. Ach, es ist schauderhaft, daß der Tod etwas so unwiderrufliches ist.

Wenn die Dielen oder Schränke in der stillen Wohnung um mich knacken, tröstet mich der Gedanke, der freilich etwas naiv sein mag, daß die liebe Marie mich vielleicht stündlich jetzt besuchen kann und daß vielleicht die Toten den Lebenden besser helfen. Denn sie klagte noch am Freitag auf einer Postkarte, daß zu ihrer Jugendzeit ein Gedichtbuch wie ein Gebetbuch heilig gewesen sei, und bedauerte, daß das heute nicht mehr so ist und sie nicht helfen konnte. Das waren die Worte, mit denen sie vor der Operation von Elise, Annie und mir Abschied nahm. Jetzt ist sie schon acht Tage bei den Toten. Wie mystisch ist doch das Ganze; die Hand hält eben noch einen Bleistift, schreibt und erstarrt und zeigt sich nie nie mehr.

Geburt, Liebe und Tod sind doch die allergrößten Kunstwerke

der Welt. Gottlob, daß die drei ewig sind und die Welt dadurch nie banal werden kann.
Verzeih, wenn ich heute über nichts weiter schreiben will und kann.

Verhandlungen mit dem Verlag Cassirer

An seine Frau

Berlin, 20. Juni 1908

Ich bin den ganzen Tag unterwegs. Gestern hat Cassirer schon durch Hollitscher mittag ein Uhr die Weltreise angenommen. Dann war Verabredung auf fünf Uhr. Die *er* versäumte. Ich wartete bis sechs Uhr bei ihm mit Holitscher. Darauf war ich zu heut bestellt. Und ging nicht hin. Sondern ließ mich bitten. Ich gehe heute oder morgen hin, weil es so dumm von ihm war, mich warten zu lassen. Er will es ganz bestimmt. Und bezahlt sicher ungeheuer. Da er die Bilder wie von Gauguin gemalt findet. Gestern abend war ich bei Weiß. Nachmittag beim Maler Orlik, der in Japan war. Frau Weiß gab hübsches Abendessen mit Champagner für Orlik und mich. Schade, allgemeines Bedauern, daß Du nicht dabei warst. Sei nur beruhigt, alles geht glatt hier. Juncker *kauft* die »Lieder der langen Nächte«. Ich war heute früh bei Juncker. Bei Götzes war ich noch nicht.
Viele Grüße an alle!

Berlin, 23. Juni 1908

Liebste, liebste, liebe Mulde, ich bin ganz verzweifelt. Ich habe soviel wie nichts erreicht. Ich habe nur dreitausend Mark. Dreitausend Mark sind so wenig für drei Bände, daß ich ganz tot bin vor Schreck, daß ich so dumm war und unterschrieben habe. Aber ich hatte gar kein Geld mehr. Andere Verleger hätten mich wochenlang vertröstet. Jetzt erscheint der erste Band mit sieben Illustrationen im Oktober.
Ich habe fünf Stunden um die dreitausend gekämpft. Ich telegrafierte Dir fünfhundert vorhin.
Morgen muß ich noch Bloch und Juncker und Bard treffen, heut bin ich ganz kaputt.
Leider komme ich wahrscheinlich erst Donnerstag.

Der Dramatiker und Lyriker Julius Maria Becker berichtet im Jahr 1930 über eine Begegnung, die er als junger Autor im Frühjahr 1909 mit Max Dauthendey in Würzburg hatte

Es war im Frühjahr 1909. Dauthendey lebte in Würzburg, das war zu erreichen. Ich meldete mich an, ich fragte, ob ich kommen dürfe, und außerordentlich herzlich lud er mich ein.

Es war im Haus an der Löwenbrücke (am Sanderring). Das Zimmer, in das man mich führte, war kärglich, absonderlich möbliert. Zwei mächtige Klubsessel standen da. Buddhas, chinesische Nippsachen standen herum. Das Bildnis einer Frau (der Frau des Dichters) hing an der Wand, wenn ich nicht irre, von Slevogt gemalt. Das Fenster stand offen; drüben, jenseits des Mains schwang die großartige Landschaft des Marienberges mit Festung und Käppele vorbei. So stand ich mit Herzklopfen, wartete, erwartete den Dichter.

Endlich trat er ein. Ich hatte vorher niemals ein Bildnis von ihm gesehen. Also: das war er. Nicht groß. Schwarze Haarwelle quer über der Stirn. Schwarzer, geschnittener Schnurrbart. So sah kein deutscher Dichter aus. Eher ein indischer Prinz, ein Maharadscha. Die farbige Exotik mancher seiner Verse wurde mir plötzlich klar. Er war wohl in Würzburg geboren; doch Franken, von ihm wie von keinem geliebt, hatte bestimmt nur wenig Anteil an diesem Typ. Sonnenbräune der Tropen lag auf seiner Stirn.

Wir setzten uns hin, wir sprachen, wir tranken echten Würzburger Wein. Dauthendey, 20 Jahre älter als ich, damals schon durchgedrungen und als Lyriker neben Dehmel, Liliencron, Mombert, George in vorderster Phalanx, nahm mich, als sei ich schon seinesgleichen. Nichts von gnädiger Herablassungsgebärde, nichts von Pose. Ich sah nur: ein echter, ehrlicher, liebenswürdiger, feiner vornehmer Mensch. Er war erst unlängst nach Hause gekommen. Er hatte die ganze Welt durchquert: Deutschland, Frankreich, Amerika, Japan, China, Indien, Persien. Er holte einen Stoß von Zeichnungen herbei, sämtlich auf Glasscheiben geklebt: Skizzen von einer Buntheit, Wildheit der hingehauenen Linien, daß ich erschrak. Hier war das Leben der Straßen von Bombay, das Gastmahl äsender Geier auf persischen Totenmauern. Hier war in brutaler Genialität der spätere

Expressionismus vorweggenommen, und Dauthendey, der Neuschöpfer und kühne Eroberer des Worts, stand plötzlich mit ebenso kühner Leistung als Maler vor mir da.
Er zeigte mir die köstliche Frucht seiner Reise: das große Gedichtwerk »Die geflügelte Erde«, den breithinwallenden Gedichtstrom von unerhörter Farbenpracht, die Symphonie von neuartiger Orchestrierung, den rhapsodischen Baedeker von prunkender Wortpracht, unerschöpflicher Wortekstase. Ich hatte das Exemplar in Schreibmaschinenschrift in Händen und las darin. Noch ehe die Welt davon wußte. Und fühlte das Neue, das Wagnis, den Vorstoß in unbetretenes Land . . .
»Ich stehe mit leeren Händen da. Das Geld ist vertan. Allein als Künstler glaub ich gerettet zu sein. Ich kann wieder schaffen. Ich kann aus dem Vollen schöpfen!« Und Dauthendeys Vabanque-Spiel trug ihm den doppelten Gewinn: mit den fünf Erdteilen und sieben Meeren hatte er gleichzeitig die Heimat erobert. Erst in der Ferne ging ihm ihr Glanz, ihr tiefer, beseligender Zauber auf. Der Heimgekehrte, der Globetrotter, der Weltreisende wird nun zum Dichter der Heimat, wird Frankens lyrische, empfindungsseligste Stimme, wird seiner Landschaft süßeste, magische Schalmei.

»Lusamgärtlein« – Geldsorgen

An Frau Holm

Würzburg, 18. Mai 1909

Dein Brief war zum Weinen schön, und Annie hat geheult, als ich ihn ihr vorlas. Es tut sehr wohl, wenn meine Gedichte Euch und andern wohltun. Ich fühle mich aber wahrhaftig gar nicht stolz dabei, sondern nur sehr angenehm feierlich, wenn ich so gründlich gelobt werde, wie Du mein »Lusamgärtlein« feiertest.
Aber gründlich grau wurde mir gestern zumute, als ich Annie bei ihren herzlichen Schlechtigkeiten ertappte und sie mir eingestehen mußte, daß sie nicht nur B., sondern auch Dich für unsern Geldbedarf in Bewegung gesetzt hat. Ich war außer mir und schimpfte und stampfte wie eine Tretmühle durch die Zimmer. Ich bitte Dich ein für allemal, nie mehr darauf zu hören, wenn Annie einen Notseufzer schriftlich sendet. Ich bin noch ganz blau vor Ärger, daß B. für mich »sammeln« geht. Er meint es natürlich freundlich; aber das ist nicht zu ertragen, von Leuten,

denen ich nicht einmal »Danke schön« sagen kann, weil mir's zwischen den Zähnen steckenbleibt, hundert Mark anzunehmen. Weiß Gott, ich verhungere lieber, als daß ich eine solche unheimliche peinliche Sammelei über mich ergehen lasse.
Ich habe ja Geld von Juncker zu bekommen; aber Annie war so nervös durch ein paar meiner niedergeschlagenen Tage, daß sie ganz aus dem Häuschen geriet und das Schlimmste, was sie tun konnte, tat, da sie an Dich und B. schrieb, die Ihr doch Euere eigenen Häuser voll Sorgen bis unters Dach habt.
Und gestern ging sie wie eine Ziege, der die Milch ausbleibt, mißmutig im Nachmittag herum und log, es sei das Gewitter über der Festung, das ihr die Nase platt drückte, und endlich rutscht ihr Dein Telegramm über Fräulein B. aus der Tasche. Und dann habe *ich* statt des Gewitters angefangen zu donnern. Annie konnte etwas Geduld haben und auf Juncker warten. Aber dann meint sie immer, sie hilft schneller, wenn sie Briefe schreibt, die nur für alle Teile ungemütlichen Lärm machen.
Heute nachmittag kommen Annies Schwester Ellen und ihr Mann für ein paar Tage aus Wiesbaden herüber. Bis Pfingsten sitzen wir reich im Gold, hoffe ich, und wir freuen uns schon täglich auf die großen Spargelessen und Maibowlen mit Euch. Wir erwarten Euch *bestimmt*.

An Gertrud Rostosky

Würzburg, ›Neue Welt‹, 26. Juli 1909

Denke Dir, die Lagerlöf schrieb vier Seiten und erzählt, daß sie ihr Vaterhaus zurückgekauft hat und daß sie nur ihren guten Willen für meine Gedichte zeigen kann, und sandte fünfzig Mark. Es war immerhin sehr rührend, und wir haben beinahe alle im Gartenhaus, wo's keiner hört, en-gros geweint. Jetzt konnten wir wenigstens den Wäschemann, der am Samstag abend uns so verdächtig auf der Neuen Welt besuchte, bezahlen und den Annatag etwas würdig feiern.
Heute nacht hatten wir zu meinem Geburtstagsschluß »Riesenfeuerwerk«, zehn Gewitter zugleich, es war wie bei Likse und Panulla in Singapore. Wir wurden alle im Feuer gebadet, und an Wasser fehlte es auch nicht, und die Neue Welt wackelte unterm Donner. Ich dachte immer es muß für mich und Liliencron ein Böllerschießen bei Petrus sein, ich Geburtstag – er Himmelstageingang. Dein Geburtstagsbrief war wieder eine Glanznummer!

Bemühungen bei Cassirer und Max Reinhardt

An seine Frau

Würzburg, den 5. Dezember 1909

Cassirer *muß* Vorschuß geben. Gehe doch und sprich mit ihm, er hat doch keinen Grund, ein so großes Werk nur mit dreitausend zu honorieren, wenn Langens Verlag hundertfünfzig Seiten Novellen mit tausend Mark honoriert und sein Buch siebenmal so dick und viel wertvoller ist. Das muß Cassirer einsehen.
Ach, was wollen wir tun, wenn Du nichts erreichst, ich verstehe Cassirer und R. nicht. Man kann doch nicht mitten im Christentum verhungern vor lauter Prinzipien. Ängstige Dich nicht um mich! Ich bin nicht ungeduldig und warte gern, wenn Du Hoffnungen hast. Vielleicht ist es aber besser, Du kommst zurück und ich reise nach Berlin.

Berlin, Freitag, 28. Januar 1910

Liebe Frau, Muldele liebes,

Reinhardt ist heute, Freitag, eben von der Reise zurück. Es wäre also nicht an eine Antwort zu denken, erst nächsten Mittwoch, und dann würde es auch kein »Ja« und kein »Nein« wahrscheinlich, denn Reinhardt wälzt alles erst lange in seinem Gehirn, bis er sich entscheidet. Auf jeden Fall würde mir Kahane Mittwoch nach München telegrafieren. Und für den Fall, daß ich Vorschuß wolle, würde er es bei Bloch arrangieren. Aber mehr als allerhöchstens tausend Mark gebe Bloch nie.
Ich sage Dir, ich bin immer so sprachlos, daß ich in einen Abgrund von Wut versinke, so daß ich dieser Wut keinen Ausdruck geben kann, denn dann würde man mich sofort hinauswerfen. Ich grinse also immer zu allem, was man mir sagt, wie ein Japaner, der grinsend Harakiri macht.
Was ich antworte, ist dann immer so maßlos sanft und bleich erstaunend, wie wenn einer auf dem Totenbett alles über sich sanft ergehen lassen muß, weil kein Sträuben hilft.
Ich will bis nächsten Mittwoch *hier* warten, sagte ich zu Kahane, da ich mit Bloch selbst reden muß.

Augenblicklich weiß ich aber gar nichts. Es ist erst eine Stunde her, daß ich im Deutschen Theater war.
Ich verstehe mich auf gar nichts.
Denke Dir, der »König Dagobert«, der so ausgezeichnet ist, wird schon nach zwei Vorstellungen vom Spielplan abgesetzt, sagte heute Kahane. Ich war sprachlos. Ja, dann kann ich mir von der »Kaiserin« kein besseres Schicksal versprechen.
Eigentlich, wenn ich annehme, daß ich Geld hätte und keine Not, wäre es ja eine Kleinigkeit und sind sechs Wochen, die ich hier gewartet habe, verhältnismäßig nicht viel! Ich bin immer näher und näher gekommen. Bei anderen geht es auch mitten in der Saison nicht schneller. Aber unter unserer Armut verzerrt sich alles ins gigantisch Unangenehme, was an und für sich nicht so gigantisch, sondern einfach geschäftlich notwendig ist, da alles seine Zeit haben muß.
Ich habe das Gefühl, daß man die »Kaiserin« nicht aufführt. Weil man glaubt, mein Name gelte bei der Zeitungskritik als verrückt. Und da »König Dagobert« und »Der natürliche Vater« alle schlechte Kritiken hatten und Kahane immer betont, die Zeitungen seien alle gegen Reinhardt, so wird er mich erst recht nicht aufzuführen wagen. Kahane behauptet fortwährend, daß die »Kaiserin« ein großes Experiment sei.
Ich habe das Gefühl: nur bei Modenamen, da wagt man noch eine Premiere.
Ich sage: »Wie muß es erst den Leuten gehen, die literarisch ganz unbekannt sind; wie müssen die warten.«
»Denen geht es ebenso wie Ihnen«, sagte Kahane, »alle müssen gleich lange warten.«
Wenn ich kein Lyriker wäre, hätte ich die Zeit benützt und hier bei Keller und Reiner Vorlesungen veranstaltet. Aber ich bin so sehr Stimmungsmensch und ein so dummer Schwachhals. Meine Stimme würde vor Tränen ersticken, wenn ich diesem Großstadtpublikum meine Gedichte jetzt mitten in der Not lesen müßte.
Und überhaupt, mehr als eine Sache kann ich nicht ins Hirn nehmen. Ich wollte in diesen Wochen nur an Dramatik denken, und ich tat es wahrhaftig. Ich habe mehr Theater besucht als in meinen dreiundvierzig Lebensjahren zusammen. Ich bin ganz theaterverstopft.
Ich ging wie ein Betrunkener herum, als ich vorhin von Kahane kam. Ich hätte Dir am liebsten gleich telefoniert. Aber ich

hätte nur laut ins Telefon hineinweinen können, ich war ganz wirr vor Enttäuschung und Ohnmacht und Wut.
Ich sitze immer wie ein bestrafter Schüler vor all diesen unerhörten Antworten, die mir von Kahane ohne jede Entschuldigung im ruhigsten Ton der Welt gesagt werden. Ich bin immer so baff, es ist so meiner Natur entgegengesetzt, daß ich immer glaube, ich höre schlecht oder mißverstehe Kahane. Ach, es ist zum Sterben traurig. Oft wenn ich im Café einsam sitze, steigen mir die Tränen in die Augen, und ich muß fortgehen, daß es die Leute nicht merken, wie unglücklich enttäuscht ich bin.

Berlin, Café Bauer
Montag, 7. Februar 1910

Muldenschatz, es war gestern bei Fischers eine riesige Gesellschaft, lauter Kunstriesen, fünfundfünfzig Personen. Natürlich auch Cassirer mit seiner Geliebten, der Durieux. Er bat mich feierlich um Verzeihung und bat, ich möchte zu ihm kommen, er sei jetzt nicht mehr nervös, er wolle »in Ruhe« alles mit mir besprechen. – Bei Tisch saßen wir an sieben großen runden Tischen. Ich am Tisch der Frau Fischer, sie saß zwischen Rilke und mir. Neben mir Frau von Hofmannsthal und Brahm und Gabriele Reuter, die berühmte weißhaarige Schriftstellerin. Brahm lobte mich, wie jung ich geblieben sei, er habe mich im Anfang der neunziger Jahre gesehen, ich hätte mich nicht verändert. Frau Gabriele Reuter fragte mich, ob ich ein Verwandter von dem Dichter Dauthendey sei; denn der dichte doch schon so lange, ich könne das unmöglich sein! Frau von Hofmannsthal war eisig zu mir. Sie erinnerte mich an die Lady Macbeth von Shakespeare.
Weiß und Frau, Heimann und Frau, Meier-Graefe und Frau, Kellermann mit Geliebter, Corinth mit Frau, Robert Walser, natürlich Hofmannsthal und eine Unmenge andere, auch Rilkes waren da. Alles war im Frack. Und die Damen tief dekolletiert in herrlichen Empiretoiletten, mit fleischfarbenen Seidenstrümpfen bis an die Hüften; Frau Meier-Graefe und Frau Hofmannsthal tanzten mit bis über die Oberschenkel hochgerafften Kleidern, es sah sehr graziös und trotz der Fleischfarbe gar nicht herausfordernd aus. Wir waren bis zwei Uhr dort, und die meisten waren dann im Café des Westens noch bis vier Uhr beisammen. Es wurde ausschließlich fortwährend getanzt. Nur die Ly-

riker, Hofmannsthal, Rilke und ich, tanzten keinen Schritt, dafür die Maler Corinth und Orlik und Weiß um so mehr.
Ich kam nicht viel dazu, mit Brahm zu sprechen, hörte aber von Frau Hirschfeld, die auch da war und die sehr freundlich und auf mich diesmal sehr wohltuend süddeutsch wirkte, daß ich sofort heute Brahm einen Brief schreiben müsse, sonst sei er Mittwoch abgereist und er lese nie ein Drama, wenn er nicht darum gebeten würde. Sonst liest es nur sein Lektor.
Ich habe vorher einen Dienstmann mit Brief zu Brahm geschickt und getan, wie mir Frau Hirschfeld geraten hat. Frau Hirschfeld ist heute nach Wien zu ihrem Mann gereist, der eine Premiere am Burgtheater hat.
Hofmannsthal habe ich nur bei der Vorstellung die Hand gegeben, aber wir haben uns in den fünf Salons den ganzen Abend instinktiv gegenseitig voreinander versteckt.

Gedichte und Novellen im Verlag Albert Langen

An Korfiz Holm

München, 5. April 1910

Lieber Korfiz,

ich hätte Dich längst besucht, um die Ausstattung von »Weltspuk« zu besprechen, aber ich muß leider die Zahngeschwulst noch mit Hitze behandeln und sitze im Stubenarrest und kann nur im Wagen zum Arzt hin- und zurückfahren.
Vielleicht findest Du morgen Zeit zu kommen; ich sende Dir mit diesem Brief die andere Hälfte der Geschichte: »Die Segelboote im Abend von Yabase heimkehren sehen«*. Ich hoffe, sie gefällt Dir, wenn Du den Schluß liest. Sie verherrlicht für mich den japanischen Frauengehorsam.

In Italien

An Annie und Korfiz Holm

Malcesine, 25. August 1910

Liebe Annie und lieber Korfiz, ich habe heute früh einen Segelbootausflug von Torbole nach Malcesine gemacht, bekam Sturm

* »Die acht Gesichter am Biwasee«.

unterwegs und sitze jetzt vom Gewitter eingeregnet im Hotel in Malcesine.

Ich benütze die Nachmittagzeit, um an Euch zu schreiben.

Ich bin Euch sehr dankbar für alle guten Ratschläge, ich bin aber noch nicht entschlossen, ob ich hier in Malcesine oder in Torbole bleiben soll. Torbole ist sehr voll von Touristen, lauter Wienern und anderen Österreichern, an dreihundert Personen bei der *Table d'hôte*. Die Terrassen des Hotels von Schwingshackl dort, bei dem ich wohne, sind sechsfach ausgebaut, es ist alles besetzt, teils von Touristen, teils von Pensionären. Aber hier in Malcesine ist es besser, kaum zwanzig Menschen als Gäste. Die Schreibfeder ist gräßlich italienisch und will gar nicht gehorchen.

Es scheint mir ganz unmöglich, daß ich mich entscheiden kann, ehe Annie kommt.

Hier kostet die Pension sieben Kronen, in Torbole acht Kronen.

Es ist sehr teuer für uns arme deutsche Dichtersehegatten.

Ich las gestern in der »Freien Presse«, daß heutzutage jeder bessere Dichter seine Villa und sein Scheckbuch habe, ich gehöre demnach noch lange nicht unter die besseren.

Eigentlich möchte ich jetzt ein ganzes Jahr wenigstens in Italien bleiben, ich fühle, daß sich mein ganzer Atemgang erholt, das heißt, ich fühle mich trotz den Sorgen in dieser selbstverständlich warmen Luft seit vierundzwanzig Stunden sorgloser und phantasievoller. Ich glaube den Roman, den ich vorhabe, hier schnell schreiben zu können, sobald nur meine rothaarige Wilde wieder bei mir ist. Ohne sie bin ich immer eine einsame Null. Es ist mal so, ich wundere mich immer wieder. Es geht übrigens Korfiz ebenso, darum geniere ich mich nicht, es Euch zu gestehen.

Ich werde besonders geschwätzig, wenn es donnert. Und geniere mich eigentlich doch.

Ich finde es im Grunde schöner in Eurem Garten bei der Akazienallee als in Italien, wenn der Garten mein wäre und ich keine Sorgen in den Garten pflanzen müßte, wie das bei mir immer der Fall ist, wofür ich aber nichts kann.

Der rote Wein hier ist jetzt, wo ich unbeweibt leben muß, mein großer Trost.

Das freut mich vor allem, daß dieser rote Zuhälter der Annie gut bekommen wird. Er verwandelt die Fischmägen von Koster in warmblütige Fleischmägen. Es donnert unausgesetzt.

Der See ist trüb wie eine Zitronenlimonade, und das andere Ufer ist in den Himmel gefahren; die paar Leute um mich legen

Patience und spielen Mühle. Ihr könnt Euch denken, wie ich mich fühle! Wenn ich nur wüßte, ob Annie schon abgereist ist! Vielleicht gibst Du, lieber Korfiz, ihr die Korrekturen mit.

An den Verlag Albert Langen

Limone, 3. Oktober 1910

Sehr geehrte Herren,

ich danke Ihnen bestens für die ausgezeichnete Klarlegung der Junckerschen Angelegenheiten, betreffend den Ankauf meiner Bücher durch den Verlag A. Langen.
Ich bin mit allen Punkten Ihres Briefes einverstanden. Ich verzichte also (wenn der Verlag Langen den Büchervorrat, den Axel Juncker in seinem Brief angab, für 4000 Mark samt dem Verlagsrecht von A. J. aufkauft) auf jedes Honorar für diesen Büchervorrat von seiten des A. Langenschen Verlages. Und erwarte erst eine Honorierung bei jeder nächsten Auflage eines jeden der gekauften fünf Bücher. (20%, wie Sie schreiben).
Wie hoch aber die Summe, die Axel Juncker erhalten soll, über die beabsichtigten 500 Mark, die der Verlag Langen zahlen will (für Verlagsrecht), steigen darf, wenn A. J. nicht mit 500 Mark zufrieden sein sollte, das möchte ich dem Verlag überlassen. Ich zahle, wie Sie mir vorschlugen, den Mehrbetrag; möchte natürlich, daß nicht unmöglich hohe Summen von Juncker gefordert werden, und möchte zugleich, daß der Ankauf des Verlagsrechts nicht an der Geldfrage scheitert ...
Wäre es nicht möglich, eine Anmeldung von Weltspuk, Spielereien der Kaiserin und der geflügelten Erde bei einer nächsten Neuauflage von Lingam im Buch anzuheften oder anzudrucken?
Ich möchte sehr gern, daß am Schluß der »Geflügelten Erde« ein Inhaltsverzeichnis aller Titel der betreffenden Gedichtabschnitte des Liedes angefügt wird. Weiß aber nicht, ob ich dies dem Drucker senden soll oder ob das die Druckerei von selbst besorgen kann. Bei meinen früheren Lyrikbüchern besorgte das die Druckerei ...
Ich danke ebenfalls bestens für die Nachrichten über den Bühnenvertrieb der »Spielereien einer Kaiserin«. Ich glaube, es ist vielleicht am besten, wenn ich einige Zeilen an Barnowsky schreibe und ihm erkläre, daß die Dekoration nur mit Rücksicht

auf Reinhardt damals so ausführlich auffallend bei jedem Akt beschrieben und betont worden ist; und daß der Dialog des Stückes so lebhaft ist, daß er beinah auf einer leeren »Shakespearebühne« am wirkungsvollsten ist und fast keiner Dekoration bedarf; denn ich bin fest überzeugt, daß das Stück auf jeder jämmerlichen Provinzbühne ebensogut wirkt wie mit kostbarster Ausstattung, die gar nichts im eigentlichen Sinne zur Handlung beiträgt. –

Da ich nun glaube, daß die Angelegenheit betreffs des Bücherankaufs sich so ordnet, daß der Verlag A. Langen alle meine alten Bücher und die neuen verlegen wird, so wie Sie mir im Brief schrieben, d. h. natürlich wenn Ihnen die nächsten ebenso angenehm sein werden wie die früheren, so möchte ich heute endlich dem Verlag einen Plan unterbreiten, der mir seit Wochen keine Ruhe läßt und den ich erst nach dem 5. Oktober, dem Gerichtstermin, zur Besprechung bringen wollte, den ich aber nun ausspreche, da der Termin verschoben wird und weil Junkkers Brief die Sachlage etwas geändert hat und mir eine Besprechung ermöglicht.

Dem Verlag ist bekannt, daß ich einen Roman »Europa« zu schreiben beabsichtige. Ich möchte diesen Roman aber als einen großzügigen Abenteurerroman (in der Art von Grimmelshausens Simplicius Simplicissimus) abfassen und nicht nur trocken in Europa »Europa« schildern mit großen Schicksalen, sondern ich möchte ein Buch schreiben, worin ich Europa den außerhalb Europas Lebenden darstelle; zu diesem Zweck möchte ich noch im Lauf dieses Monats nach Abessinien reisen, eine Reise von zwei bis drei Monaten, und vielleicht, wenn es mir möglich gemacht wird, danach deutsche afrikanische oder asiatische Kolonien aufsuchen. Vorläufig aber ist es mir nur darum zu tun, Abessinien zu besuchen und, wenn möglich, dort durch deutsche Ärzte oder Konsuln mit dem abessinischen Kaiserhof in Berührung zu kommen.

Entschuldigen Sie mich, wenn ich weitläufig wurde. Wollen Sie mir bitte baldige Antwort geben, ob Sie den Vorschuß bewilligen können. Es geht am 17. Oktober von Genua ein Schiff, das ich gern nehmen möchte.

Mit vorzüglicher Hochachtung

Max Dauthendey

An seine Frau

München, den 19. Oktober!!!!!! 1910

Liebes Herzl, weiches, warmes und gutgutes; daß ich heute an dem schönsten Welttag nicht bei Dir bin, müßte eigentlich eine Sonnenfinsternis zur Folge haben. Aber der Himmel will uns per Sonne wenigstens über den Köpfen blau und unendlich vereinen und hat eine große goldene Sonne heute wie eine chinesische Kaiserfahne über das Hotel Herzog Heinrich und natürlich erst recht in Florenz über die Pension Barbensi aufgehängt. In den Armen der Sonne müssen wir uns heute Schritt auf Schritt nachfühlen. Das große goldene Sonnenkissen ist aber noch niemals, so wie Du, enthusiastisch lieb zu mir gewesen. Bleibe also länger für mich als die Sonne und als alle Sonnensysteme im Weltraum leben, Muldeweib, das ist mein Wunsch durch alle Leben, die noch kommen sollen (natürlich nur, wennste es nicht zu langweilig findest, auf Billionen mal Billionen Lebenszeiten immer nur vom Herrlein angedichtet zu werden).

Also, gestern hätte ich Dir nicht so ausgiebig gratulieren können mit verständigen Wünschen, ich las nämlich hier im Hotelschreibzimmer zwischen Reisenden und kommen- und gehenden Leuten von morgens bis spätnachmittags die letzten beiden Korrekturbogen.

Und gerade um sechs Uhr abends, als Deine Geburtstags-Vorabendfeier anfing, schloß die *Geflügelte-Erden-Korrektur*, und das Buch, das am 14. Juli 1907 in Würzburg anfing, erhielt seinen letzten Arbeitsstrich am 18. Oktober 1910, gerade zu *Deinem Geburtstag* fertig, das gefiel mir sehr, ich freute mich gestern den ganzen Abend darüber. Ich lege es Dir also heute fertig ans Herz, und Du wirst hoffentlich auch so aufatmen, wie ich es heute tue.

Die »Spielereien einer Kaiserin« hast Du bekommen? Korfiz sagt, sie sind abgeschickt. Er gab mir drei Exemplare. Das Hoftheater (Steinrück) liest es eben, und der Verlag hat kategorisch gefordert, daß bis morgen Donnerstag Antwort, ja oder nein, da sein soll.

Gestern konnte ich vor Korrektur nicht schreiben, aber ich telegrafierte morgens fünf Uhr auf dem Heimweg von Etzels.

An seine Frau

Berlin, Grand Hotel Excelsior
27. September 1911

Liebes Dauthendeyle, ich komme eben von der Probe. Es ist halb vier Uhr. Seit halb elf Uhr saß ich im »Theater an der Königgrätzer Straße«.
Die Durieux ist sehr nett. Der Schauspieler für die Rolle des Menschikoff ist ganz ausgezeichnet. Ein junger schlanker Mensch. Die Sascha ist auch sehr gelungen. Die Dekorationen sind gediegen und prächtig.
An allen Straßenecken ist Dein Eheherr schon mit seinem Namen angeschlagen. »Die Spielereien einer Kaiserin« ist überall an den Säulen groß gedruckt.
Ich bin etwas hungrig jetzt. Habe nur Kaffee getrunken, seitdem noch nichts als zwei weiche Eier, und stürze mich jetzt aufs Mittagessen.
Die Durieux lud mich zu morgen sieben Uhr abends zum Mittagessen ein.
Ich bin so froh, daß alles richtig klappt. Aber aufregend war die Probe heute, davon machst Du Dir keinen Begriff. Ich tanzte wie ein Aff' vom Parkett auf die Bühne und hin und her und sagte alles, was mir nicht gefiel, und mimte es vor.
Aber im großen und ganzen war alles schon vollkommen.
Die Lea gefiel der Durieux sehr in der »Menagerie Krummholz«. »Maja« hat sie noch nicht erhalten. Der Drache Grauli, findet sie, wäre ein Operntext für Richard Strauß. Ich war ganz baff. Sie fände es großartig mit Musik. Das ist originell!

Berlin, 28. September 1911

Also gelt, Du reist morgen früh zehn Uhr, wenn Du aber abgehetzt bist, dann erst um ein Uhr, und telegrafierst bei der Abreise, oder unterwegs gibst Du dem Schaffner Telegramm und Trinkgeld.
Heute gebe ich Bernauer und der Durieux die andern Dramen. Es wird der Epilog als Fünf-Minuten-Schlußbild doch gespielt. Aber nur, damit es einen gigantischen Tableau-Abschluß bekommt. Das goldene Bett ist riesig und enorm goldig. Sie machen alles gut. Natürlich könnte man es noch immenser ausstat-

ten. Aber vorläufig bin ich sehr zufrieden. Die Zeit wird allmählich dabei helfen, daß man die Ausstattung *bereichert* und zugleich *vereinfacht*.

Ich trage mein Haar jetzt ohne Scheitel, zurückgekämmt, sollst also nicht baff sein. Es steht mir besser, und ich fühle mich ohne Scheitel freier, so wie die Chinesen, die es auch zurückstreichen aus der Stirn. Ich habe ja gar nichts zu tun gehabt gestern, als mich mit mir zu unterhalten; als die Proben aus waren, war ich bis zur Nacht allein und betrachtete Schaufenster und freute mich, viele Leute um mich in den Straßen zu sehen, und hörte gern Dialekte. Um elf Uhr ging ich schlafen. Und schlief famos, da ich Dein Telegramm bekommen hatte. Wenn ich nur das leiseste Lebenszeichen von Dir bekomme, fühle ich mich durch und durch gesund.

Heute gehe ich zur Durieux zu Tisch und freue mich, mit Cassirer zu plaudern. Er ist doch zu amüsant und intelligent. Sie hat keine schlechte Wahl getroffen, er ist reich und klug und lebenswitzig, das ist sehr viel.

Jetzt habe ich ein wenig mit Dir geschwätzt und laufe jetzt per Trambahn zum Theater, für fünf Minuten Probe!

Das ist aber gar nicht anstrengend, weil es so unterhaltend dabei ist und man Menschen studieren kann dabei, wie nirgends.

Dein Herrle

Hamburg, 20. Oktober 1911
am Morgen nach dem Erfolg!

Liebe Geburtstagsheldin, die so tapfer allein geblieben ist! Bis halb drei Uhr saß ich mit Frau Frank-Witt und ihrem Mann und Hagemann, dem Direktor des Schauspielhauses, und seiner Frau und noch einer alten Dame zusammen. Sehr einfach bei Moselwein und Beefsteak. Wir waren alle in schönster Erfolgstimmung. Das Haus klatschte von Anfang und ließ nicht nach bis zum Schluß, trotzdem das Theater bis zwölf Uhr dauerte. Ich wurde vom zweiten Akt an mit allen Schauspielern immer hervorgeholt. Und der Regisseur Flashar schob mich unausgesetzt auf die Bühne zur Frank-Witt. Ach, sie spielt wirklich wundervoll warm und macht ein liebendes Weib und keine kalte Dame. Sie sieht schön üppig aus, und das Publikum liebt sie sehr und betrachtet sie warm, und das tut so viel für das lange Stück.

Du kannst mir glauben, daß wir sicher vom Schicksal dafür

belohnt wurden, daß wir uns bei Deinem Geburtstag die Trennung auferlegten. Der »Hamburger Correspondent« wurde mir heute morgen um acht Uhr gleich von Villinger ins Schlafzimmer gebracht. Er sagt durchgehend Gutes, nicht einen Hauch von Tadel. Er lobt alles, Spiel, Dichter und Dichtung. Es ist eine der besten Zeitungen hier. Jetzt bin ich neugierig auf die andern Zeitungen.
Die Frank-Witt wird wahrscheinlich die Kaiserin auch in Stuttgart spielen und bat mich gestern so sehr, daß sie es auch in Wien spielen darf.
Ich bin nur unzufrieden, daß *Du* sie noch nicht gesehen hast, und gerade – an Deinem Geburtstag nicht! Das war so grausam für uns beide. Frau Frank-Witt möchte so gerne auch vor Dir die Kaiserin spielen, sagte sie heute nacht im Restaurant. Sie hat schon eine sechzehnjährige Tochter. Sie selbst ist aus einer Schauspielerfamilie zwischen St. Franzisko und St. Petersburg auf der Reise geboren worden.
Alle sagen mir, daß der Kassenerfolg der Kaiserin in Berlin jetzt täglich steigt. Alle sind von allem orientiert hier.
Villingers und Frau Frank-Witt möchten, daß ich bis Sonntag hier bleibe.
»Die Kaiserin« wird Sonntag wieder gespielt. Weil Caruso hier ist, konnte sie Freitag und Samstag nicht gespielt werden, glaube ich. Aber ich glaube überhaupt, daß die Sitte des täglichen Spielens von einem Stück, wie in Berlin, hier gar nicht besteht. Weil die Theater Abonnementspublikum haben, das Abwechslung verlangt, was natürlich ist. Das Theater ist sehr groß. Es war vollständig ausverkauft gestern. Ich selbst bekam nur noch für Villingers zwei Plätze, keinen für mich. Stand hinter den Kulissen. Jetzt will Frau Villinger mit mir zu Hagenbeck nach Stellingen fahren. Müde bin ich gar nicht. Freude macht nicht müde.

Schulden und Sorgen

An Richard Dehmel

Würzburg, 27. November 1912

Lieber Richard,

Deine Postkarte tat mir recht wohl, besonders in meiner jetzigen Verfassung. Sollte man es für möglich halten, daß ich, trotzdem meine Arbeiten Anerkennung finden, immer wieder betteln gehen muß und keine Mittel zum Leben habe. Da ich unendliche Schulden aus meinen Reisejahren abzuzahlen hatte, wurde mir sofort das genommen, was ich im Vorjahr vom Theater verdiente. Der Verlag schoß mir auch ein paar Tausend zum Bau eines kleinen Waldhauses vor, damit ich ein kleines Heim haben könnte, aber das Häuschen wird wahrscheinlich niemals mein, da ich es nicht fertigbezahlen kann.

Solang ich denken kann, geht es mir schlecht, und ich habe mich, seit ich mein Vaterhaus verließ, mehr als zwanzig Jahre mühselig durchschlagen müssen und besitze heute noch nichts als Schulden und Sorgen in Unendlichkeit. Ich wußte und weiß fast nie, wie ich von einem Monat zum andern Monat leben soll. Alle Einkünfte vom Verlag verschwinden für Schulden und Rechnungen. Selbst bei Wohnung und Essen muß ich heute noch von Kredit leben, das ist mir eine ewige, unendliche Qúal.

Mein Hirn ist, nachdem ich in den letzten sechs Jahren fünfzehn Bücher geschrieben und herausgegeben habe, nicht arbeits-, aber sorgenmüde.

Ich möchte Dich bitten, bei der Schillerstiftung für mich zu sprechen, wenn es Dir möglich scheint, daß mir dadurch eine Hilfe (und wenn es nur *eine einmalige* Summe von einigen tausend Mark wäre) kommen kann.

HEIMATLICHE TRÄUME

Das Waldhaus bei Würzburg

Korfiz Holm erzählt in seinem Buch »Farbiger Abglanz«

Im Herbst des Jahres 1911 trafen Freund Max und ich uns ausnahmsweise in Berlin. Das kurz vorher verkrachte »Hebbeltheater« dort wurde unter einer neuen Leitung als »Theater an der Königgrätzerstraße« mit der ersten öffentlichen Aufführung von Dauthendeys Versdrama »Spielereien einer Kaiserin« wieder in Gang gebracht. Acht Tage später folgte an der gleichen Bühne mein Lustspiel »Hundstage«. Das Publikum erwies den beiden Stücken recht viel Freundlichkeit, auch die Kritik verriß sie nicht zu sehr. Richtige Kassenschlager wurden sie freilich nicht, doch füllten sie, abwechselnd gegeben, durch fast drei Monate das Haus zwar niemals ganz, hingegen immer so, daß das Theater auf die Kosten kam. Das Dauthendeysche Stück erzielte sogar langsam wachsende Besucherziffern. Dann aber, mit der dritten Premiere der neuen Direktion, brach plötzlich so etwas wie eine Christenverfolgung über uns herein: Rößlers »Fünf Frankfurter« entfesselten derartige Beifallsstürme, daß Hunderte von ausverkauften Häusern darauf folgen mußten; und damit waren unsere weniger »tüchtigen« Stücke abgesetzt und – blieben es.

Ein Trost im Unglück war es für Max Dauthendey, daß die Berliner Aufführung mehrere große Bühnen – ich habe Hamburg, München, Wien und Leipzig im Gedächtnis – veranlaßte, sein Drama ebenfalls zu spielen, wogegen kleinere Theater an den Ausstattungskosten Anstoß nahmen. Immerhin hat er damals durch seine »Spielereien« ein paar recht hübsche Monatseinkünfte gehabt, was freilich keine ganz reine Freude für ihn war. Er jammerte mir öfters brieflich vor, daß alle seine Gläubiger mit einem Schlag verrückt geworden wären und ihn auf Grund dieses ihn selbst doch schwer enttäuschenden Erfolgs für einen Millionär zu halten schienen. Jeder Idiot verlangte plötzlich Geld von ihm. Da das durchaus glaubwürdig klang und wir von ihm nicht auch für irrsinnig gehalten werden wollten, zahlte ihm der Verlag, obgleich er bei ihm hoch im Vorschuß stand, die ganzen Bühnentantiemen aus – sah er doch ein, daß hier noch mancher Not zu steuern war.

Und so geschah es denn, daß einmal um die Monatsmitte – es dürfte im April des Jahres 1912 gewesen sein – Max Dauthendey an einem Samstag neunhundert Mark von uns geschickt bekam. Sie gleich zum Schuldenzahlen zu verwenden, spürte er keinen Drang – dafür blieb Montag ja noch Zeit genug. Es reizte ihn, sich dieses Wochenende über mit den neun blauen Scheinen in der Tasche richtig wohlhabend zu fühlen; und keine Ahnung flüsterte ihm zu, daß er mit diesem Entschluß zu diesem harmlosen Vergnügen vielleicht den ersten Schritt zum Verhängnis tat.

Das Wetter billigte sein Vorhaben ersichtlich: der nächste Morgen zog bei strahlend blauem Himmel frühlingswarm herauf. Deshalb beschloß der Dichter, mit seiner Frau eine Fußwanderung in die Umgebung Würzburgs anzutreten. Sie überquerten auf der neuen Brücke den Main, stiegen gemächlich den Leutfresserweg hinan und wendeten sich, auf der Höhe angelangt, nach Süden in den Guttenberger Wald. Max Dauthendey, den grade seine Erinnerungsbücher stark beschäftigten, fühlte sich dadurch seiner Heimat inniger verbunden und träumte lebhafter als je von einem Leben auf der eigenen Scholle. Der von tief ausgefahrnen Gleisen zerrissene Weg, den sie beschritten hatten, führte sie nach einiger Zeit auf eine Lichtung. Rechts von dem Sträßchen stieg ein locker mit jungen Obstbäumen besetzter Grashang leise an, links ging es jäh in eine Schlucht hinunter, aus der sich dicht gedrängt die Wipfel alter Bäume hoben.

Entzückt von diesem Landschaftsbild, sagte Max Dauthendey zu seiner Frau: »Also, sich hier ein Häuschen hinzubaun . . .! Wenn man das kaufen könnte – wunderbar!«

»Kaufen kann man das schon!« erklang die Stimme eines Bauern, der plötzlich aus dem Waldesschatten trat.

»Gehört das Ihnen?« rief der Dichter und umschrieb mit ausgestrecktem Arm den grünen Fleck.

»Freilich, gehört schon mein.«

»Und – und was wär denn der Preis?«

Der Bauer musterte den Stadtherrn nachdenklich. Dies für ihn unbequem gelegene Stück Waldwiese als Bauplatz anzubringen, hätte er sich wahrhaftig niemals träumen lassen. Endlich entschloß er sich zu sprechen: »Ja . . . ich mein . . . Sechshundert Mark.« Und hastig fügte er hinzu: »Ist nicht zuviel. Die Lage halt . . .«

»Utmärkt billig!« sagte der Dichter überrascht auf schwedisch zu seiner Frau, und unwillkürlich tastete seine Rechte nach der Stelle, wo seine wohlgespickte Brieftasche stak.

Nun, genügend Schwedisch, um wenigstens das zweite dieser Worte zu verstehen, konnte der Bauer immerhin, und damit hatte er bereits erfaßt, wie dieser Fremde zu behandeln sei. Unter beiläufiger Erwähnung anderer Kauflustiger, die sich neuerdings bei ihm gemeldet hätten, drang er darauf, die Sache gleich durch Handschlag festzumachen und dann auch ohne unnütze Verzögerung zum Notar zu gehen.

So wurde Max Dauthendey – er wußte kaum, wie ihm geschah – in aller Form rechtens zum Grundbesitzer.

Wir waren verblüfft, als er uns im Vorfrühling 1913 schrieb, er habe sich nun seine künftige Heimstatt bauen lassen, doch, da ihn das bei näherer Überlegung richtiger dünkte und er ja Platz für seine Arbeit brauche, nicht in Blockhausform, sondern massiv und etwas größer, als es im Anfang vorgesehen war. Natürlich

sei das Haus entsprechend teurer ausgefallen und koste fünfundzwanzigtausend Mark. Nun müsse er dem Architekten aber schleunigst eine erste Rate von fünftausend Mark bezahlen und bitte uns dringend um den Betrag.
Dies vernahm ich mit aufrichtiger Bestürzung, erkannte ich doch besser als der Dichter selbst, was er sich damit aufgeladen hatte.

Korfiz Holm über Dauthendeys Hypothek:

Als ich an diesem Nachmittag nach Hause kam, begrüßte meine Frau mich mit der Kunde, daß sie Max Dauthendey zum Abendessen eingeladen habe.
»Ach was?« rief ich belustigt.
»Er war so nett am Telefon«, erklärte sie.
Und diese jeden Widerstand umreißende Nettigkeit bewahrte Max, als er dann kam, bis weit nach Mitternacht. Er fühlte sich aus schwerer Not erlöst und sprudelte von liebenswürdiger Laune über. Damals erzählte er uns seine ganze Hausgeschichte noch einmal genau, nicht mehr als Trauerspiel, wie heute im Verlag, sondern mit dem entzückendsten, ganz leise selbstironischen Humor. Wenn ich sie einigermaßen unterhaltsam wiedergeben konnte, verdanke ich das ihm.
Als etwas für mich Neues kam der Bericht hinzu, auf welche Art er seine erste Hypothek nach Süditalien befördert hatte. Da er plötzlich die schöne runde Summe in den Händen hielt, die ihm, wie er doch hoffte, lange dienen sollte, war er von der Furcht befallen worden, daß irgend etwas diesen Traum zu Wasser machen könnte. Begriffe, die ihn bisher nie beschäftigt hatten, wie Geldentwertung, drängten sich ihm auf. Ihn, der in Zeitungen nur das zu lesen pflegte, was unter dem Striche stand, hatte, weiß der liebe Gott, woher, die Ahnung angewandelt, daß ein Weltkrieg vor dem Ausbruch sei. (Er brauchte ausdrücklich dieses Wort, das uns in jenen Tagen noch nicht so geläufig war, wie es uns späterhin geworden ist.) Dann aber würde auf der Erde niemand mehr Papiergeld nehmen wollen. Was also tun? – Er wußte Rat: er lief durch alle Bankgeschäfte Würzburgs und ließ nicht nach, bis er das ganze Geld in deutsche Goldstücke umgewechselt hatte. Ein Portemonnaie, das diese fassen konnte, gab es nicht, so steckte er sie lose in die Hosentasche und reiste, um ein Erkleckliches gewichtiger geworden, doch ohne weitere Kriegsfurcht ab. Aufregungen hatte es deswegen trotzdem noch genug gegeben. So war er einmal in

Neapel schreckensbleich aus seinem schönsten Schlaf gefahren, weil ihm einfiel, daß er seine Hose zum Putzen vor die Tür gehängt hatte, ohne die Tasche auszuleeren, darinnen er sein Kapital verwahrte. Gestohlen worden war ihm aber nichts von seinem Gold – er hatte es schon selber redlich aufgebraucht.
Dies alles erzählte er so hinreißend lebendig, daß ich mir einfach Tränen lachte und schließlich rief: »Den Stoff mußt du mir schenken!«
Er war dazu, wie immer zu Geschenken, gern bereit. Jedoch aus seiner Gabe Kapital zu schlagen, blieb mir verwehrt. Hätte ich diese erstaunliche Geschichte einer erfundenen Gestalt nachsagen wollen, wäre sie jedermann höchst unglaubwürdig vorgekommen. So etwas konnte nur Max Dauthendey erleben.

An Wilhelm Panzerbieter

Würzburg, 23. Dezember 1912

Lieber alter Willy,

ich habe diesen Sommer ein von mir gezeichnetes Häuschen in einem Seitental des Guttenberger Waldes bauen lassen. Im Frühjahr ziehen wir ein. Es hat Diele, ein Wohnzimmer, ein Schlafzimmer, ein Schreibzimmer, ein Besuchszimmer und Küche und Veranda. Alles wie für Würzburger Zwerge gebaut. Du wirst staunen, wie urgemütlich es ist. Morgen zum Weihnachtsnachmittag wollen wir ein kleines erstes Kaminfeuer dort anzünden und das neue Häusle einweihen. Ein großer Garten mit frischgepflanzten Obstbäumen ist am Hügel hinauf um das Haus. Uralte Obstbäume stehen auch darin.
Hoffentlich besuchst Du uns bald einmal. Du bist natürlich immer willkommen, wenn Du das Haus nicht heimlich abreißt und mitnimmst. Das wäre nämlich möglich, weil es durchaus Westentaschenformat hat.
Einen Brunnen könntest Du gelegentlich mitbringen, der fehlt noch. Vorläufig müssen wir uns mit Regenwasser waschen und Selterswasser trinken.

Das Waldhaus und die südliche Verlockung

Im Frühling 1913 hatte ich mein kleines Landhaus im Guttenberger Walde bei Würzburg in Unterfranken eingeweiht. Ich habe zwei Jahre lang jeden Zoll seiner Mauern durchdacht. Es sollte nur ein kleines Nest für zwei werden. Im April 1913 stand das Häuschen fertig im braunen Gartenboden, dem noch der grüne Rasen fehlte.

Die Zimmerlein des Häuschens waren mir gut gelungen. Sie sind lauschig und schauen mit viereckigen Bauernfenstern einfach und schlicht unter alten und jungen Bäumen hinein in einen Rosengarten, der sich an einem Hügel hinaufzieht. Zwischen Kartoffel- und Kleefeldern schiebt sich mein Garten bergan, darin ich sanft ansteigende Wege und Pfade ziehen ließ, hinauf zu einem unter Baumschatten liegenden Rundplatz am Berge.

Ich hatte mich so viel in Bau- und Gartengedanken die zwei letzten Jahre vorher vertieft, daß ich nach dem Einzug ins Häuschen dort nicht zufrieden war, denn ich ging mit Augen umher wie ein Hausmeister, der das Ganze viel zuviel bewacht, und war noch nicht zum selbstverständlichen Besitzer geworden.

Im Garten blühten meine dreihundert Rosenbüsche, auch viele Stachelbeer- und Johannisbeersträucher, Pfirsichbäumchen, Apfelspaliere und Kirschen. Vor dem Häuschen in einem langen Buchsbaumbeet leuchteten Fuchsien, Nelken, Hortensien und blühende Rosenbäume, die letzteren höher als ich selber.

Das Häuschen, in zartgelbem Ton gehalten, schaut über Blumen und über ein langes grünes hölzernes Gartengitter den Hügel hinunter zum tiefen bewaldeten Guckelesgraben, darinnen Eichen und Espen stehen und in den Haselbüschen Amseln und Schwarzplättchen nisten. Gegen Süden aber liegt als Aussicht schwerer Wald auf sanften Hügeln, der große, tiefe Guttenberger Wald, der sich über Hügel bis an den Himmelsrand fortzieht und nie zu enden scheint mit seinen weichen Buchen und harten Eichen, mit Tannenständen, dunkeln und lichten Birkenplätzen. Dahinter weiß ich stille, alte fränkische Dörfer, wo die Kühe so gut und herzlich gepflegt werden wie die katholische Madonna in der Zimmerecke, vor der das Weihwasserschälchen steht und am Bilderrahmen der Osterkätzchenstrauß steckt, der gegen Blitzfeuer im Haus und im Herzen schützen soll.

Der Kuckuck rief, und ich lag in meinem neuen und doch so altmodischen Blumen- und Obstgarten und sah Tag für Tag zu, wie das Gras wuchs auf dem braunen Boden, fein grün dem stillen Frühlingssonnenschein entgegen.

Im Oberstock in einem Stübchen bei meinem Schreibzimmer hatte ein Schwarzplättchenpärchen hinter einem offnen Fensterflügel sein Nest gebaut. Ich hatte das Zimmerchen abgeschlossen und ließ die beiden Verliebten ungestört ihrer Lebenslust leben. Nach einigen Wochen waren Junge ausgeflogen. Ich sah es unten vom Garten. Als ich den Zimmerraum vorsichtig betrat, da lag im fein geflochtenen Nest hinterm Fenster noch ein einziges übriggebliebenes winziges, grünliches Ei. Das hatten sie mir zum Andenken geschenkt. Sie ließen es, es war wahrscheinlich unfruchtbar und nicht ausbrütbar. Dieses waren meine kleinen Waldfreuden.

Aber im Mai schon hatte ein strömender Regen eingesetzt. Meinem jungen Garten war der sehr willkommen. Aber der Lehmweg von meinem Häuschen zur Landstraße hinunter war unergründlich geworden, und der Regen machte mich zum Gefangenen. Ich konnte wochenlang Haus und Garten kaum verlassen und sah gelangweilt auf den fernen verschleierten Waldberg und auf die Weinbergabhänge, die über den Baumwipfeln des Guckelesgrabens vor meiner Gartentüre verwaschen dalagen.

Und es regnete weiter. Es regnete den Juli, es regnete im August, fortgesetzt ohne Ende, Tag und Nacht. Nur manchmal schlich sich eine Sonnenstunde in die nassen Waldberge, die dann dampften wie schwitzende, rauchende Pferderücken. Das Getreide oben auf der Bergfläche lag verregnet an allen Geländen, und es konnte nur schwer geerntet werden. Die Kartoffeln in den Feldern drohten zu faulen, und vom Dorf Höchberg hinter dem Hügel, von wo mir täglich Milch, Fleisch und Gemüse ins junge Landhäuschen wanderten, hörte ich Klagen und Sorgen der mich besuchenden Bauersleute über den Regensee, den der Himmel über uns ohne Ende ausschüttete.

Es wurde mir zu bunt, der einfarbige Regen benahm mir die Garten- und Waldfreuden, und für einen solchen langfädigen, Monate dicken Regen war das kleine Häuschen mit seinen fünf winzigen Zimmern nicht berechnet. Der Regen jagte mich endlich Ende August aus meinem verschwiegenen Waldnest. Der ewige Regen jagte mich aus Franken, aus Bayern, aus Deutschland über die Alpen nach Italien. Man hatte mir vom Lido bei Venedig geschrieben, daß dort nur blaue See und blauer Himmel wären. Die Farbe Blau hatte ich seit einem Vierteljahr vor lauter Regen gar nicht mehr zu Gesicht bekommen können. Ich sehnte mich nach Himmelsblau.

Am 23. August schloß ich mein Häuschen im Wald und meine Gittertür im Garten von außen zu und ging den Hügel am Guckelesgraben entlang bergab. Unten bestieg ich einen Wagen, fuhr in einer halben Stunde nach meiner Heimatstadt Würzburg zum Bahnhof und bestieg den Zug nach Italien.

Es war Sonnabend, und am Sonntagmorgen fuhr ich schon hinter Ala bei Verona in die Lombardei ein, und zum Mittagessen kam ich in Venedig an. Eine Gondel fuhr mich im *Canale Grande* zur Pension Petrarca, die in Sonne getaucht mit offenen Fenstern und Balkonen in das schwarzfunkelnde Kanalwasser sah, wie in die Tiefe tiefster, finsterster Zukunft-Gedanken versunken.

O du verfluchter Regen, was hast du getan! Du hast einen Deutschen aus seinem deutschen Waldraum verjagt; du hast ihn vom lauschigsten Waldwinkel fort in die leere Fremde gesetzt, du hast einen Heimatreichen heimatarm gemacht. Nie mehr habe ich seit dem 23. August 1913 meinen deutschen Waldfrieden wiedergefunden.

Ich jagte hinter der italienischen Hitze her. Als es Herbst und rauher wurde am Adriatischen Meer, fuhr ich von Venedig nach Rom. Und von dort nach Neapel und von dort nach Sizilien und von dort zu den Liparischen Inseln und kam endlich zur Insel Stromboli, die ein großer Vulkan ist, der wie ein umgestülpter schwarzer Trichter aus der Meeresfläche schaut. Und dort an dem natürlichen Feuerofen suchte ich mich bei echtem Malvasierwein, der an den Abhängen zwischen zwei Feuern reift – dem Feuer des Himmels und dem Feuer des Erdinnern –, dort suchte ich vom langen Regen trocken zu werden. Aber als ich auch dabei nicht ganz warm wurde, beschloß ich beim Anblick der blauen See, die bis nach Afrika hinüber reichte, wieder einmal nach Asien und an den Äquator zu reisen, um recht lange vor dem deutschen Bindfadenregen bewahrt zu bleiben.

Feuerspeiende Berge und ewiger Sonnenhimmel schienen mir die besten Freunde, die ich in der Natur finden könnte. Den deutschen regenverschleierten Wald hatte ich voll Grauen noch im Gedächtnis, und ich wünschte ihn vorläufig nicht wiederzusehen. Ich ging nur noch einmal zu Verhandlungen nach Deutschland, nach Berlin, um mich dort bis Ostern auf eine neue Riesenreise nach dem fernsten Osten, nach Java und Neu-Guinea, vorzubereiten.

Als wir, meine Mutter und ich, am 25. Juli 1913, einem prächtigen Vormittag, an dem selbst der düstere Guckelesgraben voller Sonne war, an Dauthendeys grüner Pforte klingelten, empfing uns der Dichter mit aufrichtiger Freude.
Meine Mutter überreichte ihm, mit einem kleinen Vers aufs neue Haus, die gewohnte, selbstgebackene Geburtstagstorte. Ich schenkte ihm eine kleine Ikone für die Zimmerecke.
Max Dauthendey, ganz in der Rolle eines Hausherrn, in der er sich scheinbar sehr wohl fühlte, komplimentierte uns die kleinen Stufen ins Haus hinauf.
Frau Dauthendey hatte ein Festmahl von schwedischer Üppigkeit vorbereitet. Erst ihre große Gestalt machte uns das winzige Format dieser Räume fühlbar.
Mit der Freude eines Kindes an seinen Spielsachen zeigte der Dichter uns zunächst ein kleines Fensterchen in der Türe, durch das er ungesehen die kommenden Gäste beobachten konnte. Seltsamerweise bestand das Haus aus zwei aneinandergefügten, aber ganz unabhängig voneinander eingerichteten Bauten mit eigenem Eingang.
»Waschküchen«, oder »Mausefallen«, wie Elisabeth sie nannte.
Wie ein Schmuckkasten waren die Wände getäfelt mit kostbarem Holz. Eingebaute kleine Eckbänke und Schränke und besonders sehr schönfarbige Kamine zeigten, welche Mühe sich Dauthendey mit dieser Einrichtung gegeben hatte. Eine Treppe führte aus der Diele in den oberen Stock. Dieser Stock bestand nur aus einem Zimmer, das zum Arbeitsraum des Dichters bestimmt war und dessen viele kleine Fenster auf den Guttenberger Wald und das Steinbachtal hinuntersahen. Leider sollte dieses Zimmer niemals ein dichterisches Werk entstehen sehen. – –
Dauthendey zeigte uns von hier aus seinen Stolz, den großen Garten beim Haus, in dem er uns dann herumführte. Wir freuten uns über die schönen Obstpflanzungen, bewunderten die lauschigen, im ganzen Garten verstreuten Ruheplätze. (»Abrahams Schoß« nannte er den geräumigsten.) Wir genossen vor allen Dingen Dauthendeys liebenswürdige Hausherrenfürsorge, die alles so warm belebte.

MÜNCHNER INTERMEZZO: DIE ALTE PINAKOTHEK

An Gertrud Rostosky

München, Pension Eberlein 21. 10. 13

Ein Hochgenuß die Alte Pinakothek, in der ich heute war. Tizian und Rembrandt! Wie viele Stümper und unwahre Werte gibt es heute; wie wenig Überzeugung; ein Altdeutscher, Hans Fries, 1500, ein Altarbild, auf Goldgrund gemalt, auf ein Gold, das alle Lichttöne hat, das in seiner Einfachheit malt und beschreibt. Darauf nackte Männer und Frauenkörper, scharf umrissen, aber der Ausdruck in den Linien, dieses Starre, Maskenartige, und dann ein aufgesperrter Mund, der aber wirklich schmerzlich ist und wirklich Ausdruck hat. Wenn die Kunst vorwärts will, muß sie zurück zu diesen Primitiven und muß den Geist erkennen, aus dem hervor diese Bilder gemalt worden sind, soll nicht nachahmen, sondern soll erkennen diesen Geist des Primitiven.

Ein Rembrandtbild – das Bildnis des Sylvius, ich habe gebebt vor diesem Bild, gezittert, so mächtig überflutete mich der Ausdruck dieses Männerbildnisses. Eine weiße kreidige erdige Farbe, die zusammengewachsen, zusammengewurzelt ist mit allen Farben der Welt – den hellen und leuchtenden, den dunklen und gespensterhaften Farben der Welt.

Und wie das schillert und bebt, wie dieser Mund sich bewegt, ja, sich öffnet, wie dieser graue Bart zuckt, als lebe er, wie dieser Blick schaut, tief aus dem Innern kommt er und schaut und schaut.

LETZTE REISE IN DIE SÜDSEE

VORBEREITUNG FÜR EINE NEUE WELTREISE

An Arnold Villinger

Berlin, April 1914

Lieber Arnold,

warum hören wir so gar nichts aus Altona?

Ich habe Dir natürlich auch längst schreiben sollen; wenn ich es nicht tat, war das teils, weil ich in diesen letzten Monaten Annie ein neues Novellenbuch diktierte, teils weil Dr. Blei mich sehr geärgert hat, da er Deine Abhandlungen zu ernst fand für ihren Verlag.

Aber wenn Deine Artikelserie beendet sein wird, werde ich sie nun meinem Verlag Albert Langen vorlegen, dessen Leiter sich schon öfters persönlich erkundigt haben, wer, wo und wie der Philosoph ist, der im »Gedankengut aus meinen Wanderjahren« die Welt bewegte, d. h. meine Welt.

Heute überrasche ich Dich und Jenny mit der Nachricht, daß ich am fünfzehnten oder am dreißigsten April von Hamburg nach Java und vielleicht auch Neuguinea reise.

Der Verlag will die halbe Reise bezahlen, der Norddeutsche Lloyd in Bremen die andere Hälfte.

Da auch dieses Reisefieber seit Wochen bei mir und Annie entsetzlich unruhig spukte und ich unendliche Schreibereien und Geduldproben mit dem Lloyd und dem Verlag auszuhalten hatte, schrieb ich auch nicht früher.

Ich reise über Gibraltar, Suez, Singapore, Batavia, wo ich in Java vierzehn Tage bleibe: vom fünften Juni, wo ich ankomme, bis zum dreiundzwanzigsten Juni. Dann geht das Schiff nach Neu-Guinea, wo ich bis fünfundzwanzigsten Juli reise und dann umkehre und am achtundzwanzigsten September in Hamburg oder Bremen zurück bin.

Da beim Verlag alles so günstig für die Reise gestimmt ist, wollte ich nicht die Gunst des Augenblickes vorübergehen lassen, und nachdem der Lloyd fünfzig Prozent Preisermäßigung versprach und der Verlag das Weitere vorstreckt, bin ich sehr für diese asiatische Sommerfahrt.

Die Trennung von Annie wird mir ganz sonderbar vorkommen. Da wir jetzt hier wie zwei Brutkarnickel monatelang eng auf einem Zimmer gehaust haben und uns die Köpfe noch vom Diktieren brummen, so wird mir das fünfmonatige Alleinreisen sehr spanisch vorkommen.

Vorläufig reden wir uns ein, daß wir uns hart und gefühllos machen wollen. Ob es möglich ist, weiß ich nicht. Ohne heimliche Salzlösung in der Augengegend werden die Trennungslasten nicht zu tragen sein.

Ich sitze seit gestern, seit ich mit dem Lloyd die Abmachungen beendet habe, zwischen Seekarten und Fahrplänen vergraben wie ein Feldherr über Schlachtplänen.

Dazu bin ich jetzt recht müde vom Berliner Straßenlärm und sehne mich aufs stille Meer. Ich kann die Abreise kaum erwarten.

An Gertrud Rostosky

Berlin W, 6. April 1914

Liebe Gertraud,

Annie kommt morgen Dienstag nachmittag um fünf Uhr (drei Minuten vor fünf Uhr) in der unterfränkischen Metropole an. Sie wird sich sehr freuen, Dich in voller Gesundheit am Bahngehöft zu sehen.
Sie will im Sanderring übernachten und am Mittwoch früh die Gärtnerrechnung im Guckeleshäuschen suchen.
Dann Koffer packen und Mittwoch abend wieder nach Berlin dampfen. Wo so viel zu richten und zu schnüren ist, weil ich Dienstag früh nach Bremen reise (gleich nach Ostern), Dienstag nachmittag muß ich schon auf dem Dampfer Goeben sein, der Mittwoch früh mein tränendes Auge dem deutschen Vaterland entführt.
(Schöner kann ich mich nicht ausdrücken.)
23. Mai komme ich schon über den Äquator in Batavia in Java an.
Ich bleibe und reise im Land zum alten Sultan in die Hauptstadt Djoka, dort besuche ich javanische Theater und buddhistische Tempelruinen. Die Du aber bereits alle schon in diesen Tagen besucht hast, wie Du schreibst.
Von Batavia reise ich am 23. Juni nach Neu-Guinea. Dort reise ich bis 25. Juli in vielen Hafenorten herum. Denn die Hafenorte, die meistens nur Urwald und Faktoreien und Eingeborenen-Hütten sind, müssen recht unterhaltend sein.
Am 25. Juli kehrt mein Schiff um, über Batavia nach Singapore in Hinterindien. Dort erwarte ich sechs Tage den Europadampfer des Lloyd, der mich wieder am 24. August heimbugsiert, bis ich am 28. September in Hamburg meine Stiefelsohle wieder gnädigst übers Heimatpflaster stolpern lasse.
Dieses ist der Reiseplan, den ich Dir noch genau hier beilege, weil ich hoffe, daß die Neue Welt mir manches Mal ein Echo in Gestalt eines schriftlichen Wortwechsels nachsenden wird.
Soll ich Euch einen Tiger, eine Klapperschlange, ein Krokodil oder Papageien und Affen mitbringen, das müßt Ihr rechtzeitig sagen; vielleicht wäre aber für den Leutfresser ein junger Menschenfresser mit gutsitzendem Gebiß das Passendste.
Wenn es mir aber ganz besonders gut unter den Kokosnüssen in Neu-Guinea gefällt, bleibe ich dann als »verschollen« auf der

schönsten Insel sitzen. Und Ihr müßt meine Totenfeier mit Lampions und Randersackerer recht gemütlich begehen.
Inzwischen stinken aber noch augenblicklich tüchtig an der Potsdamerbrücke die Autos um mich, trotzdem seit gestern die Bäume dazu grün ausschlagen. –

Berlin, 8. April 1914

Liebe Gertraud,

Dein Brief war so vollauf, daß ich ihn gleich beantworte, denn Du bist sicher so reiselustig wie ich. Es ist schade, daß ich kein eigenes Schiff habe wie der »Fliegende Holländer«, um Dich und die Neue Welt ins javanische Paradies mitzunehmen.
Ich komme eben vom Bureau der Zeitschrift »Colonie und Heimat«, eine Zehnpfennigwochenschrift, deren Redakteure alle schon in Neu-Guinea bei den Menschenverzehrern waren. Sie sagen, es wäre angenehm gefährlich dort. Der letzte deutsche Gouverneur ist in kleine Stücke gehackt worden und dann – verspeist worden, am Feuer gebraten. Der Menschenschlag wäre häßlich und wild. Spaziergänge kann man nur dreihundert Meter am Meer um die Faktoreien herum machen. Selbst die Faktoreien werden mit vergifteten Pfeilen beschossen und sind nicht sicher. Außerdem herrschen dort die schwarzen Blattern, das gelbe Fieber, der blaue Husten, der Scharlach, der weiße Milzbrand, und nur eine grüne Krankheit fehlt auf der Palette der lustigen Umgebung. Wie malerisch man dort in allen Regenbogenfarben sterben kann!
Dagegen ist es in Java vollkommen sicher, sicherer als in Europa. Und dazu sehr kultiviert. Man fährt dort mehr Auto als in Berlin. Jede Plantage hat Autos, und überall herrliche Promenaden durch die Wälder, da das ganze Land wie ein reicher Tropengarten ist.
Ich werde also Himmel und Hölle in Java und Guinea zugleich besuchen.
Will mal sehen, wieviel darnach noch von mir übrigbleibt.
Wenn Langguth mitreisen will, kann er noch am 30. April in Genua oder am 1. Mai in Neapel auf meinen Lloyddampfer Goeben steigen. Würde mich sehr freuen für seine Gesellschaft. Das Retourbillett kostet 2560 Mark mit Essen. Außerdem braucht er noch zwei- bis dreitausend Mark für Landreisen. Er bekommt in jedem Lloydbureau, auch in Würzburg, Prospekte.

Wenn Du diesen Brief erhältst, ist Annie wahrscheinlich schon abgereist. Sollte sie aber noch da sein, so grüße sie, und sie soll sich nicht abhetzen. Ich bin wohl.

Herzlichen Gruß

Dein Max.

Der Lyriker Oskar Loerke erinnert sich nach dem Tod Max Dauthendeys an die gemeinsame Ausreise im Frühjahr 1914

Seliges frühes Frühjahr 1914! Wir trafen uns damals, ohne es verabredet zu haben, in Bremerhaven auf dem Lloyddampfer »Goeben«. Rotterdam, Antwerpen, Southampton, Gibraltar, Algier waren unsere gemeinsamen Stationen. Dann, auf dem Hafenkai in Algier, reichten wir uns die Hände, und abends, schon im Morgenland, in der weißen, engen, schiefen Treppenburg der alten Räuberstadt, wo Dauthendey wohlig und wie gesegnet auf den nasalen chromatischen Singsang der Araber, den ersten Gruß der Orientseele, horchte, schüttelten wir sie uns herzlicher noch einmal: Neu-Guinea sein Ziel. Die Sahara das meine.

Seliger April 1914! – Doch vielleicht würde der Verstummte, wenn wir unsere Ausfahrt in die Erinnerung eines Gespräches rufen könnten, wie vorgenommen – vielleicht würde er mit der höflichen, gesellschaftlichen Freundlichkeit, die oft eine Maske seiner Güte und seines tiefen Lebens war, den Kopf schütteln und sagen: schon damals brannte mich eine verzehrende Sehnsucht nach Liebe und Heimat. – Aber unsere an Mären und Ulk überreichen Grogabende im Kinderzimmer des Schiffes, wohin wir uns mit einer kleinen Gesellschaft aus dem Rauchsalon aufgemacht hatten? Das lustige Einverständnis mit unserem Tischkellner, der die »Geflügelte Erde« und »Lingam« kannte und uns dafür doppelte Portionen Ananas und Langusten verschaffte? Die drolligen Kunstgespräche mit dem gutmütigen kurzen Berliner Bankbeamten? Die lebensübermütigen Scherze über das Dauthendey Bevorstehende: schwarzen Tod, gelbes Fieber und Pfeile der Eingeborenen? Die nächtlichen Gänge mit mir um das Deck, auf schlafendem Schiff, über großen klingenden Meerwellen, in warmem Sturm, fast durch die Beeren der tiefgeneigten Sternentraube, in glücklichen – ja, glücklichen Gesprächen über letzte Dinge?

Auch in jenen Wochen war Dauthendey schon immer beschattet.

Er las aufmerksam die Funkentelegramme, die im Treppenhaus vor dem Speisesaal täglich angeschlagen wurden, und kaufte sich in jedem Hafen, kaum daß der Dampfer lag, Zeitungen. Auf die Frage, ob er denn nicht einmal für kurze Zeit den Weltlauf vergessen möge, antwortete er: »Es kann doch Krieg werden.« Das Heraufsteigen des ungeheuren Blutgespenstes, das nun auch ihn gefällt hat, ahnte er gewiß nicht; doch hatte ihn bei einer früheren Weltreise ein Aufstand in irgendeinem Winkel aufzuhalten gedroht, und das Rationale in ihm suchte etwaigen Gefahren vorzubeugen, die seinem schicksalhaft notwendigen Drange, über den Planeten zu ziehen, entgegen sein konnten. Aber das Tier in ihm, einfach seinen Gesetzen vertrauend und doch von äußerst geschärfter intuitiver Wachsamkeit, witterte es etwas Endgültiges von ferne drohen und war darum schwermütig?

Mit dem Schiff nach Osten

An seine Frau

Genua, den 30. April 1914

Der Kapitän sagte mir, es wäre wundervoll in Neuguinea. Korallengärten glänzten in allen Farben aus dem Meer, und Goldfische und bunte Paradiesvögel in der Luft. Man sei abwechselnd in die Steinzeit, in eine Urwelt versetzt und dann wieder in der Kultur. *Es ist gerade das, was ich so sehnsüchtig suche, ein wenig paradiesische Urwelt ohne Kultur.* Darüber kann ich dann am besten dichten, wenn ich heimkomme.

Rotes Meer, zweiter Tag nach Port Said
7. Mai 1914

Wenn Du meinst, daß ich auf einem stillen heißen Meer nach Osten fahre, so irrst Du Dich. Um mich surren wie in einer Webefabrik Hunderte von amerikanischen Windkreiseln, die an die Zimmerdecke angeschraubt sind. Es ist, als ob tausend Nähmaschinen rastlos surrten, und jetzt am Abend nach dem Dinner ist es ganz wild von diesem Gesurr in allen Sälen des Schiffes.
Heiß ist es seit heute morgen. Wir verwandelten uns alle; aus wollenen dunkeln Winterleuten wurden helle, weißleinene, geisterhaft lichte Wesen. Herren und Damen, Schiffsoffiziere und

Stewards sind weißer als weiß in der weißglühenden Sonne auf dem weißlackierten Verdeck, und es ist, als wanderten wir in den Himmel des Lichtes und der Wärme und als seien alle höhere, leichtere Wesen geworden.

Nachdem ich, wie immer, um sechs Uhr gebadet und geduscht und Tee getrunken hatte, wanderte ich heute morgen bis sieben zum erstenmal auf dem Deck spazieren.

Gestern gegen Abend sahen wir auf der asiatischen Seite das Sinaigebirge, und am Morgen hatten wir uns alle, die wir an einem Tisch sitzen, fünf Herren, fotografieren lassen; ebenso vorgestern bei der Ausbootung in Port Said. Beide Bilder sende ich Dir von Aden aus.

Wir sehen tagsüber jetzt nichts als die Hitze. Es ist sehr warm, aber morgen wird die Hauptwärme kommen. Schiffen begegneten wir nur wenigen.

In Port Said waren wir nur vier Stunden. Im Suezkanal war es wundervoll. Da hatte man flaches Land, Sand und Gestrüpp links und rechts beim Schiff und afrikanische Ruhe. Ach, es war so göttlich ruhig. Denn da sausten die Windfächer noch nicht, die das Schiff jetzt in eine Windfabrik verwandelt haben. Ich hörte im Suezkanal stundenlang in der Nacht beim Mondschein die Grillen singen, und manchmal bellte ein Schakal, oder es miaute ein fremdes Tier in der Wüste. In Aden werden wir nur einige Stunden bleiben.

Dampfer »Goeben«, dritter Tag im Roten Meer
8. Mai 1914

Eben spielt die Nachmittagsmusik draußen auf dem Deck. Ein großes Tee- und Kaffeebüfett mit vielen Kuchen steht serviert, und jeder holt sich bei Musik, was er trinken will. Kalten Tee oder heißen Kaffee. Ich trank heißen Kaffee. Statt der Frühstücksbouillon gab es heute um elf Uhr Eislimonade auf Deck.

Ich habe von einem Berliner eine hübsche Geschichte gehört.

Seine Mutter gab ihm (er ist Juwelier in Berlin), als er zum erstenmal als junger Mann von Hause fortreiste, ein Stück Heimatbrot mit: ein einfaches Stück Schwarzbrot. Sie sagte: »Wenn du recht traurig bist, Junge, und wenn du Sehnsucht oder Ärger hast, dann beiße in das Stück Brot, und alles wirst du dann leicht ertragen können.« Das hat er auch getan. Das Brot ist alt und hart in seinem Koffer geworden. Aber manchmal kam doch

der Tag, wo er hineinbiß, auch wenn es noch so hart war. Es hat ihm immer geholfen, sagt er. Und ich glaube es ihm gern.
Meine liebe Mietze, warum hast Du mir kein Stück Brot mitgegeben? Aber wenn es mir zu dumm wird, lese ich die Gedichte über Dich. –
Es amüsierte mich, von dem Bankbeamten bei Tisch neben mir zu hören, daß er gern das Buch »Die Raubmenschen« aus der Schiffsbibliothek haben möchte, aber es sei nie zu haben. Es sei immer verliehen. Auch ein Buch »Im Lebensdrang« von Elise ist in der Bibliothek. Man fragte mich, ob das meine Frau sei. Ich sagte ihnen, daß es meine Schwester ist. Es ist doch sonderbar, nun schreiben Elise und ich bald zwanzig Jahre und mehr, und die Deutschen wissen gar nichts. Erst wenn man tot ist, lernen sie von den Literaturprofessoren diktiert, wer man war, wo geboren, wo gestorben und wie Frau und Schwestern hießen.
Heute vor dem Mittagessen, gegen ein Uhr, sah ich kleine fliegende Silberfische im blauen Roten Meer. Sie schossen einen Fuß hoch über die Wellen hin und waren niedlich wie silberne Schwalben, die tief fliegen.
Sonst aber sieht man fast nichts als Wellen und Schaum und selten in der Ferne das geisterhafte kleine Schattengespenst eines vorüberziehenden Dampfers.
Nun sind wir in der Nähe von Abessinien. Aber wir sehen seit zwei Tagen keine Küste, nur Wasser. Wir wissen es nur von der Landkarte, wo wir sind.
Der Dampfer »York«, der, mit dem ich am 24. August von Singapore die Rückreise machen soll, kam vorgestern an uns vorbei. Er lag so schief im Wasser, daß man glaubte, er wäre am Versinken.

Colombo

An seine Frau

Dampfer »Goeben«, 17. Mai 1914
erster Tag zwischen Colombo und Penang

Das Schiff fuhr um neun Uhr abends in den Hafen von Colombo ein. Da lagen viele beleuchtete große ausländische Dampfer und ein Kriegsschiff und die lange Lichterkette der Stadt Colombo.

Eine Stunde später brachte uns Herren ein Tenderboot des Lloyd in einer Viertelstunde vom Schiff, das weit vom Land vor Anker liegt, an Land in die wunderbare Tropennacht.
Anheimelnd an meinen früheren Aufenthalt wirkte die zimmetrote Erde der Straßen von Colombo. Die Fahrdämme sind rot wie Ziegelstaub. Die Häuser in der Hauptstraße meistens auch braunrot gestrichen. Ein großer Leuchtturm steht in der Stadt und kreiselt seinen Scheinwerferstrahl über den Sternhimmel.
In den Straßen waren die großen Verkaufsgewölbe noch offen und beleuchtet. Und ihre Verkäufer kommen heraus und laden mit der Hand zum Einkaufen ein. Ich sah wieder viele Juwelen an, kaufte aber nichts. Denke Dir, ich habe vom langen Seefahren augenblicklich ein ganz geschwächtes Gedächtnis und weiß gar nicht, welchen Edelstein Du Dir gewünscht hast. Waren es nicht Saphire? –
Es gibt ganz gute billige Saphire; wenn ich auf der Rückreise kann, will ich Dir welche kaufen und mitbringen, falls Du mir nicht schreibst, daß Du andere Steine vorziehst.
Wir, Dr. Grün und Dr. Reimer (der Münchener Assessor) und ich, fuhren in Rikschawagen im Dunkeln in die Zimmetgärten. In dem Eingeborenenviertel sind alle Budenläden und Garküchen bis Mitternacht beleuchtet.
Erst besuchten wir einen Buddhatempel, der war aber modern und sehr kitschig für Fremde hergerichtet. Von dort fuhren wir unterm Tropenregen und abwechselnd unterm Sternhimmel in die Zimmetgärten. Überall, auch in den Stadtstraßen, sangen die Grillen.

O Grille, sing!

Dazu die schwüle, dunstige schwere Luft aus den laubreichen großen Bäumen, Kokospalmen und alle Palmenarten, und darüber Wolken und Sterne und manchmal eine silberne Klingel, die fein klingelte, wenn im Dunkeln eine Rikscha uns entgegenkam.
Dieses Klingelzeichen statt der Peitsche und das lautlose Fahren in der lautlosen leichten kleinen Rikscha und der lautlose barfuße und halbnackte braune Kuli unter Palmen und großen Regentropfen, das war so recht ein Tropennachtspaziergang, dazu duftende starke weiße Buddhablumen, die uns die Rikschakulis von den Bäumen pflückten.

Auf Java

An seine Frau

Bandoeng, 28. Mai 1914

Liebe Annie, liebe mein,
jetzt habe ich gepackt. Morgen früh um elf Uhr reise ich nach Garoet, wo ich um ein Uhr dreißig ankomme.
Heute morgen fuhr ich um sieben Uhr zum Wasserfall Dago – in einem kleinen Ponywagen mit drei Pferdchen davor. Es sah regnerisch aus, regnete aber erst heute abend um fünf Uhr ein wenig. Die Fahrt ging durch saubere Reisfelderterrassen, wo fleißig von den Bachläufen die Erde bewässert und fleißig von den kleinen Malaien gearbeitet wird. Die Reisfelderbebauung muß die schwierigste Erdarbeit auf der Welt sein. Bis an die braunen Kniee stehen Frauen, Mädchen, Burschen im braunen Wasser, da der Reis nur im Wasser wächst. Aber hübsch sehen die kniehohen Erdterrassen aus, wo der Reis frischgrün wie junger Roggen in Halmen steht. Die Landstraße durch Reisfelder ist staubfrei, da die Frische aus den Feldern in der Luft liegt. Es war hübsch und angenehm, unter leichtbedecktem Himmel in langen Baumalleen ins Land hinein gegen die Krater hinzufahren. Viele winzige Strohhütten sind überall unter Palmen und an schön gezogenen Hecken zerstreut gebaut. Überall herrscht stilles, beschauliches und arbeitsames Menschendasein. Dabei sind die Leutchen lautlos wie das Wild in einem Waldgehege.
Beim Wasserfall, zu dem man in eine Schlucht absteigen muß, passierte mir ein kleines Unglück. Die Sehne meines linken Oberschenkels überschlug sich. Ich erschrak so, daß dazu auch noch eine Ader in meinem linken Augapfel platzte und ich ein wenig entstellt mit rotem linken Auge und mit schmerzendem Schenkel aus der Schlucht zurückkam. Ich massierte das Bein sofort und auch zu Hause. Daß mein Auge rot war, sah ich zuerst im Spiegel im Hotel. Ich bin so erschrocken, denn das Bein schmerzte wie das ausgerenkte Knie damals auf dem Berg im Winter 1913. Man sieht aber nichts am Bein. Nur kann ich noch nicht auftreten.
Ich hielt mich darum heute nachmittag im Zimmer. Ich malte das Bild einer javanischen Landstraße aus dem Kopf. Ich schrieb im Java-Tagebuch, das ich heute begonnen habe.
Aber ich habe außer dem Hotel-Manager niemand, mit dem ich

ein Wort sprechen kann. Ich möchte wissen, warum ich, der so gern unter Menschen lebhaft und lachend leben möchte, immer und ewig zur Einsamkeit verbannt bin. Die Holländer hier im Land sind sehr zurückhaltend, und keiner sieht den andern an. Und nun gar gegen einen Fremden sind sie ganz abweisend.
Aber Du sollst Dir wegen meines Beines keine Sorgen machen. Ich habe gleich kalt gebadet. So wird es wohl morgen wieder gut sein. Und zu gehen brauche ich ja hier kaum, da alle Europäer immer in den Ponywagen fahren müssen und wegen Pest und Cholera nicht zu Fuß unter die Eingeborenen gehen. Nur sitzt mir der Schreck noch etwas matt in den Gliedern.
Aber ich sah auch zuviel Dreizehnen bisher. Mein Boy in Batavia im Hotel hatte Nummer dreizehn. Mein Touristenbillett hat Nummer dreizehn. Auf der Herreise im Schiff war auch alles dreizehn. Und ich wartete täglich, daß die Dreizehn einmal eintreten sollte. Heute kam sie, aber gottlob, es war nicht so schlimm. Hoffentlich ist es nach diesem Schmerz ein wenig vorbei mit der Macht der Dreizehn, die ich auch bei der Schlucht zum Wasserfall an einem Wegweiser sah.
Jetzt ist es bald Abendessen. Wenn ich nur wüßte, wie es Dir geht! Aber ich weiß seit Genua nichts von Dir. Das ist hart.

Dein Geduldiger

Batavia, 11. Juni 1914

Ich habe seit Tagen viele Kämpfe schweigend und bangend mit mir durchfochten. Ich wußte nicht, ob ich die Neu-Guinea-Reise unternehmen soll oder nicht. Aber vor allem ist es zu teuer. Und außerdem ist mein Tropenherz etwas schwächer als früher. Ich fürchte mich bei der ewig drückenden Hitze vor einem Schlaganfall. Und außerdem habe ich eine mich ewig schwächende, bangende Sehnsucht nach Dir, weil ich so wenig von Dir zu hören bekomme. Ich hoffe ja inwendig, daß Dich und mich die höchsten Geister des Himmels und der Erde in Obhut nehmen. Aber man weiß doch nie, was das eigene Schicksal beschlossen hat, und es wäre unrecht, sich sicher zu fühlen, wenn man mit der Gunst der guten Geister rechnet. Jedenfalls habe ich mich seit drei Tagen fest zur Abreise entschlossen. Heute kam ich von meiner Inlandreise nach Batavia zurück, war bei B. M. & Co., wo ich Deine Briefe fand, und bestellte meinen Platz auf dem holländischen Dampfer »Melchior Treub«, der mich

nach Singapore an Bord des Lloyddampfers »Prinz Ludwig« bringen soll. Am 15. Juli hoffe ich dann in Genua und gleich darauf bei Dir im Guckelesgraben zu sein. Vielleicht tue ich Unrecht, daß ich die Neu-Guinea-Reise aufgebe. Aber ich habe so viel gegrübelt, ob ich oder ob ich nicht reisen soll, daß ich jetzt lieber Unrecht tun muß, als daß ich weitergrüble und ganz schwindlig werde vom Unentschlossensein. Aber es ist zu hart, mit Geldsorgen bepackt zu reisen, wo das Tropenreisen volle Kraft beansprucht.
Also ich reise jetzt am Samstagnachmittag halb vier Uhr von Priok, dem Hafen von Batavia, nach Singapore. Unterwegs erzähle ich Dir dann schriftlich Tag um Tag meine Javareise. Ich freue mich schon, daß ich dann täglich bei Dir bin in Briefen, ehe ich bei Dir bin mit meinen Armen.

Herzlich letzten Gruß aus Java
Dein Muxen

12. Juni. Habe mich doch heute nacht entschlossen, nach Neu-Guinea weiterzureisen. Es muß sein. Ich will auch das noch sehen, um ganz reisevoll heimzukommen. Dann kann ich im Winter Vorträge über Neu-Guinea halten. Aber sei nicht mutlos und traurig und fürchte nicht, daß mir etwas passiert, wenn Du im Geiste bei mir bist.

An Gertrud Rostosky

Hotel des Indes, Batavia
Weltevreden (Java), den 11. Juni 1914

Liebe Gertraud,

ich reise schneller heim, als ich vorhatte. Ich habe unendlich viel erlebt. Aber die Weltreise wird mir zu teuer. Auch wird mir der schwarzen Blattern wegen von Neu-Guinea abgeraten.
Heute bin ich aus dem Innern von Java nach Batavia nach drei Wochen, die ich dort herumreiste, zurückgekommen. Ich sah sehr, sehr viel. Zu Pfingsten bestieg ich den schönsten feuerspeienden Berg der Welt, den Papandeijan. Auf dem Kawamodian war ich auch dreitausend Fuß hoch. Es war herrlich, durch dicksten Urwald hindurch von morgens vier Uhr bis Mittag, dann kam ich erst auf dem Gipfel an. Ich hatte viele Kulis mit mir, die Gepäck und Essen trugen, und ich kam mir wie ein Afrikaforscher

vor, so forsch. Der Vulkan donnerte unausgesetzt. Ich bin ganz verliebt in die vielen Vulkane hier und auch in das Erdbeben. Leider erlebte ich nur ein kräftiges. Am Dienstag nach Pfingsten lief mein Eisenbett nachts mit mir oben im Gebirg rasselnd durchs Zimmer, und das Haus tanzte. Ich lief hinaus in den Garten – mit meiner Brieftasche in der Hand und im Schlafanzug. Die Javaner sagten, es sei das stärkste Erdbeben seit vielen Jahren gewesen – mir zu Ehren jedenfalls bemühen sich sogar die Vulkane, mir aufzuwarten. Wie der Lloydvertreter hier, der mir morgen ein Abschiedsdiner gibt. Weil ihm die »Geflügelte Erde«, die er kannte, so gut gefallen hat! Ich bin überhaupt in Asien bekannter als in Europa. In allen deutschen Klubs bis nach Japan werden meine Bücher abonniert. Das hörte ich unterwegs von den deutschen Kaufleuten aus China und Japan. Schade, daß es in Asien keinen Nobelpreis gibt; wenn Europa dem Indier Rabindranath den Preis gab, müßte eigentlich Asien mir den Preis dann geben. Das findest doch Du und Deine liebe Mäme auch in der Ordnung, nicht wahr?
Die Javaner, ihre Theater, ihre Musik, ihre Tänze, alles, sogar einen Sultanhof habe ich genossen, eingeführt von einem holländischen Offizier.
Nun fahre ich übermorgen heim mit dem Dampfer »Prinz Ludwig«. Und ich hoffe am 15. Juli in Genua, am 16. oder 17. im Guckelesgraben zu landen. Leider bekam ich seit Antwerpen keinen Gruß mehr von Dir und der lieben Neuen Welt.
Herzlich grüßt Euer immer begeisterter alter Max.

*

12. Juni, ich reise nun doch nach Neu-Guinea weiter und komme erst im Herbst (September) nach Europa.

In Neu-Guinea

An Wilhelm Panzerbieter

Neu-Guinea, 30. Juli 1914

Du weißt natürlich, lieber William, daß ich vier Wochen in Java weilte. Es war dort zwar sehr schön, und ich sah Tänze und Schattentheater und bestieg zu Pfingsten zwei Krater. Aber hier ist es entschieden romantischer, weil es Deutschland ist, hier

in Deutsch Neu-Guinea. Man lebt hier in der Steinzeit. Das Bronzealter verkörpere ich ganz allein, wenn ich in ein Menschenfresserdorf komme.
Gestern kaufte ich mir einen Kasuarknochen, der hier das Messer vertritt und, glatt geschliffen, so gut wie ein Dolch arbeitet.
Eben gab mir der Kapitän der »Manila«, Herr Roscher, vier alte abgelegte Taschenmesser, mit denen ich, sobald wir am nächsten Küstendorf landen, Tauschhandel treiben will. Ich handle mir damit mindestens ein halbes Dorf ein. Das heißt, die Ethnologica, die nackten Figuren, schön aus Palmenholz geschnitzt, die jetzt die Missionare den Kanakern zu schnitzen verbieten.
Mit schönen Muscheln und Korallen und Papageien bin ich schon reich beschenkt. Außerdem habe ich Tanzmasken aus Holz und Trommeln und Waffen; bei meinem Einzug in Würzburg werden sie im Guckelesgraben verwendet.
Bisher war schönes Tropenwetter, d. h. man schwitzte Tag und Nacht und lebte wie im Dampfbad. Jetzt regnet es. Aber das ist kein Unterschied. Man lebt jetzt im heißen Wannenbad statt im Dampf.
Das Schiff stößt etwas, davon leidet meine Schrift, Du mußt die Haxen entschuldigen.
Mitte September komme ich wieder vor den Toren von Würzburg an.
Hier an der Küste gibt es viele Namen von Städten und Häfen. Aber die Städte sind noch nicht gegründet und die Häfen auch nicht. Polizeimeister und Postmeister sitzen aber doch schon dort. Außer Menschenfresserdörfern gibt es nichts. Und gar keine Europäer-Einwohner. Die Pflanzungen und Pflanzer an der Riesenküste, die größer als Deutschland ist, kann man zählen; es sind sehr wenige. Meistens pflanzen sie Kokospalmen, deren Produkt »Kopra« heißt, wie Du weißt, wovon dann Palmbutter, die ekelhafteste Butter der Welt, gemacht wird. Menschenfett wäre hier viel leichter in den Dörfern zu bekommen als Palmbutter. Ich reise in Begleitung von Malariaprofessoren, Bezirksamtmännern und Pflanzern. Es geht mir bisher, unberufen, sehr gut. Aber nach meiner Annie, die in Schweden bei ihrer Mutter ist, sehne ich mich doch sehr.

Vom Weltkrieg überrascht

An Jenny und Arnold Villinger

Dampfer »Manila«, 23. August 1914

Lieber Arnold, liebe Jenny,

fern aus der Südsee sende ich einen und viele herzliche Grüße.
Ich war auf der Reise von Neu-Guinea nach Java begriffen, als der Krieg uns am sechsten August überraschte. Das Schiff, die »Manila«, muß nun bis Friedensschluß in dem neutralen holländischen Hafen von Amboina auf der Insel Amboina (Molukken) festliegen. (Damit es nicht von den Engländern gekapert wird.) Ich bin nun noch vierzehn Tage Gast des Kapitäns gewesen und reise morgen mit einem holländischen Dampfer weiter nach Java oder Sumatra, wo ich auf einer Plantage bei einem der berühmtesten Ärzte hier, Dr. Schüffner, Unterkunft finden soll. Denn aller Schiffsverkehr mit Europa stockt. Sollte aber doch ein holländischer Dampfer gehen, so ist es möglich, daß ich bis Amsterdam weiterreise.
Ich hoffe, daß mir der Krieg das kleine Guckelesgrabenhaus nicht zerstört. Ebenso hoffe ich, daß Annie nicht vor lauter Ungewißheit und von den Aufregungen krank geworden ist. Sie konnte ja fast keine Nachricht von Neu-Guinea von mir bekommen, da keine Postdampfer außer der »Manila« (dreimal im Jahr) dahin gehen.
Deshalb konnte ich auch Euch nicht schreiben, denn es hätte keinen Zweck gehabt, da ich selbst mit dem Postschiff gereist bin.
Ich beneide Euch, daß Ihr so nahe am Kriegsschauplatz lebt und die täglichen Ereignisse verfolgen könnt. Wir bekommen hier an der ersten Telegrafenstation, die wir erreicht haben (in Neu-Guinea ist kein Telegraf), täglich vierzig Worte aus Soerabaya (Java). Das ist zu wenig bei der Flut der großen Ereignisse, und das macht entsetzlich ungeduldig, man möchte mehr und immer mehr wissen.
Wann wird dieser Brief zu Euch kommen? Ich habe keine Ahnung! Vielleicht reist er mit demselben Schiff, mit dem ich von Batavia nach Europa möchte. Aber ich weiß nicht, ob so bald ein Schiff gehen wird.
Ihr könnt mir wohl nachfühlen, wie schwer mir die Trennung

von Annie wird – diese lange, unendliche Trennung. Dazu ist es ganz unabsehbar, wann wir uns wiedersehen.
Außer einem heftigen Choleraanfall bin ich jetzt wohl und stark und von Malaria und Schwarzwasserfieber, die hier sehr heftig sind, verschont geblieben. Auch die Pest in Java hat mir nichts getan. Ich besuchte in Buitenzorg bei Batavia mit einem schwedischen Professor der Botanik, der meine Bücher kannte, einen Zoologieprofessor, dort, der hatte alle Pestrattenarten von Java in seinem Hause ausgestopft auf einem großen Tisch stehen. Es waren mindestens fünfzig Sorten der Ratten, deren Flöhe die Pest verbreiten sollen. Der berühmte botanische Garten von Buitenzorg ist nicht so schön wie ähnliche große Gärten in Englisch-Indien. Ich habe einen Professor Leber aus Göttingen jetzt auch auf der Heimreise von Neu-Guinea kennengelernt und einen Dr. Gehrmann, Regierungsbeamter, und beide haben mir ihre Freunde in Batavia und Sumatra empfohlen, so daß ich, wenn ich hier in Asien noch bis Friedensschluß warten muß, hoffentlich gut aufgehoben bin auf verschiedenen Pflanzungen. Denkt Euch: es hat mich recht gefreut, als mal ein Pflanzer von den entlegenen Admiralitätsinseln an Bord kam und mir erzählte, daß er mein Buch »Weltspuk« auf seiner Insel Manun besitze und lieb habe. Er hatte es sich aus Deutschland kommen lassen. Auch die Bezirksamtmänner begrüßten mich meistens mit der Frage, ob ich verwandt mit dem Herrn wäre, der die japanischen und asiatischen Novellen geschrieben habe. Ich war gleich bekannt und gut aufgehoben, als ich die Verwandtschaft bejahen konnte. Selbst der Agent des Norddeutschen Lloyd in Batavia hatte schon die »Geflügelte Erde« gelesen. Meine »Raubmenschen« fand ich in der Schiffsbibliothek des Norddeutschen Lloyd. Dieses alles hatte ich nicht vermutet und war angenehm berührt, als mir Kaufleute erzählten, daß die deutschen Klubs in China und Japan meine Bücher für ihre Mitglieder angeschafft hätten.
Gottlob ist es hier in dieser Jahreszeit gar nicht heiß. Es regnet seit zwei Tagen und ist meistens bewölkt. Wir sind zwar alle immer in weißen Leinwandanzügen und im Tropenhut, aber es ist auf der ganzen Neu-Guinea-Reise kühle, fast liebliche Windluft gewesen, und ich habe nie unter Hitze gelitten. Dagegen war es vorher auf Java, wo ich vier Wochen reiste, in Batavia sehr heiß.
Ich fürchte mich ein wenig, in diese Hitze zurückkehren zu

müssen, da ich fühle, daß mein Herz das auf die Dauer nur schwer aushält. Ich fühle dann Beängstigung und Atemnot.
Amboina liegt sehr schön auf einer hügeligen Insel. Wir ankern in einer großen Bucht. Es sind schöne Spazierwege am Land. Der Ort ist nur klein; wie eine liebenswürdige Gartenstadt unter Palmen sieht er aus. Es sind zwei Moscheen und zwei Holzkirchen da, und alle Häuser sind hell und haben nur Erdgeschoß und eine Veranda rundum und liegen in Gärten, die mit gelben und purpurnen Blätterbüschen lebhaft in der Sonne leuchten. Abends ist oft Meeresleuchten. Ich bin der einzige Passagier an Bord, und die zehn Offiziere sind sehr freundlich und höflich und musizieren abends und spielen mit mir Schach. Man ahnt in dieser stillen Südseebucht, wo man gestern das mohammedanische Neujahr mit Feuerwerk feierte, kaum die gewaltigen Kämpfe, die im fernen Europa toben.
Ach, wenn ich nur mitten unter Euch sitzen könnte! Aber wenn ich vom Schreibpapier aufsehe, stehen fremdländische Palmen drüben am Meer im Regen, und die Wellen schlappen laut um die Bordwand des Schiffes.
Ich grüße Euch alle herzlich und, bitte, tröstet Annie mit einigen Briefworten, wenn Ihr könnt.
Hoffentlich einmal auf Wiedersehen!

ZWISCHEN SUMATRA UND JAVA

Nach Sumatra

An seine Frau

Lima Poeloe-Estate (Sumatra)
30. September 1914

Liebe, liebe Annie, liebes fernes Weible mein, voll Sorge und Angst lebe ich täglich. Seit dem 6. August, wo ich auf der »Manila«, dem Reichspostdampfer, auf der Rückkehr von Neu-Guinea die Nachricht vom Beginn des großen Krieges in Amboina erhielt, bis heute sorge ich mich um Dich.
Hast Du meine Briefe von Amboina erhalten? – Ich lebte vierzehn Tage als Gast des Kapitäns R. auf der »Manila« im Hafen

von Amboina. Vom 6. August bis 24. August. Dann fuhr ich siebzehn Tage auf einem holländischen Handelsdampfer als Passagier zweiter Klasse nach Batavia. Es war eine unangenehme Reise. Denn die Holländer hier sind nicht gut gegen die Deutschen gestimmt, und die Schiffsoffiziere beleidigten mich, wo sie nur konnten, besonders der erste Offizier. Er sagte mir ins Gesicht, er wünsche nicht, daß die Deutschen siegen. Ich habe viel gelitten während der siebzehn Tage.

Ich blieb dann nur einige Stunden auf Java in Batavia bei H. Er hatte den Kopf voll zu tun. Er lieh mir einige hundert Gulden. Mit diesem Geld konnte ich dann eben nur mein Billett bis Belawan-Medan an der Nordostküste von Sumatra (Schiffsreise) bezahlen.

Ich war um Mittag in Batavia angekommen, und am Nachmittag um fünf Uhr fuhr ich mit einem anderen holländischen Schiff wieder von Java nach Sumatra weiter.

Diese Reise dauerte fünf Tage. Sie war aufregend, da das Schiff nachts Singapore und englische Kriegsschiffe passieren mußte. Wir legten nicht in Singapore an. Aber wir sahen die Scheinwerfer des Hafens und der Schiffe.

In Batavia hatte man mir gesagt, ich könnte nicht daran denken, mit einem holländischen Schiff nach Holland zu kommen. Denn alle Deutschen würden auch von den holländischen Schiffen unterwegs heruntergeholt und in Singapore, Colombo oder Suez als Kriegsgefangene festgehalten.

Aber man glaubte, daß ich unbehelligt bis Sumatra reisen könnte, weil ich dort bei Herrn S. auf der Gummipflanzung in Lima Poeloe den Frieden abwarten wollte.

Nun bin ich seit 17. September bei Herrn Sch. auf Sumatra.

Es ist Regenzeit jetzt auf Sumatra. Und es regnet täglich grauer und schwerer, als es jemals in den Regensommern im Guttenberger Wald geregnet hat. Die Luft ist dabei beengend heiß und feucht.

An Gertrud Rostosky

Medan (Deli – Sumatra), 19. Dezember 1914
Bras Tagi, Senemba-Haus

Liebe Gertraud,

heute bekam ich Deinen Brief vom 28. Oktober. Man schickte ihn mir von Medan, der Hauptstadt, herauf in das Gebirge, wo

ich seit 3. Dezember wohne. – Wie froh und dankbar war ich, als ich alles lesen konnte, was zu Hause in Würzburg und Deutschland sich rund um Dich ereignet. – Ich bin so gut wie kriegsgefangen hier. Wenn ich auch frei herumgehen darf, so darf ich doch nicht abreisen. Kein holländischer Kapitän nimmt einen Deutschen an Bord. Um Scherereien mit den Engländern zu vermeiden. Und ich würde auch nicht weiter als bis Ceylon oder Suez kommen. Dort würden mich die Engländer oder die Franzosen vom holländischen Schiff herunterholen, denn sie lassen keinen Deutschen nach Europa zurück. –
Ich litt zu Anfang sehr, als ich so gezwungen in dem fernen Land den Krieg nur aus den Zeitungen miterleben durfte. Dann auch griff mich das Klima zuerst an. Aber seit ich auf dem Hochgebirge bin, fühle ich mich wohl und kräftig und nur die Heimwehsehnsucht will nicht schweigen.
Aber ich stehe wie Eure liebe Gretel im Traum mit der ganzen Welt in Fühlung. Besonders in den Urwäldern hier oben auf einer großen grasigen Hochebene, wo zwei große Vulkane an der Nord- und Westseite des Hauses wie mächtige Altäre zum Himmel rauchen, bin ich ganz hellsehend geworden. Ich wußte, daß heute ein Brief kommen würde, seit gestern. Ich kann mit den Schwalben reden und mit den Vögeln und allen Dingen. Ich gehe in die Dörfer zu den Battakern, die noch vor zehn Jahren Menschenfresser waren, und spiele mit ihnen Schach. Denn sie sind sehr gute Schachspieler. Und auf ihren Wochenmärkten spielen sie immer Schach.
Ich habe einen kleinen Band Kriegslieder geschrieben. Der deutsche Verein in Medan läßt die Lieder drucken. Ich lese eben die Korrekturen (33 Lieder). Sie sollen zum Besten der Hinterbliebenen für die »Emden« hier auf Sumatra und Niederländisch-Indien verkauft werden. Man fand die Stimmungen stark und lobte mich recht. – Ich habe eigene Stimmungen und Kriegsepisoden, die ich in den Zeitungen fand und die mich erschütterten, in Versen niedergeschrieben. –
Daß Du Blumen aus meinem Garten den Verwundeten in die Spitäler gebracht hast, hat mich ganz herzlich befriedigt. –
Vom 14. September, wo ich von Amboina auf Sumatra ankam, wohnte ich zuerst bei einem Herrn Karl Schadt aus Wiesbaden tief im Innern von Sumatra am Rand der Urwälder auf einer Gummipflanzung. Überall herrschte natürlich die Kriegsfurcht und Kriegslähmung in Geschäften; und auch auf den Pflanzun-

gen hier sind alle Leute noch voll Sorgen und Angst für die Zukunft. –
Die Pflanzung heißt Lima-Poeloe (fünf Inseln). Er hat eine schwarze Frau. Und zwei hübsche Kinder, Jungens. Ich habe ihn auf der Herreise im Frühjahr auf dem Schiff kennengelernt. Der eine Junge von fünf Jahren, Karl, ist mir sehr lieb geworden. Ich will ihn später mal zu mir zur Erziehung ins Haus nehmen. Sein Vater ist darüber sehr glücklich.
Am 14. November verließ ich Lima P. und zog zu Schadts Bruder auf eine ähnliche Pflanzung. Hier habe ich an einem Werk über Gummigewinnung mit Herrn Schadt zusammen gearbeitet. Es war mir gar nicht recht. Während der Krieg wütet, sollte ich mich für dummen Gummi interessieren. Aber ich tat es, um mich erkenntlich zu zeigen für die Aufnahme.
Am 8. Dezember zog ich zu Dr. Schüffner nach Tandjong Morawa bei Medan. Er ist der gebildetste und angesehenste Deutsche hier auf Sumatra. In seinem Haus verkehrt der Crême, nein jetzt sagt man: der Rahm der deutschen Gesellschaft von Medan. Medan ist aber erst fünfundzwanzig Jahre alt. Eine sehr junge Stadt also: Dr. Schüffner ist auch in Deutschland als einer der ersten Tropenärzte bekannt. – Seine Frau, eine sehr intelligente und feingebildete Holländerin, führte mich am 3. Dezember in ihrem Auto hinauf in das Gebirge, die »Hochfläche« genannt. Hier haben verschiedene Tabak- und Gummigesellschaften Erholungshäuser für ihre europäischen Angestellten. Hier oben ist es kühl und doch sonnig. Es ist ein Klima wie im August in den bayerischen Alpen. Die Landschaft erinnert mich auch ganz an die bayerischen Voralpen. Die Rosen blühen jetzt auf den Rasenplätzen. Frau Dr. Schüffner blieb hier vierzehn Tage bei mir, sie pflegte mich liebenswürdigst und reiste gestern wieder ab. Es sind drei Automobilstunden bis Medan. Und eine halbe Stunde Auto von Medan nach Tandjong Morawa.
Daß in Europa Kälte ist, kann ich mir auch hier oben nur morgens um fünf Uhr ein wenig vorstellen. Dann beginnt man im Bett zu frösteln. Die Sonne geht täglich halb sechs Uhr auf. Ich stehe täglich um sechs Uhr auf und dusche mich kalt ab. Hier oben wohnen in Nachbarvillen augenblicklich noch drei europäische Damen. Zwei Holländerinnen und eine Schweizerin aus Zürich. Letztere an einen Rechtsanwalt verheiratet. Die andern an Arzt und Pflanzer. Bei der Schweizerin nehme ich meine Mahlzeiten. Sie malt auch, und wir wandern alle oft in die

Dörfer, besonders vormittags, wo wir zeichnen. Nachmittags male ich zu Hause die Zeichnung mit Aquarellfarben.

Wenn nicht Heimweh, Kriegssorge und Zukunftssorge wären, könnte ich mit dem Aufenthalt hier oben im herrlichsten Klima der Welt und mitten im Grünen und in Sonne – drei Tage vor Weihnachten – sehr zufrieden sein. – Aber das Weh in mir ist doch größer als das Wohl. Ich gräme mich Tag und Nacht, daß ich in dieser großen Zeit so weit von der Heimat sitzen muß und nichts tun darf als nachdenken und nachempfinden. –

Während ich dieses schreibe, ist todstille Nacht, die Verandatür steht weit offen. Ein Heer von Grillen trillert auf den weiten Farrenkrautfeldern. Eine milde Luft geht unter den Sternen hin. Ich wohne ganz allein in einem großen hellen weißen Haus, das eine Münchner Dame vor zwei Jahren ganz nach neuem Kunstgeschmack sehr edel und klar eingerichtet hat. Alle Zimmer weiß, und helle Rohholzmöbel. In der Ferne leuchtet ein Licht vom Urwald, dort wohnt ein anderer Kriegsgefangener. Ein ausgewiesener deutscher Konsul Schubert aus Penang mit großer Familie (Hamburger). Die Häuser der Damen, bei denen ich esse, liegen schon dunkel, sie schlafen schon um neun Uhr, weil man hier immer um sechs Uhr aufsteht in den Tropen.

Von Weihnachten will ich gar nichts wissen in meiner Verbannung. Und ich bin froh, daß es die Holländer kaum feiern. (Sie feiern den 5. Dezember, St. Niklas.) –

Leider muß ich übermorgen hinunter, zurück in die Hölle der Hitze. Das Haus ist dann vermietet. Unten wohne ich einstweilen bei Dr. Schüffner auf einer Tabakpflanzung. Von der Glut macht sich zu Hause niemand eine Vorstellung. Man trägt nur weißen Leinwandanzug und schwitzt auch beim Stillsitzen den ganzen Tag wie im Dampfbad. –

Schreib mir bald wieder. Grüße ganz Deutschland und die liebe Neue Welt besonders.

Dein alter Max.

Weihnachten in der Fremde

An seine Frau

Tandjong-Morawa, 26. Dezember 1914

Liebes Annerlherz, mein erster Weihnachtsfeiertag verlief still. Am Weihnachtsabend war ich mit Tameling bei Dr. Schüffner

15 Max Dauthendey

16 *Elisabeth Dauthendey (1854–1943), die Stiefschwester von Max Dauthendey, veröffentlichte selbst über 20 Bücher.*

zum Abendessen. Wir saßen dann, fünf Personen, unter den gewölbten Königspalmen auf der Hausterrasse bis elf Uhr in warmer Mond- und Sternennacht. Die weißen Kleider, die lauten Grillen, die Wärme des Mondes, der große grüne Park, die blühenden Myrtenbüsche, die Lotosblumen, das helle Haus mit elektrisch beleuchteten riesenhaften Sälen, alles war so fremd.
Am Nachmittag hatte ich erfahren, daß zwölfhundert Gulden für mich über Batavia in Medan angekommen waren, ich habe Dir telegrafiert: *»Money arrived, thanks, Christmaskisses.«*
Mein Plan ist nun, wenn wir von morgen ab nach sechs Tagen den Ausflug im Auto und zu Pferd nach dem Tobameer oben im Gebirge gemacht haben werden, will ich über Batavia–Soerabaja –Shanghai–Manila nach San Franzisko reisen. Aber ich telegrafiere Dir noch, ob ich die Reise antreten kann. Denn es ist noch nicht sicher. Von Neuyork komme ich leichter nach Holland als von hier. Und in Amerika will ich literarische Vorträge bei deutschen Vereinen halten und etwas Geld verdienen, wenn das geht.

Stunden der Sehnsucht

Tandjong-Morawa, 12. Januar 1915

Als wir nach dem Teefeldspaziergang wieder auf der leeren Galerie bei G. zum Abschiedstrunk niedersaßen, betrachtete ich die hübschen Javanen, die draußen vorbeigingen und vom Flußabhang zur Mittagstunde vom Baden kamen.
Vom Kriegsschauplatz ist nichts Neues gemeldet. –
Die schwerste Stunde der Sehnsucht ist die Nachmittagstunde nach vier Uhr, wenn ich gebadet habe und mich frisch zum Abend zur Teestunde ankleide. Der Tropenabend ist kurz. Er lebt nur von sechs bis acht Uhr. Das ist die Besuchszeit, die Spazierritt-, Spazierfahrt- und Teezeit, der Erholung, der Zeitung, dem Gesprächsaustausch, dem Begegnen von Mensch zu Mensch gewidmet.
Die gefährlichsten Stunden sind die, wenn die Sterne heranrükken. Die großen blauen Sterne, die aus dem warmen Himmel herabsteigen in die Menschenaugen, ins Menschenblut. Dann reden die Sterne alles, was man sich selbst verschweigen möchte. Sie sehen einen tiefer an als Menschenaugen. Man muß unter ihrem ewigen Licht zittern; mit allem Ewigen, was in einem

am Tag versteckt vor der Vernunft geruht hat, zittert man und wird erregt; und wer nicht vom Malariaschüttelfrost im Aderwerk eiskalt getroffen wird, wird noch fiebernder vom Heimweh heiß und kalt durchschauert, vom Europafieber, vom Orchester aller Sehnsüchte des Willens zur deutschen Muttererde.

Die Grillen und Myriaden Zikaden lärmen, die Rasenplätze duften noch nach den Blumenbüschen, die Bäume, die zu den Sternen steigen, weben den Duft der Orchideen in dein Blut; aber das ist alles wie wohlriechende Toilettenartikel, nichts ist einfach wie Muttererde und wie der Mutterlaut der deutschen fernen Erde, den du im Blick der blauen fernen Sterne ahnst und erlebst.

Oh, in diesen Abendstunden, untätig, ins Dunkel gerichtet, voll Willenlosigkeit, voll vom Erwachen des Unbekannten im heranwachsenden Finstern, in diesen weiten, unendlich weit ausholenden Stunden bin ich machtlos, mich zu beherrschen und mein Heimweh zu verstecken. Die Brust weint mir. Die Zeitung zittert in meinen Fingern. Die Augen flackern über gedruckte Zeilen, aber sie lesen im Dunkeln lange Zeilen aus den Augen der Heimat, die mir durch das Papier der Zeitung hindurch vom Nachthimmel mit dem Blick der blauen Sterne ins Gewoge meines Blutes scheint.

Es ist ein gefährlicher Überschwang ins Gefühl gekommen. Ungesund, verzehrend wie Malaria. Singend fein und blutsaugend wie das Meer der Moskitos, die im Dunkeln schwärmen.

Ich möchte angstvoll leben, leben, leben, um die geliebte Heimat, die Liebe und das Leid dort in Deutschland nochmals am Körper zu erleben. *»Nur ja nicht sterben in den Tropen!«* schreien meine Blutstropfen und durchsausen mein Herz gefühllos wild, als könnten sie den Leib über die Meere der Ferne nach Deutschland fortreißen – so heftig gebärden sie sich in diesen Tropenabendstunden.

Mir ist, als bräche mir einmal in einer solchen Abendstunde der Puls ab. Und dann, o Geist der Geister, laß mich mit den Augen der Sterne bis nach Deutschland und in die Augen des Herzens schauen, nach dem ich mich in Sehnsucht verzehre, seit ich hierher verbannt bin – o Annie!

Nach Java zurück

An seine Frau

Steamer »Buyskers«
von Medan (Ostküste Sumatras) nach Batavia (Java)
17. Februar 1915

Liebste mein, gestern war mein großer Abschied von Sumatra. Ich will nach Java, Batavia, reisen. Von dort, hörte ich, ist öfters die Möglichkeit, wenn auch *sehr* selten, direkt nach den Philippinen zu reisen, nach Manila, und von dort, wo amerikanische Dampfer gehen sollen, will ich versuchen, vielleicht Amerika erreichen zu können. –
Aber das liegt alles noch im Himmelblauen. Es sieht schlecht mit jedem Weiterkommen aus, da alle holländischen Kapitäne es verweigern, Deutsche mitzunehmen. Man muß deshalb dem Zufall vertrauen, der einem vielleicht mal einen deutschfreundlichen Kapitän in den Weg schiebt. –
In Niederländisch-Indien selbst darf man auf allen Wegen reisen, auch wenn man deutsch ist, nur darf man nicht aus der niederländisch-indischen Grenze hinausgehen.
Wie lange wird das noch dauern? –
Ich sitze im Speisesaal des kleinen Küstendampfers. Ich kenne viele Leute hier an Bord. Zuerst den Kapitän, er hat mich vor fünf Monaten auf einem andern Boot hierhergefahren. Er erkannte mich sofort wieder. Begrüßte mich lebhaft und glaubte, ich sei längst nach Europa gekommen. Dann fragte er: »Sind Sie krank gewesen, Herr Dauthendey, Sie sind so sehr abgemagert?« Ich wußte nicht, daß es so auffallend war. Aber seit einem Monat lachen mich alle Leute über meine viel zu weiten weißen Anzüge aus. Es könnten zwei hineingehen. Ich bin aber auch zu meinem Vorteil sehr schlank und mir sehr angenehm mager geworden. Alle sagen, es stehe mir viel besser. Nur muß ich alle Anzüge enger machen lassen, sie hängen wie leere Säcke an mir.

Steamer »Buyskers«, 19. Februar 1915

Ich habe sehr viele kleine Tierbeobachtungen in meinen Tagebüchern stehen. Und außer den Kriegsnotizen werden diese Tiererzählungen den Tagebüchern aus Sumatra einen ganz neuen besonderen Reiz geben. Denn ich glaube, bis jetzt hat noch kein

Mensch mehr mit den Tieren als mit den Menschen Freundschaft in der Urwaldeinsamkeit auf den unendlich eintönigen Pflanzungen geschlossen, wie ich es in diesen letzten fünf Monaten tat.
Jetzt auf Java, wo ich vielleicht in Garoet oder Bandoeng das Schiff nach Amerika abwarten werde, will ich mein Tagebuch über Neuguinea niederschreiben. Ich habe davon nur den Anfang und habe auch viele gute Filme fotografiert. Ich habe sie eben erst in Medan entwickeln lassen.

Garoet (Java), 6. März 1915

Meine Gedichtbücher »Des großen Krieges Not«, hundert Stück für mich, sind aus Medan hier angekommen. Sie werden zum Besten der Hinterbliebenen der »Emden« verkauft. Die anderen vierhundert Stück werden in Medan verkauft. Die Korrekturbogen meines Novellenbuches »Geschichten aus den vier Winden« habe ich aus Stockholm erhalten.

HEIMWEH UNTER DEM ÄQUATOR

Immer die Sehnsucht

An seine Frau

Garoet (Java)
21. März 1915, Sonntag (Frühlingsanfang)

Liebe Mietze mein, es ist recht, recht schwer, sich so täglich von morgens bis abends immer zu sehnen und zu sehnen und stumm vor der unbekannten Zukunft zu sitzen. Aber wir wollen es doch aushalten und denken, daß wir ja gemeinsam leiden.
Wenn es ein Eisernes Kreuz Erster Klasse für Liebe und Treue gäbe, müßten Du und ich es doch sicher zuerst bekommen. Ich bin so keusch wie ein reiner Mönch. Mein Gesicht im Spiegel sieht mich ganz vergeistigt an. Ich habe aszetische Schatten unter den Augen, Schatten der Gedanken an Dich, Schatten der Sehnsucht, die mich täglich mit übersinnlichem Licht durchleuchtet. Ich glaube, bald leuchte ich im Dunkeln wie der sehnsüchtige Mond.

Ich bin aber doch stolz auf diese Ausdauer, die mir ganz selbstverständlich vorkommt, die ich gar nicht erzwinge, weil ich Dich liebe! Man sagt, daß Leichname von Heiligen wohlriechend sind. Wenn ich jetzt sterben würde, müßte ich einen solchen Blumenduft verbreiten, daß Du es über den Äquator fort bis zur Eiszone in Stockholm riechen müßtest. Ach, Mietze mein, ich werde Dir immer so treu bleiben, weil ich, wenn ich als Soldat meinem Vaterland nicht dienen kann, wenigstens mit meinem Herzen der Treue dienen will. Und, wie gesagt, es macht mir Vergnügen, Dir treu zu bleiben bis zum Tode.
Ich sehe zwar täglich die schönsten halbnackten Javanerinnen vor mir durch die Straßen gehen. Aber ich fühle ihre Schönheit nur, wenn ich darüber nachdenke, daß sie eigentlich wunderschön sind und unschuldig und kindlich.
Aber anrühren mag ich keine. Ich bin wie Hiob mit Traurigkeit geschlagen und mit Sehnsucht nach Befreiung von dem Druck, der auf mir liegt.
Ich weine inwendig halblaut vor mich hin. Ob ich Zeitung lese oder male oder spazierengehe oder schreibe, immer weint mein Herz wie ein alter, alter Regen, der jetzt monatelang dahinschwemmt.

Garoet, 17. April 1915

Es ist so sonderbar, wenn Du vom Schnee und Leksand schriebst. Hier war immer Schwitzhitze seit einem Jahr, seit ich von Genua abreiste, denn von Bremen bis Genua war es auch noch kühl. Und alles war grün, immergrün. Seit ich Dich verlassen habe, hat meine heißatmende Sehnsucht immer Sommer um mich verbreitet, immer habe ich auf grüne Bäume gesehen. Wie wohl wird mir der nächste Winter in Europa tun! –
Ach, bleib vorläufig doch ja bei Deiner Mutter und im treuen, alten, lieben Schwedenland; die Schwedenpostkarte mit dem Holzhaus ist wundervoll. Ich spazierte mit Dir unter den Birken dort herum. Nun küsse ich Dich, einziges Herz mein in der Welt. Grüße alle.

Dein Herrle

Grüße alle schwedischen Birken und alle silberblonden Schwedenkinder und erst recht die goldblonden, wie Du.

Rückblick auf Sumatra

An Wilhelm Panzerbieter

Garoet (Java), 20. April 1915

Die Deutschen auf den Gummi- und Tabakpflanzungen nahmen mich sehr liebenswürdig auf. Und der deutsche Verein von Sumatra, an dessen Spitze ein berühmter Tropenarzt Prof. Dr. Schüffner steht, ließ später meine kleine Sammlung Kriegslieder, die ich auf Sumatra in Sehnsucht und Heimweh geschrieben hatte, drucken. Sie wird jetzt zum Besten der Hinterbliebenen der »Emden«-Besatzung von der dortigen Buchhandlung zu drei Gulden und mehr verkauft. Ich schicke Dir ein Exemplar. Es sind ungefähr vierzig Lieder.

Ich habe außerdem viele Aquarellbilder gemalt und im Kunstverein der Hauptstadt Medan ausgestellt, und die holländischen Zeitungen schrieben lang und breit darüber.

Da alle Pflanzer dort gute Autos besitzen, reiste ich viel im Lande umher und kam auch ins Gebirge und war oben am Toba-Meer. Das ist ein See, groß wie unser Bodensee, der einsam und nur von Menschenfresserdörfern des Battakervolkes umgeben hoch im Gebirge liegt.

Ich habe mit den Menschenfressern, die merkwürdigerweise gute Schachspieler sind, sogar Schach gespielt und meine Partie gewonnen. Jedes Dorf besitzt eine erhöhte holzgezimmerte Pfahlhütte, das ist das Schachklubhaus. Auf dem Bretterfußboden sind die Schachbretter eingeritzt, und man liegt auf der Diele und spielt, umgeben von allen Dorfältesten, die ohne Waffen herumhocken, eifrig das Spiel verfolgen und alle glänzend spielen.

Der See ist von Tropenlandschaft, Kokos- und Betelpalmenbeständen und hohen Bergzügen umgeben. Und ich reiste mit Professor Schüffner und einem Dr. Baermann aus München zur Weihnachtswoche dorthin, und wir feierten dort am See die Sylvesternacht. Die Wilden haben dort einen Marktplatz, wo sie wöchentlich unter uralten Bäumen zusammenkommen, wie ehedem bei uns die alten Deutschen. Sie haben lange Einbaumboote, darin rudern an die fünfzig nackte braune Kerle, und bei ihnen hocken ihre kleinen Weiber. Sie bringen Nüsse, Tabak, gebratene Hunde (Leckerbissen) usw. auf den Markt, und es machte mir viel Spaß, dort wie ein Wilder herumzuwandern.

Wir gingen in Badekostümen von morgens bis abends, und wenn wir nicht im warmen Seewasser lagen, saßen wir im brutheißen Strandsand; und dies im Januar, in den Neujahrstagen! Auch die Frauen der Ärzte waren dabei, und man konnte glauben, man wäre in einem europäischen Seebad.
Die Menschenfresser erzählten mir auch, daß die Handflächen der Menschen, wenn diese älter sind, am besten schmecken. Am besten schmeckt die linke Handfläche, weil der Battakermann damit zeitlebens das Gemüse ißt. Mit der rechten ißt er den Reis. Vom Gemüseangreifen wird nun die linke Handfläche mit der Zeit würzig und schmeckt besser als die fadere rechte Hand. Jeder Vater und jede Mutter wird, wenn sie alt genug sind, im Schoße ihrer Familie geschlachtet und von der Verwandtschaft verspeist. Sie finden gar nichts dabei, da sie sich lieber ihren Angehörigen als den Würmern in der Erde gönnen.
Mitte Februar reiste ich von Sumatra, wo ich in der ersten Zeit viel unter dem mörderischen Klima zu leiden hatte, nach Java zurück.

Zwei Gedichte

Die Welt um mich ist ein Krankenzimmer
Mit geschlossenen Läden im Zwielichtschimmer.
Ich möchte nur leise Schritte machen,
Meine Augen schmerzen vor nächtlichem Wachen.
Meine Brust ist von Sorgen eng umbunden,
Inwendig bluten mir stechende Wunden.
Ich kann noch kein Ende der Krankheit sehen.
Werd ich je froh auf den Füßen stehen?
Das Fieber des Krieges, Heimweh und Sehnen, –
Ich dulde stumm mit verbissenen Zähnen.

Garoet 1915

Am Hügel schlummert der Klapperbaum
Und das Lalanggras an des Weges Saum.
Der Halbmond wacht im Himmelsraum.

Die Sehnsuchtgedanken sind mein Geleit.
Ihr Atem ist warm. Ihr Weg war weit.
Sie kommen von dir über Urbusch und Meer.
Sie trinken mein Blut. Sie trennen sich schwer.

Garoet 1915

Heimweh nach der Waldheimat

Garoet, 22. April 1915

Meine Ohren schmerzen von dem Schrillen der Zikaden in den Bäumen. Es schmerzt einem auf die Dauer das Trommelfell. Es ist, als ob trillernde Kinderpfeifen aus den nächtlichen Bäumen mit diesen ewigen Lauten das Ohr anbohrten. Ach, wenn ich doch nur schon wieder in meiner sanfteren deutschen Waldheimat im Guckelesgrabenhäuschen im Guttenbergerwald bei Würzburg friedlich mit Annie in meinem Garten zur Nachtigallenstunde auf meinen Gartenbänken in meinem Hügelgarten unter meinen Obstbäumen und beim aufgehenden stillen deutschen Mond ausruhen dürfte von all dem Tropenlärm und von all den Tropenungeheuerlichkeiten.

Hoffnung auf Frieden

An seine Frau

Garoet, 26. April 1915

Den Zeitungen nach sieht es heute so aus, als würde bald die Endschlacht geschlagen in Frankreich. Und wenn dieser Brief zu Dir kommt, ist vielleicht auch schon wieder der Friede hergestellt. Ach, wie wir dann glücklich sein würden! Nicht wahr! Schatz – ach, wie wir froh unser Wiedersehen feiern wollten!

Was mich auch so friedenshoffend macht, das sind weiße Schmetterlinge, die ich seit Tagen durch die Bäume ums Hotel fliegen sehe. Meine Reisvögel, mit denen ich gut befreundet bin und die in den wilden Mandelbäumen vor meiner Veranda hausen, habe ich gebeten, wenn es bald Frieden würde, möchten sie mir weiße Schmetterlinge zeigen. Da kamen bald darauf die hell fliegenden blinkenden Dinger in der blauen Luft an.

Ich bin gläubig vor der Natur und glaube, wie Du weißt, am liebsten an alle Zeichen rund um mich, an die Weltallverkehrssprache, die es doch geben muß. Die Menschen waren bisher nur zuviel mit sich beschäftigt, und die Zeichensprache des Weltalls war ihnen noch nicht aufgegangen. Ich möchte alle Leute bereden, sich Zeit zu nehmen, die Weltallzeichensprache zu lernen,

das Leben wird dann erst, wie es im Paradies war, gütig und rund. –
Gestern hatte ich einen traurigen Sonntag hier. Alles war krank. Ein Deutscher hatte Blutsturz, zweimal, und wurde ins Spital gebracht. Ein Kind, das unter mir wohnt, schrie den ganzen Tag in Zahnkrämpfen. Seine Mutter, eine Irländerin, liegt seit Wochen an Dysenterie krank, und Herr von Auer bekam nachmittags einen Malaria-Anfall. Heute ist es besser. Er hatte alle sechs Wochen, seit Weihnachten, Malaria-Anfälle. Gottlob und unberufen bin ich davon verschont geblieben.
Ich wäre auch für meine Gesundheit recht froh, wenn es bald Frieden würde. Auf die Dauer wäre es mir doch unmöglich, die Lebensart, die ungewohnte, hier auszuhalten. Eine ewige Angst vor Krankheiten hängt sich hier den ganzen Tag im Herzen der Europäer bewußt oder unbewußt fest. Das reibt die Nerven auf.
Morgens, wenn ich vor Sonnenaufgang um sechs Uhr auf die hintere Veranda gegen den Hof hinauskomme, ist es immer so feierlich schön. Grauer Dunst liegt über den Kraterketten im Osten, und die Wolken färben sich sanft golden. Aber über den Gärten und den Ziegeldächern der javanischen Hütten liegt noch Taudunst, und alles ist still, bis auf einige Hähne. Dann fliegen meine Reisvögel in einen Götterschuhbaum, der mit scharlachfarbenen pantoffelgroßen Blüten groß im Hof steht beim Tennisplatz, und sie rufen mir zu.
Ehe ich mein Zimmer verlassen habe, haben mich die kleinen Vögel bereits durch lebhaftes Rufen geweckt. Dann halte ich die Morgenandacht vor der aufgehenden Sonne, die ganz langsam durch den Dunst der Ferne emporklettert. Manchmal werden dann alle Kalkwände der Javanenhütten, die unter den Bananenstauden versteckt stehen, und alle weißen Korridorwände der offenen Galerien des Hotels lilarosa wie eine Zuckercreme oder wie die Farbe der Blütenblätter von wilden Rosen. Das ist aber selten. Gewöhnlich geht die Sonne unscheinbar und ohne jeden Prunk hell aus den fernen Wolkenbänken auf.
Dann kommen die Truthennen aus dem Stall in den Hof auf den Tennisplatz, und das schwarze Pferd kommt. Später am Tag kommen auch drollige dicke Schweine, schwarze; und die javanischen Hotelboys, die auf dem Marmorkachelfußboden des Speisesaals im Vorderhause, nur auf kleinen Matten und in eine Decke gewickelt, platt auf den Steinen geschlafen haben,

erscheinen und sitzen auf den Galerien umher und bringen Tee oder putzen und weißen weiße Segeltuchschuhe.
Auf die Galerie nach der Mandelbaumstraße hin hat dann mein Boy schon den Tee gestellt. Er geht darauf hinunter zu den Badezimmern und läßt eine Wanne voll heißes Wasser laufen. Ich bade dann heiß und dusche kalt. Dann gehe ich ins Zimmer zurück, wo der Boy mir einen frischen Anzug hingelegt hat, und dann rasiere ich mich, ziehe mich an, habe einen Schluck Tee getrunken und sitze auf dem Schaukelstuhl der Veranda, und der Boy schnürt mir, am Boden kniend, die Stiefel. Er ist verheiratet, wie alle Javanen, und hatte neulich drei Tage Urlaub, um seiner Frau eine neue Hütte in seinem Dorf zu bauen. Er bedient mich und den Major. Noch nie kam mir – unberufen – auch nur eine Stecknadel fort. – Wenn ich dann blank im weißgestärkten Anzug dastehe, nehme ich meinen weißen Tropenhut und gehe durch die Galerien hinunter ins Vorderhaus, wo von sieben Uhr ab im Speisesaal Frühstück gereicht wird. Das besteht aus kaltem Braten, gebackenem Hering und zwei Eiern und Marmelade. Ich esse aber nur ein wenig Hering und zwei Eier.
Nach dem Frühstück gehe ich die Hauptstraße von Garoet hinunter, wo immer die Sonne scheint, immer hohe grüne Alleebäume stehen, immer die Ladenbuden bunt in der Morgensonne leuchten, immer die kleinen Javanenfrauen und -männer und blasse Chinesinnen und Chinesen lustig am Fußboden herumhocken, kaufen und verkaufen, schwatzen, immer etwas knabbern und kauen, immer ein kleines Kind im Arm oder auf dem Rücken tragen, immer guter Laune sind und lautlos barfuß vom und zum Markt rennen. In diesem Gewimmel von harmlosen Tagesgeräuschen und lächelnden Gesichtern einer glücklichen und doch emsig sorgsamen Menschenwelt ist es mir ganz wohl.
Nachmittags (von ein bis zwei Uhr Mittagessen) liege ich meistens von zwei bis halb vier Uhr auf meinem weißen Tüll-Himmelbett, und dann ist Besuchstunde und Himmelfahrt zur Frau Dauthendey. Neben mir im Bett liegen die Fotografien vom Guckelesgrabengarten, wo Du herumspazierst, und Deine Bilder alle, und dann schwätze ich mit Dir und bete mit Dir durcheinander. Manchmal schlaf' ich auch ein, und dann fühle ich mich nachher herrlicher ausgeschlafen bei Dir als in der Nacht.
Am Spätnachmittag gehe ich entweder, wenn ich nicht dichte oder an Dich schreibe, mit dem Major in die Reisfelder spa-

zieren, oder wir sitzen unter einem Baum am Aloen-Aloen-Rasenplatz, wo die Moschee steht, oder wenn es regnet, lese ich auf der Veranda mal dem Major eine meiner »Novellen aus den vier Winden« vor. Dann ziehe ich mich um halb acht Uhr wärmer für den Abend an. Um acht Uhr ist Abendessen. Später sitzen wir in der Hotelhalle und politisieren mit ein paar Deutschen. Meistens um zehn Uhr gehe ich zu Bett. (Dann ist es *vier* Uhr und Mittagessenszeit in Stockholm.)
So gehen hier die Tage, von nichts als von Deinen Briefen oder von meinen heftigen Abreiseplänen unterbrochen, seit Ende Februar einförmig und erlebnislos, aber doch mit Hinblick auf die Kriegsnachrichten anstrengend, sorgenvoll und in Sehnsucht nach Dir und nach Deutschland quälend langsam an mir vorüber.
Der Krieg zerstreut meine Aufmerksamkeit so, daß ich außer dem Kriegstagebuch und außer Gedichten und Briefen nichts weiter zu schreiben imstande bin. Ich habe noch keine Kraft, die Neuguineareise zu beschreiben, und keine Ruhe, mir javanische Novellen auszudenken, wie ich das so gern möchte. Und ich mache mir darüber oft Vorwürfe.
Am Sonntag machten wir, fünf Herren, Deutsche, im Auto des Hotels eine Fahrt von fünfundvierzig Kilometern ins Innere von Java, durch einen Gebirgspaß. Wir fuhren um sechs Uhr morgens weg, waren mittags zwölf Uhr wieder zurück. – Es kostete für jeden zehn Gulden, also fünfzig Gulden das ganze Auto. Auf dieser Fahrt verließen wir endlich einmal die vielen Wasserfelder des Reisbaues. Denn rund um Garoet ist Wasserscheibe bei Wasserfläche, darin der Reis gepflanzt wird. Millionen von kleinen und großen Wasserfeldern. Davon ist die Luft so ewig feucht, so locker für den Magen. Mir war ganz wohl, wie ich mal aus dem ewigen Wassermeer herauskam in die wilde, feste Urwaldregion, wo nur Wälder und unendliche Waldtäler wie in Tirol sind und weite Fernsichten von Tal zu Tal und Bergketten hinter Bergketten, dick mit Urwald und einigen Teepflanzungen bewachsen. Meilenweit wächst dort oben im Gebirge der Tee in den Pflanzungen an den Bergabhängen. In den Schluchten rauschen schäumende Gebirgsflüsse, wunderbar versteckt in dem Meer von Baumfarren. Aber man sieht nirgends ein Stück Wild am Tage, kein Raubtier, die alle erst nachts zum Vorschein kommen. Wir hatten Eßkörbe mit Braten, Eiern und Butterbroten und Früchten mit uns und Wein, Bier und Selters-

wasser in Blechkisten aufbewahrt. Auf einem großen Stein frühstückten wir um neun Uhr und fuhren, nachdem wir den südlichen Indischen Ozean in der Ferne im Süden als weiße Schaumlinie gesehen hatten, zurück durch Hunderte von Javanendörfern, die von halbnackten schönen Menschen wimmelten. Die Fahrt heißt »zum Thal 33«. Thal bedeutet Meilenstein. Also zum Meilenstein 33. Dort hört an einer Brücke der Weg auf, da er erst weitergebaut wird und später bis zur Südküste gehen soll.

Zwiesprache mit seiner Frau

Garoet, 13. Juli 1915

Herzschatz, es ist heute wieder Posttag. Mir ist der Tag immer wie ein Hasardspiel. Wird mir die Poststunde einen Brief von Dir bringen oder eine Niete? So frage ich mich schon Tage vorher und heute jede Stunde. Ich arbeite jetzt immer vormittags weiter am Buch der Neu-Guinea-Reise. Ich nenne es: »Die letzte Küstenfahrt. Kleine Erinnerungen von meiner letzten Neu-Guinea-Reise«. Während ich an Dich schreibe, kommt unter den fernen Palmen der Garoet-Gärten europäische Orchestermusik her. Die Kapelle des »Klubs der Weißen« übt in den frühen Morgenstunden. Der Himmel ist ein schöner blauer Hintergrund zu der gedämpften europäischen Melodie. Wenn Sonnabend vor dem Abendessen dieselbe Kapelle ihre öffentliche Spielstunde im Gartenpavillon des Societätshauses hat oder wenn sie Sonntag nachmittag fünf Uhr auf dem großen Rasenplatz im Pavillon bei der Moschee und beim Hause des Sultans spielt, dann kann ich es auf meiner Veranda nicht mehr aushalten. Dann macht mich diese Musik todunglücklich, wie Musik mich immer in meinen Kinder- und Jünglingsjahren schmerzte und mich unglücklich machte. Ich glaube, ich hatte schon damals unbewußte Sehnsucht nach Dir. Am Sonnabend weiß ich dann zur Musikstunde nie, wo ich hinlaufen soll. Ich möchte keine Menschen, möchte keine Java-Landschaft mehr, möchte Dir in die Arme laufen. Ich fühle mich recht alt und schwach geworden in solchen Stunden, und überhaupt in diesen letzten Monaten komme ich mir ganz dünnblütig vor. Dieses ewige Sichsehnen und Schmachten von Tag zu Tag nach Dir und der deutschen Landschaft und die ewige Kriegsnot sind wie ein ununterbrochener alpdrückender Traum. Es ist, als müßte ich plötzlich erwachen und

sagen können, ich bin bei Dir im Guckeleshäuschen, und alles ist nicht wahr gewesen, es war nur ein Alpdruck. Aber leider träume ich diesen schweren Traum täglich vierundzwanzig Stunden. Und kann nicht erwachen. Der kleine Vogel in dem Götter-Blütenbaum, der über die Straße herüber öfters am Tage vielemal: »Siegrid« ruft, der tröstet mich so oft. Ich höre bei »Siegrid« immer Deine Stimme und weiß, der Vogel will mich Dir nahe bringen mit dem Ruf »Siegrid«. Ich habe Deine kleine blaßblonde Puppe im Geist genau vor mir, die Arme hat es jetzt auch einsam in irgendeinem Schrank unserer Wohnung. Sie ist wie ein kleiner Schutzengel Deiner Jugend. Sie dankt Dir heute für Deine Spiele mit ihr, indem sie ihren Namen aus der Ferne dem kleinen Garoetvogel im Traum zugeflüstert hat. Der ruft nun so lieb, wie Du die kleine Puppe früher gerufen hast. Ach Gott, jedes Ding will dazu beitragen, daß wir uns nicht zu weit getrennt fühlen sollen. Wenn nur die Europapost heute nachmittag auch so lieb sein möchte und Deine Briefe endlich herbringen würde! Oder sind alle deutschen Briefe von den Engländern gekapert worden?
Ach, eben kommt ein Deutscher herauf – ein Brief von Dir ist angekommen, soeben mit der Frühpost schon; ich reiße ihn jetzt auf und lese. Ich habe die Frage Deines Briefes, den ich eben las, tief nachgefühlt: Wo ist der Dauthendey hin, der das Ewigkeitsfest aufgedeckt hat? – Herz, mein Herz, es war ja ein Dichter, der jenes Buch schrieb. Dichter und Wirklichkeit – das geht nicht zusammen, oder nur dann, wenn der Dichter ganz und vollkommen in seiner Kraft ist. Aber bin ich denn ohne Dich ganz? Es fehlt mir doch mein ganzer Lebensinhalt, wenn ich ohne Dich hinleben muß. Ich bin dann schwächlich, zitterig, ärmlich, unklar und unsicher in meinen Gedanken und möchte mich scheintot auf ein Bett legen und erst wieder bei Dir aufwachen, wenn die Trennung so unmenschlich dauert. Du schreibst mir so wenig über mein Sumatra-Gedichtbuch und über meine Gedichte und schreibst wieder so viel über die Bibel.
Eine winzige Hoffnung bleibt mir nur, daß Du in meiner Heimreisesache mehr erreichst, als alle es könnten, da Du mit Liebe handelst. Auf Hilfe hoffe ich immer noch im stillen. Aber ich bitte Dich, zerstöre mir diese Hoffnung, wenn sie unmöglich ist, und schone mich nicht auf diese Weise. Denn keine Wahrheit ist so hart zu ertragen, das sagte ich Dir immer, als es die Unklarheit, als es die Unwahrheit ist. Sieh, Du redest mir in Deinem

Brief so zu, als wäre es eine göttliche Sünde, wenn ich schwach bin und vor Liebessehnsucht leide. Aber wie kann einer, der sich so lange Zeit sehnt, stark bleiben! Wenn ich an gebrochenem Herzen sterben würde, so wäre das fast lächerlich auszusprechen heutzutage, so sehr ist es jetzt Mode, sich falsche kalte Kräfte einzureden und nicht die tödliche Süße der Sehnsucht auskosten zu wollen. Ich finde aber, es ist ebenso stark, sich sehnen zu können, als es stark ist, die Sehnsucht von sich durch eingeredete Beweggründe fernzuhalten. Der eine Mensch ist nur warm stark, der andere ist kalt stark. Jetzt ist es Mode, kalt stark zu sein, und darum kann mich heute kein Mensch verstehen, und meine Sehnsucht ist in unserer Zeit beinahe eine Beleidigung der kalten Göttin Lebensernst. Der Dauthendey des »Weltallfestes« feiert eben das Fest tödlicher Liebessehnsucht. Aber ich hoffe immer, daß diese Wartezeit meine Kräfte nicht übersteigen wird, wenn Du mir die Erleichterung des regelmäßigen Briefaustausches zukommen läßt. Ein Posttag ohne Brief erfüllt mich jetzt, wo ich schon ganz überempfindlich durch die langen Wartemonate geworden bin, mit Selbstmordgedanken. Aber habe keine Angst: zwischen dem Gedanken und der Tat liegt noch eine lange Reihe von Meilen. Ich male es mir nur aus, da ich eben als Dichter zu nichts anderm als zum Phantasieren da bin, wie mir wäre, wenn ich schmerzlos ins Jenseits schlafen dürfte. Und dort würde ich Dich auch einmal finden. Doch es ist müßig, daß ich solche Gedanken schreibe. Aber sieh mal, Herz, es erwartet mich außer Deinen Lippen zu Hause in Deutschland nicht viel Gutes und nur so viel Unverstand und so wenig Anerkennung, daß mein Fortgehen von der Welt mir innerlich wie äußerlich nützlicher sein könnte. Ich wäre der Welt verständlicher, wenn ich zu den deutschen Bücherschrankgeistern der Literatur gehören würde. Die Zeit, wo die Nation die Dichter wie die Priester ernährt, ist leider noch nicht angebrochen. Ich erlebe sie nicht mehr.

Meine Schrift wird so häßlich, teils weil ich täglich so viele Stunden schreibe, teils weil mein Wesen so voll Ungeduld ist wie ein siedendes Wasser, das voll Hitzeblasen prickelt und nicht mehr glatt liegt, so wie das kalte Wasser es tut. Es freut mich aber, daß Du in der Bibel so schöne Geschichten liest. Und wenn Dir dieses Lesen der Heiligen Schrift so gut bekommt, wie es meiner lieben friedsinnigen Mutter bekommen ist, dann segne ich jede Stunde, die Du bei der Bibel verbringst.

Es wird heißer Mittag draußen, und die blauen Berge legen sich ein wenig flacher hin. Der Schwung des Morgens ist von den Berglinien verschwunden. Das denke ich auch immer, wenn ich mein jämmerliches Gesicht im Spiegel suche. Es ist Spätnachmittag in meinen Gesichtszügen. Ich bin mager und verhärmt. Wenn ich meine Hände wasche, so ist mir, als fühlte ich die Finger eines Kindes an meiner Hand, so winzig und glattschlank sind die Hände geworden. Es ist, als wollte der ganze Leib verschwinden, weil er keine Bedeutung mehr findet in der Leere hier.

In der Zeitung stand vor einigen Tagen, der Kaiser habe vor seinen Truppen in Berlin in letzter Woche eine Rede gehalten und gesagt, es gäbe keinen Winterfeldzug mehr. Ist das wahr? Ach, ich freute mich so und schlief einmal wieder nach diesem Telegramm, das wir abends erhielten; denn bis zum Herbst halte ich gut aus. Wenn es nur wahr ist, daß der Kaiser diese Versicherung gegeben hat; aber es klingt eigentlich unglaubwürdig.

Nachts lehne ich im Dunkeln fast in jeder Stunde einige Zeit am Geländer meiner Veranda und gehe mit den Augen um den indischen Sternenhimmel herum. Ich kann so wenig schlafen. Und nachmittags schlafe ich auch nicht mehr. Und morgens stehe ich zwischen fünf und sechs Uhr schon auf. Heute morgen bin ich wieder einmal geritten. Aber allein ist es kein Vergnügen. Deshalb reite ich so selten, weil alles, was man allein tut, nicht schmeckt, wenn man so alt wie ich ist und so dumm wie ich und so unmodisch wie ich.

Lieber Schatz, im Grunde beruhigt es mich doch sehr, daß Du in diesen Wirren so festen Fuß bei Gott und in der Bibel gefaßt hast. Und wenn ich Dich auch so schwer wiedererkenne, so bist Du mir doch dadurch größer und stärker und gibst mir mit Deinen Briefen innerlichen Trost. Aber ich habe keine deutsche Bibel hier und würde auch augenblicklich nicht imstande sein, darin zu lesen, so wie Du, da ich zuviel an meinem Tagebuch und am Reisebuch schreibe. Und außerdem habe ich vor Jahren die Bibel gründlicher gelesen als Du, und ich erinnere mich an alles, was Du mir erzählst. Wie oft las ich an meinem Schreibtisch stundenlang das Buch des Tobias und anderes, um einen Dramenstoff zu finden, bis ich die Bibel sein ließ und über den Stoff der deutschen alttestamentarischen Geschichte von der »Heidin Geilane« schrieb. Warum wird die »Heidin Geilane«

jetzt nicht aufgeführt? Der ernste religionskämpfende Stoff paßt so gut jetzt in ernsten Zeiten auf die sich nach Ernst sehnenden deutschen Theater. Ich glaube, daß man nächsten Winter Sinn für ein so ernstes Stück hat.
Herzensschatz, jetzt ist bald Mittagszeit. Ich habe mit kleiner Unterbrechung den ganzen Vormittag bei Dir verbracht. Ich bin davon so wohl gestimmt. Ich möchte die Feder gar nicht hinlegen und immer, immer weiterkritzeln, bis ich Dich sehe und mit den Lippen fühle und nichts mehr dann zu sagen habe als »Mein Herz!«.

Dein Herrle, Dein unmodisches

Dort in der Nacht, schlafender Mandelbaum,
Die Lampe bescheint dich streichelnd im finsteren Raum.
Heute am Tage, da spielten Schmetterlinge bei dir.
Jetzt in der Nacht, da stehst du, ach, so verlassen bei mir.
Aber dir kehrt die Sonne morgen zurück ins Geäst.
Morgen feierst du wieder begeistert dein Blütenfest.
Doch zu mir Verlassenem kommen die Stunden nur leer.
Licht ward zur Dornenkrone. Täglich drückt sie mich mehr.

Garoet 1915

Hilferufe aus dem Paradies

An seine Frau

Garoet, 24. Juli 1915

Am Mittwoch letzter Woche, als Professor Leber hier war, machten wir, fünf Deutsche, eine Automobilfahrt nach Talega-Bodas. Das ist ein großer dampfender Kratersee, in welchem heiße Schwefelquellen sprudeln, auf einem Berg. Die Natur ist ganz abgestorben, rund um den See sind weiße Krusten von Schwefel, wie Du sie auf dem Vulcanello auf den Liparischen Inseln gesehen hast. Wir fuhren erst auf der Landstraße eine kleine Stunde im Auto, dann zu Pferd den Berg hinauf durch altmodische Javanenbergdörfer. Im ganzen ritt ich hin und zurück achtundzwanzig Kilometer, von morgens sechs bis mittags zwölf Uhr. Es war ein herrliches Reiten in der kühlen Bergluft. Auch im Totental waren wir. Dort liegen Schlangen, Eidechsen, Vögel

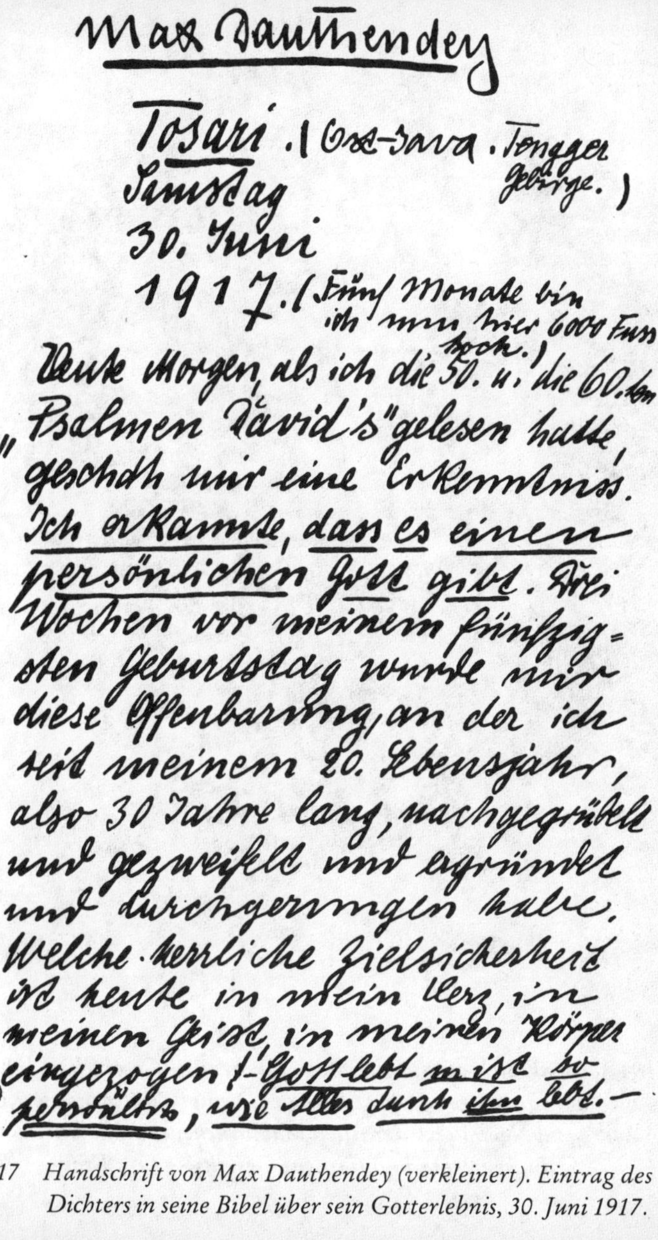

Max Dauthendey

Tosari. (Ost-Java. Tengger Gebirge.)
Samstag
30. Juni
1917. (Fünf Monate bin ich nun hier 6000 Fuss hoch.)

Heute Morgen, als ich die 50. u. die 60.ten „Psalmen David's" gelesen hatte, geschah mir eine 'Erkenntniss'. Ich erkannte, dass es einen persönlichen Gott gibt. Drei Wochen vor meinem fünfzigsten Geburtstag wurde mir diese Offenbarung, an der ich seit meinem 20. Lebensjahr, also 30 Jahre lang, nachgegrübelt und gezweifelt und ergründet und durchgerungen habe. Welche herrliche Zielsicherheit ist heute in mein Herz, in meinen Geist, in meinen Körper eingezogen! – Gott lebt mit so persönlich, wie Alles durch ihn lebt. –

17 *Handschrift von Max Dauthendey (verkleinert). Eintrag des Dichters in seine Bibel über sein Gotterlebnis, 30. Juni 1917.*

18 *Gedenktafel, die von der Max Dauthendey-Gesellschaft 1982 am ehemaligen Geburtshaus des Dichters, Büttnergasse 2, jetzt Neubau bei der Alten Mainbrücke, enthüllt wurde. Entwurf und künstlerische Gestaltung Ossi Krapf.*

und Käfer tot im Gestein umher, getötet von den giftigen Gasen, die einen Fuß hoch die Erdkruste bedecken. Der Urwald rundum war halb ausgestorben, aber es flogen doch viele kleine feuerrote Papageien in den blattleeren Bäumen hinter uns her. Unser Besuch schien sie zu unterhalten.

Garoet, 8. August 1915

Bis jetzt habe ich immer noch ein Ende gesehen. Aber nun ich keine Hoffnung auf Heimkommen mehr habe, da ich von Dir seit dem Haag kein Telegramm erhielt, seit dem Telegramm: *»Lentement, chéri . . .«* nichts über das Heimkommen, seitdem bin ich recht erschöpft. Ach, Herzschatz, ich hörte neulich, man habe den *Kurt Aram*, den Schriftsteller, der in Rußland gefangen war, durch hohe Beziehungen austauschen können. Ach, warum kann mein Vaterland mir nicht auch nach Hause helfen? Ich gehe eines Tages an einem Herz- oder Hirnschlag hier zugrunde vor innerer ewiger Aufregung. Ich ertrage es keinen Winter mehr, glaube ich. Ich will Dich nicht ängstigen. Aber ich möchte, daß die Behörden oder der Kaiser und alle, die mich retten könnten, einsehen sollten, daß ich als Liebesdichter nur eine bestimmte Widerstandskraft habe. Die ist eines Tages zu Ende. So wie man einen Soldaten nicht ein ganzes Jahr in der vordersten Feuerlinie eines Schützengrabens zwischen Leben und Tod kämpfen läßt, so darf man mich nicht mehr dem grenzenlosen Heimweh preisgeben, und man muß mir heimhelfen, ich gehe sonst zugrunde.
Von einem Morgen bis zum nächsten Morgen, Tag und Nacht schleicht die Sehnsucht und das Heimweh wie eine Schlange um mein Herz und drückt mir die Adern und das Herz zu. Ich halte den Druck bald nicht mehr aus. Es ist zu lange Zeit, ich bin nicht bloß von Dir, sondern auch von meinem Klima, von meiner Sprache, von meiner Heimat, von allen Erinnerungen, die ein Dichter braucht, und auch von meinen Gräbern getrennt; ich entbehre alles das in jeder Sekunde. Ich konnte mich ein Jahr lang oft künstlich darüber wegtäuschen. Aber nun, da es sich wiederholen soll, graut es mir vor dem langen, ewigen Winter, – ich überlebe ihn sicher nicht. –

Garoet, 17. September 1915

Vorgestern hat es in der Nacht zum erstenmal geregnet seit Monaten, und nun beginnt die schwere, schwüle, feuchte Treibhaus-

luft wieder, die das Herz so sehr bedrückt macht und die mir das Aufatmen erschwert. Denn nun regnet es Nacht um Nacht, und die Tage sind heiß und feuchtdunstig.
Aber wenn es sein muß, werde ich es auch aushalten.
Was mich hier und in allen Briefen, die ich nach Europa an Dich schreibe, so schmerzlich stimmt, ist hauptsächlich das Unnütze meines hiesigen Aufenthaltes, von der Sehnsucht nicht zu sprechen. Es ist so schmachvoll, hier untätig zu bleiben; und je länger der Krieg dauert, desto erniedrigender kommt mir meine Lage vor, und ich fühle es wie eine große Schande in meinem Blut, immer nur aus der Ferne am Ende der Welt der großen Umwälzung in der Heimat zuhorchen zu müssen. Es ist, als könnte ich mich im deutschen Volk gar nicht mehr sehen lassen, da ich in den schwersten Stunden der Heimat nicht daheim war. –

Garoet, 19. September 1915

Herz, ein Hund darf schreien, wenn es dunkel wird, siehst Du, und ich, und ich darf es nicht. Meine Brust ist so gepreßt von Heimweh. Es ist jetzt abends halb zehn Uhr, und ich bin wie immer, wie jeden Abend, auf meiner Veranda so allein, so allein. Es ist ja ganz gleich, ob ich hinunter in den Pavillon gehe und mit ein paar Deutschen politisiere, ich wäre doch allein. Ach, wenn ich nur schreien dürfte! Es wird jeden Abend schlimmer, jeden Abend unmöglicher. Ach, diese Abende! Was soll ich nur tun, wenn das so weitergeht? Ein Jahr war doch genug. Aber nun wieder einen Winter und wahrscheinlich noch einen Winter! Das kann ich gar nicht überschauen, viel weniger bewältigen.
Annie, Annie, alle Glieder schmerzen mir in diesen Abendstunden vor Sehnsucht. Es ist ein richtiger Blutschmerz im ganzen Oberkörper. Ich fühle meine Brust so gespannt, als ob sie zerreißen wollte.
Ach, und schreien – nur schreien möchte ich einmal tüchtig in die Nacht. Dieses lauwarme Dunkel, die feinen Grillenstimmen, die spitzen, die beengen und quälen mich; und es ist nicht zu beschreiben, wie einsam Dunkelheit und Grillenlaut und die ewige Schwüle der ewigwarmen Nächte einen hier machen können.
Habe auch heute nachmittag einen Brief vom Deutschen Konsulat in Batavia, wo ich angefragt hatte. Nein, ich dürfte nicht ans Heimreisen denken, schreibt man, der englische Konsul weiß

von nichts, er wurde aus London über die Deutschen, die hier nicht weiterreisen können, nicht amtlich benachrichtigt. Er weiß nicht, ob Austauschverhandlungen stattfänden.
Ach, Annie, Annie, warum bist Du für den einzigen Liebesdichter nicht gleich und längst zum Kaiser gegangen? Ich leide so sehr. Ich leide, denn bis jetzt habe ich immer noch auf Frieden oder auf Deine Hilfe gerechnet. Ich schrieb Dir immer im Frühjahr: Bis Oktober halte ich es noch aus. Was dann kommt, weiß ich nicht. Ich muß dann schreien, laut schreien, ich bin zu gepreßt, ich bin zu gequält.
Heute nachmittag habe ich das Strindberg-Buch gelesen von Adolf Paul. Das hat mich zuerst sehr erquickt, dann aber zum Schluß quälte es mich. Ach, der arme Mann, er hatte doch mehr Sorgen als Freuden in seinem Dasein. Sein ganzes Leben war Angst und Sorge. Dieses Buch hat mich jetzt ganz schwach gemacht. Mein Leben ist doch so ähnlich. Immer die Geldangst, immer, auch wenn es Frieden wird. Auch wenn wir uns wiedersehen – bis der Tod kommt, bleibt die Geldangst immer bei mir. Ist das nicht verzweiflungsvoll! Es macht einen ganz bitter.
Nie soll ich aufatmen dürfen, solange ich atme. Bis ans Lebensende nie aufatmen. Das ist mein Los als Dichter. –
Ach, Annie, nimm mir meine Klagen nicht übel. Ich bin so gepreßt, so beengt, so gequält.
Die lange Nacht liegt da vor mir, der Mond scheint auf die weiße Giebelmauer des Telegrafenhauses gegenüber, ein Hund bellt, und die ewige Grille geigt in Fistellauten. Du bist dort weit über vielen, vielen breiten Meeresflächen im Westen. Wochenweit von mir getrennt. Ich könnte, wenn ich mir es ganz genau vorstelle, wie weit es zu Dir ist, beinah vor Schrecken zusammenfahren und tot umfallen.
Wie künstlich meine Ruhe jetzt ist, das merkte ich heute, als am Posttag kein Brief von Dir ankam. Ich bin todunglücklich und merke erst, wenn nichts kommt, wie sehr ich auf einen Brief gewartet habe. Ich bekam aber nur zwei Bücher von Langen. Den zweiten Band der Kriegsdokumente und das Strindbergbuch. –

Garoet, 19. Oktober 1915

Liebes Geburtstagsherz,

Ich habe Dir auch zum Geburtstag ein kleines Heft voll neunundzwanzig Südsee-Aquarellbildern gemalt. Ich malte in der

letzten Woche drei bis vier Tage hintereinander daran. Und gerade gestern vor Deinem Geburtstag wurde ich damit fertig. Die Bilder werden Dir einen kleinen farbigen Begriff geben, wenn ich wieder zu Hause bin, was ich alles Buntes zu schreiben habe über die vielen verschiedenen Südseemenschen und Inseln und Reisetage, die ich gesehen habe. Ich würde Dir die Bilder gern mit der Post schicken, aber seit Du mir schriebst, daß das Paket mit den Luxusausgaben meiner Sumatra-Gedichthefte nicht angekommen ist, möchte ich in den Kriegszeiten wertvollere Sendungen nicht mehr der Überseepost anvertrauen. –
Eine Dame hier, eine verwitwete Frau Kapitän Grünberg, hat mir ihr anderthalb Jahre altes kleines Mädchen Lotte zur Adoption angeboten. Ich würde Dir gern zu Karl noch ein kleines Mädchen mitbringen. Es ist das ein so lustiges, immer lächelnd spielendes kleines Mädchen. Ach, ich möchte am liebsten zehn Kinder um mich haben daheim im Waldhaus. Das wäre das lustigste Leben für uns beide. Findest Du nicht? – Aber wie können wir je an ein solches Glück denken! Es wäre Wahnsinn.

SEHNSUCHT, HOFFNUNG – BANGES AHNEN

Es weihnachtet

An seine Frau

Garoet, 9. November 1915

Also herzliebe, gute, brave, schöne Anna mein, ich fühle, trotzdem ein scharlachroter Götterblütenbaum mit eben frisch aufgewachten Blüten vor meinem Südfenster steht, wo Du immer im Geist zu Besuch hereinkommst – ich fühle trotzdem ganz sonderbar das liebe, mollige und wintertrauliche Weihnachtsfest und Neujahr und die Heiligen-Dreikönigs-Tage dicht vor der Tür. Zwischen der brennenden Sonne durch schleicht etwas Europäisch-Kühles, Nebelhaftes von den großen blauen Vulkanbergen herunter, die hinter den Palmengärten her auf meine Veranda sehen. Es liegt, beim Blick auf die feierlichen, immer dunkelblauen Berge, eine Abendstimmung mitten im heißgelben Tropentag. Ich gehe durch die alten weihrauchblauen Kirchen Würzburgs und besuche mit Dir zusammen die Mette und die

Krippenbilder des alten Käppele auf dem Nikolausberg und sehe von oben vom Platz vor der Kirche auf die Fenster unserer alten Wohnung am Main, wo die Spatzen auf den kalten Fensterbänken auf die Fütterung durch uns warten. Und weißt Du noch die weiße Taube, die einen Winter lang immer kam und dann im Frühjahr eine dunkelblaue Taubenfrau mitbrachte, als ich die Verse der »Geflügelten Erde« schrieb? Mein Beovogel, den ich auf der Veranda hier stehen habe, schwatzt wie ein Hanswurst, der mich aufheitern will. Er hustet, wenn der Zimmerdiener ihn bedient. Aber wenn ich komme, sagt er: »Guten Tag, Herr!« aber malaiisch: »Tabé, Tuan.« Und er plaudert wie eine Schwatzbase vom Morgen bis zum Abend und amüsiert sich in seinen Gittern, als ob er die größte Freiheit hätte. Ich nehme mir an ihm oft ein Beispiel und versuche, so klug wie er zu sein. –

Garoet, 10. November 1915

Ach diese Feste in Solo vom 23. Oktober bis 2. November – das war mein Weihnachtsfest. Bei dem großen Galaempfang in den Palasthallen, die sich alle in grüne weite Gärten öffnen und keine Wände, sondern nur goldgeschnitzte und rote Lacksäulen haben und wo die Luft von Wohlgerüchen fromm und heilig war und heilig von Musik und heilig von hundert schönen gottergebenen Frauenaugen feiner Javaninnen, die da als Prinzessinnen, Hofdamen und Fürstinnen in unabsehbarer Zahl auf dem marmornen weißen Fußboden saßen, nacktbraun bis an den Seidengürtel, den rosigen oder grünen, und alle hatten gleichfarbene braungemalte Batiktücher wie ganz enge Röcke um die Beine geschlagen, und alle saßen so still wie Wandmalereien, und viele Hofsängerinnen, Töchter der Nebenfrauen des Sultans, sangen heilige, uralte javanische Lieder, und große Riesensträuße aus nur schneeweißen Tropenblüten, mit weißer Gaze zugedeckt, standen wie weiße Berge im Saal, und Hunderte von weißen Glaskronen leuchteten von den Decken, und kleine Schwalben verirrten sich von den Gärten herein und flogen zwitschernd unter den Goldkassetten der reichen Saaldecke hin – ach, wenn alles so heilig an Musik, Menschen, Gerüchen, Farben und heilig an gesitteter Vornehmheit war – da dachte ich: so ist ein Weihnachtsfest im Himmel, wenn der alte liebe Gott mit seinen Engeln Weihnachten feiert und alles schweigt und alles singt und alles duftet und alles leuchtet, und alles ist fromm, gut und unschuldsvoll. Und nur Du hast mir dabei gefehlt. Ich fühlte mich weihnachtlich wie als Schuljunge, wo ich Dich noch nicht kannte und wo mir etwas fehlte, was aber noch nicht schmerzend fehlte wie heute. – Und Du warst eigentlich in meinem Herzen mit in dem Palast dabei, und ich zeigte Dir alles, während ich horchte, schaute und ganz weihnachtsheilig gestimmt war. Nie werde ich auf Erden wieder ein so göttlich einfach unschuldiges, nacktes und frommes Kaiserfest zu sehen bekommen. Dreimal fühlte ich es wie Weihnachten. Und ich dachte: dieses Jahr sehe ich dreimal den Weihnachtsabend. Denn jedesmal war es ganz wie im Augenblick der Bescherung, wenn der Baum brennt und die Augen leuchtend genießen und alle Menschen sonst nichts tun als schweigen und die Augen leuchten lassen. Darin bestanden eigentlich die ganzen Feste im Palast: daß Hunderte in Schönheit und Unschuld zusammen waren, Musik hörten und ihre Augen leuchten ließen und schweigend in das Leuchten aller Augen sahen. Ach, Annaherz, dieses Genießen einer solchen harmonischen Geselligkeit ohne Gesprächslüge, ohne Gesellschaftslüge, ohne Gesellschaftsroheit habe ich noch nie in Europa erlebt. Wer das wirkliche Leben einer durchaus gesitteten und doch nackten, unschuldig entblößten Gesellschaft von Fürsten und Fürstinnen genießen will, muß nach Java reisen. Höchster Adel und ursprünglichstes Paradies zusammen. Der Mensch hier, der Javane, ist, glaube ich, beim Sündenfall nicht aus dem Paradies vertrieben worden. Die Javanen lebten sicher als Brüder Adams irgendwo vor der biblischen Geschichte im Paradies längst vor Adam und sind dort im Garten geblieben bis heute. Und der Garten heißt Java.

Über das Alter

Garoet, 12. November 1915

Junge Menschen haben keine Seele. Die Seele ist ein Aroma, das sich erst mit den Jahren aus dem Leben im Menschen ansammelt, wie ein Geist aus dem Weh- und Wohlinhalt vieler Jahre. Es ist gar keine Kunst und gar kein Verdienst, wenn man durchs Altwerden Seele oder Aroma des Lebens bekommt. So wenig, wie es ein Verdienst ist, daß man sich satt gegessen hat, keine Suppe mehr mag und kein Gemüse, sondern Kaffee, Zigarre und Likör, lauter stark duftende Dinge. Als reifer Mensch stört man die unreifen nur mit seiner Sattheit und mit seinem Verdauungsüberblick über das Leben. Die jungen Leute lieben keine Würde, aber sie fürchten sie, sehen sie als notwendig an, aber nicht als unterhaltend. Unterhaltend ist Würde nur für die Würdigen im würdigen Alter.

Geduld – Geduld

Garoet, 8. Dezember 1915

Habe gestern nachmittag Briefe von Annie vom 18. und 20. Oktober bekommen, mit meinem Brief vom 13. Juli, Abdruck in der Frankfurter Zeitung. Und auch mit einer Notiz in der Münchener Zeitung vom 20. Oktober, daß der Schweizer Schriftstellerverein den englischen Gesandten in Bern bewogen hat, für mich bei der englischen Regierung um freies Geleit nachzusuchen (Reise nach den Vereinigten Staaten).
Bis jetzt habe ich noch nichts gehört von der englischen Regierung. Es wird auch kaum etwas eintreffen, denn Sch., der doch als Neu-Guinea-Beamter freie Heimreise haben sollte, hat bis jetzt noch keine Papiere aus London erhalten, trotzdem ihm dieselben schon im Juli-Anfang angekündigt wurden durch das Berliner Auswärtige Amt.
Geduld, Geduld, mein altes dummes Herz! Einmal muß es auch wieder Frieden werden.

Die Bäume laut im Dunkeln rauschen,
Der Wind nimmt mich zur Ferne mit.
Ich muß noch nachts der Sehnsucht lauschen,
Mein Ohr horcht hin auf jeden Schritt.

Der Sehnsucht ist es nie genug.
Die Bäume reden schnell im Winde,
Und Schmerzen, die ich täglich trug,
Ich nachts noch spät am Wege finde.

Garoet 1915

Todes-Ahnung

Garoet, 12. Dezember 1915

Welche Krankheit steht mir jetzt bevor? Ich glaube, ich habe neulich zum zweitenmal geträumt, daß ich mich im Traum selbst gesehen habe. Man sagt, wenn man sich im Traum selbst sieht, muß man sterben. Ach, ich möchte vorher noch einmal Annie küssen und Deutschland wiedersehen. Früher, lieber Himmel, laß mich nicht von der Erde fortgehen!

Versuchung

Garoet, 18. Dezember 1915

Gestern kam Frau K., schöner als jemals, zu mir um fünf Uhr auf die Veranda. Sie hatte sich mittags durch ihr javanisches Mädchen, das sie schickte, für den Nachmittag anmelden lassen. Wirklich, ich habe, ehe sie kam, ein Stoßgebet gebetet, um mich nicht verführen zu lassen. Abgewiesen hatte ich sie schon am Sonntag mittag, wo sie anklopfte, dieses Mal mußte ich sie annehmen. Sie sah sehr gut aus im schwarzen Florkleid mit dem schönen weißen Hals. Sie sah gescheiter, aufgeweckter aus und ein klein wenig schwermütig. Aber beim Sprechen legte sie so viel bestrickendes Lächeln in ihre Gesichtszüge und ließ ihre blaßblauen Augen so eindringlich glänzen, daß ich schweren stummen Widerstand leisten mußte.
Ehe sie kam, hatte ich mir eingeredet, wenn einer einen schönen Apfel essen will, dann kann man ihm noch so viele Kirschen hinhalten, er denkt doch an einen Apfel. So ist meine Sehnsucht. Mein Apfel ist Annie. Die anderen Frauen sind andere Fruchtsorten. Ich schreie nach einem Apfel und pfeife auf alle Kirschen. Aber wenn man gar nichts bekommt und Kirschen gegenüber sitzt, greift man zuletzt auch bei Kirschen zu, dachte ich, wie die Frau K. da vor mir war.
Doch ich griff nicht zu, trotzdem mir die Gelegenheit so leicht gemacht war. Ich verleugnete alle Manneslust vor ihr und gab ihr statt meines Mundes Lindt-Schokolade, und ich setzte mich weit von ihr in einen tiefen Stuhl. Der große Tisch stand zwischen uns. Sie saß hoch auf dem Schaukelstuhl, ich räkelte mich auf einem Halbliegestuhl. Ich sagte ihr, als mein mürrisches Gesicht ihr auffiel, daß ich Sehnsucht nach Hause habe und geärgert bin, weil der Freibrief nicht ankommt.
Sie konnte nicht verstehen, daß ich das Leben hier in Garoet nicht schön fände. Da zankte ich sie ein wenig wegen ihres leichtsinnigen Lebenswandels. Das tat ich aber nur aus Notwehr, um der Versuchung zu widerstehen. Zuerst las ich ihr aus meiner

»Geflügelten Erde« aus Japan vor. Dabei konnte ich mich hinter die Worte des Buches verstecken, bis es dunkel wurde und das Licht angezündet wurde. Dann, als sie ging, hatte ich noch eine bange Sekunde. Ich begleitete sie höflichkeitshalber durch mein Zimmer bis zur Tür. Da sah ich, daß eine weiße Schnur aus ihrem Blusenschlitz rückwärts am Rock blinkte, unglücklicherweise, denn ich hatte schon aufgeatmet, daß sie im Fortgehen war. Da blieb sie zwischen Bett und Tisch in der Mitte des Zimmers stehen, suchte umständlich mit der Hand rückwärts nach der Schnur und bog ihren nackten Hals, und ihre Figur stand so halb gebückt dicht vor mir, als sollte ich nur zugreifen, sie würde schon stillhalten. Es dauerte umständlich lange, man hätte sie viele Male in der Zeit umarmen und küssen können, dachte ich.
Endlich ging sie mit dem langsamen Schritt, der so klebrig am Fußboden haftet, so wie alle schönen Sünderinnen zu gehen die Gewohnheit haben, langsam und dem folgenden Mann Gelegenheit gebend.
Wie habe ich mich dabei beherrschen müssen. Und so war es schon oft, und nicht bloß bei ihr, bei mancher anderen jungen Frau ebenso. Aber ich habe mir in den Kopf und ins Herz gesetzt, ich will Annie meine ganze Treue nach Hause bringen. Ich finde dieses noch viel süßer, wenn es mir gelingt, als alles, was ich würde genießen können. Wohl leide ich oft, aber mehr noch genieße ich das Treusein. Frau K., die nun meistens mit Herrn S. spazierengeht, erzählte mir neulich, daß sie nach einer anderen Pension ziehen will, wo es billiger ist. Es ist besser, daß sie das tut. Sie ist zu quecksilbrig, denn sie ist jung und lebenslustig. Mir aber und meinem Herzen ist diese unruhige Frau in meiner Sehnsuchtsstimmung und im Heimwehleid ein Greuel.
Ich habe in diesen drei Weihnachtstagen das Evangelium Matthäi durchgelesen, jeden Morgen einige Abschnitte. Nun liegt wieder einmal das ganze reine Leben von Christus vor mir. Es tut wohl, so ein durchgeistigtes Männerleben wieder einmal klar vor Augen zu sehen. Und wie stark ist jedes heilige Wort seiner Lehre, seiner Geheimnisse, seiner Anreden und Antworten. Es ist immer aus der Mitte des Weltalls gesprochen, so voll Edelsinn und Güte klingt jeder Satz seiner Reden und so voll köstlicher Weisheit. Ein Wort habe ich mir gemerkt: Betet und fastet, dann könnt ihr Berge versetzen. Ich will es befolgen. Es drängt mich innerlich dazu. Es ist mir ein Bedürfnis, zu beten und zu fasten.

Du Baum, allein am Hügelrand,
Dein Einsamsein ist mir verwandt.
Du siehst wie ich den Tagen nach,
Und ruhlos rauscht dein Blätterdach.

O Wolken, Wind, o, Abendland,
Wie seid ihr Schweigenden mir verwandt!
Ein Blitz springt übers dunkle Kraut –
Die Ewigkeit hat uns angeschaut.

Das Leben – ein feuriger Augenblick!
Und Sehnsucht und Sehnsucht ist unser Geschick.

Garoet 1915

Neue Hoffnungen heimzukommen

Garoet, 2. Januar 1916

Sehr geehrter Herr Konsul Rademacher,

ich danke Ihnen bestens für Ihren freundlichen Neujahrsgruß und für die Benachrichtigung.
Mit einem holländischen Paß zu reisen, würde ich nicht wagen können, da ich gar kein Holländisch spreche. Aber mit einem schwedischen Paß könnte ich recht gut reisen. Doch wo den hernehmen, da er auf braune Augen und braune Haare lauten soll und alle Skandinavier hell sind. Überhaupt ist mir die Paßfrage nicht sehr sympathisch, wenn das Glück nicht gerade einen durchaus passenden Paß in meine Hand gäbe. Viel lieber wäre es mir, wenn Sie Ihren Einfluß geltend machen wollten und mir einen Platz auf dem Schiff verschaffen könnten, so daß ich ausnahmsweise als Deutscher mitreisen dürfte.
Ich bin so beglückt von dem Gedanken, von hier fortreisen zu dürfen, daß ich Ihnen gar nicht genug versichern kann, wie glücklich mich Ihr Brief gestern abend machte.
Ich bin Ihnen außerordentlich dankbar, daß Sie an mich dachten. Ach, wenn Sie meine Reise auf jenem Schiff durchsetzen könnten – ich wäre wie neugeboren.
Könnten Sie vielleicht dem Kapitän versichern, daß ich nur nach Amerika möchte, um dort in gesunderem Klima den Frieden abzuwarten. Und da ich als neunundvierzigjähriger Mann nicht

mehr militärpflichtig bin, so kann er mich doch gern mitnehmen.

Man braucht ihm ja nicht zu erzählen, wie sehr ich mich nach Europa heimzukommen sehne.

Darf ich bei Zusage um das Telegrammwort »Ja« bitten. Ich meine, wenn der Kapitän zugestimmt hat, daß er mich mitnehmen will.

Sehnsuchtskrank

An seine Frau

Garoet, 2. Februar 1916

Vormittags ist es hier jetzt schön, dann gehe ich durch die grünen Reisfelder, wo so viel Wasser rauscht, stundenlang allein spazieren und denke meine Märchen und meine Reisepläne aus. Nachmittags sitze ich auf meiner Veranda, und draußen regnet es dann stundenlang tropisch, Sturzregen, Du kennst das Wasserfluten aus Mexiko.

Jetzt sind große Überschwemmungen hier, und es wird für die armen Leute gesammelt, denn es wurden hunderttausend Javanenhütten fortgeschwemmt von Bandjirs, das sind plötzliche Hochwasserfluten. Die Eisenbahnzüge haben halbe Tage Verspätung wegen der fortgerissenen Brücken.

Mein Beo ist immer noch meine einzige Gesellschaft. Er ist wie ein Mensch. Ich kenne alle seine Bewegungen und Laute. Denn ich bin meistens vom Morgen bis zum Abend, wenn ich nicht spazierengehe, bei dem Beovogel auf der Veranda. Ich kann ihn leider nicht mitnehmen.

Soerabaja, Ost-Java, Hotel Simpang
28. März 1916

Ich will, daß Du meine reine Treue zu Dir auch in klarem Licht sehen sollst. Keine Lippe hat meinen Mund seit 14. April 1914 berührt, keine Liebe hat mich seitdem umarmt, ich war gegen alle Welt voll Eisigkeit, weil ich seit 14. April morgens acht Uhr, wo ich von Dir in Berlin Abschied nahm, bis heute wie ein Sehnsuchtskranker gelebt habe. Und nur Du wirst mich gesund machen dürfen, niemand andres. Wie frisch bin ich, während ich an Dich schreibe, und wie tot bin ich, wenn ich die Feder hinlege.

Dann bin ich wie ein Eingemauerter, der in einem ganz dunkeln Winkel bei Wasser und Brot leben muß, ohne Luft und Licht und Wärme.

In ewigen Meeren der Träume

Gruß aus Java an die Heimat
Soerabaia (Ost-Java), 23. Mai 1916

Ich muß den Seemann oft im stillen mit dem Künstler vergleichen. Das, was dem Bürger, dem unkünstlerischen, in den Städten als das wirkliche, zu erstrebende Dasein erscheint, das behandeln wir Künstler mit leisem Hohn. Besitz, Eigentum, äußerer Stand, gesammelter Reichtum, Orden, Adel, ängstlich bewahrte Sitte und ängstlich behütete Formen dünken uns Künstler lächerlich. Das ganze wirkliche Leben in den Bürgerkreisen erscheint uns, mit geistig frischen und herzlich freiheitlichen Augen betrachtet, ein Regenbogen, eine Seifenblase, und wir können uns zum Staunen der ehrenwerten Bürgerherzen nie entschließen, wegen Besitz, Orden und Adel unsere Idealwelt preiszugeben, unseren Herzenszug, den Zug zur Schöpfung eines Kunstwerkes, auch wenn es keine sichere, nützliche Kapitalvermehrung verspricht. Wir leben auf dem Meer der Phantasie, in dem endlosen Reich der idealen Träume. Ähnlich wie der Seemann finden wir unsern Lebensernst und unsere Lebensehre fern von der Küste der Bürger, auf einem ewigen Wandern begriffen, in ewigen Meeren der Träume. Auch wir Künstler landen gern wie der Seemann zeitweilig, lebhaft begierig nach Erdenleben, unter den Bürgern. Wir greifen dann heftig zu, für kurze Zeit das Erdendasein genießend und seine Süße rasch durchkostend. Aber bald sind wir satt. Und es zieht uns in unsere Einsamkeit hinaus, auf das Riesentraummeer, wo wir Herren, unumschränkte stolze Meister sind, wo wir uns nie so allein fühlen im Unendlichen als sonst im Endlichen.
Die Sehnsucht nach der unendlichen Freiheit der Meere, die Sehnsucht nach dem ewigen Wandern mit Licht und Welle zwischen Himmel und Erde verbindet mich als Künstler dem Seemann so innig.

IN DER TROPISCHEN VERBANNUNG

Der Krieg weitet sich aus

An seine Frau

Malang, 30. August
nachmittags vier Uhr

... Ich war inzwischen – ehe ich weiterschreibe – zum Mittagessen. Als ich mich zu Tisch setzte, erzählte mir der deutsche Geschäftsführer Herr J., daß Rumänien an Deutschland nun auch den Krieg erklärt habe. Gestern Italien, heute Rumänien; hoffentlich zwingt man nicht auch Holland gegen uns, dann würden wir hier alle auf einer heißen Insel in Baracken interniert werden, wir armen Deutschen.

Wie soll es werden?! Ich dachte, es müsse bald Frieden werden, und nun kommt eine neue Kriegserklärung nach der andern.

Wenn ich bei Tisch die vielen Fleischgänge sehe – abends *vier* Fleischgerichte, Pudding, Suppe, Salate und Gemüse und Früchte, und wenn ich große Flaschen Milch trinke, da ich dem Alkohol ganz entsagt habe, da denke ich seit Deinem gestrigen Brief immer an Dich und Minko im Häuschen – an Grießbrei und Hagebutten usw. Du kommst mir dann gar nicht an Deinem Platz vor.

Ich wünschte, Du wärest bei Deinem Bruder Axel in Strömstad oder bei Deiner Mutter in Stockholm.

Ich leide sehr unter dem Gedanken, daß Du Dir dieses Alleinsein im Häuschen auferlegt hast.

Meine arme Mulde und mein armes Deutschland, daß Ihr beide so viel aushalten müßt! Ich hoffe aber, wenn dieser Brief Dich erreicht, bist Du zum Winter vielleicht doch zu Deiner Mutter gegangen; es wäre mir eine so große Beruhigung, Dich bei guten, lieben Menschen gepflegt und beschützt zu wissen, meine treue Penelopeia, meine liebe.

Auch bin ich Dir aber noch viel treuer, als es Odysseus war. Ich habe nun zweiundeinhalbes Jahr keinen Mund mehr geküßt, keinen Leib umarmt, ich lebe wie ein Mönch.

Aber ich klage nicht. Ich spüre nichts mehr. Ich bin so im Leid des Krieges, so im Miterleben Deiner Einsamkeit und im Miterleben aller Kämpfe auf allen Schlachtfeldern, daß ich an nichts anderes denke als an das baldige Ende aller dieser unserer Leiden. Und die Zeit vergeht mir rasch beim Schreiben in mein Kriegstagebuch.

Malang, 22. September 1916

Dies Land um mich ist versunken.
Erinnern macht mich schauern.
Mein Herzschlag ist heimwehtrunken,
Ich seh' durch Berg und Mauern.

Mein Heimweh führt mich zu Birken,
Es knistert mit Schnee auf Tannen,
Singt von der Märzwinde Wirken.
Wenn Eisblumen zerrannen.

Es küßt mich, mit Lippen, zarten,
Die sich ans Fenster drücken,
Im Land, wo draußen die harten
Eisschollen sich zerstücken.

»Die Schrift der Ameisen«

Malang, 12. November 1916

... Ich erklärte Frau M., daß es gar nicht nötig sei, traurig zu werden. Denn alles Märchenhafte war wirklich wahr und war immer da. Und ich erzählte ihr, daß ich zum Beispiel bestimmt glaube, daß die Ameisen auf die Tannennadeln ihres Ameisenhaufens mit der Ameisensäure Ätzungen von Schrift und Bildern machen und die Ameisen, so wie die Bienen im Wachs, ihre Lebensgeschichten, ihre Romane und Gedichte niederschreiben, ebenso wie ich hier in mein Tagebuch mit schwarzem Gallapfelsaft Schrift schreibe. Für ein Auge, das gar nicht lesen kann, ist ein vollgeschriebenes oder ein gedrucktes Buch ein leeres Buch, in dem das Auge nur Kritzer sieht, ähnlich den Rissen in der Rinde der Baumstämme. Aber überall um uns im Wald, im Leben und im Weltall ist Schrift, sind Lesezeichen. Auf den Flügeln der Schmetterlinge steht eine Bildersprache, so wie die Flammenlinien und Farbenschattierungen der Blumen Lichtsignale und Lichtsprache sind. So wie die Linien unserer Hände, sprechen die Linien auf allen Blättern im Walde, die Adern auf allen Gesteinen und in allen Felsen eine Sprache, erzählen eine Geschichte, Geschichten, kurze und lange, jahrhundertalte und sekundenkurze. Das Leuchtkäferchen spricht kurz leuchtend, die Grille spricht mit dem Flügelwetzen, der Holzwurm gräbt nicht nur Gänge, sondern Schriftzeichen ins Holz. Wie in späteren Jahrhunderten die Spuren unserer Schützengräben, wie die Burgruinen der Nachwelt vom Leben, von Vergangenheit sprechen werden, so reden alle Linien auf den Flügeln der Insekten, alle Eindrücke im Wachs der Honigwaben, alle Ameisenhaufen, alle Runzeln der Baumrinden und Wurzeln, alle Farben der Blütenkelche, alle Schattierungen und Punktierungen im Fell der Waldtiere, der Pferde, der Kühe, der Hunde und Katzen und haben Sinn und Bedeutung. Die Seele der Welt schreibt in Zeichen ihre Sprache jedem Lebewesen auf die Haut, ins Auge, ins Haar, und jedes Lebewesen schreibt weiter für sich auf seiner Lebensspur, durch seine Arbeit, die es im Leben machte und dachte. Immer schreibt die Weltseele, und der Weltleib trägt die Zeichen der Lebensgeschichte in Farben und Linien, in Tieren, Pflanzen, Menschen, in Steinen und im Sand, in Wasser und Luftspiegelungen mit sich. Wer das alles lesen kann, ist ein Gott. Und im Lesen und Entziffern des Weltbuches gehen Milliarden Leben hin. Aber allwissend ist die Seele, und die Seele ist in allem Leben, sie weiß alles, und unbewußt wissen wir alles längst. Manchmal haben wir lichte Eingebungsaugenblicke unserer Allwissenheit, und dann sagen wir, wir ahnen etwas voraus, oder wir sehen ein zweites Gesicht, oder wir können prophezeien, oder wir haben einen bedeutungsvollen Traum gehabt. Aber das heißt nur, wir waren einen Augenblick ganz bei der allwissenden Seele, und sie sprach zu unserem Blute und schrieb uns allwissende Worte ins Blut, die wir dann laut lesen können. Aber das ist selten, und nicht alle kommen auch nur einmal im Leben zu der Seele, oder die Seele kommt zu ihnen. Aber sie ist immer in allem und auch in uns. Eingehüllt ins Körperkleid unseres Leibes.

Dieses sagte ich. Aber Frau M. verstand es nicht, wie es verstanden sein soll; es fehlte ihr der Blick ins Ewige. Den vermisse ich immer bei ihr. Den hat Annie Dauthendey von allen Frauen, die ich kenne, allein angeboren. Sie hat den Blick einer weisen Waldfrau. Sie liebt Dinge des Feldes und des Waldes, Holz, Körbe, Kuhaugen, lauter einfache Schönheit, die die Kulturmenschen verlernt haben, schön zu finden. Sie ist unverdorben von verderblicher Kultur geblieben. Das sind die heutigen sogenannten gebildeten Menschen nicht mehr. Fast alle sind in Europa verdorben im Ur-Instinkt. Die ganze europäische Gesellschaft verleugnet den Urwaldinstinkt. Sie wollen nur kleine Märchen sehen. Und werden traurig, wenn das kleine Märchen nach Stunden zu Ende ist. Weil sie nichts vom großen Märchen wissen, vom Weltmärchen, das uns ewig in allen Lebenserscheinungen entgegentritt.

Enttäuschung

An Hedwig Fischer

Soerabaya, 17. Januar 1917

Sehr verehrte und liebe Frau Fischer,

von Zeit zu Zeit versuche ich mal wieder Briefe nach Deutschland zu senden.. Aber ich fürchte, es kommt keiner an seine Adresse. Schicke ich sie direkt, so kommen sie gar nicht mehr an, lege ich Briefe in Annies Briefe, so werden sie herausgenommen, weil das Mitschicken von andern Briefen verboten ist. Ich versuche es trotzdem wieder.

Ich bin jetzt hier an das Klima halb und halb gewöhnt. Es ist sonderbar, daß der Mensch selbst das gewohnt wird, was ihm zuerst tödlich erschien.

Java ist aber ein wundervolles Land, trotz aller Qualen, sage ich mir täglich wieder. Es hat herrliche Landschaften und graziöse und künstlerische Eingeborne. Musik und Tanz hier sind das Schönste, was ich je auf Erden gehört und gesehen habe. Die Leute aus Vorderindien kommen mir gegen die Javaner plump vor. – Ich war auch in den Gebirgen oben, wo ich es aber der feuchten Nebelluft wegen nicht lange aushalte. Dann bin ich lieber in der Hitze unten am Meer. Aber es gibt herrliche Gebirgsritte zu Vulkanen, deren es unzählige gibt. Und dort oben ähneln die Vulkanlandschaften den Mondkraterlandschaften – nur Lava, nur Asche und donnernde Rauchwolken in unendlicher Einsamkeit. Aber man reist auf Java wie in Europa. Ich machte viele Autofahrten. Die Wege sind, bis hoch in die Berge, so gut wie in der Schweiz und noch besser. Es gibt prachtvolle Gasthäuser, überall elektrisches Licht, künstliches Eis und Badezimmer. Der Java-Expreß hat Speisewagen wie in Europa, die

Reisewelt ist hier wie in Europa, man muß immer erst telegrafieren, um Zimmer zu bekommen, so viel wird gereist. Ich erzähle Ihnen das, damit Sie es sich vielleicht mal in Friedenszeiten überlegen, solch wundervolle Javareise zu machen.
Ich habe unzählige Versuche gemacht, von hier fortzukommen. Aber immer scheiterte es. Einmal war ich schon zehn Stunden an Bord eines Dampfers der Pacific-Java-Linie und dachte, nach San Franzisko kommen zu können und von dort über New York und Schweden nach Deutschland. Aber vor Abgang des Dampfers hat man mich mit allen Koffern wieder an Land gesetzt. Die Linie, d. h. der Agent, sagte, sie arbeiteten mit englischem Kapital und dürften keinen Deutschen mitnehmen. Auch am 23. Dezember letzten Jahres war wieder alles fertig für mich zur Abreise nach Amerika. Wieder wurde im letzten Augenblick alles umgestoßen. Ich erlebe dann immer grauenhafte Wochen von Enttäuschung nach der heftigen Anspannung vorher.

Südseevogel – Malaria

An seine Frau

Soerabaja, 28. Januar 1917

Ich kaufte mir neulich einen roten Papagei, einen kleinen Südseevogel. Nachts war es mir wie einer Mutter, die ein zahnendes Kind im Zimmer hat. So unruhig träumte ich in der Nähe des armen gefangenen Vogels. Doch war es schön, ein lebendes Wesen im leeren Zimmer bei sich zu haben, wo sich sonst nichts rührt. Aber der Vogel wollte immer fliegen und surrte mit den Flügeln. Am dritten Morgen ließ ich ihn im Garten fort in den blauen Himmel fliegen. Und da fühlte ich mich wie erlöst. Ich weiß zu gut, wie man als Gefangener leidet. Es tat mir so wohl, wie der schöne rote Papagei fort ins Blaue flog. Vielleicht flog er zu einem Gott und bittet nun für meine Freiheit, so denke ich. Herzschatz, nun gehe ich schlafen. Komm oft im Traum zu mir.

Dein Dir ehrlich treuer Mann

Tosari-Sanatorium, 24. Februar 1917

Herz, mein Herz! Es ist Sonntag abend. Ich habe eben im Speisesaal unter den festlichen Holländern und Holländerinnen

zu Abend gegessen. Es ist jetzt auf meiner Veranda so einsam, und ich suche Dich, ich bin mehr als vierzehn Tage hier. Ich schrieb Dir doch, glaube ich, daß ich wegen Milzvergrößerung hier herauf ins kühle Gebirge gehen mußte. Ich habe nun zum drittenmal Malaria gehabt. Hier oben am zehnten Tag brach es letzten Mittwoch aus. Ich bekam aber nicht so hohes Fieber wie in Soerabaja neulich, ich hatte jetzt nur achtunddreißig Grad. Aber es ist nicht zu ändern. Man muß es eben durchmachen. Ich esse wieder dreimal täglich alle vier Stunden zwei Chininpillen. Ich bin wieder so gelb, als ob ich Butterblumen gefressen hätte und sie leuchteten aus meiner Haut, die gelben Blumen. Ich merke es immer gleich, wenn meine Arme im weißen Bett so infam gelblich zu leuchten beginnen. Dann weiß ich schon, daß um Mittag der Fieberprozeß beginnt. Gottlob, daß ich den dikken Wintermantel dabei habe. Er ist mir dann immer die größte Wohltat. In ihm friere ich zwar auch, aber nur ein paar Stunden, dann kommt der angenehme Schweiß. Und dann die Ermattung. Wenn nur die Einsamkeit beim Kranksein nicht so quälend wäre! Seit vierzehn Tagen habe ich keinen Menschen gesprochen. Es sind nur fremde Holländer hier, kein Deutscher.
Kein Mensch ahnt, was das heißt, vierzehn Tage immer einsam, ohne Aussprache, ohne Geplauder, in so schwerer Zeit, allein zu verbringen. In Soerabaja hatte ich nur wenig, aber doch immer einige Menschen, mit denen ich sprach. Aber hier ist es wie im Zellengefängnis. Gottlob, ich habe zehn Bände »Jean-Christophe«, den Roman von Romain Rolland, bei mir. Der ist so unterhaltend. Mir ist, als sei ich mit Dir bei Ilma und Frau Dreyfuß und allen Bekannten in Paris, wo wir so jung und so lange lebten, daß ich mich ganz heimisch fühle, wenn ich so viel davon lese. Acht Bände, französisch, habe ich schon gelesen.
Vormittags, wenn ich bis zehn Uhr spazieren war auf den Bergwegen, auch immer einsam, dann sitze ich bis mittags am Schreibtisch und schreibe fast täglich ein größeres Gedicht. »Das Gras wachsen hören« sollen die Lieder heißen und als Untertitel: »Lieder der Beschaulichkeit.« Es sind Lieder über Nebel, Wolken, Schwalben, Ameisen usw. Gestern habe ich ein schönes Gedicht »Alte Bäume« gemacht.
Vielleicht soll ich so allein sein, damit ich viel dichten kann. Aber wenn Du wenigstens abends und zur Nacht bei mir wärst! Aber alles bleibt leer und fremd. Ich werde nirgends heimisch

ohne Dich. Jetzt spielt fern im höher gelegenen Gesellschaftshaus auch noch ein melancholisches Klavier. Es ist mir, als spielst Du dort; ich will es mir vorstellen. Aber nun schweigt es auf einmal. Du spielst also doch nicht dort. – Jetzt fängt es wieder sanft zu spielen an. Du bist es doch! – Ach, warum bist Du es nicht, Herz, mein Herz?!!
Seit dem Brief, der mit der »Baltic« kam, habe ich außer diesem Brief und dem lieben, lieben Kistchen schon lange nichts mehr bekommen. Aber nun ist ja auch der Postverkehr mit Europa stop gesetzt. Ich muß nun Deine Briefe über Amerika erwarten. Das dauert dreimal so lange als früher. Ich werde wahrscheinlich im Jahr nur zwei Briefe bekommen. Ich wundere mich nur, daß ich weiterlebe bei dieser Trennung, die gar kein Ende nimmt.
Ich träumte gestern von der Kronprinzessin. Ich sollte sie fotografieren, wie sie eben das Ohr am Telephon hat und mit dem Kronprinzen telephoniert. Sie hatte aber goldnes Haar, so schön wie das »unsere«, das Deine, meine ich natürlich. Aber es gehört mehr mir als Dir, denn ich habe es so oft bedichtet, nicht wahr, Schatzkatz mein! Und die Kronprinzessin war so lächelnd gnädig, und ich durfte ihre Hand küssen. Das Schrecklichste dabei war nur, daß ich über dem goldnen Haar, das ich genoß, sie zu fotografieren vergaß. Und sie ging weg und dachte, ich hätte sie fotografiert, und ich litt sehr und wußte gar nicht, was ich tun sollte. Nachher begegnete ich deutschen Damen, die waren sehr ungnädig zu mir und sagten, es wäre gar nicht an mir die Reihe gewesen, zu fotografieren, die Kronprinzessin hätte damit ihre Hoffotografen in Berlin beleidigt, weil sie mich habe rufen lassen. Mir wurde ganz schwül, daß ich sie dann bei der außerordentlichen Gnade nur angestarrt, aber vergessen hatte, sie zu fotografieren. Es war ein richtiger Traum. Das Schöne war, daß ich am nächsten Tag nur Dein goldenes Haar vor mir sah, wenn ich die Augen schloß. Ach, Schatz, daß drei Jahre lang Dein Haar nur im Traum zu mir kommt; es ist doch zu lang – drei Jahre am 14. April!
Draußen blitzt es in der Nacht. Eine Grille singt wie immer. Heliotrop duftet von Riesenbüschen. Die Gärten sind voll mit gelben Teerosen, die Rosen klettern über alle Wände. Es ist vormittags nur bis zehn Uhr gutes Wetter jetzt zur Regenzeit hier oben in den Wolken. Ich bin sechstausend Fuß hoch. Der Nebel kommt immer um zehn Uhr, und später fällt Regen. Dann ist

es so grau wie Aprilwetter in Deutschland. Und er tut meinen Augen so wohl, der graue Regen. In Soerabaja ist es zu grell, das Sonnenlicht.

Tausend Liebeslieder

Tosari, im Tenggergebirge (Ost-Java)
Sanatorium, 11. März 1917

Ich bin furchtbar traurig heute vor Sehnsucht nach meiner Annie. Wenn ich mich nur zu ihr heimbeten könnte! Ich habe ein Brett in der Brust, ein Brett im Magen, ein Brett im Kopf vor Einsamkeit, vor Qual, vor Sehnsucht. Ich bin ganz dumm vor Sehnsucht, heimzukommen. Es stürmt draußen im dunkeln Abend, und es wetterleuchtet, das Wellblechdach tönt wie übersinnliche Stimmen, die aus ihm rufen im Sturm. Es regnet so scharf, als fiele Sand und Kies vom Himmel in die Nacht und auf das Dach.
O Gott, gib mir doch ein Zeichen im Traum, das mir sagt, ob ich jemals heimkomme, ob ich jemals Annie wiedersehe und die Heimat. Ich bin so furchtbar allein hier hoch oben im Gebirge, und ich bin zugleich dem Himmel so nahe. Ich meine, Gott müßte mich hier besser hören als unten in der Ebene. Aber welche Qual, so einsam, so unendlich lieblos leben zu müssen.
Ich, der über tausend Liebeslieder im Zusammenleben mit einer Frau geschrieben hat, muß so einsam jetzt drei Jahre vom Liebsten, was ich habe, getrennt leben.
Vielleicht ist Gott im Sturm, der nach meinem Nachmittagsgebet am späten Abend zu mir kommt. Es ist, als wollte der Sturm das lange Haus mit allen zwölf Zimmern in die Höhe heben und über die Bergabgründe forttragen. So stark rennt er gegen das Haus an, und niemand ist da, mit dem ich über meine Annie reden kann, niemand, dem ich mein Leid klagen kann, niemand als dieses Tagebuch und mein Gedichtbuch und Gott, dem ich mich anvertraue. O wie schwer drückt mich die Luft, das Leben, das Atmen, das Denken und die Ungewißheit dieses einsamen Schicksals und des Krieges. Mein Herz in mir heult lauter als der Sturm und heftiger, aber es gibt ihm niemand eine Antwort.
Lieber Gott, antworte mir heute nacht. Ich bitte und bettle darum. Ich glaube, es kann nicht länger so fortgehen. Mein Hirn

schmerzt, es ist, als trocknete mein Leben ein und wimmerte und wehrte sich gegen das langsame Absterben. Annie, Liebste mein, höre mich, schicke Gott zu mir, daß er mir beisteht, daß er mich zu dir bringt, Annie, Herz, mein Herz.

»Das Lied vom inneren Auge« – Malaria-Anfälle

An Marie Minderman

Tosari, 3. April 1917

Liebe Rie,

gestern bekam ich Ihren Brief vom 23. März.
Sie hätten recht, sich zu beklagen, wenn ich nicht in dieser Zeit des Schweigens einen großen Brief an die ganze Menschheit geschrieben hätte.
Die ganze Zeit hier war eine Art unbewußter Vorbereitung. Und nun habe ich die Arbeit, die aber keine Arbeit war, sondern helle Freude, so ziemlich abgeschlossen. Es ist ein großes Lied, das ich dichtete. Über hundert Seiten lang, und es gibt meine weltfestliche Lebensanschauung in einem Liede zusammengefaßt. Es heißt: »Das Lied vom innern Auge« (Gedanken von der Weltfestlichkeit im Geist). Ich begann mit dieser Arbeit am 19. März und beendete sie jetzt in den letzten Tagen. Ich bin wie befreit von einer geistigen Unruhe. Seit ich meine letzten Bücher (zwei Bände, »Gedankengut aus meinen Wanderjahren«) geschrieben hatte, schwebte mir immer der Wunsch vor, diese festliche Weltauffassung in Versen als eine geschlossene Arbeit niederzuschreiben. Denn in den beiden Bänden ist der Gedanke zwischen Lebenserinnerungen eingeschlossen, und ich hatte ihn nicht für sich allein gegeben.
Ich bin jetzt sehr froh gestimmt, und es tut mir nur leid, daß ich niemand hier habe, dem ich mein Lied vorlesen könnte. Denn beim Vorlesen erst erkennt man, da man dann auch mit fremdem Ohr zuhört, ob es Lücken in den Versen gibt oder ob der Gedanke sich rein und flüssig entwickelt.
Nun werden Sie es mir wohl nicht übelnehmen, wenn Sie hören, daß ich auch für Sie dieses Lied geschrieben habe, so wie für alle klugen, lebensweisen Menschen, die gelebt, geliebt und gelitten und doch den Mut nicht verloren haben. Daß ich in der Zeit, wenn ich dichte, gar keine andere Zeile schreiben kann, das wer-

den Sie begreiflich finden. Wenn ich dichte, gehe ich auf Patrouillengang und durchdringe ganz einsam und atemlos die Urwälder des Chaos und suche mir helle Wege durchzuschlagen, geistige Wege, und dann bin ich nicht ein bequemer, sondern ein barbarischer Freund, der das Schweigen dann als Geistespflicht betrachtet, bis er wieder abgelöst wird von der Ruhe nach der Arbeit.
Anfang März hatte ich zum zweiten Mal hier in Tosari Malaria, dieses Mal stärker als das erste Mal, 41 Grad Fieber.

An seine Frau

Tosari, Sanatorium, 8. April 1917
Ostersonntag

Liebe, liebe Annie, liebes, einziges Herz mein,

es ist Ostersonntag nachmittag, das einzige Ostervergnügen für mich ist, an Dich zu denken. Ich bin froh, daß mir wenigstens dieses Vergnügen rein und ungetrübt geblieben ist. Es ist dreiviertel sechs Uhr, und die Sonne steht im Untergehen, sie soll aber am Ostertag nicht verschwinden, ohne mich im Brief bei Dir zu sehen. Vielleicht gibt das Osterlicht dem Brief seinen Segen mit, daß Du ihn auch richtig bekommst. Alle Schiffahrt nach Europa ist abgebrochen. Und die holländischen Schiffe müssen über China, Japan nach Amerika, wo die Post nicht bloß von England, sondern auch von Japan und Amerika untersucht werden kann. Und wenn ein Zensor keine Lust hat, läßt er vielleicht gar keinen deutschen Brief durch. Das bedenke ich nun schon seit Wochen. Und es quält mich sehr. Nun habe ich vor zwei Wochen einen Brief (sechzehn Seiten) an Dich geschickt. Und ich versuche es heute wieder, trotzdem nun seit gestern auch Amerika den Krieg erklärt hat. Wie gut ist es nun, daß ich nicht nach Amerika reisen konnte. Ich lebe lieber im neutralen Land als mitten unter Feinden. Aber leider muß ich mit meiner Gesundheit viel aushalten. Ich habe wieder Malaria. Zum fünften Mal nun seit vorigem August. Und hier in Tosari ist es nun in zwei Monaten der dritte Anfall. Gestern hatte ich noch schweres Fieber, 39,3 Grad. Es ist so schwächend, dieses Fieber. Und ich bin heute noch recht zart und schwach. Ich will aber doch schreiben. Ich fühle mich sonst gar nicht im Osterfest. Ich habe vor drei Tagen einen kleinen Anfall gehabt, den ich aber gar nicht schlimm fand, und ich glaubte nicht, daß er sich gleich nach dem zweiten Tag wiederholen würde. Es ist aber dann leider stark geworden, das Fieber, und ich mußte gestern schwitzen. Ich hoffe nicht, daß es morgen wiederkommt. Ich habe viel Chinin gegessen. Es ist zu traurig, daß ich diese Malaria nicht losbekomme. Dürfte ich nach Hause reisen, so wäre das gut, und ich könnte frei werden. Aber hier, wo man immer wieder infiziert wird durch Moskitos, da geht es nicht fort.

Ich entbehre Dich sehr, wenn ich so einsam krank liege und das Herz so klopft und die Ohren sausen. Das Fieber ist nicht unangenehm. Es ist wie ein Rauschzustand. Es ist ohne Beängstigung. Nur am Anfang, wenn der klappernde Schüttelfrost kommt, dann ist man verzweifelt. Weil man nie weiß, wie hoch das Fieber steigen kann. – Aber ich bin heute wieder so gelb wie ein gelbseidener Lampenschirm. Und ich kann auch noch kein rechtes kluges Wort finden, der überstandene Schrecken liegt mir noch matt und heiß im Körper.

Ich muß nun wieder eine lange Chininkur durchmachen. Ich habe bei den letzten Anfällen keine Nachkur gemacht, weil ich dachte, die Bazillen in mir würden in der kühlen Tosariluft absterben. Sie taten es aber nicht. Sie leben weiter. Denn Moskitos gibt es hier nicht. Es sind alte Bazillenherde in mir, die nicht abgetötet sind.

Gottlob, daß ich meine große Arbeit so ziemlich beendet habe. Denn beim Chininessen kann man vor Ohrensausen und Unbehagen nicht klar denken. Du weißt aber noch gar nichts von meiner großen Arbeit. Vom 19. März bis 30. März habe ich ununterbrochen fast Tag und Nacht gereimt und geschrieben. Es ist ein Lied mit Binnenreim:

»Das Lied vom innern Auge.«

Es ist, glaube ich, das größte gedankliche Lied, das seit langer Zeit für die Menschheit geschrieben wurde. Es hat mir aber auch fünfzig Jahre im Blut gelegen. Wenn ich nun nichts mehr schreiben würde, so könnte dieses Lied gut als die Krone meiner Arbeiten gelten. Es ist rein geistig. Es ist wie eine Fortsetzung von dort, wo Christus aufgehört hat zu sprechen. Es ist das Lied vom Geist der Wahrheit, das Lied vom Geist im Geist, das Lied von der Weltfestlichkeit im Geist.

Und trotzdem ich noch erhitzt von Malaria bin, muß ich Dir doch heute zu Ostern dieses mitteilen. Damit Du mit mir glücklich bist. Noch niemand hat das Lied gehört, noch gelesen. Und es schmerzt mich nur, daß Du es nicht gleich hören kannst. Alles, was ich im Gedankengut an festlicher Weltanschauung in Prosa niederschrieb, habe ich nun viel besser, viel reicher, viel gedrängter und klarer und schöner im Lied vom innern Auge gesagt. Es ist mir aber auch als heilige Eingebung mitten aus meinen Schmerzen vom Weltgeist vorgesagt worden. Und ich habe dieses festliche Lied aus dem Geist geboren, wie ein Weib aus seinem Leib mit Schmerzen ein Kind gebärt. Ich habe drei Jahre für dieses Lied Einsamkeit und Sehnsucht nach Dir und nach der Heimat leiden müssen. Nun ist aus all dem Leid das Lied geworden. Ich habe neulich unter der Verlassenheit hier heftig gelitten und gebetet. Und am nächsten Tag begann ich das Lied. Schon am dritten Tage hatte ich das Beste und Wichtigste fertig, das andere war nur breitere Ausführung. Das Lied hat über hundert Schreibseiten.

Es ist mein Osterei für Dich und die Menschheit. – Es ist sonderbar, daß ich jetzt, wo ich doch nur Folter durch Sehnsucht und Heimweh gelitten habe und noch leide, daß ich gerade da die Festlichkeit des Lebens besingen muß. Gerade wie damals 1912, wo ich in Schmerzen mit dem ausgerenkten Knie im Bett lag und mein Buch »Gedankengut« schrieb. Nur ist es jetzt viel schlimmer, aber mein Lied ist auch viel festlicher, als mein »Gedankengut« wurde.

Seit ich dieses Lied geschrieben habe, bin ich ruhiger und bin inwendig im Geist glücklich, wenn auch mein Herz immer und immer nach Dir schreit. Ich lebe hier in Tosari mutterseelenallein. Und auch die Einsamkeit auf diesem hohen Berg, wo ich über den Wolken wohne, hat dieses Lied in mir dichten helfen.

Augenblicklich zu Ostern sind sehr viele Gäste hier. Ungefähr fünfzig Herren und Damen. Sonst sind es meistens fünfundzwanzig bis dreißig Leute.

Ich habe noch gar keine Ausflüge machen können. Meiner großen Milz wegen darf ich nicht weit gehen. Ich gehe wie ein einsamer alter Herr am Spazierstock nur zu den nächsten Aussichtsbänken. Neulich, als Konsul Rademacher mit einer großen Gesellschaft vierzehn Tage in Ngadiwono war (das auch hier im Gebirge, durch einen hohen Berg von Tosari getrennt, liegt), ging ich zwei Stunden dorthin. Man muß scharf bergan steigen. Und ich machte den Weg hin und zurück zu Fuß. Denn sie hatten mir von Ngadiwono telephoniert. Und ich wollte nicht reiten, da die Wege in der Regenzeit zu ausgewaschen sind und die Pferde so oft stürzen. Aber nach diesem Tagesausflug bekam ich von der Überanstrengung Malaria. Der Arzt sagte mir, bei jeder leichten Erkältung und bei jeder Überanstrengung und bei jeder seelischen Aufregung bricht die Malaria aus, wenn sie einmal Bazillenherde im Körper gebildet hat. Diese Herde sind Entzündungen der Milz, die sich dann durchs Blut fortpflanzen und Fieber erzeugen. Ich bekam damals, es war vor achtzehn Tagen, 41 Grad Fieber. Das griff mich sehr an. Ich hatte noch nicht mit dem »Lied vom inneren Auge« begonnen. Und die Malaria gestern bekam ich wahrscheinlich durch Schrecken. Denn ich las vorgestern in der Zeitung, daß Karl Schadt in Sumatra aus seiner Stellung als Administrator entlassen worden ist. Und das tat mir sehr leid. Ich las es um zwölf Uhr, und um zwei Uhr kam der erste Fieberanfall, der sich gestern wiederholte. – Es ist dumm, so empfindlich geworden zu sein. Aber mach Dir keine Sorge, es ist ganz gleich, ich leide nicht mehr, ob ich krank bin oder ob ich gesund bin, ich leide immer gleichmäßig an Heimweh. Das ist ein viel stärkeres Leid als die stärkste Malaria. Das Malariafieber betäubt mich und ist nicht schmerzhaft. Wenn es auch sehr schwächend ist. Vielleicht war ich aber zu stark und sollte schwächer werden, weil mein Schicksal wollte, daß ich Malaria bekommen sollte. Denn ich glaube, daß ich sonst nie so klar und geistig sicher und so in geistiger Erhebung das Lied hätte dichten können.

Mein geistiges Leben erscheint mir wie abgeschlossen mit diesem Lied. Ich werde versuchen, in Soerabaja eine Schreibmaschinenabschrift machen zu lassen. Und sie Dir senden. Aber ich fürchte, das wird lange dauern oder vielleicht unmöglich sein. Dann müssen wir uns bis zum Wiedersehen gedulden.

Einstweilen freue Dich mit mir, daß die traurige lange Trennung eine so gute Frucht gebracht hat. Außerdem habe ich auch noch einen kleinen Band »Tosari-Lieder« gedichtet. Immer, wenn ich vom Morgenspaziergang heimkomme, fällt mir ein Gedicht ein. Und dann arbeite ich es bis zum Mittag aus.

Es ist schöner Vollmond draußen, und ich denke, er wird Dich heute am Osterabend auch in Schweden besuchen, der große, weiße Mondkopf. Die Vulkane hier oben im Gebirge, der »Bromo« und der »Smeroe«, rauchen jetzt gar nicht. Voriges Jahr qualmte der Himmel nachts unheimlich von roten Feuerwolken. Dieses Jahr sind die Berge klar und geistig, so wie meine Gedanken. – Leb wohl, Herz, mein Herz, ich küsse Dich mit freudigem Osterkuß ins Herz.

Dein Herrle

Die Smeroe-Besteigung

In der Zeit vom 5. bis zum 10. Mai 1917 unternahm Max Dauthendey mit einem deutschen Ehepaar zusammen von Tosari aus eine Besteigung des Vulkans Smeroe.

Geschrieben am 20. 5. 1917

Es wurde acht Uhr, bis die Kisten gepackt, das Zelt abgebrochen, die Pferde gesattelt waren. Wir hatten mit Absicht keine Eile gemacht, da der heutige Tag nur einen kurzen Zweistundenritt zum Kegel des Smeroe und einen dreistündigen Aufstieg im Smeroe-Wald bis zum nächsten Lagerplatz bringen sollte. Wir hatten also viel Zeit.

Wir ritten dann über den Hügelwall des Sees hinüber in ein neues Grastal, dann durch Wald, in dem schönes, hohes Lalanggras wogte. Die Tannen dieses Waldes waren so alt und verrenkt, daß der Wald mehr einem vielgekrümmten alten Eichenstammforst glich als einem Tannenwald. Ich hatte vorher nie solche verrenkten Tannen gesehen.

Die Sonne schien so köstlich in den uralten ergrauten Wald, mächtige Riesenbäume lagen schief hingestürzt, andere steckten kahle Astglieder, grün bezottelte und mit Orchideen dichtbewachsene, gegen den Himmel. Auf den meisten breiten, alten Tannenbaumästen wuchsen Scharen von Löffelblättern, die den Blättern unserer Maiglöckchen glichen.

Mein Balling, munter geworden, fraß fortwährend vom würzigen Gras, und ich gönnte es ihm gern, denn nachts hatte er nur das dürre, harte Berggras am See raufen können. Dann kletterte das frische Pferdchen lebhaft den bergigen Waldweg hinauf und war immer den andern weit voraus. Nach einer Stunde öffnete sich der Wald, und nahe über einer Waldebene, die mit niedern Strauchbäumen gruppenweise bewachsen war, stand mächtig wie ein riesenhafter Dom der einsame lilagraue Aschenkegel des Smeroe, und der kahle Vulkan wölbte sich vornehm und furchtbar in den reinblauen Morgenäther. Nichts trennte uns mehr von seinen grauen Flanken als die Waldebene, die wir in einer kleinen halben Stunde durchreiten konnten.

»Das ist er«, sagte ich innerlich zu mir, als ich aus dem Wald bei einem alten Baumriesen um die Ecke ritt und den freiliegenden Riesenaschenkegel zum ersten Anblick vor mir hatte.
»Das ist er!« rief laut bald darauf hinter mir bewundernd Herr S. aus, und wir betrachteten ehrfürchtig den Gott der Berge Javas, der da vor uns wie entkleidet in heiliger Nacktheit zum Himmel ragte. Keine Wolke, kein Nebelschleier verdeckte eine seiner Linien. Es war, als hätten wir den Berggewaltigen heimlich überrascht, wie er eben im blauen Frühlicht seinen glatten Aschengipfel badete.
Die Ätherluft über dieser Waldlichtung vor uns war staubrein und kristallklar; jede feinste Rille, jeden scharfen Riß, jeden kleinsten Bimsstein des glatten Glockenberges sah man deutlich fein in höchster Höhe gezeichnet, als betrachte man diese Bergkuppe durch ein Mikroskop. Auch war die Wölbung wunderbar regelmäßig. Wie eine umgestülpte Riesenglocke stand der Smeroe dort scheinbar höher als die Sonne und auch runder als die scharfstrahlige, zackige Morgensonne. Es sah aus, als könne man ihn von oben bis unten streicheln, so glatt und ebenmäßig war er aufgebaut, als sei er in einer großen Form aus einem Guß gegossen.
Um zwei Uhr weckte der Mandur.
»Wollen wir den Aufstieg jetzt wagen oder nicht?« So fragten wir Herren von unseren Liegestühlen aus, und wir zeigten beide keine rechte Lust, aus der flachen Lage in die senkrechte Stellung überzugehen. Wir ließen die Entscheidung Frau S. »Wollen wir auf den Smeroe oder nicht, Frau S.?« fragte ich. »Ja, ich gehe!« sagte sie ruhig und einfach aus ihrer Zeltecke von ihrem Liegestuhl her. Das war entscheidend. »Eine Dame will. Da muß der Mann auch können«, dachte ich. Und ich stand rasch auf. Wir hatten uns ja nicht anzuziehen, sondern wir mußten uns für den Aufstieg ausziehen, das heißt, leicht machen und das viele dicke Zeug ablegen. Ein Kuli mit einer Benzinlaterne und einer mit zwei Blechkasten voll Selterwasser und Wein und Essen gingen voraus. Wir folgten dann. Jeder von uns hatte drei Kulis, die uns anseilen, ziehen und schieben sollten.
Der Mandur blieb zurück mit der Haupttruppe der Kulis und mit dem Zelt, das wir noch nicht niederlegen ließen.
Es war morgens halb drei, als wir vom Lagerfeuer fortwanderten. Den Mond zur Rechten oben mit vollrunder Scheibe und vor uns den langen kreideweißen Strahl der Benzinlaterne.

Im ganzen waren elf Javanen mit uns, und wir drei Europäer dazu, das waren zusammen vierzehn Personen. Den Wald hatten wir bald verlassen. Der Wind wehte heftig. Aber der leere Aschenkegel lag so einfach dunkel im dunkelblauen Nachthimmel, als wäre es keine Kunst, hinaufzukommen, so daß wir mutig in die Lavarinnen traten und vorwärtskrabbelten und dachten: »Zwei Stunden sind keine lange Zeit. In zwei Stunden sind wir oben.«
Hätte uns aber einer gesagt, daß wir fünf Stunden brauchen würden, keiner von uns wäre dann hinaufgeklettert – auch Frau S. nicht, glaube ich.
Wir gingen gleich auf allen vieren. Mit Händen und Füßen ging es auf dem krachenden und raschelnden Kohlenboden in die Höhe. Es knirschte und rasselte bei jedem Schritt, denn der leichte Boden, auf dem man wie auf hohlem Koks und scharfem Bimsstein auftrat, zerbrach und zermürbte und zerplatzte unter den Stiefeln und unter den Händen, die sich bald am glasigen Lavagestein wundrissen. Handschuhe wären unnütz gewesen, in fünf Minuten wären sie zerfetzt von den Händen gefallen. Aber mir schien, als teilte der leichte, gewichtlose Aschenstein, der so hohl klingt und voll Luftporen sitzt, dem wandernden und kletternden Menschenkörper von seiner Leichtigkeit mit. Es ging wie eine Anpassung von uns zu den gewichtlosen Aschenrinden, und wir stiegen so behende, daß ich mich verwunderte, wie anstrengungslos der Anfang war. Das weiße Laternenlicht wies den Weg an der Spitze des Zuges, aber der Mond erhellte eigentlich den Füßen den Pfad in den Rillen und Rissen des gehärteten und zersprungenen Lavabodens. Bis zu den Knien ging man immer in einem der tausend langen, vom Gipfel herabreichenden Gesteinrisse.
Zwei meiner Kulis hatten mir einen Strick um die Hüften gelegt; sie gingen voran, und der dritte stützte mich im Rücken, wie verabredet war. Aber ich brauchte in den ersten Stunden wenig Kulihilfe. Die leichte, kalte Nachtluft trug mich. Das großäugige Vollmondlicht zog mich auch höher. Der dünne Aschenstein ließ einen leicht auftreten. Und so verging die erste Stunde schnell. Und als ich dann zum ersten Male auf die Uhr sah, war es schon vier Uhr. »Nun sind wir bald oben«, riefen wir uns einander hoffnungsvoll zu, »noch eine halbe Stunde. Um halb fünf Uhr sind wir oben.«
Der Kegelkopf über uns blieb aber immer gleich nah und gleich

fern. Und es sah aus, wenn man wollte, als ob man gleich oben wäre. Es sah aber auch aus, als ob man noch ewig nicht oben sein würde. Man konnte auf dem gleichmäßig dunkeln Aschendom da zu unsern Häupten im Mondschein keine Nähe und keine Ferne abschätzen.

Die Kulis schwiegen und sagten nichts. Sie froren und schlotterten nur entsetzlich in ihren dünnen Leinentüchern, und einer sagte auf einmal, er wolle umkehren, es sei ihm zu kalt.

Aber ich rief Herrn S., der hinter mir weiter unten nachkam, zu: »Lassen Sie keinen Kuli umkehren, ziehen Sie Ihren Revolver und feuern Sie in die Luft, wenn die Kulis, die über Kälte klagen, uns im Stich lassen wollen.«

Zu Anfang war Frau S. an der Spitze des Zuges gewesen. Aber das ging nicht lange gut. Sie ging langsamer als wir Herren. Und so kam ich an die Spitze und hinter mir Herr und dann Frau S. Wir hörten bald, daß sie ihre Stiefelabsätze abgebrochen hatte. Das war nun ihr zweites Paar Stiefel, dem die Absätze brachen. Das erste war auf dem Ajek-Ajek mit üblem Beispiel vorangegangen. Aber was tat das? Ein paar zerbrochene Absätze. Da uns doch alle Glieder heil blieben. Wir kletterten weiter, und manchmal saßen wir alle, in Abständen von dreißig Schritt still aufeinander hinuntersehend, als ob wir im gotischen Spitzbogen eines Turmes senkrecht hinaufgingen, so schwindlig machte das Hinuntersehen. Und Herr S., dem ich unser Lagerfeuer, das klein wie ein glimmendes Streichholz am Fuß des Kegels im Wald leuchtete, zeigen wollte, getraute sich vor Schwindel nicht, zurückzuschauen. Ich hatte mich schnell an das leichte Schwindelgefühl gewöhnt und sah gern hinab. Es war, als stünde man auf einer zu senkrecht gestellten meilenhohen Leiter. Ungefähr, als ob man vom Gerüst eines Neuyorker Wolkenkratzers auf die Straße hinunterschaute, so eigentümlich hoch und haltlos und luftig war die Stellung von uns Kletternden in den niederen Aschenrinnen, die da keinen Halt gaben.

Gottlob, daß es beim Klettern dunkel und nur Mondschein war. Im Tageslicht hinaufzuklettern, muß noch schwindelerregender sein. Eine Weile kletterten wir wieder weiter, und ich kam immer weiter voraus. Plötzlich hörte ich hinter mir den Kuliruf: »Opat! Opat!« Das heißt: »Medizin! Medizin!« Ich begriff sofort, Herrn S. war es unwohl geworden. Ich schrie nach dem Laternenmann und nach dem Gepäckkuli, und der krabbelte dann hinunter. Aber ich verlebte bange Minuten, bis ich erfuhr, daß Herr S. sich übergeben hatte. Ich hatte schon geglaubt, es habe ihn ein Herzschlag getroffen, da er zwei Tage nichts gegessen hatte. Dieser Schreck des Opatrufes und der Schreck vorher, daß die Kulis vielleicht umkehren und uns in der Nacht auf dem schwindelnd steilen Berg im Stich lassen würden, waren mir arg ins Herz gefahren. Ich ging nur langsam höher, ängstlich gemacht vom eben Erlebten.

Ich fror gar nicht. Setzte ich mich auf einen Stein, so mußte ich mich sehr in acht nehmen, die Steine waren locker und konnten mit einem abrutschen oder konnten abkollern und den Nachkommenden die Beine und Knie zerschlagen. Jeder Schritt mußte vorsichtig bedacht werden. Der Wind pfiff immer schneller und eisiger, und der Mond hing wie weißgefroren blendend in der tiefschwarzblauen Nacht. Er bildete einen breiten Hof im Äther, und dieser Ring war so seltsam rötlich-lila-blau, ich möchte sagen, es war ein Hof aus ultravioletten Strahlen, wenn man ultraviolettes Licht überhaupt sehen könnte. Immer und immer wieder fesselte mich zu meiner Rechten der Mond, der da diesen noch nie gesehenen purpurblauen Schein um sich zeigte, und die Nacht war doch ohne Nebel, ohne Feuchtigkeit, und der Äther war dunkelblau und klar, und doch hatte der Mond diesen seltsam befremdenden, mächtigen, rötlichblau farbigen Hof, der aussah, als wäre er der feine Astralleib des weißen, toten Himmelskörpers.

Nun begannen auch gegen fünf Uhr im Osten die ersten grünlichen Hellen des Tages. *»Mata hari! Mata hari!«* sagten die Kulis zu mir, und immer, wenn sie vor Frost klapperten, zeigte ich jetzt nach Osten und tröstete sie und sagte: *»Mata hari!«* Das ist: »Die Sonne!«

Der Gipfel glich der Plattform eines Turmes, aber an allen Seiten ohne Geländer, und das erzeugte in einem die Empfindung schwindelnder Schwäche, wenn man das flache, leere Gipfelfeld betrat, das wie ein Fallschirm im höchsten Himmel zu hängen schien.

Es war eine spiegelglatte, glänzende und glitzernde graue Lavakiesfläche vor mir. Wie aus glitzerndem, grauem Mehl flach geklopft, lag die Aschenfläche, leicht rundlich, weit und groß da. Vielleicht fünfhundert Schritte breit und ein paar tausend Schritte lang war der Höhenplatz, und sein graues, ebenes Aschenpolster war gespickt mit spitzen, scharfkantigen, fuß-

großen Steinen, die in der Aschenlage halb eingedeckt oder obenauf lagen, als wären sie eben erst vom Himmel auf das platte, graue Lager der Kuppelfläche hingeregnet.
Welch ein Genuß, endlich wieder nach fünf Stunden auf einer waagrechten Fläche zu stehen und zu gehen! Die Knie staunten, daß sie beim Vorwärtsgehen nicht mehr an Gesteinschärfen stießen, sondern durch freie Luft gehen durften. Meine Kulis umringten mich auch lachend. Und der, der meinen Mantel getragen hatte, half mir denselben anziehen und beneidete mich um das warme Kleidungsstück. Denn es war eiskalt da oben, trotz der groß aufgerichteten Sonnenscheibe, die jetzt schon warm am Himmel stand.

TODKRANK

Fieberfrost

Tosari, Sanatorium, 6. Juni 1917

Montag morgen den 4. Juni erkältete ich mich beim Briefschreiben auf der Veranda. Ich schrieb an Annie. Legte die Feder fort und fühlte mich noch im Schlafanzug eiskalt. Meine Finger schliefen vor Kälte ein, ebenso meine Fußspitzen, als ob sie abstürben, und sie prickelten auch wie von Nadelstichen. So stach mich das Blut meiner Haut. Da stand ich auf, weil ich im Bett immer kälter wurde, und ging hinaus auf die Ostveranda, vor meine Tür auf einen Stuhl. Diese Veranda ist nicht verglast wie meine Westveranda. Aber hier auf der offenen Ostveranda scheint die Frühsonne angenehm warm. Die Dienstboten, die Javanen, sonnen hier alle Kleider, wichsen Stiefel, spülen Geschirr, Babus spielen im Garten mit den europäischen Kindern, und es ist viel Lärm da. Alle staunten, alle Javanen, wie ich in der Sonne auf meinem Stuhl vom Frost geschüttelt wurde und mit den Zähnen klapperte. Ich wurde ganz herumgerissen von dem gewaltigsten Fieberfrost, den ich je hatte. Eine Amerikanerin, die vorbeikam, sah mich entsetzt an und lief voll Schrekken davon. Ich legte mich wieder zu Bett, in alle Wolle gekleidet, mit allen Mänteln und vier wollenen Decken bedeckt, und es dauerte zwei Stunden, bis der Frost nachließ. Dabei hörte ich draußen meine Nachbarin – da mein Fenster offenstand, verstand ich jedes Wort –, sie zeterte und jammerte zu anderen englisch sprechenden Damen, sie wollte nicht neben einem Sterbenden wohnen. Sie wollte ein anderes Zimmer haben. Sie verwünschte mich. Ich sei auch ein *enemy*. Und eine andere Engländerin sagte: »*Germans make always troubles.*« Nur eine einzige seufzte und sagte: »*Poor man, poor enemy.*« Und sie verlangten Papier vom Javanendiener und schrieben laut einen Brief an das Hotelbureau, daß sie Zimmer wechseln wollten, da ich sterben würde. Und es wäre kein Vergnügen, Wand an Wand mit einem Sterbenden zu liegen. »*He is sure dying! I have never seen such a fever. Never in my life!*«

Erkenntnis des »Persönlichen Gottes«

Tosari, 30. Juni 1917

Es ist mir ein großes Wunder geschehen, ich schrieb schon davon heute morgen in meine Bibel auf die letzte Seite. Ich habe heute morgen erkannt, daß es einen persönlichen Gott gibt. Die Erkenntnis kam mir, nachdem ich in den letzten Tagen oft die Psalmen gelesen. Heute morgen las ich den fünfzigsten und den sechzigsten Psalm in meiner Bibel. Und auf einmal stand die Erkenntnis des persönlichen Gottes stark und greifbar vor mir. Wohl dreißig Jahre habe ich hin und her erwogen, nachgegrübelt, die Natur und mich selbst beobachtet und den persönlichen Gott erkennen wollen. Konnte ihn aber nicht glauben. Wie wunderbar überzeugt bin ich nun! In wenig Wochen bin ich fünfzig Jahre alt. Dieses ist mein schönstes Festgeschenk, daß ich die Persönlichkeit Gottes nicht bloß in allem Lebenden, sondern auch für sich als ein Lebendes, als eine Persönlichkeit erkannt und klar erfaßt habe. Das ganze Leben ist ein Festzug, von Gott zusammengestellt, und an seiner Spitze geht Gott selbst als Persönlichkeit. Die Welt, die unendlich, ewig, geistig ist, gebildet vom Geist, den wir Gott nennen, diese Welt hat natürlich auch ein Ich, das Ich der Welt ist Gott. Denn alles, was lebt, Gutes und Böses, Starkes und Schwaches, alles ist göttlich im unendlichen Gottweltall. Dieses Weltall muß ein Ich-Gefühl haben, ein persönliches Ich-Gefühl, ein einheitliches per-

sönliches Daseins-Gefühl, und da es göttlich ist, kann sein Ich nur Gott genannt werden. Dieses Meister-Ich der Welt ist Gott. Glaubt ihr, daß man das schon wußte? Ich sage: Nein, das wußten die wenigsten bewußt bis heute. Man hat Gott nicht beweisen können. Aber mein Vergleich gibt einen untrüglichen Schluß auf das Persönlichkeitswesen Gottes. – Das ist so einfach. Warum ist das mir dreißig Jahre lang nicht zum Verstand eingegangen? Mit dem Gefühl fühlte ich Gott, mit dem Verstand habe ich ihn mir heute erst bewiesen. Ich bin wie erlöst von einem großen Lebenskampf. *Dreißigjähriger Gotteskrieg schloß heute Frieden mit meinem Verstand.*
Die Menschen sehen anders aus. Die Bäume sehen anders aus. Die Tiere, die Hunde, die Hühner, die Schwalben, die Blumen, die Wolken, die Dinge, alles, alles Lebende sieht auf einmal für mich anders aus seit heute morgen. Hinter allem steht das persönliche Ich Gottes. Es ist ein Ziel in allem. Mir ist, als hätte man mir auf einmal die Augen, den Geist, das Herz, den Leib, den Mut, die Lebensfreude klargewaschen. Wie bin ich stark, sicher, zufrieden, endlich nicht bloß mit der Ahnung Gottes mich zufrieden zu geben, sondern mit der Erkenntnis der persönlichen Anwesenheit Gottes im Weltall. So wenig, wie ich mir mein eignes Ich sichtbar zeigen kann in meinem Leib, so wenig kann ich natürlich die Gestalt Gottes den Sinnen zeigen. Aber so sichtbar mein Verstand und mein Gefühl ein persönliches »Ich« in mir fühlen, so sicher fühle ich im Weltall das göttliche persönliche Ich, von dem wir alle ein Teil sind, wie unser Leib an unserem Ich teilhat, aber das Ich des einzelnen noch mehr ist als der Leib, so ist das Ich Gottes noch mehr als das Weltall. Gott ist eine Persönlichkeit, ein Vater, ein Meister, er ist das »Ich« des Weltalls.

Weiterarbeit trotz Malaria

An Georg Rademacher

Tosari, Sanatorium, 14. Juli 1917

Bei mir klopft die Malaria immer noch alle paar Wochen als Stammgast an, dann muß das Chinin dieser mir unlieben javanischen Freundin die Tür weisen.
Ich schreibe jetzt das »Weltfestlichkeits-Lied« ab. Bei der Rein-

schrift merkte ich erst, wie umfangreich es ist. Und da ich auch noch Einschaltungen mache, bin ich erst in ein paar Wochen damit fertig.

Fünfzigster Geburtstag in Tosari

An Marie Minderman

Tosari, 4. September 1917

Liebe Frau Rie,

Mein fünfzigster Geburtstag war recht gemütlich, wie ich mir ihn wünschte. Es waren statt der fünfundzwanzig Herren, die mich nach Malang zu einer großen Feier eingeladen hatten, nur fünf Herren hier. Ich war nämlich recht karnickelmäßig ungezogen gewesen. Leber hatte alles in Malang großartig hergerichtet, ein Gartenfest mit Gamelang-Musik und ein Diner. Ich bin aber nicht gekommen. Ich hatte solchen Kummer in meiner Brust, weil der Krieg gar nicht aufhört, so daß ich gar keine Lust zu einem Fest verspürte. Ich blieb in Tosari, und Konsul Rademacher kam mit fünf Herren im Auto herauf, um mir von der deutschen Kolonie zu gratulieren. Ich bekam von den Deutschen auf Sumatra und Java einen großen Gong auf einem Holzgestell geschenkt. Das war sehr freundlich. Es kamen viele Telegramme, sogar aus Deutschland, nur das von meiner Frau aus Schweden, das kam nicht durch. Der letzte Brief von meiner Frau ist vom Januar datiert, und ich erhielt ihn im März. Seitdem habe ich keine Post mehr gehabt. –
Liebe Rie, nun wird es ein Jahr, daß unsere Freundschaft Geburtstag feiert. Ich muß jetzt oft an die Tage in Malang denken, wo Rie und Kaka und der Moffendichter zusammen auf Ihrer Hotelveranda saßen und Geschichten erzählten. – Haben Sie nichts vom Doktor Fabertchen gehört? Ist es gut in Holland gelandet? Diesen Winter muß sein hitziges Herz frieren bei der Kohlennot und dem Kartoffelmangel. Der arme nervöse Herr hätte lieber im fetten Indien bleiben sollen.
Aber ich wollte doch lieber zu Hause frieren und hungern als noch länger auf Java die leere Sonne anstarren.

»Müde vom Heimweh«

28. Oktober 1917

Heute gehen keine Schiffe mehr nach Europa, nur noch nach Amerika. Keine Post kommt mehr, und nun steht auch noch der Telegraf still und redet nicht mehr vom Mutterland zu uns armen Gefangenen hier. Es ist noch gar nicht zu übersehen, wie schlimm das noch werden wird.

Ich bin so müde von allem. Müde vom Sehnen, müde vom Warten, müde vom Heimweh, müde vom Gram. Ich lache, aber ich lache doch nicht. Ich plaudere, aber ich schweige dabei innerlich tiefernst. Alle Leute finden mich lebhaft und harmlos schwätzend. Aber mein Kern, mein Ich, mein Wesen ist bei keinem Lachen, bei keinem Geplauder.

Annies Bild auf der Bibel – in einem javanischen Djokja-Rahmen, aus weißem Leder gearbeitet – steht auf meinem runden Tischchen am Bett. Immer wenn ich in der Bibel lese, nehme ich es und streichle meine Annie. Sie muß es spüren, wie still ernst der Kern meines Lebens ganz bei ihr ist. Nur meine Haut, meine Zähne, meine Lippen lachen, aber mein Blut rollt dunkel um Annies Bild in meinem Herzen.

In all den Jahren habe ich Annie nie losgelassen. Nie habe ich geküßt, nie hat mich jemand geküßt. Keine Liebe ließ ich ein zu mir als nur die Liebe und Sehnsucht nach Annie, die mich ganz ausfüllen.

Sollte einmal dieses Tagebuch, vielleicht ohne mich, in deine Hände kommen, Annieherz, so soll dieses dir einigen Trost im langen Leiden geben.

Lied des Gefangenen

Still, im Nebel eingesargt und stumpf,
Muß ich sehnend warten, warten, warten.
Und die Tage sind wie Träume dumpf.

Vom Gebirge an dem Rand vom Abgrundgarten
Schau ich in die Leere, in die Luft.
Meine Augen sich todmüde starrten.
Noch im Schlafe mich die Ferne ruft.

Meine Augen wandern übers Meer,
Die Gedanken suchen ab die Stunden.
Und sie rennen ruhlos hin und her.

Weit sieht hier mein Fenster, um den runden
Erdball kann ich schauen in dem Geist.
Hab ich dann im Grübeln heimgefunden,
Heimweh sich am Himmelsrand festbeißt.

13. November 1917, nachmittags

Über Annies Familie und Annie

28. November 1917

Annie hat immer etwas Allmächtiges, Urweltliches, Urgöttliches und Urdemütiges, was mich alles zeitlebens an sie, diese reinrassige Nordländerin,. fesselte. Ihre Mutter soll aus Holland abstammen, aber deren Vorahnen wieder sollen bis auf Karl den Großen zurückzuführen sein. Das behauptet ihr Bruder Richard, der es aus Archiven herausgefunden hat.

Annies Vater, Carl Emil Johanson, ist auf dem Lande in Stockholms Nähe geboren, von wo er sich zu einem der angesehensten Großkaufleute in der Hauptstadt heraufgearbeitet hatte. Sein Hauptinteresse neben dem Geschäft, der Masseneinfuhr von amerikanischem Büchsenfleisch, war in seinem Leben die Politik. Man konnte ihm keine größere Freude machen, als wenn man ihm Fotografien von bekannten Politikern zum Geschenk machte.

Annies Mutter ist auf der Insel Öland geboren, wo ihr Vater einen Gutshof und einen Handel mit Leder hatte. Sie lernte ihren Mann in Stockholm kennen, wo sie verheiratet lebten und wo sie drei Töchter und drei Söhne hatten. Der älteste der Söhne, Albert, starb 1907. Richard, der zweitälteste, war vielerlei, bis er durch das Evangelium Frieden fand. Nach seinem Abitur wurde er Schauspieler, studierte dann auf Wunsch seines Vaters bis zu dessen Tod Jurisprudenz in Upsala. Machte dann von seinem Erbe große Reisen und verspielte alles Geld, schriftstellerte eine Zeitlang und überraschte eines Tages seine Mutter durch seinen Eintritt in die Heilsarmee.

Axel, der Jüngste der Familie, machte die Marine-Kriegsschule durch bis zum Leutnant, ging aber dann, weil er die See schlecht vertragen konnte, zum Bankgeschäft über. Heiratete später die Tochter eines Großkaufmanns für Fischhandel in Strömstad an der Westküste Schwedens. Dieser will nun auch das Evangelium

lehren. Alles das kommt mir ganz unerwartet. Ich wußte von ihm nur, daß er bis jetzt ein tüchtiger, herzlicher Mann, fleißiger Geschäftsmann, edler Mensch und braver Gatte und Vater im besten Sinne gewesen ist.
Annie ist die älteste der drei Schwestern. Sie ist drei Jahre jünger als ich. Also siebenundvierzig Jahre am 19. Oktober 1917. – Ihre zweitälteste Schwester Ellen war an einen Direktor der schwedischen Eisenbahn glücklich verheiratet. Plötzlich starb vor einigen Jahren ihr Mann, den sie sehr geliebt hatte, und sie wohnt nun als Witwe in Stockholm.
Herta, die jüngste der drei Schwestern, hat in Stockholm, Wien und München Medizin studiert. Dabei lernte sie einen jungen Mediziner, Gustaf Möller, kennen. Der ist jetzt Regimentsarzt. Sie sind glücklich verheiratet in Örebro. Sie ist gleichfalls Ärztin, Kinderärztin, und sehr tüchtig. Gustaf war schon im letzten Balkankrieg in Griechenland. Dieses Jahr war er wieder an den Fronten und ist nun zu seiner Familie zurückgekehrt.
Annies Mutter ist eine prachtvolle, herzensgute und verständige, tüchtige Frau. Sie hat im Denken und Fühlen adligen Sinn, so wie es die ganze Familie Johanson hatte.
Alle Geschwister sind starke, vornehme, edle Naturen, wie es auch der starke Vater gewesen ist, der grundgut und sehr beliebt war. Kurz vor seinem Tod, er starb am 4. März 1905 in Stockholm ganz schnell und sanft, feierte er noch sein vierzigjähriges Berufsjubiläum mit zweihundert seiner Bekannten.
Immer habe ich mein Leben lang großen Respekt gehegt für die Familie Johanson. Sie kam mir immer wie eine Familie hoher, heilig lebensstarker Menschen vor, und ich erschien mir ihnen gegenüber wie ein spielendes Zwerglein vor Riesen.
Auch äußerlich waren sie alle Riesen, nicht bloß innerlich.
Ich konnte Annie in den vier Jahren nichts von hier schicken. Nie hat sie geklagt. Nie hat sie gezürnt. Im Gegenteil. Sie hat immer gesorgt, solange sie konnte, daß ich reichlich vom Verlag und von Freunden Geldsendungen erhielt, wovon sie selten nur ein wenig für sich behielt. Sie erscheint mir wie eine Heilige. Sie ist erhaben in ihrer Liebe über allen Kleinigkeiten, und ihre Liebesfähigkeit ist bewunderungswürdig. Und ich finde ihre Opferfreudigkeit für mich, ihren Mann, beispiellos.
Ihrer Seele, ihrem Herzen und ihrem Leib habe ich darum auch aus Instinkt für ihre Natur und aus Liebeserquickung mehr als tausend Liebeslieder und »Die Geflügelte Erde« dichten können.

Ich glaube nicht, daß je eine einzige Frau auf der Welt außer Dantes Beatrice so reich mit Dichtung umgeben wurde von ihrem Liebsten wie meine Annie, die aber noch viel mehr Lieder verdient hat, als ich je geben kann bis an mein Lebensende.

Gott zu dienen

Annie an ihren Mann

»Askersund (Schweden), Ende August 1917

Liebes Herrchen mein! Es war sehr lieb von Dir, zu Mutters Geburtstag zu telegrafieren. Sie freut sich sehr darüber und dankt Dir warm. Sie war zu ihrem Geburtstag hier, aber ist jetzt wieder nach Stockholm gereist, denn dort ist Axel. Er wird nun auch das Evangelium predigen wie Richard, aber Axel ist viel fester, freimütiger und freudiger, und alle Menschen gewinnen ihn lieb. Er fastete neun Tage lang, ohne Wasser zu trinken, denn er wollte eine Antwort von Gott haben, wegen seiner Zukunft. Da wurde er vom Geist Gottes erfüllt, und seitdem predigt er öffentlich. Er will ein wirklicher Jünger Jesu werden, und Du und ich, wir wollen wirkliche Missionare werden, und Du wirst dichten zur Ehre Gottes. Dein Lied vom »Inneren Auge« war nun Dein letztes eigenes Lied. Du sagtest wahr, als Du das schriebst. Wann werde ich ein Telegramm von Dir bekommen, daß Dich Gott erfüllt hat mit seinem heiligen Geist und Dich zu gleicher Zeit am Körper gesund gemacht hat? Ich bete jeden Tag darum. Ich bin den ganzen Sommer in dieser kleinen Stadt am Wettersee gewesen. Hier waren auch meine Brüder und die Mutter und viele Freunde von der Missionsschule, und wir hatten viele Gebetsstunden zusammen, in denen wir auch für Dich gebetet haben, liebes Herrchen mein. Wir müssen erst geschickt gemacht werden, Gott zu dienen, Du dort und ich hier. Ich kann nicht mehr verstehen, wie man das Leben ohne Inhalt leben kann. Nun hat der Tod keine Macht über Dich und mich. Auch werden wir wohl nicht viele Jahre leben müssen. Wir wissen, daß Jesus bald kommt, und ich hoffe und glaube, daß Du und ich nicht mehr leben werden, wenn Jesus kommt, denn dann werden schwere Zeiten, ein noch schlimmerer Krieg, Krankheiten und Plagen kommen, und es wird auf Erden nirgends Ruhe sein.

Ich habe die Gabe von Gott bekommen, Hände auf die Kranken zu legen und zu beten, daß Gott sie gesund macht. Ich danke Gott, daß er mich mit meinen häßlichen Händen etwas Gutes tun läßt. Mit den Händen, die Du immer gerne gehabt hast und verteidigt hast, wenn ich mich über sie beklagt habe.
Der Verlag schickt Dir tausend Mark zu Deinem Geburtstag, und viele Freunde gratulierten Dir telegrafisch zu Deinem Geburtstag.
Es hat im ganzen Sommer nicht geregnet, aber heute regnete es, und ich fühle mich so schön einsam mit Dir und mit Gott. Ich habe viel in der Bibel gelesen. Je mehr man darin liest, desto mehr Lust bekommt man, mehr darin zu lesen. Bei jedem Mal bekommt man mehr Verstand, zu verstehen, was Gott meint. Alles ist groß und herrlich in diesem Buch, wenn man es in der Erleuchtung Gottes liest, und Du wirst alles für mich noch besser erklären, wenn Du kommst. Du hast auch mich besiegt, mehr als irgendeiner das konnte, ehe Jesus es tat. Dafür liebe ich Dich treu und bin Deine Ewigkeitsfrau. Und das ist Wahrheit. Ich bin Dein, mein geliebter Herr, und warte treu darauf, daß Du zu mir kommen sollst und daß wir zusammen Gott dienen sollen und den Menschen. Wie wirst Du mich umarmen und wirst Dich an Dein Leid nicht mehr erinnern. Wir wollen Gott für das, was wir in dieser Zeit gewonnen haben, danken. Für immer Deine Annie.«

Tagebuchblatt Dauthendeys

Hat man je einen solchen Brief von einer Künstlersfrau gelesen, die die Welt gesehen hat, die in Stockholm geboren und in der Schweiz und in England erzogen wurde? In Paris und Berlin und in München jahrelang in Künstlerkreisen gelebt hat, die mit mir in Amerika war und in Mexiko, die die skandinavischen Länder kennt wie ein Baedeker und die dennoch so gottestreu und gottestief handelt, als wenn sie zeitlebens in einem Pfarrhause oder in einer Missionsfamilie gelebt hätte! Aber ich sage mir immer, das Sehen, Fühlen und Reisen in der großen Welt macht den ernsten und tiefen Menschen frommer als die Enge den, der zu Hause im kleinen Kreis zeitlebens sitzenbleibt und sich an den Kleinigkeiten ärgert und Gott nicht erkennen lernt vor lauter Enge und Kleinlichkeit. Und bei Annie hat es nicht der Friede, sondern der Krieg fertiggebracht, daß sie Gott fand, denn früher hat sie nie in der Bibel gelesen, hat in allen Ehejahren nie eine Kirche anders besucht, als um dort schöne Architekturen und schöne Gemälde oder Stimmungen zu bewundern.

Weihnachten 1917: todkrank

An W. Blochert

Tosari, 28. Dezember 1917

Lieber Herr Blochert,

das Bild kommt in den nächsten Tagen, sobald ich besser bin. Ich war nämlich vergiftet und am Sterben. Ich bekam plötzlich heftiges Erbrechen, schrecklichen Blutverlust und mußte den Arzt nachts um zehn Uhr rufen lassen. Ich war schon ganz entkräftet. Alles ging im Verlauf von drei, vier Stunden. Zwei Tage lag ich ohne Nahrung zu Bett. Gestern durfte ich auf der Veranda liegen. Heute etwas aufstehen. Bin aber noch recht matt. Ich teilte es eben Rademacher mit. Nun sage ich es Ihnen.

Sollte mir etwas geschehen, etwas Menschliches, dann ermächtige ich Sie hiermit, alle meine Tagebücher und alle meine Schriften, Briefe und Bücher an sich zu nehmen. Und wollen Sie diese nach Kriegsende durch den Verlag Albert Langen, München, an meine Frau zustellen lassen. An Rademacher geben Sie, bitte, eine Abschrift des Weltfestliedes.

Der Arzt kam jeden Tag. Er konnte nicht feststellen, woher die plötzlichen inneren Blutungen kamen. Dysenterie oder Magengeschwür ist es nicht gewesen. Das Erbrechen war fürchterlich. Ich kniete halb bewußtlos an der Erde. Ich schreibe dieses für alle Fälle an Sie. Man weiß ja nicht, wann solcher Zustand wiederkommen kann.

Das Schreckliche war gerade am Weihnachtsabend um sechs Uhr, als ich eben ein Bäumchen, das mir Herr und Frau B. aus Soerabaya heraufgeschickt hatten, angezündet hatte. Vom Weihnachtsfest hatte ich nur Schmerzen und Qualen zu aller Einsamkeit.

Nun ein glückliches neues Jahr!

Wünschen Sie es von mir, bitte, allen Bekannten, denen ich meines Zustandes wegen nicht schreiben kann.

DAS LETZTE JAHR

Lebensmüde

An Helene Drießen

Tosari, 8. Januar 1918

Ich wünsche mit Ihnen, daß uns allen endliche Kriegserlösung werde.

Was mich betrifft, so leide ich an großer Lebensmüdigkeit. Es ist zu lang, diese vierjährige Trennung von Frau und Heimat! Und wenn ich wenigstens ein gewisses Kriegsende sehen könnte, würde ich mich gestärkt fühlen. Aber die Ungewißheit schwächt mich innerlich und äußerlich. Ich suche mich mit viel schriftlicher Arbeit zu betäuben. Aber die Abendstunden voll Leere reißen immer alles ein, was ich am Tage am Arbeitstisch an Willenskraft zusammengerafft habe. Ich kann mich, weil ich mich so humorlos fühle, schwer zum Briefschreiben aufrütteln, weil ich Angst habe, mich dann in Klagen, die mir doch niemand nachfühlen kann, ergehen zu müssen.

Ich komme mir oft als der Einsamste auf Java vor. Alle Menschen haben hier ihren alten Bekanntenkreis oder Wirkungskreis, der ihnen Java heimisch macht. Nur ich gehöre nicht hierher. Ein deutscher Dichter gehört in deutsches Land, unter deutsche Bäume und deutsche Wolken, und nicht unter Palmen und ewiges Blau, nicht unter braune Javanen, sondern unter klare deutsche Menschen.

Ich habe auf dem Spaziergang am Morgen zum »Nymphenbad« ein Gedicht geschrieben. Ich schicke es Ihnen hier:

Morgen-Lied des Gefangenen

Das Farrenkraut wuchert saftig grün,
Die Bergkuppen ragen umwölkt und kühn.
Die Bergwasser klingen in Schlucht und Spalt,
Der Himmel leuchtet Jahrtausende alt.
Der Frühwind erfrischend mein Blut umweht,
Mein Auge schauend am Weg wartend steht.
Im Bergland geht Morgenseligkeit um –
Nur mir bleibt mein Heimweh, drückend und stumm.

Meine Sehnsucht ist gross

An seine Frau

Sanatorium Tosari, 10. Januar 1918

Liebstes Herz, damit der Zensor nicht so viel Mühe hat, will ich versuchen, Englisch zu schreiben und nicht Schwedisch. Vielleicht bekommst Du dann früher diesen Brief.
Carrie sandte mir Weihnachtsgrüße von Dir. Das Telegramm kam drei Tage vor Weihnachten. Ich wurde sehr froh, zu hören, daß Du wohl bist. Vielen Dank an Carrie!
Dein letzter Brief war vom 29. August. Mit derselben Post bekam ich im November drei Karten von Dir vom Juni und Juli.
Im letzten Jahr 1917 habe ich nur zwei Briefe von Dir bekommen und sechs oder sieben Karten. Das war nicht viel gegen die früheren Jahre. Ich war erstaunt, zu hören, daß Dein Bruder Axel nun das Evangelium predigen wird.
Das letzte Jahr war ein Jahr von lauter Kranksein. Bis Juli kam die Malaria jeden Monat wieder. Aber nun hoffe ich, daß sie nicht wiederkehrt. Ich lebe immer noch im Sanatorium Tosari hoch oben im Tenggergebirge von Ost-Java. Ich habe das Sanatorium das ganze Jahr nicht verlassen.
Oft kommt eine Familie von Landsleuten hier herauf. Ebenso Freunde aus Soerabaja. Um mich herum im Hotel sind immer viele Menschen. Aber in meinem Herzen bin ich immer allein.
Ich bin so müde, so lange Zeit hier im Sanatorium zu sein. Aber das Klima ist am besten hier. Und ich fürchte, die Malaria könnte wiederkehren, wenn ich in die Hitze von Java hinunterginge.
Das Geld zu meinem Geburtstag ist nicht angekommen. Willst Du dem Verlag das sagen?
Ich habe viele Gedichte geschrieben und auch viel Prosa. Im November bekam ich durch die Sonnenhitze ein Feuer im Gesicht. Ich mußte vier Wochen in einem dunkeln Zimmer bleiben. Mein Gesicht brannte, wie Pfeffer brennt auf der Zunge.
Auch am Weihnachtsabend wurde ich sehr krank. Ich bin vergiftet worden durch Krebse, die verdorben waren. Von Weihnachten bis Neujahr war ich im Bett und konnte nicht essen. Aber nun ist es vorbei, und ich fühle mich wieder wohl.
Ich lese lange Stunden in den Zeitungen, um zu erforschen, wie dieser Weltkummer enden soll. Es scheint mir ein Rätsel zu sein, wie dieser Krieg ein Ende finden soll.

Ich denke oft zu Dir nach Stockholm hin. Die Zeitungen sagen, daß man dort auch Mangel an Lebensmitteln hat. Ich hoffe, daß Du bei Deiner Mutter bist, wo Du weder an Essen noch an Liebe Mangel leidest, hoffe ich.

Ich möchte Dir so gern etwas Herzliches schreiben. Aber mir vorzustellen, daß alle Briefe von Fremden aufgemacht werden – das tut mir weh, und ich kann für die Briefe nicht die Worte finden, warme und heilige, die mein Herz spricht, jeden Tag und jede Nacht zu Deinem Herzen.

Mein Mund hat nicht geküßt, und meine Arme haben niemand an meine Brust gedrückt in all den langen, langen Jahren. Ich bin froh, daß Du mir schreibst, Du bist auch immer mein wahres, treues Weib.

Ich bin oft und fast immer voll von Sorgen um Dich. Aber es hat mir viel Beruhigung gegeben, daß Du Frieden gefunden hast beim Lesen der heiligen Worte und Gedanken in der Bibel jeden Tag. Behalte Deine Treue zu Gott, bis ich nach Hause komme; dann wirst Du auch Kraft haben, mir die Treue zu halten.

Ich liebe so sehr die Bilder, die Frau G. von Dir gemacht hat. Eins steht auf meinem Schreibtisch, das andere auf meinem Nachttisch auf der Bibel. Das Bild ohne Hut habe ich am liebsten. Du siehst darauf so angenehm ernst und stark aus. Hast Du kein neues Bild von Dir jetzt? Ich möchte so gern jeden Monat ein neues Bild von Dir, mein Herz. Dann fühle ich für eine Weile nicht das Alleinsein, wenn ich ein neues Bild von Dir bekommen habe. Dann ist es, als ob Du zu mir zu Besuch gekommen wärest, bis das Bild vor meinen Augen alt geworden ist.

Wie geht es Deiner Mutter und Deinen Geschwistern? Mein Herz grüßt sie alle. Jedem, der gut zu Dir ist, sende ich meinen wärmsten Dank. Und ich hoffe, ich werde allen ihre Güte vergelten können, wenn ich nach dem Kriege heimkomme.

Meine Sehnsucht ist groß und kann nicht größer werden. Aber meine Geduld wird auch größer. Wenn ich bei Gesundheit bin, habe ich große Geduld. Nur wenn ich mich schwach und krank fühle, dann bin ich sehr unglücklich.

Viele Grüße an alle Freunde.

Mache Dir keine Sorgen um mich. Alle Landsleute hier sind freundlich zu mir. Ich bekam einen kleinen Weihnachtsbaum mit Süßigkeiten aus Soerabaja und viele Geschenke von Herren und Damen. Ich möchte Dir alle Rosen senden vom Garten hier und auch den warmen hellen Sonnenschein.

Ewig Dein alter Geliebter

»Mein Kätzchen Puss«

Tosari, 25. Februar 1918

Mein Kätzchen »Puß« ist meine einzige Gesellschaft. Sie ißt mit mir Abendbrot, sie schläft mit mir im Bett, sie hockt auf meinem Schreibtisch, wenn ich arbeite. Ich spiele mit ihr, wenn ich Zeit habe, und lasse sie einem hingeworfenen Strumpfband oder Taschentuch nachlaufen. Am schönsten spielen wir morgens um sieben Uhr zusammen, ehe ich aufstehe. Da schlägt die Puß richtige Purzelbäume in unserem Bett, wenn ich sie mit Strumpfbändern spielen lasse. Und ich muß dabei laut auflachen, so drollig ist die kleine Puß und possierlich, als wolle sie mich unterhalten.

Heute morgen hörte ich, lesend auf meiner Veranda, plötzlich aus dem schmalen Gartenstreifen am Abgrund ein lebhaftes Gezwitscher von vielen Vögeln zugleich. Es kam aus den wilden Lilienbüschen, die am steilen Berghang hinab hinter dem großen weißen Rosenstrauch reich wuchern und mit ihren riesigen Blättern grüne Laubberge bilden, undurchdringlich. Aus den Blättern hervor kam von dort das heftige Rufen vieler Vögel. Ich dachte sofort, die Puß sitzt dort und erschreckt die Vögel, die in den Liliensträuchern Nester haben. Ich trat hinaus. Da saß die kleine Puß ganz rund zusammengekauert, erstaunt, daß ihre unscheinbare Anwesenheit einen solchen Lärm bei den Vogelfamilien erweckte, und noch erstaunter, als ich sie ins Zimmer trug und auf die hintere Galerie in den Rasengarten setzte, wo keine Vögel brüten.

Nachmittags, als ich dann mit Puß zu Bett lag und Siesta hielt, erklang ein hübsches Vogelkonzert. Alle Vögel hatten sich vor meiner Kammer in einen Baum gesetzt und sangen eine Orchestermusik, als wären sie dankbar, daß ich sie von der Puß befreit hatte, und die kleinen Vogelherzen müßten dankbar auflachen und jubeln.

Seit ich mit der Puß wieder auf der Veranda die Mahlzeiten zusammen nehme, seitdem ist sie viel zutunlicher. Sie fühlt sich so wohl und ist so gemütlich glücklich. Sie kauert auf dem Zipfel meines Mantels, wenn ich am Tisch schreibe. Sie sitzt auf der Strohstuhllehne oder auf meiner Schulter oder auf meinem Schoß oder neben meinem Buch auf dem Strohtisch unter der Lampe, wenn ich lese. Sie sieht wie ein schöner Zimmerschmuck aus. In allen Stellungen ist sie hübsch und reizend anzusehen, und sie strahlt aus ihrem molligen graugelben Pelz Zufriedenheit aus. Besonders schön ist sie, wenn sie auf dem Tisch sitzt. Sie ist dann wie eine kleine Bronzefigur so geschlossen und vollkommen. Ich lasse sie überall spazierengehen, sogar übers schneeweiße Tischtuch und über meine weißen Bettdecken. Nie wird etwas schmutzig, wo sie geht. Sie wäscht sich so viel selbst tagsüber. Und nie hat sie sich unsauber benommen im Zimmer. Ich weiß nicht, wer ihr die Reinlichkeit gelehrt hat. Sie ist rein wie der reinste Mensch. Wenn ich in den Rasengarten komme, wo eine Reihe junger, dünner indischer Tannen an meiner Hintergalerie steht, dann zeigt sie mir ihre Künste, die sie sich selbst gelehrt hat. Sie springt im Flug an dem Tannenstamm hoch und hält sich mit den Krallen fest. Sie hüpft aufs Galeriegeländer und balanciert auf dünnen Stäben hin. Sie ist dabei munter und aufgeweckt. Und im Gras springt sie Fliegen und Käfern nach und überschlägt sich mit Absicht wie ein Clown, der Purzelbäume macht. Eine so liebe kleine, lebhafte Person ist sie, die kleine javanische unscheinbare Puß. Ihr kurzer javanischer Knotenschwanz hat, wenn man den Knoten befühlt, zwei Finger, und die Form einer winzigen verkümmerten Hand sitzt unter dem Pelzknoten des Schwanzes. Ich habe das nie gefunden, ehe ich es neulich entdeckte. Mit dieser verkümmerten Pfote, die am Schwanzende im Knoten des nur fingerlangen Schwänzchens sitzt, scheint sie sich beim Klettern auf Bäume ein wenig stützen zu können. Sie hat also sozusagen fünf Pfoten. Die fünfte ist aber wie das fünfte Rad am Wagen. Sie ist stiefmütterlich von der Natur behandelt, diese Schwanzpfote.

Tagebücher

25. März 1918

Eben telegrafiert Blochert: Fünfundzwanzigtausend Gefangene und vierhundert Kanonen. Hier schließt der sechsundzwanzigste Band. Was werde ich alles in dem siebenundzwanzigsten Bande zu schreiben haben?

Geldsorgen bis zum Ende

Tosari, 28. März 1918

Lieber Herr Rademacher,

ich bin doch selbst jetzt in Sorgen und Unruhe äußerlicher Art auch noch. Ich muß wieder eine Anleihe machen. Wissen Sie, lieber Herr Rademacher, niemand von Ihren Bekannten, der mir zu den üblichen Zinsen (bis zwei Jahre nach der Kriegszeit) fünftausend Gulden leihen könnte? Die lange Kriegsdauer zwingt mich zu nochmaliger Anleihe. Vielleicht können Sie meiner Unruhe bald Antwort geben. Ich bin sehr gequält.

Herzleid

Tosari, 28. Mai 1918

Heute morgen um elf Uhr bekam ich ein Telegramm aus Soerabaja von H.s: Die Deutschen forcierten den Übergang über die Aisne, machten fünfzehntausend Gefangene ...
Und doch fühle ich mich heute nachmittag so beklommen – wieder so sehr beklommen. Ich leide so sehr an Sehnsucht und Heimweh, ich möchte in den Garten stürzen, mich auf die Erde werfen, das Gras raufen und schreien, schreien. Ich bin so gequält von meinem Herzleid. Es ist so quälend, so niederschlagend. Ich bin matt, zerschlagen und habe wie ein Durstender nur einen Gedanken, immer nur den einen Gedanken: meinen Herzdurst zu stillen. Ich bin ganz zerschlagen von dem unstillbaren Drang: Heim, heim zu Annie, endlich zu Annie!

Das Lied der Weltfestlichkeit beendet

Tosari, 6. Juli 1918

Gestern mittag um zwölf Uhr habe ich das Lied der Weltfestlichkeit beendet.
Den ersten Teil schrieb ich 1917 und den zweiten 1918, ein ganzes Jahr hat es gebraucht, bis ich mir ganz klar wurde über die richtige Eingebung des zweiten Teiles. Ich bin innerlich zufrieden seit gestern mittag, da ich das Lied abschloß. Wenn das Buch nun gedruckt ist und das Unglück wollte, ich sollte ster-

ben, dann wäre meine Lebensarbeit damit erfüllt. Trotzdem ich gern noch mehr über die Weltfestlichkeit dichten möchte und auch gern lange leben und Annie und die Heimat wiedersehen möchte. Dies sind meine innigen Wünsche. Aber Gott wird es besser wissen als ich. Und wie es kommt, so ist es gut und festlich.

Letzter Brief an seine Frau

Bruchstück des letzten, nicht abgeschickten, im Nachlaß gefundenen Briefes, der Zensur wegen französisch geschrieben

Tosari, 19. Juli 1918

Meine liebe Annie,

ich habe einen Brief von Dir bekommen im letzten Monat. Auch eine Depesche kam hier an, die mir sagt, daß Du wohl bist. Dies ist der einzige Brief, den ich in diesem Jahr bekommen habe. Es ist sehr traurig, daß nun die Schiffe nicht mehr gehen. Ich leide so an der Sehnsucht, von Dir etwas zu hören. Du weißt, für mich ist das Leben ohne Dich kein Leben. Ich arbeite, ich esse, ich schlafe. Aber meine Seele ist nicht hier. Die Maschinerie meines Körpers arbeitet wie im Schlafwandeln.

Liebe Geliebte, ich denke jeden Tag morgens, mittags, abends und auch noch im Schlaf an Dich. Ich bin Dir immer treu geblieben. Ich habe nie eine Frau angerührt in all den langen Tagen unserer so schmerzlichen Trennung. Ich finde, daß wir in dem Alter sind, wo die Liebe eine heilige Sache ist, die nicht geschändet werden darf. Wir haben einander früher viel Liebe gegeben, aber wir haben einander auch viel Kummer und Traurigkeit bereitet. Jetzt sind wir so reif, daß wir einander bloß immer Liebe geben müssen, ewige Liebe, nichts als Liebe, ganz bis zum Tode.

O mein Herz, mein Herz ist so einsam ohne Dich! – Ist es nicht das größte Unglück, dieser Krieg, der alle Verbindung unterbricht? Die Post bringt fast keinen Brief mehr von Dir. Auch der Telegraf ist unsicher. Meine Geduld war immer groß. Aber jetzt tut mir mein Herz oft weh. Ich bin gezwungen, mich stundenlang auf meinem Bett auszuruhen, und mein Herz ist dann wie ein Stein so hart. Nach einigen Stunden erhole ich mich wieder. Aber der Schmerz wird von Zeit zu Zeit so gewaltig. Und dann fühle ich mich fast wie gestorben. Aber sorge Dich um meinetwillen nicht. Die Liebe zu Dir und die Sehnsucht nach der Heimat halten mich aufrecht. Ich will nicht sterben, ohne Dich wiedergesehen und umarmt zu haben. Ich hoffe, daß auch Du Dich stark erhältst . . .

Chrysanthemen

An Herrn Holz

Songgoriti, 9. August 1918

Lieber Holz,

die Chrysanthemen sind prachtvoll. Ich danke Ihnen herzlich. Leider bin ich noch recht krank.
Wenn Sie mich mal wieder besuchen, so kommen Sie, bitte, am Vormittag zwischen zehn und zwölf. Da bin ich am frischesten.
Ich danke Ihnen nochmals für die herrlichen Blumen.

Vom Sterben Max Dauthendeys

Bericht des damaligen Konsuls

Als ich mich Anfang August 1918 einige Tage zu meiner Erholung in Nongkodjadjar (Java) aufhielt, ließ Dauthendey mich bitten, über Tosari zurückzureisen, um ihn zu besuchen. Abends, als ich in Tosari ankam, erfuhr ich, daß Dauthendeys Gelenkrheumatismus sich sehr verschlimmert habe und er darauf dränge, an einen wärmeren Platz gebracht zu werden. Da Dauthendeys Zimmer verschlossen war, sah ich davon ab, ihn noch am Abend zu sprechen, um ihn in seiner etwa schon gefundenen Nachtruhe nicht zu stören.
Am folgenden Morgen klagte Dauthendey außerordentlich über sein Leiden, der Gelenkrheumatismus verursachte ihm heftige Schmerzen in den Kniegelenken, er litt sehr unter Schlaflosigkeit. Ich sprach daraufhin den ihn in Tosari behandelnden Arzt, der Dauthendeys Wunsch, vom naßkalten Tosari wegzukommen, unterstützte. Dauthendey wünschte nach Songgoriti gebracht zu werden, einem Platze in der Höhe von zirka 3000 Fuß, der heiße Naturbäder besitzt. Mit liebenswürdiger Hilfe von Herrn und Frau W. brachte ich Montag, 5. August, im Automobil Dauthendey nach Songgoriti. Auf der Fahrt wurde Dau-

thendey von großen Schmerzen gequält. Dennoch verlief die Übersiedlung besser, als ich erwartete. Dauthendey war sehr froh, von Tosari weggekommen zu sein, wo er sich eineinhalb Jahre ununterbrochen aufgehalten hatte. Ich hatte ihn früher oft nach Soerabaja eingeladen – aber er wollte Tosari damals nicht verlassen, weil er dort gut arbeitete. Während der Autofahrt nach Songgoriti war er gesprächig und erfreut, als die Luft immer heißer wurde. Als wir durch heiße Zuckerfelder fuhren, ließ er das Auto einige Zeit halten, »um die wirklich große Hitze einen Augenblick«, wie er sagte, »ganz genießen zu können«. Als wir Dauthendey dann in sein Bett getragen hatten, sagte er mir, daß er volles Vertrauen habe, hier in ganz kurzer Zeit wiederhergestellt zu werden. Eine Pflegerin war bestellt und kam abends an. Er äußerte den Wunsch, außer der Pflegerin eine ihm gut bekannte deutsche Dame um sich zu haben, worauf ich Frau R. in Malang bat, nach Songgoriti zu kommen. Ich erhielt von ihr die telegrafische Zusage, daß sie für eine Woche kommen wollte.

Am folgenden Morgen reiste ich in aller Frühe heim, nachdem ich der Pflegerin eingeschärft hatte, mir telefonisch zu berichten, ob Dauthendey noch Wünsche habe. Ich hörte eine Reihe von Tagen nichts von Songgoriti, was ich als ein gutes Zeichen auslegte. Am Sonnabend, den 17. August besuchte ich Dauthendey, um ihm eine Druckprobe seiner »Weltfestlichkeit« zu bringen. Ich fand den Kranken schlechter aussehend, der Zustand der rheumatischen Schmerzen war unverändert. Dauthendeys Hauptklage galt vor allem der Schlaflosigkeit. Professor L., aus dem ungefähr eine halbe Stunde weit entfernten Malang, hatte Dauthendey mehrere Male besucht und ihm Schlafmittel gegeben, die aber ihren Zweck nicht erfüllten. Dauthendey hatte täglich ein heißes Naturwannenbad genommen, das ihm sehr zusagte, da er während der Badedauer keine Schmerzen hatte. Von der Pflegerin hörte ich, daß Prof. L. die Bäder nicht wünsche, daß Dauthendey aber davon nicht abzuhalten sei. Am Tage meines Besuches badete Dauthendey nicht, was er mir als ein außerordentlich großes Opfer hinstellte. Ich saß viel an Dauthendeys Bett. Ich teilte ihm mit, daß berechtigte Aussicht bestehe, daß er in kurzer Zeit würde nach Hause reisen können. Als Dauthendey das hörte, ergriff er vor Freude meine Hand, die Freude tat ihm wohl. Wir sprachen viel über die Heimreise, über die Kriegslage, wir sprachen von meiner Elsi, die Dauthendey so gern hatte. In diesen

Gesprächen wurde mir klar, daß Dauthendeys Erkrankung ernster war, als ich bisher angenommen hatte, daß Dauthendey ein todkranker Mann war, das ahnte ich nicht. Wohl sprach er viel vom Tod, doch Dauthendey hatte im Laufe der Jahre oft von seiner Angst gesprochen, hier draußen zu sterben, seine Frau und sein Vaterland nicht wiedersehen zu können. Als ich von seinem Bette ging, gab er mir die Druckprobe seiner »Weltfestlichkeit« zurück, die er inzwischen korrigiert hatte.
Von da ab besprach ich regelmäßig telefonisch von Soerabaja aus Dauthendeys Zustand mit Professor L. Letzterer klagte immer darüber, daß Dauthendey seinen ärztlichen Vorschriften nicht nachkäme. Er betonte oft, daß er die Sache als ernst ansehe. Die allgemeine Schwäche, die große Nervosität, die Schlaflosigkeit müßten unbedingt behoben werden – erst in zweiter Linie käme der Rheumatismus; deshalb sei er gegen das heiße Baden, das dem Kranken nur ganz vorübergehende Erleichterung verschaffe. Eine Überführung Dauthendeys in L.s Klinik nach Malang sei das ratsamste. Ich wußte, daß wenig Aussicht vorhanden war, dieses Vorhaben durchzuführen. Dauthendey hatte mir zu oft von seiner Angst vor Krankenhäusern gesprochen. »Ich wüßte, daß ich sterben müßte, wenn ich ins Krankenhaus gebracht würde«, war seine ständige Redensart. Daß Dauthendey in der L.schen Klinik besser als im Hotel Songgoriti aufgehoben sei, war mir klar. Ich erwog die Möglichkeit, Dauthendey in Soerabaja unterzubringen, um ihn unter Freunden zu haben, wonach er sich sehnte. So vergingen einige Tage, bis ich am 25. August abends von L. telefonisch aus Malang hörte, daß es ihm gelungen sei, Dauthendey in seine Klinik zu bringen. Seit gestern abend sei er bereits dort. Mich erschreckte die Mitteilung – in dem Zustand, in dem Dauthendey war, als ich ihn das letztemal sprach, hätte er seine Zustimmung zur Überführung in das Krankenhaus nicht gegeben, es mußte sich also seine Krankheit verschlimmert haben. Jetzt wußte ich, daß ich einen lebensgefährlich kranken Mann vor mir gehabt habe. Mir fiel das gelbe Aussehen Dauthendeys ein, doch ich beruhigte mich damit, daß sein Aussehen auch schon früher vorübergehend gelb gewesen war, aber ich erinnerte mich auch, daß er in Songgoriti über sein linkes Auge geklagt hatte, das ihm das Lesen erschwere. Das linke Auge war nicht in Ordnung – es machte den Eindruck, als ob er es nicht mehr richtig in seiner Gewalt hätte. Was war los: L. sprach am Telefon von Verhärtungen der Gallenblase,

der Gelenkrheumatismus sei gewichen, die Temperatur sei verschiedentlich recht hoch und der Kranke unruhig. L. machte sich große Sorge um Dauthendey und bat mich, mit Dr. G. in Soerabaja bezüglich eines Konziliums zu sprechen. Letzterer war mit Dauthendey seit vier Jahren bekannt, er fand sich sofort bereit, zu einem Konzilium nach Malang zu fahren.
Kaum hatte die Beratung unter den beiden Ärzten stattgefunden, als L. mir am 28. August telefonierte, ich solle mich sofort mit Dr. G. über einen augenblicklichen operativen Eingriff besprechen, da sich der Zustand andauernd verschlechtere – ohne Eingriff sei das Schlimmste zu befürchten. – Der nächste Morgen wurde für G.s neuerliche Reise nach Malang festgesetzt. Da L. daraufhin etwas beruhigter war, sah ich von einer sofortigen Reise nach Malang ab, ich sagte L., daß ich morgen früh zusammen mit Dr. G. kommen würde. Am Donnerstag, 29. August, früh zehn Uhr traten Dr. G. mit einer Operationsschwester und ich per Auto unsere Fahrt nach Malang an – es sollte eine Fahrt zu einem Sterbenden werden. – Ich unterhielt mich während der Fahrt mit G. und erkannte, wie wenig Hoffnung er sich machte, helfen zu können. Er bezweifelte sogar, infolge Dauthendeys schwächlichem Zustand noch operieren zu können. – Kurz vor ein Uhr in der L.schen Klinik angekommen, fanden wir L. wartend. Die beiden Ärzte gingen unverzüglich zum Kranken. Nach einer kleinen halben Stunde traten sie ins Wartezimmer zurück. – Beiden sah ich an, was zu erwarten stand. Übereinstimmend schilderten sie den Zustand, daß ohne sofortiges Eingreifen das sichere schnelle Ende Dauthendeys zu erwarten sei. Viel Hoffnung setzten sie allerdings auf das Öffnen der Gallenblase nicht. Sie gaben mir wenig und immer weniger Hoffnung. »Ein Eingreifen mag noch immer etwas Aussicht haben, sagen wir fünf Prozent Aussicht.« Es mußte gehandelt werden. Wir gingen ans Krankenbett. Dauthendey war sehr verändert, klares Bewußtsein war nicht mehr vorhanden – er sprach Unverständliches. Sein Aussehen war noch gelber geworden – der Körper arbeitete schwer – die Macht über sein linkes Auge hatte er noch mehr verloren. Er war ein sterbender Mann. Mich durchfuhr der Gedanke, die Ärzte vom operativen Eingreifen abzuhalten! Ich wollte Dauthendey ungestört in seinen letzten Stunden lassen – »fünf Prozent Chance«, hatte Dr. G. gesagt. Doch Dauthendey gab die Zustimmung zur Operation, mit der Weisung, alles zu tun, was die Ärzte für recht hielten. Er war sich weder der Frage

noch seiner Antwort voll bewußt. Er sprach davon, wie folgsam er sich gegenüber L. in letzter Zeit benommen habe und in Zukunft benehmen wolle. Was er sagte, war verworren. Wir zogen uns zurück, um ihn nicht unnütz zu erregen. – Gegen zwei Uhr ging es an die Operation. Die Unruhe trieb mich aus der Klinik. Als ich zurückkam, war man erst dabei, Dauthendey zu narkotisieren. Ich ging neben dem Operationssaal auf und ab und zog aus jedem Geräusch besorgte Schlüsse. Die Operation dauerte dreiviertel Stunden. Dann hörte ich, daß Dauthendey erwache – ich hörte das schwere Atmen –, und er begann zu sprechen, es waren französische Worte, die ich hörte, *»il y a deux mondes, dieu, hommes, femmes«*, immer die gleichen Worte – er lebte! – G. kam aus dem Operationssaal und gab mir keine Hoffnung. Die Leber war verhärtet, die Bauchspeicheldrüse erkrankt. Man beschränkte sich darauf, Erleichterung zu verschaffen, und hatte den Körper wieder geschlossen. G. sagte mir, daß die Operation ohne Wert gewesen. Er sei zufrieden, daß der Kranke nicht merklich geschwächt worden sei.

Lebensmöglichkeit war nicht mehr vorhanden – uns blieb nur übrig, das Ende zu erwarten, ohne helfen zu können. Dr. G. meinte, der Tod würde sich wohl im Laufe der nächsten Tage einstellen – er kam schneller.

Man brachte Dauthendey wieder ins Bett, er sprach Unverständliches, Unzusammenhängendes, ich, der ich nicht näher herantreten wollte, verstand jedenfalls nichts. Nachträglich erfuhr ich, daß Dauthendey auch Zusammenhängendes gesprochen hatte. So soll er gesagt haben, daß er sich wundere, »noch am Leben zu sein« – »ich glaubte bereits gestorben zu sein – was sagen die Menschen dazu, daß ich noch lebe?«

Nachdem er zur Ruhe gebracht war, trat ich an ihn heran. Er hatte die Augen geschlossen und schien zu schlafen – der Körper arbeitete schwer. Ich konnte vor ihm stehen, ohne ihn zu stören oder zu erregen. Gesichtsausdruck und Farben waren nicht die eines Sterbenden – das Gesicht war voll. Er hatte im letzten Jahr zu seinem Kummer sehr zugenommen. Er sah allerdings gelber aus als sonst, aber auch nicht derart, daß man ihn verändert finden mußte.

Gegen halb fünf Uhr verließ ich die Klinik und fand mich gegen sechs Uhr bei L. ein. Die Krankheit, die Operation, der jetzige Zustand, alles wurde wieder und wieder durchgesprochen. Wie lange mag in Dauthendeys Körper der kranke Zustand geherrscht haben, es ist doch unwahrscheinlich, daß erst in allerletzter Zeit der kranke Zustand entstanden sei – in welchem Zusammenhang stand damit der Gelenkrheumatismus? Mir blieb alles ein Rätsel. Ich schlug L. vor, morgen früh einen anderen Arzt zu einem Konzilium heranzuziehen, trotzdem ich nicht mehr das geringste erhoffte. L. erklärte sich ohne weiteres mit einem erneuten Konzilium einverstanden und schlug Dr. T. vor, den ich holen wollte. Ich fühlte deutlich, daß L. lediglich zustimmte, weil ich den Wunsch äußerte, daß er aber keinerlei Heil daraus erwartete.

So saßen wir, als aus der Klinik telefoniert wurde, daß Dauthendeys Puls schneller schlage und schwächer werde. Wir fuhren unverzüglich hin – wir hatten einen Sterbenden vor uns. Dauthendey lag ruhig, er atmete langsam, in immer größer werdenden Abständen. Die Augen waren nicht ganz geschlossen, man erkannte, daß er sich seines Zustandes nicht bewußt war, keinerlei Anzeichen von Schmerzen und Qual waren an ihm bemerkbar, ich hatte seine linke Hand gefaßt und hielt sie bis nach dem eingetretenen Tode, der Körper stieß kaum merklich, gegen halb neun Uhr den letzten Atem aus. Ohne letzten Kampf ging Dauthendey aus dem Leben.

L. drückte ihm die Augen zu. Am Totenbett standen außer den Pflegerinnen L., Frau von G. und ich.

Vom Arzt bis zur letzten Pflegerin – nicht zu vergessen Frau von G. und Frau R. ist alles aufgeboten worden, Max Dauthendey unter den Lebenden zu erhalten oder ihm wenigstens den Ausgang aus diesem Leben zu erleichtern.

*

Am 29. August 1918 ist Max Dauthendey in Malang auf Java gestorben.

QUELLEN- UND LITERATURVERZEICHNIS

Handschriftliche Briefe und Tagebücher Dauthendeys und seiner Freunde stellten zur Verfügung: Gertrud Rostosky, Adalbert Jakob, Joachim Schlotterbeck, die Dauthendey-Gesellschaft und die Stadt Würzburg.

Max Dauthendey, Gesammelte Werke in sechs Bänden. München 1925. Darin vor allem: Der Geist meines Vaters. – Gedankengut aus meinen Wanderjahren. – Erlebnisse auf Java, aus Tagebüchern. – Letzte Reise.

Max Dauthendey, Mich ruft dein Bild. Briefe an seine Frau. München 1930.

Max Dauthendey, Ein Herz im Lärm der Welt. Briefe an Freunde. München 1933.

Max Dauthendey, Frühe Prosa. Aus dem handschriftlichen Nachlaß hrsg. von Hermann Gerstner unter Mitarbeit von Edmund L. Klaffki. München und Wien 1967.

*

Paola Alessandri, »La pioggia notturna a Karasaki« e »La luna d'autunno a Ishiyama« di Max Dauthendey. Univ. degli studi di Parma 1979.

Wilhelm Annecke, Max Dauthendey als Dramatiker. Würzburg 1934.

Julius Maria Becker, Begegnung mit M. Dauthendey. In: Bavaria, Wochenschrift für bayr. Kulturpolitik. München 1930, Heft 8.

Waldemar Bonsels, M. Dauthendey. In: Die Zukunft. Berlin 1911. 74. Bd. S. 192ff.

Hans Carossa, Der Tag des jungen Arztes. Wiesbaden 1955. S. 121ff.

Annie Dauthendey, Max Dauthendey, der Heimweh-Deutsche. Erinnerungen. In: Der Türmer. Berlin 1933/34, 36. Jg. S. 9ff.

Elisabeth Dauthendey, Max Dauthendey. In memoriam. In: Das Bayerland. München 1930, 41. Jg. S. 149ff.

Elisabeth Dauthendey, Nänie an Max Dauthendey. In: Literarische Beilage des »Würzburger General-Anzeigers«. 1930, Nr. 11.

Walter Fischer, M. Dauthendey als Dramatiker. In: Das literarische Echo. Berlin 1919/20, 22. Jg. Spalte 1352ff.

M. Gebhardt, Max Dauthendey. In: Lebensläufe aus Franken. 3. Bd. Würzburg 1927, S. 53ff.

Hannsludwig Geiger, Es war um die Jahrhundertwende. Gestalten im Banne des Buches, München 1953.

Hermann Gerstner, Max Dauthendey und Franken. Mit unveröffentlichten Briefen. München 1958.

Hermann Gerstner, Auf fränkischen Dichterwegen – Max Dauthendey. In: Ins Land der Franken fahren, ein Heimatbuch, 6. Jg. Würzburg 1962.

Hermann Gerstner, Max Dauthendey, Biographie. In: Gerstner, Die Mutigen – 16 Lebensbilder. Gerabronn 1978.

Hermann Gerstner, Max Dauthendey im Spiegel der Literaturgeschichte. In: Les littératures de langues européennes au tournant du siècle. Série B, cahier I. Carleton University, Ottawa, Ontario. Canada 1981.

Hermann Gerstner, Bildbiographie über Max Dauthendey. In: Schauen und Bilden, Gerabronn 1984/3.

Herbert Günther, Max Dauthendey und Paris. In: Antares, Französische Hefte. Baden-Baden 1954, 2. Jg. Heft 1.

Peter Hamecher, M. Dauthendey. In: Die Gegenwart, Wochenschrift. Berlin 1912. 81. Bd. Seite 262ff.

Korfiz Holm, ich – kleingeschrieben. Heitere Erlebnisse eines Verlegers. München 1932.

Korfiz Holm, Farbiger Abglanz, Erinnerungen an Ludwig Thoma, Max Dauthendey und Albert Langen. München 1940.

Roman Hoppenheit, Max Dauthendey. In: Politische Wochenschrift für Volkstum und Staat. Berlin 1930. S. 649ff.

Edmund Klaffki, Max Dauthendeys lyrische Anfänge. Magister-Arbeit (Maschinenschr.) Frankfurt 1975.

Wilhelm Kraemer, Max Dauthendey, Mensch und Werk. Diss. Düsseldorf 1937.

Hans Leip, Max Dauthendey. In: Der Kreis. Zeitschrift für künstl. Kultur. Hamburg 1930, 7. Jg. S. 365.

Oskar Loerke, Zeitgenossen aus vielen Zeiten. Berlin 1925. S. 234ff.

Ernst Luther, Erinnerungen an Max Dauthendey. In: Die Propyläen. München 1922, 19. Jg. S. 243 f.

Kurt Matthies, Die tausend Gedichte des Herrn Dauthendey. In: Deutsches Volkstum, Monatsschrift. Hamburg 1935, 1. Halbjahr S. 53 ff.

Walter von Molo, Dauthendey. Gedenkblatt. In: Münchner Neueste Nachrichten. 25. Juli 1927, Nr. 200.

Walter von Molo, Max Dauthendey zum Gedächtnis. In: Der Bücherwurm. Berlin 1930. S. 120 f. (Auch in: Molo, Zwischen Tag und Traum.)

Helmut Ollesch, Max Dauthendeys Weg zu Gott. In: Eckart. Berlin-Steglitz 1942. S. 85 ff.

Georg Rademacher, Konsular. Bericht »Vom Sterben Max Dauthendeys«. In: Fränkische Heimat, Nürnberg, 1937. S. 22 ff.

Hans Reinhart, Zum Gedächtnis Max Dauthendeys. In: Jahrbuch der literarischen Vereinigung Winterthur. 6. Gabe. Winterthur 1922. S. 77 ff.

Heiner Reitberger, Mut zum Traum. Max Dauthendey, Gertraud Rostosky, Oskar Panizza. In: Poetisches Franken, hrsg. von Wolfgang Buhl. Würzburg 1971.

Max Rößler, Vom Heimweg des Dichters Max Dauthendey. Würzburg 1967.

Gertrud Rostosky, Wie ich M. Dauthendey malte. In: Das fränkische Buch. Neue Dichtungen, hrsg. vom Kreis der Jüngeren. Würzburg 1928. S. 29 ff.

G. Rostosky, Erinnerungen an M. Dauthendey. In: Nürnberger Hefte, Monatsschrift. Nürnberg 1949. Heft 6.

Gertrud Rostosky, Schöpferische Geister. Schwenningen 1947.

Gertrud Rostosky, Max Dauthendey, wie ich ihn erlebte. (Manuskript.)

Hans Dieter Schmidt, Die Lyrik Max Dauthendeys. In: Max Dauthendey, Die Amseln haben Sonne getrunken. Eine Auswahl aus seinen Gedichten. Würzburg 1978.

Ferdinand Josef Schneider, Max Dauthendey und der moderne Panpsychismus. In: Zeitschrift für Aesthetik und allg. Kunstwissenschaft. Stuttgart 1929. 23. Bd. S. 326 ff.

Hans Schneider, Karl Albert Dauthendey. Ein »Lichtkünstler« aus Würzburg. Würzburg 1977.

Wilhelm v. Scholz, Gedenkrede auf M. Dauthendey. In: Münchner Neueste Nachrichten. 27. Mai 1930, Nr. 144.

Shridhar B. Shrotri, Max Dauthendeys auslandsbezogene Werke. Diss. (Maschinenschr.) Poona 1964.

Karl Phil. Spitzer, Max Dauthendey, der Dichter-Maler. Gesamtausstellung seiner Bildwerke. Speyer 1932.

Hermann Vogt, Die Ahnen Max Dauthendeys väterlicherseits. Nürnberg 1969.

H. G. Wendt, Max Dauthendey. Poet-Philosopher. New York 1936, Columbia University Press.

BILDQUELLEN

Frontispiz (S. 2): Max Dauthendey, Gesammelte Werke, 1. Bd., München 1925, Albert Langen Verlag; 1 Privatbesitz, Foto: Gundermann, Würzburg; 2 Privatbesitz, alte Ansichtskarte von 1914; 3 Privatbesitz; 4 Foto: Stadtarchiv Würzburg; 5 Foto: Bayer. Staatsbibliothek München, nach dem Buch von Max Dauthendey »Die Ammenballade«, 1907; 6 Privatbesitz, Foto: Atelier Frankonia, Würzburg; 7 Privatbesitz; 8 Städt. Galerie Würzburg; 9 Foto: Bayer. Staatsbibliothek München, aus: »Bayerland« 1930; 10 Foto: Bayer. Staatsbibliothek München, aus: »Max Dauthendey, der Dichter-Maler«. Gesamtausstellung seiner Bildwerke. Speyer 1932; 11–14 Städt. Galerie Würzburg; 15 Foto: Bayer. Staatsbibliothek München, aus: »H. G. Wendt, Max Dauthendey. Poet-Philosopher«, New York 1936; 16 Foto: Bayer. Staatsbibliothek München, aus: »Das fränkische Buch«, hrsg. vom Kreis der Jüngeren, Würzburg 1928; 17 Foto: Bayer. Staatsbibliothek München, aus: H. G. Wendt; 18 Foto: Andreas Bestle, Amt für Öffentlichkeitsarbeit, Würzburg.

Bitte beachten Sie
die folgenden Seiten

Lao Tse

Tao
Tê
King

Das Buch vom rechten Wege und von der rechten Gesinnung

Herausgegeben und übersetzt von Jan Ulenbrook

Ullstein Buch 20067

ein Ullstein Buch

Der chinesische Philosoph und Einsiedler Lao Tse lebte im sechsten Jahrhundert vor Christus und hat als Begründer des Taoismus Chinas Weltbild geprägt, das auch auf Europa ausstrahlte.
Dies geschah vor allem mit dem Tao Tê King (Dau Dö Djing), dessen 81 Sprüche über den rechten Weg und die rechte Gesinnung aussagestark und prägnant als Grundgedanken formulieren: das Herrschen durch Tatlosigkeit, die Überlegenheit des Gewaltlosen und die Weisheit spontaner Abläufe im Leben des einzelnen, des Gemeinwesens, des Alls.
Der Europäer fühlt sich erinnert an manche Aphorismen der Pythagoräer oder Heraklits, da er hier dasselbe Denken in Zyklen und Polaritäten erkennt.

Max Dauthendey

Die acht Gesichter am Biwasee

Ullstein Buch 20764

Der Landschaft um den Biwasee auf der Insel Hondo schreiben die Japaner acht mit den Tages- und Jahreszeiten wechselnde Gesichter zu: Gesichter von berückender Schönheit, die Max Dauthendey in den in diesem Band vereinigten Geschichten beschwört und deutet.

ein Ullstein Buch